Carla Montero

Das Mädchen mit den Smaragdaugen

Buch

Paris, 1942. Sarah Bauer stammt aus einer wohlhabenden jüdischen Familie aus dem Elsass, die bedeutende Kunstwerke besitzt – bis sie enteignet und deportiert wird. In letzter Sekunde schafft es Sarahs Vater, sie auf den Weg in die Freiheit zu lotsen und ihr einen Mantel mitzugeben, in den ein Bild von unschätzbaren Wert eingenäht ist. Sarah gelingt die Flucht nach Paris, wo sie sich der Résistance anschließt. Doch das Bild ist der Grund, aus dem SS-Sturmbandführer von Bergheim es überhaupt auf die Kunstsammlung der Bauers abgesehen hatte. Bald schon spürt er Sarah in Paris auf …

Jahrzehnte später kommt die junge Kunsthistorikerin Ana García Brest einer dramatischen Geschichte auf die Spur - einer Geschichte über Mut, Verrat und einer unglaublichen Liebe in Zeiten des Sturms.

Autorin

Carla Montero (Madrid, 1973) studierte Jura und BWL, doch ihre große Leidenschaft galt schon immer dem Schreiben. Ihr erster Roman *Una dama en juego* gewann den Preis des Círculo de Lectores, bei dem Leser des spanischen Buchclubs die Jury bilden. *Das Mädchen mit den Smaragdaugen* wurde in sechs Sprachen übersetzt und war in Spanien einer der bestverkauften Romane des Jahres 2012.

Carla Montero

Das Mädchen mit den Smaragdaugen

Roman

Aus dem Spanischen
von Alexandra Baisch

blanvalet

Die Originalausgabe erschien 2012 unter dem Titel
»La table esmeralda« by Plaza y Janés, Madrid.

Verlagsgruppe Random House FSC® N001967
Das für dieses Buch verwendete FSC®-zertifizierte Papier
Salzer Alpin wird produziert von UPM, Schongau
und geliefert von Salzer Papier, St. Pölten, Austria.

1. Auflage
Taschenbuchausgabe Februar 2016 bei Blanvalet,
einem Unternehmen der Verlagsgruppe Random House GmbH, München.

Umschlaggestaltung: www.buerosued.de nach einer Idee von Cover Kitchen
Umschlagabbildungen: Cover Kitchen;
Getty Images/Ian Bramham Photography
ES · Herstellung: LW
Druck und Einband: GGP Media GmbH, Pößneck
Printed in Germany
ISBN: 978-3-7341-0206-6

www.blanvalet.de

Für meine Kinder Gala, Martina, Luis und Nicolás.
Trotz euch, meinen kleinen Zeitdieben,
habe ich diese Geschichte zu Ende gebracht.
Ich liebe euch.

Für meine Kinder Gala, Martha, Luis und Nicolas.
Trotz euch, meinen kleinen Zeitfressern,
habe ich diese Geschichte zu Ende gebracht.
Ich liebe euch.

Wir leben alle, wissen aber nicht, warum und wofür.
Wir leben alle mit dem Ziel, glücklich zu werden,
wir leben alle verschieden und doch gleich.
Anne Frank

Prolog

FLORENZ,
9. APRIL 1492

Lorenzo de' Medici ist tot.

Das war nicht der einzige Gedanke, der Giorgio umtrieb. Die Gedanken überschlugen sich geradezu in seinem Kopf. Manche zogen schnell und ungehindert an ihm vorbei wie Wolken am Himmel, andere stoben durcheinander wie Bettler am Eingang einer Kirche. Doch eines war gewiss: All seine Grübeleien begannen und endeten am selben Punkt. *Lorenzo de' Medici ist tot.* Sein Leichnam war noch warm. Seine Witwe, seine Kinder und Freunde weinten. Ganz Florenz war erschüttert.

Und dennoch haderte Giorgio nicht mit dem Schicksal von Lorenzo de' Medici, dessen Familie oder Florenz, sondern mit sich, mit seinem eigenen Schicksal. Er hatte sich die ganze Nacht und den ganzen Tag in seiner Werkstatt eingeschlossen, zunächst wie gelähmt aufgrund der Nachricht, dann darum bemüht, nach einer Lösung für sich zu suchen.

Erst als die Sonne im Begriff war, hinter den Hügeln der toskanischen Landschaft zu verschwinden, kam er zu dem Entschluss, dass es besser wäre, nach Venedig zurückzukehren, wo diese ganze Angelegenheit ihren Anfang genommen hatte. Und er war überzeugt, so schnell wie möglich aufbrechen zu müssen, damit er sich die Schatten der einbrechenden Nacht zunutze machen konnte. Eilig sammelte er seine Habseligkeiten ein, vor allem seine Malutensilien, denn sehr viel mehr persönliche Dinge besaß er nicht. Darüber hinaus stellte sein Arbeitswerkzeug – Pinsel, Spachteln, Leinwände, Rahmen und Dutzende von Ingredienzien, die man zur Herstellung von Ölfarbe benötigte – seinen wertvollsten Besitz dar.

Bei Anbruch der Dunkelheit war seine Werkstatt nahezu leer. Zurück blieb nur noch, in einer Ecke unter dem Fenster, wo der natürliche Lichteinfall am besten war, eine verdeckte Leinwand auf einer Staffelei.

Giorgio trat vor sie und überlegte, wie er sie transportieren sollte. Langsam hob er das Tuch an und betrachtete das Bild, auch wenn er nur zu gut wusste, was er zu sehen bekommen würde, vielmehr noch, er konnte sogar erahnen, was anderen verborgen bliebe: das endgültige Resultat seiner Arbeit, wie er sie sich im Geiste vorgestellt hatte. Dieses Gemälde, das vorläufig nur eine einfache Skizze war, nicht mehr als ein paar farbige Pinselstriche, war das Objekt seiner Sorge.

Er ertappte sich dabei, wie er auf die Leinwand starrte … Es war, als tauchten die Bilder der Vergangenheit nacheinander dort auf. Vielleicht war es auch einfach nur die Angst, die ihn merkwürdige Dinge sehen ließ. Sie waren nur Erinnerungen eines jungen und unbedeutenden venezianischen Malers, der in dunkle Machenschaften verwickelt wurde.

»Vor dir liegt eine Zukunft voller Möglichkeiten und glücklicher Momente, Giorgio. Ich vertraue darauf, dass du deine Gaben und dein Glück zu nutzen weißt und dass du zu jeder Zeit der Ehre und der Tugend treu bleibst. Auf dass Gott dich immer begleiten möge, mein Sohn«, hatte sein Vater vor der Abreise zu ihm gesagt, als er ihm ein Säckchen mit etwas Geld und ein Empfehlungsschreiben für die Hauswirtin, die ihn in Venedig beherbergen würde, in die Hand drückte. Aber das lag nun schon mehrere Jahre zurück... Giorgio erinnerte sich daran, wie nervös er war, er war gerade erst zehn geworden und noch ein Kind, ein Knabe aus Castelfranco, einem kleinen Dorf aus dem Umland von Venedig, wo Gott ihn auf diese Welt geschickt hatte, nicht ohne ihn zuvor mit einem besonderen Talent gesegnet zu haben. Denn Giorgio konnte schon von klein auf wunderbar zeichnen. Seinem Vater war dies an dem Tag aufgefallen, als der Junge ganz unbekümmert ein verkohltes Stück Holz aus dem Feuer geholt und angefangen hatte, damit auf den Fliesen im Wohnraum herumzukritzeln: das Geschick, der Strich, die Bewegung... Dieser Bengel besaß eine Gabe. Deshalb hatte der Vater alles Erdenkliche unternommen, bis es ihm gelungen war, ihn als Lehrling im Atelier von Meister Bellini in Venedig unterzubringen. Dort musste Giorgio viele Pinsel reinigen und die Fußböden fegen, Mörser auf Hochglanz polieren und Leinwände an den Rahmen befestigen. Er musste sogar lernen, wie die Gewürze des Likörs zu mischen waren, den der Meister jeden Abend zu sich nahm, ehe er lernen durfte, wie man die Pigmente der Ölfarben anmischte. Doch zwischen all diesen undankbaren Aufgaben beobachtete Giorgio mit wachen Augen alles, was sich um ihn herum abspielte: wie Bellini die Grundierung des Gemäldes mit Leim aus Lammpergament und Gesso vorbereitete, wie er die Asche von verkohlten Knochen einsammelte, wie er das Oxyd von einem Kupferstück kratzte und wie er einen Malachit oder einen Lapislazuli zu Pulver verarbeitete... Er achtete auf die Menge Leinöl, die sein Lehrmeister den Mischungen beigab, und wie er sie mit Terpentin verdünnte. Ganz hingerissen beobachtete er jedes Mal, wie er die Spitze des Marder- oder Rosshaarpinsels in die ölige Paste tauchte und sie mit sanften Strichen auf der Leinwand auftrug. Begeistert hörte er ihm zu, wenn er von Licht und Formen sprach, von Proportionen und Farben... Auf diese Weise lernte der Junge ganz nebenbei und nahm die Lehren zusammen mit dem Duft der Farbe in sich auf.

Doch Giorgio hatte auch außerhalb des Ateliers eine Schule gefunden. In diesem von Menschen und Kultur brodelnden Venedig, der Stadt der Adligen und der Kaufleute, kam Giorgio mit einer Welt in Berührung, die von seinen Pinseln entdeckt und festgehalten werden wollte. Er liebte es, auf der Suche nach Inspiration für seine Gemälde durch die Straßen zu schlendern, die Paläste, Kirchen und Klöster zu besuchen, durch die engen Gässchen zu bummeln, die nach stehendem Gewässer und Fisch stanken, um schließlich den Blick in der Lagune zu verlieren, in der sich die Dämmerung spiegelte und das Meer die Boote wiegte, während sich ihre Umrisse immer mehr verflüchtigten, bis sie nur mehr Schatten waren.

Häufig stahl sich Giorgio auf die Insel Murano, zum Kloster San Michele, denn dort war das Spektrum des Lichts ganz besonders: Je nach Jahreszeit ließ es die Farben aufleuchten oder verblassen, bis sie kaum mehr wahrnehmbar waren. Manchmal verschmolz es mit dem Nebel der Lagune und ließ alle Silhouetten schemenhaft oder aber, an klaren, wolkenlosen Tagen, gestochen scharf erscheinen. Giorgio hätte gerne dasselbe mit seinen Pinseln erreicht: das Licht einzufangen, das durch die Bogen des Kreuzgangs hereinfiel und unterschiedliche Stimmungen in der immer gleichen Szenerie hervorrief, oder den Nebel auf die Farben auftragen zu können, um sie zu schattieren; in der Lage zu sein, so zu zeichnen, wie die Natur es tat. Der junge Mann dachte, wenn er sie in all diesen Details nachahmte, dann würde es ihm früher oder später gelingen. So verbrachte er Stunden damit, das Wesen seiner Umgebung einzufangen, um es dann in seinen Gemälden widerzuspiegeln.

An einem Sommerabend, an dem die Stadt zwischen den Gewässern der Kanäle zu brodeln schien, hatte Giorgio sich im Schatten des Klosters San Michele niedergelassen und von dort, geschützt durch die Frische des Orangengartens, wie gewöhnlich das Spiel des Lichts betrachtet. Er war so vertieft darin, dass er kaum die schlurfenden, müden Schritte eines alten Mannes wahrnahm, der sich ihm näherte.

»Was beherbergt dieses Kloster Interessantes, dass ein junger Mann wie du so viele Stunden in seinem Gemäuer zubringt?«

Eben erst war ihm die Anwesenheit des Mönchs durch dessen unverkennbaren Geruch bewusst geworden. Ihm war erst aufgefallen, dass er sich neben ihn gesetzt hatte, als ihm dieser undefinierbare Gestank, eine Mischung aus Ausdünstungen von Zwiebelsuppe – die die einzige Nahrung dieser zahnlosen Mönche zu sein schien –, verschwitztem Gewand und Schwefel in die Nase stieg.

Trotz dieses abstoßenden ersten Aufeinandertreffens wurde Bruder Ambrosius zu einem der besten Freunde des jungen Giorgio und nach einiger Zeit auch zu seinem Wegweiser, Ratgeber und Lehrer. Wegweiser in Bezug auf alles Geistige, Ratgeber, was das Materielle betraf, und unbestrittener Lehrmeister, da Bruder Ambrosius einer der weisesten Männer war, die Giorgio jemals getroffen hatte. Bruder Ambrosius führte ihn in die Erkenntnisse des klassischen Wissens ein, in das Vermächtnis der griechischen und lateinischen Kirchenväter. Er wies ihn ein in die Philosophie von Sokrates, Platon und Aristoteles, von Seneca und Epiktet, von Augustinus, von Hippo und Justin dem Märtyrer, von Maimonides und Averroës. Er zerlegte den Kosmos, den Menschen und die Natur für ihn. Er führte ihn außerdem in das geheime Wissen ein, das Magier und Alchemisten seit uralter Zeit bewahrten. Denn Bruder Ambrosius war – insgeheim – ein gelernter und praktizierender Kenner der Alchemie, jener Kunst, welche alles Wissen in sich vereint, zu dem der Mensch allein oder durch göttliche Eingebung Zugang gefunden hat. Bruder Ambrosius war zu unendlich vielen Klöstern in ganz Europa gepilgert, wo ihm das Erbe der großen Alchemisten wie Nicolas Flamel und Roger Bacon zuteilwurde. Doch nicht nur das, er war auch Schüler bei Basilius Valentinus gewesen, dem berühmten benediktinischen Mönch des Klosters in Erfurt. Denn obwohl den Männern der Kirche die Alchemie untersagt war, wurde sie in den Klöstern weiterhin praktiziert.

Darüber hinaus verfügte der Mönch über derartige Kenntnisse der Elemente und der Zusammensetzungen der Natur, dass Giorgio in ihm eine unerschöpfliche Quelle des Wissens gefunden hatte, wenn es darum ging, seine Farben herzustellen, für die er neuartige Formeln anwandte, vielfältigere und dauerhaftere als die bislang im Allgemeinen verwendeten.

Folglich war es für Giorgio zur Gewohnheit geworden, sich auf die Insel Murano zurückzuziehen und viel Zeit in der Gesellschaft des betagten Mönchs zuzubringen, um gemeinsam mit ihm in der Bibliothek des Klosters oder in seiner Zelle den Geheimnissen der Menschheit auf den Grund zu gehen. Und während sich der Mönch das helle Gewand mit Lösungen und Mixturen befleckte, betrachtete Giorgio ihn einfach mit der Aufmerksamkeit des gelehrigen Schülers, oder aber er spielte manchmal die Laute für ihn, ein Instrument, das er erlernt hatte.

Als ihn Meister Bellini einmal früher aus dem Atelier entlassen hatte, überquerte Giorgio wie gewohnt die Lagune in Richtung San Michele. Sobald er das Kloster betrat, sprach Bruder Ambrosius ihn an.

»Zorzi!«, rief er ihn bei dem Spitznamen, den nur diejenigen verwendeten, die ihm sehr nahestanden. Auf dem Gesicht des Mönchs wie auch in den Worten, mit denen er sich an Giorgio richtete, spiegelte sich große Angst: »Ich habe dich schon ungeduldig erwartet, junger Zorzi. Ich muss dir etwas sehr Interessantes zeigen. Beeil dich, mein Junge, gehen wir in meine Zelle.«

Ambrosius' Zelle, klein, dunkel und kalt, roch genauso schlecht wie der Mönch selbst. Abgesehen von einer Pritsche und einem Kruzifix war der Raum nahezu leer. Es hätte eine Zelle wie jede andere sein können, wäre da nicht der von Flaschen, Mörsern und Destillierkolben überfüllte Tisch gewesen, den der Mönch in einer Ecke stehen hatte. Gemäß den Regeln der Alchemie zählte sogar ein Ofen- oder Drainagerohr dazu sowie ein besonderer Behälter aus Glas, den der Greis das philosophische Ei nannte und das dazu diente, die Mixtur mitzunehmen.

Unübersehbar hastig und aufgeregt stieß der Mönch den Schlüssel in die Tür. Seine Nervosität war auch an seinen ungeschickten Händen zu bemerken und an den unzusammenhängenden Worten, die er mit seinem zahnlosen Mund unablässig vor sich hin murmelte. Wahrscheinlich brummelte er irgendein Gebet, als sollte die Anrufung unseres Herrn dazu beitragen, ihn zu beruhigen.

»Nun hilf mir schon, hilf mir!«, drängte er den Jungen, als er sich abmühte, die Matratze aus Stroh auf seiner Pritsche anzuheben.

Das Licht, das durch die kleine Luke hereinfiel, kaum größer als ein Spalt in der dicken Mauer des Klosters, war spärlich, weshalb Giorgio beschloss, eine Kerze anzuzünden, ehe er der ungeduldigen Bitte des Greises nachkam.

»Herr im Himmel, kümmere dich später um das Licht, und hilf mir mit dem Strohsack. Diese dünnen Gebilde, die meine Finger sein sollen, haben kaum noch Kraft.«

Giorgio hob den Strohsack mühelos hoch, und der Greis streckte die Hand aus, um nach einem Loch zu suchen.

»Da ist es ja! Ich hätte nicht gedacht, dass ich es so tief hineingesteckt habe, du meine Güte. Zieh diese Pergamentrolle heraus, Zorzi.«

Bruder Ambrosius trat zur Seite, um seinem Schüler Platz zu machen, und beobachtete ihn, während er sich gleichzeitig unablässig die Hände rieb.

»Ja, so ist's gut! Leg es dorthin, auf den Tisch«, wies er Giorgio an und räumte den Tisch leer, indem er alle Werkzeuge mit einem gläsernen Klirren zur Seite schob. »Mal sehen … Hier irgendwo war es doch. Man bemerkt kaum, dass es sich darin verbirgt, als würde das Pergament im Lauf der Zeit darin verschluckt, um es vor neugierigen Blicken zu schützen.«

»Was für ein Pergament ist das, Frater?«

»Ach, die Schriftrolle ist gar nicht so wichtig… Es ist eine Chronik über die Diadochenkriege. Ziemlich mittelmäßig übrigens. Aber die Kopie ist gut: eine schöne Kalligrafie und wunderbare Illustrationen. Ich nehme an, dass es aus diesem Grund beim Verpfänden Geld gebracht hat.«

Giorgio blieb schweigend stehen, auch wenn er die Absichten von Bruder Ambrosius oder den Grund seiner Aufregung nicht nachvollziehen konnte. Der Junge wusste, wenn er sich geduldig zeigte, würde er früher oder später eine Erklärung erhalten. Der Mönch gehörte zu den Menschen, die dann viel redeten, wenn die anderen schwiegen, und schwiegen, wenn die anderen redeten.

»Es ist bestimmt erst seit wenigen Monaten in der Bibliothek, denn ich habe es nie zuvor gesehen, und ich weiß ziemlich genau, was in der Bibliothek steht, anders als viele andere. Laut dem Bibliothekar kam es zusammen mit einem Stapel weiterer Manuskripte, gespendet von einem Pfandleiher. Wucherer machen das manchmal so: Wenn sie spüren, dass die Stunde der Wahrheit näher rückt, wollen sie sich freikaufen und sich mit dem Gerechtesten unter den Gerechten gut stellen. Ich würde so weit gehen zu behaupten, dass dieses Pergament aus Konstantinopel stammt. Vielleicht aus einer Plünderung während des Kreuzzugs, damals, im Jahr 1204, vielleicht ist es aber auch neueren Datums, als Bruder Aurispa nach Venedig kam mit einer riesigen Sammlung griechischer Manuskripte, von denen er einen Großteil verpfänden musste, um seine Überfahrt zu bezahlen…«

Während er redete, rollte Bruder Ambrosius die Schriftrolle äußerst behutsam auseinander, und das gegerbte Leder knirschte gefährlich, als würde es im nächsten Augenblick brechen.

»Sieh hierher, mein junger Freund!«, rief er plötzlich aus und hob triumphierend einen kleinen Gegenstand in die Höhe, den Giorgio erst erkennen konnte, als er ihn selbst in den Händen hielt.

Es handelte sich um einen rund fünf Zentimeter langen Zylinder von etwa zwei Zentimetern Durchmesser, herausgearbeitet aus einem durchscheinenden Stein in rötlichem Orange, woraus Giorgio schloss, dass es sich um einen Karneol handeln könnte. Das Auffallendste bestand jedoch in dem, was von oben nach unten in den Stein eingraviert war.

»Ein Zylinder aus Karneol«, bestätigte Bruder Ambrosius. »Der Text scheint altgriechisch zu sein, Koine. Nur Gott allein weiß, wie lange er in diesem Pergament gesteckt hat.«

Als er feststellen musste, dass sein schweigsamer Schüler den Zylinder eingehend betrachtete, ohne irgendeinen Kommentar abzugeben, entriss er ihm diesen ungeduldig und stellte ihn neben die Kerze auf den Tisch.

»Karneol ist ein magischer Stein, er vertreibt die Schwäche und verleiht Mut. Er hat viele heilende Eigenschaften: Er ist gut für den Kreislauf, das Zahnfleisch und anderes weiches Gewebe des Körpers. Für die Ägypter hatte er einen starken symbolischen Wert. Es ist der Stein der Jungfrau. Der Stein von Hermes …«

»Hermes?«

»O Junge, Gott muss Fischblut in deine Adern gegeben haben. Ja, Hermes! Hermes Trismegistos! Der dreimal Größte! Der weiseste Weise aller Zeiten! Der Vater der Alchemie und der Hermetik!«

»Das weiß ich, Frater. Ihr habt mich alles über Hermes Trismegistos gelehrt. Ich verstehe nur nicht, welche Verbindung es zwischen dem großen Gelehrten und diesem Stein hier geben soll.«

Der Mönch verzog sein ohnehin faltiges Gesicht, sodass noch tiefere Furchen entstanden, bis seine winzigen Augen zwischen den fleischigen Wulsten verschwanden. »Das weiß auch ich nicht genau, mein Sohn. Doch ich bin überzeugt, dass da eine Verbindung bestehen muss...«, ließ er zu Giorgios Überraschung verlauten.

»Was steht denn dort?«

»Ich muss zugeben, dass ich nicht in der Lage war, es zu interpretieren. Der Stein ist im Lauf der Zeit stark verwittert, und meine alten Augen können die Inschrift nicht mehr gut erkennen. Die wenigen Sätze, die ich übersetzen konnte, ergeben keinen Sinn. Dennoch taucht inmitten dieser Worte ein Name auf, ein sehr wichtiger Name! *Magno Makedonio*. Der große Makedonier. Alexander der Große selbst! Ich habe jedenfalls den Verdacht, dass wir vor einer großen Entdeckung stehen«, rief der Mönch aufgeregt. Eine Aufregung, die sich jedoch sogleich wieder legte. »Vielleicht aber auch nicht... Vielleicht ist es einfach nur irgendein beliebiger Zylinder. Zu jener Zeit stellte man Tausende davon her, in Mesopotamien galten sie bereits als ganz gewöhnliche Gegenstände, die man als Siegel oder Amulette verwendete. Später dann in Persien, Assyrien, Ägypten... Die Welt ist voll solcher Zylinder, warum sollte ausgerechnet dieser von Alexander stammen?«

Während er nun langsam durch seine Zelle schritt, murmelte Bruder Ambrosius leise vor sich hin, bis er sich schließlich erschöpft auf die Pritsche fallen ließ.

»Ich bin nur noch ein erbärmlicher, unnützer Greis. Schon bei anderen Gelegenheiten habe ich deine Augen und Ohren, deine kräftigen Hände und starken Arme gebraucht, junger Zorzi. Mehr denn je brauche ich dich jetzt, um meinen gebrechlichen Körper zu ersetzen.«

Giorgio lauschte den Worten Bruder Ambrosius', ohne deren Tragweite ganz zu begreifen.

»Du musst den Zylinder für mich nach Florenz bringen, zur Neuplatonischen Akademie. Dort wirst du dich mit Vater Ficino, Marsilio Ficino, einem alten Freund von mir, unterhalten. Nur er kann uns helfen, die Geheimnisse, die in diesem Gegenstand verborgen sind, zu entdecken – wenn er denn tatsächlich etwas verbirgt.«

»Aber welche Geheimnisse meint Ihr, Frater?«

»Ach! Vermutungen, Vermutungen … Das sind alles nur Vermutungen!« Bruder Ambrosius sah ihm direkt in die Augen. Seinem zahnlosen Mund entwich ein übel riechender Gestank nach Zwiebeln. »Das werde ich dir nicht sagen, Zorzi! Das sind dunkle Geheimnisse, vielleicht ist es sogar ein schlechtes Omen … Die Welt ist vor lauter Sünde ganz verdorben.« Der Mönch bekreuzigte sich. »In der Tat … wenn derartige Geheimnisse ans Licht kommen, dann kann es sich nur um ein schlechtes Omen handeln. Tue, was ich dir aufgetragen habe, und versuche nicht, mehr herauszufinden. Beschwere deine Schultern nicht mit einer Last, die ihre Kraft übersteigt …«

Wie der alte Mönch ihm aufgetragen hatte, war Giorgio, der Junge aus Castelfranco, an einem Frühlingstag nach Florenz aufgebrochen, den Zylinder aus Karneol und einen Brief für *Pater* Marsilio Ficino im Gepäck. Bruder Ambrosius hatte ihm erzählt, Marsilio Ficino sei einer der größten Philosophen seiner Zeit. Bereits seit dem Zeitalter von Cosimo dem Alten, unter dem Schutz der Medici, sei er einer der Gründer der Neuplatonischen Akademie gewesen, in der Gelehrte, die dem Hof der erlauchten florentinischen Familie nahestanden, sich versammelten, um über Philosophie und Literatur zu sprechen – insbesondere über Platon. Nicht umsonst habe Ficino Platons Dialoge aus dem Griechischen ins Lateinische übersetzt und werde als unnachgiebiger Verfechter der neuplatonischen Strömungen angesehen. Jedoch hatte Bruder Ambrosius in seiner Erzählung die besondere Beziehung Ficinos zur Hermetik betont. »Cosimo der Alte war ein Mann, der sich sehr für Außergewöhnliches interessierte«, hatte er gesagt. »Anscheinend hatte er Gesandte in alle Welt geschickt, um sie nach Handschriften und anderen Schätzen des Altertums suchen zu lassen. Vor einigen Jahren, als Pater Ficino noch sehr jung war, brachte ein Mönch Cosimo ein griechisches Manuskript aus Mazedonien, das sogenannte ›Corpus Hermeticum‹, eine Kompilation aus den wichtigsten Texten des klassischen Wissens und den Grundlagen der modernen Alchemie. Der Patriarch der Medici befahl Marsilio, die Übersetzung der Texte von Platon zu unterbrechen und sich auf den Corpus zu konzentrieren, mit dem brennenden Wunsch, diese Arbeit noch vor seinem Ableben fertiggestellt zu sehen.«

Sobald er in Florenz angekommen war, machte sich Giorgio auf den Weg zur Villa Careggi, dem Sitz der Neuplatonischen Akademie, wo er sich mit Pater Ficino treffen sollte.

Der Priester erwartete ihn im Empfangszimmer, las Bruder Ambrosius' Brief und schlug dann vor:

»Lass uns etwas spazieren gehen und uns unterhalten. So können wir uns an diesem wunderbaren Geschenk Gottes, der Sonne über der Villa Careggi, erfreuen.«

Giorgio hatte das Gefühl, das Tor zum Paradies durchschritten zu haben, als sie durch die beeindruckende Villa mit ihrem Garten spazierten, der sich an einen Palast anschloss, welcher einer Festung glich und über die Ebene der Toskana wachte. Er hatte den Eindruck, vor diesem Moment noch nie das Licht erblickt zu haben, nicht einmal im Kloster von San Michele. Er war überzeugt, dass das Licht hier, in der Villa Careggi, seinen Ursprung haben musste und sich von dort über die restliche Welt verteilte.

Außerdem war die Kunst in der Villa Careggi zu Hause. Wohin auch immer der Junge den Blick lenkte, tauchte die Kunst in ihrer ganzen Pracht auf, wurde auf unerhörte Weise sichtbar. Donatello, Leonardo da Vinci und Botticelli waren hier gewesen, da die jungen Künstler seit jeher unter dem Schutz von Lorenzo de' Medici standen. Immer wieder entdeckte Giorgio einen Glücklichen, der im Licht der Villa Careggi mit einem Pinsel über die Leinwand strich. Giorgio selbst spürte ein Kribbeln in den Händen, als drängten sie darauf, seine Farbpalette hervorzuholen und mit dem Mischen der Farben beginnen zu dürfen; sie wollten die Pinsel ergreifen und alles festhalten, was ihn umgab. Doch was seine Aufmerksamkeit ganz besonders fesselte, war eine Szene, die sich am Eingang zu einem Schuppen abspielte: der Kampf eines Mannes gegen einen Stein. Er setzte den Meißel so gekonnt an, dass der Fels sich seinen Schlägen widerstandslos hingab, gerade so als handelte es sich um Ton. Ficino ließ ihn wissen, dass der junge Mann Michelangelo hieß.

All diese Wunderwerke hatten ihn abgelenkt, sodass Giorgio sich nicht voll und ganz auf das Gespräch konzentrierte, das er unterdessen mit Marsilio Ficino führte. Sie hatten verhindert, dass er den ängstlichen Ausdruck in den Augen des Priesters wahrnahm, als dieser den Zylinder aus Karneol in den Händen hielt, oder den verhaltenen Enthusiasmus in seiner Stimme, als er ihn zu einem späteren Treffen mit dem Stadtherrn von Florenz selbst, Lorenzo de' Medici, bestellte. All diese Details waren ihm entgangen, weil er so sehr vom Licht der Villa Careggi geblendet war.

Am folgenden Tag kam er zurück, gleichermaßen aufgeregt und verängstigt bei der Vorstellung, sich dem großen Lorenzo de' Medici vorzustellen.

Der Statthalter war nicht nur ein großer Mäzen der Künste und Wissenschaften, er war selbst ein Gelehrter, ein Ästhet, ein Mann, der sich für Philosophie, Poesie, Musik und alle sonstigen Formen der Kunst und des Intellekts begeisterte. Er war praktisch in der Villa Careggi aufgewachsen und erzogen worden, umgeben von den größten Weisen seiner Zeit. Mit ihnen debattierte er auf intellektueller Augenhöhe und nicht nur als ihr Schutzherr.

Giorgio hatte Lorenzo de' Medici in einem der Räume der Villa kennengelernt, neben einer Büste von Platon, die den

Vorsitz bei allen Versammlungen seiner Anhänger innehatte. Da es bereits dunkel war, brannten Öllampen. Lorenzo de' Medici saß in einem Armsessel, der ihm als Thron diente, die Beine hochgelegt, um die Schmerzen, die ihm die Gicht bereitete, zu mildern. Er war beleibt, bekleidet mit brokatbesetztem Wams und Gehrock, Kleidungsstücke, die ihn nur noch voluminöser erscheinen ließen. Auf dem Kopf trug er einen *mazzochio*, ein Stück Stoff, das im Stil eines Turbans gewickelt wurde und mit dem einen Ende seitlich herabhing. Sein Erscheinungsbild war beeindruckend, zumindest kam es Giorgio mit seinen gerade einmal sechzehn Jahren und seiner Unerfahrenheit so vor. Auf dem harten Gesicht mit dem grimmigen Ausdruck spiegelte sich eine große Persönlichkeit von starker Entschlusskraft wider. Lorenzo de' Medici gab ihm das Gefühl, klein und unbedeutend zu sein. Georgio empfand ihm gegenüber ehrerbietige Furcht.

Darüber hinaus standen ihm zwei seiner besten Freunde und Mitarbeiter zur Seite: Marsilio Ficino und Graf Giovanni Pico della Mirandola. Ersterer trug die roten Gewänder der Geistlichen, und die Falten in seinem Gesicht verrieten, dass er hier der Älteste war. Sein Schüler hingegen, Giovanni Pico, lenkte vom ersten Moment an die Aufmerksamkeit des Jungen auf sich. Graf della Mirandola war jung und attraktiv – Schönheit war eine Eigenschaft, die dem Blick des Künstlers Giorgio nicht entging –, vielleicht sogar ein wenig feminin, was nicht zu dem verwegenen und heißblütigen Ruf passte, der ihm vorauseilte. Giorgio war erst seit zwei Tagen in Florenz, hatte aber bereits bei mehreren Gelegenheiten vom Grafen gehört. Trotz seines jugendlichen Alters war Giovanni Pico bereits mehrfach im Gefängnis gewesen. Einmal, weil er die Frau eines Neffen der Medici entführt hatte, ein Skandal, der ihn fast das Leben kostete, hätte Lorenzo ihn nicht gerettet. Und einmal wegen Ketzertums, weil er sich mit verfänglichen philosophischen Thesen gegen die Kirche gestellt hatte. Dessen ungeachtet war Graf della Mirandola einer der angesehensten Gelehrten auf dem Gebiet des klassischen Denkens: Er war Experte für Aristoteles und Platon, Kenner der Kabbala und der Hermetik, Astrologe …

»Giorgio da Castelfranco, zeig mir, was du aus Venedig mitgebracht hast.«

Lorenzo de' Medicis Befehl riss Giorgio aus seiner Grübelei. Unsicher trat er auf den Statthalter von Florenz zu und überreichte ihm den Zylinder.

Lorenzo betrachtete diesen mit noch stärker zusammengezogenen Augenbrauen als gewöhnlich. Das war jedoch kein Zeichen von Verdruss, sondern von ernsthaftem Interesse. Dann schob er die Hand wortlos zwischen die Falten seines Hemdes und zog einen Gegenstand hervor, der an seinem Hals baumelte. Giorgio hatte den Eindruck, dass er dem Zylinder auffallend ähnelte. Mit einem kräftigen Ruck zerriss Lorenzo die dünne Kordel des Anhängers und hielt beide Zylinder in den Handflächen. Marsilio Ficino und Pico della Mirandola beugten sich über die Schultern ihres Schutzherrn, um die beiden ebenfalls in Augenschein nehmen zu können.

»*Madonna mia* …«, ließ Ficino verlauten.

»Wo hast du das gefunden, hast du gesagt?«, wollte sich der Statthalter vergewissern.

»Ehrlich gesagt, mein Herr, hat es mein Mentor, der Mönch Ambrosius, in der Bibliothek des Klosters San Michele in Murano entdeckt. Es hat in einer alten Pergamentrolle gesteckt, die Teil eines Manuskriptstapels war, der dem Kloster von einem Pfandleiher gespendet wurde.«

»Eine alte Pergamentrolle? Was für eine Art Pergament?«

»Eine Chronik auf Griechisch über die Diadochenkriege, mein Herr. Bruder Ambrosius glaubt, sie könnte aus Konstantinopel stammen.«

»So wie die Dinge liegen, ist es fast unmöglich, mit Gewissheit zu sagen, woher es stammt, Lorenzo. Was wirklich besorgniserregend ist, ist die Ähnlichkeit zwischen beiden«, bemerkte Ficino.

»Tritt näher, Giorgio, und sieh selbst«, befahl Lorenzo und deutete auf die Gegenstände in seinen Händen.

Der Junge stand staunend da. Beide Zylinder waren nahezu identisch. Giorgio wusste nicht, was er sagen sollte, ohne töricht zu erscheinen, also zog er es vor zu schweigen.

»Dieser Zylinder, der mein Amulett ist, gehörte meinem Großvater Cosimo. Vor vierzig Jahren hatte ein aus Nordafrika kommender Söldner ihm dieses Amulett verkauft. Der Söldner erzählte, er habe es einem Beduinen entrissen, nachdem er diesem den Hals durchtrennt hatte. Bevor er starb, habe der Beduine damit geprahlt, es einem koptischen Mönch während der Plünderung des Paulus-Klosters am Roten Meer geraubt zu haben. Außerdem habe er versichert, es handle sich um eine sehr wertvolle ägyptische Reliquie. Dennoch konnte man die Botschaft darauf bis heute nicht entschlüsseln, nichts, was darauf steht, scheint einen Sinn zu ergeben. Für sich allein genommen ist dieser Zylinder nichts weiter als eine herrliche Reliquie, ein schönes Amulett… Doch jetzt ist er nicht mehr der Einzige, jetzt gibt es zwei Zylinder, und die Legende nimmt Gestalt an.«

»Habt Ihr die Inschrift betrachtet, von der ich gesprochen habe?«

»In der Tat, Marsilio«, antwortete Lorenzo. »*Magno Makedonio.* Vielleicht hat Alexander der Große das Geheimnis ja doch nicht mit ins Grab genommen…«

Die letzten Worte von Lorenzo de' Medici verhallten geheimnisvoll.

»Habt Ihr darüber nachgedacht, dass es sich um eine Fälschung handeln könnte?«, durchbrach Graf della Mirandola schließlich das Schweigen.

Lorenzo drehte sich in seinem Sessel um und legte die geschwollenen Beine wieder hoch. Man hätte nicht sagen können, was ihm unangenehmer war, die Beschwerden der Gicht oder die Worte des Grafen. »Beides ist möglich. Aber soll ich es deswegen nicht in Betracht ziehen? Soll ich mir deswegen die Gelegenheit entgehen lassen, selbst die Wahrheit über diese Zylinder und ihre Legende herauszufinden? Vierzig Jahre harrt dieser Zylinder nun schon unter dem Hemd eines Medici aus. Die Zeit ist reif. Auch wenn die Wahrscheinlichkeit, dass sie das große Geheimnis hüten, gering ist, sehe ich mich gezwungen, diese Möglichkeit in Erwägung zu ziehen. Denn wenn es zutrifft, stehen wir vor der größten Entdeckung aller Zeiten. Und wenn die göttliche Vorsehung gewollt hat, dass diese beiden Zylinder in der Hand eines Medici landen, dann wird auch ein Medici derjenige sein, der ihre Geheimnisse ergründet. Deshalb, meine Freunde, würde ich gerne auf eure Hilfe zählen können.«

»Ihr wisst nur zu gut, Lorenzo, dass Ihr darauf zählen könnt«, beteuerte Marsilio Ficino, und Pico della Mirandola pflichtete ihm mit eifrigem Nicken bei.

Ein selbstgefälliges Lächeln umspielte die Mundwinkel von Lorenzo de' Medici.

»Euch fällt die Aufgabe zu, die Botschaft der Zylinder zu entziffern. Sobald dies gelungen ist und wir wissen, dass es sich tatsächlich um die Zylinder von Alexander dem Großen handelt, zerstören wir sie.«

»Sie zerstören?« Graf della Mirandola wollte sich vergewissern, richtig gehört zu haben.

»Ja, zerstören. Wenn sie zusammen sind, ist das Geheimnis nicht mehr sicher.«

»Aber wenn wir sie zerstören, dann ist die Botschaft für immer verloren. Auf welches Recht berufen wir uns, um ein Erbe zu zerstören, das der Menschheit gehört?«, fragte der junge Graf.

»Nun sei nicht so sturköpfig, Giovanni. Wieder einmal lässt du dich von deiner Unbesonnenheit leiten. Ich habe nicht davon gesprochen, die Botschaft zu zerstören, sondern die Zylinder. Was die Botschaft betrifft, so müssen wir darüber nachdenken, wie wir sie genauso gut oder noch besser verschlüsseln, wie es Alexander seinerzeit ersonnen hat.«

Nach Lorenzos Worten breitete sich eine unbehagliche Stille im Raum aus.

Bis jetzt hatte Giorgio den Ausführungen der drei eindrucksvollen Persönlichkeiten verständnislos gelauscht. Er brannte darauf, das dahinter verborgene Geheimnis zu erfahren. Schließlich fasste er sich ein Herz und sagte leise: »Entschuldigt, mein Herr…«

Die drei Männer durchbohrten ihn mit dem Blick, als hätten sie vergessen, dass eine weitere Person zugegen war. Giorgios Beine fingen an zu zittern. Schließlich sagte Lorenzo:

»Sei unbesorgt, Giorgio da Castelfranco, ich habe dich nicht vergessen. Bruder Ambrosius und du, ihr werdet einen gerechten Lohn für den Zylinder und euer Vertrauen erhalten…«

»Nein, mein Herr, Ihr versteht mich falsch. Davon wollte ich nicht sprechen…«

Lorenzo sah ihn mit hochgezogenen Augenbrauen an.

»Wenn Ihr erlaubt, mein Herr, auch wenn mir das Wesen und der Inhalt des Geheimnisses, auf das Ihr Euch bezieht, nicht bekannt sind, so glaube ich doch, eine Möglichkeit zu kennen, wie Ihr die Botschaft verschlüsseln könnt.«

»Sprich, mein Junge«, forderte ihn der Statthalter auf. »Wie soll das möglich sein?«

Und Giorgio trug seine Erläuterungen vor in dem Glauben, in dem sich auch Lorenzo wiegte, dass die hier ausgesprochenen Worte diesen Raum nicht verlassen würden. Keiner hielt sich mit dem Gedanken auf, dass Worte manchmal durch die unvorhergesehensten Ritzen entschwinden. Und davonfliegen.

Seit diesem Aufeinandertreffen war fast ein Jahr vergangen. Ein Jahr, in dem Giorgio sich in der Villa Careggi eingerichtet und zusammen mit Marsilio Ficino und Pico della Mirandola an der Übersetzung der Botschaft der Zylinder und ihrer Verschlüsselung gearbeitet hatte.

Die Erinnerungen des Jungen verblassten, und vor ihm stand wieder das unvollendete Gemälde. Er nahm es von der Staffelei, löste die Leinwand vom Rahmen, rollte sie sorgsam auf und steckte sie in ein ledernes Etui, um sie auf der Reise zu schützen. Dann spürte er zum ersten Mal, wie traurig er war, diesen Ort verlassen zu müssen. Gleichzeitig versicherte er sich, dass es am vernünftigsten war, nach Venedig zurückzukehren. Er würde nur Pater Ficino und Graf Pico eine Nachricht über seinen Aufenthaltsort hinterlassen, und sobald er seine Arbeit beendet hätte, würde er sich erneut mit ihnen treffen.

Unter Umständen hatte das Geheimnis der Zylinder Lorenzo de' Medici das Leben gekostet … Vielleicht waren alle, die wie er von dem Geheimnis wussten, in Gefahr … *»Beschwere deine Schultern nicht mit einer Last, die ihre Kraft übersteigt.«* Er hätte auf die Worte von Bruder Ambrosius hören sollen – jetzt war es zu spät. Jetzt hatte er keine andere Wahl, als sich das Gemälde über seine schwache Schulter zu hängen und diese Last auf dem dunklen Weg mit sich zu schleppen, sie bis ans Ende seiner Tage mit sich herumzutragen.

WOLFSSCHANZE, OSTPREUSSEN, 23. AUGUST 1941

Adolf Hitler schloss die Tür hinter dem Letzten, mit dem er an diesem Abend noch etwas besprochen hatte, strich sich mit der Hand über das Haar – mehr, weil es ein Tick war, als um es wirklich zu glätten – und löschte das Licht an der Decke. Die spartanische und funktionelle Kammer, die ihm als Büro diente, wurde nur noch von indirektem Licht beleuchtet. Der Führer machte es sich gemütlich. Er begab sich zum Stuhl hinter dem Schreibtisch und nahm dabei ein Summen in den Ohren wahr. Mit einem Schlag hatte er die Stechmücke zerquetscht, die um sein Gesicht geflogen war. Ohne diese schrecklichen Viecher wäre die Wolfsschanze fast schon ein bezaubernder Ort. Doch da der Bunker in einem dichten, dunklen Wald versteckt lag, fanden sich gegen Abend ganze Schwärme von Stechmücken ein und lauerten ihm auf, ohne dass eines der ausgeklügelten, unpassierbaren Sicherheitssysteme, die ihn schützten, hätte verhindern können, dass sie über ihn herfielen. Hitler schreckte weniger vor den Flugzeugen der Royal Air Force zurück als vor diesen unersättlichen Blutsaugern.

Der Führer hatte sich erst vor wenigen Wochen in die Wolfsschanze begeben, was mit dem Beginn der Invasion der Sowjetunion, die als *Unternehmen Barbarossa* bekannt war, zusammenfiel. Da die Wolfsschanze sich ganz in der Nähe der Grenze zur Sowjetunion befand, war sie der ideale Kommandoposten, um diese Operation zu leiten, mit der das Dritte Reich die Kommunisten vollends besiegen wollte. Wenn erst die Juden, die Freimaurer und die Bolschewiken vernichtet, die kapitalistischen Regierungen des Westens zum Schweigen gebracht und unterjocht wären, dann würde er die Geschicke der Welt nach seinem Gutdünken lenken … Und wenn der an diesem Morgen eingetroffene Bericht aus Berlin das enthielt, was er hoffte, dann würde sich sein Plan vielleicht sogar früher als vorgesehen verwirklichen lassen.

Als nichts mehr summte, blieb sein Blick an der einzigen Schreibmappe hängen, die er noch bearbeiten musste und die er sich für den Schluss aufgehoben hatte wie ein gutes Glas Cognac, das den krönenden Abschluss eines Festmahls darstellte. Er machte es sich auf seinem Stuhl bequem, legte die Füße auf den Schreibtisch, löste die Krawatte und öffnete die Akte, die ihm von Reichsleiter Rosenberg aus Berlin zugeschickt worden war. Es handelte sich um keine sehr umfangreiche Akte, sie enthielt nur drei Seiten: den Bericht des Experten, der die Ermittlung durchgeführt hatte, sowie einen Brief.

Er beschloss, sich das Schreiben als Erstes vorzunehmen. Die Ermittler des Einsatzstabs Reichsleiter Rosenberg hatten es in der Privatbibliothek einer jüdischen Familie auf Kreta gefunden, versteckt zwischen den Seiten eines alten Tagebuchs. Neben dem lateinischen Original befand sich eine Übersetzung ins Deutsche. Es handelte sich um ein wertvolles historisches Dokument aus dem 15. Jahrhundert, dessen Urheberschaft Graf Giovanni Pico della Mirandola zugeschrieben wurde. Darin wandte er sich an seinen Freund und Meister, den jüdischen Philosophen Elia Delmedigo, als Antwort auf ein Schreiben, welches jener ihm zuvor geschickt hatte. Hitler fing an zu lesen: »Villa Careggi, Florenz, 15. November 1492.«

Ein zufriedenes Lächeln huschte über das Gesicht des Führers, als er das Schreiben las. Als er fertig war, griff er unverzüglich zum Hörer seines Telefons und verlangte ein Ferngespräch mit Berlin. Er musste den Kameraden Heinrich Himmler zur Wolfsschanze berufen, um sobald wie möglich eine streng vertrauliche Versammlung abzuhalten.

Der Brief eines Nazis

Während Konrad sich auf das Display seines iPhone konzentrierte, um auf eine Mail zu antworten, richtete ich mich am Tisch auf, um mich genüsslich an dem Kunstwerk zu ergötzen, das soeben vor meinen Augen abgestellt worden war: die Handhabung der Farben und der Struktur, die Volumina und die Proportionen, die dieses Ensemble beherrschten, und die Art, wie sich das Licht auf jeder Oberfläche in einem scheinbar zufälligen Spiel von matt und glänzend spiegelte.

Aber vor allem, der Geruch … Mhmmm, dieses unglaubliche Aroma von Schokolade bester Qualität. Ein Geruch, der den sinnlichsten Teil meines Gehirns ansprach. Ich bin Geisteswissenschaftlerin und könnte noch nicht einmal ungefähr den Namen dieses Teils meiner Anatomie angeben, ich weiß nur, dass der Duft von Schokolade mich auf wirklich beeindruckende Weise erregt. Ein Fondant mit siebzigprozentigem Kakao aus Java und dazu Kardamom-Eis … Nichts, wirklich nichts auf der Welt reicht an diesen Nachtisch heran. Rafa, der Küchenchef, konnte sich noch so viel Mühe geben, die Karte des *Aroma*, des gastronomischen In-Restaurants von Madrid, je nach Jahreszeit zu variieren, ich bestellte immer denselben Nachtisch.

»Willst du es denn nicht probieren?«, fragte Konrad.

Ohne den Blick vom Teller zu heben, antwortete ich: »Das tue ich bereits. Stell mein Ritual hier nicht infrage. Der Genuss dieses Nachtischs beginnt schon mit den Reizen für die Augen und die Nase. Das wirst du nie verstehen können«, schloss ich arrogant.

Konrad war das Opfer eines Fluchs – ihm lag nichts an einem Nachtisch. Tatsächlich war er es gewohnt, das Essen mit Rotwein zu beenden. Er trank bedächtig ein Glas Gran Reserva, während ich mir die Mundwinkel mit Schokolade, oder was es auch immer an Süßem gab, verschmierte.

»Es wäre wünschenswert, wenn du dieses Ritual heute ein wenig abkürzt. Ich will dir etwas zeigen, aber ich fände es nicht so schön, wenn du es mit Schokolade verschmierst, meine Süße.«

Süße, so nannte Konrad mich, und es war nicht schwer zu erraten, warum.

Es stimmte, er hatte mich vorgewarnt, dass es sich um ein Geschäftsessen handeln würde. Wir hatten sehr früh miteinander telefoniert, während er noch in München darauf wartete, das Flugzeug zu besteigen, das ihn nach Madrid bringen würde. Und wir hatten uns wie jeden Freitag zum Abendessen verabredet. Konrad hatte Alberto angerufen, den Restaurantleiter des *Aroma*, damit er ihm den üblichen Tisch reservierte – den in der abgelegensten und intimsten Ecke des Restaurants. Alles wie immer also, bloß dass es ein »Geschäftsessen« sein sollte. Natürlich dachte ich, er würde scherzen: Er war Deutscher und hatte einen sehr eigenwilligen Humor.

Es dauerte nicht lange, bis ich mit dem Nachtisch fertig war, und während das Aroma meinen Gaumen noch erfüllte, brachten sie den Kaffee und das Tablett mit den Petits Fours.

»Was machst du da, Ana?«

»Ich packe ein paar für Teo ein. Du weißt doch, wie verrückt er nach den Petits Fours von hier ist.«

»Aber meine Süße, die musst du doch nicht in die Tasche stecken, als wolltest du sie heimlich mitgehen lassen! Ich bitte Alberto, dir ein paar einzupacken. Jetzt lass es gut sein. Hör auf zu essen und sieh zu, dass du deine Finger sauber bekommst.«

Ich tat, was Konrad gesagt hatte, auch wenn ich es schrecklich fand, dass er mich wieder mal wie ein kleines Mädchen behandelte. Er war zwar fast zwanzig Jahre älter als ich, dennoch rechtfertigte das diese Bevormundung nicht. Wenn ich alt genug war, um mit ihm zusammen zu sein, dann war ich auch für alles andere alt genug. Dachte ich zumindest.

»Wirf mal einen Blick da drauf«, bat er mich und zog etwas aus der Innentasche seines Jacketts.

Konrad hielt mir ein zusammengefaltetes Papier hin. Als Erstes fiel mir auf, dass es alt war: Es war gelblich, an den Rändern schon ganz verschlissen und offenbar so oft auf- und zusammengefaltet worden, dass es Gefahr lief, an den Knickstellen zu brechen wie eine viel benutzte Landkarte.

Ich warf einen Blick darauf und stellte fest, dass es sich um einen handgeschriebenen Brief handelte. »Konrad, Liebling, das ist ja Deutsch.«

»Ja, aber du verstehst doch etwas Deutsch.«

»Nicht nach einem Cocktail und einer halben Flasche Wein. Bei aller Liebe, lass es uns kurz machen und sag mir einfach, was da steht.«

»Jetzt sei doch nicht so faul. Ich lese ihn mit dir.«

Zähneknirschend gab ich nach, unter anderem weil ich wusste, wie anstrengend und aussichtslos es war, mit ihm zu diskutieren. Vorsichtig legte ich den Brief auf den Tisch, genau zwischen uns beide. Auf der strahlend weißen Tischdecke wirkte er noch älter und vergilbter.

Wewelsburg,
2. Dezember 1941

Liebe Elsie,
ich hoffe, dass es Dir und der kleinen Astrid gut geht, wenn Du diesen Brief erhältst.

Bedauerlicherweise werde ich im Anschluss an meine Reise nach Italien nicht, wie ich es Dir versprochen hatte, nach Hause zurückkommen können. Die Ereignisse haben sich in den letzten Tagen überstürzt, und die Anforderungen der neuen Mission lassen es nicht zu. Dennoch hoffe ich, über Weihnachten ein paar Tage Urlaub nehmen zu können, um bei Dir zu sein, wenn unser Kind auf die Welt kommt.
Durch meine Nachforschungen zu Der Astrologe *von Giorgione in Italien hat Reichsführer Himmler darauf gedrängt, dass ich sobald wie möglich mein neues Amt in den Räumlichkeiten des Einsatzstabs Reichsleiter Rosenberg in Paris einnehme. Zuvor muss ich noch nach Berlin reisen, um mich mit Hitler zu treffen, da er von mir persönlich über das Vorankommen meiner Mission unterrichtet werden will. Wieder einmal hoffe ich, das Vertrauen, das unser Führer in mich gesetzt hat, nicht zu enttäuschen.*
Morgen früh werde ich von Himmler persönlich ganz offiziell zum Sturmbannführer ernannt. Es hätte mich sehr glücklich gemacht, Dich bei dem feierlichen Akt und dem anschließenden Empfang dabeizuhaben, aber ich verstehe natürlich, dass Du in Deinem Zustand nicht reisen solltest. Ich versichere Dir, dass Du die ganze Zeit in meinen Gedanken sein wirst, geliebte Elsie, so wie immer, ganz besonders in den wichtigsten Momenten meines Lebens.
Sobald ich mich in Paris eingerichtet habe, werde ich Dich anrufen, um Deine liebliche Stimme zu hören. Sei Dir bis dahin gewiss, dass ich Dich liebe und dass ich Dich vermisse. Genau wie die kleine Astrid. Küss und umarme sie für mich und sag ihr, dass sie meine kleine Prinzessin ist. Gebt auf Euch acht und auch auf das Baby. Ich sehne mich danach, meine Hand auf Deinen Bauch zu legen und sein Strampeln zu spüren.
Mit all meiner Liebe
GEORG

PS: Bereite bitte einen Koffer mit etwas Kleidung und den Uniformen vor, die ich zu Hause gelassen habe. Jemand wird ihn abholen und ihn mir zu meinem neuen Bestimmungsort bringen.

Obwohl ich die Lektüre beendet hatte, sah ich mir den Brief noch eine Weile an. Ich fühlte mich unbehaglich, als hätte ich mir angemaßt, mich in einen intimen Moment zwischen zwei Personen zu drängen, als hätte ich mich in das Schlafzimmer eines Ehepaars geschlichen und versteckt ihren Geständnissen gelauscht.

»Und?«, holte Konrad mich in die Gegenwart zurück.

»Woher hast du das?«

Konrad lächelte verschmitzt. »Tja, ich habe da so meine Quellen. Leute, die Trödelmärkte, Dachböden oder Antiquitätengeschäfte durchstöbern oder auf Auktionen von seltenen Dingen für mich bieten. Du weißt doch, dass ich ein zwanghafter Sammler bin.«

Ja, das wusste ich. Konrad war ein regelrechter Kunst- und Antiquitätenbesessener, der sich diese unglaublich kostspielige Sucht darüber hinaus auch noch leisten konnte. Und so besaß er eine der besten Kunstsammlungen in Europa, besonders was Gemälde betraf. Abgesehen davon, dass die Kunst uns letztlich wohl auch zusammengebracht hatte.

Mein Blick fiel wieder auf den Brief. Das Papier, das seine Hände eines Tages berührt hatten, und die mit Tinte geschriebenen Worte, die seinem Nazigeist entsprungen waren. Widerlich. »Das ist der Brief eines Nazis«, lautete mein erstes Urteil, auch wenn ich wusste, dass es nicht das war, was Konrad erwartete.

»Ja, das stimmt.«

»Was genau bedeutet *Sturmbannführer*?«

»Major. Das ist gleichzusetzen mit einem *Comandante*, je nach Rang in der spanischen Armee. *Comandante* der SS.«

»Wow! Nazi und dann auch noch SS. Das ist ja beeindruckend!«

»Ich weiß, worauf du dich beziehst, und ja, es ist wahrscheinlich, dass er ein Fanatiker, ein Krimineller und ein Judenmörder war. Auf die Mehrheit trifft das zu, und die moderne Bildsprache vermittelt uns den Eindruck, dass es bei allen der Fall war: Im Kino, im Fernsehen, in der Literatur … hat man sie allesamt dämonisiert. Dabei war die SS eine sehr viel komplexere Organisation, als man denkt.«

»Willst du sie jetzt etwa entschuldigen?«

»Dafür hätte ich keine Argumente. Ich will dir nur zeigen, dass die Tatsache, dass der Mann ein Mitglied der SS war, ihn nicht automatisch zu einem Kriminellen macht. Die Waffen-SS war zum Beispiel die militärische Organisation: eine Armee, Soldaten, mit allen Tugenden und Fehlern, die dieser Begriff beinhaltet. Es gab brutale Soldaten und Kriminelle und solche, die einfach nur ehrenhaft ihr Land verteidigten – wie in jeder Armee. Während der Nürnberger Prozesse wurden die meisten Offiziere der regulären Truppen der Waffen-SS dank der Zeugenaussagen derjenigen, die auf dem Schlachtfeld ihre Feinde gewesen waren, von jedwedem kriminellen Vorwurf freigesprochen.«

Eine solche Verteidigung erinnerte mich daran, dass Konrad trotz allem Deutscher war und seine beiden Großväter im Zweiten Weltkrieg gekämpft hatten. Seine Haltung war zweifelsohne fraglich, aber verständlich. »Und zu wem gehörte unser Freund Georg? War er ein guter Nazi oder ein schlechter Nazi? Nach diesem Brief hier zu urteilen, hatte er wohl menschliche Gefühle …«

Konrad lehnte sich auf seinem Stuhl zurück und stieß einen tiefen Seufzer aus. »Jetzt komm schon, Ana! Wann gibst du endlich zu, dass das, was dein größtes Interesse geweckt hat, die Erwähnung des Gemäldes von Giorgione ist?«

»Schon möglich.« Ich genoss es, ihn zappeln zu lassen.

»Na gut. Angesichts der Tatsache, dass dir das Schokoladenfondant zu Kopf gestiegen ist, werde ich derjenige sein, der hier einmal ernst wird.«

Und wenn Konrad eines konnte, dann ernst werden. So ganz allmählich fing ich an zu glauben, dass diese Einladung zum Abendessen nicht wie gewöhnlich verlief, sondern tatsächlich ein Geschäftsessen war.

»Du bist die Expertin für Giorgione und weißt besser als ich, dass es auf der ganzen Welt nicht einen Katalog gibt, in dem ein Gemälde von ihm mit dem Titel *Der Astrologe* verzeichnet ist.«

Er hatte recht, ich war eine Expertin für Giorgione. Meine Doktorarbeit in Kunstgeschichte trug den Titel »Giorgio da Castelfranco, der dunkle Maler der Renaissance«.

»Ja, aber ich weiß auch, dass der Katalog von Giorgione wahrscheinlich einer der unbeständigsten der gesamten Kunstwelt ist. Was gestern noch kein Giorgione war, weil man es für einen Tizian hielt oder weil es sich einfach keinem renommierten Maler zuweisen ließ, ist heute ein Giorgione. Alles aufgrund seines Ticks, kaum eines seiner Werke zu signieren. Er hat wohl nicht bedacht, wie viel Arbeit er den nachfolgenden Generationen damit bereiten würde.«

»Vielleicht befinden wir uns also vor der Entdeckung eines neuen Giorgione. Ist dir klar, was das bedeutet?«

Konrads Enthusiasmus gegenüber war ich äußerst skeptisch. Die berufliche Erfahrung hatte mich gelehrt, dass man zu Beginn jedem Dokument, das einen großen Fund für die Menschheit verspricht, misstrauen sollte. »Vielleicht handelt es sich um ein bereits katalogisiertes Gemälde von Giorgione, dem unser Freund Georg einen anderen Namen gab. So etwas kommt häufig vor: *Die drei Philosophen* oder *Die Weisen aus dem Morgenland*, *Schlummernde Venus* oder *Venus von Dresden* … Kaum ein Gemälde hat nur einen Namen. Vielmehr«, fiel mir plötzlich wieder ein, »wenn ich mich recht erinnere, dann gibt es ein Gemälde – *Die Sanduhr* –, das ebenfalls unter dem Namen *Der Astrologe* bekannt ist und lange Zeit Giorgione zugeschrieben wurde. Allerdings glaubt die Mehrheit der Experten heutzutage, dass es nicht von ihm ist.«

Konrad sah mich wortlos an. Er schien zu überlegen, warum er sich getäuscht hatte und warum dieser Brief mich wider Erwarten so gleichgültig gelassen hatte. »Gib zu, du willst heute den Advocatus Diaboli spielen«, sagte er schließlich.

Zu meiner Überraschung und obwohl Konrad das genaue Gegenteil dessen war, wofür man auch nur das kleinste bisschen Mitleid empfinden konnte, gebührte ihm einen kurzen Moment lang mein Mitgefühl. Er sah unendlich enttäuscht aus. »Tut mir leid, Schatz«, entschuldigte ich mich und streichelte ihm über die Wange. »Wenn etwas gewiss ist, dann, dass die Welt der Künste voller Bluffs ist, voll großer Entdeckungen, die nichts wert sind. Ich habe es so satt, das immer wieder zu erleben.«

Er hielt meine Hand an seiner Wange fest. »Aber trotzdem … Glaubst du nicht, dass es einen Versuch wert wäre?«

Ich warf wieder einen Blick auf den Brief. »Die Informationen sind nicht ausreichend, Konrad. Das Einzige, was wir von diesem Mann wissen, ist, dass er Georg heißt. Es gab bestimmt Tausende Nazis, die Georg hießen!«

Als hätte er meinen Einwand bereits im Voraus geahnt, hielt er dagegen, indem er mir ein Kuvert mit Absender entgegenstreckte.

»Er hieß Georg von Bergheim, *SS-Sturmbannführer* Georg von Bergheim. Jetzt hast du jemanden mit Vor- und Nachnamen.«

Seufzend gab ich mich geschlagen.

»Überleg doch mal, meine Süße – warum war Hitler an einem einzigen Gemälde derart interessiert, wo er doch eine ganze Organisation hatte, die die großartigsten Kunstwerke aus ganz Europa zusammentrug?«

Ein gewöhnliches Mädchen

In nur vier Jahren hatte sich mein Leben um 180 Grad gewendet. Man könnte sagen, Aschenputtel war zur Prinzessin geworden, oder, um es weniger poetisch auszudrücken, aus einer Fabrikhalle war ein angesagter Schuppen geworden. Verantwortlich für meine Veränderung war kein anderer als Konrad.

Konrad Köller war vermutlich einer der reichsten Männer Europas. In der Presse wurde er als deutscher Industrieller bezeichnet, eine sehr vage Bezeichnung, um jemanden einzuordnen, von dem man tatsächlich nicht genau weiß, womit er sich beruflich beschäftigt, weil er praktisch allem Möglichen nachgeht: Telekommunikation, Verkehrs- und Bauwesen, Tourismus, Bankgeschäfte, Pharmazeutik… Die weniger seriösen Blätter beschrieben ihn mehr durch das, was er besaß, als durch das, was er war: die Autos, die er fuhr und denen man hinterherschaute; die wunderschönen Häuser dort, wo jeder gerne ein solches hätte; das Privatflugzeug, die Jacht, die Kunstsammlungen und, wie könnte es anders sein, die Frauen. Mit seinen etwas über fünfzig Jahren konnte Konrad auf eine lange Liste von Frauen zurückblicken, die – momentan – bei mir endete. Und mit seinen über fünfzig Jahren brach er mit den meisten Klischees, die seinem Alter entsprachen: ledig, athletisch, attraktiv und so unermüdlich wie ein Zwanzigjähriger, vielleicht sogar noch unermüdlicher als viele Zwanzigjährige, die ich kannte. Und das alles verdankte er einer privilegierten Genetik, aber auch einem Personal Trainer und einem Imageberater, die auf gesunde Ernährung, angemessenes Training und eine makellose Garderobe achteten.

Wenn man diese Umstände in Betracht zog, war es mir ein Rätsel, dass ich seit nunmehr vier Jahren seine Freundin war, und für die anderen grenzte es an ein übernatürliches Ereignis. Denn ganz ehrlich, ich war nur ein gewöhnliches Mädchen.

Das fing schon bei meinem Namen an: Ana García. Zumindest so lange, bis meine Mutter, eine Französin mit unglaublichen Flausen im Kopf, beschloss, dass ihre Töchter einen Doppelnamen tragen sollten, weil García-Brest viel schicker und charmanter klang.

Auch mein Aussehen war gewöhnlich: nicht sehr groß, aber auch nicht sehr klein, nicht sehr dick, aber auch nicht sehr dünn, nicht gerade hübsch, aber auch nicht hässlich. Bis Konrad in mein Leben trat, gehörte ich zu den Frauen, die kein Problem damit hatten, ungeschminkt aus dem Haus zu gehen, die sich nicht darum kümmerten, wie ihre Haare aussahen – ich hatte sie einfach zum Pferdeschwanz zusammengebunden, Angelegenheit erledigt –, die sich nicht besonders für Mode interessierten –, ich zog mir einfach irgendetwas an, ohne dabei viel zu experimentieren, um nicht verkleidet auszusehen –, und denen ein Kilo mehr oder weniger keine schlaflosen Nächte bereitete, weil die Freude am Essen nun mal unverzichtbar ist. Seit ich Konrad kenne, habe ich das Haus nicht mehr nur mit frisch gewaschenem Gesicht verlassen, ich trug nun einen sehr modischen, stufigen Haarschnitt und Strähnchen in dreierlei Farben, die der Friseur, den er mir ausgesucht hatte, alle zwei Monate auffrischte; ich trug Markenklamotten aus den Boutiquen der nobelsten Einkaufsmeile von Madrid, wo Konrad mich mit seinem exquisiten Geschmack beriet, und achtete auf mein Gewicht, damit ich mir nicht anhören musste: »Meine Süße, du hast so eine gute Figur. Verdirb sie nicht mit noch einer Praline.«

Meine Intelligenz, meine Ausbildung und mein Beruf waren

ebenfalls gewöhnlich. Ich habe Kunstgeschichte studiert, weil meine Familie väterlicherseits dieser Welt schon immer verbunden war: Mein Großvater war Maler und mein Vater Kunsthändler und Galerist. Da mir danach nicht ganz klar war, was ich tun sollte, promovierte ich. Als ich damit fertig war, hatte ich nur die Gewissheit, dass Studieren das war, was ich am besten konnte. Also bereitete ich mich auf die Auswahlprüfungen für den öffentlichen Dienst bei den Konservatoren der staatlichen Museen vor. Nach vier Jahren erhielt ich einen Platz und fing im Nationalmuseum für Keramik und Angewandte Kunst »González Martí« in Valencia an, während ich auf einen Platz in Madrid wartete. Bis Konrad in mein Leben trat… Seitdem arbeitete ich in der Presseabteilung des Prado-Museums. Jetzt war ich nicht mehr den ganzen Tag von Keramik und angewandter Kunst umgeben, die es zu verwahren und zu konservieren galt, sondern von Japanern, Amerikanern, Chinesen oder Vertretern anderer Nationalitäten, die ich unablässig anlächeln musste. Ich trug keine zerschlissenen Jeans, weite T-Shirts und Turnschuhe mehr, sondern einwandfreie Jacketts und unendlich hohe Absätze.

Sogar mein Auto war gewöhnlich. Ein granatroter Renault Clio, der meiner Mutter gehört hatte und den mein Vater mir nach bestandenem Studium schenkte. Bis Konrad in mein Leben trat… und mir zum Geburtstag ein Mercedes SLK Cabrio schenkte.

Konrad hatte viele Dinge an mir verändert. Er hatte mich aufpoliert wie einen alten Silberlöffel, der vergessen hinten in einer Schublade lag. Seinetwegen tauchte mein Name in Hochglanzmagazinen auf und wurde von bösen Zungen neidvoll erwähnt. Er hatte mich davon überzeugt, dass ich etwas Besonderes hatte, das ich nicht im Untergeschoss eines alten Museums vergeuden oder unter mehreren Schichten weit geschnittener, aus der Mode gekommener Kleidung verstecken sollte. Er hatte mich auf die sonnige Seite des Lebens versetzt und mich dort an der Hand genommen, während er in meinen Ohren Hunderte wunderschöner Worte erklingen ließ. Ich liebte ihn, liebte ihn so sehr, wie ich noch nie jemanden geliebt hatte – wie ein von allen bewundertes Werk seinen Künstler verehren muss, denjenigen, der ihm mit sanften Strichen und manchmal auch mit heftigen Meißelhieben seine Form verliehen hat.

Das Einzige, was Konrad bei mir nicht verändert hatte, war meine Wohnung. Sie war zwar nichts Besonderes, aber ich hatte mich erbittert geweigert, sie aufzugeben. Bislang war mir das auch gelungen, obwohl er in den ersten beiden Jahren unserer Beziehung hartnäckig darauf gedrängt hatte, dass ich in sein exklusives, zweihundert Quadratmeter großes Penthouse mit eigenem Swimmingpool in der Calle Velázquez ziehen solle. Konrad konnte nicht verstehen, dass ich meine winzige Mansarde mit Terrasse, die eher ein etwas größerer Blumentopf als eine Terrasse war, an dem für Madrid so typischen Platz Chamberí bevorzugte. Noch dazu, wo man, um dorthin zu gelangen, einen so beschwerlichen wie heldenhaften Aufstieg über ein paar verschlissene, knarzende Holztreppen eines alten Gebäudes ohne Aufzug in Kauf nehmen musste. Doch meine Mansarde war für mich sehr viel mehr als das. Sie war ein Symbol für mich, für das Wenige, das von meinem wahren Wesen noch übrig war. Sie war so ungepflegt und unkonventionell wie mein Geist. Letzten Endes war sie der Ort, an dem ich, sobald sich die Tür hinter mir schloss, wieder ich selbst werden konnte. Ganz abgesehen von den vielen sentimentalen Bezügen, die ich damit verband, schließlich war sie das Atelier meines Großvaters, des Malers, gewesen – er hatte sie mir vermacht. Wenn ich also so manchen Abend lesend neben dem Fenster verbrachte, reichte ein kurzer Blick auf den Boden aus, um mich an die vielen Male zu erinnern, die ich als Kind auf ebendiesem honigfarbenen Holzboden auf unzähligen Blättern herumgekritzelt und mir dabei unter dem liebevollen Blick meines Großvaters die Finger mit Farbe verschmiert hatte. Oder wie wir zusammen am Küchentisch heiße Schokolade mit leckeren Churros gegessen und in Sommernächten bei Neumond auf der Terrasse die Sternbilder am Himmel nachgezeichnet hatten.

Es war ein Sommerabend – ein Spätsommerabend –, und wir hatten Neumond. Und wie so oft aß ich mit meinen Nachbarn Teo und Antonio zu Abend. Kaum ein Tag verstrich, an dem ich nicht bei ihnen aufkreuzte – hauptsächlich aus zwei Gründen: Ihre Terrasse war größer und das Abendessen bei ihnen sehr viel besser als bei mir, denn der aus Getxo stammende Antonio kochte wie ein junger Gott – wie einer der jungen Basken, die meiner festen Überzeugung nach in Bezug auf die Küche einer besonderen Art von Göttern angehören. Sprossensalat mit Ente, kleine Tintenfische im eigenen Saft und ein Apfelsoufflé waren Dinge, die bei Teo und Antonio an einem ganz gewöhnlichen Abend aufgetischt wurden, ohne dass es dafür etwas Besonderes zu feiern gab.

Teo war außerdem einer meiner besten Freunde, vielleicht sogar der beste. Das war schon seit Unizeiten so. Durch mich hatte er Antonio kennengelernt, als dieser die Wohnung kaufte, die direkt an meine angrenzt. Bei ihnen war es Liebe auf den ersten Blick. »Weißt du, Schätzchen, Liebe auf den ersten Blick ist typisch schwul«, hatte mich Teo aufgeklärt. »Obwohl wir viel Aufhebens machen, gibt es nicht so viele von uns, und da darf man dann nicht lange fackeln: Du siehst ihn, und dann schnappst du ihn dir, Ende.« Natürlich wurde bei Teo nicht lange gefackelt – er war der Prototyp des Homosexuellen, den wir Damen als schrecklichen Verlust für unsere Gattung beklagen. Zusammengefasst besaß er eine ganz und gar weibliche Sensibilität, verpackt in einem Körper von Hugh Jackman. »Mein Leben wäre sehr viel einfacher, wenn du nicht schwul wärst und mich geheiratet hättest«, heulte ich mich für gewöhnlich an der Schulter meines Freundes aus.

Bei Antonio verhielt es sich anders. »Ich gehöre ganz offensichtlich zur Schwulenfraktion, aber Toni ist einer der Schwulen, bei denen man es nicht erwartet«, lauteten Teos Worte dazu. Abgesehen davon, dass Antonio aus Getxo kam, hatte er einen sehr heterosexuellen Beruf als Chefingenieur im Straßenbauamt, und mit seinem Bauch, seinem gelben Helm und seinem Bart wäre keiner darauf gekommen, dass er in Männern etwas anderes sah als Kumpel zum Fußballsehen, Biertrinken und um irgendwelchen Tussis vom Gerüst Schweinereien hinterherzurufen. Tatsächlich gaben Teo und Antonio zusammen ein sehr pittoreskes Bild ab: Sie symbolisierten in gewisser Weise *Die Schöne und das Biest* – in der Schwulenversion.

Jedenfalls hatten wir drei im sechsten Stock so eine Art Kommune errichtet: einen Ort mit offenen Türen, gemeinsamen Räumen und einer einzigen Küche – der von Antonio.

»Ich gehe ins Bett, ich bin erledigt«, verkündete Antonio gähnend, kurz nachdem wir das Essen beendet hatten.

»Sei nicht so lahm, Toni. Heute ist Samstag! Bleib doch noch ein bisschen. Noch ein Limoncello, dann bist du wieder fit«, redete Teo ihm zu.

Ohne darauf einzugehen, stand Toni auf, küsste Teo kurz auf den Mund und mich auf die Wange.

»Gute Nacht, meine Liebe.«

»Das Essen war wunderbar, wie immer, Toni.«

»Danke. Morgen mehr davon. Vergesst nicht, die Gläser in die Spülmaschine zu stellen und sie laufen zu lassen, sonst passt das Frühstücksgeschirr nicht mehr rein.« Er gab uns genaue Instruktionen, als er die Terrasse verließ.

»Du hast so spießige Angewohnheiten«, ärgerte ihn Teo, als er wegging. »Außerdem wirst du so langsam etwas dick!« Und kurz darauf murmelte er mir zu: »Das ärgert ihn ganz besonders.«

»Ich weiß, ich bin spießig, und dick bin ich sowieso«, rief Toni von drinnen. »Gute Nacht, Süßer.«

»Das hört sich jetzt aber nicht sehr verärgert an.«

»Der tut nur so. Bestimmt stellt er sich gerade auf die Waage, und morgen nimmt er meine Spezial-K zum Frühstück, ganz sicher.«

Ich schmunzelte und lehnte mich im Liegestuhl zurück. In dieser Nacht hätte man die Sternbilder auch nachzeichnen können. Eine wunderschöne, frische, ruhige Nacht. Nur schwach hörte man das nächtliche Verkehrsrauschen. Die Terrasse war eingehüllt in den Duft der feuchten Erde der kürzlich bewässerten Blumenkästen und das Aroma der Kräuter, die Antonio in einer Ecke angepflanzt hatte: Basilikum, Rosmarin, Minze …

Teo warf mir eine dünne Decke zu. »Hier, Schätzchen, es wird langsam ein bisschen frisch …«

Ich wickelte meine Beine ein und benetzte meine Lippen erneut mit einem Schluck Limoncello.

»Wann kommt Konrad zurück?«, fragte er mich.

»Nicht vor nächsten Freitag. Wenn er nach Hongkong reist, bleibt er immer mehrere Tage dort, damit die Reise sich lohnt.«

»Und hast du schon darüber nachgedacht, was du machen wirst?«

»Ich bin mir nicht sicher. Auf der einen Seite reizt es mich, auf der anderen halte ich es für reine Zeitverschwendung. Der Versuch, ein Gemälde zu finden, von dem es heißt, dass es gar nicht existiert, ausgehend von einem siebzig Jahre alten Brief, ist ungefähr so, als wollte man die berühmte Nadel im Heuhaufen suchen.«

»Ich finde das ganz amüsant. Wie eine Schatzsuche oder etwas in der Art, meinst du nicht?«

»Die Wirklichkeit ist niemals so romantisch, Teo. Die großen Entdeckungen macht man, indem man Jahre eingesperrt in einem verstaubten, ungeordneten Archiv zubringt, seine Freunde verliert und irgendwann so allergisch auf Tageslicht reagiert wie die Vampire aus *Twilight*. So oder aus reinem Zufall.«

»Tja, vielleicht klopft der Zufall ja gerade an deine Tür: Ein mysteriöser Brief ist dir in die Hände gefallen …«, erwiderte Teo theatralisch.

»Um Konrad zufriedenzustellen, habe ich schon mal im Internet recherchiert. Die Informationen, die man dem Brief entnehmen kann, sind so spärlich, dass ich noch nicht einmal weiß, was ich bei Google überhaupt eingeben soll: Himmler – über eine Million Treffer; *Der Astrologe* von Giorgione – nicht einer, weil es keinen gibt; Sturmbannführer der SS Georg von Bergheim als Suchbegriff, nichts … Ich kann nur mit Einsatzstab Reichsleiter Rosenberg etwas anfangen.«

»Häh?«

»Einsatzstab Reichsleiter Rosenberg oder Institut Rosenberg, eine sehr nichtssagende Bezeichnung, um eine Organisation zu betiteln, deren Aufgabe es war, Kunstwerke aus den von Nazi-Deutschland besetzten Gebieten zu plündern. Rosenberg war der Name der wichtigen Nazi-Persönlichkeit, die diese Organisation ins Leben gerufen hatte und der sie formell unterstand, auch wenn sie tatsächlich, zumindest in den westlichen Gebieten, von Göring abhängig war.«

»Das war der Dicke, oder? Daran muss ich immer denken, weil ich von Göring auf Ring und dann auf Rettungsring komme.«

Ich musste über Teo und seine mnemotechnischen Regeln lachen. »Ja, er war der Dicke. Und einer der kunstbesessensten Nazis überhaupt. In seinem Anwesen in Carinhall wollte er ein großes Museum errichten, wo er die mehr als 1300 Gemälde sowie Skulpturen, Wandteppiche, Möbel und Teppiche, die er angesammelt hatte, unterbringen wollte … Alles aus Privatsammlungen in den besetzten Gebieten.«

»Dann hat also Göring dieses Gemälde mitgenommen. Total einfach, Mensch!«, verkürzte Teo das Ganze.

»Nein. Angenommen, das Gemälde existiert, worauf der Brief schließen lässt, dann könnte Hitler selbst derjenige gewesen sein, der über Himmler den Auftrag erteilt hat, danach zu suchen.«

Theatralisch führte Teo eine Hand zur Stirn wie eine balinesische Tänzerin und sah mich mit treudoofem Blick an. »Also jetzt bin ich wirklich verwirrt, Schätzchen. Was hat Himmler mit alldem zu tun? War das nicht dieses Riesenarschloch der SS mit Brille, das alle Juden und Schwulen umgebracht hat?«

»Im Grunde genommen, ja. Er war der Oberbefehlshaber der SS.«

»Und was hat das mit deiner Angelegenheit zu tun?«

»Ich habe nicht die leiseste Ahnung. Das ist ja der Punkt: Alles, was mir mein geliebter Konrad gegeben hat, ist ein Brief von einem Nazi-Befehlshaber an seine Frau mit drei unklaren Hinweisen, und damit soll mir die Entdeckung des Jahrhunderts gelingen. Schlussfolgerung: Ich habe damit angefangen, im Internet herumzusuchen, und weiß nun alles über die Nazis, um damit wunderbar bei einer Partie Trivial Pursuit zu glänzen, mehr aber auch nicht. Irgendwie muss ich an andere Informationen zu diesem Oberbefehlshaber von Bergheim kommen.«

»Ach Schätzchen, ich sehe dich bereits in einem dreckigen, ekelhaften Archiv.«

»Ich hatte nur verstaubt und ungeordnet gesagt, aber vergessen wir das.«

Ich will, dass du mit mir nach Paris kommst

Kurz nachdem ich das Gespräch mit Konrad beendet hatte, suchte ich in der Telefonliste meines BlackBerry nach Teos Nummer und drückte auf die grüne Taste. Die ersten Takte eines Songs von Kylie Minogue, die er als Handyrufton hatte, dürften kaum ertönt sein, als er auch schon abhob.

»Wo bist du?«, fragte ich, ehe er etwas sagen konnte.

»Glaub mir einfach, wenn ich dir sage, dass du nicht wissen willst, welcher Teil meines Körpers gerade epiliert wird…«

»Okay, das will ich wirklich nicht wissen. Hör zu: Ich will, dass du mit mir nach Paris kommst. Und Nein wird als Antwort nicht akzeptiert.«

»Nach Paris? Bist du jetzt völlig ver…!« Am anderen Ende der Leitung war ein Schrei zu hören. »Verdammt! Pass bloß auf, Kleiner, du näherst dich dem Schatzkästchen… Ana? Ana, Schätzchen… ich ruf dich später an, okay?« Und er legte auf, ehe ich etwas erwidern konnte.

An diesem Abend verließ ich das Museum etwas früher, weil ich müde und schlecht gelaunt war. Das Haus war leer: Weder Toni noch Teo waren da, wodurch meine Stimmung nur noch schlechter wurde.

Ich zog die Schuhe aus und beschloss, den Kühlschrank meiner Nachbarn zu plündern: Ich entnahm ihm eine Flasche Weißwein, die vom gestrigen Abendessen offen war, und einen riesigen Becher Häagen-Dazs-Vanilleeis mit Cookies. In der ziemlich albernen Absicht, Konrad zu verärgern, war ich bereit, ein paar Kilo zuzulegen.

Ich legte eine Jazz-CD ein und ging auf die Terrasse. Man merkte, dass der Sommer sich langsam dem Ende zuneigte, nicht so sehr aufgrund der Temperaturen, die für diese Jahreszeit noch immer sehr hoch waren, sondern aufgrund des Lichts: Die Tage wurden kürzer. Um halb acht Uhr abends legte sich eine leichte Dämmerung über die Terrasse. Dennoch hörte man noch immer das Gekreische der Kinder aus dem Park unten; die Schule hatte noch nicht wieder angefangen, und sie genossen die letzten Ferientage.

Ein Schlüssel in der Tür kündigte an, dass Teo nach seiner Epilationssitzung nach Hause kam. Ich verspürte plötzliche Erleichterung. Ich hörte, dass er auf die Terrasse kam, drehte mich aber nicht um, um ihn zu begrüßen. »Du kommst spät«, schnauzte ich ihn an.

»Ich habe mir gleich noch eine Hautreinigung machen lassen und dann ein Schwätzchen an der Rezeption gehalten, bei der mir drei Cremes aufgequatscht wurden. Hallo, übrigens.« Er küsste mich auf die Wange, was ich widerwillig zuließ. »Was ist dir denn über die Leber gelaufen, Prinzessin?«

»Gar nichts ist mir über die Leber gelaufen, ich bin nur müde …!«

Teo sah mich mit hochgezogenen Augenbrauen an. »Hey, entspann dich, Herzchen! Lass mal sehen, was ist das denn?« Er zeigte auf die Weinflasche und das Eis.

»Wein.«

»Das ist mir schon klar, aber wie willst du ihn trinken?«

»Aus der Flasche.«

»Jetzt mal nicht so vulgär, Schätzchen, das passt nicht zu dir. Und dieses Eis … Jetzt sag nicht, dass du das zum Wein essen wolltest. So ein Schweinkram!«

Er nahm das Häagen-Dazs mit nach drinnen und kam mit

zwei Gläsern zurück. Er schenkte in jedes eine großzügige Menge Weißwein ein, zündete ein paar Aromakerzen an und befahl mir, mich hinzulegen. Dann setzte er sich neben mich und legte sich meine Füße auf die Knie.

»Süße, dein Problem ist, dass du dich nicht entspannen kannst. Wie gut, dass ich da bin, um dieses Problem zu lösen«, ließ er verlauten, während er mir die Füße massierte, die von meinen hochhackigen Schuhen den ganzen Tag malträtiert worden waren.

Ich nahm einen Schluck von dem gekühlten fruchtigen Weißwein, und nach kurzer Zeit stöhnte ich vergnügt auf. Das Kindergeschrei im Park hörte allmählich auf, machte der Musik von Diana Krall Platz, und die Aromakerze umfing uns mit ihrem Duft nach Grüntee.

»Erzählst du mir jetzt, weshalb du so knatschig bist …? Und danach sprechen wir dann über Paris«, stieß Teo im Takt der Massage meiner Füße hervor.

Als einzige Antwort konnte ich nur stöhnen – so genüsslich und verwöhnt wie eine rollige Katze. »Mmmm … ich will nicht …«

»Das ist mir egal. Hast du etwa geglaubt, du bekommst diese Massage umsonst?«

Missmutig, aber überzeugt, dass sich kein anderer Ausweg finden lassen würde, gab ich nach: »Ich habe mich mit Konrad gestritten …«

Teo schwieg und übte Druck aus.

»Es ist nicht auszuhalten, wenn er auf deutscher Sturkopf schaltet …! Aber noch schlimmer ist es, wenn er herablassend wird und mir beipflichtet, als wäre ich irgend so eine Verrückte.«

Teo schwieg noch immer und verstärkte den Druck.

»Schon gestern, beim Essen mit meinen Eltern, habe ich gemerkt, wie angespannt er war. Du weißt, wie reizbar wir nach diesen Essen immer sind …«

Teo nickte. Er wusste bestens Bescheid über den Verlauf der

Spannungen, die unter solchen Bedingungen aufkamen. Und auch wenn Konrad nicht schuld daran war, so war er doch der Grund dafür.

Zunächst einmal tolerierte mein Vater unsere Beziehung nicht. Konrad war sein bester Kunde – tatsächlich hatten wir uns überhaupt erst durch meinen Vater kennengelernt. Durch ihn hatte Konrad einen jungen, überaus talentierten Maler entdeckt, den er als Mäzen unterstützte, weshalb er seine Meinung beim Kauf eines Gemäldes sehr schätzte. Doch es war eine Sache, dass Konrad sein Kunde war, und eine ganz andere, dass er zu seinem Schwiegersohn werden oder es tatsächlich sein könnte. Der Altersunterschied, die unterschiedliche finanzielle Stellung, Konrads ausschweifendes Leben … Das waren nur einige der Argumente, die er gegen ihn vorbrachte.

Dann war da noch meine Mutter, die in Bezug auf Konrad den exakten Gegenpol zu meinem Vater bildete. Sie vergötterte ihn. Für sie stellte er den Gipfel all dessen dar, was sie sich in ihren schlaflosen Nächten für ihre Tochter gewünscht hatte: Jahre der Anstrengung, in denen die einträglichsten Freundschaften gepflegt, die ausgesuchtesten Milieus frequentiert und das Beste aus unseren weiblichen und sozialen Qualitäten herausgeholt wurde, machten sich endlich bezahlt. Eine Belohnung, mit der ich, die ich alle Aussichten hatte, um sie zu enttäuschen, sie auf unerwartete und erfreuliche Weise überraschte. Das Problem war, dass meine Mutter die Tatsache übersah, dass Konrad nicht nur einer anderen sozialen Schicht, sondern einer ganz anderen Dimension angehörte, und sie zugleich davon besessen war, mit ihm mithalten zu können, wodurch sie sich einer Unmenge Stress und beständigen Frustrationen aussetzte.

Ein ganz anderes Kapitel waren meine Schwester, mein Schwager und meine Neffen. Meine Schwester entsprach dem Prototyp der *Susanita* aus Mafalda: Sie hatte geheiratet und Kinder bekommen, drei, um genau zu sein, und verbrachte den Großteil ihrer Zeit damit, sich um sie zu kümmern. Außerdem ging sie einer Beschäftigung nach, die den Ansprüchen einer modernen, einen Beruf ausübenden Frau gerecht wurde, ganz wie es ihre Generation vorschrieb. Im Gegensatz zu mir hatte sie die Gabe für bildende Kunst von meiner Familie vererbt bekommen und widmete sich der Gestaltung von Geschenken für Hochzeiten, Kommunionen, Taufen, dem Malen von Bildern für Kinderzimmer und Einladungskarten … Im Grunde genommen nahm sie sich jeden Gegenstand vor, der bemalt und über das Internet verkauft werden konnte. Letzten Endes führte meine Schwester das Leben einer selbstlosen Mutter und Freiberuflerin, das jede Frau mit zwanzig verabscheut und nach dem wir uns mit vierzig sehnen, wenn wir uns auf einmal eilig wünschen, einen Mann, Kinder und ein Internetbusiness zu besitzen.

Mein Schwager war ein ziemlich unscheinbarer Typ: Finanzberater, begeisterter Ornithologe, Briefmarkensammler und erfahrener Backgammonspieler. Eine Plage von einem Mann mit der außergewöhnlichen Gabe, um sich herum Gleichgültigkeit und Langeweile zu verbreiten.

Ich glaube nicht, dass Konrad etwas gegen sie gehabt hätte, wenn er jeden Einzelnen für sich genommen betrachtete, doch als Familie brachten sie ihn zur Verzweiflung. Meine Schwester überrollte ihn für gewöhnlich mit Erzählungen aus ihrem abgehetzten Leben zwischen Kinderärzten, außerschulischen Aktivitäten und Internetbestellungen. Mein Schwager langweilte ihn, wie er alle anderen langweilte. Und meine Neffen trampelten auf seinen Markenklamotten herum, knabberten an seinem Brot und misshandelten ihn mit Hunderten von Kinderliedern in schrecklichem Englisch. Vor diesem Hintergrund waren die Sonntagsessen im Haus meiner Eltern eine einzige Qual, die mir einen Knoten im Magen verursachten, der sich erst nach Tagen wieder löste. Wenn Konrad und ich uns in die Wolle bekamen, dann ganz bestimmt während dieser Zeit.

Noch nicht einmal die entspannte, fast schon zenmäßige Atmosphäre, die Teo auf der Terrasse geschaffen hatte, reichte aus, damit ich mich nicht beim bloßen Gedanken daran wieder verkrampfte.

»Schon gut, Schätzchen, nimm noch einen Schluck Wein, und dann fang noch einmal ganz von vorn an«, schlug er mir vor.

Ich hörte auf ihn und fuhr fort. »An allem ist nur dieser verfluchte Brief schuld… Konrad hat mich gefragt, ob ich schon etwas unternommen habe, und ich habe ihm die Wahrheit gesagt: dass ich keinen richtigen Ansatzpunkt habe, dass ich nicht einmal weiß, wo genau ich verdammt noch mal suchen soll, ob im Internet, beim Einsatzstab oder weiß der Teufel, wo. Und dann trat seine unternehmerische Ader mit Lösungsvorschlägen zu allem zutage, und er hat gefragt, warum ich denn nicht in Erfahrung bringe, wer für die Archive des Einsatzstabs in Paris zuständig ist. Da müsse es doch bestimmt einen Zuständigen geben, dem ich eine Mail schreiben und ein paar Fragen stellen könnte. ›Einverstanden, Konrad‹, habe ich gesagt, ›ich schreibe ihm eine Mail und frage ihn. Aber was verdammt noch mal soll ich ihn denn fragen? Du willst doch niemandem verraten, dass wir das besagte Gemälde suchen…‹«

»Und warum will er nicht, dass das jemand weiß, hm?«

»Frag mich nicht: Konrads Paranoia. Er ist überzeugt, dass wir vor der Entdeckung des Jahrhunderts stehen, und will nicht, dass ihm jemand zuvorkommt. Kurz und gut, er hat gesagt, ich soll mir irgendeinen Vorwand ausdenken, um ins Archiv zu kommen. Und ich habe gesagt, wenn es so einfach ist, dann soll er oder eine seiner vielen Sekretärinnen es doch selbst machen. Und da ist er dann furchtbar herablassend geworden und hat gesagt: ›Gut, du hast recht, das muss wirklich eine sehr komplizierte Angelegenheit sein‹ – Ende der Diskussion. Jetzt wird er sicher drei Wochen lang schmollen, so wie ich ihn kenne.«

»Verstehe.«

»›Ich begreife nicht, warum du unbedingt willst, dass ich mich dieser Sache annehme‹, habe ich zu ihm gesagt. ›Du bist ja richtig besessen von dem Brief…‹ Und er hat geantwortet, er könne weder verstehen, warum ich so an meiner Routine festhalte, noch, warum es mir Angst mache, etwas zu riskieren, einfach mal etwas Verrücktes zu tun, und was weiß ich noch für Schwachsinn. Das ist doch zum Kotzen! Seitdem ich ihn kenne, ist mein Leben ein einziges Chaos! Von wegen Routine!«

»Ist ja gut, Schätzchen, hör auf, sonst muss ich dir noch ein Valium verabreichen, und mit dem Wein wirst du dann völlig k.o. sein. Trink noch einen Schluck und putz dir dann die Zähne, du redest so unanständig!«

»Ach Teo, ich glaub, ich…«

In diesem Moment klingelte es an der Tür, und kurz darauf erschien Antonio auf der Terrasse. »Hallo, Süßer.«

»Hallo, Liebling, du kommst spät…«

»Ich bin noch auf dem Markt vorbei und habe einen kleinen Hecht fürs Abendessen geholt…«

»Komm her, du Hecht, und küss mich. Und die Kleine auch, sie ist ganz geknickt.«

Ich nahm wieder die Pose des verwöhnten Kätzchens ein und ließ mich von Toni auf die Stirn küssen.

»Sie hat mit ihrem Deutschen gestritten«, verkündete mein Stellvertreter.

»Ohhh, Streit bei Verliebten? Wie süß!«

»Das ist gar nicht lustig, Toni«, rügte ich ihn.

»Komm, Süßer, hol dir ein Glas und hilf mir, sie zu trösten und den Wein auszutrinken, bevor sie völlig betrunken ist.«

»Nein, ich bereite das Essen vor. Und mit meinem leckeren Essen werde ich all deine Sorgen vertreiben. Ihr erzählt mir einfach später alles.«

Das haben wir dann gemacht. Kurz darauf genossen wir einen wirklich ausgezeichneten Hecht *a la bilbaína*, und es gelang mir, meinen Ärger ein wenig zu vergessen.

»Du hast also total gekränkt aufgelegt, und was hast du dann gemacht?«, fragte mich Teo und nahm den Faden unserer Unterhaltung wieder auf, ohne den Blick von dem sorgfältig gezogenen Kreis zu heben, den er mit einem Stück Brot in die Mischung aus Öl, Knoblauch und Petersilie zeichnete, die sich auf der Platte befand, auf der der Hecht angerichtet war.

»Ich habe dich angerufen und bin bereit, gleich morgen nach Paris zu fahren …«

»Wir einfachen Sterblichen schicken einander dahin, wo der Pfeffer wächst, aber weil dein Freund Multimillionär ist, schickt er dich nach Paris. Das hat Stil, Süße!«

Toni bedachte den Witz seines Freundes mit einem Kichern.

»Ruhe«, unterbrach ich ihn. »Ich war so stinkig, dass ich egal wohin verschwunden wäre, nur um ihm klarzumachen, dass ich einen Arsch in der Hose habe. Aber nachdem du einfach aufgelegt hast, hatte ich nichts mehr, was mich vom Grübeln abgehalten hätte. Ich habe mich wieder an den Computer gesetzt und eine Kontaktperson für die Archive des Einsatzstabs in Frankreich ausfindig gemacht: einen gewissen Doktor Arnoux, der zugleich Direktor der Abteilung für Nachforschungen der Niederlassung der EFLA in Frankreich ist …«

»Das mit dieser EFLA hört sich aber ganz übel an, Schätzchen …«

»European Foundation for Looted Art. Hört sich das besser an? Ich habe ihm also eine Mail geschickt, in der ich schrieb, ich würde gerne das Archiv konsultieren, und gefragt, ob dies per Fernzugriff möglich sei. Ich hatte nicht so bald – genauer gesagt innerhalb von zehn Minuten – mit seiner Antwort gerechnet, in der er mir mitteilte, es tue ihm schrecklich leid, aber per Fernzugriff sei dies immer noch nicht möglich. In jedem Fall sei er aber sehr erfreut, mir persönlich jede Unterstützung zukommen zu lassen, die ich benötigen würde. *Et voilà!*«

»In der Tat, sehr nett, der Typ. Und das heißt? Fährst du jetzt nach Paris oder nicht?«

Ich seufzte, aß meinen letzten Bissen Hecht und dachte einen Moment über meine Antwort nach, um die Spannung zu steigern. »Ich weiß nicht. Ich weiß gerade nicht, was Konrad mehr ärgern würde …«

»Moment mal, damit ich auch mitkomme«, unterbrach Toni, der bislang schweigend und auf sein Essen konzentriert dagesessen hatte. »Das alles machst du, um Konrad zu ärgern oder um ihm zu gefallen? Irgendwann konnte ich dem Gedankengang nicht mehr so richtig folgen …«

In diesem Moment ertönte mein Handy. Es piepste mehrmals, ohne dass ich es beachtete, während Teo und Toni mich ansahen.

»Das ist Konrad. Und ich denke nicht daran dranzugehen, falls ihr das erwartet.«

»Bist du verrückt, Schätzchen? Er hat Kohle! Und Anrufe von Reichen ignoriert man nicht einfach. Gib her!« Teo stürzte sich auf das Handy und entriss es mir.

»Nein …!«

Er hob ab. »Hallo? Konrad? Ja, ja, sie ist hier …«

»Teo!«, fluchte ich mit zusammengebissenen Zähnen und versuchte vergeblich, um seinen großen breiten Rücken herumzugreifen und das Telefon zurückzuerobern.

»Ich gebe dich weiter. Ja … Aber hör zu: Sie ist wirklich ziemlich verletzt … So geht man nicht …«

»Das reicht jetzt.«

Endlich konnte ich ihm das Handy aus der Hand nehmen. Ich gab Teo noch einen Schubs und warf ihm einen vernichtenden Blick zu, bevor ich im Inneren der Wohnung verschwand.

Am anderen Ende versuchte Konrad lauthals, das Gespräch wieder an sich zu reißen. Ehe ich ihm antwortete, setzte ich mich auf den Boden im Wohnzimmer, in eine dunkle Ecke, die Knie an die Brust gezogen, das Telefon an die Wange gepresst.

»Teo ...? Ana ...? Ist da noch jemand?«

»Konrad ...«

»Süße ... Meine Süße, es tut mir so leid ... Ich hätte nicht so mit dir sprechen sollen. Manchmal vergesse ich einfach, dass du nicht eine meiner Geschäftsangelegenheiten bist ... Ich liebe dich, weißt du das?«

Nach ein paar Minuten trat ich wieder auf die Terrasse, das Telefon an mich gepresst, die Wangen gerötet.

»Und?«, verlangte Teo nach einer Erklärung.

»In Kürze werde ich dich umbringen, weil du dich eingemischt hast, aber noch nicht jetzt gleich ...«

»Du bist so was von verknallt ... ha! Das weiß ich! Man kann dir vom Gesicht ablesen, wie verknallt du bist!«

Ich gab mir keine Mühe, ihm zu widersprechen. Das Telefon fest an die Brust gepresst, ging ich zu meinem Stuhl zurück. Toni räumte stillschweigend die Teller ab.

»Und jetzt sag schon, wozu lädst du mich ein, wo ich dir doch geholfen habe, deine Liebe und die Lust am Leben zurückzugewinnen?«

»Nach Paris.«

Toni hörte auf, den Tisch abzuräumen, und Teo verschlug es die Sprache.

»Erzähl keinen Scheiß. Willst du mich auf den Arm nehmen?«

»Nein, mein Herr. Ich meine das völlig ernst. Ich habe mit Konrad ausgemacht, dass ich dieser Angelegenheit ein paar Tage in Paris nachgehen werde: So lange, wie ich brauche, um herauszufinden, ob es Sinn hat, die Nachforschungen weiterzuführen. Dann sehen wir weiter. Also werde ich nächste Woche nach Paris reisen ... und ich will, dass du mich begleitest«, bettelte ich im Tonfall eines kleinen kapriziösen Mädchens.

»Na guuuuut, ich werde mich für dich opfern und mit den

Terminen in meinem engen Kalender jonglieren. Ich glaube, ich hätte ein paar Reportagen, mal sehen, ob ich die schieben kann. Was meinst du, Süßer?« Er sah Toni an. »Lässt du mich mit der Göre nach Paris fahren?«

Toni zuckte mit den Achseln, nahm einen Stapel Teller und lächelte, bevor er in die Küche ging. »Wenn du wieder zurückkommst…«

Ich bin Doktor Alain Arnoux

Konrad war Mehrheitsaktionär der KonKöl Properties, einer Immobilienfirma mit einer ganz speziellen Philosophie: Einzigartige Gebäude im Zentrum großer Städte renovieren, sie in Luxusapartmentkomplexe verwandeln und wochenweise zu Wucherpreisen vermieten. Für gewöhnlich wählte er selbst diese außergewöhnlichen Gebäude aus und beteiligte sich aktiv an der Renovierung und der Einrichtung, wobei er einen Großteil der Kunstwerke seiner privaten Sammlung verwendete, um die Apartments zu dekorieren. Das Gebäude in Paris nannte sich *L'École* und war zur Zeit von Napoleon eine Militärschule gewesen. Mit seiner eleganten neoklassizistischen Architektur und seiner minimalistischen Einrichtung war *L'École* im nobelsten Teil von Paris eine angesagte Adresse.

Nachdem wir in aller Ruhe gefrühstückt hatten, verließen Teo und ich die Wohnung, und da die Sorbonne nicht weit entfernt war, gingen wir zu Fuß zu dem Treffen, das ich um elf Uhr mit Doktor Arnoux vereinbart hatte.

Ich war schon mindestens ein Dutzend Mal zu verschiedenen Anlässen in Paris gewesen: mit meinen Eltern, auf Studienreise, bei einem Zwischenstopp auf einer Interrailreise … Ich hatte dort sogar drei Monate mit meinem damaligen Freund, einem Linksalternativen, der eine Art Mai '68 wieder aufleben lassen wollte, in einer Mansarde im Quartier Latin gewohnt … Dabei haben wir nicht mehr getan, als mit ein paar Schildern vor dem Sitz, an dem der europäische Wirtschaftsgipfel abgehalten wurde, herumzulaufen und Parolen zu brüllen, die restliche Zeit führten wir ein ziemlich konventionelles und fast schon spießiges Leben.

Doch ganz egal, wie oft ich schon dort war, Paris war eine Stadt, die mich immer wieder neu überraschte. Bei meinen Spaziergängen entdeckte ich noch jedes Mal irgendwelche unerforschten Winkel, verborgene Orte voller Zauber abseits der Touristenpfade, Stellen, an denen man anhalten und die Schönheit bewundern konnte. Und so gingen Teo und ich untergehakt durch Paris, ergötzten uns an dem Duft von Schokolade, entrüsteten uns über die Preise in den Auslagen, waren ergriffen von dem Anblick eines Brunnens in einem versteckten Garten oder bestaunten die Schönheit des Sonnenlichts, das durch die Scheiben einer Kirche fiel.

Wir kamen fünf Minuten vor dem vereinbarten Zeitpunkt im Hauptgebäude der Sorbonne an und mussten im Vorraum des Fachbereichs für Geschichte warten.

Teo saß mit übereinandergeschlagenen Beinen und einem auf und ab wippenden Fuß in der Pose eines Modedesigners da und analysierte meine Aufmachung. »Dunkelblaues Jackett, weiße Bluse, Jeans, Mokassins von Tod's und dieses auffällige Seidenhalstuch von Hermès … Weder zu förmlich noch zu dezent: genau richtig. Ich glaube, so bist du perfekt, um einen angesehenen Professor zu beeindrucken. Krempel die Ärmel etwas nach oben, damit man deine Armbanduhr von Cartier sieht …«

»Das ist doch nur ein Professor. Aber vielleicht hast du ja recht, und ich habe tatsächlich zu viele Jahre an der Uni verbracht, als dass ich die Angewohnheit verloren hätte, meine Lehrer beeindrucken zu wollen. Im Übrigen hat fast alles, was ich trage, Konrad mir geschenkt, und mit deiner elitären Auflistung von Marken ist es dir gelungen, dass ich mir albern vorkomme.«

In diesem Moment öffnete sich die Tür zu einem der Büros. »Doktor García-Brest?«

Als ich sah, wer da in der Tür auftauchte, konnte ich nicht umhin, mir zu sagen, dass Doktor Arnoux sich offenbar verdrückt und mir stattdessen einen seiner Stipendiaten geschickt hatte. Der Mann war zwar kein ganz junger Kerl mehr, aber trotzdem viel jünger, als ich erwartet hatte. Er trug ein hellblaues Baumwollhemd ohne Kragen, das geradezu danach schrie, gebügelt zu werden, abgetragene Jeans und ziemlich zerschlissene Converse-Schuhe. Insgesamt eine Aufmachung, die nicht zu der langen Liste akademischer und professioneller Titel passte, die seinem Namen vorangestellt waren.

»Ich bin Doktor Alain Arnoux«, verkündete er und streckte mir die Hand entgegen. »Es freut mich, Sie kennenzulernen. Und Sie sind…«

»Teo Díaz«, stellte sich der Befragte mit einem Händedruck vor.

Den Moment hatte ich genutzt, um mein Hermès-Halstuch unauffällig in der Tasche verschwinden zu lassen. »Er arbeitet bei den Nachforschungen mit mir zusammen«, fügte ich hinzu, weil ich das Gefühl hatte, dass Doktor Arnoux sich fragte: *Was hat der denn hier zu suchen?*

»Wunderbar. Wenn Sie bitte in mein Büro kommen wollen.«

Wir traten in eine ziemlich unpersönliche Kammer. Viele Bücher, Papierkram und Ordner, ein Aktenschrank, eine gerahmte Weltkarte und ein paar an die Wand geheftete Ausdrucke, auf denen für die Aktivitäten der Universität geworben wurde. Auf dem Schreibtisch befanden sich ein Laptop, eine Dose mit Stiften, ein Plüschfrosch und eine mickrige Pflanze. So sah also das Büro eines Doktors aus, der Leiter der Abteilung für Zeitgenössische Kunstgeschichte an der Sorbonne, Leiter der Abteilung für Nachforschungen der European Foundation for Looted Art in Frankreich und Zuständiger für den Dokumentenbestand des Einsatzstabs Reichsleiter Rosenberg des französischen Außenministeriums war.

Auch wenn ich es bereits per Mail getan hatte, erläuterte ich Arnoux erneut den Grund meiner Nachforschungen und inwiefern ich glaubte, dass er mir behilflich sein könne. Teo schwieg solange – fast schon ein Wunder –, wenn auch nur deshalb, weil er nicht besonders gut Französisch sprach.

»Wie ich bereits in meiner Mail erwähnt habe, schreibe ich im Auftrag einer Privatperson die Biografie des SS-Sturmbannführers Georg von Bergheim.« Natürlich hatte ich Arnoux bereits per Mail eine Lüge aufgetischt und tat das jetzt noch einmal persönlich. »Ich weiß, dass dieser Mann im November 1941 zum Einsatzstab Reichsleiter Rosenberg nach Paris berufen wurde, und ich würde gerne mehr über seine Arbeit hier herausfinden.«

Eigentlich wollte ich nur so schnell wie möglich herausfinden – wenn auch erst, nachdem ich die berühmten Archive durchsucht hätte –, dass die ganze Geschichte um das Bild *Der Astrologe* eine Sackgasse war, woraufhin ich nach Madrid zurückreisen und meinen Alltag wieder aufnehmen könnte.

Beruhigt stellte ich fest, dass Doktor Arnoux lächelte, sich freundlich zeigte und an dem Märchen, das ich ihm aufgetischt hatte, nichts Merkwürdiges zu finden schien. »Dieser Name sagt mir etwas: von Bergheim… und wenn er im ERR gearbeitet hat« – ich wusste, dass er damit den Einsatzstab Reichsleiter Rosenberg meinte –, »dann muss ich irgendwann auf ihn gestoßen sein. Wissen Sie, welche Art Arbeit er ausführte: Katalogisierung, Bestandsaufnahme, Verwaltung, Sicherheit…?«

»Ehrlich gesagt, nein. Ich beginne gerade erst mit den Nachforschungen und weiß bisher nur sehr wenig über ihn.«

»Sehen Sie, Doktor García-Brest, das Problem liegt darin, dass alle Unterlagen bezüglich des ERR zwischen den verschiedenen Archiven in Frankreich zerstreut sind. Der größte Anteil der Unterlagen befindet sich im Nationalarchiv, vor allem im Zentrum für Zeitgenössische Jüdische Dokumentation im Mémorial de la Shoah, der Shoah-Gedenkstätte, und im Archiv des Außenministeriums. Ich bin nur für Letzteres zuständig, was für die Forscher etwas umständlich ist. Zunächst einmal steht die Datenbank der Allgemeinheit nicht zur Verfügung. Hinzu kommt noch, dass die Gesetze den Zugang zu Dokumenten einschränken, in denen es um Privatbesitz geht, auch wenn die meisten nicht in diese Kategorie fallen …«

»Verstehe. Aber ich habe nicht vor, eine wahllose Abfrage von Dokumenten vorzunehmen. Ich müsste den Zeitraum eingrenzen, in dem von Bergheim für den ERR gearbeitet hat, und herausfinden, welcher Tätigkeit er nachgegangen ist. Ich habe gedacht, dass es bei all den Dokumenten, die aufbewahrt werden, vielleicht auch eine Aufstellung der Leute des ERR in Frankreich gibt, der man diese Art Information leicht entnehmen kann. Aber natürlich weiß ich nicht, ob so etwas tatsächlich existiert und ob Sie dafür zuständig sind oder nicht … Oder ob es sich dabei um eine Liste mit eingeschränktem Zugang handelt.«

»Doch, doch, es gibt eine Aufstellung der Leute des ERR in Frankreich, auch wenn sie nicht ganz vollständig ist. Denn es ist nicht die des ERR, die die Deutschen mit nach Berlin genommen haben, als sie die Stadt verließen, sondern diejenige, die nach Kriegsende vom Militärgericht in Paris erstellt worden ist.«

»Trotzdem wäre ich Ihnen dankbar, wenn Sie mir erlauben würden, diese Aufstellung zu sehen.«

Doktor Arnoux willigte ein und gab mir den Namen der Archivarin, von der ich die Dokumente erhalten würde, sowie die exakte Adresse der Archive in La Courneuve, einem Ort in der Nähe von Paris. Ich bedankte mich, und danach verabschiedeten Teo und ich uns von dem jungen Doktor und verließen sein Büro.

Teo konnte sich gerade so lange zusammenreißen, bis wir um die Ecke gebogen und vor den Aufzügen stehen geblieben waren.

»Sag mal, hast du diesen Doktor Jones gesehen?«, platzte er mit seinem Kommentar heraus, den ich schon hatte kommen sehen.

»Du meinst wohl Doktor Arnoux.«

»Ach Quatsch, bist du bescheuert? Ich meine diesen super Indiana Jones in der Tarifa-Surf-Version. Wie im Film, nur noch etwas zerzauster …«

»Wenn du meinst … Mir ist nur wichtig, dass er mir gegeben hat, was ich haben wollte: die Genehmigung, das Archiv zu konsultieren, um zu überprüfen, dass ich dort nichts finden werde, woraufhin ich wieder nach Hause fahren kann.«

Der Aufzug hielt endlich auf unserem Stockwerk.

»Und jetzt gehen wir etwas essen, ich habe einen Mordshunger«, sagte ich, als sich die Türen schlossen.

Was die Geschäfte betraf, so gab Konrad sich nicht mit Kleinkram ab. Wie man so sagt: Er war ein schlauer Fuchs. Ich nehme an, dass das einer der Gründe seines Erfolgs war. Deshalb war die Tatsache, dass Teo mich nach Paris begleitete und all seine Ausgaben bezahlt wurden, etwas, was sich auf die eine oder andere Weise für Konrad auszahlen musste. Mein Freund Teo war Fotograf und arbeitete freiberuflich für eine wichtige Verlagsgruppe von Zeitschriften. Also hatte Konrad die Gelegenheit beim Schopf ergriffen und ihn mit einer Reportage beauftragt, mit der er eine Werbekampagne für einen seiner Anbieter für Telekommunikation illustrieren wollte.

Noch am selben Nachmittag ging Teo in das Viertel La Défense, um erste Fotos zu machen, und ich begab mich zu den Archiven des ERR, wenig begeistert von der Vorstellung, Unterlagen wälzen zu müssen. Nach der ausführlichen Sicherheitskontrolle, bei der ich mehrmals durch Metalldetektoren gehen musste und meine persönlichen Dinge durch ein Röntgengerät geschleust wurden, erhielt ich einen Ausweis für das Archiv. Ich wandte mich an die Archivarin, von der Doktor Arnoux gesprochen hatte – eine sehr kühle Frau, die mich nach einer längeren Wartezeit zu zwei dicken Aktenordnern voller Unterlagen führte. Mit diesem Riesenberg Papier und der Musik von Keane auf meinem iPod nahm ich in einer Ecke Platz und fing an zu arbeiten.

Die Unterlagen waren unterschiedlichster Art und so gut wie ohne jeden Zusammenhang. Alles kam darin vor: Befragungen der Angestellten der deutschen Botschaft, Belege vom Erwerb von Kunstwerken in der Schweiz, Aussagen französischer Kunsthändler, ein Dokument über den Transport von hundertachzig Gemälden und Drucken der Wallenstein-Sammlung mit Ziel Deutschland, Briefe und beschlagnahmte Dokumente aus den Büros des ERR … Viel Papierkram und nirgendwo eine Spur von von Bergheim. Dennoch war die Zeit, die ich diesen Unterlagen widmete, nicht umsonst, denn sie half mir, eine Vorstellung davon zu bekommen, wie organisiert der Prozess des Kunstraubs in den besetzten Gebieten vonstattengegangen war. Nichts blieb dem Zufall überlassen, nichts war improvisiert.

Die Methode war einfach, aber wirksam: Mithilfe der Gestapo verschafften sich die Verantwortlichen des ERR Zutritt zu allen möglichen – ob nun freiwillig oder gezwungenermaßen – verlassenen Wohnungen und nahmen alles mit, was in ihren Augen künstlerischen Wert besaß: Gemälde, Skulpturen, Bücher, Antiquitäten, Möbel, Keramiken, Schmuck … Die Besitzer waren für gewöhnlich Juden, Emigranten, Verschleppte oder Angehörige einer anderen Kategorie, die als Feinde des Reichs betrachtet wurden. So wurden die größten Kunstsammlungen der einflussreichsten jüdischen Familien in Frankreich von den Nazis konfisziert, darunter auch die der Rothschilds, David Weils, Seligmanns, Veil-Picards und vieler anderer. Insgesamt kamen über 22 000 geraubte Werke zusammen. In manchen Fällen entwendete man auch Werke aus öffentlichen Sammlungen, insbesondere von deutschen Künstlern, nach dem

Grundsatz, dass diese Kunstwerke in ihr Ursprungsland zurückkehren müssten.

Alle Güter wurden im Jeu de Paume eingelagert, einem Pavillon, der sich in den Tuilerien befand, und in einigen Räumen des Louvre, die eigens dafür bereitgestellt wurden, da während der Jahre der Besetzung ohnehin nur ein kleiner Teil des Museums für die Öffentlichkeit zugänglich war. Dort wurde Inventur gemacht, fotografiert, katalogisiert und falls nötig auch restauriert. Danach wurden die Werke für den Transport in Sonderzügen mit Ziel Deutschland verpackt. Außerdem organisierten die Experten des ERR regelmäßig Ausstellungen, damit Marschall Göring bei seinen zahlreichen Besuchen in Paris die Werke, die ihm am meisten zusagten, für seine eigene Sammlung auswählen konnte. Die Werke, die kein Interesse in den höheren Rängen des Naziregimes hervorriefen, wurden verkauft oder versteigert. Andere Kunstwerke hatten weniger Glück, insbesondere diejenigen, die von den Nazis als »entartete Kunst« angesehen wurden; viele Gemälde von Malern wie Chagall, Kandinsky oder Munch endeten in einem vergessenen Lager oder, in manchen Fällen, im Feuer.

Es gab so viele Informationen, die ich aufnehmen musste, dass die Stunde der Schließung des Archivs kam und ich noch nicht einmal ausreichend Zeit gehabt hatte, das Verzeichnis der Mitarbeiter des ERR vollständig durchzugehen. Das Einzige, was ich erreicht hatte, war das Ende der CD von Keane. Alles Weitere musste ich folglich auf den nächsten Tag verschieben.

Ein kleiner Tintenklecks

Um zehn Uhr vormittags hatte ich Teo auf dem Weg beim Gare de l'Est zurückgelassen – seine zweite Fotosession würde an Bahnhöfen stattfinden – und war selbst bis nach La Courneuve weitergefahren, um mich erneut in die wunderbare Welt des Studiums der Akten zu vertiefen.

Wie von Doktor Arnoux angekündigt, war die Übersicht der Mitarbeiter in diesem Archiv keineswegs vollständig: Im Grunde enthielt sie nicht viel mehr als den Namen, Aufgabenbereich und Informationen über den Aufenthaltsort der betreffenden Person zur Zeit der strafrechtlichen Erfassung. Auch handelte es sich keineswegs um eine reine Mitarbeiterübersicht, da Leute, die direkt oder indirekt mit dem ERR in Kontakt gestanden hatten, ebenfalls darin aufgeführt wurden: Händler, Zwischenhändler, Politiker, Soldaten, Privatkäufer, Auktionshäuser, Transportfirmen … Darüber hinaus tauchten deutsche und französische Mitarbeiter, Soldaten und Zivilpersonen wild durcheinander auf, und die Übersicht erweckte nicht den Eindruck, nach irgendeinem logischen Kriterium erstellt worden zu sein. Die Aufgabe, das alles durchzugehen, war langweilig bis zum Überdruss. Ein Name folgte auf den anderen, ein Aufgabenbereich auf den anderen, ein Aufenthaltsort auf den anderen … Es erinnerte an Dustin Hoffman in *Rain Man*, als er Telefonbücher auswendig lernt.

Ich weiß nicht, wie viele Stunden ich bereits arbeitete, doch als ich gerade so richtig darin vertieft war, ließ mich eine leichte

Berührung an meiner Schulter auffahren. Ich machte einen solchen Satz, dass ich ganz bestimmt eine komische Figur abgab.

»Entschuldigen Sie. Es war nicht meine Absicht, Sie zu erschrecken.«

»Doktor Arnoux! Ich habe Sie nicht hereinkommen sehen …«

»Das habe ich bemerkt«, erwiderte er lächelnd. »Ich wollte nur Hallo sagen. Ich war gerade hier und …«, stammelte er und entschloss sich dann, das Thema zu wechseln. »Wie kommen Sie mit Ihrer Arbeit voran?«

Ich konnte mir eine vielsagende Schnute nicht verkneifen. »Nicht sehr gut. Georg von Bergheim scheint ein Gespenst zu sein: Bis jetzt habe ich ihn nirgendwo entdeckt.«

»Ich hatte Ihnen bereits gesagt, dass die Übersicht nicht sehr vollständig ist. Vielleicht sollten Sie das Archiv der Shoah aufsuchen …«

»Der Shoah?«

»Das Holocaust-Mahnmal. Dort befindet sich eine Kopie eines Großteils der Dokumente des ERR, die nach Berlin überführt wurden. Vielleicht haben sie dort auch Kopien der internen Mitarbeiterlisten.«

»Ich denke, ich werde zunächst hiermit abschließen«, verkündete ich mit einem Blick auf den dicken staubigen Stapel Papier auf dem Tisch vor mir. »Wenn von Bergheim dann noch immer nicht aufgetaucht ist, werde ich das vielleicht versuchen.«

»Ich bin noch bis zur Mittagszeit hier. Wenn ich Ihnen in irgendeiner Weise behilflich sein kann, zögern Sie nicht, es mich wissen zu lassen: dritter Stock, Büro E.«

»Vielen Dank.«

Auch wenn ich mir nichts anmerken ließ, amüsierte mich die Vorstellung, er könnte sich mit dem Surfergruß von mir verabschieden oder mir ein »Na dann, immer schön locker bleiben!« zurufen. Natürlich tat er nichts dergleichen: Er beschränkte sich darauf, sich umzudrehen und sich mit seinen langen Beinen rasch zu entfernen. Ich lächelte über die Absurdität meiner Vorstellung und machte mich wieder über meine Liste her.

Kurz bevor ich beschloss, mir eine Pause zu gönnen und etwas zu essen, leuchtete das rote Licht meines BlackBerry auf und zeigte an, dass ich eine E-Mail erhalten hatte. *Von Doktor Arnoux?* Verwundert sah ich sie mir an.

Ich stehe im Moment direkt hinter Ihnen. Und Sie singen übrigens laut mit. :-)

Ganz automatisch drehte ich mich um, und da stand er, direkt vor mir, und grinste wie ein frecher Junge. Ich zog die Ohrstöpsel des iPod heraus.

»Ich wollte Sie nicht erneut erschrecken und wusste nicht, wie ich es sonst anstellen sollte.«

»Habe ich tatsächlich laut mitgesungen?«

Er nickte.

»O Gott, wie peinlich!«

Doktor Arnoux lächelte und blickte über meine Schulter. »Wie ich sehe, sind Sie noch immer mit der Übersicht beschäftigt«, bemerkte er, ehe er sich neben mich setzte.

Ich seufzte und nickte zugleich.

»Mir ist etwas eingefallen, was Ihnen vielleicht helfen könnte …«

»Tatsächlich? Das wäre fantastisch. So langsam ermüdet mich das hier, vor allem, da ich keineswegs das Gefühl habe, auf dem richtigen Weg zu sein.«

»Ich werde hier um die Ecke etwas essen. Wenn Sie Lust haben, dann kommen Sie doch mit, und ich erzähle es Ihnen beim Essen.«

»Einverstanden. Ich habe aber zwei Bedingungen …«

Doktor Arnoux schien überrascht, dass ich Bedingungen bei etwas stellte, was er aus reiner Höflichkeit anbot.

»Dass Teo Díaz uns begleitet, also der Mann, der …«

»Ach ja! Der Ihnen bei den Nachforschungen hilft.« Er nickte, wenn auch nicht sehr überzeugt. Tatsächlich wollte ich nicht mehr lange warten, bis ich ihm erläutern würde, in welcher Beziehung Teo und ich zueinander standen; ich wollte es ihm beim Essen sagen. »Ich bin nämlich mit ihm verabredet.«

»Natürlich, kein Problem. Und die zweite?«

»Dass wir aufhören, uns zu siezen. Ich versichere Ihnen, es fällt mir entsetzlich schwer, jemanden zu siezen, der in etwa so alt ist wie ich, ganz egal, ob wir nun einen Doktortitel haben oder nicht. Wenn ich diesen förmlichen Umgang das ganze Essen über durchhalten soll, wird mir das ziemlich schwerfallen.«

Doktor Arnoux lächelte. Ich nahm an, dass er, mit seinem lässigen Surferlook, meinen Vorschlag erleichtert aufgenommen hatte. »Na dann mal los, Ana. Pack deine Sachen zusammen und lass uns essen gehen.«

Während des Essens erzählte Alain, dass die Deutschen, als sie im Juni 1940 Paris besetzt hatten, sich dem Problem gegenübersahen, das ganz menschliche Kontingent unterzubringen, das sie mitgebracht hatten: Zivilpersonen, Verwaltungsangestellte, Armee, SS. Für die Truppen wurden außerhalb der Stadt Baracken gebaut oder aber größere Einrichtungen wie Schulen, Lager- und Fabrikhallen umgestaltet. Manchmal wurden Pariser Familien, kraft einer Anordnung der neuen Regierung, gezwungen, die Besatzer bei sich unterzubringen. Im Gegenzug erhielten sie einen kleinen finanziellen Ausgleich. Was die anderen betraf, allen voran die höhergestellten Soldaten und Zivilpersonen, so nutzte man die wichtigsten Hotels im Zentrum, insbesondere die luxuriöseren Etablissements; sie verfügten über ausreichend Zimmer, hatten den erforderlichen Service und die entsprechenden Einrichtungen. In Hotels wie dem *Lutetia*, dem *Crillon*, dem *Meurice* und dem *George V.* ließen es sich viele Deutsche, die ins besetzte Paris geschickt wurden, so richtig gut gehen. Die Kommandantur des Militärbefehlshabers von Frankreich führte über alle in Paris ansässigen Mitarbeiter Buch. Wenn von Bergheim damals in der Stadt gewesen war, dann musste er in diesen Verzeichnissen auftauchen. Konkret bestand die Möglichkeit, dass Georg von Bergheim, als dem Einsatzstab Reichsleiter Rosenberg zugeteilter Kommandant der SS, im Hotel *Commodore* untergebracht war. Während der ersten Jahre der Besetzung war das Hotel *Commodore* nämlich die für die deutschen Mitarbeiter höheren Ranges des ERR vorgesehene Unterkunft.

Als wir wieder im Archiv waren, nahm sich Alain die entsprechenden Akten vor. Er öffnete den Ordner, der den Zeitraum von November 1940 bis November 1942 beinhaltete, und suchte nach Dezember 1941, dem Datum des Briefs von von Bergheim, und …

»*Voilà!*«, rief Alain aus und deutete auf eine Notiz.

»Ach, du Scheiße!«, platzte Teo heraus.

»O Gott …«, murmelte ich, und all meine Skepsis war verflogen.

Von Bergheim war dort gewesen. Wir hatten zwar nur seinen Namen und ein Datum in verschmierter Tinte auf gelblichem Papier, doch ganz plötzlich schien er lebendig zu werden, wie in Woody Allens Film *The Purple Rose of Cairo*, wenn der Protagonist auf einmal aus der Leinwand hervortritt und zu einem Mann aus Fleisch und Blut wird. Von Bergheim war auf einmal keine bloße Laune von Konrad mehr, er war real, er hatte wirklich gelebt.

»Moment mal«, bemerkte Alain. »Seht mal hier: Er ist eingetragen für den 4. Dezember in Zimmer 202, doch als Abfahrtstag steht der 5. Dezember drin.«

»War er nur eine Nacht hier?«, wunderte ich mich.

Alain überflog die folgenden Seiten.

»Hier ist er noch mal! 23. April 1942, wieder in Zimmer 202.«

»Warum verbringt er nur eine Nacht in Paris, um dann vier Monate später erneut herzukommen?«

»Wahrscheinlich wusste er, dass er zurückkommen würde«,

meinte Alain. »Vielleicht hat diese eine Nacht nur dazu gedient, dass er sich in der Stadt einrichtet, seine Sachen unterbringt. Und deshalb bekam er auch dasselbe Zimmer wieder, eben das, in dem er sich eingerichtet hatte.«

»Und was hat er in der Zwischenzeit gemacht?«

»Aber Schätzchen, nach dem famosen Gemälde gesucht. Das war doch seine Aufgabe, oder?«, antwortete mir Teo auf Spanisch, denn auch wenn er meine Frage auf Französisch verstanden hatte, so konnte er doch nicht auf Französisch antworten.

Ich warf ihm einen vernichtenden Blick zu. Das sollte ein vertrauliches Thema bleiben.

Glücklicherweise war Teos feminin angehauchtes Madrider Spanisch unverständlich für Alain, und so wandte er sich wieder dem ersten Eintrag von von Bergheim zu, ohne auf den Kommentar einzugehen. Alle drei starrten wir darauf, als hofften wir, dass er uns etwas sagen würde.

»Ach, sieh nur, was für eine Schweinerei! Hier haben sie einen Tintenklecks gemacht …«, rief Teo aus.

Alain sah ihn verwirrt an, und ich übersetzte es für ihn. Daraufhin beugte er sich dichter über den Eintrag und fuhr mit dem Finger über den vermeintlichen Fleck.

»Das ist kein Fleck«, sagte er schließlich. »Das ist ein Sternchen, ein Verweis …«

Sein Finger glitt auf der Seite ganz nach unten. Dort wurden etwas außerhalb der Kästchen die Besucher des Hotels eingetragen.

»Rheinpalast, Reichsplatz 2, Straßburg. Das war die Adresse der Nazi-Kommandantur, als Straßburg zum Dritten Reich gehörte. Jetzt wissen wir, wo dein unauffindbarer Kommandant war.«

April 1942

Paris. Seit dem 13. Juni 1940 besetzt die deutsche Armee die Stadt. Die Flaggen des Dritten Reichs wehen an jedem offiziellen Gebäude. Nach der Niederlage gegen Deutschland unterzeichnet Frankreich einen Waffenstillstand, durch den das Land in zwei Zonen geteilt wird: die besetzte Zone im Norden und die unbesetzte Zone im Süden unter der Verantwortung einer kollaborierenden Regierung, deren Vorsitz Marschall Pétain innehat, mit Sitz in Vichy.

Ein schwarzer, mit dem Hakenkreuzbanner ausgewiesener Wagen hielt vor dem luxuriösen Eingang zum Hotel *Commodore.*

Der Fahrer öffnete die hintere Tür, und Georg von Bergheim stieg aus. Obwohl es ihm schwerfiel zu laufen, versuchte er so schnell wie möglich unter die Markise des Eingangs zu gelangen, um Schutz vor dem starken Regen zu finden. Er betrat die Eingangshalle. Im Vergleich zu den verlassenen und dunklen Straßen von Paris empfand er den Empfangsbereich als einen warmen, lebendigen Ort, Schauplatz eines bedächtigen Kommens und Gehens und entspannter Gespräche in seiner Muttersprache. Er trug sich am Empfang ein und nahm den Schlüssel seines Zimmers, Nummer 202, an sich. Mit dem Aufzug fuhr er auf sein Stockwerk. Er steckte den Schlüssel ins Schloss, drehte ihn um und öffnete die Tür.

Trotz der Dunkelheit machte er sich nicht die Mühe, das Licht einzuschalten. Sein spärliches Gepäck, noch nicht einmal ein ganzer Koffer voll, stellte er in einer Ecke ab. Dann legte er Mantel und Mütze ab, knöpfte seine Uniformjacke auf, ebenso den Verschluss des Bandes, an dem das Eiserne Kreuz um seinen Hals hing. Er sehnte sich nur noch danach, sich auf dem Bett auszustrecken. Als er es tat, fühlte er sich etwas besser. Mit einem langen, tiefen Seufzer schloss er die Augen. Sein Knöchel schmerzte, bestimmt aufgrund des verfluchten feuchten Klimas hier.

Mit seiner neuen Mission war er erst seit wenigen Monaten betraut, er fühlte sich aber schon deutlich erschöpfter als nach eineinhalb Jahren an der vordersten Frontlinie. Die Politiker und die Politik brauchten seine ganze Energie auf, ließen ihn matt und leer zurück wie eine Waffe ohne Munition. Gerade kam er aus Berlin, dem Nest der Bürokraten, fern jeder Realität. Er war dorthin gefahren, um Himmler Bericht zu erstatten: Es gebe kein Anzeichen von irgendeinem Gemälde mit Namen *Der Astrologe*, und seine absurde Suche habe mehr Leben gekostet, als vertretbar sei. Er hatte keine Angst davor, ehrlich zu sein, deutliche Worte statt der politisch korrekten zu verwenden. Reichsführer SS Himmler hatte ihn über seinen runden Brillenrand hinweg angesehen, die Lippen missfallend geschürzt, ließ sich aber nicht dazu herab, seine Bemerkung zu kommentieren, so als wollte er ihm fast schon nachsichtig Gelegenheit geben, seine Worte noch einmal zu überdenken. Sich zu trauen, die Wünsche des Führers infrage zu stellen, konnte einen teuer zu stehen kommen.

Dessen ungeachtet und entgegen allen Erwartungen erwies sich der Reichsführer SS als geradezu wohlwollend. »Mir ist nicht bekannt, dass Ihre Suche Leben gefordert hat, Sturmbannführer von Bergheim«, stieß er verächtlich und unbeeindruckt aus. Georg wollte schon antworten, ahnte aber, dass er damit alles nur schlimmer machen würde.

»Wie auch immer«, fuhr Himmler fort, »der Führer ist von der Existenz dieses Gemäldes überzeugt, und das *gerade* aufgrund von Informationen, die Sie uns beschafft haben. Es ist jedenfalls der ausdrückliche Wunsch unseres Führers Adolf Hitler, dass *Der Astrologe* sich sobald wie möglich im Besitz des Dritten Reichs befinden soll. Ich rate Ihnen, Sturmbannführer von Bergheim, dass Sie Ihre eigenen Berichte noch einmal gut nachbereiten. Ich weiß nicht, ob Sie sich der Wichtigkeit Ihrer Mission für den Ausgang des Krieges wie für den Ruhm unseres Führers und Deutschlands bewusst sind. Es wäre bedauerlich, wenn jemand Ihres Ansehens in dieser Angelegenheit versagen sollte, bedauerlich für uns, aber noch viel mehr für Sie.« Reichsführer SS Himmler wusste, wie man drohte, das war klar. Und wie man seine Drohungen wahr machte. Georg hatte dem nichts hinzuzufügen, konnte nur noch seinen Stolz hinunterschlucken und bedauern, zu einem Werkzeug der Besessenheit des Führers geworden zu sein. Ganz egal, wie oft er seinen vermaledeiten Bericht durchgehen würde, die Realität ließ sich nicht verbiegen: Das Gemälde tauchte nirgendwo auf, weil es wahrscheinlich gar nicht existierte. Es war völlig wahnwitzig, den Verlauf des Krieges und den Ruhm Deutschlands auf diesem faulen Zauber aufzubauen.

Georg streckte den rechten Arm aus, schlug die Hacken zusammen, rief: »Heil Hitler!« und verließ Himmlers Büro. Jetzt, wo er nicht mehr unter dem düsteren, erdrückenden Einfluss des Reichsführers SS stand, konnte er seine Mutlosigkeit überwinden. Er hatte einen Befehl erhalten und würde ihn ausführen, denn das war das, was er am besten beherrschte. Nicht umsonst hatte er zwei Eiserne Kreuze dafür erhalten, unmögliche Befehle in Heldentaten zu verwandeln.

Trotz seiner Entschlossenheit hatte Georg von Bergheim das Gefühl, durch diese Besprechung gealtert zu sein. Vielleicht lag es auch an all den Dingen, die er in den vergangenen Monaten gesehen hatte. Noch nicht einmal die Urlaubstage, die er genommen hatte, um bei der Geburt seines Sohnes zu Hause zu sein, hatten seinen Geist wieder etwas belebt. Zu sehen, wie sein Kind auf die Welt kam, war natürlich eine sehr schöne Erfahrung gewesen, hatte ihn mit unbeschreiblicher Freude und sein Herz mit einer Zärtlichkeit erfüllt, die er verloren geglaubt hatte. Auch die kleine Astrid, so unschuldig und sanft, wenn sie ihn Papa nannte, so herzlich und liebevoll, wie sie ihn umarmte und küsste, hatte ihn zutiefst gerührt. Doch all das reichte nicht aus, damit Georg sich erneut im Einklang mit sich selbst fühlte. Etwas hatte sich verändert. Vielleicht lag es am Krieg, vielleicht an dem, was ihn umgab … Gewiss war nur, dass er sich verändert hatte. Und vielleicht hatte sich durch seine Veränderung auch Elsie verändert. Es war ihm eigenartig vorgekommen, mit ihr zusammen zu sein: Sie wirkte genauso distanziert und jähzornig wie er selbst; und sie überraschte ihn auch nicht mehr mit einem Kuss in den Nacken, genauso wenig wie er sie küsste.

»Warum bin ich so alt geworden?«, fragte sich Georg.

Straßburg. Das war das Schlüsselwort. Das war der Ort. Der Moment. Nach Straßburg war nichts mehr gleich gewesen, auch nicht er selbst. Nie zuvor hatte er ein Gesicht, einen Vor- und Nachnamen für seine Opfer gehabt. Nie zuvor hatte er angegriffen, ohne sich bedroht zu fühlen. Nie zuvor, nicht vor Straßburg.

Zunächst lief alles recht gut: die Besuche bei dem Eigentümer, die Gespräche mit ihm, das Plaudern über Kunst mit jenem Mädchen … Doch von einem Tag auf den anderen hatte sich schlagartig alles geändert. Wie wenn man plötzlich ins Rutschen gerät, über den Rand des Abgrunds fällt oder von einer Lawine mitgerissen wird.

Georgs Erinnerungen endeten bei diesem Sturz ins Leere. Langsam übermannte ihn der Schlaf und setzte sein Denkvermögen außer Kraft. Doch bevor er sich ihm ganz überließ, schwor er sich, niemals mehr zuzulassen, dass die Gestapo sich in seine

Angelegenheiten mischte. Nie wieder … niemals … niemals … niemals …

Das Geräusch des Regens schreckte ihn auf. Er war sich nicht sicher, ob er wirklich geschlafen hatte, sicher war jedoch, dass er aufgehört hatte, klar zu denken. Er schaltete das Licht auf dem Nachttisch ein und warf einen Blick auf seine Armbanduhr: acht Uhr. Träge und ohne auf den stechenden Schmerz in seinem Knöchel zu achten, verließ er das Bett. Er ging ins Badezimmer, stellte sich vor den Spiegel, band sich das Eiserne Kreuz wieder um und knöpfte seine Uniformjacke zu. Er würde unten an der Bar etwas zu sich nehmen.

In der Eingangshalle herrschte geschäftiges Treiben. Leute liefen umher, unterhielten sich, lachten und tranken. Musik war zu hören, und das Aneinanderschlagen von Elfenbeinkugeln verriet, dass ein Billardtisch vorhanden war.

Er setzte sich an den Tresen, bestellte einen Whisky mit Eis und zündete sich eine Zigarette an. Er hatte seit dem Frühstück nichts gegessen, verspürte aber trotzdem keinen Hunger. Erst beim ersten Schluck Whisky machte das Brennen ihm klar, wie leer sein Magen war.

»Sturmbannführer von Bergheim! Wie ich sehe, sind Sie nach Paris zurückgekehrt …«

Georg drehte sich um: Vor ihm stand Bruno Lohse, einer der wenigen, mit denen er in seiner bislang ersten und einzigen Nacht in Paris gesprochen hatte.

»So ist es, Doktor Lohse. Es freut mich, Sie wiederzusehen. Ich dachte, Sie sind auf einer Ihrer vielen Reisen.«

»Tatsächlich komme ich heute direkt aus Amsterdam. Doch ich habe vor, einige Zeit hierzubleiben. Und Sie? Was führt Sie erneut nach Paris?«

Georg nahm noch einen Schluck Whisky und antwortete, ohne lange nachzudenken: »Eine Frau.«

Bruno Lohse zog eine Augenbraue hoch und deutete ein Lächeln an.

»Nicht das, was Sie jetzt denken«, erläuterte Georg. »Es handelt sich um eine Frau, die mich zu einem Gemälde bringen soll.«

»Ah, Gemälde und Frauen: das Schönste, was die Welt zu bieten hat. Wir haben Glück, von beidem umgeben zu sein. Erlauben Sie, dass ich mich zu Ihnen geselle?«

»Aber natürlich. Was wollen Sie trinken?«

»Dasselbe wie Sie.« Lohse nahm neben ihm Platz.

Georg bestellte zwei weitere Whisky. Dann entnahm er seinem Etui eine Zigarette für sich und eine für Lohse.

»Danke.« Lohse steckte sich die Zigarette zwischen die Lippen und beugte sich der Flamme von Georgs Feuerzeug entgegen. Nach einem tiefen Zug fügte er hinzu: »Arbeiten Sie immer noch für Himmler?«

Georg nickte. Offiziell genoss er innerhalb des ERR den Status *Sonderauftrag Himmler*. »Und Sie arbeiten vermutlich immer noch für Göring.«

»So ist es.«

Schon seit einem Jahr besaß Lohse seinen eigenen unabhängigen Status *Sonderauftrag Göring*, obwohl auch er organisatorisch dem ERR zugeordnet war.

»Wir werden als verwöhnte Bengel betrachtet«, fuhr Lohse fort. »Ich mache Sie darauf aufmerksam, dass Ihr *Sonderauftrag* Ihnen nicht wenige Probleme innerhalb der Organisation bereiten wird. Die Leute sind verärgert, weil Sie andere Privilegien genießen. Dabei ist ihnen allerdings die Tatsache nicht bewusst, dass alle Privilegien an eine bestimmte Verantwortung gebunden sind. Doch das ist eine andere Geschichte, über die wir uns zu gegebener Zeit ausführlich unterhalten können.«

Georg konnte sich vorstellen, worauf Lohse sich bezog. Theoretisch konnte man ihn beneiden, weil er direkt jemandem mit leitender Funktion in der Regierung unterstellt war. Praktisch äußerte sich das in zusätzlichem Druck seiner Vorgesetzten. Lohse erging es wahrscheinlich genauso.

Von Anfang an hatte ihn die Parallelität zwischen Bruno Lohse und ihm verwundert: Sie waren beide gleich alt, hatten einen Doktor in Kunstgeschichte, bekleideten eine soldatische Funktion und waren dann beide vom Militärdienst abgezogen worden. Und obwohl sie beide formell Teil des ERR waren, hatte man ihnen Sonderaufträge erteilt, und sie genossen völlige Unabhängigkeit bei der Ausübung ihrer Arbeit, was bei vielen ihrer Kollegen Unmut hervorrief. Außerdem war Lohse ohnehin eine sehr umstrittene Persönlichkeit: Statt einer Uniform trug er immer Zivil; er reiste in seinem eigenen Wagen, lehnte es ab, den dienstlichen zu benutzen; er hatte eine eigene Wohnung in Paris; und obwohl er der SS angehörte, hatte er es abgelehnt, einen militärischen Rang innerhalb der Organisation einzunehmen; und was der letzte, wenn auch nicht weniger wichtige Punkt war: Er schlief mit der Hälfte der Sekretärinnen des ERR. Da war es nur einleuchtend, dass Bruno Lohse mehr als einen zum Feind hatte.

Abgesehen davon war er ein großer Kunstkenner, ganz besonders der holländischen Malerei des 17. Jahrhunderts. Er kannte den Markt wie seine Westentasche, die Händler respektierten ihn und unterbreiteten ihm immer gute Angebote. Und er war sehr versiert im Verhandeln.

»Sagen Sie, Lohse, haben Sie jemals von einem Gemälde von Giorgione namens *Der Astrologe* gehört?«

Lohse dachte nicht einen Moment darüber nach, bevor er den Kopf schüttelte und ein kategorisches Nein verlauten ließ. »Aber ich werde darauf achten. Ist das das Gemälde, nach dem Sie in Straßburg gesucht haben und das Sie jetzt erneut nach Paris führt?«

»Unter anderem.«

»Ich hatte übrigens Gelegenheit, mir die Bauer-Sammlung

in Berlin anzusehen: nicht sehr umfangreich, aber mit wirklich interessanten Werken. Sie haben sie ausfindig gemacht, nicht wahr?«

Bei der Erwähnung des Namens Bauer spürte Georg, wie er zusammenzuckte. Er versuchte, es zu verbergen, blickte auf den Boden und wandte viel zu viel Kraft auf, um den Zigarettenstummel im Aschenbecher auszudrücken. »Nicht ganz.« Als er sich wieder besser in der Gewalt hatte, erlaubte er sich, etwas ausführlicher zu antworten. »Die Bauer-Sammlung war ein typischer Fall von skrupelloser Plünderung. Die Gestapo hat ihre Kompetenzen weit überschritten und Gemälde beschlagnahmt, die gar nicht herrenlos waren.«

Jemand hatte ihm erläutert, dass die Funktionen, die der ERR in Bezug auf die Verwahrung der Kunstwerke bekleide, kraft der Übereinkünfte, die man im Rahmen der Waffenstillstandsvereinbarung mit der französischen Regierung unterzeichnet habe, völlig legal seien. Der ERR beschränke sich darauf, das künstlerische Erbe, das von den Eigentümern zurückgelassen würde, zu schützen und zu bewahren. Aber in Straßburg… Das in Straßburg war ganz entschieden Raub gewesen. Ein Raub, an dem er sich mitschuldig fühlte. *»Straßburg ist nicht mehr Frankreich, Sturmbannführer. Hier gelten die Übereinkünfte des Waffenstillstands nicht, und man erledigt die Dinge auf andere Weise«,* hatte der Kriminalrat der Gestapo in Straßburg auf seine Einwände erwidert. *»Wenn Sie hier sind, um die Sammlung der Bauers zu inventarisieren, dann beschränken Sie sich auf Ihre Arbeit und lassen Sie uns die unsrige erledigen.«* Georg hatte nichts dagegen unternommen, sondern seine Bestandsliste abgezeichnet. Was hätte er auch sonst tun sollen, jetzt, da die Sammlung tatsächlich verwaist war? Und das alles durch seine Schuld…

Einen Moment lang bedachte Lohse ihn mit einem Blick, den Georg voll des Mitgefühls glaubte.

»Mein lieber von Bergheim, man merkt, dass Sie nur wenig

Zeit in Paris zugebracht haben«, bemerkte Lohse schließlich. »Hätten Sie unter von Behrs Befehl gedient, dann wären Sie von solchen Dingen nicht überrascht. Aber vergessen Sie eines nicht, Sturmbannführer: Deutschland plündert nicht, Deutschland schützt das kulturelle Erbe der besetzten Gebiete vor Verlust und Zerstörung«, schloss Lohse, nicht ohne eine gewisse Häme in der Stimme.

Baron Kurt von Behr war der Leiter des ERR für die besetzten Gebiete im Westen. Damals wusste Georg noch nichts von den verbrecherischen Beschlagnahmungsmethoden von Behrs, von dessen völligem Unverständnis für die Welt der Kunst und seiner Verachtung für den einem Werk innewohnenden Wert, von seiner Arroganz, seiner Selbstgefälligkeit und seinem Ehrgeiz. Doch er sollte nicht lange brauchen, um sich darüber klar zu werden, denn auch wenn Straßburg nun also nicht mehr zu Frankreich gehörte, so wurden die Dinge in Frankreich doch nicht sehr viel anders gehandhabt.

»Hör zu, Georg… Ich darf dich doch Georg nennen, oder? Immerhin sind wir Kollegen…«

»Natürlich.«

»Morgen werde ich bei ein paar Händlern vorbeischauen, mit denen ich für gewöhnlich zusammenarbeite, um zu sehen, was hier so los ist. Wenn du willst, komm doch mit. Vielleicht findest du ja etwas, was deinem Chef gefallen könnte.«

Georg gefiel die Idee. Bis er auf eine Spur über den Verbleib des *Astrologen* traf, musste er Himmler mit Werken zufriedenstellen, mit denen der Reichsführer SS seine Wewelsburger Sammlung erweitern konnte. Von Lohse durch den undurchdringlichen Kunstmarkt von Paris geführt zu werden war ein Angebot, das er nicht ausschlagen konnte.

Ich habe da etwas, was dich interessieren könnte

Ich muss zugeben, dass ich nicht genau weiß, warum es mich so gefreut hat, auf Georg von Bergheim zu stoßen. Als ich irgendwann innehielt und darüber nachdachte, wurde mir klar, dass durch diesen Fund alles nur viel komplizierter wurde. Ich war in der festen Überzeugung nach Paris gereist, dass ich dort nichts finden würde, was die Nachforschungen über das vermeintliche Gemälde von Giorgione rechtfertigte. Meine Absicht war gewesen, sofort wieder nach Madrid zurückzukehren, Konrad das alles zu erläutern und mein normales Leben wieder aufzunehmen. Doch jetzt stellte sich heraus, dass es Georg von Bergheim wirklich gegeben hatte … wie ärgerlich aber auch!

Konrad zeigte sich begeistert, als ich ihm am Telefon davon berichtete, und auch wenn er klugerweise darauf verzichtete, das klassische »Ich hab's dir ja gesagt« fallen zu lassen, über das ich mich jedes Mal so ärgerte, forderte er mich doch taktvoll auf, die Nachforschungen weiterzuführen. »Du kannst dich so lange beurlauben lassen wie nötig«, deutete er an.

»Von wegen Beurlaubung, verdammt, Konrad! Ich erinnere dich daran, dass du mir meinen momentanen Job verschafft hast. Die Beurlaubung habe ich bereits für den Posten der Konservatorin beantragt. Das hier wäre die Beurlaubung von der Beurlaubung«, antwortete ich ironisch.

»Gut, dass du mich aufklärst, meine Süße. Ich …«

In dem Moment klingelte es an der Wohnungstür. Da ich mir

sicher war, dass es Teo sein müsste, ließ ich mich von Konrad am anderen Ende der Leitung weiter beschwatzen, während ich zur Tür ging.

»… könnte jetzt sofort bei … na, wie heißt er noch gleich? … anrufen … Dein Chef, du weißt schon. Und ich erkläre ihm, was los ist …«

»Du sollst dich nicht wie mein Vater aufführen, Konrad. Ich kann selbst …«

Ich dachte, ich würde Teo nur kurz die Tür öffnen, mich umdrehen und weitersprechen. Doch als ich sie öffnete, drehte ich mich weder um, noch führte ich das Gespräch fort.

»Ana?«

»Ich ruf dich später an, Konrad.« Damit legte ich auf.

»Du trägst eine Brille?«, war das Erste, was Doktor Arnoux sagte, der vor mir stand.

Als hätte er mich bei etwas Verwerflichem überrascht, nahm ich rasch die Brille ab. Und fast gleichzeitig fragte ich mich, warum zum Teufel ich das jetzt getan hatte. »Nur dann, wenn ich keine Kontaktlinsen trage«, antwortete ich.

»Dann solltest du sie wohl besser wieder aufsetzen.«

Ich versuchte, nicht darüber nachzudenken, wie lächerlich ich mich gerade aufführte, und folgte seinem Ratschlag. Es war eine große Erleichterung, sein Gesicht wieder scharf vor Augen zu haben.

»Es tut mir leid, dass ich dein Gespräch unterbrochen habe …«

»Ach, nicht der Rede wert, das war nicht wichtig, nur mein … Freund, ein Freund.«

»Gut, ich wollte dich eigentlich vorher anrufen, aber ich war auf dem Rückweg von der Uni hier in der Nähe und … Vielleicht ist jetzt gerade kein guter Zeitpunkt.«

Die Brille, die Trainingshose, das T-Shirt, die Haare nur irgendwie mit einer Spange zusammengebunden, barfuß … Ich wusste genau, was Teo dazu sagen würde: *»O bitte, Liebes, sag* *mir, dass er dich nicht in diesem Aufzug gesehen hat… Ich habe dir doch gesagt, dass du ihm nicht deine Adresse geben sollst.«* Nein, jetzt war wirklich kein guter Zeitpunkt.

»Doch, doch, komm rein.«

Er trat ein und folgte mir ins Wohnzimmer. Auf dem Weg dorthin sammelte ich alles Mögliche ein: eine Jacke, den iPod, ein Buch, die Hausschuhe, eine Nagelfeile…

»Entschuldige das Chaos«, sagte ich, wodurch die Unordnung in der Wohnung nur noch offensichtlicher wurde.

»Mach dir da mal keine Sorgen, ist schon okay. Das ist eine sehr schöne Wohnung. Das Gebäude ist beeindruckend, und die Sammlung der Ölgemälde von Larousse im Eingang ist wirklich umwerfend.«

Larousse gehörte zu den jungen französischen Malern, die sehr begehrt waren, seit sie Konrads Gunst erworben hatten.

»Ja, nicht wahr…? Nimm doch bitte Platz.«

Doktor Arnoux setzte sich zwar auf eines der weißen Sofas in dem modernen, minimalistisch gehaltenen Wohnzimmer, machte es sich dort aber nicht bequem. Ich tat es ihm gleich, allerdings ebenfalls nicht ohne eine gewisse Anspannung – wie im Wartezimmer beim Zahnarzt.

»Ich will dich nicht lange aufhalten. Als wir uns gestern im Archiv voneinander verabschiedet hatten, habe ich noch ein wenig über deine Nachforschungen nachgedacht…«

Meine Muskeln spannten sich noch mehr an. War es möglich, dass er dem großen Schwindel, den ich ihm aufgetischt hatte, auf die Schliche gekommen war und mir jetzt hier die Schamesröte ins Gesicht treiben wollte? Ich hätte wissen müssen, dass er meine Schwindelei mit der Biografie eines SS-Kommandanten nicht einfach schlucken würde.

»Ich war mir sicher, dass ich den Namen von Bergheim nicht zum ersten Mal gehört habe«, fuhr er fort, während ich mir angestrengt den Kopf darüber zerbrach, wie ich mich aus dieser

Situation, in die ich mich selbst manövriert hatte, würde retten können. »Und gestern Nacht ist es mir dann schließlich eingefallen. Also bin ich heute Morgen meine Aufzeichnungen zu meinen letzten Arbeiten durchgegangen, um mich zu vergewissern. Kurzum, ich habe da etwas, was dich interessieren könnte.«

Jetzt wusste ich gar nicht mehr weiter. Ich hatte angefangen, mich für den Angriff zu wappnen, dabei wollte mir Doktor Arnoux nur weiterhelfen. »Mich interessieren?«, wiederholte ich verwundert, womit ich nur erreichte, dass auch er sich verwirrt fühlte.

»Ja … also, das glaube ich zumindest … Vielleicht mische ich mich hier ja auch in etwas ein, was mich nichts angeht.«

»Nein, nein, überhaupt nicht! Entschuldige, ich bin irgendwie zerstreut. Du hast gesagt, du hast etwas über von Bergheim herausgefunden?«

»Ja. Es ist zwar nicht viel, aber vielleicht hilft es dir bei deinen Nachforschungen.« Er zog einen Zettel aus der Hosentasche. »Ich habe dir eine Kopie von einer der Seiten des Berichts über die Aktivitäten des Einsatzstabs Reichsleiter Rosenberg in Frankreich gemacht, den die ALIU, die Art Looting Intelligence Unit, nach dem Krieg erstellt hat. Das war eine Sondereinheit der amerikanischen Armee, die die Plünderungen der Nazis untersuchte. Der Bericht beruht auf offiziellen deutschen Dokumenten und auf den über einen Monat andauernden Befragungen bestimmter Mitarbeiter des ERR wie Walter Andreas Hofer, der Görings Kunsthändler war; Robert Scholz, der Rosenberg in Kunstfragen beriet; oder Bruno Lohse, der in den Monaten vor der Befreiung technischer Leiter des ERR in Paris war, auch wenn er von Beginn an dafür gearbeitet hat.« Doktor Arnoux reichte mir die Kopie. »Entschuldige, dass sie so zerknittert ist, ich bin mit dem Motorrad hier und konnte es nirgendwo sonst einstecken …«

»Ist schon in Ordnung … Danke.« Ich sah mir die Kopie an:

ein Bericht auf Englisch in winziger, dicht gedrängter Schrift, die nur zu entziffern war, wenn man sich höllisch konzentrierte. »Wird Georg von Bergheim in diesem Bericht auch genannt?«

Ich war mir sicher, dass er den Bericht bereits durchgelesen hatte und mir eine Zusammenfassung liefern konnte, ohne dass ich mich mit diesem so offensichtlich wenig angenehmen Text abmühen musste.

Und so wie es aussah, brannte Doktor Arnoux darauf, mir diese zu liefern. »In der Tat. In diesem Teil des Berichts geht es um die Konflikte, die innerhalb des ERR bestanden haben. An einer Stelle spricht Bruno Lohse, der im Bereich Kunst ebenfalls Görings Beauftragter in Frankreich war, von dem Neid, den er aufgrund seines Status als *Sonderbeauftragter* bei den anderen Mitarbeitern hervorrief…«

»Sonderbeauftragter?«

»Ja, in der Regel war es so, dass derjenige, der den Status eines *Sonderbeauftragten* innehatte, im Besitz von Akkreditierungen war, die jegliche zivile oder militärische Einheiten verpflichteten, ihn bei seiner Mission zu unterstützen. Also eine Art Freibrief, um bei der Ausübung seines Auftrags ungebunden agieren zu können, ohne sich einer anderen Autorität als der, die den Sonderauftrag erteilt hatte, unterordnen zu müssen – im Fall von Lohse also Göring. Laut Lohse war es so, dass es im gesamten ERR in Paris nur zwei Personen mit diesem Status gab: Die eine war er und die andere…«

»Georg von Bergheim«, schloss ich.

»Ganz genau. Nur dass von Bergheims Sonderauftrag von Himmler erteilt worden war. Er war ihm also direkt unterstellt. Lohse erzählte außerdem, dass von Bergheim als Kunsthistoriker regelmäßig bei der Inventarisierung und Katalogisierung der Sammlungen mitarbeitete, auch wenn er offiziell kein Amt innerhalb des ERR innehatte, und dass er der *Arbeitsgruppe Louvre* bis März 1943 angehörte, als er von seinem Vorgesetzten nach Deutschland zurückbeordert wurde. Das erklärt auch, warum du ihn nicht in der Übersicht der Mitarbeiter gefunden hast: In denen werden nur die aktiven Mitarbeiter von 1944 erfasst.«

»Was ist die *Arbeitsgruppe Louvre*?«

»Das ist eine Einheit des ERR, die sich aus Kunsthistorikern, Restauratoren, Fotografen und Assistenten zusammensetzte, die die beschlagnahmten Kunstwerke inventarisierten und katalogisierten und für den Abtransport nach Deutschland vorbereiteten.«

Ich überlegte. Abgesehen davon, dass ich bereits wusste, dass von Bergheim für Himmler arbeitete, war dieses Dokument die offizielle Bestätigung dessen, was er in seinem Brief schrieb. »Könnte ich eine Kopie des gesamten Berichts sehen?«

»Natürlich. Wenn du morgen Abend in meinem Büro vorbeikommst, zeige ich sie dir.«

»Ich glaube, es könnte interessant sein, mehr über diese Organisation herauszufinden, für die von Bergheim gearbeitet hat«, rechtfertigte ich mich.

»Ich muss zugeben, als du gesagt hast, dass du Nachforschungen für die Biografie eines Kommandanten der SS anstellst, fand ich das … na ja, irgendwie merkwürdig.«

Ich sah ihn ernst und erwartungsvoll an.

»Biografien über anonyme Personen werden in der Regel von der Familie erstellt, quasi als Hobby. Sie sind eine Art ehrendes Andenken an den Großvater und gelten nicht als ernsthafte Arbeit eines Forschers. Allerdings ist auch klar, wenn dieser Herr mit einem Sonderauftrag von Himmler betraut war, dann war er kein gewöhnlicher Typ.«

Einen Moment lang hatte ich das Gefühl, als wollte Arnoux mir eine Falle stellen. Ich versuchte, mich, so gut es ging, aus der Affäre zu ziehen. »Na ja, ich weiß noch immer nicht genau, wer dieser Georg von Bergheim war … Aber in einer Sache hast du recht: Die Biografie ist der Auftrag einer recht eigenwilligen Privatperson mit wenig Zeit und viel Geld. In jedem Fall bin ich dir für deine selbstlose Unterstützung sehr dankbar.«

»Dafür musst du dich nicht bedanken. Ich bin in dieser Hinsicht berufsgeschädigt: Ich kann bei Nachforschungen, ganz egal welcher Art, nicht untätig herumsitzen. Und, um ehrlich zu sein, habe ich nur ganz zufällig an diesen Bericht gedacht und bin auch nur ganz zufällig auf von Bergheim darin gestoßen, denn den habe ich da eigentlich gar nicht gesucht. Warum ich mir die ganze Nacht den Kopf über seinen Namen zerbrochen habe, hatte einen ganz anderen Grund…« Er machte eine Pause, um sich zu vergewissern, dass er mein Interesse geweckt hatte. Ich nahm an, dass er sich durch die Art, wie ich mich beim Sitzen nach vorn gebeugt hatte und ihm ohne ein Blinzeln lauschte, bestätigt sah. Also fuhr er fort: »Vergangenes Jahr hatte ich einen Fall von der European Foundation for Looted Art. Es ging um eine Sammlung, die Anfang 1942 in Straßburg verschwunden ist. Sie gehörte einem jüdischen Industriellen, Alfred Bauer. Und obwohl es sich um keine große Sammlung handelte, befanden sich doch hochwertige Kunstwerke darunter, vor allem aus der flämischen Schule des 16. Jahrhunderts. Heute habe ich mir die Karteikarte dazu erneut durchgelesen: Die gesamte Sammlung wurde im Februar 1942 katalogisiert und inventarisiert… Rate mal, welcher Kunstkenner den dazugehörigen Bericht unterzeichnet hat?«

»Der SS-Sturmbannführer Georg von Bergheim?«

»Genau der.«

Es dauerte einen Moment, bis diese Information ganz bei mir angekommen war: Nachdem von Bergheim auf der Suche nach dem *Astrologen* war, und kaum, dass er in Paris angekommen war, wieder nach Straßburg abreiste, wo er die Bauer-Sammlung konfiszierte, war es da möglich, dass dieses Gemälde Teil jener Sammlung war? Ich konnte nicht anders und musste die nächste Frage einfach stellen: »Aus reiner Neugier: Gehörte zufällig ein Giorgione zu der Bauer-Sammlung?«

Doktor Arnoux runzelte die Stirn. Vielleicht war es unvorsichtig von mir, diese Frage zu stellen, die für ihn in keinem Zusammenhang damit stand.

»Nein, ich kann mich nicht erinnern, aber ich kann das Bestandsverzeichnis noch einmal durchsehen …«

»Das interessiert mich vor allem persönlich. Ich muss gestehen, dass ich Expertin für Giorgione bin und in dieser Hinsicht auch eine gewisse berufliche Vorbelastung aufzuweisen habe.« Um nicht noch mehr Misstrauen zu wecken, lenkte ich die Unterhaltung in eine andere Richtung: »Und was ist mit der Bauer-Sammlung passiert?«

Arnoux zuckte mit den Schultern. »Größtenteils ging sie verloren, und schon allein aufgrund der Natur der Sammlung ist es schwierig, sie wiederherzustellen. Siebzig Prozent der Werke zählten zur Kategorie, die von den nazistischen Ideologen als entartete Kunst betrachtet wurde. In der Bauer-Sammlung befanden sich viele Vertreter des Expressionismus und des Kubismus. Sie enthielt einen Van Gogh und einen Matisse, außerdem einen Marcoussis und einen Mondrian, um dir nur ein paar der Wichtigsten zu nennen. Das Problem der Sammlungen, die von den Nazis verschmäht wurden, war, dass sie stärker Gefahr liefen, verloren zu gehen, zerstört oder gegen andere eingetauscht zu werden. Ihre Spur ist deshalb viel schwieriger zu verfolgen. Bei den Künstlern, denen die Nazis zugetan waren, kommt das nicht vor – diese trugen sie in speziellen Lagerhallen zusammen, um damit Hitlers großes Museum auszustatten, das er für Linz vorgesehen hatte, oder aber sie vergrößerten damit die Privatsammlungen wichtiger Persönlichkeiten der Nazipartei. Nachdem Deutschland den Krieg verloren hatte, war es einfacher, dieser habhaft zu werden oder zumindest festzustellen, wo sie sich befanden. Im Fall Bauer konnte ich aber nur ein paar Gemälde von unbedeutenderen flämischen Künstlern des 16. Jahrhunderts ausfindig machen, nach denen die Nazis ganz verrückt waren, und einen Van Eyck ...« Alain schwieg einen Moment und strich sich nachdenklich über seinen Dreitagebart. Schließlich seufzte er: »Irgendwann habe ich es dann aufgegeben.«

»Du hast aufgegeben? Warum?«

Ich bemerkte, wie angespannt er plötzlich war.

»Ich habe es sein lassen, weil ... ich weiß nicht, ich kann es nur schwer erklären. Tatsächlich hatte niemand mich darum gebeten, dass ich diese Sammlung wieder zusammenführe und ihrem rechtmäßigen Besitzer übergebe. Es wurden keine Erben ausfindig gemacht, und niemand hat sie für sich beansprucht ...«

»Es gibt niemanden mehr von der Familie Bauer?«

»Na ja, ich bin nicht sicher ... Im Grunde genommen hat keiner von ihnen den Krieg überlebt. Höchstens vielleicht eine der Töchter, Sarah ... Sarah Bauer. Ich habe nichts über ihren Aufenthaltsort herausgefunden, nichts, was darauf hindeutete, dass sie noch lebt oder dass sie gestorben ist. Wie gesagt, ich habe die Nachforschungen mittendrin abgebrochen.«

Als Doktor Arnoux gegangen war und ich mein maskenhaftes Lächeln ablegen konnte, überkam mich ein merkwürdiges Gefühl: Ich belog ihn oder verbarg zumindest den wahren Grund meiner Nachforschungen vor ihm. Gleichzeitig hatte ich das Gefühl, dass auch er mich belog. Diese selbstlose Hilfe und die angebliche berufliche Vorbelastung machten mich stutzig ... Ich war mir sicher, dass hinter seiner uneigennützigen Unterstützung etwas anderes steckte – doch sosehr ich mir auch den Kopf zerbrach, ich kam nicht dahinter, was es sein könnte.

Mai 1942

Seit das Vichy-Regime im Oktober 1941 den *Statut des Juifs* verkündete, sehen Juden sich in ihren Rechten und Freiheiten beschränkt: Die Ausübung der meisten freischaffenden Berufe ist ihnen untersagt, zu vielen öffentlichen Plätzen wird ihnen der Zutritt verwehrt, sie können nur zu bestimmten und eingeschränkten Zeiten einkaufen und dürfen nur im hintersten U-Bahn-Waggon fahren; das sind nur einige Beispiele dieser Einschränkungen. Die Maßnahmen erreichen im Mai 1942 ihren Höhepunkt, als die deutschen Behörden ein Dekret erlassen, demzufolge Juden verpflichtet sind, sich mithilfe des gelben Davidsterns zu identifizieren, der an den Kleidungsstücken auf der linken Brustseite aufgenäht werden muss.

Sarah war verwirrt und bestürzt. Sie verstand nichts von alldem. Sie konnte nichts unternehmen, nur ohnmächtig zusehen. Wenn sie schreien wollte, bekam sie keinen Ton heraus, und wenn sie sich bewegen wollte, war sie wie gelähmt.

Alles ging so schnell, und sie ließ sich einfach mitreißen. Ihr Vater gab ihr einen Mantel und schob sie durch die Falltür im Boden nach unten. Ihre Mutter wollte sie küssen, doch der Kuss erreichte sie nicht. Ihr kleiner Bruder klammerte sich an ihre große Schwester, und beide sahen sie an. Die Falltür schloss sich, und Sarah tauchte in die Dunkelheit des Kellers ein. Über ihr waren Schritte zu hören, und der Staub, den sie aufwirbelten, drang ihr in die Augen. Sie hörte laute Stimmen, Gepolter und das Klappern von Absätzen. Ihr Vater und ihre Mutter schrien, ebenso ihre Geschwister und auch jene Männer. Nur Sarah konnte nicht schreien. Alles in ihr war stumm: die Tränen, die über ihre Wangen rannen, der Schweiß, der sich an ihren Schläfen bildete, selbst das Rasen ihres Herzschlags war nur ein dumpfes Pochen in ihrer Brust.

Doch das Schlimmste war die schreckliche Abfolge der Geräusche. Zunächst das Knallen einer Ohrfeige, dann das hysterische Weinen ihrer Mutter und zum Schluss die furchteinflößende Stimme des Polizisten. Sarah kniff die Augen zusammen und hielt sich die Ohren zu, doch vergeblich, denn auch so wiederholte sich die immer gleiche Abfolge unablässig in ihrem Kopf, bis sie glaubte, sie würde den Verstand verlieren.

Nur eine Sache ließ diese Qual verstummen …

»Es reicht!«

Dieses »Es reicht!« in der gewaltigen Stimme jenes deutschen Offiziers ließ Sarah aus ihrem Traum erwachen. Seit sie in Paris angekommen war, wurde Sarah jede Nacht von demselben Albtraum heimgesucht. Danach konnte sie nicht mehr einschlafen. Sie stand auf, setzte sich ein Zichoriengebräu anstelle von Kaffee auf und begann ihre tägliche Routine. Sie wusch sich, zog sich an und ging mit Hélène zum Lebensmittelladen an der Ecke. Die Schlange vor der Tür war immer lang, manchmal dauerte es Stunden, bis sie vor der spärlichen Auslage standen. »Dieses Schlangestehen ist furchtbar«, beschwerte sich Hélène. »Wenn mein Vater hier wäre, würde er bestimmt dasselbe machen wie die reichen Leute: jemanden bezahlen, damit der für uns ansteht.« Das Warten war leichter zu ertragen, wenn man mit den Nachbarn plauderte. Die allgemeine Ungewissheit begünstigte den Klatsch, und dieser war auch die einzige Information, die nicht der deutschen Zensur unterlag. Alle Äußerungen begannen mit den Worten *»On dit«*, »Es heißt«: »Es heißt, dass man bis zum Jahresende keine Butter auf dem Schwarzmarkt mehr finden wird. Es heißt, dass das Brot aus Sägemehl gemacht wird, weil die Deutschen das Mehl mitnehmen. Es heißt, dass sich der Preis der Kartoffeln verdoppeln wird. Es heißt, dass die wöchentliche Fleischration auf 320 Gramm pro Person sinken wird …« Essen, Essen, Essen … Sarah überraschte es immer wieder aufs Neue, dass sich die Franzosen einzig um ihren Magen zu sorgen schienen, während ihr Land gedemütigt wurde und besetzt war und sich die restliche Welt im Kriegszustand befand.

Nachdem sie die Coupons der Lebensmittelkarte gegen die entsprechenden Rationen eingetauscht hatten, stiegen beide Cousinen wieder die Treppe hinauf und bereiteten das Frühstück zu. Sarah gab den Hasen, die sie auf dem Balkon hielten, um eine Zusatzration Fleisch zu haben, etwas zu fressen und ging dann zur Arbeit in die Buchhandlung. Später kam sie zurück, aß etwas zu Abend und schrieb noch einen Brief an ihre Familie, bevor sie sich schlafen legte. Auf keinen dieser Briefe erhielt sie jemals eine Antwort.

Es war Sonntag, und Sarah arbeitete nicht. Fast jeden Sonntagnachmittag traf sie sich mit Jacob, um ins Kino zu gehen und einen deutschen oder französischen Film anzusehen. Amerikanische Filme waren verboten, was Sarah sehr bedauerte. Sie hatte immer so große Freude an den Filmen aus Hollywood gehabt! Sie sah sich liebend gern Cary Grant oder Errol Flynn auf der großen Leinwand an. Und wie oft hatte sie sich im Spiegel betrachtet und versucht, wie Rita Hayworth auszusehen. Am schlimmsten für sie war jedoch, nicht zu wissen, ob sie ihre Lieblingsschauspieler jemals wiedersehen würde …

Sarah und Jacob hatten sich am U-Bahn-Ausgang an der Place de l'Opéra verabredet. Sie wollten ins Paramount gehen, wo *L'homme du Niger* gezeigt wurde.

»Wir müssen uns beeilen, wenn wir rechtzeitig zur Vorstellung um drei Uhr dort sein wollen.«

Jacob streckte sich und kratzte sich unter der Mütze am Kopf; er schien Sarahs Eile nicht zu teilen.

»Ich habe heute keine Lust auf Kino. Heute ist so ein schöner Frühlingsnachmittag, da will ich nicht in einem dunklen Raum eingeschlossen sein.«

Sarah runzelte die Stirn. In den letzten Monaten waren sie sonntags immer zusammen ins Kino gegangen. Warum sollte das jetzt anders sein? »Und was willst du stattdessen machen?«

»Wir könnten in den Jardin du Luxembourg gehen, damit wir etwas Sonne und frische Luft abbekommen.«

Sarah zuckte mit den Schultern. Die Vorstellung, mit Jacob spazieren zu gehen, als wären sie ein Paar, fand sie wenig reizvoll. Ihre Cousine Hélène zog sie immer damit auf und behauptete, Jacob sei ihr Freund. Aber dem war nicht so. Tatsächlich wäre Hélène gerne Jacobs Freundin gewesen. Das konnte Sarah nicht verstehen. Aber vielleicht war Jacob mit seinem dichten dunklen Haar und den großen schwarzen Augen einfach ein Typ, der den Mädchen gefiel, stark und sehr männlich. Doch abgesehen davon war er ein ziemlich rüpelhafter und angeberischer Bursche, mit dem man sich kaum über etwas halbwegs Ernsthaftes unterhalten konnte. Allerdings musste sie zugeben, dass Jacob ihr einziger Freund in Paris war und ihr außerdem das Leben gerettet hatte. »Na gut, wenn du willst ...«

Sie gingen die Rue de la Paix hinunter, in Richtung Rue Rivoli. Bis zum Jardin du Luxembourg würde es ein längerer Fußmarsch sein. Jacob hatte recht – es war ein herrlicher Nachmittag. Außerdem war in diesen Tagen in Paris jeder zu Fuß unterwegs. Die Öl- und Benzinkürzungen hatten den motorisierten Verkehr auf die Fahrzeuge der Besatzungsmacht reduziert.

Im Gehen dachte Sarah darüber nach, dass man den Vierteln im Zentrum der Stadt die Spuren der Besatzungsmacht besonders deutlich ansehen konnte. Nicht nur wegen der Hakenkreuzfahnen, die an den meisten öffentlichen Gebäuden hingen, oder wegen der vielen uniformierten Männer und Frauen, die sich wie selbstverständlich im täglichen Leben umherbewegten, sich in die Cafés setzten, auf den Straßenmärkten einkauften, sich vor dem Eiffelturm fotografieren ließen, an einer Ecke Zeitung lasen oder die Sammlungen des Louvre bewunderten. Es waren auch nicht nur die riesigen Propagandaplakate: »Komm zur Arbeit nach Deutschland«, »Schließe dich der französischen Freiwilligen-Legion an«, »Arbeit, Familie, Vaterland«. Und auch nicht die Anschläge in Fraktur an den besetzten und umfunktionierten Gebäuden: *Soldatencafé, General der Luftwaffe, Militärbefehlshaber*… Auch nicht die Militär- und Dienstfahrzeuge, die vor der Kommandantur standen. Letztlich waren das nur die äußeren Zeichen der Okkupation.

Viel beängstigender war das, was auf den ersten Blick nicht zu erfassen war: die aufgestaute Anspannung, der falsche Anschein von Normalität, der ständige Argwohn, das Gefühl, nicht zu wissen, ob man bei irgendeiner Kleinigkeit nicht doch ein Verbrechen beging – die Papiere nicht bei sich trug, die falsche Zeitung las, jüdisch war.

Einmal hatte Sarah aus Versehen einen deutschen Offizier angerempelt. Panisch war sie mit gesenktem Kopf in sich zusammengesunken. Doch der Offizier hatte ihr geholfen, ihre Sachen auf dem Boden einzusammeln, und sich unzählige Male bei ihr entschuldigt. Als Sarah jedoch darüber nachdachte, dass derselbe Offizier womöglich ihren Onkel Henri gewaltsam aus dem Haus gezerrt hatte, drehte sich ihr vor Angst und Ungewissheit der Magen um.

So vergingen die Tage der Besetzung: ein beständiges Hin und Her. Manchmal wurde die Situation unerträglich, dann wieder glaubte Sarah, sich daran gewöhnen zu können.

Wie an jenem sonnigen, trägen Sonntagnachmittag, an dem sie bei der Ankunft im Jardin du Luxembourg das Gefühl hatte, eine Oase der Freiheit und der Ruhe zu betreten.

»Ich habe eine Überraschung«, verkündete Jacob, nachdem sie es sich im Schatten eines Kastanienbaums, der im Begriff war auszutreiben, auf dem Rasen bequem gemacht hatten.

»Was denn …?« Sarah sah ihn skeptisch an.

Jacob durchsuchte die Tasche seiner Wolljacke, die überall geflickt und aufgerieben war. Als Sarah meinte, das Rascheln von Papier zu hören, hatte Jacob ihre Aufmerksamkeit erreicht.

»Schokolade! Aber Jacob, woher hast du die denn?«, rief sie und griff gleichzeitig nach der Tafel Menierschokolade, die der Junge ihr reichte.

»Woher schon? Vom Schwarzmarkt.«

»Das muss dich ein Vermögen gekostet haben …«

Genau das war es, was Jacob hören wollte. Er zuckte mit den Schultern, als ob diese Heldentat – die es für ihn war – keinerlei Bedeutung hätte. »Na ja, irgend so ein *Fridolin* hat mir ein gutes Trinkgeld gegeben.«

Sarah lächelte. Es amüsierte sie, wie schnell Jacob sich den Pariser Argot angeeignet hatte. Und es war erstaunlich, dass er, obwohl er als Elsässer genauso deutsch wie französisch war, diesen abwertenden Begriff der Pariser für die Deutschen benutzte. *Fritz* oder *Boche* gehörten ebenfalls dazu.

»Fast hätte ich mich mit einem Typen um die Tafel prügeln müssen. Es gab nur noch eine, und dieser Dieb wollte sie mir wegnehmen. Aber was soll's, man muss sich auch mal etwas gönnen … Und heute ist mein Geburtstag«, verkündete Jacob ohne großes Getue.

»Aber Jacob, warum hast du das nicht früher gesagt? Ich hätte dir ein Geschenk oder einen Kuchen mitgebracht. Tante Martha hat ein Glas Marmelade zur Seite gestellt … Ach, ich wünsche dir alles Gute zum Geburtstag, Jacob.«

Sie überlegte, ob sie ihn auf die Wangen küssen sollte, ließ es zuletzt aber sein.

Merkwürdig, wie wenig sie von Jacob wusste, obwohl sie so

viel miteinander durchgemacht hatten. Für sie existierte Jacob erst seit ein paar Monaten, als er ihr geholfen hatte, aus dem Haus ihrer Eltern zu fliehen. Sie wusste nur, dass er keine Familie hatte und dass der Rabbi in Illkirch ihn aufgenommen hatte, auf dessen Empfehlung hin er für Sarahs Vater als Stallbursche gearbeitet hatte. Jacob hatte sie aus dem Haus geholt, als sie völlig erstarrt und panisch im Keller saß, bevor die Deutschen sie entdecken konnten. Gemeinsam waren sie nach Paris geflohen, zum Teil zu Fuß, die Hauptstraßen vermeidend, auf denen überall Deutsche unterwegs waren; zum Teil versteckt in Waggons von Güterzügen oder im Wagen eines Bauern, der Mitleid mit ihnen hatte. Jacob hatte für sie gefischt, gejagt und Früchte aus Gärten gestohlen, an denen sie vorbeikamen. Bis sie endlich, nach aufreibenden Wochen, in der Hauptstadt angekommen waren, wo Sarahs Onkel und Tante wohnten. Damals hatten sie beide gedacht, dass ihre Not endlich vorbei sei, dabei hatte sie hier erst so richtig begonnen.

»Willst du sie denn nicht essen?«

»Doch, natürlich!« Sarah riss das Papier auf und brach für jeden von ihnen ein Stück ab. »Auf deinen Geburtstag!«

Wie bei einem Trinkspruch hielten sie die Schokolade in die Höhe.

Sarah ließ sich ausgestreckt auf den Rasen fallen, während sie die Schokolade genüsslich im Mund zergehen ließ. Sie schloss die Augen. Die Sonne streichelte ihre Lider, die Brise ihre Wangen. Man hörte das Geschrei der spielenden Kinder und die Musik eines Akkordeons. Es hätte ein wunderbarer Nachmittag sein können, aber …

»Ich habe heute wieder von meinen Eltern geträumt«, murmelte sie mit geschlossenen Lidern. »Denselben Traum wie jede Nacht …«

Jacob sah Sarah an – das machte er gern –, wusste aber nicht, was er sagen sollte. Er hatte es nicht so mit Worten. Das wusste

Sarah, deshalb erwartete sie auch gar keine Antwort. Für Sarah war nur wichtig, dass man ihr zuhörte, und das konnte Jacob gut. Er achtete immer genau auf alles, was sie sagte.

Die Schokolade in ihrem Mund war geschmolzen. Ganz. Auch das letzte Stückchen. Und schon war nichts Süßes mehr in Sarah.

»Der Traum ist sehr verwirrend … Genau wie meine Erinnerung.«

Sarah öffnete die Augen und stellte fest, dass Jacob sie betrachtete. Sie richtete sich auf. »Sie haben nicht auf meine Briefe geantwortet. Auf keinen einzigen, seit ich von zu Hause fort bin. Ich mache mir Sorgen.«

»Es geht ihnen gut, bestimmt. Du weißt doch: Keine Nachrichten sind gute Nachrichten.«

Sarah war überhaupt nicht davon überzeugt und noch weniger angesichts dessen, was sich Tag für Tag um sie herum ereignete.

»Vielleicht sollte ich nach Illkirch zurückkehren …«

»Denk bloß nicht dran«, unterbrach Jacob sie. »Dein Vater hat gesagt, du sollst bei deinem Onkel und deiner Tante bleiben und Paris nicht verlassen, bis er es dich wissen lässt, weißt du noch?«

»Ja, ich weiß, aber …«

»Mach dir keine Sorgen, Sarah. Ich bin überzeugt, dass alles in Ordnung ist. Wenn sie sich bis jetzt noch nicht gemeldet haben, dann, um dich nicht in Gefahr zu bringen. Du musst Geduld haben.«

Sarah seufzte und strich sich die Haare hinters Ohr. Vielleicht hatte Jacob ja recht. Sie wollte es wenigstens glauben.

»Lass uns wieder nach Hause gehen, Jacob. Aber langsam, keiner soll glauben, wir fühlten uns verfolgt.«

Vor acht Uhr abends, dem Zeitpunkt, ab dem die Ausgangssperre für Juden galt, hatten Sarah und Jacob das Haus der Familie Metz in der Rue Desaix erreicht, in einer der nobleren Gegenden von Paris. Jacob würde mit der Familie essen, wie fast jeden Sonntag. Es würde Kartoffeln und Kohlrabi geben und vielleicht sogar etwas Fleisch. Und eventuell holte Tante Martha ganz hinten aus dem Speiseschrank das Marmeladeglas, das sie dort aufbewahrte, schließlich hatte Jacob heute Geburtstag.

Sarahs Vater hatte wie besessen wiederholt, dass sie die Gräfin de Vandermonde aufsuchen solle, wenn sie nach Paris käme. Sie hatte gefragt, warum und wer diese Gräfin sei, doch es gab keine Zeit für Erklärungen, ihr Vater konnte ihr bloß noch einen Zettel mit einer Adresse in die Manteltasche stecken. »Geh zu ihr, Sarah. Vergiss das nicht, Liebes. Sie wird dir helfen.«

Die Gräfin de Vandermonde lebte in einem *hôtel particulier*, das sich hinter der Place des Vosges befand. Als sie das Haus erblickte, hatte Sarah den Eindruck, an einen düsteren, ja unheilvollen Ort gelangt zu sein. Der Garten war vernachlässigt und von Unkraut überwuchert, die Fassade des kleinen Palasts verwittert und von der Feuchtigkeit ganz schwarz; alles schien verlassen. Sarah war froh, dass Jacob darauf bestanden hatte, sie zu begleiten. Dennoch fehlte nicht viel, und sie hätte auf der Stelle kehrtgemacht. Später sollte sie bereuen, genau das nicht getan zu haben.

Das Gartentor war angelehnt. Jacob drückte es auf. Es quietschte laut. Sie durchquerten den Garten und klingelten an der Tür. Das Läuten hallte in einem Haus wider, das leer zu sein schien. Erst nach längerer Zeit wurde die Tür träge geöffnet.

Verdattert betrachteten die beiden den Mann vor ihnen. Sie hatten schon merkwürdige Dinge gesehen, im Zirkus von Illkirch und in Horrorfilmen, aber etwas so Merkwürdiges wie die Gestalt, die sie wortlos von der Türschwelle aus musterte, war ihnen noch nie begegnet. Der Mann war käseweiß, glattes schneeweißes Haar hing ihm in die Stirn. Doch das Seltsamste waren seine Augen: schlitzförmig wie die eines Asiaten, aber mit gänzlich roter Iris, was seinen Blick grausam und monströs wirken ließ. Er war sehr groß, trug einen altertümlichen schwarzen Gehrock, der ihn noch größer aussehen ließ und ihm die Erscheinung eines viktorianischen Totengräbers verlieh.

»Le-lebt hier die-die Gräfin de Vandermonde?«, stammelte Sarah hinter Jacobs Rücken.

Der Mann gab kein Wort von sich, sondern zog sich ins Haus zurück und wollte schon die Türe schließen.

Doch Jacob hinderte ihn daran, drückte mit der Hand gegen die Tür. »Alfred Bauer schickt uns!«

Wie durch ein Zauberwort ließ der Widerstand nach. Die Tür öffnete sich erneut, und der ungewöhnliche Mann ließ sie eintreten. Sie folgten ihm durch einen dunklen, vielfach gewundenen Gang. Die Luft hier war verbraucht und muffig wie in einem ungelüfteten Keller. Irgendwann standen sie in einem völlig verstaubten und mit tausenderlei Möbeln zugestellten Wohnzimmer. Die Vorhänge waren am helllichten Tag zugezogen. Es war schwierig, sich hier zu bewegen, ohne irgendwo anzuecken. Sarah hatte den Eindruck, dass der unheimliche Raum schon seit Langem von niemandem mehr betreten worden war.

Während der seltsame Mann sich beängstigend geräuschlos verzog, verbreitete sich auf einmal ein intensiver Geruch nach Amber und Moschus.

»Was wollt ihr von mir, Gesindel? Hier gibt es für niemanden Arbeit und auch keine Almosen.«

Eine brüchige Stimme überraschte sie. Sie kam aus der dunklen Öffnung einer Tür, durch die kurz darauf eine winzige, auf einen Stock gestützte Person in das blasse Licht des Wohnzimmers trat: eine alte, purpurfarben gekleidete Frau mit einem Turban als Kopfschmuck, der ihr den Anschein einer Wahrsagerin auf einem Jahrmarkt verlieh.

Sarah machte einen zögerlichen Schritt nach vorn. »Si-sind Sie Grä-gräfin de Vandermonde?«, stotterte sie. »Al-alfred Bauer schickt mich …«

Die Alte stellte sich in der Mitte des Wohnzimmers in den schmalen Lichtstreifen, der durch einen Spalt zwischen den Vorhängen hereindrang. Ihr Gesicht wirkte wie eine groteske Maske voller Schminke, die sich in den Falten sammelte, die Augenbrauen waren stark gezupft und mit einem schwarzen Kajal nachgezeichnet und die Lippen weit über die Ränder des Mundes hinaus mit rotem Lippenstift bemalt. »Alfred Bauer schickt mir also ein paar Juden …«

Sarah berührte verlegen den gelben Stern am Revers ihres Mantels – sie hätte auf Jacob hören und ihn nicht anbringen sollen, doch ihre Tante hatte darauf bestanden.

»Nach Jahren ohne irgendein Lebenszeichen ist Alfred Bauer so schamlos, mir ein paar Juden zu schicken. Ausgerechnet jetzt, wo die Juden von ihrem Gott verlassen worden sind, wendet er sich an mich. Was für eine Unverschämtheit! Glaubt er tatsächlich, ich würde ihm helfen, nach allem, was ich seinetwegen durchgemacht habe?«

Jacob schnaubte. Aus dem Augenwinkel konnte Sarah sehen, dass er vor unterdrückter Wut kochte. Im Gegensatz zu ihr, die immer vorsichtig und zaghaft war, nahm er kein Blatt vor den Mund. Nicht mehr lange, und er würde auf diese willkürliche Attacke antworten. Sarah versuchte, die Wogen zu glätten, bevor alles noch schlimmer wurde. »Hören Sie …«, stammelte sie.

»Und wenn Alfred Bauer etwas von mir will, warum ist er dann nicht selbst gekommen?«, unterbrach die Gräfin sie rücksichtslos. »Missfällt es ihm derart, mich zu sehen?«

Sarah wusste nicht, ob die Gräfin überhaupt daran interessiert war zu hören, was sie zu sagen hatte, dennoch antwortete sie ihr: »Die Gestapo hat meinen Vater festgenommen …«

Zu Sarahs Überraschung fehlten der Gräfin zum ersten Mal die Worte. Alle Arroganz und Verachtung fielen von ihr ab. Mühsam stützte sie sich auf ihren Stock und versuchte sich aufzurichten, um Sarah aus zusammengekniffenen Augen genauer anzusehen.

»Du bist also Alfreds Tochter … Stell dich gerade hin, Kind!«

Instinktiv gehorchte Sarah. Doch das war zu viel für Jacob: »Hören Sie, Madame!«

»Ruhe, du Strolch! Wer bist du überhaupt?«

»Das geht Sie gar nichts an«, murmelte Jacob.

Sarah versuchte, ihn mit Gesten dazu zu bringen, still zu sein.

»Was für einen vulgären und unhöflichen Abgesandten dein Vater doch hergeschickt hat!«

Bevor Jacob erneut explodieren konnte, hielt Sarah ihn am Arm zurück. Dadurch erhielt die Gräfin die Gelegenheit nachzulegen: »Jetzt verstehe ich … Auf einmal ist es nicht mehr lustig, Jude zu sein, nicht wahr? Das hatte ich ihm gesagt! Ich hatte ihm gesagt, dass die Juden das Pech anziehen, sie sind ein vom Unglück verfolgtes Volk, ein dunkler Schatten liegt auf ihnen … Gesegnet sei der, der den Mut hat, sie aus unserem Schoß zu reißen!«

Jacobs Gesicht war vor Anspannung ganz verzerrt. Er griff nach Sarahs Hand und zog sie mit sich zur Tür. »Wir gehen! Ich lasse nicht zu, dass sie weiterhin so mit dir redet.«

»Geh nur, du Gauner. Sie bleibt«, knurrte die Gräfin und stampfte mit dem Stock auf dem Boden auf.

Da riss sich Sarah von Jacobs Hand los und stellte sich der als Hexe verkleideten Aristokratin entgegen. »Nein, ich werde auch gehen. Wir haben uns nichts mehr zu sagen.«

Sie drehte sich um und verließ das Wohnzimmer vor Jacob. Die Beschimpfungen der Gräfin verfolgten sie. »Bleib stehen, du dreistes Ding! Komm sofort wieder hierher! Leichtfertige Göre! Du bist genauso unbedacht und dickköpfig wie dein Vater! Aber du wirst wiederkommen!«

Die Schreie setzten sich fort, bis die Eingangstür hinter ihnen zuschlug und die Mauern der verfallenen Villa sie verschluckten.

Ein Detail, das Aufmerksamkeit erregt

Ich hatte noch nicht viele Teile des Puzzles beisammen: Georg von Bergheim war von Paris nach Straßburg gereist, hatte dort die Bauer-Sammlung beschlagnahmt und war dann in die Hauptstadt zurückgekehrt, wo er sich bis März 1943 aufgehalten hatte. Doch als ich versuchte, die Puzzleteile zusammenzufügen, traten erste Fragen auf: Hatte von Bergheim den *Astrologen* in der Bauer-Sammlung gesucht? Hatte er ihn gefunden? Warum war er nach Paris zurückgekehrt? Laut Doktor Arnoux enthielt die Bauer-Sammlung kein einziges Gemälde von Giorgione. Das könnte daran liegen, dass die Familie Bauer ein solches Gemälde niemals besessen hatte. Oder sie besaßen es, doch da Hitler es direkt für sich beanspruchte, hatte von Bergheim es gar nicht erst in den Bestand mit aufgenommen. Und wenn man seiner Fantasie ganz freien Lauf ließ, dann hätten die Bauers das Gemälde vielleicht auch in Sicherheit bringen können, bevor die Nazis die Sammlung beschlagnahmten. Mal abgesehen von den Hypothesen war mir nur eines klar – ich musste mehr über die Familie Bauer und ihre Sammlung in Erfahrung bringen.

Ich nutzte das erneute Treffen mit Doktor Arnoux, um mir die Kopie des Berichts über den ERR geben zu lassen und mehr darüber herauszufinden, wie viel er wusste. »Falls die Tochter von Alfred Bauer noch lebt, könnte sie mir vielleicht etwas über den Besuch von von Bergheim in Straßburg mitteilen. Vorausgesetzt, sie war 1942 nicht zu klein, um sich an irgendetwas erinnern zu können …«, deutete ich vor dem Getränkeautomaten an, während ich meine Finger abwechselnd abspreizte, um den siedend heißen Kaffeebecher festzuhalten.

Als Dankeschön für seine Hilfe hatte ich Doktor Arnoux angeboten, ihn zum Essen einzuladen, doch da er schon bald nach unserem Treffen einen Kurs abhalten musste, beschränkte sich die Einladung auf einen schäbigen Kaffee aus dem Getränkeautomaten der Geschichtsabteilung der Sorbonne.

»Wann genau sie geboren ist, weiß ich nicht«, räumte er ein, nachdem er sich den Mund am Kaffee verbrannt hatte. »Sie müsste damals so um die zwanzig gewesen sein … mit viel Glück lebt sie noch … Ich habe nur herausgefunden, dass sie nicht in den Deportationslisten auftaucht – im Gegensatz zum Rest ihrer Familie.«

»Glaubst du, sie könnte geflohen sein, oder kommt so etwas nur im Film vor?«

Doktor Arnoux lächelte. »Vielleicht ist sie geflohen, schon möglich, warum nicht? Aber ich weiß es nicht …« Er zuckte mit den Schultern. »Ich fürchte, ich bin dir hier keine große Hilfe. Ich kann nicht sehr viel beisteuern, denn ich bin nur zufällig auf die Bauer-Sammlung gestoßen, als ich nach einer anderen geforscht habe, der von einem gewissen Heinrich Metz, einem österreichischen Juden, der in Paris ansässig war. Die Familie Metz wurde 1942 deportiert und ihre Sammlung beschlagnahmt. Vor ein paar Jahren hat sich eine Nichte von Heinrich Metz, die Tochter seines Bruders, an die Stiftung gewandt, damit wir diesen Fall aufklären. Ich bin auf die Bauer-Sammlung gestoßen, weil die Frauen von Heinrich Metz und Alfred Bauer Schwestern waren. Ich habe herausgefunden, dass nicht ein einziges Gemälde der Bauers bis dato eingefordert worden ist – und das ist eher ungewöhnlich.«

»Am wahrscheinlichsten ist also, dass die Tochter der Bauers gestorben ist, sonst hätte sie sich irgendwann gemeldet. Sie oder irgendein Nachkomme.«

»Ja, das wäre am logischsten. Allerdings, was die Besitzer betrifft, so hat eine Mehrzahl derer, die überlebt haben, ihr Eigentum wieder zurückgefordert. Aber was die Erben betrifft … Viele wissen ja noch nicht einmal, dass sie Erben sind, geschweige denn, wovon. Sehr viele Juden, die während des Krieges in Frankreich lebten, sind nach Amerika geflohen. Da ist folgender Fall nicht weiter verwunderlich: Eines schönen Tages reist ein Nachkomme nach Europa, sieht ein Gemälde in der Galerie Belvedere in Wien und sagt sich: ›Sieh mal einer an! Genau wie auf dem Foto im Haus von Großvater!‹ Und dann stellt sich heraus, dass es tatsächlich dasselbe Gemälde wie im Haus des Großvaters ist, unrechtmäßig von den Nazis entfernt und später verkauft oder einem Museum übergeben.« Doktor Arnoux trank seinen Kaffee aus, knüllte den Becher zusammen und warf ihn in den Abfalleimer. »Ich weiß nicht, ob es dir viel weiterhilft, die Spur von Sarah Bauer zu verfolgen, ganz ehrlich. Auch wenn die Nazis sie nicht umgebracht haben, spielt die Zeit nicht zu deinen Gunsten: Neunzig Jahre sind eine lange Zeit, wie sollte sie da noch leben? Doch ich kann dir sagen, dass es in dieser Angelegenheit ein wirklich auffälliges Detail gibt …«

»Welches?«, fragte ich neugierig.

»Dein Kommandant von Bergheim wieder einmal. Es ist ziemlich merkwürdig, dass er die Bestandsliste der Familie Bauer unterzeichnet hat.«

»Wieso, Bruno Lohse hat doch ausgesagt, dass von Bergheim beim Inventarisieren und Katalogisieren geholfen hat.«

»Ja, aber darum geht es nicht. Es geht darum, dass der Einsatzstab Reichsleiter Rosenberg eine Organisation ist, die in den besetzten Gebieten agierte. Ein Angehöriger des ERR dürfte in Straßburg nicht aktiv gewesen sein, da die Stadt zwischen 1940 und 1944 kein besetztes, sondern ein vom Dritten Reich annektiertes Gebiet war. Straßburg gehörte zu Deutschland. Und auf deutschem Gebiet war die Vorgehensweise bei der Aneignung von Kunstgütern eine andere, sie wurde nicht über den ERR abgewickelt. Es ist nicht nachvollziehbar, warum von Bergheim zur Beschlagnahmung und Inventarisierung der Bauer-Sammlung dorthin geschickt wurde, dazu war er nicht befugt … zumindest theoretisch nicht.«

Doch, er war durchaus dazu befugt, und zwar dann, wenn von Bergheim die Familie Bauer im Besitz des *Astrologen* glaubte. Das hätte ich Doktor Arnoux in diesem Augenblick gerne gesagt. In jedem Fall sah es ganz so aus, als würden von Bergheim, die Familie Bauer und *Der Astrologe* auf irgendeine Weise in Verbindung zueinander stehen.

Juli 1942

Am 16. Juli 1942 führt die französische Polizei auf Geheiß der deutschen Regierung in Paris eine Razzia durch, bei der mehr als 13 000 Juden festgenommen werden. Die Mehrheit wird ins Vélodrome d'Hiver transportiert, eine Sporthalle im Zentrum der Stadt, wo sie fünf Tage unter strapaziösen Bedingungen fast ohne Essen und Trinken zubringen. Über verschiedene Zwischenlager werden die Gefangenen von dort nach Auschwitz transportiert.

Vor dem Krieg waren die Metz eine wohlhabende Familie der gehobenen Pariser Mittelschicht. Sie bewohnten zwei Etagen in einem Herrenhaus im fünften Arrondissement, nur wenige Meter vom Eiffelturm entfernt, verfügten über ein Auto mit Chauffeur, besuchten häufig die Pferderennbahn von Longchamp, verbrachten den Sommer in Deauville, hatten während der Spielzeit eine eigene Loge in der Opéra Garnier gemietet und zeigten sich regelmäßig auf den wichtigsten gesellschaftlichen Treffen der Hauptstadt. Heinrich Metz war außerdem dafür bekannt, regelmäßig Galerien und Versteigerungshäuser auf der Suche nach Gemälden der Romantik – aber nur der Romantik – zu frequentieren. Heinrich Metz war kein Kunstsammler, er war Sammler von Gemälden der romantischen Epoche und sehr stolz darauf, einen Delacroix, einen Ingres und einen Turner zu seiner bescheidenen Sammlung zählen zu können.

Doch seitdem Sarah bei den Metz eingetroffen war, war sie Zeuge des schrittweisen Niedergangs der Familie geworden. Kurz zuvor hatte man Onkel Heinrich die Erlaubnis entzogen, seinen Beruf als Anwalt auszuüben, und man hatte sein Auto beschlagnahmt, zusätzlich zum ersten Stock seines Hauses, in dem sich sein Büro befand. Dann war er lange unter Hausarrest gestellt worden, bis die französische Polizei den Gefangenen schließlich, unter Aufsicht eines Mitarbeiters der deutschen Gestapo, abgeführt hatte. Und das alles nur, weil er ein ausländischer Jude war. Weder Tante Martha noch ihre Cousine Hélène, die beide aus der Haft freikamen, weil sie französische Staatsbürger waren, hatten seit dem Moment von ihm gehört. Sarah war dabei gewesen, als ihre Tante die Angestellten entlassen und ihren Schmuck verkauft hatte, später dann auch ein paar sehr wertvolle Gemälde aus der Sammlung ihres Mannes. In den letzten Monaten hatten sie einen Großteil der Zimmer im Haus verschlossen und den Wohnraum auf zwei Schlafzimmer, das Wohnzimmer, die Küche und das Bad beschränkt. Um sich etwas Geld zu verdienen, wuschen die Tante und ihre Cousine die Bettwäsche eines nahe gelegenen Hotels.

Angesichts dieser Situation wollte Sarah ihren Verwandten keine zusätzliche Last sein, doch außer der Schwester ihrer Mutter hatte sie keine weiteren Familienangehörigen in Paris, zu denen sie hätte gehen können. Deshalb suchte sie auch als Erstes, kaum, dass sie in der Hauptstadt angekommen war, nach einer Tätigkeit, mit der sie zu den gemeinsamen Ausgaben beitragen konnte. Sie hatte noch nie zuvor gearbeitet und war auch nicht davon ausgegangen, es eines Tages tun zu müssen. Sie studierte Kunstgeschichte, da sie davon fasziniert war – genau wie ihr Vater. Ihre zukünftige Aufgabe hätte darin bestanden, Sorge zu tragen, dass die Sammlung der Familie weitergeführt wurde – wenn man das als Arbeit bezeichnen konnte.

Als sie sich zum ersten Mal auf Arbeitssuche machte, wusste

sie nicht recht, wohin sie gehen sollte. Sie hatte keine Ahnung, als was ein Mädchen wie sie arbeiten konnte oder wie man sich um eine Anstellung bewarb … In den dicht gedrängten Straßen voll feindseliger Unbekannter kam sie sich sehr verloren und allein vor. Und noch mehr als sonst – wenn das überhaupt möglich war – vermisste sie ihre Familie, ihr Zuhause, ihr Leben in Straßburg. Irgendwann landete sie im Quartier Latin, wo sie ihren ganzen Mut zusammennahm, ein Café betrat und nach einer Stelle als Bedienung fragte, die im Fenster ausgeschrieben war. Noch vor einem Jahr wäre sie unfähig zu so etwas gewesen. Sie spürte, wie ihre Wangen brannten, und das Zittern in ihrer Stimme verriet sie, als sie mit dem Geschäftsführer sprach. Als er ihr eine Abfuhr erteilte – zweifelsohne aufgrund ihrer Unsicherheit und ihres wenig selbstsicheren Auftretens –, wäre sie am liebsten vor Schande im Boden versunken. Genauso ging es ihr in einem Schuhladen, in einer Drogerie und in einem Hutladen. Sie kehrte kurz vor der Sperrstunde in die Rue Desaix zurück. Ihre Füße schmerzten vom Laufen, und von all der Bettelei um Arbeit fühlte sie sich in ihrem Stolz tief gekränkt.

Beschämt und entmutigt erzählte sie Jacob von ihren vergeblichen Bemühungen. Jacob dagegen kam sehr gut allein zurecht. In gerade einmal zwei Tagen war es ihm gelungen, eine Unterkunft in einer Pension zu finden, wo er sich mit einem anderen Jungen ein Zimmer teilte. Der wiederum hatte ihn für eine Stelle in einem Kuhstall empfohlen, eine Tätigkeit, die genau richtig für ihn war, da er im Haus der Familie Bauer ebenfalls als Stallbursche gearbeitet hatte. Und nach nicht einmal einem Monat hatte er eine weitere Anstellung als Gepäckträger im Gare de l'Est in der Spätschicht gefunden. Wohingegen Sarah mit all ihrer Bildung, ihren Sprachen, ihrem guten Benehmen und ihrer eleganten Erscheinung vollkommen gescheitert war. Und wieder einmal war Jacob ihr Retter: In weniger als einer Woche hatte er für sie eine Arbeit in einer Buchhandlung in der Nähe der Sorbonne gefunden. Die Besitzer, ein belgisches Ehepaar ohne Kinder, waren keine Juden, aber schockiert von den Ereignissen und bereit, ihren von den Nazis unterdrückten Mitbürgern zu helfen.

Und so arbeitete Sarah jetzt von montags bis samstags von zehn bis achtzehn Uhr, ordnete die Bestellungen, machte Inventur, versah die Bücher mit Etiketten und bediente die Kunden im Laden – vor allem Studenten und Professoren der nahe gelegenen Universität. Am angenehmsten für sie war jedoch, abgesehen davon, dass sie den ganzen Tag von Büchern umgeben war, die Herzlichkeit, mit der Herr und Frau Matheus sie behandelten. Und es dauerte nicht lange, bis Sarah klar wurde, dass sich ihre kleine Familie in Paris erweitert hatte.

Eines Abends kehrte Sarah wie gewöhnlich nach der Arbeit von der Metrostation Dupleix aus zu Fuß nach Hause zurück.

Sie war so in ihre Gedanken versunken, dass sie gar nicht bemerkte, wie Madame Benoît sich auf sie stürzte. »Mademoiselle Sarah! Bei allen Heiligen! Wie gut, dass ich Sie treffe!«

Sarah sah sie überrascht an. »Was ist denn, Sylvie?«

Sylvie Benoît war die Pförtnerin des Hauses, in dem ihre Verwandten wohnten. Normalerweise kam ihr kaum ein Wort über die Lippen, wenn sie sich im Treppenhaus begegneten.

»Ich bin gekommen, um Sie zu warnen, Mademoiselle! Sie dürfen nicht weitergehen. Sie dürfen nicht nach Hause gehen! Rémy hat es mir gesagt: ›Beeil dich, Sylvie, sag Mademoiselle, dass sie nicht herkommen darf!‹«

Sarah versuchte, die Pförtnerin in eine entlegenere Ecke zu führen, um nicht länger mitten auf dem Bürgersteig mit ihr zu stehen. Die Leute drehten sich schon zu ihnen um, und in diesen Tagen war es nicht ratsam, die Aufmerksamkeit auf sich zu ziehen. »Beruhigen Sie sich, Sylvie. Was ist denn passiert?«

Die Frau schluckte und presste vor Aufregung keuchend eine zusammenhanglose Erzählung hervor. »Sie sind gekommen,

Mademoiselle. Heute Morgen. Sind ohne ein Wort reingekommen und haben meinen armen Rémy zur Seite gestoßen. Sie wussten, wohin sie wollten, das war klar. Genau wie bei Ihrem Onkel. Drei französische Polizisten und ein Deutscher ohne Uniform. Einer von ihnen hat unten gewartet. Kurz darauf sind sie mit ihnen heruntergekommen… Heilige Jungfrau Maria! Oje, oje! Die arme Madame, man hat sie wie eine gewöhnliche Diebin abgeführt! Wo wird das alles noch enden?«

Als Sylvie zu weinen anfing, hatte Sarah verstanden.

»Sie dürfen nicht dorthin zurückgehen, Mademoiselle Sarah«, schluchzte Sylvie. »Mein Rémy sagt, sie überwachen das Haus und könnten auch Sie mitnehmen. Es ist so schrecklich! Gehen Sie um Gottes willen nicht dorthin zurück, Mademoiselle.«

Doch ihre Worte drangen nur noch wie aus großer Entfernung an Sarahs Ohren, die wie gelähmt vor Schreck dastand und stumm vor sich hin starrte…

Fräulein Volks beobachtete verblüfft, wie ihr Chef mit großen hinkenden Schritten hereinkam, wutschnaubend an ihr vorbeiging, ohne sie auch nur anzusehen, und die Tür zu seinem Büro zuknallte, dass sie das Gefühl hatte, er wollte sie aus den Angeln reißen.

Bevor Fräulein Volks sich von diesem Vorfall erholt hatte, öffnete sich die Tür wieder, hinter der ihr Chef verschwunden war. »Finden Sie Doktor Lohse und sagen Sie ihm, dass ich ihn sprechen möchte.«

Woraufhin die Tür erneut zuging. Die junge Frau schüttelte den Kopf, schlug die Beine übereinander, wobei ein gutes Stück ihres linken Oberschenkels zu sehen war, strich sich eine Haarsträhne hinter das Ohr und griff nach dem Hörer, um über das Haustelefon Doktor Lohses Sekretärin anzurufen.

Georg ließ sich auf den Stuhl fallen und verbarg das Gesicht in den Händen. Diesen Idioten von der Gestapo gelang es noch jedes Mal, ihn zur Weißglut zu bringen. Man konnte nicht mit ihnen diskutieren, und es gab keinerlei Möglichkeit, sie von ihrer verdammten Vorgehensweise abzubringen oder sie daran zu hindern, ihre Nase in alles zu stecken, was auch nur annähernd mit Juden zu tun haben könnte. Und seitdem diese Operation angefangen hatte, hatte er das Pech gehabt, ständig auf irgendwelche Juden zu stoßen.

Er rieb sich die Augen und richtete sich mit noch immer hochrotem Kopf im Stuhl auf. Jedes Mal, wenn er an das unglückselige Zusammentreffen dachte, das er mit Kriminalkommissar Hauser gehabt hatte, packte ihn erneut der Zorn. Und seine Untergebenen hatten es erneut vermasselt – und zwar so richtig. Sie waren Spezialisten, wenn es darum ging, mit Kanonenkugeln auf Spatzen zu schießen und die Spatzen dabei entkommen zu lassen.

Er steckte in seinen Ermittlungen über den Verbleib des *Astrologen* völlig fest. Den Namen einer Frau als einzigen Ansatzpunkt zu haben war, als hätte er gar nichts. Er hatte sogar darüber nachgedacht, sich an die französische Polizei zu wenden, um herauszufinden, wo sie sich aufhielt. Auf Geheiß der Kommandantur erstellten die Franzosen seit 1940 ein Verzeichnis aller in Paris lebenden Juden, weshalb es wahrscheinlich war, dass ihr Name in einem dieser Verzeichnisse auftauchen würde, wenn das Mädchen, wie er annahm, in die Hauptstadt gekommen war. Aber er hatte es immer wieder auf die lange Bank geschoben, um sich nicht an die französische Polizei wenden zu müssen; denn er wusste, dass die Gestapo wie auch immer fast alles mitbekam, was in den Pariser Präfekturen ablief …

Georg zerknüllte den Zettel mit dem Namen Sarah und warf ihn wütend in den Papierkorb. So viele Vorkehrungen für nichts getroffen zu haben war einfach ungeheuerlich. Auch wenn es tatsächlich naiv von ihm gewesen war anzunehmen, er könne seine Arbeit machen, ohne mit der Polizei zu rechnen. Tatsache war jedoch, hätte die Polizei sich nicht eingemischt, wäre alles viel einfacher und effizienter gewesen. Vor allem, da er erst vor ein paar Tagen eine vielleicht sehr hilfreiche Information erhalten hatte. Und zwar, als er Lohse auf seiner üblichen Runde zu den Kunst- und Antiquitätenhäusern in Paris begleitet hatte. Er war auf der Suche nach etwas für Himmler gewesen: irgendein tibetisches Manuskript oder, mit etwas Glück, ein ägyptisches Amulett. Der Reichsführer SS begeisterte sich so sehr für diese Dinge, dass er ihn dann zumindest eine Zeit lang nicht mehr wegen des eigentlichen Zwecks seiner Mission belästigen würde. Als er mit dem Besitzer eines Auktionshauses über den unglücklichen Zwischenfall mit der Familie Bauer sprach, erzählte ihm dieser, dass er einmal durch Heinrich Metz, einen seiner besten Kunden, Geschäfte mit Herrn Bauer gemacht habe. Metz sei Anwalt, Kunstliebhaber für Werke des 19. Jahrhunderts und besitze eine kleine, aber erlesene Sammlung von Werken der romantischen Malerei, lebe in Paris und sei der Schwager von jenem Bauer. »Halleluja!«, jubelte Georg innerlich. Wenn dieses Mädchen in Paris war, dann würde es bestimmt im Haus der Familie Metz wohnen.

Einen ganzen Tag lang zerbrach er sich den Kopf, wie er sich dem Mädchen nähern und wie er die Situation handhaben sollte, damit es ihm nicht erneut entwischte. Er entschloss sich schließlich, dem Haus der Metz persönlich einen Besuch abzustatten. Als er in der Rue Desaix bei der Hausnummer 5 ankam, der Adresse, die der Mann vom Auktionshaus ihm genannt hatte, traf er als Erstes auf einen ängstlichen und verschreckten Hausmeister und dann auf einen französischen Polizisten vor der Tür, der strammstand, kaum dass er ihn erblickte.

»Sie werden die Familie Metz hier nicht antreffen, Herr Sturmbannführer. Monsieur Metz wurde vor ungefähr sechs Monaten festgenommen, und seine Frau und seine Tochter haben wir gestern verhaftet«, unterrichtete ihn der junge Polizist.

»Was wird ihnen vorgeworfen?«, fragte Georg absurderweise, obwohl ihm die Vorwürfe ja längst bekannt waren.

Der Gendarm zuckte mit den Schultern.

»Und man hat nur zwei Frauen abgeführt?«

»Ja. In jedem Fall würde ich Ihnen raten, sich an die Präfektur zu wenden. Dort wird man Ihnen alle nötigen Informationen geben.«

Georg machte Gebrauch von seinem Rang und seiner Autorität, damit der Polizist ihm Zutritt zur Wohnung der Familie Metz gewährte. Das Bild, das sich im Inneren bot, war ihm bitter vertraut: Überall hatte man die Schränke und Schubladen aufgerissen. Die Bewohner hatten offensichtlich kaum Zeit gehabt, ihre Habseligkeiten mitzunehmen, geschweige denn einzupacken. Am auffälligsten war jedoch, dass es im ganzen Haus kein einziges Möbelstück, Gemälde oder sonstigen Gegenstand von irgendeinem Wert gab – nur die Abdrücke waren zurückgeblieben. Darüber hinaus fiel Georg auf, dass hier offenbar mehr als zwei Personen gelebt hatten: dass es zu einer Zeit, in der die Pariser mit dem Notwendigsten auskommen mussten, drei Zahnbürsten, drei Paar Hausschuhe und drei Lippenstifte gab, war ein eindeutiger Beweis.

Aufgebracht verließ Georg das Haus in der Rue Desaix. Und da er nun einmal ein aufbrausender Mensch war, wartete er auch nicht lange ab, um tätig zu werden. Er würde nicht zur Präfektur gehen, nein. Er würde direkt zu den Büros der Gestapo in der Rue des Saussaies gehen und dort den Erstbesten anbrüllen, der ihm über den Weg lief. Als er ankam, brachte man ihn in der Abteilung IV, zuständig für jüdische Angelegenheiten, zu Kriminalkommissar SS-Hauptsturmführer Gunther Hauser, dem arrogantesten, dümmsten und widerwärtigsten Typen, dem er seit Langem begegnet war.

»Ach ja, ja… der Fall Metz, natürlich. Das war gestern. Tatsächlich habe ich den Bericht von Oberscharführer Lodz hier, der die französische Polizei begleitet hat.«

Georg blieb vor Hausers Tisch stehen und verfolgte mit strenger Miene, wie der Kommissar seelenruhig den Bericht durchblätterte.

»Martha und Hélène Metz, stimmt's?«

»Das weiß ich nicht, und das ist mir auch egal, Hauptmann«, sprach er Hauser mit seinem SS-Rang an, um seine eigene Autorität zu verdeutlichen. »Ich will nur wissen, weshalb sich die Gestapo mit einer Kunstsammlung beschäftigt, deren Aufbewahrung und Schutz in den Aufgabenbereich des ERR fallen.« Georg wusste, dass er nicht viele Argumente vorbringen konnte, um die Vorgehensweise der Gestapo infrage zu stellen. Wenn sie zwei jüdische Frauen mitnehmen wollten, dann taten sie das. Punkt. Doch um herauszufinden, warum es genau die beiden Metz-Frauen waren, musste er sich auf einen Interessenkonflikt mit dem ERR berufen, das war das Einzige, was ihn dazu berechtigte, Erklärungen einzufordern.

Hauser sah ihn zynisch über seinen Brillenrand hinweg an. »Bei allem Respekt, Kommandant von Bergheim, der ERR hat die Sammlung der Metz beschlagnahmt. Die Gestapo hat sich lediglich darauf beschränkt, die beiden feindlichen Elemente festzunehmen – und zwar auf Anweisung des ERR. Zu Ihrer Information: Hier haben Sie den Befehl, der uns vorgestern im Hotel *Commodore* überreicht wurde. Unterzeichnet wurde er vom Leiter des ERR, Baron Kurt von Behr.«

Hauser schob das Dokument über den Tisch, und Georg beugte sich vor, um es zu lesen. Verwundert betrachtete er von Behrs Unterschrift. Dabei versuchte er, seine Wut hinunterzuschlucken, um noch irgendwie einen guten Abgang aus der blamablen Situation zu finden, in die er sich manövriert hatte.

Hauser schien sich an seiner peinlichen Lage zu weiden.

»In jedem Fall, Hauptsturmführer Hauser, sehe ich mich verpflichtet, Sie darauf hinzuweisen, dass es sich so verhält, dass Reichsführer Himmler ein persönliches Interesse an der Metz-Sammlung bekundet hat, und ich vertraue darauf, dass Sie mit der vorschnellen Festnahme der Familie Metz das besagte Interesse nicht gefährdet haben. Es wäre äußerst bedauerlich, wenn Ihre Vorgesetzten diesbezüglich eine Mitteilung von Reichsführer Himmler erhalten müssten.«

Hausers selbstgefälliges Lächeln war kaum zu ertragen: »Ich bezweifle sehr, dass das passieren wird, vorausgesetzt, die Mitglieder des ERR gehen koordiniert vor, ehe sie unsere Mitarbeit erbitten. Welche wir *natürlich* jederzeit gerne leisten.«

Georg blieb nichts anderes übrig, als gedemütigt die Büros der Rue des Saussaies zu verlassen und seine Unbeherrschtheit zu verfluchen.

Bei der Erinnerung an diese Szene erfüllte ihn noch immer solche Wut, dass er den Bleistift in seiner Hand zerbrach.

»Herein!«, rief er, als es an der Tür klopfte.

Bruno Lohses lächelndes Gesicht erschien in der Tür.

»Ah, Lohse, du bist es. Komm bitte rein.«

Lohse trat ein und schloss behutsam hinter sich die Tür. »Deine Sekretärin hat gemeint, ich solle vorsichtig sein, du seist ziemlich schlecht gelaunt.«

Unvermittelt drückte Georg auf den Knopf der Freisprechanlage. »Helga, bringen Sie mir ein Aspirin. Und sehen Sie künftig davon ab, Besuchern gegenüber meine Laune zu kommentieren.«

Lohse hatte ihm gegenüber Platz genommen, die Beine übergeschlagen, sich eine Zigarette angezündet und lächelte immer noch, während er den Rauch ausstieß. In von Bergheims Büro fühlte er sich wohl. Vielleicht, weil es so spartanisch wie sein eigenes war – ein Tisch, Stühle und das obligatorische Hitlerbild. Von hier aus hatte man einen wunderbaren Blick auf den Jardin des Tuileries und die angrenzenden Gebäude, der ihn an ein romantisches Gemälde erinnerte. Er fühlte sich aber auch deshalb wohl, weil von Bergheim einer der wenigen Freunde war, die er hier in der Arbeitsgruppe Louvre hatte.

»Hast du schon einmal von einem Kriminalkommissar Gunther Hauser gehört?«, fragte Georg und holte ihn so aus seiner Versenkung.

»Von der SIPO?« Lohse bezog sich auf die Sicherheitspolizei.

»Gestapo, Abteilung IV, B4, um genau zu sein.«

»Das sind die vom jüdischen Zuständigkeitsbereich – alles Spinner. Aber nein, ich weiß nicht, wer dieser Hauser ist. Ich bin nur ein paarmal diesem Lischka begegnet, das ist einer dieser effizienten Nazis, die den Oberen so gut gefallen.«

Dass er Hauser nicht kannte, bedeutete, dass der nur eine eher kleine Nummer war, denn Lohse fraternisierte erst ab einem gewissen Rang, egal ob militärischer, politischer oder gesellschaftlicher Art. »Tja, ich hoffe, es handelt sich bei ihm um einen Niemand, denn ich habe mich vor diesem eingebildeten Arsch heute ziemlich blamiert.«

Lohse lauschte aufmerksam dem Bericht des vom Pech verfolgten von Bergheim, bis sie von Fräulein Volks unterbrochen wurden, die ihrem Chef das Aspirin brachte. Als die junge, kurvige Sekretärin mit klappernden Absätzen das Büro wieder verließ, drehte Lohse sich um, um ihren Allerwertesten zu betrachten. Dann wartete er, bis sein Kollege die Schmerztablette eingenommen hatte, und verfolgte wieder interessiert den Fortgang der Erzählung. Eine Geschichte von vielen, bis von Bergheim die Metz-Sammlung erwähnte. Da waren plötzlich all seine Sinne in Alarmzustand versetzt. Er drückte die Zigarette aus, richtete sich im Stuhl auf und gab vor, von Bergheims Bericht weiterhin in aller Ruhe zu folgen. Doch er war beunruhigt und mehr damit beschäftigt, darüber nachzudenken, wie er vor seinem Freund sein Gesicht wahren konnte, als damit, Georg zuzuhören. Denn Lohse wusste, dass er genau wegen Geschichten wie dieser bei seinen Kollegen so wenig beliebt war. Mehr als einmal war es ihm schlecht ergangen, weil er sich in Ausreden und Intrigen verfangen hatte.

Von Bergheim schien tatsächlich sauer zu sein. Er gestikulierte wie wild, schlug auf den Tisch und brüllte sogar manchmal. Lohse fürchtete sich vor seiner Reaktion, wenn er ihm die Wahrheit erzählen würde. Zugleich ertappte er sich bei dem Gedanken, dass er die Freundschaft mit Georg mehr schätzte, als ihm bewusst war, und er beschloss, wenn auch nur einmal in seinem Leben, ein mea culpa auszusprechen.

»Was ich nicht weiß, ist, wie verdammt noch mal von Behr über die Metz-Sammlung Bescheid wissen konnte.«

So wie es aussah, war Georg am Ende seines Berichts angelangt. Der Kommandant lockerte den Kragen seines Hemdes und nahm einen Schluck von dem Glas Wasser, das ihm Fräulein Volks gebracht hatte. Die folgende Ruhe lastete auf Lohse und hinderte ihn zunächst am Sprechen. Auch er lockerte die Krawatte, als wollte er dem Geständnis, von dem er nicht wusste, ob er wirklich bereit war, es auszusprechen, den Weg ebnen.

»Ich habe es ihm gesagt«, gab er schließlich zu, ohne dabei das Gesicht zu heben. »Und nicht nur das: Ich habe ihn darum gebeten, dass er die Beschlagnahmung autorisiert.«

Georgs Wut schien mit einem Mal verraucht. Schweigen breitete sich in seinem Büro aus und grenzenlose Verblüffung auf seinem Gesicht. »Verdammt, Lohse … Aber warum das denn?«

»Ich habe gehört, was Decoy dir über die Metz-Sammlung gesagt hat.« Decoy war der Besitzer des Auktionshauses. »Marschall Göring ist ganz verrückt nach Gemälden der Romantik, und ich dachte, es sei eine ideale Gelegenheit, um ihm etwas Erstklassiges anbieten zu können. Jeden Moment steht einer seiner Besuche in Paris an, und ich habe ihm nicht viel zu bieten … Wenn ich gewusst hätte, dass du daran interessiert bist, hätte ich das natürlich nicht getan, das versichere ich dir.«

»Aber die Metz-Sammlung war doch nicht herrenlos! Der ERR kann sich da nicht einmischen! Das ist regelrechter Diebstahl!«

»Ach, komm schon, von Bergheim! Ist dir immer noch nicht klar, was wir hier machen? Was hast du denn dann getan, als es um die Bauer-Sammlung ging?«

Lohse hatte den Finger in die Wunde gelegt. Georg besänftigte seine Wut und gab niedergeschlagen zu: »Das war ein Anfängerfehler, aber ich habe mir geschworen, dass so etwas nicht wieder vorkommt. Was tun wir denn, wenn wir Menschen festnehmen, damit wir uns ihre Kunstwerke unter den Nagel reißen können? Das ist doch völlig krank, mein Gott!«

»Das sind keine Menschen, das sind Juden.« Als er bemerkte, dass Georg ihn mit einem strengen Blick bedachte, entschuldigte er sich: »Das sage nicht ich. Oder hast du etwa nie *Mein Kampf* gelesen? Ihr von der Leibstandarte habt nicht gerade den Ruf, brave Jungs zu sein…«

»Die Leibstandarte ist eine militärische Eliteeinheit«, hatte Georg sich Hunderte Male vorgesagt. »Eine Einheit, die immer an der vordersten Front kämpft, und die Wirklichkeit des Krieges ist grausam und unbarmherzig!« Dennoch konnte er nicht umhin, sich an den Moment zu erinnern, als er einmal einen seiner Gefreiten dabei überrascht hatte, wie er die Pistole auf den Nacken eines im Dreck knienden englischen Gefangenen gerichtet hatte. Wut hatte ihn übermannt, und er hatte ihm die Pistole entrissen, während er ihm gleichzeitig drohte, ihn auf Lebzeiten ins Gefängnis zu stecken, sollte so etwas noch einmal vorkommen. Und dabei handelte es sich nicht um einen Einzelfall… Die Leibstandarte hatte den Ruf, keine Gefangenen zu machen, so verlangte es ihr Kommandant, General Josef Dietrich, ein Mann, der für seine Grausamkeit bekannt war. Georg war nicht damit einverstanden, wie Dietrich die Einheit führte, weshalb er darüber nachdachte, eine Versetzung in die Einheit des Generals Paul Hausser zu beantragen.

»*Mein Kampf* ist nur eine Ideologie. Und der Krieg … ist häufig der Schauplatz niederer Leidenschaften ohne jegliche Kontrolle«, versuchte er sich zu verteidigen. »Aber mit einer ordentlich gebügelten Uniform, glänzenden Stiefeln, sauberen Händen und gepflegten Nägeln in ein Haus einzudringen und schutzlose Männer, Frauen und Kinder mitzunehmen … das ist … Dafür gibt es keinerlei Rechtfertigung.«

Lohse überraschte von Bergheims ausgeprägte Sensibilität in Bezug auf dieses Thema. Von Bergheim gehörte der SS an, und die SS war stolz auf ihre Methoden. Der Großteil der Leute verschloss dabei einfach Augen und Ohren. Er selbst tendierte dazu, möglichst wenig darüber nachzudenken. Und doch hatte er das Gefühl, sich vor seinem Freund rechtfertigen zu müssen, so als würde Georgs noble Haltung seine eigene herabwürdigen, auch wenn er sich die Hände bislang nur an Gemälden schmutzig gemacht hatte. »Und du glaubst, du oder ich könnten das verhindern? Ich hätte die Familie Metz und ihre Gemälde in Ruhe lassen können und du die Familie Bauer und die ihren – aber dann hätte man sie einen Monat später aus irgendeinem anderen Grund festgenommen … Ob es dir gefällt oder nicht, so ist das nun mal.« Lohse war überzeugt zu wissen, wie man in diesem Dschungel überleben konnte, ohne sich in Problemen zu verstricken, und er war bereit, dieses Wissen mit seinem Freund zu teilen: »Wenn ich dir einen Rat geben darf: Kümmere du dich um deine Sachen, erledige deine Arbeit, so gut es geht, und sieh nicht nach links oder rechts, denn die Scheiße sammelt sich immer an den Rändern an, ganz egal, wie sehr du dich bemühst, deinen Weg sauber zu halten.«

Nach Illkirch zurückzukommen war ein wahnsinniges Unterfangen gewesen, das Sarah ein Aufeinandertreffen mit der Polizei hätte bescheren können; nicht nur auf dem Weg dorthin, wo in jedem beliebigen Moment Agenten auftauchen konnten, die in Zügen, Bussen und bei unangekündigten Kontrollen auf der Straße die Papiere durchsahen, sondern vor allem am Bestimmungsort. Seit dem Waffenstillstand war das Elsass vom Deutschen Reich annektiert worden, gehörte also zum deutschen Gebiet, weshalb man eine stark bewachte Grenze überschreiten musste, um nach Straßburg zu kommen. Tatsächlich war es so, dass es denjenigen, die geflohen oder während des Krieges evakuiert worden waren, verboten war, in ihre Wohnungen zurückzukehren. Deshalb sah Sarah keine andere Möglichkeit als die Grenze heimlich zu passieren, wobei sie denselben Weg nahm, auf dem sie mit Jacob nach Paris geflohen war: einen Gebirgspfad im Süden der Vogesen.

Kaum dass sie in Illkirch angekommen war, ging sie zum Haus ihrer Eltern, ihrem Zuhause. Als sie es verlassen vorfand, setzte sie sich vor die Eingangstür, die mit einer dicken Kette und einem großen Vorhängeschloss versehen war. Einen Moment lang konnte sie keinen klaren Gedanken fassen. Erst als sie ein paar Polizisten die Straße abwärts ihre Runde machen sah, setzte ihr Verstand wieder ein, und sie rannte davon wie ein Tier, das instinktiv flieht. Ihre Schritte führten sie zum Haus des Rabbiners Cohen.

Der Rabbiner Ben Cohen von der Synagoge in Illkirch umarmte Sarah, als er sie vor seiner Haustür stehen sah. Er drückte sie an sich und wiederholte immer wieder ihren Namen, um sich zu vergewissern, dass sie kein Gespenst war. Seitdem die junge Frau an jenem schrecklichen Tag verschwunden war, an dem sich die Tragödie über dem Haus der Familie Bauer zusammengebraut hatte, hatte der Rabbiner das Schlimmste befürchtet. Sie jetzt vor sich zu sehen war ein Geschenk des barmherzigen Jahwe. Der Rabbiner ließ sie eintreten, fasste sie liebevoll an den Händen und drängte sie, sich zu setzen.

Cohen war dabei gewesen, als sie auf die Welt kam, genau wie bei ihren beiden Geschwistern. Er hatte sie zu einer intelligenten, fröhlichen und wunderschönen jungen Frau heranwachsen sehen.

»Ich war bei unserem Haus … Wo sind sie, Rabbi? Was ist mit meiner Familie?«

»Sie haben sie mitgenommen, mein Kind. Deine Mutter und deine Geschwister. Wenige Wochen nachdem sie deinen Vater abgeholt hatten.«

»Aber wohin denn, Rabbi? Wohin haben sie sie gebracht und warum?«, fragte Sarah verängstigt.

Warum? Das wusste keiner. Doch es kursierten Gerüchte, schreckliche Gerüchte, die der Rabbiner sich zu glauben weigerte und mit denen er dieses arme unschuldige Mädchen keinesfalls behelligen würde.

»Und mein Vater? Wurde er aus dem Gefängnis entlassen?«

Der Rabbiner sah zu Boden, während er ihr berichtete, dass ihr Vater in einer Zelle der Gestapo gestorben war.

Das Gute am Weinen ist, dass es beruhigt. Nachdem ihre Tränen versiegten, fühlte Sarah sich sehr müde und lehnte sich im Sofa zurück. Sie war in Illkirch, und in diesem Moment war das kleine Wohnzimmer des Rabbiners mit der Kuckucksuhr und den elsässischen Keramikdöschen, der Menora auf der Anrichte und der Mesusa am Türrahmen das, was einem Zuhause für sie am nächsten kam. Die Reise war lang, beschwerlich und gefährlich gewesen: Sie hatte Angst und Hunger durchstehen müssen, hatte sich die Beine im Dickicht aufgerissen und das Gesicht in der Sonne verbrannt. Sie war in Illkirch angekommen … wo keiner mehr war, nur das winzige Wohnzimmer des Rabbiners, ein kleines Stückchen Zuhause für das Mädchen, ein Ort, wo es die Augen schließen und einfach schlafen konnte.

Der Rabbiner deckte Sarah zu und bereitete etwas Suppe für später zu, wenn sie aufwachen würde.

Schweren Herzens stieß Sarah die Tür zu ihrem Elternhaus auf. Das Innere lag im Halbdunkel, und das spärliche Licht, das durch die Fensterläden drang, erhellte es nur wenig. An der Schwelle zögerte Sarah, als fürchtete sie sich davor, einen so vertrauten und zugleich so beunruhigenden Ort zu betreten. Schließlich ging sie hinein. Im Wohnzimmer öffnete sie einen Fensterladen, und das Licht von draußen ergoss sich wie weiße Farbe ins Innere. Doch die durchdringende Kälte, die sie erzittern ließ, konnte sie so nicht bekämpfen, egal, wie fest sie den Mantel um sich schlang. Fröstelnd stand sie im Raum und betrachtete den Sessel neben dem Fenster, in dem ihre Mutter immer gestickt hatte – und der jetzt leer war; das Klavier, auf dem ihre Schwester spielen gelernt hatte – jetzt stumm; den Tabakbeutel, aus dem ihr Vater seine Pfeife gefüllt hatte – zurückgelassen; den Tisch, an dem sie mit ihrer Schwester Schach gespielt hatte – leer; und das Körbchen neben dem Kamin, in dem die Katze geschlafen hatte…

Sie ging hinauf in den ersten Stock.

In ihrem Schlafzimmer war alles intakt, doch in den anderen Räumen hingen Kleidungsstücke aus den Schubladen von Mama, Ruth und Peter, Sachen, die sie gerne mitgenommen hätten, die aber hier zurückgeblieben waren: Mamas Lieblingspullover, die Bluse, die Ruth so gut kleidete, der kleine, karierte Pyjama von Peter. Neben dem Bett des Jungen sah sie das alte Stoffbärchen, das verlassen dalag, mit den abgewetzten Ohren und der ausgeblichenen Nase. Seit er ein Baby war, hatte Peter das Bärchen überallhin mitgenommen und zum Schlafen die Wange auf seinen weichen Bauch gelegt. Sarah bückte sich, hob es auf und wollte es liebevoll auf dem Bett ihres Bruders ablegen. Wenn Peter zurückkäme, würde sein Bärchen hier auf ihn warten… Doch als sie es in der Hand hielt und es vor ihrem geistigen Auge in Peters Hand sah, klammerte sie sich daran fest, wie sie sich an ihrem kleinen Bruder festgeklammert hätte. Sie krümmte sich zusammen, presste das Bärchen an sich und weinte hemmungslos um all das, was jetzt verlassen und stumm in diesem zuvor so von Leben erfüllten Haus lag.

»Sarah …«

Langsam hob sie den Kopf und erahnte hinter ihrem Tränenschleier Jacobs Gesicht. Sie sah ihn nur kurz an, dann zitterten ihre Lippen erneut, es gab kein Mittel gegen ihren Schmerz.

Der Junge ging vor ihr in die Hocke und legte ihr schüchtern die Hände auf die Schultern. Untröstlich schlang Sarah die Arme um ihn.

Sarah saß auf den Verandastufen ihres Elternhauses und betrachtete den Garten. Der Wind wiegte die Blumen und die Blätter der Weiden. Die Sperlinge hatten am Dachrand ihr Nest gebaut, und das hungrige Gepiepse ihrer Jungen belebte den Abend. Die Sonne verschwand langsam hinter den Bäumen.

Jacobs Umarmung und die frische Luft hatten sie wieder beruhigt. Sie lehnte den Kopf an die Schulter des Jungen und streichelte langsam über das abgewetzte Bärchen.

Ihr Verstand hatte wieder eingesetzt, jetzt, wo sie an ihren Ausgangspunkt zurückgekehrt war. Nun wagte sie es, sich ihrem Albtraum zu stellen, die Fragmente, die sie jede Nacht bedrängten, folgerichtig zusammenzusetzen.

Es war an einem Abend geschehen, an dem sie, wie so oft, von der Universität nach Hause kam. Es war ein Freitag, der Vorabend des Sabbats, und das ganze Haus roch nach Tscholent, dem Gericht, das bereits auf kleiner Flamme für den nächsten Tag garte. Ein ganz gewöhnlicher Freitag … bis auf einmal heftig an die Tür geklopft wurde. Sie waren alle im Wohnzimmer versammelt, und ihr Vater war nervös aufgestanden. Als das Hausmädchen öffnete, war eine tiefe Stimme deutlich zu hören: »Polizei. Wir wollen zu Herrn Bauer.«

Als hätte ihr Vater gewusst, was passieren würde, als hätte er alles längst vorbereitet, ging er rasch zum Schrank und holte einen Mantel hervor. Zu Sarahs Überraschung und größter Verwirrung kam er auf sie zu. »Nimm das, Sarah, Kind. Wir dürfen keine Zeit verlieren«, drängte er sie, während er zum Sofa eilte, unter dem eine Falltür versteckt war.

Sarah sah ihre Mutter an, die über das, was passierte, unterrichtet zu sein schien.

»Komm schon, Kind, geh da runter. Dort unten wirst du einen Tunnel vorfinden, der dich außer Reichweite des Hauses bringt. Du musst fliehen, Sarah. Hör mir gut zu. Du musst nach Paris, ins Haus deiner Tante und deines Onkels.«

»Aber Vater … Mutter?«

»Tu, was dein Vater dir sagt, Liebes.«

Die Augen ihrer Mutter füllten sich mit Tränen, und sie konnte ihr gerade noch über die Hand streichen, ehe der Vater sie durch das Loch im Boden nach unten drückte.

»Den Mantel musst du beschützen, notfalls mit deinem Leben, Sarah. Wenn du in Paris bist, dann geh zur Gräfin de Vandermonde. Geh zu ihr. Vergiss das nicht, mein Kind. Sie wird dir helfen … Hier hast du die Adresse.«

Sarahs Augen waren weit aufgerissen. Sie hätte ihrem Vater gerne noch tausend Dinge gesagt, doch sie war so bestürzt, dass ihr nichts über die Lippen kam. Fassungslos und verängstigt sah sie zu, wie ihr Vater ihr einen Zettel in die Manteltasche steckte.

Dann küsste er sie auf die Stirn. Einen Kuss, den er so lange hinauszögerte, bis er die Falltür schließen musste. Das Bild ihrer Familie durch die Öffnung war das Letzte, was Sarah sah. Ihre verängstigten und verstörten Gesichter waren die Erinnerung, die sie mit sich nahm. Danach Dunkelheit und Angst.

Über ihr ertönten die ersten martialischen Schritte. »Herr Alfred Bauer? Polizei. Sie müssen mit uns kommen.«

»Ohne zu wissen, wessen ich beschuldigt werde?«

»Jetzt ist nicht der Zeitpunkt für Fragen.«

»Ich verlange eine Erklärung! Sie haben kein Recht, mich zu verhaften …! Was hat das zu bedeuten?«

»Lassen Sie ihn um Himmels willen los! Wohin bringen Sie ihn? Alfred!«

»Papa, Papa!«

»Ruhe! Feldwebel, bringen Sie sie raus!«

»Wagen Sie es nicht, Hand an meine Familie zu legen!«

Dann hörte Sarah das unverwechselbare Geräusch einer Ohrfeige. Danach ihre Mutter, die schrie und hysterisch schluchzte. »Alfred! Alfred!«

»Es reicht!«

Sarah wusste nicht, was vor sich ging, sie konnte es nur erahnen, denn von ihrem Versteck aus konnte sie ja nichts sehen, nur hören. Und sie hatte keine der Männerstimmen erkannt … bis zu diesem Moment. Dieses »Es reicht!«, mit dem sie jedes Mal aus dem Albtraum erwachte, hatte kein Unbekannter ausgesprochen. Als er weiterredete, konnte Sarah ihn zweifelsfrei identifizieren.

»Ich dachte, ich hätte mich klar ausgedrückt, dass es nicht nötig sein würde, gewalttätig zu werden, Leutnant! Nehmen Sie diesem Mann sofort die Handschellen ab!«, ordnete Georg von Bergheim an.

Nichts weiter. Diese Worte und diese Stimme waren das Letzte, was Sarah hörte, bevor Jacob auftauchte und sie durch den Tunnel führte, weit weg vom Haus.

»Warum sollte von Bergheim so etwas tun?«, fragte Sarah laut, auch wenn diese Frage niemandem galt.

Sie war aus ihren Erinnerungen aufgetaucht und wieder in der Gegenwart angekommen.

»Weil er ein verdammter Nazi ist«, antwortete Jacob. »Das sind sie alle.«

Ja, vielleicht waren das wirklich alle, gab Sarah zu. Aber Georg von Bergheim war ihr von Anfang an anders vorgekommen. Er war an einem Dezembermorgen bei der Familie Bauer aufgetaucht, um sich mit ihrem Vater zu unterhalten. Und von da an kam er regelmäßig. Manchmal hatte Sarah ihn durch die Eingangshalle gehen sehen, oder sie war ihm im Flur begegnet, wenn der Kommandant auf dem Weg zum Arbeitszimmer ihres Vaters war. Eines Tages, als sie an der Tür der Bibliothek vorbeiging, entdeckte sie ihn, wie er ein paar Kunstwerke der Familiensammlung bewunderte, die dort an den Wänden hingen. Er stand vor einem von Sarahs Lieblingsgemälden. Ohne darüber nachzudenken, trat sie in die Bibliothek und stellte sich neben ihn.

»*Bekehrung der Magdalena* von Artemisia Gentileschi«, bemerkte Sarah, während sie vorgab, das Bild wie er zu betrachten.

Georg von Bergheim drehte sich um; sie hatte ihn in einem Moment völliger Versenkung überrascht.

Schüchtern und zurückhaltend, wie Sarah war, bereute sie in jenem Moment ihren so ungewohnt spontanen Entschluss. Da sie nicht wusste, was sie als Nächstes sagen sollte, wurde ihr sehr zu ihrem Bedauern bewusst, dass ihre Wangen dabei waren, rot anzulaufen.

Vielleicht hatte von Bergheim die Verlegenheit des Mädchens wahrgenommen, er lächelte es jedenfalls nur ungezwungen an und betrachtete dann wieder das Gemälde. »Ein wirklich einzigartiges Gemälde«, bemerkte er. »Nur selten habe ich eine solche Darstellung einer Frau gesehen. Sie vermittelt den Eindruck von Reue und Demut und dennoch eine Kraft, die sich zwar in nichts Konkretem manifestiert und doch das gesamte Werk beherrscht: ihr Gesicht, ihre Haltung, einfach alles an ihr.«

Sarah wagte es immer noch nicht, etwas zu sagen, gleichzeitig kam es ihr aber albern vor zu schweigen. Also räusperte sie sich und erwiderte: »Die meisten Frauen von Artemisia sind so. Und auf den meisten ihrer Gemälde sind Frauen abgebildet.«

Von Bergheim warf ihr einen Blick aus dem Augenwinkel zu. Die Schüchternheit des Mädchens schien ihn zu amüsieren. »Mir hat man einmal erzählt, Artemisia Gentileschi sei eine italienische Malerin des Barocks, die zu ihrer Zeit sehr geschätzt wurde, aber nach ihrem Tod dennoch in Vergessenheit geriet«, sagte er. »Doch ich muss zugeben, dass ich nicht sehr viel mehr über sie weiß.«

»Sie war eine außergewöhnliche Frau und eine ausgezeichnete Malerin. Die Kraft ihrer Frauen ist nur das Abbild ihrer eigenen Kraft, die Kraft einer Frau, die von ihrem Meister entehrt und betrogen wurde und die sich einer von Männern dominierten Gesellschaft stellen musste, um ihre Ehre zu verteidigen«, stieß Sarah aus, als hätte Artemisias Kraft sie angesteckt.

Von Bergheims Blick glitt erneut von dem Gemälde zu ihr, und er betrachtete sie so neugierig, dass es ihr unangenehm und schmeichelhaft zugleich war.

Immer wenn von Bergheim sich von nun an im Haus der Familie Bauer einfand, richteten sie es so ein, dass sie einander irgendwie über den Weg liefen. Aus ihren Begegnungen wurden Plaudereien, aus den Plaudereien Spaziergänge durch den Garten. Sarah gefielen diese Unterhaltungen über Kunst ungemein.

»Sarah, wir müssen zurück nach Paris«, verkündete Jacob und riss sie aus ihren Erinnerungen.

»Ich muss meine Familie finden, Jacob. Diejenigen, die noch übrig sind …«

»Und was genau willst du tun? Zur Polizei gehen und nach ihnen fragen? Damit sie dich auch festnehmen?«, brachte Jacob mit seiner üblichen Plumpheit hervor.

»Vielleicht kann ich herausfinden, wo sie sind«, antwortete Sarah, die spürte, dass sie kurz davor war, wieder in Tränen auszubrechen.

Jacob drückte sie tröstend an sich. »Ich weiß, dass du das nicht ernst meinen kannst. Ich werde dir helfen, wir suchen sie zu zweit. Aber wir müssen zurück nach Paris. Hier ist es viel zu gefährlich.«

Sarah seufzte. »Sag mir, Jacob, gibt es irgendwo auf der Welt noch einen sicheren Ort? Irgendeinen sicheren Ort in dieser schrecklichen Zeit, in der wir leben müssen?«

Dazu bin ich nicht imstande

Nach allem, was ich bis jetzt herausgefunden hatte, so deutete ich Konrad gegenüber an, war ich nicht imstande, die Nachforschungen zu Ende zu führen: Ich war vielleicht eine Expertin für Giorgione und für Gemälde der Renaissance, doch das nützte nichts. Was er hier brauchte, war ein Spezialist für das Thema Kunstraub durch die Nazis, jemand, der sich in den Archiven jener Epoche zurechtfand, der wusste, wie der Kunstmarkt damals funktionierte und welche Quellen er aufsuchen musste. Konrad brauchte jemanden wie Doktor Arnoux.

Aber er wollte kein Wort davon hören. »Spar dir die Worte. Ich weiß, wie die Leute von der European Foundation für Looted Art sind: hemmungslose Opportunisten. Sie haben sich darauf spezialisiert, zahllose Sammlungen in Privat- oder Museumsbesitz in ganz Europa auseinanderzunehmen, nur weil irgend so ein Typ aus Wisconsin, ein entfernter Abkömmling vierten Grades eines polnischen Juden, eines Tages mit einem Foto seines Großonkels bei ihnen ankommt und behauptet, die Nazis hätten sein Gemälde geklaut. Komm mir bloß nicht damit! Das sind Sachen, die vor siebzig Jahren passiert sind! Und die Leute haben für diese Gemälde bezahlt! Alles, was sie erreichen wollen, sind Schlagzeilen. Aber auf meine Kosten wird ihnen das nicht gelingen, das versichere ich dir. Diese Entdeckung gehört mir … Außerdem«, fügte er nach einer kleinen Kunstpause hinzu, »gefällt mir ganz und gar nicht, wie dieser Doktor Arnoux sich in unsere

Nachforschungen einmischt. Ich glaube nicht, dass er dir aus reiner Liebe zur Kunst hilft …«

»Ja, mir ist aufgefallen, wie sehr er sich dafür interessiert …«, gab ich zu. »Wie auch immer«, wechselte ich schnell das Thema, denn das war nicht das, was mir die größten Sorgen bereitete, »ich sehe mich nicht dazu imstande weiterzumachen.«

»Aber natürlich, meine Süße. Du bist zu allem imstande, was du dir vornimmst, du unterschätzt dich nur immer so sehr. Du solltest einfach mehr an dich glauben.«

Vielleicht hatte er ja recht. Ohne ihn wäre ich heute wahrscheinlich nur irgendeine kleine Konservatorin in einem unbedeutenden Provinzmuseum, die ein nichtssagendes Leben lebte.

Aufgrund seiner Beharrlichkeit blieb ich jedenfalls in Paris und versuchte Konrad zuliebe, meine Bedenken zu überwinden und mich der Herausforderung zu stellen.

Dafür drohte Teo nun, nach Spanien zurückzukehren, weil seine Arbeit hier beendet sei und ich nur aufs Schlimmste meine Zeit vergeuden würde. Es gelang mir, ihn zum Bleiben zu überreden, indem ich ihm Freikarten für die Frühjahr-/Sommer-Modenschau von Christian Lacroix, die mein Deutscher für mich ergattert hatte, in Aussicht stellte.

Eines Nachmittags spazierten Teo und ich durch das Rodin-Museum.

Ich blieb vor *Der Kuss* stehen, eines der wenigen Kunstwerke, die mich bis heute zutiefst berühren.

»Dieses Thema überfordert mich allmählich«, sagte ich kurz darauf zu Teo, ohne den Blick von der Skulptur abzuwenden.

»Mich überfordert hier überhaupt nichts, Schätzchen, mich macht es an … sogar ziemlich. Ganz egal, ob es ein Hetero-Kuss ist, dieser Typ hat einen Body …«

Ich musste grinsen, stieß ihm aber trotzdem den Ellenbogen in die Seite. »Ich meine doch nicht die Skulptur, du Pflaume.«

»Sondern …?«

»Ich spreche von den Nachforschungen«, erklärte ich und setzte auf der Suche nach dem Ausgang zum Garten den Spaziergang durch die Säle fort.

»Das ist ja etwas ganz Neues! Diese Nachforschungen haben dich von Anfang an überfordert, meine Liebe.«

»Ich meine es ernst, Teo. Ich weiß nichts über die SS, nichts von Himmler oder Hitler, nichts von den Nazis und auch nichts von ihren tausenderlei komplexen Organisationen. Und vor allem weiß ich nicht, wo ich überhaupt suchen soll!«

»Dann bitte deinen Freund, Doktor *Surfer,* um Hilfe. Weißt du, was ich mich frage? Wie ist es möglich, dass er in dieser Jahreszeit noch so verdammt braun gebrannt ist? Solarium? Es sieht ziemlich natürlich aus …«

»Schon gut, Teo«, unterbrach ich seine Abschweifungen. »Er ist nicht mein Freund, und außerdem, ach, ich weiß auch nicht … ich vertraue ihm nicht, und Konrad auch nicht. Wirklich seltsam, wie hilfsbereit er ist …«

»Ich glaube, ihr zwei seid paranoid, Schätzchen. Konrad hat immer nur Dollarscheine vor Augen und kann es nicht fassen, dass jemand auch nur einen Finger rührt, ohne im Gegenzug etwas dafür zu erwarten. Und dir, meine Liebe, geht es allmählich genauso. Du weißt doch: Zwei, die sich das Bett teilen …«

… teilen irgendwann auch die Ansichten. Das Ende dieses Sprichworts hing unausgesprochen in der Luft und beschämte mich.

Wir setzten uns auf die Freitreppe, die zum Garten führte. Es war ein wunderschöner Herbstabend, noch immer warm und strahlend.

»Außerdem können dir seine Absichten doch ganz egal sein. Erschleiche dir einfach weiterhin Informationen, so wie du es bis jetzt auch gemacht hast.«

»Das ist nicht in Ordnung, Teo. Ich kann ihn nicht länger anlügen. Früher oder später kommt er mir auf die Schliche.«

»Ja, und bis er dich ertappt, holst du so viel aus ihm raus wie möglich. Jetzt stell dich nicht so an. Was hast du schon zu verlieren?«

»Die Würde«, antwortete ich, halb im Ernst, halb scherzhaft.

»Entschuldige, Süße, aber das stimmt nicht, deine Würde hast du an dem Tag verloren, als er dich in Schlabberhose, Brille und mit ungekämmten Haaren gesehen hat.«

Dieser Kommentar brachte ihm einen weiteren Stoß in die Rippen ein.

»Außerdem will Konrad das nicht, das habe ich dir doch schon gesagt.«

»Also Schätzchen. Entweder das, oder du erklärst deinem Deutschen, dass er das Gemälde mal schön allein suchen kann, etwas anderes bleibt dir nicht übrig. Und eins muss ich dir noch sagen: Meinetwegen kannst du ihn in den Wind schießen, deinen neunmalklugen Freund. Es triumphiert nicht unbedingt der Beste, sondern der, der sich mit den Besten umgibt. Wenn er also triumphieren will, dann sollte er dir mal besser erlauben, jemanden um Hilfe zu bitten.«

Mit weit aufgerissenen Augen sah ich meinen Freund an. »Teo! Dieser Satz hat viel zu viel Tiefe für dich, er ist deiner gewohnten Frivolität nicht angemessen.«

»Das lass mal meine Sorge sein. *Forever frivolous*!«, rief er, setzte sich geziert die Sonnenbrille auf und hielt sein Gesicht der Sonne entgegen.

Ein Schwall Zärtlichkeit für meinen frivolen Freund überkam mich, und ich schlang einen Arm um seinen Bizeps, der genauso herausgearbeitet war wie bei der Skulptur, die wir kurz zuvor betrachtet hatten. Ich kuschelte mich an ihn und lehnte den Kopf an seine Schulter. »Ich werde Konrad gegenüber deinen Satz wiederholen, auch wenn ich nicht weiß, ob er mir überhaupt zuhören wird …« Ich seufzte tief. »Wie ich das hasse, Teo! Mir gefällt diese Sache nicht, ich will nicht damit weitermachen.«

»Dann lass es sein, ganz einfach.«

»Ich will aber Konrad nicht enttäuschen. Er tut so viel für mich … Er gibt mir alles … Und jetzt, wo er mich einmal um etwas bittet, darf ich ihn nicht hängen lassen, das wäre nicht in Ordnung.«

Ein furchtbar attraktiver und mysteriöser Mann

Am selben Abend rief Doktor Arnoux an. Ohne dass ich ihn darum gebeten hätte, war er wieder auf etwas Interessantes für mich gestoßen. Und wie Teo vorgeschlagen hatte, versuchte ich, meinen Argwohn zum Schweigen zu bringen, und beschloss, von seinem seltsamen Interesse zu profitieren und seine womöglich zweifelhaften Absichten einfach zu vergessen. Solange ich die Nachforschungen nicht aus eigener Kraft vorantreiben konnte, schien mir das am klügsten.

Wir verabredeten uns in einem Irish Pub im Quartier Latin, da Doktor Arnoux sein Büro für zu hässlich und unordentlich hielt, um dort eine angenehme Unterhaltung zu führen. Und damit hatte er tatsächlich recht.

Das *Four-Leaf Clover* war ein Irish Pub wie aus der irischen Fremdenverkehrswerbung. Das Beste daran war, dass er ganz in der Nähe meiner Wohnung lag, in einer engen Fußgängerstraße, die sich mit ihren Pflastersteinen ein mittelalterliches Aussehen bewahrt hatte. Es war sieben Uhr abends, und das Lokal füllte sich mit Leuten, die nach Feierabend auf einen Drink hierherkamen. Auf einem riesigen Bildschirm wurde ein Rugbyspiel übertragen, Wales gegen Frankreich, und durch den Lärm der Unterhaltungen war *Where the Streets Have No Name* von U2 zu hören. Am Ende der Theke unter einem Guinness-Plakat fand ich Doktor Arnoux.

»Entschuldige, dass ich so spät komme. Ich habe mich in der Straße geirrt …«

»Kein Problem. Ich bin erst seit fünf Minuten hier. Was willst du trinken?«

Ich setzte mich auf einen der hohen Barhocker und warf einen Blick auf sein Getränk: Bier. Ich hatte keine Lust auf Bier, also wählte ich, was man trinkt, wenn man eigentlich auf nichts Konkretes Lust hat. »Eine Cola bitte.«

Während Doktor Arnoux bestellte, platzierte ich meine Tasche auf dem Schoß, öffnete sie, suchte mein Handy, vergewisserte mich, dass in den letzten zehn Minuten niemand versucht hatte, mich anzurufen, und steckte das Handy dann wieder ein ... Ich war nervös. Alain hängte inzwischen sein Sakko auf, das er auf den Stuhl neben sich gelegt hatte, und kramte dann in einer seiner Hosentaschen nach etwas. »Für dich«, verkündete er und hielt mir einen Umschlag hin.

Darin befand sich ein Schwarzweißfoto von vier Männern, die – offensichtlich in einem Büro – um einen Tisch herum ein großes Buch konsultierten. Einen von ihnen erkannte ich sofort. »Hermann Göring?«, fragte ich, um mich zu vergewissern. Die Verwunderung war meiner Stimme anzuhören. Warum sollte ich mich für ein Foto von Göring interessieren?

Nachdem Doktor Arnoux einen Schluck Bier getrunken hatte, nickte er und zeigte mit dem Finger auf das Foto. »Hermann Göring, Kurt von Behr, Bruno Lohse ... und dein Freund Georg von Bergheim.«

Ich war überrascht. »Wirklich?«

»Letzte Woche hat mich eine Journalistin angerufen, die einen Artikel über Bruno Lohse vorbereitet. Sie hat mich nach Fotos gefragt. Im Archiv des Ministeriums gibt es einen Fotobestand der Arbeitsgruppe Louvre, und so war ich gestern auf der Suche, und dabei habe ich es aufgetrieben. Es ist im Jeu de Paume aufgenommen, im August 1942, während eines von Görings Besuchen in Paris. Hier ist der Reichsmarschall dabei, einen Katalog durchzusehen, und alle anderen schleimen sich bei ihm ein.«

»Wahnsinn!« Das war in der Tat keine übermäßig akademische Ausdrucksweise, rutschte mir aber ganz spontan heraus. Ich nahm von Bergheim genauer in den Blick. Leider konnte man ihn nicht gut sehen. Er war nur eine kleine Gestalt, halb versteckt zwischen Lohse und von Behr, und statt zum Fotografen zu sehen, schien er völlig auf den Katalog konzentriert, weshalb man sein Gesicht kaum erkennen konnte.

»Es ist nicht sehr gut, ich weiß.« Doktor Arnoux schien meine Gedanken gelesen zu haben. »Deshalb habe ich dir noch ein anderes mitgebracht…«

Noch ein Foto? Was hatte Arnoux vor?

Er reichte mir einen Umschlag, ich öffnete ihn und fand darin ein weiteres Foto vor, ganz anders als das vorherige.

»Da hast du ihn, deinen Georg von Bergheim«, verkündete Alain stolz.

Es handelte sich um ein altes Foto, grobkörnig und mit starken Kontrasten. Das Porträt, das aus nächster Nähe aufgenommen war, zeigte einen jungen Mann – jünger, als ich mir einen Kommandanten der SS vorgestellt hätte – in Uniform. Ich musste an die Hollywood-Stars der 40er-Jahre denken. Ich weiß nicht, ob es an der Uniform lag oder an dem ernsten Ausdruck in seinem Gesicht, doch er wirkte stark und entschlossen, aber gleichzeitig freundlich. Und obwohl er große und leuchtende Augen hatte, so hatten sie etwas, vielleicht die kleinen Fältchen an den Augenwinkeln oder die Form seiner Lider, was seinem Gesicht einen traurigen und irgendwie müden Ausdruck verlieh.

»Und, wie findest du das?«

Doktor Arnoux' Stimme ließ mich zusammenzucken. Ich war wie hypnotisiert von Georg von Bergheims Blick. Ich hörte erneut die Musik von U2 und die Unterhaltungen auf Französisch um mich herum. »Das ist unglaublich«, murmelte ich begeistert. »Woher hast du das?«

»Als ich das andere Foto gefunden habe, das vom Jeu de

Paume, wurde mir plötzlich klar, dass – für den Fall, dass sich im Archiv der Shoah eine Kopie des vollständigen Personenverzeichnisses des ERR aus Berlin befindet – dort bestimmt auch eine Kopie der Fotos existieren müsste. Ich bin mit der Frau, die sich um das Archiv kümmert, befreundet, also habe ich sie angerufen, und sie hat es mir bestätigt. Aber sie hat mir nicht nur Zugang zum Archiv verschafft, sie hat mir auch erlaubt, eine Kopie des Fotos zu machen. Du kannst es also behalten.«

»Vielen Dank.«

»Keine Ursache. Aber das Beste ist, was man alles daran ablesen kann …«

»Was für eine Uniform ist das?«

Doktor Arnoux rückte näher, um das Porträt genauer zu betrachten. »Die Uniform der Waffen-SS.«

In dem Moment stieß ein Typ, der sich auf den Barhocker neben mir setzen wollte, an meine Cola. Als sie umkippte, wäre das Foto fast in Mitleidenschaft gezogen worden.

»Besser, wir gehen«, verkündete Doktor Arnoux und gab dem Kellner ein Zeichen. »Isst du gern Japanisch?«

Ich nickte.

»Nicht weit von hier ist ein Restaurant, in dem es das beste Sushi von ganz Paris gibt.«

Japanisches Essen ist eines meiner Lieblingsessen, ja, eigentlich könnte ich mich nur von Sushi ernähren. Und Doktor Arnoux hatte recht: Im *Okaido*, so hieß das Restaurant, gab es die besten Thunfisch-Sushis, die ich je gegessen hatte, und dazu eine unübertreffliche Tempura-Rolle.

»Zur Zeit der Besetzung war in ebendiesem Restaurant das *Margarete*, ein Speiselokal der Wehrmacht«, klärte Arnoux mich auf.

Mir wurde immer klarer, dass Arnoux ein absoluter Spezialist in Bezug auf alles war, was mit NS-Deutschland zu tun hatte. Er war genau die Person, die ich bei dieser Nachforschung brauchte.

Irgendwann zog ich das Foto von Georg von Bergheim wieder hervor.

»Mir ist nicht klar, ob von Bergheim nun eigentlich Soldat war oder nicht. War die SS ein Teil der Wehrmacht oder nicht?«

»Nein, nein, das ist nicht dasselbe. Tatsächlich ist die Wehrmacht das deutsche Heer. SS ist eine Abkürzung für Schutzstaffel, denn ursprünglich hatte sie den persönlichen Schutz Hitlers zur Aufgabe. Später hat sie sich jedoch weiterentwickelt und in eine äußerst komplexe paramilitärische Organisation mit sehr viel Macht verwandelt. Die SS teilte sich auf in einen politischen Zweig, die allgemeine SS, und einen militärischen Zweig, die Waffen-SS, die in die Wehrmacht integriert wurde, um an der Front zu kämpfen, auch wenn beide verschiedenen Kommandos unterstanden. Daher ist von Bergheim in gewisser Weise ein Soldat: Er hat eine militärische Ausbildung erhalten und im Krieg gekämpft. Außerdem war er ein Held. Siehst du?« Er zeigte mit dem Finger auf das Kreuz, das an seinem Hals hing. »Das ist das Eiserne Kreuz, genauer gesagt das Ritterkreuz des Eisernen Kreuzes, eine von Hitler eingeführte Auszeichnung, um außergewöhnlich mutige Heldentaten zu belohnen. Während des gesamten Krieges wurden nur sehr wenige davon verliehen, etwa 7000.«

»Es ist schön …«, murmelte ich und strich mit dem Finger über das Foto.

»Der innere Teil ist aus Eisen, der Rand aus Silber. Das Relief ist das Hakenkreuz, und die Jahreszahl, 1939, ist das Jahr, in dem die Auszeichnung eingeführt wurde. Das Band, an dem es hängt, ist schwarz, weiß und rot, das sind die Farben des Dritten Reichs. Außerdem gehörte von Bergheim dem Elitekorps der Waffen-SS an, der Leibstandarte-SS Adolf Hitler.«

Ich konnte mir ein Lachen nicht verkneifen: Es war schon verrückt, dass er einem einzigen Foto so viele Informationen entnehmen konnte. »Um Himmels willen! Woher weißt du das denn schon wieder?«

»Wegen des Ärmelstreifens mit dem Adlerkopf und Hitlers Initialen.«

»Warum sollte man einen Elitesoldaten und Kriegshelden von der Front fernhalten?«, überlegte ich laut.

Alain trank einen Schluck Sake und lächelte mich an: Offensichtlich wusste er etwas, was ich nicht wusste. »Vielleicht bringt uns von Bergheim ja auf die richtige Spur…«, sagte er.

»Was willst du damit sagen?«

»Als ich das Foto zum ersten Mal sah, hat eines der Abzeichen an der Uniform meine Aufmerksamkeit erregt.« Er säuberte sich die Hände mit der Serviette und zeigte wieder auf das Foto. »Dieses hier…«

Es handelte sich um eine kleine Anstecknadel mit einem Symbol, das einem Y mit einem dritten Arm in der Mitte ähnelte.

»Das ist die Rune ›Leben‹, die, zusammen mit der Irminsul oder dem Baum des Lebens, das Symbol für ›Ahnenerbe‹ war.«

Dieser Ausdruck kam mir bekannt vor. »Über Ahnenerbe habe ich schon mal etwas im Internet gelesen…«

»Ahnenerbe war eine historische Forschungseinrichtung, die Himmler 1935 gegründet hatte, zunächst als private Gesellschaft, doch ab 1942 wurde sie in die SS integriert. Anfangs erforschte man dort nur die Frage der germanischen und arischen Wurzeln. Später gab es über vierzig spezialisierte Abteilungen, von Musikwissenschaft, Philosophie und Archäologie bis hin zu wissenschaftlichen Experimenten an Menschen in Konzentrationslagern.«

»Wie schrecklich!« Ich erschauderte bei dieser Vorstellung, und mir wurde bewusst, wie wenig ich von den pseudomedizinischen Gräueltaten der Nazis wie Josef Mengele oder Aribert Heim, dem sogenannten Doktor Tod, wusste.

Um hierüber nicht länger nachdenken zu müssen, konzentrierte ich mich auf den pittoresken Teil des Themas: »Bei dem Begriff Ahnenerbe fällt mir vor allem ein, dass sie Expeditionen nach Tibet und in die Antarktis organisiert haben… oder dass

sie nach dem Heiligen Gral und der Bundeslade gesucht haben.«
Ich lächelte leicht beschämt über mein vor allem Hollywood zu verdankendes diesbezügliches Wissen.

Doch Alain war nachsichtig und fuhr einfach mit seinen Erläuterungen fort. »Die Institution Ahnenerbe hat zu vielen magischen Gegenständen geforscht, weil sowohl Himmler als auch Hitler glaubten, diverse archäologische Reliquien besäßen übernatürliche Kräfte, die ihnen helfen würden, den Krieg zu gewinnen und in Europa einen arischen Staat zu gründen, dessen spirituelles Zentrum die Wewelsburg sein sollte …«

»Die Wewelsburg?«, unterbrach ich Alain. »Von Bergheims Brief wurde doch dort verfasst …«

Sofort bedauerte ich meine Impulsivität und nannte mich selbst eine Idiotin, weil ich mich so unbedacht verplappert hatte.

Doch Doktor Arnoux tat, als habe er nichts bemerkt, und sprach weiter:

»Das wird jetzt interessant … Wewelsburg war und ist noch immer ein mysteriöser Ort: Himmlers persönliches Heiligtum. Dorthin kamen nur Auserwählte, die in der besonderen Gunst des Reichsführers SS standen. Es war auf jeden Fall etwas Besonderes, wenn man die Lebens-Rune trug.«

»Glaubst du, dass …«, setzte ich schüchtern an.

»Na los! Du brauchst keine Angst zu haben. Ohne Hypothesen gibt es keine Wissenschaft.«

»Nein … nein, ist nicht so wichtig«, winkte ich ab und schob mir das nächste Sushi in den Mund, um erst einmal nichts mehr sagen zu können.

»Ich weiß schon, dass es vielleicht verrückt klingt«, fuhr Alain an meiner Stelle fort, »doch wenn wir eins und eins zusammenzählen beziehungsweise von Bergheim plus das Ahnenerbe … dann hatte ihn etwas Wichtiges nach Paris geführt. Etwas so Wichtiges, dass man einen Elitesoldaten von der Front abgezogen hatte. Vielleicht ging es ja um Magie …«

Alains Tonfall war scherzhaft, dennoch verschluckte ich mich fast. Wonach zum Teufel suchte Georg von Bergheim? Was verdammt noch mal war *Der Astrologe* von Giorgione tatsächlich?

»Ich habe es dir neulich schon gesagt«, fügte er hinzu. »Dieser Sturmbannführer von Bergheim war kein gewöhnlicher Nazi.«

Ich betrachtete erneut das Gesicht des Mannes auf dem Foto. Dieser Nazi schien plötzlich geradezu zu meinem Verbündeten geworden zu sein …

Von da an trug ich von Bergheims Foto in der Brieftasche mit mir herum, als hätte ich einen Freund, der gerade seinen Militärdienst ableisten musste. Ich scannte es sogar ein für den Fall, dass ich es verlieren könnte. Und ich verwendete es als Bildschirmhintergrund auf meinem Laptop. Jedes Mal, wenn ich ihn hochfuhr, begrüßte mich von Bergheim …

Unversehens hatte das Thema eine ganz neue Bedeutung für mich erlangt, und auf einmal wollte ich unbedingt damit zu einem Ergebnis kommen. Wenn ich mir selbst gegenüber ehrlich war, musste ich allerdings zugeben, dass das, was mich so neugierig machte, weniger die eher unwahrscheinliche Existenz und der nur schwer nachvollziehbare Verbleib des Bildes *Der Astrologe* waren, als von Bergheim selbst.

Ich war wie besessen davon herauszufinden, wer dieser Georg von Bergheim tatsächlich war, und so saß ich ab sofort von morgens bis abends vor dem Computer. Teo ließ eines Tages diesbezüglich eine Bemerkung fallen: »Du bist dermaßen besessen von dem Typen, Schätzchen … Du isst ja nicht mal mehr – man könnte meinen, du bist total verknallt in den alten Sack …«

»Das bin ich auch, Teo.«

Ich sagte das, ohne genauer darüber nachzudenken. Doch plötzlich begriff ich, dass mein Interesse an dieser Geschichte tatsächlich einer Art platonischer Liebe entsprang, die ich für einen Offizier der SS empfand …

Die Lücken der Biografie von Georg von Bergheim

Du musst dir alle Auszeichnungen, Abzeichen, Kennzeichen bis hin zu jedem einzelnen Faden an seiner Uniform ansehen. Von der Farbe seiner Augen bis zur Narbe auf seiner Wange. Alles beinhaltet ein Wie und ein Warum, alles sagt dir etwas über ihn.« Mit diesen Ratschlägen hatte Doktor Arnoux sich am Ausgang des japanischen Restaurants von mir verabschiedet. Damit und mit dem entscheidenden Hinweis auf das Bundesarchiv: das Archiv für deutsche Geschichte. Tatsächlich hatte Alain nicht viel mehr gemacht, als mich zu dem zu ermuntern, was ich bereits von Anfang an hätte tun sollen, hätte ich mich richtig auf die Nachforschung eingelassen.

Der Dokumentenbestand des Bundesarchivs verteilt sich auf drei Orte: Berlin, Koblenz und Freiburg. Aber Alain hatte mir zu dem Militärarchiv in Freiburg geraten, wo es einen speziellen Waffen-SS-Bestand gab. Ihm zufolge war das Archiv in Berlin außerdem eher politisch orientiert, und der Dokumentenbestand in Koblenz in Bezug auf die Tätigkeit des ERR in Frankreich war fast vollständig repliziert im Archiv des Mémorial de la Shoah in Paris.

Seinen Ratschlägen folgend, stellte ich einen vorschriftsmäßigen Antrag, um dem Militärarchiv in Freiburg einen Besuch abstatten zu können, und wurde relativ kurzfristig dorthin bestellt. An einem Montag nahm ich um neun Uhr morgens das erste

Flugzeug, das vom Pariser Flughafen Charles de Gaulle in Richtung Freiburg startete.

In der Abteilung Militärarchiv des vollständig informatisierten Freiburger Bundesarchivs, das schnell und einfach zu konsultieren ist, füllte ich die Lücken von Georg von Bergheims Biografie.

Ich brauchte nicht lange, bis ich auf einen von der SS erstellten Bericht mit seinem gesamten Lebenslauf, angefangen von seiner Geburt bis zum Jahr 1941, traf. Das war das Jahr, in dem er aufgrund seiner schwerwiegenden Verletzungen zum Reservesoldaten wurde, ebenjener, für die er sich das Ritterkreuz des Eisernen Kreuzes und das Verwundetenabzeichen in Silber verdient hatte. Ich fand heraus, dass von Bergheim auch einen Doktor in Kunstgeschichte hatte, und sogar der Titel seiner Doktorarbeit war angegeben. Alles passte perfekt zueinander: Das war die eindeutige Antwort, warum Hitler ihn ausgesucht hatte, um den *Astrologen* zu finden. Zweifelsohne hätte auch ich ihn ausgewählt.

Ich machte Kopien von den Fotos, den akademischen und militärischen Urkunden und Auszeichnungen, die ihm verliehen wurden, von seiner Hochzeitsurkunde und sogar von dem Bericht über die Nachforschung, die über seine zukünftige Frau, Elsie Kirch, angestellt wurde, um sich der arischen Reinheit zu vergewissern, die die Frau eines SS-Offiziers haben musste. Am Ende des zweiten Tages hatte ich nur noch ein Rätsel in von Bergheims Leben zu lösen: Warum verlor sich seine Spur 1943, zu dem Zeitpunkt, als er, wie Bruno Lohse behauptete und seine Karteikarte des ERR bestätigte, von Himmler nach Deutschland beordert wurde?

Auf dem iPod lief *The Scientist* von Coldplay mit der hohen Stimme von Chris Martin. Auf dem Bildschirm des Computers war das Bild des Verwundetenabzeichens zu sehen: ein Lorbeerkranz, der einen Helm mit Hakenkreuz-Emblem über zwei gekreuzten Schwertern umrahmte. Das Verwundetenabzeichen in Silber wurde verliehen für drei- bis viermalige Verwundung, den

Verlust eines Arms oder Beins oder bei einer Kopfwunde. Unablässig fragte ich mich, welche Art Verwundung Georg von Bergheim für diese Auszeichnung erlitten hatte.

Plötzlich hielt mir jemand die Augen zu. Große sanfte Hände. Ich wandte den Kopf.

»Georg…«

Mich diesen Unsinn sagen zu hören war ebenso wirksam, um mich aus meiner Versunkenheit zu reißen, wie ein Eimer kaltes Wasser. Ich konnte mich nur verlegen korrigieren: »Konrad! Aber…«

»Habe ich den Atlantik überquert, um dich zu sehen, nur um dann zu hören, dass du mich mit dem Namen eines anderen ansprichst?«

Ich stand auf, um ihn zu küssen. Sein Hals roch nach *Eau d'Orange Verte* von Hermès, seinem Lieblingsparfum, und holte mich nach und nach in die Gegenwart zurück. »Aber warst du denn nicht in New York?«, fragte ich zwischen den Küssen.

»War ich, ja, bis ich mich entschlossen habe, früher zurückzukehren, weil ich schon viel zu lange ohne dich auskommen musste.« Konrad trat einen Schritt zurück, um mir ins Gesicht zu sehen. »Du bist wunderschön, meine Süße… aber du lässt dich gerade etwas gehen.«

Daran hatte ich noch keinen einzigen Gedanken verschwendet, doch ich war sicher, dass Konrad seine Worte ernst meinte. Ich war hier schon so viele Stunden eingesperrt – meine Klamotten mussten ganz zerknittert sein, mein Gesicht hatte wahrscheinlich die Farbe des weißen Neonlichts angenommen, und da mir die Kontaktlinsen Brennen verursachten, wenn ich lange auf den Computerbildschirm starrte, hatte ich sie gegen die Brille eingetauscht. »Ach Konrad«, seufzte ich. »Worüber wunderst du dich? Ich hocke hier schließlich schon seit Stunden…« Erst als ich meinen Protest zum Ausdruck brachte, merkte ich, wie müde ich eigentlich war.

Das Unwürdigste an dieser Situation war, dass Konrad nach einem Flug, der länger war als meine zehn Arbeitsstunden, genauso makellos aussah wie immer.

Er küsste und umarmte mich erneut. »Und? Was hast du über den *Astrologen* herausgefunden?«

»Also…«, wich ich aus, da ich meine Hausaufgaben nicht wirklich gemacht hatte. »Über den *Astrologen* habe ich nicht viel in Erfahrung bringen können. Aber sieh mal, was ich dafür alles über Kommandant von Bergheim herausgefunden habe!« Begeistert wollte ich meine Notizen vor ihm ausbreiten. Doch Konrad hielt mich zurück:

»Nein, meine Süße. Nicht jetzt. Wir sprechen ein andermal von ihm. Für heute reicht es mit der Arbeit.«

Um auf gleicher Augenhöhe mit ihm zu sein und ihm bequem durchs Haar streichen zu können, stellte ich mich auf die Zehenspitzen. »Lädst du mich zum Essen ein?«, fragte ich zärtlich.

Konrad schüttelte den Kopf. »Wir gehen ins Hotel. Ich lasse dir ein Bad ein und bestelle eine Kleinigkeit, denn das Einzige, was ich will, ist, so schnell wie möglich mit dir im Bett zu verschwinden.« Seine sinnliche Stimme und seine Hände auf meinem Po ließen mich wissen, dass seine Gedanken nicht unbedingt um Schlaf kreisten.

Am nächsten Morgen verabschiedeten wir uns in der Eingangshalle des Hotels. Konrad reiste zurück nach Madrid, um seinen frenetischen Rhythmus wieder aufzunehmen, den ihm sein Terminkalender diktierte. Ich musste zurück in den unpersönlichen Arbeitsraum des Militärarchivs. Ich hätte es schön gefunden, wenn er noch etwas länger geblieben wäre, doch das hatte ich nicht einmal angedeutet – ich hatte schon eine Lücke in seinem Terminkalender bekommen, bis zum nächsten Rendezvous gab es keinen Platz mehr für mich…

Traurig darüber, mich nach einer wunderschönen Nacht wieder an meine einsame Arbeit machen zu müssen, setzte ich die Nachforschungen in der Datenbank des Militärarchivs fort.

Es war kein guter Moment, als ich sie fand, ich war nicht in der Stimmung dafür: Die Sterbeurkunde des SS-Sturmbannführers Georg von Bergheim, ausgestellt im September 1946, war der Auslöser für eine Explosion lange unterdrückter Gefühle. Während meine Augen fast schon wie beim REM-Schlaf über den Bildschirm flogen und ich mich zwang, das Deutsch im Rhythmus der Lektüre zu übersetzen, spürte ich, wie sich ein Kloß in meinem Hals bildete und meine Sicht immer verschwommener wurde. Ein paar beschämende Tränen flossen über meine vom Bildschirm angestrahlten Wangen.

»Meine Liebe, ich mache mir ernsthaft Sorgen um dich. Du bist total fertig«, war Teos Diagnose, als ich ihm am Telefon von meinem Kummer erzählte.

Kurz nach dem Krieg war von Bergheim also gestorben.

Abgesehen davon, dass mich diese Gewissheit völlig entmutigte, führte sie mich an das Ende einer Sackgasse: Georg von Bergheim war gestorben, ohne mir etwas über den *Astrologen* enthüllt zu haben.

Ich schaltete den iPod aus und warf einen Blick auf die Uhr: Ich hatte nur noch vier Stunden, bis die Frist ablief, die mir das Bundesarchiv für meine Nachforschungen eingeräumt hatte. Wenn ich Freiburg verließ und die Sachen in dem Zustand blieben, in dem sie gerade waren, dann wäre alles vorbei, dann wären die Nachforschungen gescheitert. Gewiss war nur, dass Georg von Bergheim, mein ausschließlicher Mitarbeiter, mein einziger Anreiz, mir keine weiteren Spuren mehr liefern konnte. Georg von Bergheim konnte mir nicht mehr helfen, weil er gestorben war.

Ich suchte in meinem BlackBerry nach der Nummer, der ich den Namen SOS hätte geben sollen, was so viel heißt wie: die

Handynummer von Alain Arnoux. Ich drückte auf die Anruf-Taste und wartete geduldig darauf, seine Stimme zu hören. Ich war so angespannt, dass ich sofort losredete, als ich merkte, dass abgehoben wurde, doch es war nur der Anrufbeantworter: »Dies ist der Anrufbeantworter von Alain Arnoux. Bitte hinterlassen Sie eine Nachricht nach dem Piepton. Piiiiiiep!«

Ich brach das Gespräch ab und versuchte, ihn in der Universität zu erreichen, doch die Dame an der Zentrale informierte mich darüber, dass in seinem Büro niemand abhob. Als ich es bei der European Art for Looted Art versuchte, erging es mir ebenso. Auch zu Hause ging er nicht ans Telefon. Schließlich versuchte ich es erneut auf seinem Handy, wo mich sein Anrufbeantworter wieder dazu einlud, ihm eine Nachricht zu hinterlassen.

Wütend knallte ich das BlackBerry so heftig auf den Tisch, dass sich die Klappe der Batterie öffnete. Entmutigt verbarg ich das Gesicht in den Händen. Es war irgendwie ironisch, dass ich mir nur wenige Wochen zuvor gewünscht hatte, eine noch so kleine Ausrede zu finden, um die Nachforschungen abbrechen zu können, während mich jetzt der Gedanke daran fast zur Raserei brachte. Ich rieb mir die Schläfen, strich mir die Haare aus dem Gesicht, schnaubte und betrachtete erneut das Foto von von Bergheim. Nachdem ich eine Weile sein ernsthaftes Gesicht betrachtet hatte, hatte eine meiner Neuronen offenbar die nötige Inspiration gefunden, um sich mit einer anderen zu verbinden und gemeinsam zu einer Form zu finden, die meinen Denkapparat wieder in Bewegung setzte: Bislang hatte der Name von Bergheim mich zu nichts geführt, was auch nur im Geringsten mit dem *Astrologen* in Verbindung stand, doch … was war mit seiner Nummer?

Jemand wie Georg von Bergheim war sowohl durch seinen Namen wie auch durch seine Nummer identifizierbar, durch Letzteres vielleicht noch mehr. Während meiner Nachforschungen war ich sogar auf zwei Nummern für Georg von Bergheim gestoßen: auf seine Mitgliedsnummer bei der NSDAP und auf seine Nummer bei der SS. Und wenn ich versuchte …

»Ich will mir keine falsche Hoffnung machen«, murmelte ich vor mich hin, während ich nervös meine Notizen durchsuchte, »aber mein geliebter Georg … was, wenn ich deine SS-Nummer in die Datenbank eingebe? Vielleicht ist es reine Zeitverschwendung, vielleicht aber auch nicht. In jedem Fall habe ich keine bessere Idee …«

Endlich fand ich die Nummer und gab die sechs Zahlen in den Computer ein. Nach wenigen Sekunden präsentierte mir das System eine lange Liste von Dokumenten, die im Bundesarchiv lagerten und in denen die SS-Nummer vorkam, die ich soeben eingegeben hatte. Alles war darin enthalten: Register, Berichte, Akten … Ich überflog die Referenzen, und schon bald weckte etwas mein Interesse: *Schreiben*. Mein Puls beschleunigte sich. Nicht aufgrund der Tatsache, dass es sich um eine Mitteilung handelte, sondern weil sie der Abteilung Ahnenerbe angehörte und weil ihr Absender beziehungsweise Empfänger Adolf Hitler beziehungsweise Heinrich Himmler waren.

»O Gott, o Gott …«, stammelte ich, ohne den Blick von der Referenz abzuwenden, weil ich fürchtete, mich verlesen zu haben. Zum ersten Mal gelang es mir, von Bergheim mit Hitler in Verbindung zu bringen!

Ohne eine weitere Sekunde zu vergeuden, holte ich mir das Dokument.

An den Reichsführer SS und Polizeichef Heinrich Himmler

Lieber Kamerad,
unter Berücksichtigung des Berichts vom 15. Oktober 1941 genehmige ich, dass der Offizier mit der Nummer 634.976 der Operation Smaragd zugeteilt wird.
Zu diesem Zweck habe ich entsprechende Befehle an die Zentralbüros des Einsatzstabs Reichsleiter Rosenberg von Berlin weitergeleitet, damit ihm der Delmedigo-Bericht sobald wie möglich ausgehändigt wird.

Führerhauptquartier
17. Oktober 1941

DER FÜHRER
ADOLF HITLER

Ich hatte die auf Mikrofilm aufgenommene Kopie des Schreibens wie einen Schatz abgespeichert, hatte sie wieder und wieder gelesen, das Wichtigste darin unterstrichen und jegliches Zeitgefühl völlig vergessen, als eine Angestellte des Lesesaals mir ankündigte, dass nur noch fünfzehn Minuten blieben, bis das Archiv geschlossen werden würde. Es war mir gar nicht aufgefallen, doch draußen war es in der Zwischenzeit dunkel geworden, und der Lesesaal hatte sich geleert. So verlassen wirkte er noch kälter und unpersönlicher als zuvor. Das zweckmäßige Mobiliar, der blaue Teppichboden, das helle Licht und die leeren silberfarbenen Garderobenhaken luden nicht gerade dazu ein, hier allzu viel Zeit zu verbringen …

Doch ich lächelte zufrieden, weil ich endlich meine Belohnung bekommen hatte, und fing an, meinen Laptop, meine Unterlagen und das Material, das ich über meinen Arbeitsplatz verstreut hatte, einzupacken. Plötzlich vibrierte das Handy, das vor mir auf dem Schreibtisch lag. Es war, als würde in der Stille des Raums ein leises Knurren ertönen. Ich ließ es überstürzt verstummen und drückte dann auf die entsprechende Taste, um die Nachricht zu lesen:

Lass mich in Frieden ruhen. Georg von Bergheim.

»Lass mich in Frieden ruhen… Georg von Bergheim.« Ein Schauder durchfuhr mich, und ich bekam eine Gänsehaut. Was für ein schlechter Witz sollte das bitte sein?

August 1942

Reichsmarschall Hermann Göring besucht das Jeu de Paume von Paris mindestens zwanzig Mal, um Kunstwerke für seine persönliche Sammlung in Carinhall auszusuchen. Bei einem dieser Besuche nimmt er vierzig Gemälde mit, darunter einen Rembrandt, zwei Goyas und einen Vermeer.

Georg von Bergheim legte den Hörer auf und lehnte sich in seinem Stuhl zurück. Er versuchte, einen klaren Kopf zu bekommen, doch sein Gehirn funktionierte am Ende eines Tages nur noch wie eine Maschine, die nicht geölt ist. Er stand auf, trat auf der Suche nach frischer Luft ans Fenster. Die Aussicht und der Duft der Vegetation im Jardin des Tuileries verschafften ihm Erleichterung. Georg atmete tief ein und stieß dann einen langen Seufzer aus.

Er hatte soeben mit dem Polizeichef in Straßburg gesprochen. Laut dem Hinweis eines Nachbarn war Sarah Bauer in Illkirch, im Haus ihrer Eltern. Als die Polizei jedoch dort eingetroffen war, hatte sie niemanden vorgefunden.

Er war fast überzeugt, dass die Tochter der Familie Bauer sich in Paris befand. Das war das Einzige, was sie bei dem Verhör aus ihrem Vater herausbekommen hatten. Herr Bauer hätte lügen können, um seine Tochter zu schützen, doch das glaubte Georg nicht. Er hatte eine merkwürdige Vorahnung, insbesondere seit dem verheerenden Vorfall im Haus der Familie Metz… Ja, er hatte so eine Ahnung, dass Sarah dort gewesen war. Auch wenn es sehr wahrscheinlich war, dass es von Behr, diesem Raubvogel, gelungen sein könnte, was er unbedingt zu vermeiden versucht hatte: das Mädchen zu verscheuchen.

Angst stieg in ihm auf, Angst und gleichzeitig Sehnsucht, ein unaufhaltsames Verlangen, von hier zu verschwinden, diese widerliche Welt von Bürokraten und Emporkömmlingen zu verlassen, diesen Pöbel. Er verspürte das fast körperliche Bedürfnis, wieder an die Front und zum militärischen Leben zurückzukehren, erneut die Werte der Ehre, Treue und Kameradschaft zu erfahren, die er so nur in seinem Regiment vorgefunden hatte, als ihr Leben auf dem Spiel stand.

Wie zum Teufel hatte er in diese Sache verwickelt werden können?

Die Erinnerung an seinen Besuch der Wewelsburg stieg in ihm auf, und auf einmal glaubte er, ein Hämmern, das Heulen einer Kreissäge und das Kreischen eines Bohrers zu hören … Die Renovierungsarbeiten im Schloss Wewelsburg, das Reichsführer SS Himmler 1934 erstanden hatte, waren zu jenem Zeitpunkt noch nicht beendet und verursachten den Lärm.

»Nehmen Sie Platz«, wies ihn Reichsführer SS Himmler an und zeigte auf einen Stuhl vor seinem Schreibtisch.

Georg tat, wie ihm gesagt wurde.

Heinrich Himmler rückte die Brille zurecht und konzentrierte sich auf die vor ihm liegenden Unterlagen. Georg kam die Symmetrie der Szene vor ihm beeindruckend vor. Ein riesiges Porträt des Führers hing genau in der Mitte der Wand, an der sonst nichts anderes hing. Am Bild ausgerichtet der Schreibtisch. Und genau in der Mitte des Schreibtischs saß die winzige Figur Himmlers. Das Ganze flankiert von Fahnen des neuen Deutschlands: rot und weiß mit dem schwarzen Hakenkreuz.

Reichsführer SS Himmler nahm sich sehr viel Zeit mit dem Durchsehen dessen, was er vor sich hatte. Die Stille, die nur vom entfernten Echo der Renovierungsarbeiten unterbrochen wurde, war bedrückend. Das Halbdunkel im Zimmer war verwirrend, denn obwohl es mitten am Tag war, drang kaum Licht durch die Gardinen, nur eine Schreibtischlampe erhellte den Tisch. Georg war sehr nervös, seit er den Befehl erhalten hatte, sich bei Reichsführer SS Himmler zu melden. Als Befehlshaber der SS war Himmler, nach Hitler, sein höchster Vorgesetzter. Warum hatte er ihn einberufen, einen einfachen Hauptsturmführer der Waffen-SS, von denen es so viele gab?

Dazu kam noch das Ambiente der Wewelsburg. Vielleicht lag es an den mysteriösen Legenden, die sich um das Schloss rankten, dass Georg sich an diesem Ort so unwohl fühlte. Bei der Ankunft hatte ihn ein merkwürdiges Gefühl ergriffen, als würde er sich Hunderte von Jahren in die Vergangenheit zurückbegeben, in eine Zeit, die von der Vorstellung eines besessenen Mannes verzerrt war. Er war der Assistentin des Reichsführers SS durch den dreieckigen Innenhof zu einem der Türme gefolgt, hatte eine riesige kreisförmige Eingangshalle betreten, in deren Mitte sich eine geometrische Zeichnung aus konzentrischen Swastiken befand, die eine schwarze Sonne auf dem Marmorboden darstellte, und war dann eine aufwendig bearbeitete Wendeltreppe aus Holz hinaufgestiegen. Auf seinem Weg zu Himmlers Büro hatte er weder die Holzdecken voller Runensymbole übersehen noch die Kragsteine mit Skulpturen von riesigen teutonischen Helden, die über diejenigen wachten, die unter ihren Blicken dahingingen. Ebenso wenig die Eichenholztäfelungen oder die Wandteppiche, auf denen Szenen der germanischen Mythologie abgebildet waren. Die gewaltigen Kamine aus behauenem Stein und die schweren geschmiedeten Lampen aus dem Mittelalter vervollständigten die ebenso prächtige wie einschüchternde Inszenierung.

Offiziell als SS-Schule Haus Wewelsburg bezeichnet, konnte man davon ausgehen, dass es sich bei dem Schloss um ein Schulungszentrum für höher graduierte Offiziere der SS und einen Ort für Zusammenkünfte von Hitlers Vertrauten handelte. Manche erzählten, sie hätten gehört, dass der Reichsführer SS sich auf die Wewelsburg als das große geistige Zentrum des deutschen Reichs bezogen hätte. Andere gingen noch weiter und versicherten, dass hinter diesen Mauern von Himmler und seinen Ministranten magische Rituale und heidnische Zeremonien durchgeführt würden.

In der Regel schenkte Georg solchen Gerüchten keinen Glauben, doch als er im Schloss ankam, konnte er sich zumindest erklären, worauf sie basierten. Er war kein Kenner des Mittelalters, aber auch kein völliger Laie auf diesem Gebiet. Es fiel ihm nicht schwer, die Symbolkraft der Wewelsburg und den Zusammenhang zwischen dem Ganzen mit dem Ahnenkult und dem germanischen Mystizismus zu erahnen. Obwohl das Schloss aus der Renaissance stammte, hatte Himmler ihm einen fantastischen mittelalterlichen Anstrich verliehen, den Legenden um König Arthur und die Nibelungen angelehnt. Es schien nicht unsinnig zu glauben, dass dieser Ort mehr war als nur eine Akademie für die Offiziere der SS … Nein, wo sich doch Himmler selbst für die Reinkarnation König Heinrichs I. von Sachsen hielt und Heinrichs Grab jedes Jahr an dessen Todestag einen Besuch abstattete.

»Auch wenn Ihnen der Ruf Ihrer Verdienste vorauseilt, Hauptmann von Bergheim, so muss ich nach Durchsicht Ihrer Akte doch zugeben, dass Ihr Werdegang äußerst beeindruckend ist.«

»Vielen Dank, Reichsführer SS. Doch ich habe nur meine Pflicht getan und meinem Vaterland und meinem Führer gedient.«

Himmler ging nicht auf seine Bescheidenheit ein und fing stattdessen an, Georgs Lebenslauf laut vorzulesen. »Abgeschlossenes Philosophiestudium an der Universität in Berlin, Doktor in Kunstgeschichte mit der Bewertung summa cum laude für Ihre Doktorarbeit ›Der Einfluss der klassischen Philosophie auf die Malerei des 15. Jahrhunderts‹.«

Georg hatte sich bei einem Besuch in der Bildergalerie von Potsdam, seiner Geburtsstadt, dazu entschlossen, Kunstgeschichte zu studieren. Sein Vater, ein Soldat der Wehrmacht, Veteran des Ersten Weltkriegs, der sich in die Reserve zurückgestuft sah, als das deutsche Heer nach der Niederlage von 1918 nahezu abgeschafft war, hätte sich eine Militärkarriere für seinen Sohn gewünscht. Doch Georg war bereits der Kunst anheimgefallen und so von ihr fasziniert, dass ihm keine andere Kur eingefallen war, als sein Leben ganz und gar der Schönheit, den Proportionen, dem Ausdruck, der Geschichte und der Botschaft zu verschreiben, die jene Gemälde der Galerie verbreiteten, wo er völlig verzückt viele Stunden zubringen konnte.

»Sie sind nach dem Studium in die Partei eingetreten…«

Wer war das nicht?, hatte Georg gedacht. Für einen jungen Menschen mit unsicherer Zukunft, ohne großartige Alternativen im Beruf oder die Aussicht auf ein gutes Leben hatte Hitler den Eindruck eines Messias erweckt, eines Retters, der versprach, Deutschland aus dem Tal zu holen, in dem es sich befand, und ihm seine Größe zurückzugeben. Er hatte allen Wohlstand, Würde, Rechtschaffenheit versprochen…

»… haben in weniger als zwei Jahren Ihre Ausbildung in der Akademie von Bad Tölz mit dem Grad Sturmscharführer der SS-Leibstandarte abgeschlossen.«

Letzten Endes waren die Wünsche seines Vaters erfüllt worden: Angesichts des aufkommenden Krieges hatte Georg eine militärische Laufbahn eingeschlagen. »Aber warum denn die SS, mein Sohn?« Das war der einzige Einwand gegen seine Entscheidung gewesen, auch wenn die Antwort darauf einfach war: Die SS war eine neue Organisation, ohne Voreingenommenheit, ohne Vergangenheit, in der man sich nur durch eigene Verdienste hervortun konnte und nicht, weil man einer gewissen Gesellschaftsschicht entstammte, einer spezifischen Kaste. Georg war der Sohn eines Unteroffiziers der Wehrmacht, und das wollte er nicht seine ganze Militärlaufbahn über ausbaden müssen. Wehrmacht oder SS, dem alten Mann traten Tränen in die Augen, als er ihn zum ersten Mal in seiner Uniform als Leutnant der angesehenen SS-Leibstandarte sah, der persönlichen Wache des Führers, der Elitetruppe der Waffen-SS. »Die Waffen-SS ist eine militärische Einheit, oder nicht, Georg?« Als Georg dies bejahte, war sein Vater beruhigt, denn er hatte Angst, sein Sohn könnte zu sehr in politische Angelegenheiten verwickelt werden.

Die Monate auf der Akademie waren hart … manchmal unmenschlich. Er musste sich einem kolossalen körperlichen Training unterziehen: Um der Leibstandarte anzugehören, musste man wenigstens seit 1750 germanischer Abstammung, mindestens einen Meter achtundsiebzig groß und von athletischem Körperbau sein, und man durfte keine Brille tragen. Außerdem musste man sich körperlichen Tests unterziehen, die einem Olympiachampion angemessen waren – was auch auf die Ausbilder zutraf. Die größte Herausforderung war jedoch, den psychologischen Druck auszuhalten, dem man während der Ausbildung ausgesetzt war. Nicht umsonst war die geistige und mentale Stärke der Kandidaten ein Auswahlkriterium. Der Führer wollte wahrhaftige Übermenschen zu seinem persönlichen Schutz.

Dennoch war nicht alles in Bad Tölz schrecklich gewesen. Auf einem Kadettenball hatte er Elsie kennengelernt, die er, kurz nachdem er seinen akademischen Grad erlangt hatte, heiratete. Elsie war die Tochter von Gunter Kirch, einem herausragenden Mitglied der Partei und Abgeordneten des Reichstags für Bayern. Und auch wenn Himmler das nicht erwähnt hatte, so war sich Georg doch sicher, dass er es wusste, denn die SS stellte ausführliche Nachforschungen zu den Frauen an, die mit einem ihrer Mitglieder eine Ehe eingehen wollten. Bei Elsie hatte es keine Probleme gegeben: Sie war eine durch und durch arische Frau, der Partei, dem Vaterland und dem Führer treu ergeben. Und außerdem eine ganz wunderbare Frau.

»Sie haben bei der Annektierung Österreichs und des Sudetenlands teilgenommen. Und danach sind Sie mit der Wehrmacht in Polen einmarschiert und haben dabei wirklich Außerordentliches geleistet: Sie haben in der Schlacht um Lodz Mut gegenüber dem Feind bewiesen und zugleich das Eiserne Kreuz Erster und Zweiter Klasse erhalten …«

Zwei Eiserne Kreuze auf einmal – das war zu viel der Ehre für ihn. Ihm war es vielmehr wie ein politisches Manöver vorgekommen. Das Auftreten der Waffen-SS in Polen war umstritten gewesen, und gegen ihre Effizienz beim Kampf waren Bedenken geäußert worden. Nach diesem Feldzug hatte man die Leibstandarte zurückgezogen, um sie neu zu organisieren. Indem man Einzelne wie ihn hervorhob, schien man den guten Namen der persönlichen Wache des Führers reinwaschen zu wollen.

»Danach Holland und Frankreich. Nach der Übernahme Dünkirchens auf Geheiß von General Dietrich ausgezeichnet mit dem Ritterkreuz des Eisernen Kreuzes für Ihren außerordentlichen Mut gegenüber dem Feind und Ihre herausragenden Führungsqualitäten …«

Mut gegenüber dem Feind, herausragender Führer, Übersicht in der Schlacht … Nichts davon war ihm durch den Kopf gegangen, als er tat, was er tun musste. Alles beschränkte sich auf den Überlebensinstinkt, auf die Pflicht, das Leben seiner Männer zu schützen, und auf das Glück – auf eine enorm hohe Dosis Glück. Das Regiment erlitt zahlreiche Verluste. Sein Bataillon nur acht: drei Tote und fünf Verletzte.

»Dort sind Sie schwer verletzt worden.«

Fast wäre ihm das rechte Bein amputiert worden, doch nach drei Operationen und sechs Monaten Rehabilitation konnte er wieder laufen. Ihm fehlten allerdings zwei Finger der linken Hand.

»Wahrscheinlich fragen Sie sich, warum ich Sie sehen will, Hauptsturmführer von Bergheim«, schloss Himmler, als er die Akte zuklappte.

In der Tat hatte er sich diese Frage schon unzählige Male gestellt. Er dachte sogar, dass dieses Treffen deshalb zustande gekommen war, weil sein Schwiegervater ein paar Hebel in Bewegung gesetzt hatte, um der Invalidität des Ehemannes seiner Tochter abzuhelfen. »So ist es, Reichsführer.«

Himmler beobachtete ihn aus listigen Augen. Seine überraschend kleinen Hände lagen verschränkt auf seiner Akte. »Wie es scheint, sind Sie für wehrdienstuntauglich erklärt worden …«

Er schrak auf. »Mit Verlaub, Reichsführer SS, ich vertraue darauf, wieder vollständig zu genesen und so schnell wie möglich an die Front zurückzukehren.«

»Ihr Pflichtgefühl und Ihr Dienst am Vaterland sind wirklich bewundernswert, Kommandant. Dennoch fürchte ich, dass dies, laut dem, was die Krankenakte aussagt, höchst unwahrscheinlich ist. Außerdem ist es der ausdrückliche Wunsch des Führers, Sie momentan vom Kampfgeschehen fernzuhalten. Dessen ungeachtet vergessen Sie nicht, dass der Kampf für das Reich an vielen Fronten ausgetragen wird, nicht nur an der rein militärischen.«

»Entschuldigen Sie, Reichsführer, aber ich verstehe nicht ganz …«

»Ihre militärischen Leistungen zeigen, dass Sie dem Führer treu ergeben sind. Doch was Sie hierhergeführt hat, ist nicht Ihre Eigenschaft als Kommandant, sondern die als Doktor der Kunstgeschichte … Haben Sie, Herr Doktor von Bergheim, jemals von einem Gemälde namens *Der Astrologe* gehört, das dem venezianischen Maler Giorgio da Castelfranco zugesprochen wird …?«

Ein Hämmern an der Tür riss ihn unsanft aus seinen Erinnerungen.

»Von Bergheim, was machst du denn noch hier? Höchste Zeit zu verschwinden.«

Georg drehte sich um. »Und du, Lohse?«

»Ich stecke bis über beide Ohren in Arbeit. In ein paar Tagen kommt Reichsmarschall Göring, und dann ist da noch diese Ratte von Hofer, der in allem herumschnüffelt, was ich mache. Er läuft als Berater des Marschalls durch die Gegend und hat keinerlei Ahnung von Kunst. Warum gehen wir nicht ins *La Croissette* und feiern, dass morgen ein neuer Tag beginnt? Außerdem … ich habe einen Vorschlag für dich, den du kaum ablehnen kannst.«

Sarah ließ sich auf das Bett fallen. Der Tag war hart gewesen. Eine Gruppe deutscher Soldaten, die auf Streit aus war, hatte den Buchladen betreten. Mit der Ausrede, sich die Bücher vor einem eventuellen Kauf ansehen zu wollen, hatten sie sie angefasst und begrapscht, ihr gegenüber obszöne Bemerkungen fallen lassen und, bevor sie wieder gingen, Herrn Matheus gedroht, nachdem dieser sie für ihr Verhalten gerügt hatte. Sarah drehte sich jedes Mal vor Angst der Magen um, wenn sie in der Nähe von deutschen Soldaten war. Ihre Papiere waren nicht ordnungsgemäß, da sie sich auf Jacobs Rat hin nicht als in Paris ansässige Jüdin hatte registrieren lassen, und sie fürchtete immerzu, aus diesem Grund festgenommen zu werden. Letztlich hatte Herr Matheus, der von diesem Zwischenfall ebenfalls sehr mitgenommen war, beschlossen, den Buchladen an diesem Tag vorzeitig zu schließen, sodass Sarah schon früh wieder zurück in der Pension war.

Bei ihrer Rückkehr aus Illkirch hatte Jacob eine billige Unterkunft in einer Pension im Zentrum für sie gefunden, wo sie sich das Zimmer mit einer Freundin teilte, ebenfalls eine Elsässerin. Das Mädchen hieß Marion und war das, was Sarahs Vater als extrem vulgäre Person beschrieben hätte, weshalb sie ihr gegenüber anfänglich etwas skeptisch war. Sie konnte sich nicht vorstellen, mit einer solchen Person zusammenzuleben. Bei allem, was Marion tat, war sie unanständig, frech und maßlos. Sie hatte kein besonders schönes Gesicht, aber ihr Körper war sehr üppig und aufreizend. Wenn sie durch die Straßen ging und an einer Gruppe Soldaten vorbeikam, streckte Marion die Brust heraus und wackelte mit dem Hintern, genoss es, bei der Meute Pfiffe und laute Bemerkungen zu provozieren. Sie ging sogar zu ihnen, um sich Zigaretten und Schokolade geben zu lassen. Dieses Verhalten empörte Sarah, und sie hatte versucht, sich nicht weiter mit ihrer Mitbewohnerin anzufreunden.

Doch mit der Zeit hatte Sarah entdeckt, dass Marion zwar eine harte Schale, aber auch einen weichen Kern hatte. Sie sagte sich irgendwann, dass Marion zu den Leuten mit dem größten Herzen gehörte, die ihr je begegnet waren. Sie war großzügig und immer bereit zu helfen. Und alles erregte ihr Mitleid: alte Menschen, Kinder, Bettler, Tiere … Wenn sie einen Alten allein auf einer Bank sitzen sah, setzte sie sich zu ihm und redete etwas mit ihm; wenn sie auf ein weinendes Kind im Park stieß, tröstete sie es; wenn sie auf einen Bettler traf, gab sie ihm ihre Brotration … Deshalb hatte es auch nicht lange gedauert, bis das schüchterne, nette Mädchen, das jede Nacht leise weinte, nachdem sie das Licht im Zimmer gelöscht hatten, Marions Mitleid weckte. Tatsächlich hatte Marion nicht eingewilligt, das Zimmer mit ihr zu teilen, weil sie Geld brauchte, sondern weil sie beim ersten Zusammentreffen mit Sarah festgestellt hatte, wie dünn sie war und wie schlecht sie aussah – abgesehen davon, dass sie eine Freundin von Jacob war. Sarahs scheuer Blick und ihre leise Stimme hatten Marions mütterlichen Instinkt geweckt. Und als Jacob ihr erzählte, dass die Nazis ihren Vater getötet und den Rest der Familie weggebracht hatten, hatte sich dieses Gefühl noch bestärkt.

Die beiden so unterschiedlichen Frauen brauchten nicht lange, bis sie zu guten Freundinnen wurden. Und Sarah, die keine unabhängige, entschlossene Frau war, brauchte die Unterstützung der Menschen in ihrem Umfeld und hatte sich mit Jacob, Marion und den Matheus eine Familie geschaffen.

Als Sarah an diesem Abend früher von der Buchhandlung kam, war Marion noch nicht wieder in der Pension. Das war weiter nichts Außergewöhnliches, denn Marion hatte keine festen Zeiten, da sie unterschiedlichen Arbeiten nachging: Bedienung, Putzfrau, Kartenverkäuferin … Bei Sarahs Ankunft war ihr Magen bereits gereizt. Das Unwohlsein verstärkte sich durch den Geruch nach Kohlrabi, den es zum Abendessen geben sollte. Das aßen sie nun schon seit mehreren Monaten, und sie konnte es einfach nicht mehr ertragen. Also trat sie in ihr Zimmer, legte sich aufs Bett und versuchte sich auszuruhen. Die Ruhe und das Alleinsein brachten sie jedoch nur zum Nachdenken, und wie durch Zufall blieb ihr Blick an der Garderobe hängen, an dem Mantel, den ihr Vater ihr gegeben hatte. Früher einmal war es ein eleganter Mantel gewesen, aus feiner Wolle mit langem Faltenwurf und einem wunderschönen Muster. Jetzt, wo er vom vielen Tragen ganz abgewetzt war, sah er alt und schäbig aus, hatte sogar an mehreren Stellen geflickt werden müssen. Denn ganz egal, wie warm oder wie kalt es war, Sarah nahm ihn überallhin mit, sie zog ihn entweder an oder trug ihn zusammengelegt in ihrer Tasche bei sich.

Während sie ihn betrachtete, erinnerte sie sich an das erste Mal, als ihr Vater ihr von dem *Astrologen* erzählt hatte. Sie war achtzehn und hatte das kunstgeschichtliche Studium an der Universität begonnen. Ihr Vater rief sie zu sich ins Büro und behielt die ganze Zeit über einen feierlichen, mysteriösen Tonfall bei. Zu ihrer Verwunderung holte er das Bild aus dem Tresor. Es war kein sehr großes Gemälde, etwa 60 Zentimeter auf 70. Die Leinwand war von guter Qualität, bestimmt stammte sie von Segelschiffen aus Venedig, da venezianische Künstler solche sehr häufig benutzten. Es sah so aus, als wären mehrere Schichten Grundierung aufgetragen worden, denn die Leinwand war ganz dick und relativ steif. Der Künstler hatte sich offensichtlich große Mühe mit dem Gemälde gegeben. Sarah fiel auf, dass es nicht signiert war, doch ihr Vater sagte, es stamme von Giorgio da Castelfranco, Giorgione, aus seiner Jugendzeit. Zunächst richtete sich ihr Augenmerk auf die Komposition, die Gestalten waren perfekt in die Landschaft integriert, die wiederum selbst nicht nur der Ausschmückung diente, sondern ein fundamentaler Teil des Werks war. Dann achtete sie auf die lebhaften Farben, die Rot-, Türkis- und Ockertöne, und auf die Art, wie das Licht in den Mittelpunkt gerückt wurde. Zuletzt nahm sie die matte Endverarbeitung der Ölfarben wahr, typisch für die sogenannte venezianische Manier, die darin bestand, beim Zubereiten der Farben weniger Blei und mehr Wachs beizumischen.

Das Gemälde war von großer Schönheit: ein junger Mann mit einem Sextanten und einem Heft, der den Himmel mit den Augen eines Wissenschaftlers zu betrachten schien. Bei ihm handelte es sich um den Astrologen, dem das Ölbild seinen Namen verdankte. Er saß zu Füßen einer griechisch gekleideten Frau, die ein Buch in der Hand hielt und auf der Schulter eine Eule trug. Von diesen Figuren führte ein Weg in den Hintergrund des Bildes, in eine Landschaft mit Hügeln und Tälern, und am Ende des Weges war eine nackte Frau, die ein Kind an der Hand hielt.

Am erstaunlichsten aber war die Geschichte, die Sarah von ihrem Vater dazu zu hören bekam. Darüber, wie ihre Familie das Kunstwerk seit vielen Generationen verwahrte und welches Geheimnis sich in ihm verbarg.

Von nun an würde sie diejenige sein, die das Gemälde und sein Geheimnis verwahren musste. Um es aus dem Haus zu schmuggeln, hatte ihr Vater es im Futter des Mantels versteckt. Zunächst hatte Sarah nicht gewagt, es daraus hervorzuholen. Ihre ständige Sorge lag jedoch darin, dass die Leinwand ohne Rahmen vom vielen Hin-und-her-Tragen beschädigt werden könnte, egal, wie sehr sie auf sie achtete und sie vor Nässe und Wärme schützte.

Nachdem sie aus Illkirch zurückgekehrt war, spürte sie die

Notwendigkeit, sich ihrer Verantwortung zu stellen. Als sie an einem Abend allein war, trennte sie vorsichtig das Futter des Mantels auf und holte die Leinwand heraus. Mit Schrecken stellte sie fest, dass das Gemälde Risse bekam und dunkler wurde. Es konnte nicht länger in ihrem Mantel bleiben. Die ganze Nacht hatte sie wach gelegen und darüber nachgedacht, was sie tun solle. Und wenn sie der Gräfin erneut einen Besuch abstattete? Wenn sie an diese schreckliche Frau, das gruselige Haus und den makabren Hausdiener dachte, sträubte sich alles in ihr. Die Gräfin schien kein guter Mensch zu sein, und was auch immer sie tat, konnte nicht gut für das Gemälde sein.

Am nächsten Morgen ging sie von Buchladen zu Buchladen, bis sie schließlich einen auf Kartografie spezialisierten Laden betrat, wo sie eine Reproduktion einer alten Karte mit einem Stadtplan von Paris im 17. Jahrhundert kaufte. Was auf der Karte abgebildet war, war egal, für sie war nur wichtig, dass sie sich einfach vom Rahmen lösen ließ und in etwa die Maße des *Astrologen* hatte. Sie kehrte in die Pension zurück, ging nach oben in ihr Zimmer und drehte den Schlüssel zweimal um. Nachdem sie die Karte abgelöst hatte, legte sie sie auf den *Astrologen*, der sorgfältig auf dem Bett ausgebreitet war, und befestigte beides anschließend übereinander in dem gewöhnlichen Sperrholzrahmen, der niemals jemandes Aufmerksamkeit erregen würde … bis auf die von Marion: »Was für ein trübsinniges, farbloses Ding hast du denn da aufgehängt, meine Liebe?«, fragte sie, kaum dass sie den Raum betreten hatte. Am nächsten Tag tauchte sie mit einem Poster von Maurice Chevalier auf, auf dem er Werbung für einen Kirschlikör machte. »Das hier ist schön!«, freute sie sich, als sie es an der Wand aufhängte.

Vom Bett aus betrachtete Sarah den Stadtplan. Und wenn von Bergheim auf der Suche nach dem *Astrologen* gewesen war? Oder ihn immer noch suchte? …

Georg hatte die letzten achtundvierzig Stunden im Akkord gearbeitet. Und das alles nur wegen Lohse, dieses Sprücheklopfers, der sich etwas ausgedacht hatte, um ihn einzuwickeln. Er hatte ihn gebeten, ihm bei der Vorbereitung der Ausstellung für Marschall Göring zu helfen. Im Gegenzug hatte er ihm »ein luxuriöses Essen und die besten Prostituierten von Paris« versprochen. Anscheinend endeten die »Kaufabende« von Göring in der französischen Hauptstadt immer so.

Die Besuche des Marschalls verursachten einen regelrechten Aufruhr in der Arbeitsgruppe Louvre. Abgesehen davon, dass Lohse Monate damit zubrachte, alle Kunstmärkte in Westeuropa auf der Suche nach Material abzuklappern, das Göring interessieren könnte, ging er auch jede einzelne Sammlung durch, die in den ERR gebracht wurde. Jedes Werk musste katalogisiert und zum Teil sogar restauriert werden, um im Jeu de Paume eine richtig gehende Ausstellung vorzubereiten. Lohse wählte insbesondere die Werke aus, die den Geschmack des Marschalls treffen könnten – unter anderem Cranach, Makart, Rubens und Vermeer –, aber auch solche, die er als wertvolle Investition betrachtete oder die Görings Sammlung erweitern konnten. Später kam dann Walter Andreas Hofer, Görings Berater, der tat, wonach ihm gerade der Sinn stand und womit er Lohse zur Weißglut brachte. Also hatte Georg die letzten beiden Tage damit zugebracht, im Eiltempo auszuwählen und zu katalogisieren und gleichzeitig die Geister zu besänftigen und Spannungen zu mildern.

Zum Schluss war alles rechtzeitig fertig. Der Marschall lief durch den Jeu de Paume und ergötzte sich an allem, was er auf die Spezialwaggons mit Ziel Carinhall laden würde, wo er sich sein eigenes Museum aufbaute. Am peinlichsten erschien Georg jedoch, wie die Heuchler um Göring herumscharwenzelten und ihm den Hof machten, beginnend bei Hofer und endend bei von Behr, der natürlich als Erster herbeieilte, um den Marschall zu begleiten. Er stellte seine groteske Uniform zur Schau, die er für sich selbst entworfen hatte, um dem schäbigen Rang eines Obersten vom Roten Kreuz, mit dem er sich in den exquisitesten Zirkeln von Paris aufplusterte, Glanz und Renommee zu verleihen. Über Lohse konnte man vieles sagen, aber nicht, dass er ein Arschkriecher war. Tatsächlich nahm er kein Blatt vor den Mund, wenn es darum ging, den Marschall, auch gegen dessen Geschmack, zu beraten, weshalb er von diesem mehr geschätzt zu werden schien als die anderen. Sogar Georg war aufgefallen, dass Göring seinen jungen Berater mit einem gewissen Paternalismus behandelte.

Nach dem Besuch im Jeu de Paume gab es ein luxuriöses Essen im *Maxim's*, genau wie Lohse versprochen hatte. In dem berühmten Restaurant war immer der beste Tisch für Reichsmarschall Göring reserviert, dem es gelungen war, Horcher, seinen Lieblingskoch, mit nach Paris zu bringen. Man servierte Austern, Kaviar, Langusten, Leberpastete und Steaks, alles begleitet von den besten Weinen und Champagnern. Am Ende des Essens, als sie gerade die Crème brulée verkosteten, hatte Lohse Georg zugeflüstert, dass der Marschall sehr zufrieden über seinen Erwerb sei, denn das Essen werde nicht immer von einem 22er Château Pétrus begleitet.

Das Sahnehäubchen des Tages waren die »besten Prostituierten von ganz Paris«. Es gab mehrere Bordelle, die die deutschen Offiziere in der französischen Hauptstadt aufsuchten. Das *Chabanaix* und das *Sphinx* gehörten zu den luxuriöseren, doch zweifelsohne gehörte das *One Two Two* zu den von Göring bevorzugten, und Fabianne Jamet, die Madame, wusste das. Sobald der Marschall beim *One Two Two* eintraf und zwei Militärpolizisten Stellung in der Tür bezogen, verwandelte sich das Bordell in eine Kirmes, die den sexuellen Wünschen Görings und seines Gefolges zu Diensten war. Georg war beeindruckt von dem ausschweifenden Luxus des Bordells in der Rue de Provence 122.

Als sie das *One Two Two* betraten, führte man sie in ein Separee, das einem Wintergarten ähnelte, mit Blendwerk an den Wänden und einem malvenfarben erleuchteten Brunnen, der unablässig eine Fontäne ausspie. Um den Abend angenehm zu gestalten, spielte ein Quartett Stücke von Mozart. Champagner, Opium und Frauen waren mehr als reichlich vorhanden. Nach einer Stunde maßlosen Trinkens und Inhalierens von Opiumwolken ließ Georg sich auf ein Sofa fallen. Er war völlig benommen und konnte kaum noch die Worte verstehen, die ihm ein braunhaariges Mädchen mit blauen Augen und unglaublich großen, weichen Brüsten ins Ohr flüsterte …

Georg war betrunken und deprimiert. Statt ihn aufzuheitern, riefen der ganze Luxus und die Zügellosigkeit eine schreckliche Traurigkeit in ihm hervor. Er sah sich um und stellte fest, dass Lohse und Hofer offenbar nach oben gegangen waren. Hier unten im Séparée waren nur noch von Behr und er. Der Baron war so betrunken, dass er besinnungslos dalag, obwohl seine Prostituierte ihn so gekonnt oral befriedigte, dass sie damit sogar einen Toten hätte auferstehen lassen können.

»*Mon amour …*«, raunte ihm eine Dunkelhaarige zu, während sie über sein Kinn strich und ihre Brüste an seinem Oberkörper rieb. »Komm mit mir, mein hübscher General, Bernadette weiß, wie sie dich Unvergessliches erleben lassen kann …«

Das Flüstern der Dunkelhaarigen hätte nicht verheißungsvoller sein können, doch Georg fand auf einmal, dass Bernadette der typische Name einer Nonne und nicht der einer Prostituierten sei. Alle Prostituierten hießen Mimi, Lulu, Fifi, Nene … und ausgerechnet seine musste Bernadette heißen, was ihn in keiner Weise zu mehr animierte. Nicht einmal damit hatte er Glück.

Umständlich setzte er sich auf, zückte seinen Geldbeutel und steckte ein paar Geldscheine unter das spitzenbesetzte Strumpfband der Frau. Er küsste ihre weichen Brüste, die nach Talg rochen. »Trink ein Glas auf mich, Bernadette. Heute Abend ist mir nicht danach«, lallte er.

Und in Schlangenlinien verließ er das *One Two Two*.

September 1942

»Die Flamme des französischen Widerstands darf und wird nicht erlöschen« (Charles de Gaulle). Der französische Widerstand basiert anfänglich auf einer Vielzahl unorganisierter Gruppen, die bewaffnete Aktionen, Sabotage, Propaganda, Untergrundzeitschriften, Netzwerke zur Fluchthilfe, Streiks und Demonstrationen organisieren und durchführen. Nur drei Prozent der Bevölkerung gehören dem aktiven Widerstand an, aber die Bewegung kann auf starke Unterstützung vonseiten des Volks zählen, ohne die sie nicht hätte überleben können.

Marion löschte das Licht, öffnete das Fenster, legte sich ins Bett und wünschte Sarah eine gute Nacht. Anhand der Geräusche der Bettdecke und der Sprungfedern wusste Sarah, dass sie sich zum Schlafen hingelegt hatte. Sie versuchte, dasselbe zu tun. Fünf Minuten vergingen. Zehn. Fünfzehn … Nach einer halben Stunde war sie immer noch wach.

»Marion, schläfst du schon?«

»Nein.«

»Ich kann nicht schlafen … Ich mache mir Sorgen.«

Schweigen und Schatten.

Sarah setzte sich auf, um die Gestalt ihrer Freundin auf dem Bett auszumachen. Sie lag mit dem Rücken zu ihr und rührte sich nicht. Sie schien nicht sehr erpicht darauf zu reden. Doch das war Sarah egal, sie musste mit jemandem reden, wollte, dass man ihr zuhörte. »Es geht um Jacob.«

»Jacob ist nicht der Typ Kerl, über den du dir Gedanken zu machen brauchst«, sagte Marion schließlich. »Schlaf jetzt, Liebes.«

»Aber Marion… er hat eine Pistole!«, rief Sarah, obwohl sie eigentlich nur flüsterte. »Ich habe sie gesehen, als wir im Kino waren. Er hatte seine Jacke über die Armlehne unserer Sitze gelegt, und da ist mir in einer seiner Taschen etwas Großes, Hartes aufgefallen…«

»Bist du dir sicher, Liebes, dass es sich um eine Pistole gehandelt hat? Vielleicht hast du ja eine ganz andere Waffe berührt…«

»Marion! Ich meine es ernst!«, protestierte Sarah. »Ohne dass er etwas bemerkt hat, habe ich meine Hand in die Tasche gesteckt – es war eine Pistole!«

»Dann frag ihn doch einfach, warum er sie hat.«

»Das habe ich schon gemacht. Und er ist sehr wütend geworden. Er hat mich angeschrien, dass ich mich nicht in Dinge einmischen soll, die mich nichts angehen, und dann ist er verschwunden, ohne mich nach Hause zu begleiten. Ich habe Angst, dass er in einer dummen Sache steckt. So wie ich ihn kenne…«

Sarah wartete darauf, dass Marion etwas erwiderte, doch da sie das nicht tat und ihr die Stille unangenehm war, fuhr sie fort: »Ich weiß nicht, warum er sich bei mir so aufführt. Nicht einmal mein Vater hat mich so angeschrien. Ich mache mir doch nur Sorgen um ihn.«

»Und er will dich nur beschützen, Liebes. Dass er es dabei übertreiben könnte? Schon möglich. Ich habe ihm das schon tausend Mal gesagt, aber…« Marion zuckte mit den Schultern und drehte sich um. Sie glaubte, damit sei das Thema erledigt. »Es ist schon spät, lass uns schlafen.«

Doch für Sarah war das Ganze noch lange nicht vorbei. Sie schaltete das Licht ein.

»Verdammt! Mach das aus! Willst du, dass die Pariser Polizei bei uns anrückt, weil wir das Licht angemacht haben?«, murrte Marion und verbarg den Kopf unter dem Kopfkissen.

»Sag mir die Wahrheit, Marion. Du weißt, worin Jacob verwickelt ist.«

»Und was, wenn ich es weiß? ... Ich denke nicht daran, dir etwas zu sagen. Jacob würde mich umbringen.«

»Und wenn du es nicht tust, dann bringe ich dich um«, brach es wütend aus Sarah heraus.

Marion zog ihren zerzausten Kopf unter dem Kopfkissen hervor und lachte laut los. »Du würdest doch nicht einmal einer Fliege etwas zuleide tun, Liebes!«

»Schon möglich ... Aber das gibt euch nicht das Recht, mich wie ein kleines Kind zu behandeln! Ich will wissen, was hier vor sich geht!«

Marion dachte einen Moment lang nach. »Jacob ist in der Widerstandsbewegung«, gestand sie schließlich und umklammerte ihr Kissen. »Und jetzt mach das Licht aus, Himmel noch mal!«

Die Widerstandsbewegung? Sarah wusste nicht genau, was das bedeutete. Natürlich hatte sie davon gehört, doch wer genau deren Mitglieder waren und was sie machten ... das konnte sie nicht sagen. Manchmal hatten ein paar Jungs am Ausgang der Metro Flugblätter verteilt, die dazu aufforderten, sich gegen die deutschen Besatzer aufzulehnen, bis die Polizei eintraf und sie mit Stockhieben auseinandersprengte. Einmal hatte sie sogar gesehen, wie Leute einen Kreis um etwas bildeten. »Was ist passiert?«, fragte sie einen der Männer. »Sie haben einen deutschen Soldaten umgebracht«, antwortete der Mann, während eine Dame, eine Französin, sich bekreuzigte und verächtlich versicherte: »Das waren diese Terroristen. Die von der Widerstandsbewegung.« Doch Sarah hatte nicht einmal den Leichnam sehen können. Als die Feldgendarmerie ankam, wurden alle vertrieben. »Aber ... ist er dann ein Terrorist?«, fragte Sarah und versuchte, ihre wirren Gedanken zu ordnen.

»Überhaupt nicht, Liebes«, rief Marion lauthals. »Jacob ist ein Held! Wie all diejenigen, die glauben, dass man diesen Nazischweinen die Stirn bieten muss! Wir müssen sie aus Frankreich vertreiben. Der beste Nazi ist ein toter Nazi, das lass dir gesagt sein.«

»Aber Jacob … Bringt Jacob sie etwa auch um?«, wollte Sarah wissen und hoffte, die Antwort würde lauten, ihr Freund verteile nur Flugblätter.

»Eigenhändig«, bestätigte Marion stolzerfüllt. »Die Pistole, die er bei sich trägt, hat er letzte Woche einem deutschen Soldaten auf dem Pont Neuf abgenommen. Es war Nacht, und er hat ihn von hinten angegriffen und erwürgt. Entkommen ist er über das Flussufer. Das hättest du sehen sollen, Liebes!«

Sarah bekam eine Gänsehaut. Das hätte sie ganz entschieden nicht sehen wollen. »Und wenn sie euch festnehmen, Marion? Das ist sehr gefährlich!«

»Sie nehmen die Leute doch eh schon fest, wenn ihnen danach ist, auch wenn man nichts getan hat. Sollten sie uns eines Tages ertappen, dann haben wir wenigstens ein paar von diesen Nazisoldatenschweinen beseitigt.«

Sarah lag die ganze Nacht wach. Allmählich wurde ihr so einiges klar. Jacob hatte seinen Hass gegenüber den Deutschen niemals versteckt, hatte immer verächtlich über sie gesprochen. Außerdem hatte ihr Freund ein kämpferisches Naturell. Und Marion … Na ja, Marion verhielt sich den Besetzern gegenüber sehr aufreizend, doch auch ihr Wesen war eher roher, aggressiver Art. Und Sarah begriff, warum sie fast jeden Abend vor dem Radio hing, das sie ganz oben in ihrem Schrank versteckte, und die verbotenen französischen Programme anhörte, die von London aus auf BBC übertragen wurden: *Honeur et Patrie – Ehre und Vaterland* und *Les Français parlent aux Français – Franzosen sprechen zu Franzosen*, übertragen von Maurice Schumann, einem Mitarbeiter von de Gaulle. Ihr wurde klar, dass auch sie Stellung beziehen musste, dass der Moment gekommen war, in dem sie sich nicht mehr einfach nur treiben lassen konnte. Aber sie hatte Angst.

Bei Tagesanbruch verstand sie immer noch nicht, was es mit der Widerstandsbewegung auf sich hatte, und ihre Angst war auch noch da, und trotzdem hatte sie sich zu einer Entscheidung durchgerungen.

Herr Matheus verriegelte die Buchhandlung und verabschiedete sich bis zum nächsten Tag von Sarah. Als sie sich auf den Weg zurück zu ihrem Pensionszimmer machte, entdeckte sie Jacob auf dem Gehsteig gegenüber. Er lehnte an einem Briefkasten, die Kappe über die Augen gezogen, und unter dem Schirm konnte sie eine hin und her wandernde Zigarette erkennen, denn Jacob zündete seine Zigaretten nicht an, sondern kaute darauf, damit sie länger hielten. Vielleicht bildete sie sich das nur ein, doch es kam ihr so vor, als ob er jedes Mal streitsüchtiger werden würde.

Sie überquerte die Straße und war bei ihm. »Hallo, Jacob.«

Der junge Mann antwortete mit einem kurzen Nicken.

»Bist du gekommen, um mich abzuholen, oder warst du gerade einfach nur hier in der Nähe?«

Er lächelte und ließ die Zigarette zwischen seinen Zähnen kurz aufblitzen. Mit einem Schnipsen schob er den Schirm seiner Mütze zurück, und seine großen schwarzen Augen waren zu sehen. »Eigentlich bin ich gekommen, um dir das hier zu bringen …«

Er zog eine Tafel Schokolade aus der Jackentasche.

»Aber Jacob! Hast du wieder dein ganzes Gehalt für Süßigkeiten ausgegeben?«

»Dafür, wie ich dich gestern behandelt habe …«

Sarah starrte Jacob und die Schokolade an; wenn sie auf mehr Worte von ihm gewartet hatte, dann hatte sie sich getäuscht.

»Was denn? Willst du sie etwa nicht?«

Sie konnte ihre Unlust nur schwer kaschieren, streckte aber den Arm aus, nahm das Geschenk und küsste ihren Freund dann flüchtig auf die Wange. »Ich nehme deine Schokolade und deine Entschuldigung an, Jacob.«

Er lächelte, versuchte, seine Verwirrung zu verbergen, doch seine Wange glühte genau dort, wo Sarahs Lippen ihn berührt hatten.

Sie teilten sich die Schokolade und machten sich auf den Weg zu Sarahs Pension. Die meiste Zeit über schwiegen sie, da Jacob kein Mann vieler Worte war und Sarah immer noch mit sich haderte.

Kurz bevor sie ankamen, zog Sarah Jacob in eine abseits gelegene Ecke.

»Was ist los? Was hast du vor?«, fragte Jacob.

Nervös ballte Sarah die nassgeschwitzten Hände zu Fäusten, ehe sie Jacob die Stirn bot. »Ich weiß, dass du eine Pistole bei dir trägst …«

»Jetzt fängst du wieder damit an, Sarah! Ich habe dir doch gesagt …«

»Nein, Jacob, dieses Mal wirst du mich nicht anbrüllen, du wirst mir zuhören.«

Sarah musste die Stimme nicht erheben, ihr Ton und ihr Mienenspiel waren so streng, dass sie Jacob verstummen ließen. Nie zuvor hatte er sie so gesehen.

»Ich weiß, wozu du eine Pistole benötigst, und auch, wie du sie dir beschafft hast. Ich weiß, was du tust, Jacob, und worin du verwickelt bist. Das Einzige, was ich bedauere, ist, dass du es mir nicht selbst gesagt hast. Und ich frage mich noch immer, warum du mir nicht genug vertraust, um es mir zu erzählen, warum du nicht ehrlich zu mir bist … Nein, lass mich bitte ausreden. Das ist jetzt nicht mehr wichtig. Ich will jetzt nur noch, dass du weißt, dass ich mitmachen will.«

Sarah hatte Jacobs Reaktion auf diese Worte vorhergesehen, hatte sie sich ein ums andere Mal vorgestellt: Er würde die Stirn runzeln, die Kiefer aufeinanderpressen, ganz rot werden und schließlich den Mund öffnen und losbrüllen. Da sie darauf vorbereitet war, konnte sie den Schrei ihres Freundes unterbinden.

»Sei still, Jacob! Du musst begreifen, dass ich kein kleines Kind mehr bin und du nicht mein Kindermädchen bist. Es ist an der Zeit, dass ich in diesem Krieg aktiv werde und nicht nur fliehe, und das lasse ich mir von dir nicht verbieten. Du kannst es dir aussuchen: mit oder ohne deine Hilfe, mit dir oder ohne dich, Jacob.«

Und so verwandelte sich das Mädchen in ein Mitglied der *Bewaffneten Widerstandsgruppe Elsass*, einer kleinen Widerstandszelle gegen die deutsche Besetzung, zusammengesetzt aus Männern, die aus dem Elsass geflohen waren, nachdem diese Region vom Dritten Reich annektiert worden war.

Die Einheit war nicht sehr groß, sie bestand aus gerade mal zehn Personen. Jacob war der stellvertretende Anführer, unterstand einem Kommunisten, der als Trotsky bekannt war. Die anderen waren ein Ingenieur, der sich mit Sprengstoff auskannte, ein für die Propaganda Zuständiger, Marion und fünf weitere, sehr junge Burschen, allesamt Juden, die man in Sabotagetaktiken und den städtischen Partisanenkrieg einführte. Auch wenn es nur eine sehr kleine Gruppe war, so war die BWE, die *Bewaffnete Widerstandsgruppe Elsass*, doch sehr aktiv.

Trotsky war ein gewalttätiger, aggressiver Mann, ein Aktivist der revolutionärsten Variante des Kommunismus, der sich mit erbittertem Hass zu jedweder Art Faschismus und somit auch zu den Nazis äußerte, nicht so sehr weil sie Besatzer, sondern weil sie Faschisten waren. Mit Jacob war Trotsky an den Richtigen geraten. Sie hatten sich bei der Arbeit im Gare de l'Est kennengelernt und dort beschlossen, die *Bewaffnete Widerstandsgruppe Elsass* zu gründen, gestützt von anderen Widerstandsgruppen im Norden, mit denen Trotsky in Kontakt stand. Angetrieben von dem rebellischen Elan der beiden, konzentrierten sich die Tätigkeiten der Gruppe von Anfang an auf Sabotage und bewaffnete Übergriffe auf deutsche Soldaten. Und da Trotsky es bevorzugte, aufsehenerregende Taten zu vollziehen, die beim Feind für viel Wirbel sorgten, verübte er gerne Attentate auf Offiziere der SS und zählte seine Opfer auf makabre Weise mit, indem er eine Kerbe in ein Metallplättchen machte, das an seinem Hals hing. Der Mann, der Trotsky genannt wurde, hatte sich seinen Spitznamen wahrlich verdient. Selbst sein Aussehen war das eines authentischen Bolschewiken: sehr blaue Augen, sehr weißer Teint, sehr schwarzes Haar und das Kinn verdunkelt von einem dünnen Spitzbärtchen. Sarah war erstaunt darüber, dass die Gestapo ihn nicht schon längst festgenommen hatte. Denn eigentlich fehlte nur noch, dass ihm das Wort »Kommunist« quer über die Stirn geschrieben stand.

Jedes Mitglied der Gruppe hatte einen Spitznamen: Neben Trotsky gab es Jacob, den man Gauloises nannte, weil er immer Zigaretten kaute, Marion war Cigale, die Grille, und die Zuständigen für Sprengstoff und Propaganda ließen sich Dinamo und Gutenberg nennen. Dinamo war Mechaniker bei Renault und Mitglied in der Gewerkschaft. Nur Gutenberg passte nicht ganz in dieses Milieu von Partisanen, schon weil er mit seiner ovalen Brille und der tonsurartigen, runden Glatze um den Scheitelpunkt mehr einem Seminaristen ähnelte. Als Sarah das erste Mal den Raum betrat, in dem sie sich versammelten, versteckt in einer Autowerkstatt außerhalb von Paris, betrachtete Gutenberg sie eine Weile und verkündete schließlich: »Deine Augenfarbe ist smaragdgrün, deshalb werden wir dich Esmeralda nennen.«

Gutenberg, der sich gerne einen intellektuellen Anstrich gab, hatte gelegentlich solche lyrischen Anwandlungen.

Trotsky war nicht gerade begeistert, als Jacob das Mädchen

mitbrachte. Letzten Endes war sie nicht mehr als eine dämliche Bürgerin, die offensichtlich nicht viel Mumm in den Knochen hatte. Er bezweifelte stark, dass sie ihnen in irgendeiner Weise von Nutzen sein könnte, im Gegenteil, er hielt sie für einen Klotz am Bein. Doch Jacob gelang es, ihn zu überzeugen, dass sie jemanden für Arbeiten benötigten, die bislang niemandem in der Gruppe übertragen worden waren und somit nur notdürftig erledigt wurden: Flugblätter drucken, die Post erledigen, Versammlungen vorbereiten, die Kasse verwalten.

»Na gut, Genosse, wenn du in das Mädchen verschossen bist, ist das deine Angelegenheit. Aber du kümmerst dich um sie, ich will hier keinen Ärger.«

Gutenberg hatte Sarah gegenüber angedeutet, dass die Gruppe etwas Wichtiges vorbereitete. Die beiden Anführer verbrachten Stunden hinter verschlossenen Türen. Trotsky hatte darauf bestanden, das Training der Partisanen zu verschärfen: Er behauptete, dass die Jungs noch nicht bereit seien für die Mission, für die er sie einplane.

Eines Tages tauchte er mit einem deutschen Soldaten in der Werkstatt auf. Er selbst hatte ihn am Ausgang eines Soldatenkinos mit einem Messer bedroht und entführt. In einer Gasse hatte er ihn dann übel zusammengeschlagen. Der erbärmliche Zustand, in dem der Mann dort ankam, sprach Bände.

Trotsky schubste ihn ins Innere. In der Werkstatt wurde es still, alle bildeten einen Kreis um ihren Anführer, während dieser den Deutschen an einen Stuhl fesselte.

»Bist du verrückt, Genosse? Wir können hier keinen feindlichen Soldaten gefangen halten! Das bringt uns nur Probleme«, murmelte Jacob Trotsky ins Ohr, während der sich sorgfältig vergewisserte, dass die Stricke fest genug um die Handgelenke des Gefangenen saßen. »Was hast du mit ihm vor?«

»Das wirst du schon sehen.«

Trotsky rief einen der Partisanen zu sich, einen Jungen von

kaum achtzehn Jahren, und hielt ihm eine Pistole hin. »Bring ihn um«, befahl er knapp und trat einen Schritt zurück.

Der Junge wurde blass. Er schien sich zu fragen, ob das ernst gemeint war, während er mit zitternder Hand die Pistole hielt, als fürchtete er, sich an ihr zu verbrennen.

Keiner wagte, etwas zu sagen, und noch weniger, Trotsky zu widersprechen. Man hörte nur das gedämpfte Stöhnen des Soldaten, der mit seinem verschwollenen und übel zugerichteten Mund kaum etwas Verständliches äußern konnte.

Jacob trat zu Sarah, die regungslos hinter dem Tisch stand, an dem sie gerade noch Unterlagen sortiert hatte. »Lass uns rausgehen«, schlug er vor und fasste sie am Ellenbogen.

»Nein«, war alles, was Sarah erwidern konnte.

Im Inneren der Werkstatt nahm das Drama seinen Lauf.

»Komm schon! Wir haben nicht den ganzen Tag Zeit!«, forderte Trotsky den ängstlichen Jungen auf.

»Aber …«

»Na mach schon, verdammt noch mal!«

Als wäre die Waffe tonnenschwer, hob der Junge sie an, doch das Zittern seiner Hand hinderte ihn am Zielen. Sein Gesicht war schweißnass. Er blinzelte heftig …

Dann ließ er die Waffe plötzlich fallen, krümmte sich auf dem Boden zusammen und schluchzte krampfartig auf.

Mit gemessenem Schritt trat Trotsky zu ihm. Und wie jemand, der seiner alltäglichen Arbeit nachgeht, hob er die Pistole auf, richtete sie auf den Kopf des deutschen Soldaten und drückte ab.

Sarah sah schockiert, wie sich der Körper des jungen Mannes aufbäumte, ehe er in sich zusammenfiel, woraufhin Blut aus seinem Kopf schoss und sich auf dem Boden ausbreitete. Sie war vor Entsetzen wie gelähmt.

»Siehst du, was ich meine, wenn ich sage, dass sie noch nicht so weit sind?«, sagte Trotsky ungerührt zu Jacob.

Eine zwielichtige Angelegenheit

Es ist doch ganz eindeutig, dass es sich dabei um einen Scherz handelt, meine Süße. Georg von Bergheim ist tot und kann dir keine Nachricht via Telefon geschickt haben«, folgerte Konrad, so gelassen wie immer.

Ich hingegen war ziemlich aufgewühlt. Ich presste mich wieder an ihn. »Genau das ist das Problem. Wenn Georg von Bergheim tot ist, wer hat mir dann diese makabre Nachricht geschickt?«, erwiderte ich.

Konrad küsste mich auf den Kopf und streichelte mich, als wäre ich seine Tochter. »Jemand will dir Angst einjagen. Aber du musst doch zugeben, dass es so überzogen ist, dass es schon wieder komisch wirkt, findest du nicht, meine Süße?«

»Nein, ich finde das überhaupt nicht lustig, und es gefällt mir gar nicht, dass man mir einen Schreck einjagen will.«

»Ich liebe es, wenn du dich wie ein kleines Mädchen aufführst…«, sagte er und küsste mich.

»Liebst du mich?«

Er sah mich lächelnd an, hatte aber die Stirn gerunzelt. »Jetzt sei nicht dumm, natürlich liebe ich dich.«

»Und liebst du mich auch dann noch, wenn ich die Nachforschungen sein lasse?«

Konrad lachte schallend los. »Ich werde dich immer lieben… Und du wirst nicht mit den Nachforschungen aufhören. Nicht wegen eines solchen Blödsinns.« Ehe ich widersprechen konnte, brachte Konrad mich zum Schweigen, indem er mir einen Finger auf die Lippen legte. »Ich mache dir einen Drink, und wenn ich dich betrunken gemacht habe, sprechen wir weiter.«

Bereitwillig gab ich ihn frei, und während er zur Bar hinüberging, setzte ich mich auf eines der Designersofas vor einem großen Fenster, das fast die ganze Wand einnahm und einen spektakulären Blick auf das nächtliche Madrid bot.

Sein Sofa war schön, aber es forderte einen nicht gerade dazu auf, es sich dort gemütlich zu machen. Dennoch kuschelte ich mich in eine Ecke, die Füße unter den Po gezogen.

Konrad kam mit den Drinks an. »Du hast die Füße auf dem Sofa.«

»Wie die Kinder … das müsste dir doch gefallen.«

Da er ein Gesicht machte, als würde ihm das wirklich überhaupt nicht gefallen, nahm ich die Füße wieder herunter. Ich trank einen Schluck von dem Apple Martini, den er zubereitet hatte, und versuchte, das Gespräch wieder auf das Thema zu bringen, von dem er ständig ablenkte. »Mich überrascht, dass du, obwohl du so eifersüchtig über deine Entdeckung wachst, nicht das kleinste bisschen besorgt bist.«

»Ich bin nicht besorgt, nur wachsam und … okay, ich gebe es zu, auch etwas bekümmert. Aber um dich, darüber, wie es dich mitnimmt: Ich will nicht, dass du dir Gedanken machst, meine Süße«, räumte er ein und streichelte mir das Kinn. »Gleich morgen früh bringe ich in Erfahrung, ob man die Nachricht zurückverfolgen kann. Dann wissen wir, wer so großes Interesse daran hat, dass du mit den Nachforschungen aufhörst.«

»Aber woher haben sie meine Nummer?«

»Es gibt verschiedene Möglichkeiten, wie man an sie herankommen kann.« Konrad lehnte sich auf dem Sofa zurück und spielte mit meinem Haar. »Ist dir das klar, meine Süße? Wir sind hier einer großen Sache auf der Spur.« In seinem Blick lagen Zufriedenheit und Freude.

»Etwas zu groß für mich«, klagte ich. »Du musst dir jemand anders für diesen Job suchen …«

»Ach, komm schon, Ana! Fang nicht wieder damit an. Du siehst doch, du hast schon solche Fortschritte gemacht, dass jemand Angst bekommt, du könntest zu nah am Ziel sein.«

»Ich will aber nicht in eine so … zwielichtige Angelegenheit verstrickt werden!«

»Eine zwielichtige Angelegenheit?«, lachte Konrad. »Jetzt werd nicht so dramatisch …«

»Das ist einfach nichts für mich. Im Moment fühle ich mich nicht nur bedroht, ich komme mir verloren vor.«

»Du hast den Brief von Hitler und die Anmerkung im Delmedigo-Dossier. Das ist eine großartige Entdeckung!«

»Aber klar doch, eine beeindruckende Entdeckung«, bemerkte ich ironisch. »Und was jetzt? Wenn es etwas gibt, dann befindet es sich irgendwo in den Archiven des nazistischen Deutschlands. Die Unterlagen des Dritten Reichs dienten den Siegern des Krieges in gewisser Weise als Kriegsbeute: USA, Großbritannien, Russland, Ukraine, Frankreich, Holland, Schweiz … Um einen Hinweis zum Delmedigo-Dossier zu finden, könnte ich Jahre in dem Dschungel der Organisationen, Institutionen, Stiftungen und Bibliotheken verbringen, die Dokumente des Zweiten Weltkriegs verwahren.«

»Na ja, bis jetzt hast du dich jedenfalls nicht schlecht geschlagen …«

»Bis jetzt hatte ich Glück. Und fast alles, worauf ich gestoßen bin, habe ich Doktor Arnoux zu verdanken …«

»O nein …«, unterbrach er mich. »Über dieses Thema haben wir bereits gesprochen, Ana. Ich will keinen Fremden bei den Nachforschungen dabeihaben. Und noch weniger diesen Doktor Arnoux. Du selbst warst einer Meinung mit mir, dass man diesem Typen nicht über den Weg trauen kann.«

»Na ja … ich weiß nicht, ob man ihm glauben kann oder

nicht. Ich muss zugeben, dass sein Interesse an meiner Arbeit ungewöhnlich ist …«

»Ungewöhnlich? Zwei Möglichkeiten: Entweder will er dich in sein Bett bringen, oder er will uns das Gemälde abjagen. Und, ganz ehrlich, ich bin mit keinem von beidem einverstanden.«

Dieser Kommentar brachte ihm ein Lächeln und einen Kuss mit Apfellikörgeschmack ein. In gewisser Weise gefiel mir seine Eifersucht.

Auf einmal schien Konrad eine Eingebung zu haben: »Und wenn er dir die Nachricht geschickt hat? Er hat deine Telefonnummer …«

Einen Moment lang schenkte ich seiner Spekulation Glauben, doch schon bald fand ich einen Haken daran. »Das ergibt keinen Sinn … Warum sollte er mir helfen weiterzukommen, wenn er eigentlich will, dass ich aufgebe und ihm aus dem Weg gehe?«

»Vielleicht hast du die dreckige Arbeit für ihn erledigt, und jetzt, wo du auf die erste richtige Spur getroffen bist, will er dich wieder loswerden.«

Konrads Argumente überzeugten mich nicht, insbesondere nicht der mafiöse Part, den er Doktor Arnoux zuschreiben wollte; er passte nicht zu dem liebenswerten Mann, den ich kennengelernt hatte. Trotzdem unterbreitete ich ihm einen Plan. »Und wenn dem so wäre, glaubst du nicht, dass es dann besser wäre, ihn aus nächster Nähe zu überwachen? Ich will damit sagen, dass es besser für uns ist, wenn er mit uns zusammenarbeitet als hinter unserem Rücken …«

»Wärst du bereit, mit dem Feind zu schlafen?«, fragte er ironisch.

»Wenn du mich lässt …«

Konrad richtete sich auf, nahm sein Glas, trank den Whisky aus und seufzte: »Na gut … Frag Doktor Arnoux nach dem Delmedigo-Dossier. Aber sag ihm bloß nicht, wonach wir suchen. Kein Wort über den *Astrologen*, meine Süße. Und das mit dem Miteinander-Schlafen ist natürlich nur im übertragenen Sinn zu verstehen …«

Bevor ich nach Paris zurückkehrte, beschloss ich, Doktor Arnoux von Madrid aus anzurufen, erreichte aber nur seinen Anrufbeantworter. Ich hinterließ mehrere Nachrichten, doch da er nicht darauf antwortete, gab ich es irgendwann auf. Diverse Mails blieben ebenfalls ohne Antwort. Ich versuchte es auch telefonisch an der Uni, wo mir wenigstens eine menschliche Stimme antwortete, aber auch dort hatte ich kein Glück. Bei der European Foundation for Looted Art war es dasselbe. All meine Anstrengungen, ihn ausfindig zu machen, blieben erfolglos.

Es war, als hätte sich Alain Arnoux in Luft aufgelöst. Und obwohl ich es nicht zugeben wollte, bestärkte dieses unerwartete Verschwinden meine unheilvollen Ahnungen.

Eines Tages ging ich dann in Paris zur Universität, fest entschlossen, etwas über seinen Verbleib herauszufinden. Er war nicht in seinem Büro, und laut dem jungen Mann, der sich im Fachbereich herumtrieb, hatte er sich schon seit mehreren Tagen nicht mehr in der Universität gezeigt. Zufällig schnappte eine junge Frau unsere Unterhaltung auf: »Doktor Arnoux hat ein paar Tage Urlaub genommen. Aber er ist in Paris. Heute Morgen war er hier, um ein paar Sachen abzuholen. Er hat erwähnt, dass er danach zu Hause sei.«

Na, das war doch schon ein Anfang.

Da ich gewillt war, bis zum Äußersten zu gehen, und er mir noch dazu seine Adresse gegeben hatte, machte ich mich dorthin auf den Weg. Schließlich war er auch ohne Vorwarnung bei mir erschienen und hatte mich ungekämmt und im Jogginganzug angetroffen.

Die bittere Pille, die ich schlucken musste

Wenn Doktor Alain Arnoux weder von Außerirdischen entführt worden war noch sich in einem Gefängnis der CIA befand, dann hatte er auf meine Anrufe und Nachrichten schlicht und ergreifend deshalb nicht reagiert, weil er keine Lust darauf hatte. Hätte ich darüber nachgedacht, ehe ich Hals über Kopf in sein Haus stürmte, dann hätte ich mir die bittere Pille erspart, die ich an jenem Abend schlucken musste.

Doktor Arnoux wohnte in der Rue de Montorgueil im zweiten Arrondissement, mitten im Zentrum von Paris. Die Rue de Montorgueil gehört zu den Schätzen, die weiterhin in einem von Touristen überlaufenen Paris existieren, ein Wunder des Alltäglichen – nur wenige Schritte vom Louvre entfernt.

Ich nutzte das Eintreffen einer Nachbarin, um ins Haus zu gelangen, ohne klingeln zu müssen. Ich durchquerte den gepflasterten Innenhof und nahm die Treppe bis zum zweiten Stock, da es keinen Aufzug gab. Ich klingelte, und während ich wartete wurde mir bewusst, wie aufgeregt ich war.

Kurz darauf öffnete sich langsam die Tür. »Wer ist da?«, fragte jemand, der sich offenbar nicht zeigen wollte, unwirsch.

»Alain?« Die Tür öffnete sich ganz und gab den Blick auf eine wenig verlockende Aussicht frei.

In einem düsteren Gang, der kaum durch das bläuliche Licht eines Fernsehers am anderen Ende erleuchtet wurde, stand ein bärtiger, ungekämmter Mann in einem zerknitterten Hemd und etwas, wovon ich hoffte, dass es eine kurze Hose war und nicht nur eine Boxershorts.

»Alain?«, fragte ich erstaunt.

»Ana… Ich… Nein, ich…«

In diesem Augenblick bereute ich zum ersten Mal, dass ich hergekommen war

»Entschuldige. Ich wollte dich nicht stören… Du hast wohl geschlafen… Äh… Ich komme wohl besser ein anderes Mal wieder…«

»Nein, ich habe nicht geschlafen. Komm rein.«

Alain trat zur Seite, damit ich eintreten konnte, doch das war das Letzte, was ich wollte. Mir kam der Gedanke, dass ich mich in ihm getäuscht hatte, ja, dass er womöglich gefährlich war.

»Jetzt komm schon rein.«

Als er die Tür hinter mir schloss, steigerte sich meine Nervosität. Die Luft war so stickig, als sei hier schon seit Wochen kein Fenster mehr geöffnet worden.

Als Alain das Licht anmachte, fühlte ich mich etwas besser. Die kleine Diele führte zu einem ebenfalls kleinen Salon. Er trat vor mir dort ein.

»Hier sieht es schrecklich aus. Ich bin mehrere Tage nicht da gewesen«, erläuterte er, während er unbeholfen hier und da etwas einsammelte. Über den Raum verteilt sah man vertrocknete Pizzastücke in ihrem Karton, platt getretene Chips auf dem Boden, eine Unmenge leerer Bierdosen – viel mehr, als eine Person allein trinken sollte – und eine zur Hälfte geleerte Flasche Wein. Mit dem, was hier herumstand, hätte Doktor Arnoux mühelos eine Party geben können, doch es sah ganz so aus, als hätte er dieses Fest ohne Gäste gefeiert.

»Es ist wohl besser, wenn ich gehe…«, wiederholte ich.

Alain schaltete den Fernseher aus, und endlich hörte das monotone Geplapper auf, das unsere Worte überlagerte.

»Wo du schon da bist…« Er zuckte mit den Schultern. »Willst

du etwas trinken? Ich fürchte allerdings, dass ich kein Bier mehr habe … Wein vielleicht?«

Er hielt mir die angebrochene Flasche hin. Im Licht der Glühbirnen wurde mir schließlich auch sein erbärmlicher Zustand bewusst: Er war dreckig, als hätte er sich seit Tagen nicht gewaschen, abgezehrt und trug einen dichten, wirren Bart im Gesicht.

»Nein danke«, lehnte ich ab, ohne einen leichten Ekel unterdrücken zu können.

Er zuckte erneut mit den Schultern und nahm einen großen Schluck aus der Flasche. Und als könnte es nicht anders sein, wischte er sich den mit Wein bekleckerten Bart mit dem Handrücken ab. »Wenn du nicht gekommen bist, um mit mir zu trinken, warum bist du dann hier? Du willst doch wohl nicht jetzt über deine Angelegenheit sprechen …«

»Nein, jetzt nicht mehr. Vielleicht können wir uns ja morgen in deinem Büro treffen, wenn du wieder …« Ich wollte sagen: »nüchtern bist«, schwieg aber.

Alain ließ sich auf der Armlehne des Sofas nieder. »Morgen gehe ich nicht zur Uni. Ich habe Urlaub. Aber ich dachte, ich hätte dir klargemacht, dass ich nichts mehr mit dem Fall Bauer zu tun haben will.«

»Es geht nicht um den Fall Bauer«, antwortete ich naiv, als würde ich mit einer Person sprechen, die noch bei klarem Verstand war.

»Aber natürlich nicht … Um welchen Fall geht es dann, Doktor? Vielleicht wäre jetzt ein guter Moment, um mit dem Lügen aufzuhören und mir zu erzählen, wonach du wirklich forschst. Oder hast du geglaubt, ich bin so bescheuert, dass ich dir das Märchen mit der Biografie abnehme?«

»Ich gehe jetzt wohl besser.«

»Oh, Eure Majestät, entschuldigt, wenn ich Euch mit meiner Ehrlichkeit gekränkt habe. Ich verstehe, dass Ihr das nicht gewohnt seid. Man sagt, nur Kinder und Betrunkene sagen die Wahrheit.«

»Es tut mir leid, dass ich dich gestört habe. Ich gehe jetzt …«

Ich drehte mich um, um von diesem schrecklichen Ort zu verschwinden, doch er sprang auf und packte mich am Arm, um mich zurückzuhalten.

»Hör mal, Puppe, warte mal! Glaubst du wirklich, du kannst hier aufkreuzen, mich mit deinen Geschichten nerven und dann einfach so verschwinden? Glaubst du, ich lasse mich weiter von dir an der Nase herumführen? Sagst du mir jetzt, was hier eigentlich gespielt wird, oder was?«

Ich weiß nicht, ob ich eher wütend oder erschrocken war. Doch was auch immer der Grund für meine Nervosität war, sie löste bei mir jedenfalls einen unaufhaltsamen Redeschwall aus. »Und du? Was spielst du hier denn? Findest du es witzig, dich für Georg von Bergheim auszugeben? Was hast du dir dabei gedacht? Hast du geglaubt, du könntest mich so erschrecken? Ich habe dich nicht um deine Hilfe gebeten, verstanden?«

Alain sah mich völlig verblüfft an. Er gab ein derart bemitleidenswertes Bild ab, dass sich meine Furcht auflöste. Dieser Mann war kaum in der Lage zu stehen und noch weniger, mir Schaden zuzufügen. Ich stieß ihn von mir weg. »Lass mich los und schlaf erst mal deinen Rausch aus«, sagte ich verächtlich, ehe ich die Tür öffnete und die Treppe hinablief.

Von der Türschwelle aus gab Alain mit schwerer Zunge weiterhin seine Beleidigungen von sich: »Ja, genau! Hau ab und lass mich in Ruhe! Verzieh dich mit deinem Märchen! Nutz einen anderen Dummen aus!… Außerdem hatte ich es dir schon gesagt! Du wusstest es! Ich will nichts mit dieser verdammten Familie Bauer zu tun haben! Du wusstest es, verdammt noch mal!«

Als ich auf der Straße ankam, zitterte ich am ganzen Körper und hätte am liebsten geweint. Dennoch vergoss ich nicht eine Träne, sondern verbrannte das angestaute Adrenalin, indem ich mit schnellen Schritten zu meiner Wohnung zurückging. Dabei bedachte ich Doktor Arnoux mit allen möglichen Beleidigungen und Kränkungen.

November 1942

Hitler befiehlt dem deutschen Heer, ganz Frankreich zu besetzen, sodass sich auch die freie Zone unter der Gewalt der Wehrmacht befindet. Die Regierung von Marschall Pétain bleibt erhalten, wenn auch nur mit rein bürokratischer Funktion und ohne jegliche Amtsgewalt oder politisches Gewicht.

Seit mehreren Wochen herrschte hektische Betriebsamkeit. Sie hatten Waffen und Sprengstoff angehäuft, und auch die politischen Aktivitäten mit Ansprachen in den Fabriken, Verteilen von Flugblättern in der ganzen Stadt und Anbringen von Parolen gegen die Besatzer an Hauswänden hatten zugenommen. Trotsky betonte, dass dies nur der Anfang von etwas sehr viel Größerem sei.

Gutenberg hatte Pläne vom Stadtzentrum aufgetrieben, über denen Trotsky und Jacob stundenlang hinter verschlossenen Türen brüteten. Währenddessen bereitete Dinamo eine leistungsstarke Bombe mit einem Zeitzünder vor, der durch einen Mechanismus aktiviert würde, dessen Präzision und Zuverlässigkeit seine gesamte Aufmerksamkeit beanspruchten. An jenem Abend hatten sie sogar Marion zu ihrer Versammlung gerufen. Sarah dagegen wurde wie immer nicht mit einbezogen.

»Weißt du, was sie da ausbrüten?«, fragte sie Gutenberg, als sie ihm dabei half, die kleine Druckmaschine zu reinigen, die sie in der Werkstatt aufgestellt hatten.

Sarahs Frage erlaubte es Gutenberg, eine kurze Pause einzulegen. Er rieb sich die vom Fett geschwärzten Hände an einem Lappen sauber, wischte sich den Schweiß von der Stirn und rückte seine Brille gerade, ehe er antwortete. »Den letzten großen Wahnsinn des Kameraden Trotsky. Etwas, was uns alle das Leben kosten oder nur ihm Ruhm einbringen wird … Vielleicht auch beides.« Gutenberg machte eine dramatische Pause und schloss dann: »Einen Angriff auf das Hauptquartier der Gestapo … Gib mir mal etwas Wasser, bitte.«

»Auf das Hauptquartier der Gestapo?«, fragte Sarah, während sie ihm einschenkte. »Aber das ist wahrscheinlich der bestbewachte Ort von ganz Paris!«

Gierig stürzte Gutenberg das Wasser hinunter. »In einem Paris, das ohnehin schon überwacht wird …«, bestätigte er, nachdem er sich mit der Hand ein paar verschüttete Tropfen vom Bart gewischt hatte. »Ah, aber er behauptet, alles gut durchgeplant zu haben … Was weiß ich …« Gutenberg schüttelte den Kopf und griff nach dem Lappen, um seine Arbeit wieder aufzunehmen. »Worte sind meine einzige Waffe.«

Das Hauptquartier der Gestapo in Frankreich befand sich in der Hausnummer 72 der Avenue Foch. Tatsächlich war die gesamte Avenue, von der Nummer 13 bis zur 84, von der Sicherheitspolizei oder SIPO und dem Sicherheitsdienst oder SD, dem Geheimdienst der SS, besetzt. Aus diesem Grund war diese Hauptverkehrsstraße einer praktisch undurchdringlichen Überwachung unterworfen. Aber sie bot auch einen Vorteil, den Trotsky auszunutzen entschlossen war: Die Flucht konnte relativ einfach gelingen, da es sich um eine breite Straße handelte, die im Bois de Boulogne endete, wohin man sich nach dem Angriff gut zurückziehen konnte. Um die Aufmerksamkeit der Wachen, die in dieser Gegend patrouillierten, abzulenken, hatte Trotsky mit einer anderen Widerstandsgruppe vereinbart, am selben Tag und zur selben Zeit in der nahe gelegenen Rue Pergolèse eine Demonstration abzuhalten.

Doch das Herzstück, von dem der gesamte Plan abhing, war niemand anders als Marion: Sie würde sich als eine deutsche Arbeiterin ausgeben, die gerade erst in Paris angekommen war und sich im Chaos der Stadt verlaufen hatte. Dabei sollte sie ihre offensichtlichen Reize spielen lassen, um so die Soldaten abzulenken, die den Eingang des Gebäudes der Gestapo bewachten. Konkret müssten drei Männer dort sein: einer, der auf der Straße patrouillierte, einer, der die Passierscheine in einer Torwache überprüfte, und einer hinter dem Gitterzaun, direkt neben der Eingangstür zum Gebäude. Sie sollte den Patrouille laufenden Wachposten mit ihrem Augenaufschlag bezirzen, der Torwache einen gefälschten Passierschein hinhalten und gleichzeitig dem Wachposten an der Tür ihren wohlgeformten Hintern zuwenden. Und dann, in der typischen Verwirrtheit eines Mädchens, dem die Großstadt und der Charme jener Soldaten zu Kopf gestiegen sind, würde sie den Koffer neben der Torwache stehen lassen, halb versteckt hinter einem großen Blumenkübel, der dort stand. Noch bevor den Soldaten der zurückgelassene Koffer des Mädchens auffiele, wäre die Bombe explodiert, in Gang gesetzt durch den Zeitschalter, den Dinamo vorbereitet hatte. Eine Bombe, die stark genug war, um den Blumenkübel, die Torwache, die Schranke, die drei deutschen Polizisten und den Großteil der Fassade des Palasts zu zerfetzen, von wo aus die Leiter der Gestapo die Unterdrückung, Folter und Ermordung eines beachtlichen Teils des französischen Volks befehligten.

Währenddessen würde Trotsky am Ende der Avenue Foch mit einem gestohlenen Motorrad auf Marion warten, um damit unverzüglich im Bois de Boulogne zu verschwinden.

Natürlich machte sich keiner die Mühe, Sarah über den genauen Ablauf zu informieren. Erst sehr viel später erfuhr sie davon. Durch einen unvorhergesehenen Zwischenfall war man gezwungen, sie, kurz bevor es losgehen sollte, in alle Details einzuweihen.

Der Brief von Reichsführer SS Himmler war schroff: Es erweise sich als unerlässlich, den Aufenthaltsort der Tochter der Familie Bauer unverzüglich ausfindig zu machen; das Auffinden des *Astrologen* dulde keinen weiteren Aufschub.

Georg war weder vom Inhalt noch von der Ausdrucksweise des Schreibens überrascht. Wenn ihn etwas überraschte, dann die Tatsache, dass Himmlers Geduldsfaden nicht schon früher gerissen war. Er fragte sich, warum dieser sich ihm gegenüber so geduldig und großmütig gezeigt hatte …

Da er keine Antwort auf diese Frage finden konnte, zerknüllte er den Brief und beförderte ihn mit einem gut gezielten Wurf in den Mülleimer. Es blieb ihm nichts anderes übrig, als zu warten.

Nur wenige Wochen später legte Fräulein Volks erneut Post aus Berlin auf seinen Schreibtisch. Als er auf dem Kuvert den Briefkopf des Reichsführers SS erkannte, riss er ihn erwartungsvoll auf.

In wenigen Sekunden hatte er die spärlichen Zeilen des Briefs gelesen, dessen Inhalt all seine Hoffnungen zunichtemachte.

… da Sie auf diese Weise beim Ausfindigmachen des Aufenthaltsortes von Sarah Bauer versagt haben, sehe ich mich gezwungen, die Operation Smaragd an ein Mitglied der Abteilung IV, B4 für jüdische Angelegenheiten der Gestapo zu übertragen, das Ihnen gewiß bei der Suche, Festnahme und Befragung der jüdischen Frau von Nutzen sein wird …

Georg schlug wütend mit der Faust auf den Tisch.

Verdammter Mist! Warum erlöste Himmler ihn nicht aus seiner Agonie, indem er ihn wegen Nichterfüllung seiner Pflichten vor das Kriegsgericht beorderte?

Georg drückte auf den Knopf der Gegensprechanlage: »Volks! Verbinden Sie mich auf der Stelle mit dem Hauptquartier der SS in Berlin!«

»Sturmbannführer von Bergheim, Sie haben genau zwei Wochen, um Sarah Bauer festzunehmen, keinen Tag mehr. Ab dann wird sich die Gestapo um die Angelegenheit kümmern.«

Georg stand kurz davor, seinen Dienst bei Reichsführer SS Himmler zu quittieren und die Konsequenzen dafür in Kauf zu nehmen. Doch … was würde dann mit Sarah geschehen?

Wenigstens hatte er bei Himmler zwei weitere Wochen herausgeschlagen. Es würde schwierig werden, in dieser Zeit das zu erreichen, was ihm in Monaten nicht gelungen war … Das Mädchen konnte irgendwo in Frankreich sein oder im Untergrund leben. Er musste sich der Tatsache stellen: Er würde nur dann eine Chance haben, wenn er sich an die Gestapo wandte …

Widerstrebend informierte er den Reichsführer, dass er selbst die Gestapo um Mithilfe bitten würde. Himmler zeigte sich zufrieden und war bereit, die unmöglich einzuhaltende Frist, die er ihm gesetzt hatte, etwas zu lockern, da er überzeugt war, dass diese Angelegenheit durch das Eingreifen seiner übermächtigen Polizei in Windeseile gelöst würde.

Nach dem Gespräch legte Georg mit dem Gefühl auf, eine Schlacht halbwegs gewonnen zu haben. Er würde sich an die Gestapo wenden, ja, aber er würde sich dort selbst jemanden aussuchen und sich niemanden von Himmler vorsetzen lassen. Weshalb er beschloss, dem Hauptquartier der Gestapo in Frankreich in der Hausnummer 72 der Avenue Foch einen Besuch abzustatten.

Dezember 1942

Außerhalb von Frankreich scheint der Krieg eine Wendung zugunsten der Alliierten zu nehmen: Das britische Heer hat Rommel in Tunesien in die Enge getrieben, das deutsche Heer ist von den sowjetischen Truppen in Stalingrad umzingelt, und im Pazifik sind die Japaner kurz davor, Guadalcanal auf Druck des amerikanischen Heeres hin aufzugeben.

Wo ist Marion?«

Als sie die Werkstatt betrat, richteten sich alle Blicke auf sie, und Jacob, mit vor Anspannung verzerrtem Gesicht, war der Erste, der ihr diesen Satz entgegenschleuderte.

»Ich weiß es nicht. Ich habe geglaubt, ich würde sie hier antreffen. Sie hat die Nacht nicht in der Pension verbracht.«

»Scheiße!«, fluchte Jacob.

»Was ist denn los?«, wandte Sarah sich an Gutenberg.

»Trotsky und Cigale sollten schon seit einer halben Stunde hier sein … und wie du siehst, ist keiner von beiden aufgetaucht.«

Der Tag des Angriffs auf das Hauptquartier der Gestapo war gekommen. Dass weder Trotsky noch sie, die Hauptakteure der Operation, zum vereinbarten Zeitpunkt in der Werkstatt erschienen, konnte nichts Gutes bedeuten.

Sarah wusste, dass Marion und Trotsky eine Affäre hatten. In letzter Zeit verbrachte Marion viel Zeit außerhalb der Pension, und es war nicht schwer, sich vorzustellen, mit wem.

Plötzlich griff Jacob nach seiner Jacke, die über einem Stuhl hing, und verkündete: »Ich suche jetzt nach Trotsky.«

Doch genau da erschien Marion in der Tür.

»Verdammt noch mal, Cigale! Wo warst du zum Teufel?«

»Halt den Rand, Gauloises.« Marion keuchte, als stünde sie kurz davor zu ersticken.

Kraftlos ließ sich das Mädchen auf den erstbesten Stuhl fallen. »Ich habe eine richtig heftige Erkältung, mir geht's beschissen«, verkündete sie, nachdem sie laut schniefend die Nase hochgezogen hatte.

»Und was ist mit Trotsky?«, fragte Jacob.

»Der liegt mit vierzig Grad Fieber im Bett.«

Entsetzte Stille machte sich im Raum breit.

»Was tun wir jetzt?«

»Na was wohl? Wir müssen die Operation abblasen. Ohne die beiden kann der Angriff unmöglich ausgeführt werden«, sagte Jacob.

»Aber wir haben wochenlang daran gearbeitet! Und andere Gruppen sind auch darin verwickelt. Die Demonstration ist schon einberufen!«, rief Dinamo aufgeregt. »Wir können das nicht so mir nichts, dir nichts sein lassen!«

»Hast du eine bessere Idee?«, herrschte Jacob ihn an. »Ich könnte Trotsky ersetzen und das Motorrad fahren, aber was ist mit Marion? Glaubst du, dass sie in dem Zustand auch nur einem *Boche* den Kopf verdrehen kann? Wir alle haben die Eier und den Mumm, um zu tun, was getan werden muss, aber in diesem Fall brauchen wir ein paar Titten, mein Freund. Und hier hat keiner Titten, verdammt noch mal!«

»Ich kann es machen.«

Zum einen, weil es völlig unerwartet kam, zum anderen, weil es nur mit dünner Stimme vorgetragen wurde, glaubten die meisten von ihnen, sich verhört zu haben. Wie auch immer, Sarah spürte die erstaunten und fragenden Blicke der Gruppe auf sich ruhen.

»Wie bitte?«, fragte Jacob verdutzt.

»Ich werde es tun. Ich bin die Einzige, die hier dieses Paar … Titten hat, das ihr braucht.« Sarah konnte nicht verhindern, beim Aussprechen des Wortes »Titten« vor all diesen Männern zu erröten.

Marion lachte lauthals los.

»Mach dich nicht lächerlich.« Jacobs Geringschätzung ermutigte Sarah und ließ sie erst recht an ihrem Entschluss festhalten.

Auch Marion kam ihr zu Hilfe: »Und warum nicht? Das Mädchen hat recht: Sie könnte mich perfekt ersetzen.«

»Genau, Gauloises, warum nicht?«, mischte sich Dinamo ein.

»Habt ihr denn alle den Verstand verloren? Sie ist noch nicht bereit dafür! Wenn wir dieses Kätzchen den Hunden vorwerfen, dann verschlingen sie es und uns mit ihm!«

Sarahs Geduld, Sanftheit und Naivität verflüchtigten sich schlagartig. Sie war nicht geneigt, die Geringschätzung ihres Freundes noch länger zu ertragen. » Bereit wofür, Gauloises?«, sprach sie seinen Decknamen ironisch aus. »Bereit, einem Typen einen Steifen zu verschaffen? Alle Frauen sind von Geburt an dafür reif.«

Gelächter ertönte aus dem Hintergrund.

»Genau, sag's ihm, Liebes!«, ermunterte Marion sie.

Sarah hatte angefangen und konnte nicht mehr aufhören. Sie trat in die Mitte des Kreises, der sich um Jacob gebildet hatte, als befände sie sich auf einer Bühne und würde schauspielern. »Sag doch, wenn ich meine Bluse aufknöpfe und meine Haare offen trage, bekommst du dann keinen Steifen?«

Je mehr Sarah sich ihm näherte, mit halb aufgeknöpftem Ausschnitt und gelösten Haaren, desto mehr verlor Jacob die Fassung. Er konnte nicht glauben, was hier gerade vor sich ging. Aus der Zuhörerschaft waren Pfiffe und Rufe zu vernehmen, und er spürte, wie ihm langsam heiß wurde. Doch damit nicht genug, Sarah griff nach dem Saum ihres Rocks und zog ihn nach oben, sodass einer ihrer Schenkel zu sehen war.

»Vielleicht muss ich dir noch ein bisschen näher kommen und meine Hand in deine Hosentasche schieben … Könntest du es aushalten, von mir berührt zu werden?«

Sarah starrte Jacob unumwunden an, sodass sich seine dunklen Augen in ihren grünen spiegelten und sie dunkler erscheinen ließen …

»Ich glaube, das wird nicht nötig sein«, verkündete er schließlich.

Da unterbrach sie schlagartig ihre Vorführung, knöpfte sich die Bluse zu, strich den Rock nach unten und band ihr Haar wieder zusammen. Sie drehte sich weg und ließ Jacob schwitzend und verstört auf der Bühne zurück. Das Publikum brach in Applaus aus.

Sarah setzte sich neben Marion, denn sie spürte, dass ihre Beine zitterten. Sie konnte nicht glauben, was sie gerade getan hatte. Um sich so aufzuführen, musste man ziemlich selbstbewusst sein, und das war sie doch ganz und gar nicht …

»Ich glaube, der Beifall spricht für sich, die Entscheidung ist getroffen, Gauloises«, verkündete Marion und verlangte ihrer Stimme das Letzte ab, um durch den Applaus hindurch gehört zu werden.

Jacob bekam keinen Ton heraus.

»Das reicht. Wir haben nicht viel Zeit«, mischte sich Dinamo ein. »Wir sollten uns an die Arbeit machen. Raus mit den Nazis!«, brüllte er. Und alle stimmten begeistert ein.

»Moment mal«, unterbrach Gutenberg. »Wir haben keinen Passierschein für sie.«

Sofort verstummten die Rufe wieder.

»Was willst du damit sagen?« Dinamo fürchtete bereits, man könnte ihm die Freude verderben.

»Ich habe falsche Papiere für Cigale vorbereitet, falls die Nazis sie danach fragen sollten. Aber für Esmeralda gibt es keine gefälschten Papiere.«

»Dann soll sie die von Cigale nehmen«, drängte Dinamo.

»Das geht nicht, auf der Kennkarte ist auch ein Foto. Und auf die Schnelle kann ich keine neue Karte zusammenbasteln – allein schon ein Foto zu machen und zu entwickeln würde den ganzen Vormittag in Anspruch nehmen.«

Enttäuschung breitete sich in der Gruppe aus.

Nur Jacob schien erleichtert. »Seht ihr? Es ist nicht so einfach, wie es aussieht. Man kann keine Operation, die monatelang vorbereitet wurde, innerhalb einer halben Stunde ändern.«

»Verdammte Scheiße!«, brüllte Dinamo.

»Dann gehe ich ohne Papiere.«

Alle Blicke richteten sich erneut auf Sarah.

»Ich glaube nicht, dass sie mich danach fragen werden.«

»Du bist ja wahnsinnig … Das ist Selbstmord!«, rief Jacob.

»Ich sehe das auch so. Wie groß ist die Wahrscheinlichkeit, dass ein Nazi mit einem *Steifen* auf ihre Papiere achten wird? Wenn das Mädchen seine Sache gut macht – was angesichts des Zustands, in den es dich versetzt hat, wohl der Fall sein wird –, dann wird keiner wegen eines Ausweises Verdacht schöpfen.«

Alle pflichteten Dinamo bei. Nur Jacob tat wieder einmal seinen Unmut kund: »Macht doch, was ihr wollt. Aber ich bin für diesen Wahnsinn nicht verantwortlich.«

Marion richtete sich an Sarah: »Bist du dir sicher, dass du es machen willst, Liebes?«

Sarah hob den Blick und sah Jacob am anderen Ende des Raums mit ihren großen grünen Augen an. Was sie sagte, war nur an ihn gerichtet: »Fährst du das Motorrad, um mich von dort herauszuholen?«

Da gab er allen Widerstand auf. Sarahs süße Stimme … Bei Gott! Wenn sie ihn darum bäte, würde er in die Hölle gehen, um sie zu retten!

»Ja … ich hole dich da raus«, erklärte er, als wollte er ihr ewige Liebe schwören.

»Dann mache ich es.«

Die anderen brachen in Jubel aus.

»Vertrau dich nur mir an, Liebes. Ich werde dich so herrichten, dass deine eigene Mutter dich nicht wiedererkennen würde«, versicherte Marion Sarah inmitten des Tumults.

Bevor er den Koffer öffnete, in dem sich die Bombe befand, hauchte Dinamo in seine Hände, um sie zu wärmen. Trotz der fingerlosen Handschuhe waren seine Finger eiskalt und gefühllos. Sein Atem kondensierte sofort, und zurück blieb ein weißer Hauch.

»Denk daran. Bevor du den Koffer neben der Torwache abstellst, musst du den Zeitzünder aktivieren. Du musst nur am Verschluss drehen. Dann bleiben dir noch fünf Minuten, bis es … knallt!«, unterwies Dinamo Sarah.

Sie hüllte sich wortlos in ihren Mantel aus dicker deutscher Qualitätswolle.

»Hier, nimm.«

Sarah umfasste den Griff des Koffers, bei dem es sich eigentlich um das Gehäuse einer Schreibmaschine der Marke Olympia handelte, die die Deutschen für gewöhnlich benutzten. Beim Anheben stellte sie fest, dass er schwerer war, als sie gedacht hatte.

Dinamo sah sie einen Moment lang mit väterlichem Stolz an. »Du bist sehr hübsch, Esmeralda. Kein *Boche* wird dir widerstehen können.«

Dankbar lächelte Sarah ihn an.

»Viel Glück, Genossin«, sagte Dinamo zum Abschied.

Das Wort »Genossin« hatte eine tröstende und belebende Wirkung. Jetzt war sie nicht mehr nur eine Botengängerin, sondern ein vollwertiges Mitglied der Gruppe geworden.

»Danke, Dinamo.«

»Los jetzt, wir haben keine Zeit mehr!«, unterbrach Jacob die beiden schroff.

Wenn Sarah sich von ihm mehr Wärme erwartet hatte, dann hatte sie sich getäuscht. Jacobs Verabschiedung war eisig. »Ich werde zur verabredeten Zeit dort sein«, war alles, was er ihr für den Moment zugestand.

»Ich auch«, antwortete sie und drehte sich um, um auf einem der von Bäumen gesäumten Wege des Bois de Boulogne zu verschwinden.

»Glaubst du, dass sie es schafft?«, murmelte Dinamo Jacob zu.

»Halt bloß die Schnauze, Genosse!«

Jacob stieß Dinamo von sich, trat hinter einen Baum und kaute angespannt an seiner Zigarette. Dieses Warten würde ihn noch umbringen.

An jedem Ende der Avenue Foch und an jeder Straße, die zu ihr führte, gab es einen Kontrollposten. Alle, die hier durchgehen wollten, mussten einem Soldaten ihre Papiere vorlegen. Das war ein ganz routinemäßiges Vorgehen. Unter dem Naziregime gab es so viele unterschiedliche Ausweispapiere, die jemand bei sich haben konnte, dass selbst die deutschen Soldaten nicht alle davon kannten und in den meisten Fällen nicht in der Lage waren, die echten von den gefälschten zu unterscheiden. Fast immer beschränkten sie sich darauf, einen Blick auf das fragliche Dokument zu werfen, und wenn viele offizielle Stempel und ein paar Unterschriften darauf zu sehen waren, erkannten sie es als gültig an. Das hatte Gutenberg Sarah zumindest erklärt, aber sie wusste nicht, inwiefern er das nur gesagt hatte, um sie zu beruhigen.

Was das Mädchen jedoch nicht vergessen konnte, war, dass auf ihrer Kennkarte Marions Foto zu sehen war. Sicher, auf dem Foto war ihre Freundin in Zivil, hatte eine Brille auf und trug das Haar offen, während Sarah eine Uniform trug, keine Brille aufhatte und ihr Haar zurückgebunden war. Deshalb konnte man nicht erwarten, dass sie einander völlig glichen. In jedem Fall hoffte Sarah darauf, dass Gutenberg recht hatte und der deutsche Soldat das Foto keiner minutiösen Inspektion unterziehen würde.

Sarah kam bei der Kontrollschlange an und wartete, bis sie an der Reihe war. Als sie die Kennkarte aus ihrer Jackentasche holte und sah, wie sehr ihre Hände zitterten, wurde ihr bewusst, wie nervös sie war. Ihr Herz schlug schnell, und trotz der Kälte spürte sie den klebrigen Schweiß unter den dicken Schichten ihres Uniformmantels einer SS-Stabshelferin, den Jacob und Trotsky am Gare de l'Est aus dem Gepäck einer deutschen Sekretärin gestohlen hatten.

Sarah stellte den Koffer auf dem Boden ab. Mit der Zeit wurde er immer schwerer, ihre Finger waren von dem Gewicht schon ganz taub. Kurz blickte sie zurück… und dann wieder nach vorn. Die Schlange rückte vor, und der Kontrollposten kam näher. Es herrschte eine trügerische Ruhe. Keiner in der Schlange redete, und das Gemurmel der Soldaten, die nach den Papieren fragten, ging in ihren schlurfenden Schritten und dem metallischen Klappern der Maschinenpistolen unter. Sarah atmete tief ein und legte sich eine Hand auf die Brust, um ihr heftig pochendes Herz zu beruhigen.

»Du bist wirklich bildhübsch, Liebes«, hatte Marion gerührt versichert, als sie damit fertig war, Sarah herzurichten. Sarah hatte sich im Spiegel angesehen und war völlig überrascht gewesen: Sie erblickte eine komplett andere Person. Im Spiegel zeigte sich kein verängstigtes, schüchternes Mädchen, sondern eine starke, wunderschöne Frau. Vielleicht lag es an der Uniform. Marion hatte sich beschwert, dass Winter war und der dicke Mantel die weiblichen Reize nicht so sehr zur Geltung brachte, trotzdem war es ihr gelungen, ihm einen gewissen Pfiff zu verleihen: Sie hatte den Gürtel, so gut es ging, festgezurrt, um Sarahs schlanke Taille über den runden Hüften hervorzuheben. Ihre Figur hatte ihre Freundin damit unterstrichen, dass sie ihren Büstenhalter etwas auspolsterte. In den letzten Monaten hatte Sarah stark abgenommen, doch nicht nur ihre Figur war schmaler geworden, auch ihr Gesicht. Es hatte seine runde Form und den kindlichen Ausdruck gegen das elegante und kantige Antlitz einer Frau ausgetauscht. Marion hatte sie dezent geschminkt, wie die militärischen Bestimmungen es vorschrieben, doch sie hatte es so geschickt angestellt, dass Sarahs Haut ganz von allein strahlte, wie die Porträts der Filmschauspieler.

Außerdem hatte sie ihr die wunderschönen blonden Haare auf Nackenhöhe zu einem Knoten zusammengesteckt, damit sie die Dienstmütze aufsetzen konnte, die sie keck und ein wenig schief trug. »Ich habe Angst, Marion.«

»Das weiß ich, Liebes. Das weiß ich.«

»Du bist sehr hübsch, Esmeralda. Kein Boche *wird dir widerstehen können …«* Sarah blickte über ihre Schulter nach hinten, seufzte erneut und blickte wieder nach vorn. Jetzt standen nur noch zwei Leute vor ihr. Sobald sie an dieser Kontrolle vorbei war, würde es kein Zurück mehr geben. Sie schluckte und zog den Gürtel ihres Mantels etwas fester zusammen. Sie umklammerte den Koffer. Und wenn man sie bitten würde, ihn zu öffnen, um ihn zu inspizieren? Fast hundert Kartuschen Dynamit und ein Zünder. Vielleicht hätte sie doch nicht vorschlagen sollen, diese Aufgabe zu übernehmen.

»Ausweis bitte.«

Sarah konnte das Zittern ihrer Hand nicht kontrollieren, als sie dem Soldaten den Ausweis hinstreckte. »Du liebe Güte, wie kalt ist es denn in dieser Stadt? Ist das immer so?« Ihre Stimme klang ganz normal. Nur sie bemerkte, wie schwer es ihr fiel, einen Ton zwischen ihren angespannten Stimmbändern hervorzupressen.

Der deutsche Soldat hob den Kopf, ohne die Papiere wirklich angesehen zu haben. Kaum dass er sie erblickte, lächelte er. Er verbrachte Tag um Tag, Stunde um Stunde damit, sich einen Ausweis nach dem anderen anzusehen. Das war eine langweilige und zermürbende Arbeit. Eine Frau wie sie zu sehen gehörte nicht zu den alltäglichen Dingen. Dass jemand wie sie dann auch noch das Wort an ihn richtete, kam ihm wie ein göttliches Geschenk vor. »Nur im Winter. Sind Sie gerade erst nach Paris gekommen?«

»So ist es. Und ehrlich gesagt hatte ich etwas anderes erwartet.«

»Geben Sie diesem Ort etwas Zeit. Im Frühling wird er Sie überraschen«, prophezeite der Soldat und gab ihr die Papiere zurück.

Sarah nickte. Sie hoffte, dass der Soldat sie jetzt ohne Weiteres passieren ließ.

Doch er konnte sie nicht einfach so gehen lassen; sie war das Schönste, was ihm seit Monaten begegnet war. »Irgendeine wichtige Nachricht aus Berlin?«

»Tatsächlich komme ich aus Frankfurt.«

»Ach! Mein Schwager kommt aus Frankfurt. Meine Schwester lebt dort, seit sie geheiratet hat, aber ich hatte noch keine Gelegenheit, sie dort zu besuchen, seit der Krieg angefangen hat. Ich glaube, die Stadt wurde durch die Bombenangriffe zerstört …«

Es sah ganz so aus, als wäre der Soldat geneigt, sich auf eine lange und ausführliche Unterhaltung einzurichten. Er hatte das Gewicht auf einen Fuß verlagert, die Maschinenpistole auf den Rücken geschoben und hielt den Riemen fest, als würde es sich um eine Handtasche handeln. Doch Sarah hatte weder die Zeit noch die Muße dafür.

»Welche Stadt haben diese verdammten britischen Bomben nicht zerstört, Soldat?« Sarah versuchte, Empathie hervorzurufen, indem sie diesen Satz verwendete, den sie so in etwa schon in den Sendungen der BBC gehört hatte. »Sehe ich Sie morgen hier wieder?«

Der Soldat zuckte mit den Schultern. »Das hoffe ich … Apropos, dieser Koffer …«, Sarahs Herz machte einen Satz, »der scheint ziemlich schwer zu sein. Müssen Sie den jeden Tag mit sich rumtragen?«

»Nein, nein. Nur heute … Heute ist mein erster Tag … Ich muss meine Schreibmaschine mitbringen … Sie wissen schon …« Je mehr Sarah stammelte, desto nervöser wurde sie, also beschloss sie, es dabei bewenden zu lassen.

»Dann wünsche ich Ihnen einen schönen Tag, Fräulein. Und herzlich willkommen in Paris«, verkündete der Wachhabende und hob die Hand zum respektvollen Gruß an den Helm.

»Danke, Soldat.«

Sarah bedachte ihn mit ihrem schönsten Lächeln und verließ den jungen Mann, wie Marion es ihr beigebracht hatte: mit wiegendem Hintern und wiegenden Hüften. Dem Soldaten hatte sie den Tag versüßt.

Sobald sie den Kontrollposten hinter sich gelassen hatte, hatte sie das Gefühl, gleich ohnmächtig zu werden. Die angestaute Anspannung, die sie bislang ruhig und schlagfertig wirken ließ, löste sich, und ihr Puls verlangsamte sich so sehr, dass sie glaubte, ihr Herz habe aufgehört zu schlagen. Am liebsten hätte sie den Koffer einfach abgestellt und sich mit geschlossenen Augen auf den Boden fallen lassen … Bei Gott, sie hatte es geschafft, der Kontrollposten lag hinter ihr! Sie war in der Avenue Foch!

Sarah spürte, wie das Schwindelgefühl langsam wieder abnahm, und lächelte. Doch vorsichtshalber senkte sie den Kopf; in diesen Tagen, in denen es nicht häufig vorkam, dass man jemanden auf der Straße lächeln sah, wollte sie keine Aufmerksamkeit auf sich ziehen. War es die Euphorie, die sie mit gestrafften Schultern und beschwingten Schritten weitergehen ließ? Wie war es möglich, dass es so einfach gewesen war? Sie musste einfach nur nett und freundlich sein – und das entsprach ganz ihrem Naturell.

Mit frischem Mut ging sie den breiten Boulevard entlang.

Wenige Meter vor ihrem Ziel blieb sie stehen. Von Weitem

hörte sie die Rufe und Losungen der Demonstrierenden. Ihre anderen Kameraden erledigten ihre Arbeit, jetzt musste sie ihre Aufgabe erfüllen. Wie vorhergesagt, war ein Wachposten auf der Straße, ein weiterer neben dem Zaun im Pförtnerhäuschen, und der letzte stand neben der Eingangstür des Gebäudes. Ein paar Dienstwagen waren davor abgestellt. Ein in Zivil gekleideter Mann zeigte seinen Passierschein und betrat das Gebäude. Aus der Ferne kundschaftete Sarah den besten Platz für den Koffer aus: direkt zwischen dem Pförtnerhäuschen und einem Blumenkübel, außer Sichtweite der Wachposten.

Sie strich den Mantel glatt und straffte die Schultern. In dem Bewusstsein, die Uniform einer Stabshelferin zu tragen, verwandelte sie sich auch in eine solche. Sie ließ Sarah Bauer auf dem Boulevard zurück und überquerte die Straße als Greta Mesner in Richtung des Hauptquartiers der Gestapo, ihrem Arbeitsplatz. Wenn sie doch nur ihr rasendes Herz dort hätte zurücklassen können, wo sie das Mädchen Sarah Bauer gelassen hatte.

Ruhig, unbefangen und routiniert sein, wiederholte sie innerlich, während sie auf den ersten Wachposten zuging.

»Büroangestellte Greta Mesner«, sprach sie ihn mit ihrem Auftrag und ihrem Namen an und reichte ihm die Kennkarte.

Der Wachposten richtete sich langsam auf und warf einen unwilligen Blick auf ihre Papiere. Wie es schien, ließ auch er sich von der Routine leiten.

»Gehen Sie zum Kontrollposten«, sagte er und warf einen Blick zum Pförtnerhäuschen.

Einer weniger, dachte sie erleichtert, als sie hinter die Absperrung trat.

Sie ging zum Fenster des Pförtnerhäuschens. Ein junger Soldat der SS empfing sie. Als er sie sah und lächelte, fühlte sie sich bestätigt und lächelte zurück.

»Büroangestellte Greta Mesner«, wiederholte sie. Dieses Mal

musste sie darauf achten, ihren Daumen fast über dem Foto auf der Kennkarte zu platzieren.

»Kann ich bitte Ihren Hausausweis sehen?«

Der Soldat bat sie um den Hausausweis, der den Angestellten Zutritt zu dem Gebäude gewährte. Doch das wusste Sarah nicht, das hatte ihr keiner gesagt, und der einzige Ausweis, den sie bei sich hatte, war ihre Kennkarte. Jetzt ging es darum, sich die Angst nicht ansehen zu lassen.

»Hausausweis?«, wiederholte sie, weil sie nicht wusste, was sie sonst sagen sollte. »Ich komme gerade aus Frankfurt, ich trete heute zum Dienst an.« Das war die einzige Lektion, die sie sich gut gemerkt hatte.

Und ohne es zu wissen, traf sie damit ins Schwarze.

»Oh, Entschuldigung«, erwiderte der SS-Mann lächelnd. Denn wenn heute ihr erster Arbeitstag war, dann konnte sie noch keinen Passierschein haben. Den Hausausweis würde sie erst hier erhalten.

Ihr war nicht ganz klar, was genau nun vor sich ging, doch alles lief wie geplant. Der Wachposten ging eine Liste durch, auf der er sie, wie sie wusste, nicht finden würde.

»Haben Sie Greta Mesner gesagt?«

»Ja.«

»Tut mir leid, Fräulein Mesner, aber Ihr Name taucht nicht auf der Liste auf.« Der Wächter schien eher bestürzt als misstrauisch zu sein.

Sie ließ die Schultern hängen und biss sich als Zeichen ihrer Niedergeschlagenheit auf die Lippe. »Aber … wie ist das möglich? Ich habe den Befehl, mich am 18. Dezember in Paris im Büro des Hauptquartiers der Gestapo zu melden.«

»Haben Sie den schriftlichen Befehl dabei?«, fragte der Mann, bestrebt, dieser Frau mit den wunderschönen grünen Augen zu helfen.

»Oh, nein … ich fürchte, den habe ich im Hotel gelassen …«

Das letzte Wort brachte sie mit einem verzagten Seufzer hervor. »Diese verdammte Stadt … Es ist so entsetzlich kalt, die Franzosen sehen einen hier nicht gern, und jetzt auch noch das …«

»Machen Sie sich keine Sorgen, Fräulein. Sehen Sie, ich darf Sie hier nicht durchlassen, ohne den Befehl gesehen zu haben, aber vielleicht müssen Sie sich ja auch im Hauptquartier der Gestapo von Paris melden. Hier sind Sie im Hauptquartier der Gestapo von Frankreich.«

Ihre Augen weiteten sich, und ihr Gesicht hellte sich auf.

»Was Sie nicht sagen. Was für ein Durcheinander! Ich komme mir so dumm vor … Ich bin heute Morgen angekommen und hatte kaum die Zeit, die Uniform anzuziehen … Ich habe mich nicht damit aufgehalten, mir die Adresse genau anzusehen, und man hatte mir gesagt, dass ich in die Avenue Foch muss.«

»Sie brauchen sich nicht zu entschuldigen. Da kommt man leicht durcheinander. Aber achten Sie zukünftig darauf, dass Sie die Anordnung bei sich führen, dann ersparen Sie sich dieses Durcheinander. Gehen Sie zur Rue des Saussaies, Nummer 11. Dort finden Sie die Gestapo von Paris.«

Während der Soldat redete, stellte Sarah den Koffer neben dem Pförtnerhäuschen ab, nicht ohne ihr dankbares, schwärmerisches Lächeln zu verlieren. »Vielen Dank, wirklich. Ich bin Ihnen sehr verbunden, Sie waren sehr freundlich zu mir.«

»Nichts zu danken, Fräulein. Einen schönen Tag noch.«

»Ihnen auch.«

Sarah verließ das Pförtnerhäuschen und trat auf die Straße, ohne sich umzublicken. Am liebsten wäre sie gerannt, doch sie zwang sich, ruhig und gelassen zu gehen. Gut möglich, dass ihr Herz in der Brust explodierte, noch bevor die Bombe es tat … Doch anstatt zu explodieren, blieb ihr Herz auf einmal stehen.

»O mein Gott! Ich habe den Zünder nicht aktiviert!«

Ihr Schritt wurde unwillkürlich schneller. Sie konnte nicht stehen bleiben, musste weitergehen, konnte aber auch nicht von hier weg und eine nutzlose Bombe zurücklassen. Genauso wenig konnte sie zur Werkstatt zurückkommen und schuld am Misslingen der Operation sein. »Denk daran. Bevor du den Koffer neben dem Pförtnerhäuschen stehen lässt, musst du den Zünder aktivieren.« Sarah war kurz davor, in Tränen auszubrechen.

In selbstmörderischer Hast machte sie kehrt, vertraute darauf, dass sie wissen würde, was sie sagen sollte, wenn sie erneut am Eingang der Nummer 72 ankam.

Der erste Wachposten lächelte sie an. Sie hatte kaum die Kraft zurückzulächeln, noch weniger, ein Wort an ihn zu richten. Dieses zweite Eindringen war sehr viel weniger überlegt. Glücklicherweise verlangte der Wachposten keinerlei Erklärung und versperrte ihr auch nicht den Weg.

Als sie zum zweiten Mal beim Pförtnerhäuschen ankam, sah der junge SS-Mann sie freudig überrascht an.

»Bitte entschuldigen Sie noch einmal. Es tut mir leid, Ihre Freundlichkeit so zu beanspruchen«, sagte Sarah, darauf achtend, sich nicht zu verhaspeln. Gleichzeitig öffnete sie ihre Tasche und holte ein Stück Papier und einen Bleistift heraus. »Könnten Sie mir die Adresse aufschreiben? Ich komme mit dem Französisch noch nicht so gut zurecht.«

»Aber natürlich, Fräulein.«

Sarah ließ den Stift fallen. »Oh, Entschuldigung. Ich bin … ich bin etwas nervös nach dem ganzen Trubel.«

Sie bückte sich, und in derselben Bewegung, in der sie den Stift aufhob, drehte sie am Verschluss des Koffers. Die fünf Minuten begannen abzulaufen.

Sarah richtete sich auf und reichte dem Wachposten den Stift. Dieser notierte zuvorkommend die Adresse für sie.

»Hier haben Sie sie: Rue des Saussaies, Nummer 11. Ganz in der Nähe der Kommandantur in der Rue de Rivoli.«

»Oh, vielen Dank!« Sarah strahlte ihn an. »Wie heißen Sie, Soldat?«

»Johannes Friedl, Fräulein.«

»Vielen Dank, Johannes Friedl. Kann ich mich an Sie wenden, wenn ich mich das nächste Mal in Paris verlaufe?«

Stolz richtete sich der Soldat auf wie ein Hahn inmitten einer Hühnerschar. Das hier war eine Eroberung auf der ganzen Linie, die ihm die Bewunderung seiner Kameraden heute Abend in der Baracke einbringen würde. »Aber natürlich, Fräulein. Ganz zu Ihren Diensten.«

»Dann bis zum nächsten Mal.«

»Bis zum nächsten Mal, Fräulein Mesner.«

Das Pförtnerhäuschen war fast direkt am Zaun, doch noch ehe Sarah ihn hinter sich gelassen hatte, hörte sie in ihrem Rücken: »Fräulein Mesner! Warten Sie einen Augenblick. Sie haben etwas vergessen.«

Das durfte nicht wahr sein. Nicht jetzt, wo sie kurz davor stand, alles erreicht zu haben.

In einem Sekundenbruchteil wurde Sarah klar, dass sie nur zwei Möglichkeiten hatte: Entweder würde sie mit der Bombe explodieren oder von dem deutschen Soldaten erschossen werden. Etwas anderes war nicht vorstellbar.

»Ihr Stift, Fräulein. Den brauchen Sie vielleicht noch.«

Sarah schloss die Augen. Erleichterung konnte manchmal fast wehtun … sagte sie sich. Sie drehte sich um und nahm den Stift entgegen. »Danke.«

Wahrscheinlich hatte Johannes Friedl noch etwas gesagt, doch sie hörte nicht zu. All ihre Sinne waren wie ausgeschaltet. Keuchend eilte sie hastig davon, um zu verschwinden, ehe die knappen fünf Minuten vorbei waren, die noch blieben, um den Kontrollposten am Ende der Avenue zu passieren. Ehe die wenigen Minuten, die Johannes Friedl noch blieben, zu Ende waren.

»Entschuldigung.«

Halb von Sinnen, wie sie war, erwiderte Sarah die Entschuldigung der Person, mit der sie in der Eile zusammengestoßen war, ganz automatisch mit einem Nicken. Gleich danach nahm sie ihren schnellen Schritt wieder auf. Doch wenig später blieb sie stehen, als hätte ihr jemand einen Eimer kaltes Wasser über den Kopf gekippt.

Georg von Bergheim. Der Mann, mit dem sie zusammengestoßen war, war Sturmbannführer Georg von Bergheim. Sie war sich ziemlich sicher.

Sarah drehte sich um. Den Rücken eines deutschen Soldaten auf dem Gehsteig zu sehen wäre keine große Hilfe gewesen, um ihre Zweifel zu zerstreuen, doch dieser Soldat hinkte …

Ihr blieb keine Zeit mehr, und der Kontrollposten war noch mehrere Meter entfernt. Sie hätte ihren Weg unbeirrt fortsetzen sollen, doch sie war nicht in der Lage, das zu tun – in ihrer Erinnerung stieg immer wieder ein Satz auf: *»Es reicht!«*

Der deutsche Soldat blieb vor dem Hauptquartier der Gestapo stehen und wechselte ein paar Worte mit dem Wachposten. Er drehte sich leicht zur Seite und holte etwas aus der Tasche seiner Uniformjacke.

Es war Georg von Bergheim. Sarah war sich jetzt fast völlig sicher, auch wenn sie sein Gesicht noch nicht ganz gesehen hatte. Und das gelang ihr auch erst dann, als er eine Zigarette nahm und sie schützend hinter einer Hand anzündete und danach das Gesicht zum Himmel streckte, um den Rauch auszublasen. Kein Zweifel, er war es.

Der Sturmbannführer rauchte vor der Hausnummer 72 in der Avenue Foch. Sarah Bauer betrachtete ihn aus einigen Metern Entfernung. Sie hatte gedacht, sie würde ihn nie wiedersehen. Und jetzt, wo sie auf ihn getroffen war, vergaß sie alles, sogar die Zeit …

Von Bergheim schlenderte ein paar Schritte weiter, blieb dann stehen und blickte auf seine Armbanduhr.

»O Gott! Die Bombe!«

Rasch schob Sarah ihren Mantelärmel zurück, um auf ihre

eigene Uhr zu sehen … Doch so weit kam sie nicht. Ein ohrenbetäubendes Geräusch ließ sie die Augen schließen und sich die Ohren zuhalten. Gleich darauf wurde sie heftig zu Boden geschleudert.

Die fünf Minuten waren abgelaufen.

»Und ich will Wunderzeichen geben am Himmel und auf Erden: Blut, Feuer und Rauchdampf; die Sonne soll in Finsternis und der Mond in Blut verwandelt werden, ehe denn der große und schreckliche Tag des Herrn kommt.«

Sarah blinzelte mühsam, als habe sie Sand in den Augen. Beim Versuch, sich zu bewegen, bemerkte sie, dass ihr gesamter Körper schmerzte. Ihr Gesicht brannte, ihre Ohren schrillten, und sie konnte nicht klar denken. Sie war noch immer stark benommen von der Explosion und dem Sturz.

Unsicher richtete sie sich auf. Ihr bot sich ein schrecklicher Anblick: Derselbe schwarze, dichte Rauch, der in ihrer Kehle kratzte, verdunkelte die Straße, als sei plötzlich die Nacht über die Stadt hereingebrochen. Der Eingang zur Hausnummer 72 stand in Flammen, und die Hitze drang bis zu Sarahs Wangen vor.

Aus den Fenstern der angrenzenden Häuser sahen die Leute erschrocken nach draußen. Es dauerte nicht lange, bis in der Ferne die erste Sirene zu hören war, und ihr Geheul löste sie etwas aus ihrer Starre. Sie wusste, dass sie aufstehen und von hier weggehen musste, aber warum fiel ihr das so schwer? Es war nicht der Schmerz, sondern eine sonderbare Erstarrung, eine Trägheit, eher mentaler als körperlicher Natur. Als könnte sie auf keinerlei Reiz reagieren. Sie wollte sich nicht bewegen, auch nicht schreien oder wegrennen. Sie wollte sich nicht entscheiden.

Das Kreischen der Sirene dauerte an, wurde immer lauter, kam immer näher.

Sarah hob die Hand zur Stirn, versuchte nachzudenken. An den Fingern spürte sie eine klebrige Substanz, und nachdem sie einen Blick darauf geworfen hatte, wusste sie, dass es Blut war. »Eine Wunde an der Stirn«, folgerte sie, ohne sich darüber Sorgen zu machen. Nichts konnte sie aus der Fassung bringen, allenfalls das scheußliche Geräusch der Sirene, das ihren schmerzenden Kopf folterte, und der grelle Feuerschein, der in ihren Pupillen brannte. Wie mechanisch stand sie schließlich auf. Ihr fehlte ein Schuh, was sie beim Laufen behinderte, also zog sie den anderen auch aus.

Der Rauch verflüchtigte sich allmählich, und als würde sich ein Schleier heben, wurde nach und nach die Zerstörung sichtbar: Überall lagen Ziegelsteine und Zementstücke herum, verbogenes Eisen, Glassplitter, geborstene Bäume. Der Bürgersteig war aufgerissen, und mehrere Autos waren umgekippt und völlig ramponiert. Auf dem Gehsteig sah man ein paar zerfetzte Körper, die Sarah nicht genauer betrachten wollte. Neben einem Auto lag ein Mann. Benzin floss in einem Rinnsal aus dem Motor, und es würde nicht lange dauern, bis es sich entzündete.

Plötzlich kam Sarah das letzte Bild in den Sinn, das sie vor der Explosion gesehen hatte: Kommandant Georg von Bergheim, der wenige Schritte entfernt von der Hausnummer 72 neben einem Auto auf die Uhr gesehen hatte. Da wurde sie schlagartig wach.

Sie musste von hier verschwinden, das war klar. Und dennoch lief sie auf das Zentrum des Chaos zu. Der Mann, den sie auf dem Boden liegen sah, war der Kommandant, und sie musste wissen, ob er tot war.

In der Nähe des Gebäudes war der Rauch noch dichter und die Hitze des Feuers unerträglich. Sarah kam neben dem *Boche* an und betrachtete ihn, wagte aber nicht, ihn zu berühren: Tatsächlich, es handelte sich um Georg von Bergheim, und er war tot.

Sie war hierhergekommen, um Deutsche umzubringen. Jetzt konnte sie beruhigt sein. Sarah drehte sich um und wollte weggehen.

Aber sie hatte noch keinen Schritt gemacht, als sie meinte, zwischen dem Brüllen des Feuers ein Stöhnen auszumachen. Sofort drehte sie sich wieder um.

»O Gott, er bewegt sich…«

Am liebsten hätte sie geweint, als sie sich neben den Kommandanten kniete. Sie hörte ihn stöhnen und nach Atem ringen. »Er lebt.«

Doch sie war hergekommen, um Deutsche zu töten.

Eine bedrohliche Feuerzunge näherte sich dem Rinnsal aus Benzin, das aus dem Motor lief. Ohne darüber nachzudenken, packte Sarah von Bergheim unter den Achseln und wollte ihn wegziehen. Sie musste ihn von dort wegbringen, ehe das Auto explodierte. Doch sosehr sie auch zog, es gelang ihr kaum, ihn von der Stelle zu bekommen, weil er zu schwer war. Sie legte den Mantel ab, um sich selbst besser bewegen zu können, und versuchte es erneut mit aller Kraft. Ihre schwitzenden Hände glitten an den Armen des Kommandanten ab, und der aufgeplatzte Asphalt und die Glassplitter bohrten sich in ihre Fußsohlen, doch Sarah gab nicht auf. Sie zog und zerrte an ihm, inmitten des schwarzen Rauchs und des sengenden Feuers, inmitten der heulenden Sirenen und der brausenden Flammen, inmitten des Chaos und der Zerstörung, Zentimeter für Zentimeter, Schritt für Schritt, bis zu einer schützenden Mauer.

Genau dann explodierte das Auto, und erneut dröhnte alles durch die Erschütterung. Auch Sarahs Rücken, denn sie hatte sich über Georg von Bergheim geworfen, um ihn mit ihrem Körper zu schützen. Das hatte sie ganz instinktiv getan, als sie die Explosion gehört hatte.

»Ich kann nicht atmen…« Georg sprach mühsam mit kaum vernehmbarer Stimme, doch Sarah war ihm so nahe, dass sie ihn verstanden hatte. Sie öffnete seine Uniformjacke und den Hemdkragen. Dann hob sie ihn etwas hoch und legte seinen Kopf auf ihren Knien ab. Georg schnappte gierig nach Luft, doch seine

Lunge reagierte nicht. Verängstigt sah Sarah auf seinen aufgerissenen Mund und dachte schon, dass er hier in ihrem Schoß sterben würde.

In der Straße tauchten die ersten Leute auf, die den Verwundeten zu Hilfe eilen wollten. Es waren die Angestellten der umliegenden Gebäude, denn die Rettungswagen waren noch immer nicht eingetroffen.

Sarah rief: »Bitte! Helfen Sie mir! Kann mir jemand helfen?«

Es kam ihr so vor, als wäre ihr Rufen in diesem ganzen Durcheinander nur ein Flüstern. Die Leute gingen an ihr vorbei, als würden sie sie gar nicht sehen.

»Hilfe! Bitte!«

Endlich kam ein junger Mann zu ihr. »Geht es Ihnen gut, Fräulein?«

»Ja, ja. Aber dieser Mann ist schwer verletzt.«

Georgs Atmung schien immer flacher und beschwerlicher zu werden. Mit einer großen Anstrengung gelang es ihm, sich aufzurichten, obwohl Sarah versuchte, ihn davon abzuhalten. Und plötzlich sah er Sarah direkt in die Augen.

»Sa-Sarah?« Er war nur ein Murmeln, denn er konnte kaum sprechen. Und er konnte nicht glauben, was seine Augen da sahen.

Sarah bekam es mit der Angst zu tun, erst recht, als sie feststellte, dass von Bergheim aufstehen und sie zurückhalten wollte.

Schließlich gelang es ihr, sich zu befreien und selbst aufzustehen.

»Was sagt er?«, fragte der Mann, der ihr zu Hilfe geeilt war.

»Ich-ich weiß nicht. Bitte, Sie müssen ihm helfen«, flehte sie ihn an, bereit zu verschwinden.

Georg drehte sich zurück auf den Boden und wiederholte ihren Namen in einem rauen, unverständlichen Murmeln.

»Mir geht es gut, machen Sie sich keine Sorgen. Helfen Sie ihm, bitte.«

Jetzt, ja. Jetzt war der Moment zu fliehen, jetzt konnte sie es nicht weiter hinauszögern.

»Aber, hören Sie …!«

Sie hörte den jungen Mann hinter sich rufen, als sie flüchtete. Es waren immer mehr Leute auf der Straße, und es kam zu ersten Panikattacken: Leute, die kopflos herumliefen und hysterisch schrien oder weinten. Sarah versuchte, sich in dem Rauch und Durcheinander zurechtzufinden. Sie musste die Avenue Foch verlassen und von dort in den Bois de Boulogne gelangen, also nutzte sie die Gelegenheit und schloss sich einer Gruppe von Leuten an, die in diese Richtung rannten. Die Pfiffe und Sirenen wurden immer zahlreicher, und die Feldgendarmerie würde die Zone in Kürze abriegeln, dachte sie beklommen.

Schon bald machte sie in dem Tumult ein Motorrad aus, das mit hoher Geschwindigkeit angefahren kam. Das war nicht möglich … »Jacob!« Ihr Herz machte einen Satz, als sie ihn sah. Sie verließ die Gruppe und lief auf ihn zu. Ihr Freund musste sie auch gesehen haben, denn er hielt auf sie zu.

»Verdammt noch mal, wo zum Teufel hast du gesteckt, Sarah? Ich musste die beiden Wachposten umbringen, damit ich dich hier rausholen kann!«, rief er ihr wütend zu, als er auf ihrer Höhe ankam.

Sarah sah ihn einfach nur an, ohne zu antworten, sie war völlig erschöpft.

»Komm schon, Kleine, steig auf! Die Militärpolizei riegelt hier gleich alles ab, dann fangen sie uns wie Ratten.«

Sarah gehorchte. Sie stieg auf das Motorrad, hielt sich an ihm fest, schloss die Augen und begann hemmungslos zu schluchzen. Jacob beschleunigte und fuhr mit Höchstgeschwindigkeit in den Bois de Boulogne.

Januar 1943

Als Vergeltungsmaßnahme gegen die Angriffe des Widerstands richten die Deutschen französische Geiseln hin. Viele dieser Hinrichtungen finden in Mont Valérien statt, einer Festungsanlage im Westen von Paris, die während der Naziinvasion als Gefängnis dient. In den nahe gelegenen Wäldern von Mont Valérien werden zwischen 1940 und 1944 bis zu 863 Gefangene erschossen.

Kriminalkommissar Hauser ließ sich nicht dazu herab, sich von seinem Sitz zu erheben, als Georg sein Büro betrat. Georg überraschte das nicht. Von einem so dummen und eingebildeten Kerl konnte man nichts anderes erwarten.

»Heil Hitler!«, rief Hauser, den rechten Arm zum Gruß ausgestreckt.

Georg antwortete ihm mit dem traditionellen militärischen Gruß in der Überzeugung, dass diese Geste Hauser, der ein fanatischer Nazi war, kränken würde. Er hatte nichts gegen Nazis, tatsächlich war er sogar einer von ihnen, aber er ertrug keine Fanatiker.

»Nehmen Sie bitte Platz, Sturmbannführer. Es freut mich, Sie nach dem entsetzlichen Attentat, dem auch Sie zum Opfer gefallen sind, wieder völlig hergestellt zu sehen. Bedauerlich, dass nicht alle Opfer so viel Glück hatten …«

Lungenkontusion, eine gebrochene Rippe, ein paar Schnitte

und Verbrennungen. Nur ein paar Tage im Krankenhaus. Und dennoch hatte Georg sich noch nie zuvor dem Tod so nahe gefühlt. Tatsächlich könnte er jetzt sogar tot sein, wäre da nicht jene Frau gewesen, Sarah Bauer ... Sarah. War es möglich, dass er eine Fata Morgana gesehen hatte? Ein Delirium seines traumatisierten Gehirns? Georg verneinte dies für sich. Er wollte glauben, dass dem nicht so war, dass sie in Paris war und ihn aus den Flammen gerettet hatte, wie ein Schutzengel inmitten der Apokalypse ...

»Es wird Sie freuen zu hören, dass noch gestern bei Mont Valérien als Vergeltungsmaßnahme für diese brutale Aktion 120 Geiseln hingerichtet worden sind. Zwanzig verfluchte Franzosen für jeden ermordeten Deutschen«, freute Hauser sich.

»Ich hatte gedacht, letztes Jahr sei entschieden worden, keine Geiseln mehr hinzurichten ...«, erwiderte von Bergheim. Und so war es auch, die deutschen Behörden waren zu der Schlussfolgerung gekommen, dass die Hinrichtungen bei der Bevölkerung mehr Ablehnung als Furcht hervorriefen. Das war keine gute Propaganda für das Reich.

Verächtlich winkte Hauser ab. »Ach, das hier war ein Sonderfall. Ein Attentat auf das Herzstück der Gestapo zu verüben darf nicht ungestraft bleiben. Wir können nicht zulassen, dass das französische Volk durch ein paar widerwärtige Rebellen, hauptsächlich Juden und Marxisten, die der Aussatz des eigentlichen Frankreichs sind, stärker wird. Man muss diesen Froschfressern zeigen, dass Deutschland immer die Oberhand behält: Deutschland siegt an allen Fronten!«, trug Hauser den abgegriffensten Leitspruch der Nazipropaganda pompös vor. Dann sah er Georg aus halb zusammengekniffenen Augen an. »Oder sind Sie anderer Meinung, Sturmbannführer von Bergheim?«

»Wie könnte ich, Hauptsturmführer? Mein Blut hat seinen Preis«, antwortete Georg in einem so anmaßenden Ton, wie er seiner mit Abzeichen dekorierten Uniformjacke entsprach. Eines der Dinge, die Georg an Leuten wie Hauser am meisten missfiel, war, dass sie seine schlimmste Seite ans Licht brachten, wie in diesem Fall seine Anmaßung.

»Ja. Natürlich. Aber zurück zur Sache: Was führt Sie erneut zu mir?«

Insgeheim sagte sich Georg, dass das Pech ihn wieder hierhergeführt hatte. Tatsächlich war er zuvor bei der Gestapo in der Avenue Foch gewesen, doch dort hatte man ihm gesagt, für den Fall, dass sich die Frau, die er suchte, in Paris befinde, falle die Angelegenheit unter die Zuständigkeit der Rue de Saussaies. Das hatte er bereits befürchtet. »Ich bin auf der Suche nach einer Frau.«

»Jüdin, nehme ich an«, bemerkte Hauser, um ihn daran zu erinnern, dass nur Juden zu seinem Spezialgebiet gehörten.

Doch Georg wollte ihm nicht so leicht Genugtuung verschaffen. »Das weiß ich nicht genau. Alles hängt davon ab, ob sie sich auf Ihren Listen befindet oder nicht.«

»Nun, die Dinge sind leider nicht so einfach. Nicht alle Juden haben die gute Angewohnheit, sich bei uns zu melden, um in unsere Verzeichnisse aufgenommen zu werden. Wie heißt die Frau denn?«

»Sarah Bauer.« Der Name kam ihm nur widerstrebend über die Lippen.

Der Kriminalkommissar lächelte. »Mein lieber Sturmbannführer, Ihnen müsste in der Zwischenzeit geläufig sein, dass alle Frauen mit Namen Sarah Jüdinnen sind!«

»Schon möglich. Für meine Arbeit ziehe ich es allerdings vor, mich auf Tatsachen und nicht auf Statistiken zu berufen. Wie auch immer, ich benötige Ihre Hilfe, um sie zu finden. Wenn sie in Ihren Verzeichnissen auftaucht, wäre es für alle einfacher, und wenn nicht … Dann bin ich überzeugt, dass die Gestapo weiß, wie man in einem solchen Fall vorzugehen hat.«

Georg würde noch verrückt, wenn dieses zynische und unverschämte Grinsen nicht endlich aus Hausers Gesicht verschwand.

»Gut, aber wenn Sie die Hilfe der Gestapo benötigen, dann muss die Gestapo wissen, aus welchem Grund Sie diese Frau suchen, um abwägen zu können, wie wir unsere Mittel, die, wie Sie wissen, in den besetzten Gebieten schrecklich begrenzt sind, einsetzen sollen.«

In stillem Triumph schob Georg den Sonderauftrag Himmler über den Schreibtisch, das Beglaubigungsschreiben, das ihm unbeschränkte Vollmacht übertrug, um unter der Schirmherrschaft des Reichsführers zu agieren. Auf diesen Moment hatte er seit seinem unglückseligen Zusammentreffen mit Hauser gewartet. »Ich bedauere, Hauptsturmführer, aber mehr Informationen darf ich Ihnen leider nicht zukommen lassen. Streng geheim.«

Zu Georgs großer Freude musste Hauser seine Arroganz hinunterschlucken. Doch ein Schurke ist umso gefährlicher, je bedrohter er sich fühlt.

»Wenn wir diese … gewisse …«, Hauser warf einen Blick in seine Notizen, »Sarah Bauer ausfindig machen, müssen wir sie festnehmen und befragen.«

»Festnehmen, ja; befragen, nein. Das ist meine Angelegenheit.«

»Dass diese Angelegenheit die Ihre ist, haben Sie deutlich gemacht. Doch Sie sollten daran denken, dass der Gestapo Experten angehören, die bei Befragungen wirklich alles herausbekommen, was herauszubekommen ist.«

Natürlich dachte Georg daran. Er hatte den Bericht der Befragung von Alfred Bauer gelesen. Deshalb war er ja so fest entschlossen zu verhindern, dass die Gestapo das Gleiche mit diesem Mädchen machte. »Da bin ich mir sicher. Dennoch ziehe ich es vor, mich selbst darum zu kümmern, da ich derjenige bin, der sich vor Reichsführer SS Himmler verantworten muss.«

»Verstehe … Dessen ungeachtet können Sie nicht beanspruchen, dass wir besagte Frau keiner Befragung unterziehen, wenn wir sie ausfindig machen und sie für die Ziele der Gestapo von Interesse ist.«

Georg riss nun endgültig der Geduldsfaden. Er stand auf und beugte sich über Hausers Schreibtisch. »Tatsächlich beanspruche ich das nicht nur, Hauptsturmführer, ich verlange es. Mehr noch, ich warne Sie: Sollte einer Ihrer Agenten Hand an meine Gefangene legen, werden Sie sich vor dem Reichsführer dafür verantworten müssen, weil Sie eine Ermittlung, die ihm direkt untersteht, behindert haben. Beschränken Sie sich darauf, Sarah Bauer festzunehmen, und benachrichtigen Sie mich, sobald es so weit ist, was, wie ich hoffe, in Kürze der Fall sein wird.«

Georg kochte vor Wut, als er feststellte, dass es seinen scharfen Worten weder gelungen war, Hauser einzuschüchtern, noch dessen Grinsen verschwinden zu lassen.

Zuletzt war Georg derjenige, der sich mit dem Hitlergruß verabschiedete, denn auf diese Weise konnte er seine Wut laut stampfend und brüllend loswerden:

»Heil Hitler!«

Der Angriff auf das Hauptquartier der Gestapo war ein voller Erfolg für die Widerstandskämpfer. An diesem Tag wurde in der Werkstatt der *Bewaffneten Widerstandsgruppe Elsass* gefeiert. Sarah wurde mit Jubelrufen empfangen. Mit einem Mal war aus der Botengängerin eine Heldin geworden, die von allen respektiert wurde. Sarah Bauer hatte sich den Titel Genossin Esmeralda verdient.

Selbst Trotsky war, nachdem er sich von seiner Grippe erholt und von der Heldentat erfahren hatte, stolz auf sie gewesen und hatte eine ganze Weile mit ihr über den Verlauf der Operation geplaudert. Nicht nur hatte Sarah Trotskys Ruf bei den anderen Widerstandsgruppen gerettet, sie hatte ihn vergrößert, sodass der junge Kommunist die Glückwünsche und Anerkennung vieler anderer Anführer des Widerstands erhielt. Die Heldentat der kleinen Gruppe von Paris machte in ganz Frankreich die Runde. Und Trotskys schönste Belohnung war, als Joseph Epstein, der Anführer der *Francs-Tireurs et Partisans*, ihn persönlich dazu beglückwünschte.

Auch Jacob schien beeindruckt, wenngleich auf seine Art. »Glückwunsch, Sarah. Du hast gute Arbeit geleistet. Ich muss zugeben, dass ich mich in dir getäuscht habe«, räumte er ein, als sie bei der Werkstatt ankamen und noch ehe er vom Motorrad stieg.

Tatsächlich war er ebenso beeindruckt wie beängstigt darüber, wozu Sarah in der Lage war. Jacob hatte sie schon immer bewundert: Als kleiner Junge beobachtete er sie heimlich, wenn sie mit ihren Geschwistern im Garten der Bauer-Villa spielte. Oder wenn er das Pferd führte, auf dem sie reiten lernte. Wenn sie mit ihrer weißen Schürze und ihren ordentlichen Zöpfen, beladen mit Büchern und umschwärmt von einem Haufen kleiner Jungen von der Schule kam. Er bewunderte sie am Sabbat, wenn sie aus der Synagoge kam, ihre schönsten Kleider trug und immer noch von kleinen Jungen umgeben war. Ganz besonders bewunderte er sie, wenn sie gemeinsam durch die Straßen von Paris schlenderten und er sich wie ihr Ritter vorkam. Jetzt fürchtete Jacob, sie könnte zu selbstständig geworden sein und ihn nicht mehr brauchen oder nicht länger zulassen, dass er bei ihr war und sie bewunderte.

Was sie betraf, so hatte sich Sarah nach dem Feiern, den Lobreden und Schmeicheleien in eine Ecke zurückgezogen, um ihre Wunden zu versorgen, zumindest ihre sichtbaren. Sie fühlte sich stärker, selbstsicherer, stolzer und traute sich auf einmal alles Mögliche zu. Doch jede Nacht träumte sie von dem lächelnden Gesicht des jungen Soldaten Johannes Friedl und wachte am nächsten Morgen auf, als wäre sie über Nacht um ein Jahr gealtert.

Sie erzählte niemandem von ihrer Begegnung mit Georg von Bergheim und schon gar nicht Jacob. Wenn er herausgefunden hätte, dass sie sich verspätet hatte, weil sie einem *Boche* das Leben gerettet hatte, wäre er vor Wut ausgerastet. Sie fragte sich selbst, warum sie es getan hatte. Und weil sie keine befriedigende Antwort darauf fand, überzeugte sie sich schließlich davon, dass Georg von Bergheim eben am Leben bleiben musste, weil er der Einzige war, der etwas über den Aufenthaltsort ihrer Familie wusste.

Wenige Tage nach dem Attentat hatten Trotsky und Jacob eine heftige Diskussion in der Werkstatt. Sie brüllten so laut, dass alle über den Grund ihrer Auseinandersetzung Bescheid wussten. Die Deutschen hatten als Vergeltungsmaßnahme auf den Anschlag gegen die Gestapo einige Geiseln hingerichtet. Jacob war der Überzeugung, dass sie einen neuen bewaffneten Angriff, der so brutale Reaktionen hervorrief, gut abwägen sollten, und hielt es für besser, sich auf Sabotage- und Propagandaaktivitäten zu konzentrieren. Trotsky hingegen, beflügelt von seinem plötzlichen Popularitätsanstieg, wandte ein, dass die Ermordung der Geiseln ihr weiteres Vorgehen und ihre Aktivitäten nicht einschränken dürfe, dass manchmal einige wenige zugunsten vieler anderer geopfert werden müssten und dass sie selbst stets bereit seien, ihr Leben für die Freiheit und die Ideale zu opfern.

Wie bei den meisten Diskussionen gab es keinen eindeutigen Gewinner. Doch seitdem war die Stimmung in der Werkstatt bedrückt. Und ohne dass jemand es beabsichtigt hätte, bildeten sich zwei Gruppen, und jede hatte ihre Anhänger.

Allein schaffe ich es nicht

Konrad flippte für gewöhnlich nicht aus, er war zu elegant dafür. Außerdem war seine fürchterlichste Waffe seine Frostigkeit, mit der er seine Opfer erstarren lassen konnte. Deshalb brauste er nicht auf, als ich ihm am Telefon erzählte, was mir in Alains Wohnung widerfahren war. Er stieß bloß in eisigem Tonfall die Worte aus: »Besser für ihn, wenn er nie wieder in deine Nähe kommt.«

»Komm zu mir nach Paris«, bat ich ihn. »Hilf mir bei den Nachforschungen. Allein schaffe ich es nicht …«

In Konrads Stimme schwang ein liebevoller und zugleich herablassender Ton mit. »Du weißt, dass ich das nicht kann. Aber ich bin mir sicher, dass du mich trotz all dieser Widrigkeiten nicht enttäuschen wirst.«

Das wollte ich auch nicht, wirklich nicht. Ganz besonders, wo ich dem *Astrologen* etwas näher gekommen war. Doch ich stand vor einer undurchdringlichen Mauer: der Mauer meiner eigenen Erschöpfung. Ich war es leid, E-Mails zu verschicken und bei sämtlichen Archiven in halb Europa und in den USA anzurufen, ohne jemals auf das Delmedigo-Dossier zu stoßen.

Offensichtlich machte ich etwas falsch, ganz eindeutig, doch ich wusste nicht, was. Wahrscheinlich lag es daran, dass ich mich auf der Suche nach der sprichwörtlichen Nadel im Heuhaufen befand, also auf der Suche nach einem Dokument, von dem ich weder wusste, wer es verfasst hatte, noch, woher es stammte oder, was es beinhaltete.

Mittlerweile wünschte ich mir bloß noch, von hier fortzukommen. Madrid fehlte mir, meine Wohnung, meine Arbeit im Museum, das Verwöhntwerden von Teo, Tonis Essen und das Essen freitagabends mit Konrad im *Arome*. Ich vermisste sogar die sonntäglichen Diskussionen mit meiner Mutter. Mir fehlte mein Leben, und ich wollte es zurückhaben.

Deshalb fasste ich, als am nächsten Tag der Wecker klingelte und allein der Gedanke aufzustehen, um mich einem neuen einsamen Tag in Paris zu stellen, mir unerträglich schien, einen Entschluss: Der Moment war gekommen, mit alldem aufzuhören, bevor ich in eine tiefe Depression fiel, wenn ich nicht ohnehin längst mitten in einer Depression steckte.

»Konrad, ich muss zurück nach Madrid. Ich halte es hier keine Minute länger aus. Ich ertrag es einfach nicht …«, beichtete ich ihm am Telefon und versuchte meine Tränen herunterzuschlucken, weil ich wusste, wie sehr ihm das missfallen würde. Ich hielt die Luft an, weil ich fürchtete, er könnte mir meine Schwäche vorwerfen und beschließen, mich deswegen zu verlassen.

»Na gut, meine Süße. Aber ich bitte dich, nur noch ein paar Tage zu bleiben. Am Freitag komme ich zu dir nach Paris, wir organisieren dort eine Party, um eine neue Handy-Linie zu präsentieren, und ich möchte, dass du mich begleitest.«

»Wenn es das ist, was du willst …«

»Geh einkaufen. Lass dich in einem Spa verwöhnen – ich sage meiner Sekretärin, dass sie im Dior-Institut im Hotel Plaza Athénée einen Termin für dich vereinbaren soll. Ich möchte, dass du blendend aussiehst. Und ich verspreche dir, dass wir am Sonntag zusammen nach Madrid zurückfahren, wenn es das ist, was du willst.«

Entmutigt legte ich auf. Manchmal hörte Konrad einfach nur meine Worte, aber nicht, was ich wirklich sagte. Aber ich hielt ihm das nicht zu sehr vor, denn er hatte sehr entgegenkommend auf meine Resignation reagiert.

Wenn ich mich darauf einlasse, dann nur mit dir

Konrad war ein Gesellschaftstier: Er genoss es, unter Menschen zu sein – natürlich unter denen, die er sich ausgesucht hatte. Um sich mit seinesgleichen zu umgeben, organisierte er Abendveranstaltungen, Partys, Ausstellungen, Aufführungen … alle erdenklichen künstlerischen Events. Konrad vereinte die Fähigkeit zur Organisation – typisch für Deutsche – perfekt mit seiner Neigung zu ständigem Feiern – typisch für Spanier.

Und wie für ihn üblich, hatte er sich auch in die Organisation dieser Party persönlich eingebracht: eine spektakuläre Präsentation einer neuen Handy-Linie, entworfen von einigen der anerkanntesten und populärsten Künstler dieser Tage. Mehrere Architekten, Maler, Bildhauer und sogar ein Entwickler für Formel-1-Rennwagen hatten sich den Spaß gemacht und Geräte entworfen, in die eine von Konrads Firmen viel Geld gesteckt hatte. Und als ob das nicht genügte, bot ein Telefonanbieter, der ebenfalls in seinem Besitz war, diese Geräte exklusiv seinen VIP-Kunden an. So schloss sich der Kreis.

Gegen acht Uhr abends, wenn die Museen normalerweise schlafen und ihre Galerien dunkel und still daliegen, hatte Konrad wie ein in ihren Mauern versteckter Geist, der nur auf den Einbruch der Nacht wartet, um mit seinem Treiben zu beginnen, die Südgalerie des Musée des Beaux-Arts von Paris violett erleuchten lassen und mit Blumen, Musik und Menschen gefüllt.

Das *Musée des Beaux-Arts* befindet sich in Paris im Petit Palais, einem beeindruckenden Gebäude von 1900 zwischen den Champs-Élysées und der Seine. Es handelte sich wirklich um einen spektakulären Rahmen. Konrad hatte dort die Schirmherrschaft über eine Fotoausstellung mit dem Titel *Die Musen des Kinos* übernommen und stellte im selben Saal, zusammen mit wunderschönen Schwarzweißfotos aus der Blütezeit Hollywoods, die neuesten Spielereien des Mobilfunks aus. Die Inszenierung verblüffte alle Gäste: die Art, wie die Beleuchtung bald die Fotos, bald die Handys in den Mittelpunkt stellte, die riesigen Fenster der Galerie, die zum dezent beleuchteten Garten hin geöffnet waren, die Gruppe Loungemusiker im Pavillon am Ende der Galerie und ihre aufsehenerregende schwarze Sängerin mit der angenehmen Stimme… Sogar die Tische des Partyservice waren das reinste Fest für die Sinne – und das nicht nur für den Geschmackssinn, sondern auch für die Augen, mit all den schwarzen Orchideen auf silberfarbenen Tischdecken.

Letztendlich bereute ich es kein bisschen, gezwungenermaßen bei dieser außergewöhnlichen Party zu sein.

Als ich die Garderobe verließ, umarmte mich jemand von hinten und fing an, zu einem Lied von Frank Sinatra mit mir zu tanzen. Es war einfach zu erraten, wer das war, zu lachen, den Kopf auf seine Schulter zu legen und mich mitreißen zu lassen.

Lovely… Never, ever change.
Keep that breathless charm.
Won't you please arrange it?
'cause I love you… Just the way you look tonight.

Teo hörte auf zu singen und schob mich ein Stück von sich weg, um mich genau anzusehen. »Bei allen heterosexuellen Ikonen, Liebes, du bist göttlich! Absolut beeindruckend!«

»Das ist doch nur das Kleid…«, sagte ich mit ebenso falscher wie verführerischer Bescheidenheit.

Tatsächlich hatte Konrad ein wunderbares Kleid für mich ausgesucht, das wie angegossen passte: schwarze gekreppte Seide mit einem schwindelerregenden Ausschnitt im Rücken, perfekt abgestimmt auf die Inszenierung dieser Veranstaltung, die Hollywood zu Ehren gereicht hätte. Am auffälligsten war jedoch das Halsband, das mit Brillanten besetzt war, die wie Sterne auf meinem nachtschwarzen Kleid funkelten. Nichts hätte einfacher und zugleich vielseitiger sein können.

»Quatsch, Schätzchen! Armani ist ein Meister, aber kein Gott – noch nicht! Er kann Kunstwerke vollbringen, aber keine Wunder. Na ja, diese Klunker tragen natürlich auch ihren Teil dazu bei …«

Ohne weitere Vorreden oder Schmeicheleien umarmte ich den in zahllosen Fitnessstunden gestählten Oberkörper meines Freundes. »Weißt du was? Du siehst auch verdammt gut aus.«

»Das weiß ich.« Natürlich wusste er das. Teo sah im Smoking einwandfrei aus: wie ein Liebhaber aus der Werbung. Wieder einmal dachte ich daran, was für einen traurigen Verlust seine Homosexualität für die Frauen doch bedeutete.

»Ich hatte keine Ahnung, dass du kommst«, gestand ich.

»Aber sicher doch, Liebes. Ich bin einer der Fotografen der dazugehörigen Werbekampagne. Um nichts auf der Welt würde ich mir diese Riesenparty entgehen lassen!«

»Ich habe dich vermisst … Sag, ist zu Hause alles in Ordnung? Habt ihr gut auf meine Wohnung aufgepasst?«

»Mehr als nur gut. Toni gießt jeden Tag die Pflanzen auf deiner Terrasse, etwas, was du übrigens selbst nicht machst. Er hat es sogar geschafft, die ausgezehrten Orchideen wieder zum Blühen zu bringen, die bei dir in der Ecke im Gang stehen.«

»Toni hat einfach ein Händchen für Pflanzen.«

»Ja, aber nicht nur für Pflanzen«, fügte Teo stolz und zugleich schelmisch hinzu. »Aber du … du bist genauso welk wie deine Orchideen. Du wirkst so traurig und antriebslos.«

Ich löste mich aus seiner Umarmung.

»Sieh dich an – du trägst Armani und einen Haufen hochkarätiger Diamanten um den Hals! Keine Frau, die ihren Verstand beieinanderhat, wäre da traurig!«

Wie um zu zeigen, dass ich meinen Verstand tatsächlich nicht mehr beieinanderhatte, lächelte ich ihn traurig an und wich seinem vorwurfsvollen Blick aus. »Mit alldem ist jetzt Schluss, Teo. Morgen fahre ich zurück nach Madrid.«

»Gut, das ist doch das, was du willst, oder?«

Ich zuckte mit den Schultern. »Vielleicht ja … vielleicht aber auch nicht.«

»Also ehrlich, wie kann man nur so unschlüssig sein?«

»Ich würde gerne weitermachen. Aber allein schaffe ich es einfach nicht. Und dann noch diese Geschichte mit Doktor Arnoux … Jetzt habe ich nicht mal mehr ihn als Verbündeten …«

»Schätzchen, es ist nicht gut, wenn du vor meinen Gästen andere Männer umarmst.« Konrad kam mit der offensichtlichen Absicht, unser Idyll zu beenden.

»Ach Konrad, wie witzig! Du weißt doch, dass ich nicht zu den Männern gehöre, die …«

»Ich weiß es, aber die anderen nicht. Das ist einfach eine Imagefrage, Teo. Tut mir leid, aber jetzt muss sie mit mir mitkommen.« Konrad fasste mich an der Hüfte. »Ich möchte, dass du jemanden kennenlernst, meine Süße.«

»Ist ja gut, lasst mich nur allein, auf mich kommt es schließlich nicht an«, sagte Teo pathetisch. »Ich meine, Jean Paul Gaultier hier irgendwo gesehen zu haben. Ich werde ihm mal meine Anerkennung aussprechen.« Und damit verschwand er kess zwischen den Leuten.

»Ich habe Jean Paul Gaultier nicht eingeladen«, versicherte Konrad, als Teo gegangen war.

Wir brauchten eine ganze Weile, um die Galerie zu durchqueren, bei jedem zweiten Schritt wurde Konrad von jemandem angesprochen. Schließlich kamen wir vor einem riesigen Foto an, das eine Großaufnahme von Gildas Hüfte zeigte, auf der eine ihrer Hände ruhte, die elegant eine Zigarette hielt.

Konrad trat auf einen Mann zu, der uns den Rücken zukehrte und in die Betrachtung des Fotos vertieft war. Als er sich umdrehte, brauchte ich einen Moment, bis ich ihn erkannte. Und dann weigerte ich mich zu glauben, was ich sah.

»Ana, ich möchte dir Doktor Alain Arnoux von der Sorbonne vorstellen.«

Ich hatte mich nicht getäuscht. Er war es. Auch wenn er völlig verändert aussah im Vergleich zu unserer letzten Begegnung, bei der ich ihn in so jämmerlichem Zustand vorgefunden hatte. Jetzt war er sorgfältig rasiert, die Haare waren etwas gekürzt, und er war tadellos mit einem Smoking ohne Fliege und einer sehr persönlichen Note gekleidet: Um den Hals trug er ein schwarzes Bändchen mit einem Skarabäus, dem ägyptischen Symbol für Glück.

Die Situation war derart absurd, dass ich nicht wusste, wie ich reagieren sollte. Zunächst einmal ignorierte ich Alains Anwesenheit also ganz einfach. »Konrad, du weißt ganz genau, dass wir uns bereits kennen.« Ich zwang mich zu einem Lächeln.

»Komm schon, meine Süße, das ist nur ein kleiner Scherz. Wir wollten dich überraschen.« Konrad hingegen war vergnügt und entspannt.

»Hallo, Ana«, sagte Alain schließlich feierlich.

»Hallo, Alain«, antwortete ich kühl.

»Ich habe mit Doktor Arnoux gesprochen, und wir sind uns einig, dass du mit deinen Nachforschungen schon sehr weit fortgeschritten bist und es sehr bedauerlich wäre, wenn du jetzt aufgeben würdest. Doktor Arnoux hat beschlossen, mit uns zusammenzuarbeiten«, sagte Konrad hierauf.

Ich zog es vor, würdevoll zu schweigen. Ich wusste auch nicht, was ich hätte sagen sollen. Alain schien es ähnlich zu gehen.

Konrad wandte sich an einen der Kellner, die mit Tabletts voller Getränke herumliefen, und nahm drei Gläser mit Champagner. »Darauf trinken wir«, verkündete er, während er die Gläser verteilte. Konrad erhob das Glas. »Auf zukünftige Erfolge! *Santé!*«

Dieser Toast war einer der angespanntesten meines Lebens, nur damit vergleichbar, als mein Vater an meinem Geburtstag mit Konrad anstieß und meine Mutter gleichzeitig fragte, wann denn nun die Hochzeit sein würde.

Ausgerechnet in diesem Moment kam einer von Konrads Assistenten und flüsterte ihm etwas ins Ohr.

»Ihr müsst mich entschuldigen, aber es ist an der Zeit für meine Rede«, erklärte er daraufhin.

Konrad tätschelte Alains Schulter und küsste mich auf die Wange. »Ich bin gleich wieder bei euch«, versprach er, ehe er uns verließ und zum Podium ging.

Die Musik verstummte, und nach und nach hörten auch die Unterhaltungen auf. Ein Scheinwerfer beleuchtete Konrad auf dem Podium. Er stand hinter einem Rednerpult mit dem Logo seiner Mobiltelefonfirma. Er sah aus wie ein Moderator bei der Oscarverleihung.

Plötzlich wollte ich nur noch von hier verschwinden. Konrad verbreitete Vertrauen, Sicherheit und Enthusiasmus, doch aus irgendeinem Grund machte es mich sehr nervös, ihn dort stehen und öffentlich sprechen zu sehen. Außerdem mochte ich es nicht, Alain an meiner Seite zu haben wie eine stumme Eskorte, während der andere da oben auf dem Podium stand.

»Wenn du mich bitte entschuldigst …«, wandte ich mich höflich an ihn. »Ich gehe mal eben in den Garten.«

Ich lief los, ehe er etwas erwidern konnte, doch auch so konnte ich hören, wie er hinter mir sagte: »Ich begleite dich.«

Ich bahnte mir einen Weg durch die Leute, als hätte ich ihn nicht gehört. Ich wollte nicht von ihm begleitet werden, konnte ihm aber auch nicht verbieten, es zu tun.

Der Petit Palais hat einen schönen halbrunden Innengarten, umgeben von einem Säulengang aus dicken Granitsäulen. Ich lehnte mich an eine dieser Säulen und betrachtete den Garten, der wunderschön erleuchtet war. Von innen drang das Raunen von Konrads Rede nach draußen.

Nachdem ich eine Weile reglos und schweigend dagestanden hatte, beschloss ich, Alain, der sich neben mich gestellt hatte, nicht länger zu ignorieren. »Was machst du hier?«, fragte ich, ohne ihn anzusehen.

»Ich begleite dich beim Frische-Luft-Schnappen.«

»Du weißt, was ich meine.«

»Herr Köller hat mich vor einigen Tagen kontaktiert und mich gebeten, bei den Nachforschungen zu helfen.«

Ich stieß ein sarkastisches Lachen aus. »Da muss dir Herr Köller aber viel Geld vor die Nase gehalten haben, damit du akzeptiert hast, was du mir auf so unschöne Weise abgeschlagen hast.«

»Ich habe mit Herrn Köller bislang nicht über Geld gesprochen …«

»Dann verstehe ich wirklich nicht, was du hier machst … und hör verdammt noch mal auf, ihn Herr Köller zu nennen! Du weißt, dass er … mein Partner ist oder wie auch immer man das nennt, wenn man mit einem Typen zusammen und über dreißig ist.«

Er schwieg.

»Was hat er dir erzählt?«

»Er hat mir verraten, wonach ihr wirklich sucht. Er hat mir von dem *Astrologen* erzählt …«

Ich schnaubte empört.

»Ana, du hast natürlich jedes Recht, sauer zu sein …«

»Ich bin nicht sauer.«

Alain sah mich an. Meine Lüge war so offensichtlich, dass sich jedes Wort erübrigte. Schließlich fuhr ich fort:

»Ja, doch, ich bin sauer. Aber ich kann trotzdem sehr gut unterscheiden, ob ich auf Konrad oder auf dich böse bin. Ich wollte dich nie anlügen. Wenn ich das getan habe, dann, weil er mich darum gebeten hat. Und jetzt hat er … dieser Verräter … und du … du verschwindest, antwortest nicht auf meine Anrufe, und später dann … das.«

»Komm, lass uns ein paar Schritte durch den Garten gehen«, schlug Alain vor.

Ein Kiesweg führte zwischen Blumenbeeten mit Palmen, Bananenstauden und Yuccas hindurch. Wir gingen schweigend nebeneinanderher, und ich fühlte mich äußerst unwohl. Außerdem taten mir die Füße weh, die hohen Absätze brachten mich noch um.

Glücklicherweise war der Garten des Petit Palais klein, wir brauchten nicht lange, um am anderen Ende anzukommen, ganz in der Nähe eines leise plätschernden Brunnens.

»Ich ertrage diese Schuhe keine Minute länger«, bekannte ich, als ich sie unter Alains erstaunten Blicken auszog.

»Und außerdem ist dir kalt … Willst du wieder reingehen?«

»Nein, mir ist nicht kalt.«

Meine Lüge hätte nicht unverfrorener sein können, schließlich war mein Ausschnitt eine regelrechte Herausforderung für diese kühle Nacht. »Ich will nur diese verdammten Schuhe die nächsten zehn Minuten nicht wieder anziehen müssen. Andererseits möchte ich aber auch nicht barfuß über den Kies gehen – das pikst. Also bleibe ich am besten hier.«

Alain lächelte. Er zog sich das Jackett aus und legte es mir über die Schultern. »Dann zieh wenigstens das hier an …«

Als ich gerade widersprechen wollte, befreite er auch schon meine Haare, die zwischen Rücken und Jackett eingeklemmt waren.

»Nicht, dass deine Locken zerdrückt werden …«

»Danke.« Auf mein schlichtes, befangenes und leicht schroffes Danke folgte kein weiteres Wort. Alain stand neben mir, und beide taten wir jetzt, als würden wir den Himmel betrachten: eine schwarze, absurde Leere ohne Sterne, da Paris sie mit seiner Beleuchtung verschwinden ließ.

Das Schweigen lastete auf mir und machte mich nervös – wenn er mir nichts zu sagen hatte, dann konnte er auch gehen und mich allein lassen.

Irgendwann nahm ich wahr, dass Konrads Rede zu Ende war, denn die sanfte Stimme der Sängerin, die mit leicht französischem Akzent *Blue Velvet* vortrug, drang bis zu uns hier am anderen Ende des Gartens vor.

Alain gab ein Lebenszeichen in Form eines Seufzers von sich. Und dann fing er endlich an zu reden: »Ich wollte dich anrufen, wirklich, schon seit zwei Wochen … Aber ich hatte nicht den Mut dazu. Nicht nach dem, was passiert war. Ich habe mich viel zu sehr geschämt.«

»Deshalb bin ich nicht wütend … Du bist mir keine Rechenschaft schuldig. Mich stört nur, dass Konrad dich hier anschleppt und verkündet, dass du dich an den Nachforschungen beteiligen wirst. Sie sind nämlich zu Ende, Alain. Ich kehre morgen nach Madrid zurück … auch wenn er das nicht wahrhaben will. Also hat er offenbar einen Ersatz für mich beschafft.«

Alain schüttelte den Kopf. »Als ich mit Herrn Köller gesprochen habe, war mir keineswegs klar, dass du aufhören würdest. Ich bin nicht hier, um dich zu ersetzen, Ana, und auch nicht, um dich davon zu überzeugen, dass du weitermachen sollst. Aber wenn ich bei der Sache einsteige, dann nur mit dir. Wenn nicht, dann hat sich das hier erledigt. Du gehst zurück nach Madrid und ich in mein Büro an der Uni.«

»Es ist, wie ich es sage, Alain, ich möchte nur noch nach

Hause zurück und wieder mein eigenes Leben führen«, erwiderte ich. »Ich will diese ganze Angelegenheit ein für alle Mal vergessen.«

»Wenn es das ist, was du willst, dann werde ich dich nicht daran hindern. Ich habe dir schon gesagt, dass ich nicht deswegen hier bin. Ich bin gekommen, um zu erklären, was ich dir schon vor Tagen hätte erklären sollen.«

»Ich will nicht mehr darüber reden.« Das wollte ich wirklich nicht. Der Zwischenfall in der Wohnung war für uns beide peinlich genug. »Es war falsch, ohne Ankündigung bei dir aufzutauchen. Du hast ein Recht auf deine Privatsphäre, und ich hätte das respektieren sollen – das ist alles.«

Alain fuhr trotzdem zögernd fort: »Ein paar Tage, nachdem du nach Deutschland abgereist bist, hat meine Schwester bei mir angerufen …«

Ich war verblüfft, schließlich hatte ich gedacht, er würde zu einer Entschuldigung ansetzen.

»… sie hat mir mitgeteilt, dass mein Großvater gestorben sei.«

»Das tut mir leid …« Diese Floskel klang in diesem Augenblick so leer, dass ich besser gar nichts gesagt hätte.

»Na ja, er war neunzig. Irgendwann musste das ja passieren … Nichts Außergewöhnliches, abgesehen davon, dass ich schon seit Monaten nichts mehr von ihm wissen wollte … und zwar genau wegen dieser Geschichte mit der Familie Bauer.«

Ich sah ihn überrascht an.

»Mein Großvater war ein seltsamer Mensch, sehr ernst und zurückhaltend … Doch er hat mir beigebracht, wie man fischt, wie man Grashüpfer fängt und wie man im Himmel nach dem Großen Wagen sucht. Mit ihm war ich zum ersten Mal im Louvre, und danach bin ich noch oft mit ihm dorthin zurückgekehrt, genau wie ins Musée d'Orsay, das Rodin-Museum, das Centre Pompidou oder hierher, in den Petit Palais … bis ich eines Tages zu ihm sagte, dass ich auch so viel über Kunst wissen wolle wie er. Ich wollte Gemälde so verstehen wie er, sie so wahrnehmen wie er. Also hat mein Großvater mir das Buch *Die Geschichte der Kunst* von Gombrich geschenkt … Auf seine Weise hat er mich meinen gesamten Werdegang und mein ganzes Leben über geführt und unterstützt. Ich glaube, er hat sein Bestmögliches getan, mir und noch ein paar kleinen Kindern gegenüber …«

Ich merkte, wie seine Anspannung beim Erzählen wuchs.

»Als meine Eltern gestorben sind, hat er sich um meine Schwester und mich gekümmert.«

»Das … das wusste ich nicht …« Mir war klar, dass ich stammelte, aber ich fand einfach nicht die richtigen Worte.

»Das brauchtest du auch nicht zu wissen. Ich fange vor Unbekannten für gewöhnlich nicht mit der traurigen Geschichte von einem armen Waisenkind an, um Mitleid zu erregen«, entgegnete er ironisch. »Meine Eltern sind bei einem Autounfall umgekommen, als ich gerade mal zwei Jahre alt war. Das hört sich vielleicht schrecklich an, aber ich erinnere mich an nichts, ich habe keinerlei Erinnerung an sie. Meine Schwester und mein Großvater sind schon immer meine Familie gewesen, und mit ihnen hatte ich ein völlig normales Leben.«

»Das klingt nicht schrecklich, das klingt ganz logisch.«

»An dem Abend, an dem du zu mir kamst, war ich gerade aus der Provence zurückgekehrt, wo mein Großvater lebte. Wir hatten ihn an diesem Morgen beerdigt. Zurück in meiner Wohnung, fühlte ich mich unendlich traurig und leer, vor allem aber machte ich mir Vorwürfe, weil mein Großvater gestorben war, ohne dass ich mich von ihm verabschiedet hatte. Und das alles aufgrund eines bescheuerten Streits um ein paar blöde Gemälde. Nur weil wir beide so verdammt stolz sind. Wegen dieses ganzen Mists konnte ich mich noch nicht einmal bei ihm bedanken oder ihm auf meine Weise sagen, dass ich ihn geliebt habe … Also habe ich angefangen, mich zu betrinken. Und irgendwann bist du dann aufgetaucht …«

Er verstummte. Da waren auf einmal die ersten Zeilen von *Love is the End* von Keane zu hören, kein allzu bekannter Song, aber er gehört zu meinen Lieblingssongs.

Nothing can touch us and nothing can harm us
No, nothing goes wrong anymore

Unbemerkt hatte ich angefangen, leise mitzusummen.

»Ach, wie ich sehe, sind die Musiker meiner Bitte nachgekommen. So was machen sie normalerweise nicht.« Alain schien angenehm überrascht.

Wenn auch nicht so sehr wie ich. »Magst du diesen Song etwa?«

Alain lächelte geheimnisvoll. »Ich weiß, dass du ihn magst. Du hast ihn vor einiger Zeit im Archiv gesungen …«

Ich war froh, dass in der Dunkelheit nicht zu sehen war, wie ich knallrot anlief.

»Es tut mir leid, Ana. Ich war noch nie so unfreundlich zu jemandem, ehrlich. Und ich schäme mich wahnsinnig. Ich hoffe, du nimmst es mir nicht allzu übel.«

I took off my clothes and I ran to the ocean
Looking for somewhere to start anew
And when I was drowning in that holy water
All I could think of was you

Bei dieser Musik hätte ich selbst noch die schlimmste Beleidigung verziehen. Leise sagte ich: »Ich mache dir keinen Vorwurf, das wäre nicht fair. Es war auch mein Fehler, bei dir aufzutauchen, ohne Bescheid zu sagen … Das war einfach eine Aneinanderreihung unglücklicher Umstände, die wir besser vergessen sollten.«

»Ich habe mehrmals täglich zum Telefon gegriffen, deinen Namen bei den Kontakten gesucht, und wenn er dann auf dem Display aufgetaucht ist, habe ich nicht gewagt, auf ›Anrufen‹ zu drücken. Versteh das jetzt nicht falsch, aber die letzten zwei Wochen habe ich unentwegt an dich gedacht.«

So völlig aus dem Zusammenhang genommen war dieser Satz einer der schönsten, die ich je zu hören bekommen habe.

Aber natürlich musste Alain ihn klarstellen und den Satz in den richtigen Kontext rücken. »Was ich damit sagen will: Ich habe nur über deinen Nazi-Kommandanten und die Familie Bauer nachgedacht. Ich kann einfach nicht aufhören, mich zu fragen, in welcher Beziehung sie zueinander standen …«

»Warum hast du aufgehört, weiter über die Bauer-Sammlung nachzuforschen?«

»Weil mein Großvater mich darum gebeten hat.«

Dieser so einleuchtende wie unlogische Grund verwirrte mich.

»Eines Tages habe ich ihm mal erzählt, dass ich zufällig auf eine Sammlung gestoßen sei. Er hörte mir so zerstreut zu wie immer, bis ich den Namen Bauer erwähnte. Da veränderte sich sein Gesichtsausdruck. Er wurde so ernst, wie ich ihn noch nie erlebt hatte, und sagte: ›Lass die Finger davon. Vergiss diese Sammlung.‹«

»Aber … warum?«

»Genau das habe ich ihn auch gefragt, und er hat erwidert, kein Mensch habe sich je dafür interessiert, und ich hätte kein Recht, mich da einzumischen, das sei nicht meine Angelegenheit … Aber das war absurd! Als ich ihm widersprach, ist er völlig ausgerastet. Ich glaube, ich habe ihn nie so wütend erlebt … Es war unmöglich, sich hierüber vernünftig mit ihm auseinanderzusetzen, also habe ich die Tür zugeknallt und bin gegangen.«

»Aber zum Schluss hast du doch nachgegeben: Du hast die Nachforschungen eingestellt.«

»Nicht sofort. Als ich nach Paris zurückkam, habe ich erst mal mit den Nachforschungen weitergemacht. Ich habe ein paar flämische Gemälde im Städel-Museum in Frankfurt aufgespürt und im MoMA sogar einen Marcoussis. Ich weiß auch nicht, ich war einfach sehr angetan von dieser Sammlung, ich wollte unbedingt mehr darüber wissen. Und eines Tages hat mich dann meine Schwester aus der Provence angerufen. Sie lebt dort bei meinem Großvater. Sie hat gesagt, der Alte sei völlig besessen von dieser Bauer-Angelegenheit und würde nicht aufhören zu wiederholen, dass ich die Finger davon lassen solle. Sie hat mir versichert, er stehe kurz davor, entweder völlig durchzudrehen oder in eine schlimme Depression zu fallen. Und sie hat mich inständig gebeten, mit den Nachforschungen aufzuhören, wenn schon nicht unserem Großvater zuliebe, dann ihr zuliebe ...«

»Und das hast du getan. Du hast damit aufgehört.«

Alain nickte verdrossen. »Ja, ich habe die Recherchen eingestellt. Aber ich war so wütend auf alles – auf meinen Großvater, auf meine Schwester, auf mich selbst –, dass ich den Kontakt zu ihnen abgebrochen habe. Ich bin nie mehr zu ihnen gefahren und habe auch nie mehr angerufen. Irgendwann hat er dann versucht, mich anzurufen, aber als ich seinen Namen auf dem Display sah, ließ ich das Telefon einfach weiterklingeln, ohne abzuheben. Und dann kamen keine Anrufe mehr. Und jetzt ... na ja, jetzt gibt es keinen Weg zurück.«

Auf einmal kehrte, warum auch immer, mein Misstrauen wieder – ich konnte nicht nachvollziehen, warum er sich so für meine Nachforschungen interessierte.

»Du brauchst das nicht zu tun, Alain ... Ich weiß nicht, was Konrad dir alles gesagt hat – und ich weiß, wie überzeugend er sein kann –, aber du bist zu nichts verpflichtet, weder ihm noch mir gegenüber. Dieses ganze Unternehmen ist völliger Unsinn, eine von Konrads Launen, und ich hätte nie damit anfangen sollen.«

»Weißt du was, Ana? Das alles hat für mich nichts mit Konrad Köller zu tun. Ich stehe vor einem der ... schönsten Dinge, auf die ich je in meinem Leben gestoßen bin.«

Alain machte eine Pause. Vielleicht erwartete er eine Reaktion meinerseits, doch ich wusste nicht, was ich sagen sollte. Er nutzte mein Schweigen, um mich anzusehen. Schließlich sagte er: »Vielleicht hast du recht, vielleicht ist es eine Laune oder einfach nur Quatsch. Aber sieh doch, wie weit du allein gekommen bist, und stell dir vor, was wir gemeinsam erreichen könnten … Wie auch immer: Wenn ich hier einsteige, dann jedenfalls nur mit dir zusammen. Das ist das Einzige, worüber ich mir momentan im Klaren bin.«

Tatsächlich gibt es weniger schöne Liebeserklärungen …, sagte ich mir nach Alains letzten Worten.

Der Feind in meinem Bett

Besser für ihn, wenn er nie wieder in deine Nähe kommt.‹ Ich erinnere dich daran, dass das deine Worte waren«, frischte ich Konrads Gedächtnis auf, als wir uns in unser Zimmer zurückgezogen hatten. »Und jetzt bist du derjenige, der ihn mir an die Seite stellt. Was ist mit deinen Zweifeln und Bedenken? Warum hat Doktor Arnoux auf einmal dein Vertrauen?«

Konrad roch nach Alkohol. Er war zwar noch nicht betrunken, hatte aber etwas zu tief ins Glas geschaut. Er streichelte mich zärtlich, und man merkte deutlich, dass er keine Lust hatte, darüber zu reden. »Er hat mein Vertrauen noch immer nicht …«, flüsterte er mir in den Nacken, während er den Reißverschluss meines Kleides nach unten zog. Seine Hände glitten auf der Suche nach meinem Bauchnabel unter die Seide, und ich erzitterte. »Ich habe ihn ein Schriftstück unterschreiben lassen: Er verpflichtet sich, als unabhängige Person teilzunehmen und die Stiftung beiseitezulassen und verzichtet auf jeglichen Anspruch auf den *Astrologen*.« Diese Förmlichkeiten waren eine sonderbare Ergänzung zu seinem Streicheln.

Ich lehnte den Kopf an seine Brust und versuchte, trotz der Schauer der Lust, die seine Finger verursachten, als sie mit meinen Brustwarzen spielten, zu antworten: »Du weißt genau, dass diese Vereinbarung keinerlei rechtliche Gültigkeit hat … und er auch …«, keuchte ich.

»Aber es ist eine Absichtserklärung«, stöhnte Konrad. »Wir müssen ihn nur gut überwachen …«

Er biss mir ins Ohrläppchen. Ich schloss die Augen …

»Ich werde noch mit meinem Feind ins Bett gehen müssen …«

»Nein, meine Süße, du gehst nur mit mir ins Bett …«

Februar 1943

Das SOE, oder Special Operations Executive, ist eine militärische Geheimarmee, die auf Geheiß von Winston Churchill im Juli 1940 aufgestellt wird, um hinter den feindlichen Linien Spionage-, Sabotage- und Guerillaaktionen durchzuführen. Regelmäßig werden Agenten des SOE mit Fallschirmen über dem französischen Gebiet abgeworfen. Dabei handelt es sich um Funker, Instrukteure und Verbindungsbeamte, die mit dem französischen Widerstand zusammenarbeiten, indem sie Verbindungslinien erstellen, Partisanen und Saboteure schulen oder Fluchtwege für alliierte Piloten erarbeiten, die auf feindlichem Boden gelandet sind. Außerdem wirft der SOE nicht nur Agenten mit Fallschirmen ab, sondern auch Waffen, Nahrungsmittel und, in manchen Fällen, Geld für die Unterstützung der Aktionen. Der SOE schickt etwa 470 britische Agenten nach Frankreich, von denen 200 ums Leben kommen, und versorgt eine halbe Million Franzosen mit Waffen.

Nach dem Angriff auf die Gestapo war Trotsky mit anderen Widerstandsgruppen in Verbindung getreten, die über mehr Mittel verfügten und besser organisiert waren als die *Bewaffnete Widerstandsgruppe Elsass*. Gruppierungen, die häufig direkt den Befehlen General de Gaulles unterstanden und durch das SOE eng mit der britischen Regierung zusammenarbeiteten.

Anfang Februar wurde die *Bewaffnete Widerstandsgruppe Elsass* ausgewählt, um eine Versorgungslieferung aus Großbritannien in Empfang zu nehmen und nach Paris zu transportieren. Konkret handelte es sich dabei um eine Sendung Waffen und Munition, die über dem Empfangsgebiet in der Nähe von Valençay, etwa 200 Kilometer südlich der Hauptstadt, abgeworfen werden sollten. Als Sarah davon Wind bekam, passte sie den geeigneten Moment ab, um mit dem Anführer zu sprechen.

Trotsky war in der Regel sonntagvormittags in der Werkstatt, dem Tag, an dem er nicht am Bahnhof arbeitete. Er ging die Untergrundzeitungen durch, erarbeitete eigene Bekanntmachungen, überlegte sich neue Aktionen… An jenem Sonntag traf Sarah Trotsky zusammen mit Dinamo an. Die beiden mühten sich damit ab, ein Radio zu reparieren, das die Engländer abgeworfen hatten und das durch den Aufprall stark beschädigt war.

»Kann ich mit dir reden, Kamerad?«, sprach Sarah ihn an. »Allein.«

»Jetzt?«, wunderte sich Trotsky über ihre Eile.

»Ja.«

»Na gut.«

Dinamo ging nach draußen, um zu rauchen. Sarah bedankte sich mit einem Lächeln bei ihm, als er an ihr vorbeiging.

»Was gibt's?«

»Ich möchte nach Valençay gehen, um die Ladung in Empfang zu nehmen.«

Trotsky warf ihr einen erstaunten Blick über die Zigarette hinweg zu, die er sich gerade anzündete. Er ließ sich Zeit, um das Streichholz auszumachen und den ersten Zug zu nehmen. »Ich dachte daran, einen von den Jungs hinzuschicken. Das wird kein Ausflug aufs Land.«

Sie hatte nicht erwartet, dass Trotsky so ohne Weiteres einwilligen würde. Noch bis vor knapp einem Monat war Sarah nur jemand, der in seiner Werkstatt herumlief, und jetzt bat sie ihn darum, eine wichtige Mission ausführen zu dürfen. »Das weiß ich. Aber ich bin bereit dafür. Ich habe mich als Hilfskraft der SS ausgegeben, da wird es wohl einfacher sein, als eine französische Bäuerin durchzugehen … mit einer Luger unter dem Rock. Die Männer haben mir gezeigt, wie man damit umgeht.«

Trotsky blickte noch immer nachdenklich drein. Er zweifelte nicht daran, dass sie in der Lage war, es zu tun, vielleicht wäre sie sogar besser dafür geeignet als einige der Burschen, die er zur Verfügung hatte. Dennoch war Trotsky neugierig. »Wenn du die Frage erlaubst, Genossin, woher kommt dein Interesse? Die Mission ist gefährlich. Die Deutschen wissen über die Abwürfe Bescheid und kontrollieren die Gegend. Außerdem haben sie überall Spitzel. Jeder Tölpel, der Kartoffeln aussät, könnte dich bei der Gestapo melden, wenn er Verdacht schöpft.«

»Ich bin mir der Gefahren bewusst …« Ab da wandelte sich Sarahs bestimmte Haltung in ein Flehen. Niemals hätte sie gedacht, dass sie sich ausgerechnet bei Trotsky aussprechen würde, doch plötzlich verspürte sie das Bedürfnis, genau das zu tun. »Ich muss etwas tun, Kamerad. Die Untätigkeit bringt mich noch um. Ich kann meine Tage nicht einfach nur zwischen Buchhandlung und Pension, Pension und Buchhandlung verbringen mit dem einzigen Anreiz, am Wochenende ein paar Flugblätter zu drucken …« Sarah holte sich einen Stuhl und setzte sich. »Gestern habe ich gesehen, wie sie mitten auf der Straße eine Frau mit ihrem Kind mitgenommen haben, mitten am Tag. Und das nur, weil sie auf den Mantel des Kindes keinen Davidstern genäht hatte … Sie hatte ihn dort nur mit einer Anstecknadel befestigt. Bei einem Kind, kaum älter als acht … Ich muss hier raus, Kamerad. Ich muss raus aus dieser verfluchten Stadt, und sei es nur für ein paar Tage«, schloss sie bedrückt.

So hatte sie sich ihrem Vorgesetzten nicht zeigen wollen; sie wusste, dass sie von ihm keinerlei Trost zu erwarten hatte oder dass der kalte Revolutionär ihre Verzagtheit im schlimmsten Fall als Schwäche interpretierte. Doch Sarah war noch nicht stark genug, um nicht in bestimmten Momenten doch zusammenzubrechen.

Tatsächlich kam aus Trotskys Mund kein Wort des Trostes. Trotsky dachte überhaupt nicht an die Niedergeschlagenheit des Mädchens und noch weniger daran, es zu trösten; er dachte daran, wie sehr ihn diese Frau immer wieder überraschte und wie sehr es ihn erregte, sich eine Luger unter ihrem Rock vorzustellen, und das umso mehr, wenn diese Luger auf den Nacken eines Deutschen gerichtet wäre.

Trotsky trat den Zigarettenstummel auf dem Boden aus. »Einverstanden, Genossin Esmeralda. Die Mission gehört dir.« Noch bevor Sarah sich bei ihm bedanken konnte, fuhr er fort: »Aber nimm Gauloises mit … Unter deinen Rock passen nicht alle Waffen, die die Engländer uns schicken.«

Fabrice und Pauline Renard. Sarah wäre es lieber gewesen, wenn Jacob und sie sich als Geschwister ausgegeben hätten, aber sie ähnelten einander überhaupt nicht. Gutenberg drängte darauf, dass sie ein Ehepaar spielen müssten, um die Tarnung glaubhaft zu machen, und entsprechend bereitete er ihre falschen Papiere vor.

Die Reise mit der Bahn bis Valençay verlief ruhig und ohne Vorkommnisse. Sie brachten problemlos ein paar routinemäßige Kontrollen hinter sich. Es war ganz normal, dass die Polizei auf den Bahnhöfen und bei den Leuten, die nicht ausstiegen, in den Waggons die Ausweise kontrollierte. Doch das wussten sie bereits und waren darauf vorbereitet. Sich ruhig und natürlich zu verhalten war der Schlüssel, um keinen Verdacht aufkommen zu lassen.

Merkwürdigerweise waren Sarah weder die Kontrollen noch die Polizei oder die Deutschen am unangenehmsten, sondern Jacob. Er war kein allzu mitteilsamer Mensch, das war er noch nie gewesen. Doch jetzt war er nahezu stumm. Seine Unterhaltung beschränkte sich auf mürrische, einsilbige Wörter. Aber er ließ keine Gelegenheit verstreichen, um seinem Ärger Ausdruck zu verleihen.

Seit Trotsky Jacob aufgetragen hatte, Sarah zu begleiten, hatte Sarah Ähnliches befürchtet. Sie brauchte nicht lange, um sich darüber klar zu werden, dass Trotsky sie im Machtkampf mit seinem Stellvertreter benutzte.

»Ich habe Trotsky gefragt, ob ich die Ladung in Valençay zusammen mit dir abholen kann …« Sarah versuchte, so diplomatisch wie möglich vorzugehen, da sie intuitiv wusste, dass Jacob nicht anerkennen würde, dass Trotsky ihr das Kommando erteilt hatte und nicht ihm. Doch das half nichts.

Trotsky sorgte dafür, unmissverständlich klarzumachen, dass Sarah das Kommando der Operation innehatte und Jacob ihr gehorchen musste, weil er es so entschieden hatte. Alle Details besprach er nur mit ihr: den Zeitplan, die Reise, den Kontaktmann, das Vorgehen … Und sie musste die bittere Pille schlucken und es Jacob mitteilen, der die Informationen lustlos entgegennahm. Jacob war an dem Punkt angelangt, an dem er die Mission, Trotsky und die *Bewaffnete Widerstandsgruppe Elsass* am liebsten zum Teufel gejagt hätte. Doch das tat er nicht … Wenn er daran dachte, dass Sarah etwas zustoßen könnte, weil er sie im Stich gelassen hatte, schluckte er seinen Stolz und die bittere Galle hinunter und schimpfte sich einen Dummkopf.

Trotzdem hinderten diese noblen Gefühle Jacob nicht daran, den Ärger, mit dem er die ganzen letzten Tage kämpfen musste, während der Reise herauszulassen und sich ausgerechnet gegenüber der Frau, die der Gegenstand seiner nächtlichen Träume war, äußerst unhöflich zu verhalten.

Marcel Berry war fast sechzig und Witwer. Sein einziger Sohn war vor dem Waffenstillstand an der Front gefallen. Er führte ein

Wirtshaus in Saint-Denis, einem kleinen Ortsteil etwas außerhalb von Valençay. Auch er arbeitete für den Widerstand, und zwar als Verbindungsmann und Führer vor Ort, sowohl für die Agenten des SOE, die mit Fallschirmen in dieser Zone absprangen, als auch für andere Mitglieder des Widerstands, die Lieferungen abholten. Marcel Berry war Sarahs Kontaktmann.

Jacob und sie betraten das Wirtshaus, als seien sie ein reisendes Pärchen. Sie setzten sich und bestellten zwei Gläser Wein. Der Wirt war ein großer Mann, der sich, obwohl er nicht gerade schlank war, erstaunlich flink hinter dem Tresen bewegte. Mit einem dreckigen Tuch versuchte er, sich die Hände abzureiben, bevor er den Wein servierte.

»Entschuldigen Sie bitte, wie kommt man am besten nach Saint-Benoît?« Diese scheinbar harmlose Frage war das Signal für Marcel. Sobald die beiden den Wein ausgetrunken hätten und gegangen wären, würde er das Wirtshaus schließen und sie in einem Schuppen im hinteren Teil des Gebäudes treffen.

Sarah und Jacob warteten an einer Ecke auf ihn. Sie sahen ihn in Begleitung eines Jungen auf sie zukommen, der nicht älter als achtzehn zu sein schien, dafür aber so groß und stark wie ein Riese war. Samson war sein Deckname. Der von Marcel lautete Grand-Père. Sarah fand, dass Marcel tatsächlich das Aussehen eines freundlichen Großvaters hatte, mit seinem runden Bauch, dem dichten, komplett weißen Haar und seiner Märchenerzählerstimme, die statt der Details zu einer Untergrundoperation eine schöne Geschichte wiederzugeben schien.

Als Marcel dann aber Sarah sah, fiel seine Reaktion nicht sehr charmant aus: »Eine Frau! Diese Idioten in Paris haben eine Frau geschickt! Was haben die sich dabei gedacht? Dass das hier ein Spaziergang ist?«

Verborgen im Schuppen bewahrte Marcel in einem Koffer ein kleines Radio auf, um mit London zu kommunizieren. Der Deckname dieser Aktion lautete *Snow White*, Schneewittchen.

Für die Operation Schneewittchen hatte man das Feld *Cher* ausgesucht, ein weites Stück Land ohne Bäume oder Hindernisse in der Nähe des Flusses mit demselben Namen.

In seinem Schuppen hatte Marcel außerdem zwei Empfangsgeräte. Eines davon, das »biscuit tin radio«, wurde so genannt, weil es in eine Keksdose passte. Man benutzte es, um Übertragungen der BBC abzuhören. Mit einem einzigen unbedeutenden Satz, der von der britischen Sendeanstalt ausgestrahlt wurde, wie zum Beispiel: *Le sucrier est entre les deux tasses – Die Zuckerdose ist zwischen den beiden Tassen*, konnte eine Operation zum vereinbarten Datum und zur vereinbarten Uhrzeit in Gang gesetzt werden.

Das andere Empfangsgerät würde Marcel versteckt in einem kakifarbenen Koffer bei sich tragen. Er würde es benutzen, um das Signal zu empfangen, das das Herannahen des Flugzeugs anzeigte. Auf diese Weise konnten die Widerstandskämpfer rechtzeitig die Laternen anzünden, mit denen die Abwurfstelle markiert wurde. Mit den Laternen musste ein L gebildet werden: drei rote Laternen in der Windrichtung und eine weiße Laterne zwanzig Meter rechts neben der ersten roten Laterne. Mit der weißen Laterne wurde in Morseschrift ein Buchstabe gesendet, der es den britischen Piloten ermöglichte, die wartende Zelle zu identifizieren, um die richtige Ladung abzuwerfen, da ein Flugzeug in der Regel mehrere Zellen in verschiedenen Gebieten belieferte. Weil Marcel der Einzige war, der den Buchstaben kannte, der zu ihrer Operation gehörte, würde er derjenige sein, der die weiße Laterne bediente. An diesem Abend erwarteten sie sechs Container und eine Tasche, deshalb waren sechs Widerstandsgruppen um das Feld postiert, damit jede von ihnen einen Container abtransportierte.

Trotz all ihrer Vorbereitungen und Vorkehrungen warnte Marcel sie vor den Gefahren ihrer Mission. Er konnte schon auf mehrere ähnliche Operationen zurückblicken und hatte einige davon fehlschlagen sehen. Manchmal waren Patrouillen der Gestapo in der Gegend aufgetaucht, sodass keine Laternen verwendet werden konnten und das Flugzeug umkehren musste, ohne den Abwurf ausgeführt zu haben. Bei anderen Gelegenheiten hatte das schlechte Wetter die Operation scheitern lassen. Marcel hatte auch mehr als eines dieser Flugzeuge abstürzen sehen: Sie flogen sehr tief, um zu verhindern, dass sich die Ladung beim Abwurf zerstreute, weshalb sie manchmal an einem Lichtmast hängen blieben oder an einem Hügel zerschellten. Manche von ihnen wurden auch von der deutschen Flugzeugabwehr abgeschossen. Derlei hatte Marcel glücklicherweise noch nicht erlebt, aber er hatte von einer Operation gehört, bei der die Leute der Gestapo die Mitglieder des Empfangskomitees mit Waffen bedroht hatten, damit diese die Signallampen einschalteten. Nachdem das Flugzeug die Ladung dann abgeworfen hatte, hatten sie sie erschossen und die Ladung an sich genommen.

Während Marcel all das erzählte, sah er unentwegt Sarah an. Bei Gott, sie war so ein junges Mädchen! Ein wunderschönes Mädchen mit angenehmem, elegantem Auftreten, das überhaupt nicht hierherpasste. Ihm war äußerst unwohl bei dem Gedanken, sie auf einen solchen Ausflug mitzunehmen. Teufel aber auch! Nein, das war keine Aufgabe für eine Frau.

»Hör zu, mein Junge, warum sagst du deiner Freundin nicht, dass sie hierbleiben soll, während wir die Sache durchführen?«, schlug er Jacob in einem Moment vor, in dem Sarah ihn nicht hören konnte.

Jacob sah ihn an. Er ließ die Zigarette, an der er kaute, von einem Mundwinkel zum anderen wandern und spuckte aus, ehe er schroff antwortete: »Meine Freundin hat das Kommando über diese Operation.«

Marcel hatte einen alten Karren, den er präpariert hatte, um die Ladungen zu transportieren. Manchmal benutzte er auch das Auto von Doktor Lapierre, dem Arzt des Dorfes, einen gasbetriebenen

Citröen, das einzige einsatzfähige Fahrzeug in dieser Gegend. Er zog es vor, die Transportmittel zu wechseln, um nicht die Aufmerksamkeit der Deutschen auf sich zu ziehen. Am Unterboden des Karrens waren mehrere Fächer, die Marcel sorgfältig mit Stroh, Decken, Weinkisten, Kartoffelsäcken und Körben voll stinkendem französischem Käse verdeckte – je übler dieser roch, umso besser, denn die Deutschen hassten den Geruch von französischem Käse.

Es war noch Tag, als sie Saint-Denis verließen. Sarah und Jacob saßen auf dem hinteren Teil des Karrens, den Marcel lenkte, während Samson auf dem Platz neben ihm kauerte. Noch war es nicht sehr kalt, doch das Land war von einer hart gefrorenen Schneedecke überzogen.

Sarah hätte nicht sagen können, wie weit sie sich von Saint-Denis entfernt hatten oder in welche Richtung, da sie schon nach kurzer Zeit vom Schaukeln und Rattern des Karrens eingeschlafen war. Sie erwachte erst, als sie merkte, dass sie angehalten hatten. Es war bereits dunkel, und sie befanden sich in einem dichten Wäldchen. Marcel stellte den Karren etwas abseits vom Weg ab, und sie gingen zu Fuß weiter. Nach einem mühsamen halbstündigen Marsch durch dorniges Gebüsch erreichten sie den Rand einer Lichtung.

Es war eine wunderbare Vollmondnacht. Marcel suchte einen Platz hinter ein paar Büschen. Dort formte er mit den Händen einen Trichter um den Mund und rief wie ein Uhu. Sofort erklangen ähnliche Schreie von der anderen Seite der Lichtung.

»Die anderen sind schon da«, bestätigte er. Daraufhin breitete er eine Plane auf dem Boden aus, die er mitgebracht hatte, damit sie nicht schon nach wenigen Minuten im Schnee völlig durchnässt wären. Dann öffnete er einen Brotbeutel und holte Käse, etwas Brot, eine Flasche Wein und ein paar Äpfel heraus. »Das Warten wird mit vollem Magen erträglicher«, sagte er flüsternd.

Gierig betrachteten Sarah und Jacob den Käse. Es war schon so lange her, dass sie Käse gegessen hatten!

»Wann kommt das Flugzeug?«, fragte Jacob, nachdem er einen Großteil seiner Portion aufgegessen hatte.

Marcel zuckte mit den Schultern. »Wir wissen, wann es abfliegt, aber nicht, wann es ankommt… wenn es denn ankommt. Aber ich glaube nicht, dass das vor ein oder zwei Uhr der Fall sein wird. Alles hängt davon ab, wie es mit den anderen Abwürfen klappt.«

Sarah sah auf die Uhr: Es war erst kurz nach Mitternacht. Sie war müde und aufgeregt, jedes Geräusch erschreckte sie. Ihre Hände und Füße waren bereits eiskalt, und ihre abgewetzte Kleidung würde die Kälte nicht mehr lange von ihr fernhalten. Diese Nacht würde lang werden…

Die anderen schienen sich resigniert damit abgefunden zu haben. Samson war neben einem Strauch eingenickt. Marcel hatte sich die Kopfhörer seines Empfangsgeräts aufgesetzt und wartete auf das Signal des Flugzeugs, während er immer wieder einen Schluck Wein nahm. Jacob hatte sich eine Zigarette in den Mund gesteckt und kaute bedächtig daran. Marcel hatte ihnen eingeschärft, dass sie nicht rauchen durften, denn selbst der kleinste Lichtpunkt einer Zigarette konnte die Gestapo alarmieren.

»Da sind sie! Sie kommen gleich! Ich habe das Signal empfangen!«

Marcels Rufe schreckten Sarah aus ihrem Halbschlaf. Es dauerte nicht lange, bis sie am Himmel ein Brummen hörte.

»Eine Halifax!«, verkündete Marcel. »Ihr bleibt hier und wartet, bis ich euch das Signal gebe. Es geht los!«

Er machte den Eulenschrei, und drei Männer traten aus dem Dickicht. Gleich darauf stand auch Marcel mit seiner Laterne auf der Lichtung. Sarah sah, wie sie sich im Mondlicht aufstellten: drei in einer Reihe und Marcel zwanzig Meter rechts vom ersten. Plötzlich gingen die Laternen an, und ein rot-weißes L zeichnete sich auf dem Boden ab. Das weiße Licht flackerte in Morsezeichen auf, um den Code zu übermitteln.

Das Brummen der Motoren kam immer näher, bis es über ihnen war. Es war unbeschreiblich, diese Masse in gerade mal zweihundert Metern Höhe über ihre Köpfe streifen zu sehen. Der Rumpf blitzte im Mondlicht auf, und das Motorengeräusch war ohrenbetäubend.

Als Sarah sah, wie sich die Fallschirme öffneten und wie Blütenblätter im Wind zu Boden schwebten, rannen Tränen der Rührung über ihre eisigen Wangen.

Nach und nach stieg die Halifax wieder auf und verschwand mit derselben tiefen Hymne am Horizont, mit der sie gekommen war.

»Los jetzt!«, verkündete Samson und holte Sarah aus ihrer Träumerei.

Rasch traten die drei auf die Lichtung und scharten sich um Marcel. Die anderen taten dasselbe, und innerhalb kürzester Zeit wimmelte es von Menschen, die ihre Arbeit so rasch wie möglich erledigen wollten. Dies war bei Weitem der gefährlichste Teil der Mission.

Leider war die Fracht etwas zu früh abgeworfen worden und hing nun zwischen den Bäumen. Jede Gruppe war darauf konzentriert, ihren Teil schnellstens beiseitezuschaffen.

Sarah stellte fest, dass es eine genau festgelegte Vorgehensweise gab, an die sich alle Gruppen streng hielten. Es war wie eine perfekt einstudierte Choreografie. Und all das in völliger Stille … einfach überwältigend.

»Also los, Esmeralda, du kommst mit mir zu den Griffen nach hinten, Samson und Gauloise, ihr geht nach vorne!«, befahl Marcel und meinte damit die vier Griffe, mit denen der Transport ihres Behälters erleichtert werden sollte. »Auf drei. Eins, zwei, drei, hoch!«

Sarah war verblüfft, wie schwer der Behälter war. Ihre Knie

gaben nach, und der Griff rutschte ihr aus den vor Kälte tauben Händen. Die Strecke, die sie hinter sich bringen mussten, war die Hölle, doch Sarah war fest entschlossen, dass nichts, es sei denn eine Ohnmacht, sie zurückhalten könnte.

Im Wald ließen sie ihre Fracht schließlich los. Erst als sie sah, wie die anderen schnauften und sich den Schweiß von der Stirn wischten, erlaubte sich Sarah, sich erschöpft an einen Baum zu lehnen und nachzusehen, ob auch wirklich noch all ihre Finger da waren.

»Morgen wird Mademoiselle Perrault, die Lehrerin, mit den Schulkindern einen Ausflug machen. Sie kümmern sich darum, die Spuren des Abwurfs zu verwischen«, erklärte Marcel.

Der Behälter bestand aus mehreren Einzelteilen, die aneinandergekettet waren. Jedes Einzelteil war mit Tragegurten versehen, sodass man es wie einen Rucksack auf dem Rücken transportieren konnte. Trotzdem hatte Marcel eine Sackkarre dabei, um die Teile schneller zum Karren zu bringen. Sarah und er übernahmen die Aufgabe, die Einzelteile voneinander zu trennen, während die Jungs den Fallschirm vergruben.

Sie benötigten eine ganze Weile, bis sie alles auf den Karren geladen und sorgfältig versteckt hatten. Aber das Arbeiten half ihnen dabei, wieder warm zu werden.

Endlich, gegen drei Uhr morgens, war alles verladen, und sie konnten den Rückweg nach Saint-Denis antreten. Nachdem Sarah es sich hinten auf dem Karren bequem gemacht hatte, zog sie ihre lehmverklebten, nassen Schuhe aus und trocknete sich die Füße. Sofort fühlte sie sich etwas besser, und obwohl sie schon seit Längerem nicht mehr betete, sandte sie in diesem Moment ein Dankgebet zum Himmel.

Wenn Marcel sie gehört hätte, hätte er ihr geraten, sich nicht zu früh zu freuen. Noch waren sie nicht am Ziel.

Die Deutschen hatten die Straße nach Saint-Aignan abgesperrt, um einen Konvoi von Panzerwagen passieren zu lassen. Die Kontrolle war am Ende einer Kurve, an der Kreuzung mit der Straße nach Saint-Denis. Das hätten sie niemals vorhersehen können. Als sie die Absperrung vor sich hatten, war es bereits zu spät, um umzukehren, ohne Verdacht zu erregen.

Ein deutscher Soldat stand vor der Absperrung und bedeutete ihnen mit einer Kelle, dass sie stehen bleiben sollten.

Marcel zog sacht am Zügel, um das Maultier zum Stehen zu bringen. Ohne sich umzudrehen, murmelte er ihnen zu: »Seid alle ruhig. Ich spreche.«

Marcel betete, dass es sich um keine Kontrolle der Gestapo handelte, sondern um eine der Feldgendarmerie.

»Halt!«, befahl ihnen ein Soldat, der sie mit seiner Taschenlampe anleuchtete. Er wurde von einem weiteren Soldaten eskortiert, der eine Maschinenpistole im Anschlag hatte.

»Warum sind Sie nach der Sperrstunde noch unterwegs?«

Marcel nahm die Baskenmütze ab und senkte respektvoll den Kopf. In ungeschicktem Deutsch, durchsetzt von vielen französischen Wörtern, begann er seine Erklärung: »Es tut mir schrecklich leid, Herr Hauptmann« – er wies dem Soldaten bewusst einen hohen Rang zu, auch wenn der offensichtlich nur ein einfacher Soldat der Feldgendarmerie war –, »an der Ausfahrt von Prunières ist das Rad des Karrens gebrochen, und wir sind von der Nacht überrascht worden, ehe wir es repariert hatten.«

»Die Papiere. Von beiden«, fügte er hinzu und leuchtete Samson an.

»Der Junge ist mein Neffe«, erläuterte Marcel, als er ihm die Papiere reichte.

Sorgfältig prüfte der Soldat sie. »Ihr Neffe, ja?«

Marcel nickte.

»Was haben Sie geladen?«

»Nahrungsmittel, Herr Hauptmann. Für mein Wirtshaus in

Saint-Denis. Wir haben uns bei den Bauern im Umland mit Proviant versorgt.«

Unbarmherzig fiel der Lichtstrahl der Taschenlampe auf den hinteren Teil des Karrens. Beide Soldaten beugten sich vor.

»Und die beiden da? Sind das auch Ihre Verwandten?«

»Nein, mein Herr, das sind zwei Reisende, die wir auf dem Weg aufgegriffen haben. Sie haben dieselbe Richtung wie wir, und wir haben angeboten, sie mitzunehmen. Ich glaube, das Rad ist deshalb gebrochen. Das war einfach zu viel Gewicht für einen so alten Karren.« Marcel redete unentwegt weiter und versuchte so, die Soldaten zu zerstreuen, damit ihnen nicht auffiel, dass Esmeralda und Gauloises kein Gepäck dabeihatten.

»Papiere!«

Ohne ein Wort holten Jacob und Sarah ihre Papiere hervor und reichten sie dem Soldaten.

Als er sie ansah, lächelte er. Mit der Taschenlampe leuchtete er in Sarahs Augen, die geblendet vom Licht blinzelte. Dann lenkte er den Lichtstrahl auf ihre Brüste und Beine, als könnte er so ihren Rock anheben.

»Diese Mistkerle haben Glück«, sagte er zu seinem Kameraden. »Man muss sich nur ansehen, wie hübsch diese verdammten französischen Dinger sind.«

»He, Feldwebel, warum nehmen wir sie nicht fest und vergnügen uns diese Nacht in der Baracke mit ihr?«

Jacob verkrampfte sich. Sarah bemerkte sofort, dass er kurz davor war, ihnen an die Kehle zu springen. Sie hielt ihn am Arm fest, um ihn daran zu hindern, sich in Gefahr zu bringen.

»Sei nicht bescheuert, Ernst. Der Leutnant würde uns so lange in den Knast stecken, bis wir unseren eigenen Namen vergessen haben. Also hör auf, Blödsinn zu reden, und registriere diesen verdammten Karren. Ich gehe nachsehen, was die Froschfresser geladen haben.«

Der Feldwebel warf einen Blick auf die Ladung Lebensmittel und konzentrierte sich dann auf Sarah. »Du hast ganz schön was zu bieten, Kleine. Und du siehst so aus, als ob du gut vögeln könntest. Das kannst du, oder, Pauline? Sag schon!«

Er machte sich in dem Glauben über sie lustig, dass sie kein Deutsch verstünde. Die junge Frau ließ sich auf sein Spiel ein. Sie betete darum, dass Jacob nichts Verrücktes tun würde, während sie die Deutschen umgarnte, dümmlich lächelte und wie automatisch nickte.

»Oui, oui monsieur le commandant. Vous voulez un peu de fromage?« Sarah hielt dem Deutschen ein Stück Käse unter die Nase.

»Nimm diesen stinkenden Käse weg, verdammt! Was für ein teuflisches französisches Biest …«, spuckte der Feldwebel aus und stieß ihre Hand mit dem Käse zur Seite. »Mach verdammt noch mal dieses Gefährt fertig, Ernst!«

Marcel war ein einziges Nervenbündel, als er zusehen musste, wie der Soldat die Unterseite des Karrens inspizierte. Er hatte dafür gesorgt, dass die Geheimfächer gut verborgen waren, aber sie standen unten etwas über. Handgranaten, Pistolen, Sprengstoff, Zünder, Maschinengewehre … Sollte Ernst wegen irgendetwas Verdacht schöpfen, wären sie aufgeschmissen.

Und was sich hinter dem Karren abspielte, trug auch nicht gerade dazu bei, ihn zu beruhigen. Dort kochte Gauloises vor Wut, weil ihm klar war, dass der Feldwebel Esmeralda nur zu gern befummelt hätte.

»Steig vom Karren runter, Pauline.« Der Feldwebel begleitete seine Worte mit einer Geste, um sicherzugehen, dass das Mädchen ihn auch verstand. »Feldwebel Stüber muss dich filzen«, fügte er hinzu. Im Schein der Taschenlampe wirkte sein lüsternes Lächeln dämonisch.

Sofort griff Sarah an ihren Oberschenkel, um nach der Luger zu tasten, die unter ihrem Rock verborgen war. Bevor die Deutschen sie verhafteten, würden erst ein paar von ihnen dran glauben müssen.

»Was ist hier los, Feldwebel? Warum ist der Karren noch immer hier?« Diese kräftige Stimme ertönte in der Dunkelheit, kurz bevor der Feldwebel Sarah dazu zwingen konnte, vom Karren zu steigen.

Der Feldwebel stand stramm. »Wir kontrollieren ihn gerade, Herr Leutnant. Wir wollten nur noch die Insassen filzen und sie festnehmen, weil sie nach der Sperrstunde unterwegs sind.«

»Verlieren Sie keine Zeit damit. Wenn sie bewaffnet wären, hätten Sie bereits eine Kugel abbekommen. Das sind nur ein paar Landbewohner. Sie sollen umdrehen und dahin zurückfahren, wo sie herkommen. Hier können sie nicht bleiben.«

»Jawohl, Herr Leutnant.«

Ernst beendete die Inspektion, und der Feldwebel brüllte: »Sie haben es ja gehört! Verschwinden Sie auf der Stelle!«

Endlich konnte Marcel die Zügel lösen. Dabei spürte er, wie sehr seine Hände schmerzten, weil er sie so verkrampft hatte. Unter dem Klappern von Hufen und dem Quietschen der rostigen Räder drehte der Karren um und fuhr zurück in die Nacht, aus der er gekommen war.

Sie mussten einen riesigen Umweg machen, um nach Saint-Denis zu gelangen. Es war nach vier Uhr morgens, als Marcel das Maultier abschirrte und den Karren in den Schuppen schob. Sie würden erst am Morgen abladen, sobald die Sperrstunde vorüber war. Zu viel nächtlicher Trubel könnte die Nachbarn misstrauisch werden lassen.

Alle würden die Nacht in Marcels Haus verbringen, in der Wohnung, die über dem Wirtshaus lag. Es gab dort nur zwei Zimmer. Eines davon wies Marcel den Parisern zu und überließ es ihnen, alles Weitere unter sich auszumachen. Er wusste nicht, wie sie zueinander standen, und wollte es auch gar nicht wissen.

Wenn der Junge auf dem Sofa schlafen musste, dann sollte das Mädchen es ihm sagen.

In der Küche entzündete Marcel den Ofen und stellte einen Topf darauf. »Ich denke, nach dieser langen Nacht haben wir uns ein gutes warmes Essen verdient!«

Sarah trat an den Ofen. Sie spürte die Kälte, die ihr bis in die Knochen vorgedrungen war. Jacob zog es auf der anderen Seite der Küche vor, sich mit einem Glas Wein zu wärmen.

Ein köstlicher Duft nach warmem Essen erfüllte den Raum, eine Erinnerung an Wintermorgen und familiäres Beisammensein. Sarah hüllte sich in ihre Jacke, lächelte und begann, beim Tischdecken zu helfen.

Als sie sich setzte, hatte sie das Gefühl, schon lange nicht mehr etwas so Schönes gesehen zu haben. Es gab ausreichend zu essen: ein *Cassoulet* mit Bohnen, knuspriges Weizenbrot, Käse, Äpfel, Honig, Nüsse und Butter, ganz viel Butter.

Nach dem Essen und weil offenbar keiner Lust hatte, ins Bett zu gehen, stellte Marcel das Grammofon mit einer Platte von Marie Dubas an, holte Zigaretten und seinen besten Kirschschnaps hervor.

Sarah trank zum ersten Mal in ihrem Leben Schnaps und fühlte sich glücklich. Leicht angesäuselt und vielleicht gerade deswegen glücklich. Aber auch weil sie schon seit Langem nicht mehr so gut gegessen und Musik gehört hatte, weil sie über Samsons Witze lauthals loslachte, und weil Marcel, mit der Pfeife zwischen den Lippen und dem gutmütigen Lächeln, mehr denn je wie ein freundlicher Großvater aussah.

Mit jedem Glas Schnaps wurde Sarah zufriedener. Sie hatte alles vergessen, war einfach nur glücklich. Und sie hatte Lust zu tanzen.

»Tanz mit mir, Jacob«, bat sie und zog den widerspenstigen Jungen am Arm.

»Ich kann nicht tanzen.«

»Dann tanzt Samson mit mir.«

Der ließ sich nicht lange bitten. Sie verflochten sich in einem ungelenken und grotesken Tango. Aber es war amüsant. Marcel summte, und Sarah lachte herzlich, jedes Mal, wenn sie sich in Samsons starken Armen nach hinten warf.

Als die Nadel des Grammofons das nächste Stück erreichte und *Quand je danse avec lui* ertönte, hängte sich Sarah an den Hals ihres Tanzpartners. Samson schien sie einer Feder gleich emporzuheben und im Rhythmus des Liedes zu wiegen. Und sie lehnte das Gesicht müde, aber glücklich an seine Brust.

Das war mehr, als Jacob ertragen konnte. Empört drückte er die Zigarette, die er gerade rauchte, im Aschenbecher aus, stieß den Rauch wie ein wütender Drache aus und trat zu dem Paar. »Geh ins Bett, Sarah.«

Sie sah ihn aus halb geschlossenen Augen an, löste sich von Samsons Hals und hängte sich an seinen. »Tanz mit mir, Jacob«, wiederholte sie. »Bitte.«

Jacob spürte die Anspannung in seinem ganzen Körper, als er das Mädchen berührte. Sie führte ihn sanft wiegend durch den Raum. Schüchtern umschlang Jacob ihre Hüften, dann ließ sie ihren Kopf an seine Brust sinken.

Nie zuvor war sie ihm so nah gewesen. So nah, dass er ihren schlanken Körper und die Wärme, die sie ausstrahlte, spüren konnte. Er konnte sogar seine Wange an ihren Kopf legen und sich von ihren weichen Haaren an der Nase kitzeln lassen.

Nach nur zwei Refrains endete das Lied, aber Jacob wollte sie nicht loslassen. Als käme sie seinem stummen Wunsch nach, blieb Sarah in seinen Armen und bewegte sich noch immer zu einer Musik, die nicht mehr zu hören war.

Als Nächstes kam *Mon légionnaire*. Sarah tanzte nicht mehr, sie wiegte sich nur in Jacobs Armen zur Musik. Marcel stimmte ein trauriges Summen an, mit dem er das melancholische Lied begleitete. *Mon légionnaire* in diesen düsteren Tagen zu hören war so feierlich und bewegend, dass Sarah eine Gänsehaut bekam.

Jacob merkte, dass Sarah weinte. »Warum weinst du, Sarah?«

»Ich weiß nicht … ich glaube, ich bin betrunken.«

Er hielt ihr Gesicht mit beiden Händen fest und zwang sie, ihn anzusehen. Ihre Wangen waren gerötet und von Tränen überströmt. Mit den Daumen wischte er sie fort, und Sarah ließ es ohne Protest zu. »Ich bringe dich ins Zimmer«, murmelte er zärtlich und hielt sie an den Schultern fest, um ihre wankenden Schritte zu lenken.

An der Türschwelle umarmte Sarah Jacob wieder. Ihre Beine konnten sie kaum noch halten. »Warst du derjenige, der mich mit einer Decke zugedeckt hat, als wir draußen auf dem Feld waren?«

Er nickte.

»O Jacob … du kümmerst dich immer um mich. Du bist nicht mehr böse auf mich, oder? Ich mag es nicht, wenn du böse auf mich bist.«

»Nein, Sarah. Ich bin nicht mehr böse auf dich.«

Zufrieden seufzte Sarah und kuschelte sich an seine Brust. Jacob strich ihr übers Haar, als wäre sie ein kleines Kind.

»Wo wirst du schlafen, Jacob?«

»Auf dem Sofa.«

Sarah richtete sich wieder auf, um ihn anzusehen. »Nein, Jacob. Du bist viel zu gut zu mir, als dass du es verdient hättest, auf dem Sofa zu schlafen. Du darfst nicht auf dem Sofa schlafen. Wenn du mir vergeben hast, warum willst du dann auf dem Sofa schlafen?«

Jacob wollte noch etwas sagen, doch Sarahs Lippen verschlossen die seinen.

Er war wie erstarrt. Er war sich sicher, dass dieser Kuss nicht mehr als eine kurze Berührung ihrer Lippen sein würde. Und er war sich sicher, dass Sarah nicht mehr Herrin ihrer Sinne war.

Doch der Kuss wurde länger und feuchter, sanft und warm. Jacob glaubte, vor Verlangen zu zerspringen.

»Geh nicht aufs Sofa. Lass mich nicht allein, Jacob«, bat Sarah, ohne seinen Mund freizugeben; jedes ihrer Worte streichelte seine Lippen.

Er hatte nicht gewollt, dass es so geschah. Die vielen Male, die er sich vorgestellt hatte, Sarah zu lieben, waren nicht so abgelaufen. Doch als sie die Hände unter sein Hemd schob und über seine Brust strich, wusste er, dass es kein Zurück gab. Jacob trat mit ihr ins Zimmer und schloss die Tür.

Das Krähen des Hahns weckte Sarah. Dieses vermaledeite Vieh hätte nicht so laut gekräht, hätte es gewusst, was für rasende Kopfschmerzen sie hatte.

Die Nacht war genauso kurz wie entsetzlich gewesen. Auch wenn sie eigentlich das Gefühl hatte, dass sie die Lider noch gar nicht aufbekam, freute sie sich doch, dass es Morgen wurde und die Sonne der Folter unter der Decke endlich ein Ende bereitete.

Sie konnte sich nicht erinnern, in ihrem Leben schon einmal so starke Kopfschmerzen gehabt zu haben. Am liebsten hätte sie den Kopf unter dem Kopfkissen begraben … wenn auf ebendiesem nicht schon der von Jacob gelegen hätte – er schlief tief und fest.

Koste es, was es wolle, sie musste dieses Bett und dieses Zimmer verlassen, bevor Jacob aufwachte und die Situation völlig unerträglich würde.

Sarah sah in den Flur des Hauses hinaus. Sie schlich vorsichtig über den kalten Fußboden, um ins Bad zu gelangen. Sie wollte sich unbedingt waschen, die blutigen Schlieren, die an ihren Schenkeln klebten, beseitigen. Und obwohl das Wasser aus dem Hahn eiskalt war, wusch sie sich lange und gründlich. Angezogen und warm eingepackt ging sie nach draußen. Die Sonne schien ungewöhnlich stark, so kam es ihr zumindest vor, als das gleißende Licht schmerzhaft auf ihre Augen traf. Sie hatte einen schrecklichen Kater und musste sich unbedingt die Beine vertreten und frische Luft schnappen.

Sie band sich das Kopftuch um, knotete es unter dem Kinn zusammen und überquerte die einsame Straße auf dem Weg zu einem brachliegenden und von Raben übersäten Getreidefeld, die auf der Suche nach Essbarem auf dem vereisten Boden herumpickten. Sie setzte ihren Spaziergang im Schutz einiger Bäume fort.

Die Stille war wie Balsam für sie, genau wie die morgendliche Luft, die vom Geruch nach Holz und Tau erfüllt war. Doch Sarah war viel zu müde und unruhig, um sich in diesem Augenblick wirklich besänftigen zu lassen. Schon bald schmerzten ihre Beine. Außerdem machte ihr Gewissen ihr zu schaffen.

Schließlich ließ sie sich auf einen Stein sinken.

Sie bereute nicht, was in der Nacht vorgefallen war, war aber auch nicht glücklich darüber. Das Erlebnis war es nicht wert gewesen, insbesondere wenn sie daran dachte, dass gute jüdische Frauen als Jungfrau in den Stand der Ehe traten.

Sie kannte sich mit Sex nicht aus. Selbstverständlich war das ein Thema, über das bei ihr Zuhause nicht gesprochen wurde. Sie wusste darüber nur, was sie heimlich in ein paar Büchern in der Bibliothek ihrer Eltern entdeckt hatte, und in gewisser Weise hatte sie eine romantischere Vorstellung davon gehabt. Doch wenn sie himmlische Chöre und Feuerwerke erwartet hatte, dann hatte sie damit völlig falschgelegen. Sie konnte sich nicht an viele Einzelheiten erinnern, aber es war eine schmerzhafte Erfahrung gewesen. Sie war sehr erregt, als sie Jacob küsste, aber dieses Gefühl war schnell verschwunden und wurde durch Apathie und schließlich durch Schmerz ersetzt. Wenn das der Preis war, den die Frauen bezahlen mussten, um ihre Jungfräulichkeit zu verlieren, dann war Gott definitiv nicht auf ihrer Seite.

Am schlimmsten war jedoch, dass es nicht schön gewesen war.

Einmal abgesehen von den Moralvorstellungen der anderen, hatte sie jedenfalls keinen Sex mit einem Mann haben wollen, den sie nicht liebte. Und sie liebte Jacob nicht. Sie hatte ihn gern, aber sie liebte ihn nicht. In dieser Nacht war ihr das klar geworden, und vielleicht hatte sie aus diesem Grund kein Feuerwerk erlebt.

Liebend gern wäre Sarah einfach nicht mehr in das Wirtshaus zurückgekehrt. Die Vorstellung, Jacob wiederzusehen, war ihr unangenehm, ja peinlich. Doch früher oder später würde sie sich dem stellen müssen. Außerdem war sie hungrig und brauchte einen starken Kaffee oder etwas, was dem ähnlich kam.

Die schwarzen Autos vor dem Wirtshaus versetzten sie sofort in Alarm. Statt die Straße zu überqueren, versteckte sie sich im Graben hinter dem Gebüsch. Sie wusste nicht genau, was es mit diesen Fahrzeugen auf sich hatte, zog es aber vor, vorsichtig zu sein: Eine unheilvolle Ahnung sagte ihr, dass das, was sie da vor sich hatte, nichts Gutes bedeutete. In jenen Tagen waren hauptsächlich Deutsche in Autos unterwegs.

Sie versuchte, sich einzureden, dass es sich vielleicht einfach nur um Gäste des Wirtshauses handelte. Deutsche vielleicht, ja, die aber nur auf einen Kaffee angehalten hatten. Wie auch immer, sie würde hier versteckt abwarten und sehen, was passierte.

Sie musste nicht lange warten. Nach weniger als zehn Minuten öffnete sich die Tür des Wirtshauses, und ihre dunkelsten Vorahnungen bestätigten sich.

Atemlos wiederholte sie im Stillen ein ums andere Mal, dass das nicht wahr sein konnte: Sarah wurde von ihrem Versteck aus Zeuge, wie vier Männer in Zivil Jacob, Samson und Marcel mit vorgehaltener Pistole nach draußen brachten und auf die Rückbänke der Autos stießen. Alle drei trugen Handschellen und waren nur mit Hemd und Hose bekleidet. Und auch wenn Sarah sie nicht sehen konnte, waren ihre Gesichter von den Folgen einer brutalen Festnahme gezeichnet.

Die Türen wurden heftig zugeschlagen, die Motoren angelassen, die Räder knirschten auf dem Kies … Ein kurzes Aufheulen der Motoren, eine Staubwolke, und dann war wieder alles wie zuvor in Saint-Denis: die Sonne, die Stille und die morgendliche Luft, erfüllt von dem Geruch nach Holz und Tau. Saint-Denis und sein Wirtshaus wirkten wie eine Fotografie, die dramatische Szene, die sich soeben abgespielt hatte, war aber nicht darauf zu sehen. Ein Drama mit einem einzigen Zuschauer.

Ich will nicht in einem staubigen Archiv sterben

»Ich glaube, Sarah Bauer hat den *Astrologen.*« Ich kam direkt zur Sache, kaum dass die erste Arbeitssitzung begonnen hatte, die Alain und ich abhielten; sogar noch bevor ich den Computer eingeschaltet und die Mappe mit den Dokumenten geöffnet hatte.

Er runzelte die Stirn und antwortete: »Beziehst du dich auf etwas Konkretes, oder ist das ausschließlich weibliche Intuition? Nicht dass ich etwas gegen weibliche Intuition hätte«, beeilte er sich klarzustellen, »aber als wissenschaftliche Methode für Nachforschungen ist sie … sehr fragwürdig.«

»Es ist ein bisschen was von allem«, gab ich zu. »Das ist das Ergebnis, wenn man Georg von Bergheim, die Familie Bauer, den *Astrologen* und eine Prise weibliche Intuition in ein Reagenzglas gibt und es kräftig schüttelt.«

»Das ist keine Wissenschaft mehr, sondern Hexerei, als Hypothese scheint es mir aber äußerst interessant.«

Ich nahm sein Eingeständnis lächelnd zur Kenntnis und machte mich daran, ihm eine ausführlichere Erklärung zu liefern. »Es ergibt zumindest einen Sinn. Wir wissen, dass Georg von Bergheim auf der Suche nach dem *Astrologen* war. Wir wissen, dass er sich – entgegen dem üblichen Prozedere bei Enteignungen – von Paris nach Straßburg begeben hat, um die Bauer-Sammlung zu beschlagnahmen …«

»Wir wissen, dass sich das Gemälde nicht in der Bauer-Sammlung befand«, unterbrach er mich.

»Nicht ganz. Wir wissen, dass es nicht in der Bestandsaufnahme aufgeführt wird, aber das heißt noch nicht, dass es nicht zur Sammlung gehörte.«

»*Touché*«, räumte er ein.

»Laut deinen Nachforschungen haben die Deutschen die ganze Familie Bauer festgenommen, bis auf Sarah Bauer... Warum? Warum gibt es weder eine Spur von dem *Astrologen* noch von Sarah Bauer? Warum sind ausgerechnet die beiden verschwunden?«

»Ich habe nicht gesagt, dass es keine Spur von ihnen gibt, sondern nur, dass ich keine gefunden habe ...«

»Dann müssen wir sie finden. Meine weibliche Intuition sagt mir, dass die Spur von Sarah Bauer die Spur zum *Astrologen* ist.«

»Gut, aber meine männliche Skepsis sagt mir, dass es noch viele andere Hypothesen gibt. Erstens könnte etwas anderes als *Der Astrologe* von Bergheim zur Bauer-Sammlung geführt haben. Zweitens: Vielleicht hat *Der Astrologe* von Bergheim zur Bauer-Sammlung geführt, doch er hat ihn fälschlicherweise in besagter Sammlung vermutet, während er in Wirklichkeit nie dazugehört hat. Drittens: Von Bergheim hat den *Astrologen* in der Bauer-Sammlung gefunden, ihn Himmler gebracht und seinen Auftrag damit erfüllt.«

»Warum ist er dann wieder nach Paris zurückgekehrt?«

»Dafür fallen mir alle möglichen Gründe ein ...«

Ich ignorierte Alains Erläuterungen und fuhr unbeirrt fort: »Er folgte Sarah Bauer nach Paris, weil er glaubte, dass sie das Bild hatte.«

»Warum nicht? Aber warum doch? Wir haben keine Beweise dafür.«

»Dann müssen wir eben danach suchen. Wenn wir Hypothesen ausschließen wollen, würde ich damit anfangen zu versuchen, Sarah Bauer aufzutreiben. Wir müssen nur beweisen, dass sie zur selben Zeit wie von Bergheim in Paris war. Und wenn wir dann eine Verbindung zwischen ihnen herstellen können, wissen wir, wo *Der Astrologe* war.«

Alain zuckte mit den Schultern. »Na gut … Dann musst du sämtliche Meldeämter von Paris auf der Suche nach einem Hinweis zum Verbleib von Sarah Bauer durchgehen: eine Erfassung im Melderegister, eine Heirats- oder Sterbeurkunde … Du wirst auch alle Datenbanken der im Holocaust Verschwundenen durcharbeiten müssen, und davon gibt es nicht wenige. Du kannst auch eine Anzeige in der Zeitung aufgeben: Vielleicht antwortet jemand, der mit ihr verwandt ist, oder gar sie selbst, wenn sie noch lebt … Es wird nicht leicht sein, sie zu finden, aber sicherlich leichter, als das Delmedigo-Dossier zu finden«, fasste Alain zusammen.

»Sagst du das alles, um mich aufzuheitern?«

»Aber natürlich. Ich habe dir gesagt, dass es nicht einfach wird. Würde ich allerdings glauben, es wäre unmöglich, dann wäre ich jetzt nicht hier, um diesen überaus wertvollen Brief von Hitler, den du gefunden hast, aus dieser Mappe herauszuholen.«

Während ich zusah, wie er den Brief las, dachte ich, dass er doch über einen eigenartigen Optimismus verfügte – aber immerhin war er optimistisch. Das konnte bei den Nachforschungen nur hilfreich sein.

An den Reichsführer SS und Polizeichef Heinrich Himmler

Lieber Kamerad,
unter Berücksichtigung des Berichts vom 15. Oktober 1941 genehmige ich, dass der Offizier mit der Nummer 634.976 der Operation Smaragd zugeteilt wird.
Zu diesem Zweck habe ich entsprechende Befehle an die Zentralbüros des Einsatzstabs Reichsleiter Rosenberg von Berlin weiter-

geleitet, damit ihm der Delmedigo-Bericht sobald wie möglich ausgehändigt wird.

Führerhauptquartier
17. Oktober 1941

DER FÜHRER
ADOLF HITLER

»Das Delmedigo-Dossier war also beim ERR in Berlin … Das ist keine gute Nachricht …«

»Ja … Auch wenn Hitler bestimmt eine Kopie davon besaß. Und ich nehme an, Himmler und von Bergheim ebenso und vielleicht noch jemand? Oder?«, bemerkte ich zaghaft.

»Bestimmt, aber nach Dokumenten zu forschen, die in Privatbesitz waren, ist schwieriger, als welche ausfindig zu machen, die zu Archiven großer Institutionen gehörten. Das Problem ist, dass ein Teil der Dokumente des ERR in Berlin bei einem Bombenangriff 1943 verbrannt ist …«

»Und du sagst, dass das hier kein unmögliches Vorhaben ist?«, unterbrach ich ihn entmutigt.

»Nur ein Teil ist verbrannt, nicht alles«, erwiderte er. »Die Dokumente, die den Brand überstanden haben, wurden nach Ratibor in Polen gebracht. Als sich die Deutschen eingestehen mussten, dass der Vormarsch der Roten Armee unaufhaltsam war, fingen sie an, sie erneut an unterschiedliche Orte in Deutschland zu bringen, hauptsächlich nach Berlin und Bayern. Vereinfacht könnte man sagen, dass es zwei Archivblocks des ERR gibt: diejenigen, die im Osten waren, als der Krieg zu Ende ging, und diejenigen, die zu diesem Zeitpunkt im Westen waren, und das bestimmt ihre heutige Auffindbarkeit. Auch wenn die Archive des ERR tatsächlich auf neunundzwanzig Institutionen in neun Ländern verteilt sind …«

»Sag mir, dass du mich immer noch aufheitern willst…«

Alain lächelte unbeirrt: »Kommen wir auf die Archive des ERR in Berlin zurück, das sind diejenigen, die uns interessieren…«

In einem didaktischen Anfall ergriff Alain einen Stift und ein Blatt Papier und zeichnete ein Schema für mich auf.

»Als die Russen 1945 in Ratibor eingedrungen sind, haben sie die Dokumente des ERR an sich genommen, die die Deutschen nicht mehr evakuieren konnten. Sie haben sie als Kriegsbeute angesehen und hatten vor, sie nach Moskau zu transportieren, doch aus unbekannten Gründen blieb die Mehrheit in Kiew in der Ukraine, wo sie heute noch sind.«

»Was war mit den Dokumenten, die die Deutschen evakuiert hatten?«

»Am Ende des Krieges haben die Amerikaner sie an sich genommen – nicht alle, aber doch die meisten – und haben sie nach Washington ins NARA gebracht«, erläuterte er. Damit meinte er die *National Archives and Records Administration*, das Nationalarchiv der Vereinigten Staaten.

Ich sah einen Teil von mir bereits in Kiew, den anderen in Washington, als Alain hinzufügte: »1960 hat die amerikanische Regierung diese Dokumente ihrem rechtmäßigen Besitzer zurückgegeben, also der Bundesrepublik Deutschland. Im NARA blieben nur noch die Kopien auf Mikrofilm, die Originale befinden sich im Bundesarchiv von Berlin-Lichterfelde.«

Ich sah mich immer noch zweigeteilt, auch wenn Berlin und Kiew etwas näher beieinanderliegen.

»Zusammengefasst: Falls das Delmedigo-Dossier also den Brand von 1943 überstanden hat und angenommen, dass es nicht gemäß Murphys Gesetz in Holland, Großbritannien, Belgien, Russland oder irgendeinem anderen Land ist, in dem sich weitere kleine Archive des ERR befinden, dann ist es am wahrscheinlichsten, dass es jetzt in Berlin oder Kiew ist.«

Während Alain auf diese Weise den möglichen Aufenthaltsort unseres Dokuments einkreiste, war ich auf meinem Stuhl zusammengesunken und gab in diesem Augenblick ein Bild grenzenloser Niedergeschlagenheit ab. »Ich will nicht allein in einem staubigen, ungeordneten Archiv sterben …«, klagte ich.

Alain lächelte einmal mehr spöttisch. »Du wirst nicht allein sterben, ich sterbe mit dir …«

Alain und seine Sätze ohne jeden Kontext … eine wunderschöne Äußerung, die mich allerdings kaum trösten konnte.

»Na, komm schon, die guten Nachrichten habe ich dir ja noch gar nicht mitgeteilt.«

»Ach so?«

»Ja klar doch! Ich habe Freunde«, murmelte er geheimnisvoll. »In Berlin und in Moskau, zwei bedeutende Archivare, die sich in den Archiven des ERR so gut auskennen wie in ihrer Westentasche. Wenn das Delmedigo-Dossier existiert und wenn es im Bundesarchiv oder im TsDAVO ist, dem ukrainischen Staatsarchiv, und wenn die Verantwortlichen es irgendwann hervorgeholt und sich die Mühe gemacht haben, es zu klassifizieren, und wenn sie danach entschieden haben, es öffentlich zugänglich zu machen, dann werden meine Freunde es finden«, schloss er triumphierend.

Ich dagegen war überhaupt nicht begeistert und wiederholte einfach nur: »Wenn … wenn … wenn … Schön wär's …«

Alain und ich arbeiteten immer abends zusammen. Vormittags unterrichtete er weiterhin an der Universität, und ich widmete mich der Suche nach Sarah Bauer. Da ich nicht in der Lage war, alles abzudecken, engagierte ich einen Sachverständigen für Ahnenforschung, damit er mögliche Verwandte von Sarah Bauer ausfindig machte und auf der Suche nach einem Hinweis auf ihren Aufenthalt die Pariser Meldeämter abklapperte. Währenddessen tat ich mein Bestes, um die Dokumente, die die Deutschen nach der Besetzung in Paris zurückgelassen hatten, nach ihr zu durchforsten.

Ein Großteil davon – sämtliche Dokumente, die nicht von den Deutschen vernichtet wurden, bevor sie vor den Alliierten aus Paris flohen –, insbesondere diejenigen, die mit jüdischen Bürgern zu tun haben, befinden sich in den Archiven des *Mémorial de la Shoah*, der Shoah-Gedenkstätte, dem sogenannten *Centre de Documentation Juive Contemporaine* oder auch CDJC. Auch dort hatte Alain – wie könnte es anders sein – eine Freundin, eine junge Archivarin mit Namen Edith, von kleiner Statur und mit einem Gesicht, das an eine Maus erinnerte. Ediths Großeltern gehörten zu den im Vélodrome d'Hiver festgehaltenen Juden, die später in deutschen Konzentrationslagern starben. Ihre damals gerade zwei Jahre alte Mutter war der Deportation entgangen, weil ein paar Nachbarn sie bei sich aufnahmen und als ihre Nichte ausgaben. Edith sah es als ihre Pflicht, jüdischen Familien zu helfen, die, so wie sie, durch die Nazis Angehörige verloren hatten.

Edith erzählte mir, dass aufgrund eines vom Militärbefehlshaber in Frankreich im September 1940 ausgestellten Befehls alle in Paris wohnhaften Juden zu den Unterpräfekturen der Polizei beordert wurden, um sich statistisch erfassen zu lassen. Ihre Namen und Adressen wurden in einem zentralen Archiv der französischen Polizei registriert, das als *Archiv Tulard* bekannt ist und das seinerseits der Gestapo ausgehändigt wurde, als die Deportationen beginnen sollten. Fast 150 000 Juden wurden in diesem Archiv vermerkt.

»Auch wenn nicht alle Juden, die in Paris lebten, sich meldeten«, erläuterte Edith, »könnte das ein guter Ansatzpunkt sein, um nach Sarah Bauer zu suchen.«

Wenn sie denn in Paris gewesen war, so gehörte Sarah Bauer zu denjenigen, die sich nicht hatten erfassen lassen. Das wurde uns klar, als wir ihren Namen nirgendwo entdecken konnten.

»Gehen wir noch die Karteien der Gefangenen der Gestapo und der Präfektur von Paris durch«, schlug Edith schließlich ohne große Hoffnung vor. »Es gibt nur wenige Juden, die in Paris lebten und nicht in irgendeiner Form in ihren Registern auftauchen. Es sei denn, man lebte im Untergrund …«

Nachdem wir tagelang Hunderte von Karteikästen durchgegangen waren, fing ich an zu glauben, dass Sarah Bauer tatsächlich im Untergrund gelebt hatte … Oder aber, dass diese Frau damals gar nicht in der Hauptstadt gewesen war. Beziehungsweise, dass es unsinnig war, so viel Zeit mit der Suche nach einer Person zu vergeuden, deren Verbindung zum *Astrologen* vielleicht ohnehin nur eine fixe Idee war. Doch dann …

»Wir haben sie gefunden!«, rief ich Alain triumphierend durch den Hörer zu, die Karteikarte von Sarah Bauer in der Hand haltend.

PosenGeist

Es war Samstag, und Konrad war in Paris. Wir aßen bei ein paar Freunden in der Rue de Berri, ein formelles Essen mit dem Botschafter von Deutschland. Vor lauter erzwungenem Lächeln schmerzte danach mein Kiefer, und der lustlos getrunkene Champagner verursachte mir Kopfschmerzen. Der Grund, weshalb ich Konrad danach trotzdem noch etwas mehr liebte als sonst, war sein Vorschlag, zu Fuß nach Hause zu gehen.

Die Champs-Élysées waren so beeindruckend wie immer, erfüllt mit Lichtern und belebt von Touristengruppen und Parisern, die den Samstagabend nutzten, um zwischen Restaurants und Boutiquen spazieren zu gehen: Frauen mit langen Beinen und Pfennigabsätzen, Männer im Galaanzug, luxuriöse Autos, dazu der Geruch von frisch gesprengten Vorgärten und ein Hauch von Party, der in der Luft lag.

Ich mochte es, Arm in Arm mit Konrad die Straße entlangzuschlendern und endlich einmal in aller Ruhe über unsere Angelegenheiten zu sprechen. Der Weg war lang, aber es war eine wunderschöne, milde Nacht mit einer sanften Brise, die mir half, einen klaren Kopf zu bekommen. »Es ist unglaublich … Du hättest die Listen und die Zahlen sehen sollen«, kommentierte ich lebhaft ein paar Ergebnisse meiner Nachforschungen. »Ich hatte ja keine Ahnung, aber 76 000 französische Juden wurden während der deutschen Besetzung deportiert. Und das mit dem Einverständnis und sogar der Beihilfe der örtlichen Behörden.

Man glaubt immer, dass der Nazismus vor allem etwas Deutsches ist …«

»Und das ist er nicht?«, unterbrach er mich.

»Er ist etwas ursprünglich Deutsches, aber wo auch immer er sich niederließ, traf er auf Anhänger und Sympathisanten: Frankreich, Holland, Belgien, Norwegen, Tschechoslowakei, Ungarn … Die Nazis konnten vier Jahre lang – denk nur mal, eine ganze demokratische Legislaturperiode lang – in halb Europa regieren. Und das war nur deshalb möglich, weil sie auf mehr Kollaboration als Widerstand getroffen sind. Weißt du, dass in den ersten Monaten der Besetzung die Mehrheit der Denunziationen bei der Gestapo solche von französischen Bürgern gegen französische Bürger waren?«

»Dann ist der Nationalsozialismus im Wesentlichen also menschlich«, schloss Konrad nicht ohne eine gewisse Ironie.

»Er ist auf perverse Weise menschlich, fürchte ich.«

In dem Moment blieb er stehen, legte die Arme um mich und suchte nach meinem Blick. »Sag mir, dass du anfängst, dich für deine Nachforschungen zu begeistern, meine Süße.«

»Sie fangen an, mich neugierig zu machen …«, gab ich lächelnd zu.

Konrad zog mich noch enger an sich, und ich ließ mich von seinen starken Armen umfangen. Doch als ich mich gerade so richtig gut fühlte, klingelte ein Handy irgendwo zwischen unseren Körpern.

»Ist das deins?«

»Sieht so aus …«, nuschelte ich verstimmt, während ich meine Tasche öffnete. »Wer zum Teufel ruft mich an einem Samstag um diese Uhrzeit an?«

Glücklicherweise hatte ich eine kleine Clutch dabei, und kaum dass ich sie geöffnet hatte, sah ich das vibrierende, klingelnde und blinkende Handy.

»Unbekannte Nummer?«, brummte ich.

»Heb ab, dann weißt du, wer es ist…«

»Die sind imstande und wollen mir einen ADSL-Anschluss verkaufen… Ja bitte?«

Schweigen am anderen Ende der Leitung. Nur das leise Rauschen der Verbindung.

»Hallo?«, hakte ich unter Konrads aufmerksamem Blick nach.

Schweigen und Rauschen.

»Leg auf… Da hat sich jemand verwählt.«

Ich wollte gerade auflegen, als eine tiefe, raue Stimme das Rauschen mit einem einzigen Wort durchbrach, das ich kaum verstand. Ein Schauer lief über meinen Rücken. Das Wort wurde mit derselben dumpfen Stimme wiederholt.

»Hören Sie, wer sind Sie?«, gelang es mir zu sagen.

Der Anruf brach ab.

Ich war wie erstarrt.

»Was ist los? Wer war das?«

»Ich weiß es nicht…«

»Aber was hat er gesagt? Du bist ja leichenblass!«

»Es geht nicht darum, was er gesagt hat, sondern, wie. Diese Stimme war… sie war schrecklich, Konrad. Wenn Tote sprechen könnten, dann hätten sie bestimmt eine solche Stimme…«

Er hielt mich fest. »Ist schon gut, beruhige dich. Was hat die Stimme gesagt?«

»Ich… ich bin mir nicht sicher. Es war ein Wort, dasselbe Wort, zwei Mal. Beim ersten Mal habe ich so etwas wie ›Poltergeist‹ verstanden. Aber beim zweiten Mal hörte es sich an wie ›posengaist‹…«

Ich glaubte, bei Konrad eine gewisse Anspannung zu spüren. »PosenGeist«, wiederholte er in perfektem Deutsch.

Ich trat einen Schritt zurück, um ihm ins Gesicht sehen zu können. Es kam mir so vor, als ob seine Miene äußerst ernst geworden wäre, aber vielleicht lag es auch nur an der Straßenlampe, die ihm direkt ins Gesicht schien. »Ja, genau das … Woher wusstest du das?«

»Ich habe geraten …«

»Weißt du, was ›PosenGeist‹ ist?«

»Nein«, wies er die Frage schneidend zurück.

Ich wollte schon antworten, dass er mir ganz den Eindruck vermittle, er wüsste genau, was es bedeute, als das Telefon in meiner Hand erneut vibrierte. Ich zuckte zusammen, und fast gleichzeitig riss Konrad mir das Telefon aus der Hand und nahm das Gespräch an.

»Hör zu, du Hurensohn, ich habe keine Ahnung, für wen du dich verdammt noch mal hältst …« Plötzlich brach er ab. »Scheiße …! Er hat aufgelegt!«

»Was hat es damit auf sich? Was soll das?«, verlangte ich eine Erklärung von ihm, als hätte er eine parat. Ich war viel zu durcheinander, um klar denken zu können; die unheilvolle Stimme hallte noch immer in meinen Ohren nach.

»Ich weiß es nicht. Aber ein derartiger Telefonterror ist einfach unerträglich!«

Ich hatte ihn schon lange nicht mehr so wütend gesehen. Das machte mich misstrauisch. »Du weißt es eben doch, Konrad. Du weißt, was diese Nachricht bedeutet. Deshalb bist du so aufgeregt«, wagte ich zu sagen.

»Red keinen Unsinn, Ana! Ich bin genauso ratlos wie du, aber ich fühle mich für dich verantwortlich und werde nicht zulassen, dass man dich derart terrorisiert. ›PosenGeist‹ sagt mir nichts, es ergibt keinen Sinn … Verdammt! Warum bezichtigst du jetzt mich?«

»Ich bezichtige dich doch nicht …«

»Doch, das tust du. Warum nimmst du deinen Freund, Doktor Arnoux, nicht besser unter die Lupe? Ich habe dir schon gesagt, dass wir ein Auge auf ihn haben müssen. Ich will hier mal festhalten, dass nur er deine Nummer hat und darauf gewartet haben könnte, dass du bei den Nachforschungen einen weiteren

Schritt nach vorn machst, um sein sinnloses Spiel wieder aufzunehmen.«

Ich fand, dass er übertrieb. Zugegebenermaßen waren Alains Motive, sich an den Nachforschungen zu beteiligen, zweifelhaft. Aber daraus zu schließen, dass er mich verfolgte … »Du hast es gesagt: sinnlos. Es ergibt überhaupt keinen Sinn, dass er mir Angst einjagen will … Und außerdem, wenn er dir so gefährlich vorkommt, warum hast du ihn dann auf unsere Seite geholt? Immerhin war nicht ich diejenige, die ihn dazu aufgefordert hat, mit uns zusammenzuarbeiten …«

»Ich auch nicht.«

Diese lakonische Erklärung überraschte mich. »Bitte?«

»Ich habe ihn nicht angerufen.«

»Das hat er mir aber gesagt … Oder so habe ich es zumindest verstanden.«

»Er war derjenige, der mich kontaktiert hat, um seine Mitarbeit anzubieten. Er war so versessen darauf, dass er keinerlei Einwände hatte zu unterschreiben, was auch immer ich ihm vorgelegt habe. Er hätte mir wahrscheinlich seine Mutter verkauft, wenn ich ihn darum gebeten hätte.«

»Er hat keine Mutter, die er verkaufen könnte …«, murmelte ich, den Blick ins Leere gerichtet, während ich diese Nachricht zu verdauen versuchte.

»Wie bitte?«

»Ach nichts …«

Gut möglich, dass Alain mir nicht explizit von Konrads Anruf erzählt hatte, und dass ich es nur so ausgelegt hatte. Vielleicht aber doch … Nach allem, was geschehen war, war ich mir in Bezug auf nichts mehr sicher.

Auf einmal fühlte ich mich erschöpft. Die Champs-Élysées wirkten plötzlich feindlich und abweisend. Ihre Lichter hatten allen Glanz verloren, und die sanfte Brise hatte aufgehört. Alles, was noch herumschwebte, war ein gespenstisches Wort: PosenGeist.

Ich ging zu einer Bank in der Nähe und setzte mich. Konrad tat es mir gleich.

»Wir nehmen ein Taxi, um nach Hause zu fahren«, verkündete er.

Ich versuchte nicht, ihm die Idee auszureden.

Februar 1943

1942, nach der Ermordung von Reinhard Heydrich, dem Leiter des RSHA, durch tschechische Rebellen, erlässt der Chef der Gestapo, Heinrich Müller, die Anordnung, Terroristen einer »verschärften Vernehmung« zu unterziehen, und befürwortet Methoden wie Schlaf- und Nahrungsentzug, körperliche Betätigung bis hin zur Erschöpfung, kontinuierliche Misshandlungen und Isolationshaft. Solche Vernehmungen sollen nur angewendet werden, um Informationen von denjenigen zu erhalten, die »feindliche Absichten gegenüber dem Staat« haben, nicht aber, um ein Schuldeingeständnis zu erlangen. In Wirklichkeit ist die Folter der Gestapo weit über diese Methoden und Grenzen hinausgegangen, jedoch ist Müllers Anordnung das einzig offizielle schriftliche Zeugnis, das die Alliierten nach dem Krieg gefunden haben.

Die letzten achtundvierzig Stunden waren von Angst erfüllt gewesen. Ein Wettlauf gegen die Zeit und die Vernunft. Eine lange und dunkle Reise zurück nach Paris, um Jacob zu suchen.

Bei Einbruch der Dunkelheit verließ Sarah das Gebüsch. Als sie Marcels Haus betrat, bot sich ihr ein bedrückender Anblick: Alles lag wild durcheinander. Im Schlafzimmer war Jacobs Kleidung über den Boden verstreut. Sie hatten ihn nur mit dem mitgenommen, was er am Leib trug. Sarah kniete sich nieder, sammelte alles ein und legte es ordentlich in den Koffer. Dann ging sie nach unten. Bevor sie früh am Morgen hinausgegangen war, hatte sie ihre ganzen Sachen eingesammelt und in dem Hohlraum unter der Treppe versteckt. Sie hatte das ohne bestimme Absicht getan, eigentlich nur um Zeit zu gewinnen, da sie wenige Stunden später aufbrechen würden. Doch aus diesem Grund hatte man nicht nach ihr gesucht, offenbar war ihnen nicht klar geworden, dass auch sie sich hier aufhielt.

Was sie allerdings gefunden hatten, waren die Waffen. Der ganze Schuppen stand kopf, von dem Radio oder Marcels Unterlagen war keine Spur zu finden. Die versteckten Fächer des Karrens waren geöffnet und geleert worden, dem Maultier hatten sie eine Kugel in den Kopf gejagt, es lag tot in seinem Stall inmitten einer Blutlache. Dass die Gestapo die Waffen gefunden hatte, war für Jacob und die anderen sehr verhängnisvoll. Das war der Beweis, den sie benötigten, um sie des Terrorismus zu bezichtigen und zum Tode zu verurteilen. Sie durfte keine weitere Minute verlieren, musste sich auf den Weg nach Paris machen und die anderen Mitglieder der *Bewaffneten Widerstandsgruppe Elsass* kontaktieren.

Obwohl es schon nach der Sperrstunde war, lud sie sich ihren und Jacobs Koffer auf und lief los. Sie musste unbedingt zum Bahnhof von Valençay gelangen, um den ersten Zug am Morgen zu bekommen. Und wenn sie dafür jemanden, der ihr den Weg versperrte, erschießen musste, dann würde sie das, ohne zu zögern, tun.

Doch das Glück war auf ihrer Seite. Um die Mittagszeit kam sie mit ihren beiden Koffern und allen Kugeln in der Luger in Paris an.

»Was für eine verdammte Scheiße! Jacob wird auspacken!«

Trotsky nahm die Nachricht mit einem Wutausbruch auf. Sarah war viel zu müde, um sich gegen sein Gebrüll und seine Beschimpfungen zur Wehr zu setzen. Gelassen erwiderte sie bloß: »Das wird er nicht tun. Er ist kein Verräter.«

»Da geht es nicht um Verrat, Kindchen, da geht es darum, Mumm zu haben. Und man braucht eine gehörige Portion davon, wenn man der Gestapo in einem Verhör den Namen seiner verdammten Mutter nicht verraten will. Und den hat dein kleiner Freund nicht. Uns steht das Wasser bis zum Hals, verstehst du das?«

Ohne eine Antwort von Sarah abzuwarten, trat Trotsky an die Tür seiner Kammer und brüllte wie ein Besessener: »Ihr da! Packt alles ein! Ich will, dass hier in zwanzig Minuten alles weg ist! Wir müssen verschwinden!«

Da die anderen ihn bloß verdutzt anstarrten, ohne auch nur einen Finger zu rühren, wiederholte er den Befehl jähzornig: »Macht schon, verdammt noch mal!«

Nachdem er sich vergewissert hatte, dass sie tatsächlich anfingen zusammenzupacken, tat er es ihnen mit seinem Berg Papierkram und Gerümpel gleich.

»An deiner Stelle würde ich verschwinden und meinen Arsch in Sicherheit bringen, Süße. Gut möglich, dass dein Name bei seiner angenehmen Unterredung mit den verfluchten *Boches* als Erstes fällt. Vielleicht sind sie im Moment schon dabei, nach dir zu suchen.«

Sarah stand benommen auf, ergriff die beiden Koffer und verließ die Kammer in Richtung Ausgang der Werkstatt. Doch sie konnte sie nicht ungehindert durchqueren, denn die anderen umringten sie beunruhigt.

»Was ist passiert? Warum müssen wir verschwinden?«

Sarah antwortete widerwillig, ohne stehen zu bleiben; sie wollte nicht reden, wollte keine weiteren Erklärungen abgeben müssen. »Die Gestapo hat Gauloises geschnappt.«

Diese Nachricht verbreitete sich wie ein Lauffeuer. Doch Sarahs Blick galt allein der Tür, sie ging nur in diese Richtung, wollte nur nach draußen.

Gutenberg und Dinamo rannten zu Trotsky, um mit ihm zu

sprechen. Marion hielt sie am Arm zurück. »Was hast du vor, Liebes?«

Sarah zuckte mit den Schultern.

»Wohin willst du? Geh nicht allein von hier weg. Warte kurz auf mich, ich komme mit dir.«

Sarah sah ihre Freundin an, als würde sie nicht verstehen, was diese gesagt hatte. »Nein, Marion. Ich gehe zu Jacob.«

»Bist du verrückt? Dann schnappen sie dich auch noch! Mein Gott, Sarah, denk doch mal nach!«

»Ich muss zu ihm, Marion. Ich muss ihm seine Kleidung bringen, er hat nichts zum Anziehen.«

»Aber Kleines, glaubst du denn, dass er in einem Hotel ist? Komm zur Vernunft, Sarah. Du begibst dich in die Höhle des Löwen!«

»Ich kann ihn nicht im Stich lassen, Marion. Er würde das auch nicht tun, wäre ich an seiner Stelle. Er hat mich nie im Stich gelassen.«

Mit einem Seufzer gab Marion sich geschlagen. »Es ist egal, was ich sage, nicht wahr? Du bist entschlossen, es zu tun, auch wenn es blanker Wahnsinn ist.«

Sarah nickte. Sie holte ein Heft aus ihrer Tasche und notierte eine Adresse. »Hör zu, Marion. Wenn ich in einer Woche nicht zurück bin, bringst du dann das Gemälde zur Gräfin? Sag ihr, dass ich dich schicke.«

Marion nahm das Blatt, das Sarah ihr reichte. »Diese hässliche Landkarte?«

Sarah musste lächeln. »Ja.«

Marion war überzeugt, dass ihre Freundin den Verstand verloren hatte. Aber sie konnte nichts tun. Sie umarmte sie fest und spürte, wie sich ein Kloß in ihrem Hals bildete. »Pass gut auf dich auf, ja?«

Als einzige Antwort holte Sarah die Luger unter dem Rock hervor und legte sie Marion in die Hand.

Man hatte sie in einen Warteraum geführt. Einen kargen Raum mit der Flagge des Deutschen Reichs, ein paar Stühlen und einem Schreibtisch, hinter dem eine Sekretärin ununterbrochen auf einer Schreibmaschine tippte und ihr von Zeit zu Zeit einen wachsamen Blick über den Rand ihrer Brille hinweg zuwarf.

Als sie ihre Papiere an der Kontrolle vorgezeigt hatte, hatte der Wachhabende am Eingang einen weiteren Kameraden zu sich gerufen. »Sie sagt, sie kommt, um Fabrice Renard zu sehen. So wie es aussieht, ist sie seine Frau.«

Der zweite Wachhabende begab sich in ein Büro und kam nach wenigen Minuten wieder heraus. »Hier entlang.«

Sie filzten sie und durchsuchten ihren Koffer, wühlten rücksichtslos in Jacobs Kleidung herum, die sie so sorgfältig zusammengelegt hatte. Dann befahlen sie ihr, den Koffer mitzunehmen, und begleiteten sie in einen Warteraum.

Sarah war nervös. Und je länger sie dort saß, desto nervöser wurde sie. So wie es aussah, lief doch alles gut. Sie verstand nicht, warum es ihr also nicht gelang, ruhiger zu werden. Vielleicht war es das kontinuierliche Klappern der Schreibmaschine, das sie so aus der Fassung brachte, oder diese verfluchte Fahne.

»Pauline Renard!«

Ein Wachhabender brüllte an der Tür ihren Namen. Sarah sprang auf, als wäre sie eine Marionette, an deren Fäden man zog. Ungeschickt und mit zitternden Händen ergriff sie den schlecht verschlossenen Koffer.

»Kommen Sie mit!«

Sie durchquerten endlose Korridore, die einander beängstigend ähnelten und immer menschenleerer wurden, je weiter sie in das Innere des Gebäudes in der Rue des Saussaies vordrangen. Sie gingen Treppen nach unten, die geradewegs in die Hölle zu führen schienen, und schritten durch Türen, die immer dicker waren und immer mehr Schlösser hatten. Gerade als sie der Überzeugung war, sich in einem Labyrinth zu befinden, das nirgendwohin führte, brachte man sie in einen kleinen Raum ohne Fenster, der nahezu leer war. Eine Glühbirne hing von der Decke über einem Stuhl, der im Boden verschraubt war, und in einer Ecke stand ein Tisch mit einem Telefon. Daneben lag ein langer Schlauch. Tatsächlich sah es hier aus wie in einer Zelle.

Sarah bekam Panik. »Was geht hier vor? Wo sind wir …? Wo ist mein Mann? Ich will meinen Mann sehen!«

»Ruhe und setzen!« Der Beamte drückte sie an den Schultern auf den Stuhl und stellte sich wachsam hinter sie.

In dem Moment trat ein weiterer Mann ein, ging zum Telefon und wählte eine Nummer. »Alles bereit«, gab er durch den Hörer weiter. Er legte auf und stellte sich neben die Tür.

Sarahs Herz pochte heftig, und sie schwitzte, obwohl es in dem Raum sehr kalt war. *»Du begibst dich in die Höhle des Löwen!«* Unablässig wiederholten sich Marions Worte in ihrem Kopf.

Kurz darauf öffnete sich die Zellentür. Sarah sah, wie zwei Männer einen gekrümmten Körper hineinstießen und ihn mit Handschellen an einem Haken in der Wand festmachten. Erst als dieser Mann den Kopf hob, um sie anzusehen, erkannte sie ihn.

Sie war kurz davor loszuschreien, doch glücklicherweise hielt sie sich zurück. »Mein Gott, was haben sie mit dir gemacht?«

Sie wollte zu ihm stürzen, um ihn zu stützen, aber die Wachen hinderten sie daran.

»Warum trägt die Frau keine Handschellen?«, fragte ein anderer Mann, der in diesem Moment eintrat und eine Offiziersuniform der SS trug. »Legen Sie ihr sofort welche an!«

»Jawohl, Kommissar.«

Jacob rüttelte an seinem Haken, während ein Knurren, das einem Nein ähnelte, das Einzige war, was er von sich geben konnte.

Sarah leistete so gut wie keinen Widerstand, während man sie an den Stuhl fesselte. Sie hörte kaum das Klicken des Verschlusses und spürte auch das kalte Eisen um ihre Handgelenke nicht. Sie konnte den Blick nicht von Jacob abwenden, von seinem angeschwollenen und blutverschmierten Gesicht, von seinem verletzten und mit blauen Flecken übersäten Körper. »Sag etwas … Sprich mit mir, bitte …«, bat sie ihn schluchzend um ein Lebenszeichen.

»Du solltest nicht hier sein …«, gelang es Jacob, leise hervorzupressen. »Du musst verschwinden …«

»Schön, schön, schön.« Die Stimme des deutschen Offiziers, die im Vergleich zu Jacobs schmerzlich kraftvoll klang, hallte von den Wänden wider. »Frau Renard, hier haben Sie Ihren Ehemann. Oder … vielleicht ja auch nicht«, fügte er hinzu, als er sich nach vorn beugte, um Sarah in die Augen zu sehen. Sein Blick war schwarz und durchdringend, er wollte sie einschüchtern.

Da das Mädchen schwieg und seinem Blick standhielt, lächelte er schließlich boshaft und richtete sich wieder auf, um theatralisch durch die enge Zelle zu schreiten; sein Vortrag war nicht weniger theatralisch. »Sie tun gut daran, mir nicht zu widersprechen. Es gibt keinen Herrn und keine Frau Renard. Zumindest sind Sie das nicht. Ihre Papiere sind gefälscht, das wissen wir. Dieser Mann hat recht«, er zeigte auf Jacob und pflichtete ihm bei. »Sie hätten nicht herkommen sollen … mit gefälschten Papieren. Es ist nicht gut, die Polizei anzulügen. Abgesehen davon haben Sie darum gebeten, Ihren Mann zu sehen, und das haben wir erfüllt. Jetzt müssen Sie uns Ihren wirklichen Namen sagen.«

Der Kriminalkommissar stellte sich erneut Sarah gegenüber. »Wie heißen Sie wirklich?«

Sarah presste die Lippen aufeinander und schluckte ihre Tränen hinunter. Sie wich dem Blick des Deutschen nicht aus, während sie hörte, wie ihr Freund sich krümmte und damit seine Ketten zum Klirren brachte. Seinen kaum verständlichen Worten entnahm sie, dass sie nichts sagen solle.

»Bringen Sie den Mann zum Schweigen!«

Die beiden Anwesenden beeilten sich, seinem Befehl nachzukommen, und knebelten Jacob. Sein Gemurmel verwandelte sich in ein kaum hörbares Stöhnen.

»Ich frage Sie zum letzten Mal. Wie lautet Ihr richtiger Name?«

Mit wuterfülltem Blick antwortete Sarah: »Pauline Renard.«

Der Kommissar richtete sich auf, um sie streng von oben herab zu betrachten. »Es ist bedauerlich, dass Sie nicht mit uns zusammenarbeiten wollen, Fräulein. Sehr bedauerlich, wo Sie doch so schön sind.«

Ohne weitere Erläuterungen machte er kehrt. »Sie können anfangen, Huber«, befahl er dem Kriminalassistenten, der mit dem Verhör beauftragt war. »Benachrichtigen Sie mich, wenn Sie fertig sind.«

Der Kommissar verließ die Zelle. Er war nicht daran interessiert, dem Verhör beizuwohnen. Ehrlich gesagt brachten ihn solche Momente sehr durcheinander. Von der Folter wurde ihm ganz übel. Außerdem war diese Frau wirklich wunderschön. Das würde eine ziemlich unangenehme Sitzung werden.

Kriminalassistent Huber übernahm den Oberbefehl. »Nehmen Sie dem Gefangenen den Knebel ab.«

Nachdem die Beamten seinem Befehl nachgekommen waren, richtete er sich in fast perfektem Französisch an die beiden Verhafteten: »Hören Sie gut zu, denn ich werde es Ihnen nur einmal sagen. Das hier kann ganz schnell und einfach vorbei sein. Alles hängt von Ihnen ab. Da ich bereits verstanden habe, dass Sie nicht sehr geneigt sind zu kollaborieren, werde ich eine andere Strategie anwenden.«

Huber wandte sich an Sarah: »Ich werde mit Ihnen beginnen. Sie sagen mir Ihren Namen, wenn ich Sie danach frage. Sehen Sie Ihren Ehemann – oder wer auch immer er ist – gut an. Wenn Sie meine Fragen nicht beantworten, wird der Beamte Schwarz

Säure auf seine Wunden gießen, und der Beamte Backe wird ihm mit einem Stab auf die Stelle schlagen, wo er am empfindlichsten ist...«

»Nein! Sag nichts! Sieh mich nicht an!«, brach es aus Jacob hervor, doch seine Kraft reichte nicht aus für das, was eigentlich ein Schrei sein sollte.

»Ruhe, oder wir knebeln Sie wieder!«

»Sieh mich nicht an! Tu's nicht! Nein...!«

Die Polizisten brachten ihn mit dem Knebel wieder zum Schweigen.

Huber sah Sarah an. »Wie heißen Sie?«

Als Antwort presste Sarah nur die Augen zusammen und drehte das Gesicht zur Seite. Doch der hinter ihr stehende Polizist hielt sie fest und zwang sie, den Kopf wieder nach vorn zu drehen.

Der Kriminalassistent holte ein Feuerzeug hervor, zündete es an und hielt es vor ihre geschlossenen Augen. »Wenn Sie die Augen nicht öffnen, dann muss ich Ihnen die Lider verbrennen«, drohte er mit sadistischer Ruhe.

Sarah öffnete die Augen, und kurzzeitig blendete sie die Flamme, bis Huber das Feuerzeug wegnahm. Dann sah sie wieder Jacob vor sich.

»Wie heißen Sie?«

Sarah zitterte und schwitzte, biss sich fest auf die Lippen. Jacob bewegte den Kopf. Er hatte ihr gesagt, sie solle nichts sagen.

Huber gab ein Zeichen. Ein Polizist leuchtete Jacobs Wunden mit der Glühbirne aus, sodass jede davon gut sichtbar wurde. Sarahs Magen zog sich zusammen. Das Nächste, was sie sah, war, wie man Jacob mit einer Metallstange zwischen die Beine schlug. Der Schlag hallte in dem Raum wider. Jacob schien der Atem zu stocken, doch er gab keinen Ton von sich. Danach goss Agent Schwarz ein paar Tropfen Säure auf die Wunden in seinem Gesicht. Das Blut schien zu kochen, als es mit der Säure in Verbindung kam, und das brodelnde Zischen war das Einzige, was man hören konnte, denn Jacob blieb noch immer stumm.

Sarah schrie, sie sollten aufhören, bis ihre Stimme versagte. Sie kämpfte gegen ihre Handschellen an, sodass sie ihr in die Haut schnitten, und mühte sich mit dem Stuhl ab, an den sie gefesselt war, bis ihre Knie schmerzten. Als sie nichts dagegen ausrichten konnte, sackte sie niedergeschlagen und von wütenden und verzweifelten Tränen überströmt in sich zusammen. Ihr Wächter hob ihren Kopf wieder an, indem er sie an den Haaren zog.

»Vielleicht haben Sie es sich noch einmal überlegt und wollen mir jetzt ein für alle Mal Ihren richtigen Namen sagen.«

Sarah blickte zu Jacob: Er schüttelte nur immer wieder den Kopf. Dann blickte sie zu Huber. Sie sah ihn einen Moment lang sehr durchdringend an und spuckte dann in seine Richtung.

Huber war nicht nahe genug, als dass sie ihn hätte treffen können. Dennoch hatte die unbedachte Dreistigkeit der Frau seinen Sadismus aufgestachelt. »Backe! Das Benzin!«

Sarah wurde panisch. »Nein, nein! Was wollen Sie tun?«

Huber sah sie weder an, noch dachte er daran, ihr zu antworten. Er genoss es zu sehen, wie Backe Jacobs Oberkörper mit Benzin übergoss. Der Geruch nach Treibstoff erfüllte den Raum. Als Sarah sah, dass Backe die Flamme an Jacobs Körper hielt, fing sie an zu schreien wie eine Besessene.

Sarahs herzzerreißende Schreie, das Geräusch der Flammen, die Jacobs Körper verbrannten, und die unerträglichen Schmerzen: Es gab nichts, was der Hölle näher kam. Jacob wollte nur noch sterben oder wenigstens ohnmächtig werden. Er hatte gedacht, dass er es ertragen könnte, doch als die Flammen anfingen, seinen Körper zu verbrennen, stieß er aus seinem tiefsten Inneren einen gellenden Laut aus, ein Heulen, das die Wände zum Einstürzen zu bringen schien.

Nach Jacobs Schrei konnte Sarah sich nicht länger zurückhalten und brüllte: »Sarah! Sarah Bauer!«

Huber lächelte zufrieden. Er hob einen Schlauch vom Boden auf und richtete den Wasserstrahl auf den glühenden Körper des Gefangenen. Er durfte nicht zulassen, dass er jetzt schon starb.

»Schön zu sehen, dass wir Fortschritte machen«, sagte Huber boshaft, als er dem Gefangenen den Knebel abnahm.

Sarah betrachtete Jacob verzweifelt. Fast seine gesamte Kleidung war verkohlt, und seine aufgeplatzte Haut rauchte noch immer. Nur mit Mühe konnte er den Kopf heben und sie ebenfalls ansehen. Jetzt, ohne Knebel, hätte er gerne mit ihr gesprochen, aber seine Brust brannte, und er bekam kaum Luft. Er quälte sich ab, um etwas zu sagen, doch aus seiner Kehle drang nur ein Keuchen.

Als er sah, dass er nicht sprechen konnte, befahl Huber, ihn von der Wand loszuketten und auf einen Stuhl zu setzen. Da er sich nicht aufrecht halten konnte, banden sie ihn an der Stuhllehne fest. Die Stricke schnitten sich wie Messer in seine verbrannte Haut. Man gab ihm etwas Wasser, das er jedoch erbrach.

»Bitte«, schluchzte Sarah, »lassen Sie mich zu ihm. Sie müssen ihn hinlegen und seine Wunden versorgen, oder er stirbt. Bitte … bitte …«

Huber drehte sich um und verpasste ihr mit dem Handrücken eine Ohrfeige. Sarah war ganz verwirrt nach dem Schlag. Sie bemerkte kaum das dünne Rinnsal, das von ihrem Mundwinkel herablief; Hubers Ring hatte ihre Lippen aufplatzen lassen.

»Halt den Mund, du Luder! Schau, was du erreicht hast! Jetzt ist dieser Scheißkerl zu nichts mehr zu gebrauchen!«

Huber war sich bewusst, dass er zu weit gegangen war. Der Gefangene befand sich in einem Zustand, in dem das Verhör unmöglich fortgesetzt werden konnte. Selbst wenn sie das Mädchen foltern würden, würde er nicht sprechen können, und wenn sie ihn weiter folterten, würde er höchstwahrscheinlich sterben.

»Benachrichtigen Sie den Kriminalkommissar!«, brüllte er einen der Polizisten an.

Der Offizier der SS erschien unverzüglich in der Zelle. Er warf einen kurzen Blick auf den Gefangenen und konnte eine angewiderte Grimasse nicht unterdrücken. Erfreut stellte er jedoch fest, dass das Mädchen noch so gut wie unversehrt war. Er hatte keine Lust, noch mehr solch ekelerregende Dinge zu sehen, es reichte völlig, dass dieser Gestank ihm den Magen umdrehte. Er wollte das hier so schnell wie möglich hinter sich bringen und fragte Huber: »Was haben Sie?«

»Nicht viel, Herr Kommissar. Das Mädchen ist schwierig, wir mussten ihn fast umbringen, nur damit sie uns ihren Namen gesagt hat.«

»Und deshalb haben Sie mich gerufen?« Der Kommissar wurde ungeduldig. »Und wie zum Teufel heißt sie, Huber? Ich habe nicht den ganzen Tag …«

»Sarah Bauer, Herr Kommissar.«

Der Gesichtsausdruck des Kommissars wechselte plötzlich. Von angeekelt verwandelte er sich in interessiert.

»Jedenfalls brauche ich Anweisungen, ob ich mit dem Verhör weitermachen soll, Herr Kommissar«, fuhr Huber fort. »Dieser Mann kann nicht sprechen …«

Doch der Kommissar ging nicht auf seine Worte ein, sondern trat zu dem Mädchen und suchte nach seinem Blick. »Sarah Bauer, also? Bist du tatsächlich Sarah Bauer?«

Sarah hob langsam den Kopf und zeigte ihm ein tränenüberströmtes, aber hasserfülltes Gesicht. »Mehr werden Sie nicht aus mir herausbekommen. Sie können mich foltern so wie ihn, bis ich tot bin, aber ich werde ohne ein weiteres Wort sterben. Das schwöre ich bei Gott«, stieß sie hervor.

Der Kommissar spürte, wie ihn die Wut erregte, die diese Frau verströmte. Wenn es nach ihm ginge, würde man sie nicht foltern; er würde sie einfach nur vögeln und basta.

Er musste sich große Mühe geben, sich zu beherrschen. Dann befahl er: »Benachrichtigen Sie Kriminalkommissar Hauser. Ich glaube, es wird ihm gefallen zu erfahren, wen wir hier gefunden haben.«

»Und was machen wir mit ihm, Kommissar?«, wollte Huber auf Jacob bezogen wissen.

»Schaffen Sie ihn von hier weg, zurück in seine Zelle. Wenn Sie ihn nicht umgebracht haben, dann warten Sie, bis er sich erholt hat, um das Verhör fortzusetzen.«

»Halt die Klappe, du verdammte Jüdin! Mir reicht es völlig, hier in diesem Loch zu sein, ich muss mir nicht auch noch dein Geheul anhören!«, brüllte der Gefängniswärter von der anderen Seite der Tür.

Doch Sarah brüllte weiter. Sie hatte nicht damit aufgehört, seit sie Jacob weggebracht hatten. Sie heulte, als hätte sie den Verstand verloren. Erst als die Erschöpfung sich ihrer bemächtigte, hörte ihr Rufen auf, und sie fiel in eine Art Lethargie.

In der völligen Dunkelheit und Stille der Zelle verlor sie jegliches Zeitgefühl. Es hätten Stunden oder Tage vergangen sein können, ehe diese Männer eintraten und sie holten, sie wusste es nicht. Genauso wenig, wie sie sich an den Weg erinnern konnte, auf dem sie in diesem Labyrinth aus Treppen und Gängen in dem Gebäude entlanggestoßen wurde. Das Licht blendete, die Geräusche verwirrten sie. Sie war völlig verstört und wie von Sinnen.

Man führte sie in einen Raum, der einem Büro ähnelte. Sie stellte fest, dass es Tag war und stark regnete. Man fesselte sie wieder an einen Stuhl, nur dass es sich dieses Mal um keinen mit Eisenstäben handelte, sondern um einen breiten und komfortablen Stuhl mit breiter Rückenlehne, einer gepolsterten Sitzfläche und Armlehnen. Schon bald fühlte sie sich besser. Außerdem war der Raum gut beheizt, und die Wärme war eine Wohltat für ihre tauben Glieder. Sie hätte einschlafen können, sich tagelang ausruhen, vielleicht nie wieder aufwachen …

Das Geräusch der sich öffnenden Tür ließ sie aufschrecken. Sarah drehte den Kopf, um einen Blick über die Schulter nach hinten zu werfen.

»Hallo, Sarah.«

In dem Moment war sie völlig perplex. Sie glaubte sogar, sie sei schließlich doch eingeschlafen und träume. Doch das Bild von Kommandant von Bergheim, der das Büro mit seinem charakteristischen Hinken durchschritt, wirkte viel zu real.

Auch Georg war erschüttert, sie in diesem Zustand zu sehen: Diese Frau hier hatte nichts zu tun mit dem fröhlichen, unbesorgten Mädchen, das er in Straßburg kennengelernt hatte. »Was haben sie bloß mit dir gemacht, Kleine?«, fragte er sanft und versuchte so, die Wut zu verbergen, die ihn bei ihrem Anblick ergriff. Er würde ein ernstes Wort mit diesem Kretin von Hauser wechseln müssen.

Sarah schwieg. Sie sah ihn an wie ein eingesperrtes Tier, mit einer Mischung aus Furcht und Hass in den Augen. Georg streckte die Hand zum Kinn des Mädchens aus, damit es das Gesicht hob und er die Wunde an seinem Mund besser sehen konnte. Doch Sarah wandte den Kopf brüsk ab. Als sie das tat, merkte sie, wie ihr schwindlig wurde und sich alles um sie herum drehte.

»Wie lange hast du schon nichts mehr gegessen?«

Sarah schloss die Augen. Sie schwieg. Ohne es zu sehen, glaubte sie zu spüren, wie Georg sich zur Tür begab und diese öffnete. Sie hatte die Augen noch immer geschlossen, hörte aber, wie er mit jemandem vor der Tür sprach.

»Tun Sie mir den Gefallen und bringen Sie mir einen Verbandskasten und etwas zu essen.«

»Etwas zu essen, Sturmbannführer?«

»Ja, etwas zu essen und zu trinken. Bringen Sie etwas Suppe und Fleisch … etwas Warmes … und Brot … Was weiß ich, lassen Sie sich was einfallen. Ich will hier ein Tablett mit demselben, was Sie heute essen werden. Und zwar schnell!«

»Ja, Sturmbannführer.«

Noch bevor Georg die Tür schloss, kam ein anderer Beamter mit dem an, was die offenbar einfacher zu erfüllende Bitte beinhaltete: dem Verbandskasten.

Als sie erneut allein waren, führte Georg seine einseitige Unterhaltung mit dem Mädchen fort. »Du musst mich diese Wunde versorgen lassen, Sarah. Vertrau mir, ich werde dir nicht wehtun.«

Er sprach mit ihr, wie er mit seiner kleinen Astrid sprach, wenn das Mädchen aufmüpfig war und er sie für sich gewinnen wollte. In der Zwischenzeit tränkte er ein Tuch mit Wasser und Alkohol. »Das wird jetzt etwas brennen. Beweg dich nicht.«

Sarahs Lippen zuckten kaum zusammen, als Georg vorsichtig mit dem Tuch über ihre Wunde strich, bis sie gesäubert war. Da es kein sehr tiefer Riss zu sein schien, tupfte er nur etwas Jod auf. Dann öffnete er die Knöpfe an den Ärmeln ihrer Jacke und Bluse.

»Schon vorbei, Sarah. Jetzt hör mir gut zu: Ich werde dir die Handschellen abnehmen, aber du musst mir versprechen, dass du keinen Unsinn machst.«

Sie sah ihn mit weit geöffneten Augen an. Sie ähnelte noch immer einem Tier, jetzt eher ängstlich als wild, eher misstrauisch als bedrohlich.

»Wir werden es so machen«, schlug er vor, während er das Halfter der Pistole an seinem Gürtel öffnete, »ich werde meine Waffe solange auf den Tisch legen.«

Der Stahl der Sauer 38 schlug leise gegen das Holz.

»Wenn du mir vertraust, vertraue ich dir«, versicherte er ihr, als er ihre Handschellen öffnete.

Nachdem sie befreit war, stellte Sarah fest, dass sie ihre Handgelenke kaum bewegen konnte. Sie hätte sie gerne massiert, aber sie waren ganz wund. Georg verarztete auch ihre Handgelenke und verband sie. Er war gerade dabei, den letzten Verband mit

Leukoplast zu befestigen, als es an der Tür klopfte: Man brachte das Essen.

Sie war fest entschlossen, keinen Bissen zu sich zu nehmen, doch als Kommandant von Bergheim das Tablett vor ihr abstellte, wurde ihr beim bloßen Geruch des warmen Essens schwindlig, und das Wasser lief ihr im Mund zusammen. Es gab Hühnersuppe mit Nudeln, Kalbfleisch mit Soße und Kartoffelbrei und Birnenkompott. Ihr Magen zog sich zusammen und knurrte unüberhörbar. Wenn sie nichts aß, dann würde sie mit dem ganzen Essen vor der Nase bestimmt ohnmächtig werden.

»Willst du nichts essen? Kannst du das Besteck nicht halten?«

Sarahs Nicken war die erste menschliche Reaktion. Langsam griff sie zum Besteck und fing an, das Essen zu verschlingen. Sie versuchte, sich zu zügeln, langsam zu essen, wie ihre Mutter es ihr beigebracht hatte, doch das konnte sie nicht: Bei jedem Bissen, den sie nahm, schien ihr Körper sie unverzüglich zum nächsten zu drängen, ohne ihr Zeit zum Kauen oder gar Genießen zu lassen. Nachdem sie fertig war, stellte von Bergheim das Tablett weg.

An den Tisch gelehnt, sah Georg sie väterlich an. »Wirst du jetzt mit mir sprechen, Sarah Bauer?«

Als Antwort senkte sie die Lider, um seinem Blick auszuweichen. Georg hatte nicht erwartet, dass es einfach würde, er konnte die Haltung des Mädchens verstehen. »Was ist geschehen, Sarah? Warum haben sie dir das angetan?«

Sie hob den Kopf und lächelte, lächelte, sosehr es die Verletzungen ihres Mundes und ihrer Seele zuließen. In ihrem Lächeln lagen so viel Abscheu und Bitterkeit, dass Georg erschrak.

»Warum?«, wiederholte sie. Ihre Stimme war rau und heiser vom vielen Schreien in der Zelle. »Sie fragen mich, warum, Hauptmann von Bergheim? Gibt es denn einen Grund für diesen Wahnsinn? Haben die Ihren irgendeinen Grund, um mich zu foltern? Haben Sie irgendeinen Grund, mein Leben zu zerstören? Eigentlich sollte wohl eher ich Ihnen die Frage stellen, Kommandant: Warum haben Sie mir das angetan?«

Obwohl Sarahs Worte so ätzend wie Säure waren, versuchte er, Haltung zu bewahren. »Ich will dir nur helfen, Sarah. Du musst mir glauben.«

»Dann geben Sie mir meinen Vater, meine Mutter, meine Schwester und meinen Bruder wieder. Geben Sie mir mein Leben wieder, das, was ich früher hatte, bevor Sie in unser Haus gekommen sind.«

»Ich will dir nicht wehtun. Das wollte ich nie, weder dir noch deiner Familie. Etwas, was eigentlich sehr einfach hätte sein sollen, ist auf unerklärliche Weise kompliziert geworden. Jetzt weiß nicht einmal mehr ich, was ich tun könnte, um es rückgängig zu machen … Manche Dinge können nicht geändert werden.« Georg seufzte. Was tat er da? Rechtfertigte er sich etwa? Er sollte sich dieser Angelegenheit mit mehr Verstand und weniger Herz annehmen. Ein Offizier der SS rechtfertigte sich niemals vor dem Feind … Aber, war dieses Mädchen tatsächlich sein Feind? Was für eine Art Feind war sie denn, bitte?

Sarah war durcheinander. Dieser Mann verwirrte sie. Er schien ein Nazi zu sein, ein Nazischwein wie alle anderen: Er war gekleidet wie sie, redete wie sie, trug dieselben Abzeichen und machte dieselben Gesten. Trotzdem war etwas an ihm anders, etwas, was man nicht sehen konnte, das aber immer wieder hervorblitzte: Die Art und Weise, wie er sich benahm, das Verständnis, das in seinem Blick lag, oder die Sorgfalt, mit der er ihre Wunden versorgt hatte; und auch dieses *»Es reicht!«*, mit dem sie jede Nacht aus ihrem Albtraum erwachte. Es gab vieles, was Sarah an Kommandant von Bergheim nicht verstand.

Auch sie seufzte, als würde sie gleich klein beigeben. Sie war müde, unendlich müde. »Was wollen Sie von mir, Kommandant?«

Sie wirkte so traurig und niedergeschlagen, dass Georg ihr am liebsten tröstend über die Wange gestreichelt und ihr versichert hätte, dass alles gut würde, dass er imstande sei, alles gut werden zu lassen. Doch sie anzulügen erschien ihm niederträchtig und sie zu berühren … vermessen. »Ich will wissen, wo *Der Astrologe* ist. Sag es mir, und ich lasse dich in Ruhe.«

Sarah schüttelte bekümmert den Kopf. »Ich kann kaum glauben, worum Sie mich da bitten. Nichts von alldem, was gerade geschieht, will ich glauben. Franzose oder Jude zu sein oder dieses verdammte Gemälde sind Grund genug, um das Leben von Menschen zu zerstören? Was für ein Wahnsinn ist das?« Da sie nicht erwartete, eine Antwort auf ihre Frage zu erhalten, fuhr sie fort: »Ich habe dieses Gemälde nicht und weiß auch nicht, wo es sich befindet. Ich weiß nicht, wo sich die Dinge oder die Menschen befinden, die zu mir gehörten, bevor ich Sie kennengelernt habe …«

Ein Klopfen an der Tür unterbrach sie. Beide sahen auf.

»Herein!«, brüllte Georg barsch.

Kriminalkommissar Hauser öffnete die Tür und blieb auf der Schwelle stehen, ohne einzutreten. »Sturmbannführer von Bergheim, ich würde Sie gerne unter vier Augen sprechen.«

Schwerfällig richtete Georg sich auf, nahm die Pistole vom Tisch und steckte sie in das Halfter. »Ich bin gleich zurück«, sagte er zu Sarah. »Es dauert nur ein paar Minuten.«

Als er durch die Tür schritt, befahl Hauser zwei Wächtern, im Büro zu bleiben, während er sich fragte, ob der Hauptmann so verrückt war, die Gefangene ungefesselt allein zurückzulassen.

Sobald sie im Flur waren, ging Georg zum Fenster und holte sein Zigarettenetui hervor.

»Es tut mir leid, Sturmbannführer, hier darf man nicht rauchen«, belehrte Hauser ihn, um dann mit verschlagenem Lächeln hinzuzufügen, »dieses Verbot gilt für alle Anlagen des RSHA …«

Georg gehörte nicht zum Reichssicherheitshauptamt. Er dachte, wenn er verdammt noch mal Lust darauf hätte zu rauchen, dann würde er es tun und es sich ganz bestimmt nicht von Hauser verbieten lassen. Dennoch biss er sich auf die Zunge und steckte das Etui ein, ohne sich dazu herabzulassen, ihm zu antworten. »Was wollen Sie, Hauser?«

»So wie es aussieht, haben wir die Frau gefunden, oder etwa nicht?«

»Die Leute von der Gestapo erledigen stets zuverlässig ihre Arbeit, daran gibt es keinen Zweifel«, erwiderte Georg. »Selbst dann, wenn man sie ausdrücklich darum bittet, es nicht zu tun. Ich glaubte deutlich gemacht zu haben, dass ich nicht will, dass das Mädchen angefasst wird.«

Hauser zuckte lächelnd mit den Schultern, er genoss die Situation richtiggehend. »Allem Anschein nach ist sie mit gefälschten Papieren hierhergekommen. In jedem Fall müssten Sie sich bei den Leuten von der DI beschweren, die haben sie festgenommen.«

Ehe er weitersprach, nahm Hauser die Brille ab und putzte sie sorgfältig. »Genau darüber wollte ich mit Ihnen sprechen. Wie Sie sehen, Sturmbannführer, befinde ich mich in einer verzwickten Lage mit den Leuten von der DI. Sie beschuldigen die Frau, mit Terroristen zusammenzuarbeiten. Wie es scheint, ist ihr Ehemann einer davon …«

Georg konnte seine Überraschung nicht verbergen. »Ehemann?«

»Das sagt sie zumindest. Auch wenn man sich bei diesem Gesindel nie sicher sein kann: Sie lügen, sobald sie den Mund aufmachen. Die Sache ist die, dass sie nicht gerade begeistert waren, eine ihrer Gefangenen abtreten zu müssen. Sie wollen wissen, was Sie mit ihr vorhaben, damit sie so schnell wie möglich mit ihrer … Prozedur fortfahren können.«

»Das ist ganz einfach, Hauptsturmführer: Sobald ich mit der Unterredung mit ihr fertig bin, lasse ich sie frei.«

Hauser zog seine Augenbrauen übertrieben nach oben: Seine

Bestürzung brachte er bühnenreif zum Ausdruck. »Das meinen Sie nicht ernst, Sturmbannführer! Es gibt Dutzende Gründe, weshalb wir sie im Gefängnis behalten können: Terrorismus, Widerstand gegen das Reich, Fälschung von Papieren … Mal ganz abgesehen davon, dass sie Jüdin ist.« Der Kommissar brachte seine Missbilligung mit einer abschätzigen Handbewegung zum Ausdruck. »Erlauben Sie mir, Bedenken gegen Ihr Vorgehen zu äußern, Sturmbannführer von Bergheim. Ich weiß nicht, was Sie von dieser Frau wollen, aber Sie werden nichts erreichen, indem Sie ihr Essen bringen, das kann ich Ihnen versichern. Diese Leute muss man mit harter Hand behandeln.«

»Offen gestanden, Hauptsturmführer Hauser, habe ich nicht die Absicht, meine Methoden mit Ihnen zu erörtern. Die Gestapo hat ihre Arbeit bereits getan. Was mit der Gefangenen geschieht, ist nicht Ihre Angelegenheit und auch nicht meine, sondern die von Reichsführer Himmler, und dass Sarah Bauer freigelassen wird, ist sein Wunsch und sein Befehl.«

Hauser verdrehte die Augen. Er war nicht der Typ, den man übers Ohr hauen konnte. Mit eisiger Ruhe jede einzelne Silbe betonend, sagte er: »In diesem Fall muss ich den direkten und ausdrücklichen Befehl des Reichsführers vorliegen haben. Andernfalls kommt die Frau hier nicht raus.«

Eine gute und eine schlechte Nachricht

Irina hat angerufen. Wenn du willst, hole ich dich in einer Stunde mit dem Motorrad ab und erzähle dir bei einer Spazierfahrt, was sie gesagt hat«, unterbreitete mir Alain, als er mich an einem Sonntag um elf Uhr morgens anrief.

Während ich duschte und mich fertig machte, fragte ich mich, was für Neuigkeiten Alain hatte, um damit nicht bis Montag warten zu können. Konrad war schon früh nach Madrid zurückgereist, und ich war erneut allein, hatte noch den bitteren Nachgeschmack des Wortes *PosenGeist* im Mund und die Zweifel bezüglich Alain, die wie ein Schwert über meinem Kopf hingen. Ich hatte keine Lust darauf, ihn zu sehen, noch weniger, mit ihm einen Ausflug zu unternehmen, aber ich wollte natürlich wissen, was er von Irina erfahren hatte.

Irina Egorova war eine Spezialistin des Rossiiskii Gosudarstvennyi Voennyi Arkhiv, des RGVA oder, der Verständlichkeit halber, des russischen Militärarchivs. Vor ein paar Jahren hatte sie Alain geholfen, mehrere Bände von großem Wert ausfindig zu machen, die von den Nazis aus der Bibliothek der Rothschilds entwendet worden waren. Alain zufolge kannte sich Irina in allen Archiven der ehemaligen Sowjetunion von Moskau bis Tiflis bestens aus und hatte überall Freunde. Wenn das Delmedigo-Dossier im TsDAVO von Kiew war, dann würde sie es finden.

In kurzer Zeit hatten wir mit dem Motorrad das Stadtzentrum hinter uns gelassen und waren in Belleville, im 20. Arrondissement, angekommen. Der Park von Belleville befindet sich auf einem Hügel, von wo aus man einen der spektakulärsten Ausblicke auf Paris hat. In einem chinesischen Restaurant holten wir uns gebratenen Reis, Nudeln mit Garnelen und Pekingente zum Mitnehmen und improvisierten ein Picknick im Park.

»Was hat Irina denn nun gesagt?«, fragte ich schließlich, nachdem wir mit dem Essen angefangen hatten und Alain immer noch nicht den Anschein machte, mit dem Thema herausrücken zu wollen.

Als würde es sich dabei nicht um den eigentlichen Grund unseres Treffens handeln, aß Alain einfach weiter, kämpfte sich mit den Stäbchen und ein paar glitschigen Nudeln ab. »Ach ja«, räumte er endlich ein, nachdem er eine Garnele ergattert hatte. »Also, es gibt eine gute und eine schlechte Nachricht …«

Ich runzelte die Stirn.

»Die gute Nachricht ist, dass Irina das Delmedigo-Dossier gefunden hat.«

»Sie hat es gefunden?« Ich verpasste ihm einen Stoß, dass er fast umkippte. »Aber … Wie kannst du nur …! Wie konntest du das nur so lange verschweigen?! Hör sofort auf zu essen und erzähl mir alles!«, verlangte ich und nahm ihm die Nudelbox aus der Hand.

Das hielt Alain nicht davon ab, sich erneut mit den Stäbchen in der Box zu bedienen.

»Streng geheim«, antwortete er lakonisch, ehe er eine Garnele aß. Nachdem er sie gekaut und hinuntergeschluckt hatte, fügte er hinzu: »Sie hat es gefunden, weil die Deutschen es als streng geheim betitelt hatten. Dadurch haben es die Sowjets im Nachhinein unter den Tausenden von beschlagnahmten Dokumenten klassifiziert. Das Problem der Archive des ERR von Kiew besteht darin, dass sie noch nicht entsprechend aufgearbeitet wurden und viele von ihnen sich noch in dem Zustand befinden, in dem sie vor siebzig Jahren zurückgelassen wurden. Der Bestand ist ziemlich durcheinander, wodurch sich eine Suche in einen Albtraum verwandelt. Doch wenn es etwas gab, was vorzugsweise klassifiziert wurde, dann alle Akten oder Dossiers, die den Stempel ›streng geheim‹ trugen …«

»Streng geheim …«, wiederholte ich, während ich erste Schlussfolgerungen zog. »Es ist komisch genug, dass ein einfaches Gemälde für so viel Wirbel sorgt. Aber dass es auch noch als streng geheim klassifiziert wird – was mag das bedeuten?«

»Streng genommen wird diese Klassifizierung für jedes Dokument verwendet, dessen Bekanntwerden die nationale Sicherheit stark gefährden könnte.«

»Na gut, aber wie könnte ein Gemälde die nationale Sicherheit welchen Landes auch immer gefährden? Worum handelt es sich denn nun bei diesem Bild von Giorgione?«

»Ich bin mir nicht sicher, aber wenn wir die Puzzlestücke zusammentragen: Ahnenerbe plus streng geheim plus ein unbekanntes Gemälde von Giorgione – dann riecht das geradezu nach einem magischen Gegenstand, einer Reliquie, mit der Hitler die Welt zu beherrschen versuchte. Aus irgendeinem Grund muss der Führer geglaubt haben, dass dem *Astrologen* etwas Übernatürliches innewohnt. Ich denke nicht, dass Giorgione umsonst als einer der rätselhaftesten Maler der Kunstgeschichte betrachtet wird: Die Interpretationen mehrerer seiner Gemälde sind umstritten, und man sagt ihm nach, dass er der Hermetik und der Alchemie zugetan war. Aber das weißt du besser als ich.«

Ich konnte nicht umhin, entnervt die Augen zu verdrehen. »Ich kann dir versichern, dass es nichts Rätselhaftes bei Giorgione gibt, das darüber hinausginge, dass man nicht viel über sein Leben weiß und er die schlechte Angewohnheit hatte, seine Bilder nicht zu signieren, was zu Fehlern bei der Bestimmung und viel Kopfzerbrechen bei den Kunsthistorikern geführt hat. Alles Übrige, all diese Geschichten über die vermeintlich dunkle Seite Giorgiones, sind nichts anderes als ›Blog-Gedöns‹.«

Alain lächelte. »Blog-Gedöns? Was soll denn das sein?«

»Die Unmenge an unnützem Zeug, das Leute in ihren Blogs verbreiten«, definierte ich mein selbst erdachtes Wort.

»Da widerspreche ich dir nicht. Aber die Sache ist die, dass Hitler diesen Lügen blind vertraute und ein fanatischer Anhänger von allem Geheimnisvollen war. Und in diesem Fall weist alles auf eine der fixen Ideen des Führers hin. Wenn ich dir die schlechte Nachricht unterbreite, wirst du mir in jedem Fall recht geben.«

»Ach, ja klar… Ich hatte völlig vergessen, dass es auch noch eine schlechte Nachricht gibt… Lass mich raten: Das Dokument ist bislang nicht freigegeben worden und uns somit nicht zugänglich.«

Alain schüttelte den Kopf. »Es verhält sich damit etwas… mysteriöser.«

»Wie denn?«, hakte ich neugierig nach.

»Das Delmedigo-Dossier ist verschwunden.«

»O mein Gott…«

»Die Verantwortlichen des Archivs in Kiew versichern, dass das Dokument bei der letzten Bestandsaufnahme vor zwei Monaten noch da war…«, fügte Alain hinzu.

Jeden Tag verschwinden Unterlagen aus Archiven. Das ist eine Schande, aber so ist es nun mal. Skrupellose Forscher oder das angestellte Personal selbst lassen sie mitgehen. Doch sicher ist auch, dass Dokumente nicht willkürlich geklaut werden.

»Ganz eindeutig möchte jemand nicht, dass wir diese Geschichte aufklären…«, schloss ich. Das rutschte mir einfach so heraus, doch mit diesem Satz wollte ich auch Alain auf die Probe stellen und sehen, wie er reagierte.

»Dein Freund, der Geist von Georg von Bergheim?«

»Mach keine Witze darüber, Alain. Allein bei dem Gedanken bekomme ich eine Gänsehaut.«

»Na gut, aber Geister entwenden keine Dokumente aus Archiven. Trotzdem hast du recht, wenn du sagst, dass uns jemand daran hindern will, dieser Sache auf den Grund zu gehen. Irgendwie ist das auch aufregend, oder nicht?«

»Wie man es nimmt …«, seufzte ich, ehe ich beichtete: »Gestern habe ich einen Anruf erhalten …«

Obwohl ich ihn aufmerksam beobachtete, konnte ich keine ungewöhnliche Reaktion bei ihm feststellen. Er beschränkte sich darauf, die Augenbrauen hochzuziehen, und fuhr ungerührt fort, sein chinesisches Essen zu verschlingen.

»Einen Anruf?«

Ich teilte ihm alle Einzelheiten des Zwischenfalls mit: die Uhrzeit, den unbekannten Anrufer, seine beunruhigende Stimme und das einzige Wort, das er sagte.

»*Posen-Geist?*«, wiederholte Alain. Es schien tatsächlich das erste Mal zu sein, dass er es hörte, so zögerlich, wie er es aussprach. »Und was ist das?«

»Das weiß ich nicht. Auch laut Konrad ergibt ›PosenGeist‹ keinerlei Sinn. ›Posen‹ hat keine Bedeutung …«

Zum ersten Mal vergaß Alain seine Schachtel mit dem Reis und den Nudeln und wurde nachdenklich. Nach einer Weile schloss er: »›Posen‹ könnte der deutsche Name für die polnische Stadt Poznan sein. Während des Krieges wurde sie vom Dritten Reich annektiert und hat durch die sogenannten ›Posener Reden‹ traurigen Ruhm erlangt.«

Bei Alains Tonfall ahnte ich, dass es damit etwas Interessantes auf sich haben könnte. »Die Posener Reden?«, ermunterte ich ihn fortzufahren.

»Ja. Dabei handelt es sich um Reden, die Heinrich Himmler im Oktober 1943 im Rathaus dieser Stadt vor einer Zuhörerschaft aus Funktionsträgern der deutschen Regierung gehalten hat. Die Besonderheit dieser Reden besteht darin, dass sie öffentlich und ohne Tabus von der Ausrottung der Juden durch die Hitlerregierung als etwas sprechen, das gewollt und geplant war und das in den Konzentrationslagern bereits ausgeführt wurde.«

Über diese Information nachgrübelnd, murmelte ich: »›PosenGeist‹: der Geist von Posen … Das könnte eine Organisation sein: die Anhänger des Geistes dieser Reden …«

»Das wäre möglich … Es könnte aber auch ein Gemälde sein. Es wäre ein schöner Name für ein Gemälde: *Der Geist von Posen.* Oder auch der Name eines Pferdes: Geist von Posen, 10:1 auf Sieg, geht als Favorit an den Start.«

Ich überging Alains Sarkasmus und holte den iPod hervor. Ich nutzte das WLAN im Park und ging ins Internet – das hätte ich schon sehr viel früher tun können.

»Wonach suchst du?« Alain sah mir über die Schulter.

»Ich habe in Google ›PosenGeist‹ eingegeben …«

Die Suchmaschine brauchte 0,06 Sekunden, ehe sie 25 Ergebnisse ausspuckte, alle auf Deutsch und keines davon interessant für mich.

»Das führt zu nichts …«

»Das bedeutet, es ist weder ein Gemälde noch ein Pferd … Und wenn es sich um einen Verband von Verehrern Himmlers handelt, dann glaube ich nicht, dass er bei Google auftauchen würde«, betonte Alain.

»Und wenn ›PosenGeist‹ auf irgendeine Weise mit dem Verschwinden des Delmedigo-Dossiers zu tun hat? Dann war dieser Anruf vielleicht eine Warnung …«

»Also wenn sie dich vor etwas warnen wollten, dann hätten sie schon ein wenig deutlicher sein können.«

Alains Leichtfertigkeit brachte mich auf die Palme. Ich konnte mich nicht länger zurückhalten und platzte heraus: »Sehr witzig, das alles auf die leichte Schulter zu nehmen, wenn man nicht derjenige ist, der anvisiert wird! Ich kann dir versichern, dass es für mich überhaupt nicht lustig ist!«

Mein Ausbruch schien ihn nicht zu beeindrucken. »Ich nehme

das nicht auf die leichte Schulter, ich glaube einfach nur, dass es nicht weiterhilft, die Sache aufzubauschen.«

»Ich bitte dich nur um etwas Mitgefühl. Ist es so schwierig zu verstehen, dass ich mir Sorgen mache? Ich habe Bauchschmerzen, sobald das Telefon klingelt …«, gestand ich bedrückt.

Endlich fuhr Alain ernsthafter fort. »Es tut mir leid … Natürlich verstehe ich, dass du Angst hast, aber … ich weiß einfach nicht, was ich tun oder sagen soll. Glaub mir, es wäre mir viel lieber, *ich* würde diese Anrufe erhalten. Ich wüsste, wie ich mich dagegen zur Wehr setzen kann. Aber ich weiß nicht, wie ich dich beschützen soll … und das macht mich noch ganz verrückt.«

Seine Worte kamen ihm ungeschickt und mühsam über die Lippen, völlig anders als sein ironisches Benehmen, und in wenigen Sekunden war mein Ärger verraucht.

Seufzend ließ ich mich auf den Rasen fallen. Ich gab mich geschlagen. »Danke«, sagte ich mit einem Lächeln, das er erwiderte.

Nachdem wir somit Frieden geschlossen hatten, wollte ich das Thema wieder aufnehmen. »Und was hält deine Freundin Irina davon, dass das Dokument einfach so verschwunden ist?«

Alain sah mich feierlich an, ehe er antwortete, als hätte er die ganze Zeit darauf gewartet, dass ich ihm diese Frage stellte. »Sie meint, dass sie etwas Interessantes für uns hat, aber sie ist der Meinung, dass wir sie in Moskau besuchen müssen. Oder vielmehr in Sankt Petersburg.«

Februar 1943

Die Deutschen werden in Stalingrad bezwungen, wodurch dem deutschen Heer die erste große Niederlage widerfährt. Stalingrad bedeutet einen großen Rückschlag für den deutschen Vormarsch an der russischen Front und trägt dazu bei, die Moral der Nazitruppen stark zu schwächen. Um die Autorität des Reichs im restlichen Europa zu untermauern, verstärkt man ab diesem Zeitpunkt die Unterdrückung in den besetzten Gebieten.

Heinrich Himmler war kein Mann, den man leicht hinters Licht führen konnte. Seine eigene Unsicherheit zwang ihn, stets wachsam und misstrauisch zu sein. Nur selten verlor er die Fassung, er neigte nicht zu Wutausbrüchen. Doch wenn ihm etwas wirklich missfiel, dann machte er seinen Unmut mit unmenschlicher Härte deutlich. Seine Drohungen waren so gefasst wie schonungslos, und demjenigen, an den sie gerichtet waren, lief ein kalter Schauer über den Rücken, wenn er sie vernahm.

Georg respektierte ihn, weil er ihm Gehorsam und Treue schuldete, als Mitglied der SS hatte er einen Eid geleistet, und Georg war ein Mann des Wortes und der Ehre. Er war überzeugt, dass nur traditionelle Werte wie Treue, Anstand, Ehrlichkeit und Mut Deutschland helfen würden, den Krieg zu gewinnen und seine Würde zurückzuerlangen, die so viele Jahre mit Füßen getreten worden war.

Doch im Gegensatz zu vielen anderen fürchtete Georg ihn nicht. Er hatte dem Tod und dem Leiden ins Gesicht geblickt, und nichts auf der Welt konnte ihm jetzt noch Angst einjagen, nicht einmal Heinrich Himmler.

Deshalb war er überrascht zu sehen, dass seine Hand zitterte, als er zum Hörer griff, um den Reichsführer um den Befehl zu bitten, Sarah freizulassen. Er fühlte sich bei dieser Verhandlung unterlegen, nicht weil er nichts zu verlieren hatte, sondern weil das, was er verlieren konnte, Sarah war.

»Ihr Anruf ist eine große Enttäuschung, Sturmbannführer«, tönten Himmlers Worte eisig durch die Telefonleitung. »Sie sollten es eigentlich nur dann wagen, sich an mich zu wenden, wenn Sie mich darüber informieren können, dass sich das Gemälde in Ihrem Besitz befindet. Jetzt hingegen begehen Sie die Unverschämtheit, mir mit solch einer Geschichte zu kommen.«

Georg jedoch erwiderte unbeeindruckt: »Ich bin ganz Ihrer Meinung, diese Situation ist so bedauerlich wie ärgerlich. Hätte die Gestapo sich nicht eingemischt, befände sich das Gemälde bereits in unserem Besitz.«

»Erläutern Sie das, Sturmbannführer. Ich habe nicht den ganzen Tag Zeit«, fiel Himmler ihm unfreundlich ins Wort.

»Das ist sehr einfach, Reichsführer: Ohne das Mädchen gibt es kein Gemälde. Solange sie im Gefängnis ist, wird es keinen Weg geben, wie ich den Giorgione ausfindig machen kann. Sie wird unter der Folter sterben oder sich umbringen, ehe sie uns sagt, wo das Gemälde sich befindet. Doch die Leute von der DI wollen sie um jeden Preis gefangen halten. Ich fürchte, dass nur Sie, Reichsführer, sie dazu bringen können, ihre Meinung zu ändern. Es gibt keine andere Wahl: Ich benötige diesen Befehl, damit sie freigelassen wird.«

Man hatte sie nicht mehr angefasst. Sie hatten ihr die Handschellen wieder angelegt und sie zurück in ihre Zelle gebracht, aber sie hatten sie nicht mehr angerührt. Tatsächlich waren sie gar nicht mehr wiedergekommen. Sie hatten sie einfach in der dunklen Zelle gelassen, als hätten sie sie vergessen.

»Mach dir keine Sorgen, Sarah. Ich werde dich ganz bald abholen«, hatte von Bergheim zu ihr gesagt.

»Ganz bald …« Das Maß der Zeit in diesem Loch war das Essen: Dreimal täglich stellte man ihr ein Tablett hin. Ein dunkles Gebräu, das noch nicht einmal Zichorie war, und trockenes Brot mit dem Geschmack nach Sägemehl zum Frühstück, wässriger Eintopf mittags und abends.

»Ganz bald …«, hatte Georg von Bergheim gesagt. Sarah hatte sich zum Warten auf den Strohsack in der Ecke gelegt: Warten – warten auf von Bergheim, warten auf den Tod. Manchmal bat sie Gott darum, dass es der Tod sein möge.

»Ganz bald …« Manchmal bereitete es ihr Erleichterung, an von Bergheim zu denken, eine fast instinktive und unbewusste Erleichterung. Und Trost, der sich sogleich in ein schlechtes Gewissen verwandelte – wie konnte sie bei dem Gedanken an von Bergheim Trost empfinden?

»Ganz bald …« Je mehr Zeit verstrich, desto abgestumpfter wurden ihre Sinne. Sie verspürte keinen Hunger mehr, auch keine Kälte oder Schmerz; Schlaf und Wachsein vermischten sich.

»Mach dir keine Sorgen, Sarah. Ich werde dich ganz bald abholen«, sagte er zu ihr, während sie durch den Garten von Illkirch spazierten und sie wieder ein kleines Mädchen war …

»Ganz bald …«

»Bauer! Sarah Bauer!«

Die Schreie des Gefängniswärters hallten von den Wänden wider. Auf das Echo folgte Stille, die Leere einer schwarzen Zelle, die alles in sich zu verschlingen schien.

»Sarah Bauer!«

Er wiederholte seinen Ruf, erhielt aber erneut keine Antwort.

Wie das Wachs einer Kerze war Sarahs Leben langsam heruntergebrannt, bis es zum Schluss nur noch eine schwach flackernde Flamme war.

Man brachte sie im Krankenwagen zum Krankenhaus Pitié-Salpêtrière, wo man sie in einen für Gefängnisinsassen reservierten Raum brachte. Sarah, die nur halb bei Bewusstsein war, schnappte Worte wie niedriger Blutdruck, Dehydratation und Arrhythmie von den Ärzten auf. Sie wusste nur, dass sie unglaublich müde war, so sehr, dass sie sich nicht auf den Beinen halten oder die Stimme erheben und darum bitten konnte, man möge sie schlafen lassen, weil sie einfach nur ausruhen wolle.

»Sie weist Anzeichen schwerer Unterernährung auf«, informierte der Stabsarzt Georg.

»Wie schwer?«

»So, dass sie spätestens in ein paar Tagen an Dehydratation gestorben wäre. Ich weiß nicht, ob wir sie durchbringen.«

Georg stand hinter einem Fenster und betrachtete Sarah. Sie war nicht mehr als ein ausgemergelter bleicher Körper, der in der viel zu großen Gefangenenkleidung kaum zu erkennen war.

Als er in der Rue de Saussaies im Büro von Kriminalkommissar Hauser ankam, konnte er seine maßlose Wut nicht länger zügeln. Seine wütenden Schreie waren auf dem ganzen Stockwerk zu hören.

Als er die Büros der Gestapo verließ, war er noch immer wie besessen von seiner Sorge und seiner Wut und zog sich in den Pigalle-Club zurück. Er versank zwischen Tabakrauch und dem Duft von Prostituierten, trank zügellos, bis er bewusstlos an der Theke zusammensackte.

Die Magie der Nachforschungen

Ich ließ die Wimperntusche auf der Ablage über dem Waschbecken liegen und rannte zur Tür, nachdem ich ein sanftes Klopfen wahrgenommen hatte.

»Guten Tag«, flötete Alain.

»Fünf Minuten. Gib mir fünf Minuten, dann bin ich fertig.«

Ich verzog mich ins Badezimmer, um die Wimperntusche auf meine von der Nacht noch ganz verklebten Wimpern aufzutragen.

Alain trat hinter mir ins Zimmer und schloss die Tür. Fast gleichzeitig stieß er einen beeindruckten Pfiff aus. »Was für ein Rosenstrauß. In meinem Zimmer stand keiner.«

»Die sind von Konrad«, rief ich ihm aus dem Badezimmer zu.

»Er schickt dir Blumen bis nach Sankt Petersburg … Wow!«

»Ziemlich sicher hat eine seiner Sekretärinnen sie ausgesucht und hergeschickt. Ich glaube, dass er nicht einmal weiß, ob es Rosen oder Chrysanthemen sind.« Ich sagte das ohne Bitterkeit – tatsächlich war ich ihm dankbar, dass er, trotz der unzähligen Sachen, die er im Kopf hatte, überhaupt daran dachte, seiner Sekretärin zu sagen, dass sie Blumen für mein Zimmer bestellen solle. Ich konstatierte einfach nur etwas, was mir ganz normal vorkam. Vielleicht waren meine Worte deshalb etwas unterkühlter, als sie sein sollten.

»Wenn ich Konrad wäre, würde es mir nicht gefallen, dich so reden zu hören.«

Ich streckte den Kopf aus dem Bad hervor. Alain betrachtete noch immer die faustgroßen granatroten Rosen. »Ja, aber du bist nicht Konrad.«

Die Zimmer im Hotel *Astoria* im Zentrum von Sankt Petersburg lagen nur eine Viertelstunde zu Fuß von der Rossiiskaia Natsional'naia Biblioteka, der russischen Nationalbibliothek, wo wir mit Irina Egorova verabredet waren. Auch dieses Treffen hatte eine von Konrads Sekretärinnen für uns organisiert. Ich freute mich, dass die Begegnung mit Irina abends stattfand: So konnte ich der Eremitage wenigstens einen Blitzbesuch abstatten.

Als wir das Hotel verließen, war der Himmel fast heiter und von einem strahlenden Blau. Allerdings trieben wie aus dem Nichts aufgetaucht ein paar winzige Schneeflocken durch die Luft. Der Schnee war trocken und zart und blieb in unseren Haaren und an unserer Kleidung hängen. Es war, als würden wir durch Konfetti hindurchlaufen oder als wären die Schneekristalle winzige Plastiksternchen. Dieser Spaziergang hatte etwas geradezu Magisches, dazu die wunderschönen Gebäude von Sankt Petersburg, seine Kirchen, Parks und die Brücken über der Newa, die im Sonnenlicht glänzten und mit weißem leuchtendem Puder überzogen waren.

Alain kannte die Stadt gut, weil er schon mehrfach hier gewesen war; das erste Mal als Rucksackreisender, das letzte Mal auf Einladung der Universität zu einer Konferenz. Und dennoch schien er sie zum ersten Mal zu sehen. Jede Straße und jede Fassade, jede Perspektive und jede Ecke schienen neu für ihn zu sein, und er ergötzte sich mit ebensolchem Enthusiasmus daran. »Es liegt am Licht. Ich habe Sankt Petersburg noch nie in diesem Licht gesehen. Das ist nicht die graue Stadt, an die ich mich erinnere«, erzählte er, während er alles, was er sah, in seinem Moleskine-Notizbuch festhielt.

Die Eremitage kann man nicht in zwei Stunden ablaufen. Doch ich wusste ganz genau, was ich sehen wollte.

»Ist es nicht unglaublich?«, murmelte ich begeistert vor der *Judith* von Giorgione. Das Gemälde zeigt eigentlich eine brutale Szene, dies aber mit einer unerklärlichen Ruhe und Sanftheit.

Judiths Gesichtszüge sind weich, ihr Gesichtsausdruck gesammelt, die Landschaft idyllisch … aber sie steht erbarmungslos auf Holofernes' Kopf, den sie ihm abgeschlagen hat, nachdem sie ihn verführt hat. Im Lauf der Geschichte der Malerei haben Hunderte von Künstlern diesen Mythos dargestellt, und immer sind die Grausamkeit und die Gewalt der Szene hervorgehoben worden. Giorgione hat im Gegensatz dazu ein Werk von großer Sensibilität geschaffen: eine elegante Judith, ein Holofernes, der kaum mehr als einen bräunlichen Fleck im unteren Bereich des Gemäldes darstellt, eine romantische Umgebung und eine entspannte Mehrfarbigkeit in Pastelltönen. Giorgione war ein Maler mit einer außergewöhnlichen Feinfühligkeit …

Alain hatte nichts gesagt, stand einen Schritt hinter mir, als würde er diesen intimen Moment der Zweisamkeit zwischen dem Gemälde und mir nicht stören wollen.

Erst nach ein paar Minuten kam er näher. »Ich kann verstehen, warum du Giorgione für deine Doktorarbeit ausgewählt hast.«

»Es gibt viele andere Künstler, die berühmter, und viele Gemälde, die bekannter sind. Frag mich nicht, warum, aber nur Giorgiones Gemälde verursachen mir eine Gänsehaut. Sie sind nicht besonders spektakulär, doch auf irgendeine Weise berühren sie mich: die Gesichter, die Szenen, das Licht, die Farben … Nur ein außergewöhnlicher Mensch kann mit einer solchen Sensibilität malen. Deshalb macht Giorgione mich neugierig, ich will wissen, wer der Mann hinter dem Gemälde ist. Es kann nicht sein, dass derjenige, der uns solche Meisterwerke hinterlassen hat, eine dunkle Persönlichkeit ist, die noch dazu missverstanden wird.«

In der Eremitage fingen wir an, über Giorgione zu sprechen. Beim Mittagessen waren wir dann bei Konrad angelangt.

»Wie hast du ihn kennengelernt?« Diese Frage kam am Ende des Essens, zusammen mit dem Tee und den *prianiki* mit Aprikosen.

»Durch meinen Vater. Er ist Händler und hat schon mehrfach interessante Sachen für Konrad gefunden. Wir haben uns auf einer Ausstellung kennengelernt, zu der ich meinen Vater begleitet hatte. Es war Sommer, die Klimaanlage war ausgefallen, und es war höllisch heiß. Konrad und ich haben den Abend draußen auf einer Bank beendet. Wir saßen auf der Rücklehne und redeten über Jackson Pollock und den abstrakten Expressionismus, bis ein Bettler sich auf dieser seiner Lieblingsbank niederlassen wollte und uns weggeschickt hat. So erzählt, klingt das nicht sehr romantisch …«, musste ich lächelnd zugeben. »Doch am nächsten Tag hat er mich ins Thyssen eingeladen. Wir hatten eine Einzelführung, nur wir beide, außerhalb der normalen Öffnungszeiten. Dann jeden Tag Blumen, Schmuck ohne bestimmten Anlass, ein Abendessen in Monaco, ein Einkaufsabend in Mailand, eine Veranstaltung in London … Die Masche, die Konrad anwendet, um eine Frau zu erobern, ist nicht sehr konventionell, und es ist fast unmöglich, ihr zu widerstehen.«

Warum klang das wie eine Rechtfertigung? Warum hatte ich den Eindruck, als würde ich rechtfertigen, weshalb ich mich in Konrad verliebt hatte?

»So wie du das erzählst, klingt es tatsächlich schwierig, sich nicht in Konrad Köller zu verlieben.« Alain schien meine Gedanken gelesen zu haben.

»Ja, es ist schwierig, sich nicht in ihn zu verlieben«, versicherte ich, um gleich darauf sehr nachdenklich zu werden. Ich hatte soeben etwas herausgefunden. »In gewisser Weise ist Konrad wie Georg von Bergheim: Es ist sehr einfach, sich in sein Porträt zu verlieben. Trotzdem habe ich manchmal das Gefühl, überhaupt nichts von ihm zu wissen. Es ist, als wäre ich Teil eines Stücks, in dem er für sein Publikum agiert, während der wirkliche Konrad sich irgendwo hinter den Kulissen befindet.«

Diese Überlegung sprach ich aus, ohne mir klarzumachen, wo und vor wem ich das tat. Als mir bewusst wurde, dass es Alain schier den Atem verschlug, wusste ich, dass es nicht sehr passend gewesen war, ihn in diese persönlichen Gedanken einzubinden. Und ich kam mir dumm vor: Ich liebte Konrad, und die Art und Weise, wie ich ihn liebte oder wie ich ihn wahrnahm, war ausschließlich meine Angelegenheit. »Entschuldige … Ich langweile dich mit meinen Geschichten.«

»Ich hatte dich danach gefragt.«

Ich knöpfte meinen Blazer zu, als wäre mir kalt, und starrte in meine leere Teetasse: Nach diesem Seelenstriptease war mir Alains Blick unangenehm – als hätte ich mich tatsächlich vor ihm entblößt.

»Ich werde um die Rechnung bitten, sonst kommen wir noch zu spät zu unserem Treffen mit Irina«, sagte Alain schließlich und ließ die elektrostatisch aufgeladene Stimmung, wie sie war.

Schon immer habe ich geglaubt, dass alte Bibliotheken magische Orte sind und etwas Übernatürliches an sich haben.

Ich bin fest überzeugt, dass ich, sollte ich einmal allein und im Dunkeln außerhalb der Öffnungszeiten in einer Bibliothek sein, die Regale leuchten sehen und die Aura der Bücher bestaunen könnte. Und ich würde auch ihre Stimme hören: ein Murmeln, das zwischen den Seiten hervordringt, ein Flüstern der Tinte. Ich glaube fest daran, dass Bücher sprechen und atmen, und je älter sie sind und je mehr sie erlebt haben, desto deutlicher kann man ihre Lebenszeichen erkennen.

Als ich den Palast in Sankt Petersburg betrat, in dem sich die Russische Nationalbibliothek befindet, konnte ich nicht umhin, ebendiese Magie wahrzunehmen. »Es ist überwältigend. Ich bekomme eine Gänsehaut«, gestand ich Alain leise. »Aber warum siehst du mich so an?«

»Es rührt mich, wie sehr dir alles eine Gänsehaut beschert«, scherzte er.

Irina Egorova erwartete uns im Handschriftensaal, der leer war, da der Zutritt dort beschränkt war. Unsere Schritte hallten geisterhaft von den Deckenwölbungen wider. Hier lagerten die Schmuckstücke der Bibliothek, die wertvollsten und ältesten Bücher, verschlossen in Vitrinen, da bereits ein Lufthauch sie hätte zerstören können. Ich hatte das Gefühl, in eine andere Zeit oder eine andere Welt versetzt zu sein. Die Aura der Bücher war hier nahezu greifbar und verlieh dem Saal eine surreale Ausstrahlung.

»Mademoiselle Egorova!«, begrüßte Alain sie herzlich.

Irina Egorova stemmte die Hände in die Hüften und beugte uns ihren üppigen Oberkörper entgegen. »Was heißt hier Mademoiselle Egorova? Alain Arnoux, komm mir jetzt bloß nicht so förmlich!« Sie brach in lautes Gelächter aus, stürzte sich auf ihn und drückte ihm ein paar Küsse auf die Wangen.

Ich war überrascht, das zu sehen. Seitdem er sie zum ersten Mal erwähnt hatte, war ich aus irgendeinem Grund überzeugt, dass sie mehr als nur eine einfache Kollegin für ihn war. Ich war mir sicher, dass er den Blick gesenkt hatte, als er ihren Namen aussprach.

Nun gut, Irina war in keiner Weise so, wie ich sie mir ausgemalt hatte. Zunächst einmal war sie eine große, breitschultrige Frau. In meiner Vorstellung hatte sie eine lange blonde Mähne, doch in Wirklichkeit reichte ihr das lockige, ein wenig wirre dunkle Haar gerade mal bis zu den Ohren. Die Augen waren zwar blau, jedoch klein und wirkten hinter den Brillengläsern mit dem dünnen Goldrand noch kleiner. Und sie war wahrscheinlich an die siebzig… Weshalb ich jeden Gedanken an eine mögliche Liebesgeschichte zwischen Alain und Irina umgehend verwarf.

»Ich freue mich so, dich zu sehen, Irina Egorova! Du bist genauso schön wie immer… nein, noch schöner«, sagte Alain.

»Du bist ein verdammter Lügner, Alain Arnoux«, lachte Irina. »Aber es gefällt mir, dich das sagen zu hören, auch wenn es eine Lüge ist. Eine Alte wie ich bekommt keine schönen Dinge mehr zu hören. Du siehst gut aus, Junge, sehr viel besser ohne diesen marxistischen Bart, den du früher hattest«, stellte sie fest und tätschelte seine gut rasierten, weichen Wangen. Ich war ganz ihrer Meinung.

Alain nahm das Kompliment verlegen an und holte daraufhin einen weißen Karton aus dem Rucksack. »Hier, ich habe dir Haselnussgebäck zum Tee mitgebracht.«

Die Frau hob den Deckel an, und beim Anblick des mit Puderzucker bestreuten Gebäcks verzogen sich ihre runden, roten Wangen zu einem gierigen Lächeln. »Oh, du Schuft, du kennst mich einfach zu gut. Und du weißt, wie gern ich Süßes esse. Eines Tages verwandelt sich mein Blut noch in Marmelade«, lachte sie über ihren eigenen Witz. »Vielen Dank.«

Nach der Begrüßung und dem Geschenk war ich an der Reihe. Alain legte mir die Hand auf den Rücken und schob mich nach vorn. »Irina, darf ich dir Doktor Ana García-Brest vorstellen? Ich habe dir doch erzählt, dass ich mit ihr zusammenarbeite.«

»Ach, ja, ja, ja…«

Ich streckte ihr die Hand hin, die sie ergriff, um mich an sich zu ziehen und mich mit denselben unverfrorenen Küssen zu beschenken wie meinen Kollegen.

»Ist mir ein Vergnügen, meine Liebe.«

»Ebenso, Mademoiselle Egorova.«

»Nein, nein, meine Liebe: Irina, Irina«, betonte sie, als wollte sie mir das Sprechen beibringen. »Alains Freunde sind auch meine Freunde.«

»Irina also«, stimmte ich ihrem herzlichen Empfang zu. Wer sagt, die Russen seien kühl? Später erfuhr ich, dass diese Frau im selben Dorf wie Nikita Chruschtschow geboren worden war, in Kalinowka, im Süden Russlands, unweit der ukrainischen Grenze. Es sieht ganz so aus, als ob die Russen aus dem Süden sich durch ihre Herzlichkeit auszeichnen.

»Schön, schön, ich freue mich, euch so gesund und wohlauf anzutreffen. Wie war die Reise? Ist es das erste Mal, dass du in Sankt Petersburg bist? Wie findest du die Stadt?«

»Ja, es ist das erste Mal. Und die Stadt finde ich ganz wunderbar. Bisher hatte ich allerdings noch kaum die Gelegenheit, sie zu besichtigen. Ich werde wohl mit etwas mehr Zeit wiederkommen müssen.«

»Es war eine gute Idee, uns nach Sankt Petersburg zu bestellen. Ein Köder, dem wir unmöglich widerstehen konnten«, scherzte Alain.

»Meinetwegen wärst du nicht quer durch Europa gereist, Alain Arnoux. Aber wenn es darum geht, einer schönen Frau eine schöne Stadt zu zeigen … das ist etwas anderes, hm?«, fuhr sie mit ihrem Scherz fort und beendete ihn mit einem Stoß mit dem Ellenbogen in Alains Rippen und erneutem Gelächter. »Genug gescherzt, Irina«, bremste sie sich selbst. »Ich habe euch hergebeten, denn mit eurem Anliegen habt ihr mitten in ein Wespennest gestochen«, murmelte sie geheimnisvoll. »Ihr habt Irina Egorovas Neugierde geweckt, und das kann schlimme Folgen haben!« Sie war nicht in der Lage, lange ernst zu bleiben. »Aber wir werden hier nichts vorwegnehmen. Nicht jetzt. Ich habe euch hergebeten, weil ich euch unter anderem meinen Bruder, Anton Egorov, stellvertretender Leiter der Abteilung für Handschriften der Bibliothek, vorstellen wollte. Er erwartet uns in seinem Büro. Kommt mit.«

Anton Egorov war die männliche Version seiner Schwester Irina. Er war ebenso groß, seine Augen ebenso blau und sein Haar genauso wirr und schwarz, wenn auch gräulicher, weil er es nicht färbte. Er war auch genauso umgänglich und verteilte dieselben schmatzenden Küsse links und rechts auf die Wangen.

In seinem Büro setzten wir uns um einen runden Nussbaumtisch mit Intarsien aus der Romanov-Epoche vor einen Katalog des TsDAVO, des staatlichen Archivs der Ukraine.

»Leider ist es nicht das erste Mal, dass ich Zeuge eines Dokumentenraubs werde. Ganz egal, wie streng die Überwachung ist, die Metalldetektoren, die Kontrollen, um einen Forschungsausweis zu erhalten … Es gibt keine ausreichenden Mittel, dieses Stehlen zu unterbinden.«

»Und die wird es auch nicht geben, solange es einen Schwarzmarkt für historische Dokumente gibt, der die Diebe dazu ermutigt«, merkte Alain an.

Irina nickte traurig, um gleich darauf auf die Angelegenheit zurückzukommen, die uns interessierte. »Aber in diesem Fall verhält es sich anders …«, sagte sie geheimnisvoll.

Sie machte eine dramatische Pause, um den Katalog an der Seite zu öffnen, auf der das Delmedigo-Dossier vermerkt war.

»Diese Dokumente sollten offenbar nicht nur entwendet werden, sondern gänzlich von der Erdoberfläche verschwinden«, deutete Irina an.

»Was willst du damit sagen?« Alain war der Erste, der die Frage aussprach, die auch mir durch den Kopf ging.

»Ihr kennt euch mit Archiven aus und wisst, dass wir Archivare über verschiedene Mittel verfügen, um den Dokumentenbestand zu kontrollieren und zu verzeichnen. Manche davon sind allein für den internen, andere für den öffentlichen Gebrauch, um die Arbeit der Forscher zu erleichtern. Für Letztere sind die katalogisierten Karteikarten das vollständigste Instrument in Bezug auf die Beschreibung des Inhalts eines Dokuments. Tja, die

Karteikarten, die zusammen mit den Dokumenten herausgegeben werden, sind ebenfalls verschwunden – und ich habe das Gefühl, dass es sich bei dem Dieb um ein und dieselbe Person handelt. Doch hier hört das alles noch nicht auf: Es ist jemandem gelungen, an die Datensysteme des TsDAVO zu kommen und den Datensatz des Delmedigo-Dossiers zu löschen. Es gibt also praktisch nichts mehr zu dessen Inhalt. Nichts außer einer kurzen Beschreibung im Berichtsheft und in diesem Katalog«, sagte sie und legte eine Hand auf die Kopie, die sie mitgebracht hatte.

»Können wir den Katalog einsehen?«, bat Alain.

»Ich habe nichts dagegen, aber er ist auf Ukrainisch. Ich habe eine französische Übersetzung für euch vorbereitet«, fügte Irina hinzu und legte ein beschriebenes Blatt daneben. »Ihr werdet feststellen, dass die Informationen nicht über allgemeine Angaben hinausgehen. Das Dossier wurde kurz nach Kriegsende klassifiziert, und damals ging man mit mehr Hast als Sorgfalt vor.«

Alain schob das Blatt und den Katalog so zurecht, dass wir alle einen Blick darauf werfen konnten. Als ich die kyrillischen Buchstaben sah, beachtete ich den Katalog nicht weiter, sondern sah mir gleich die Übersetzung an.

774(935)-23 R15
DELMEDIGO-DOSSIER

16. Dezember 1941, Einsatzstab Reichsleiter Rosenberg, Berlin.

Bemerkung: von der Quelle als »streng vertraulich« eingestuft.
Inhalt:
1. Brief des Grafen Pico della Mirandola an Elia Delmedigo. Florenz, 15. Mai 1492. Aus einem Privatarchiv in Thessaloniki, Griechenland.
Original auf Latein. Übersetzte Kopie auf Deutsch.

2. Bericht eines Gesprächs von Heinrich Thyssen-Bornemisza de Kászon. Lugano, 3. November 1941.
Original auf Deutsch.
3. Stammbaumanalyse der Familie Franz Bauer. Paris, 1. Dezember 1941.
Original auf Französisch. Kopie übersetzt auf Deutsch.

Alain kratzte sich am Nacken. »Na ja, das ist jedenfalls mehr, als wir bisher hatten«, sagte er optimistisch. Ich jedoch fühlte mich, als hätte man mich einen Löffel vom Nachtisch probieren lassen und mir gleich darauf den Teller weggenommen.

»Das ist wirklich zum Verzweifeln«, sagte ich seufzend. »Was meint die Polizei dazu, Irina? Gibt es irgendeine Möglichkeit, wieder an die Dokumente zu kommen?«

Irina stieß ein entmutigtes Schnauben aus. »Die Polizei? Die Polizei sagt im Normalfall gar nichts, meine Liebe. Aus meiner Erfahrung kann ich dir sagen, dass sie den Typen, der es mitgenommen hat, nicht fassen werden. Sie hätten nur dann eine Möglichkeit, ihn zu finden, wenn er wieder aktiv wird, wenn es sich also um einen Dieb handelt, der methodisch vorgeht oder einem Netz angehört, das den Schwarzmarkt mit Material versorgt. Aber das hier war kein normaler Raub ... nein, das war es nicht ...«, wiederholte sie nachdenklich.

»Wieso glaubst du das?«, wollte Alain wissen.

»Zunächst, weil er, wie ich euch gesagt habe, auch die Karteikarten mitgenommen hat. Es ist das erste Mal in all den Jahren als Archivarin, dass mir so etwas passiert. Doch dass man sich darüber hinaus auch noch in unser System gehackt hat ...« Ich fand es lustig, Irina das Wort »gehackt« verwenden zu hören; es war, als würde eine nette Oma plötzlich laut fluchen. »Und dann wegen des Kontrollregisters der Leihstelle. Das Dossier wurde vor etwa drei Wochen per Post erbeten, nur kurze Zeit bevor ihr mich angerufen habt. Ich habe euch eine Kopie des Ausleihantrags gemacht. Auch der ist auf Ukrainisch, doch die Angaben des Antragstellers weisen auf nichts Besonderes hin, ein deutscher Investigativ-Journalist. Natürlich sind alle Angaben falsch, ebenso der Forschungsausweis wie der Pass, mit dem er Zugang zum Archiv erhalten hat, ausgestellt auf einen gewissen Georg von Bergheim.«

Ich konnte mich zwar nicht selbst sehen, war mir aber sicher, dass ich leichenblass geworden war.

»Was ist los?«, fragte Irina, der so leicht nichts entging.

»Georg von Bergheim ist der Kommandant der SS, der mit der Operation Smaragd betraut war. Er ist 1946 gestorben.«

»Das ist eine Nachricht für mich«, murmelte ich kaum hörbar. Gleichzeitig lief mir eine Gänsehaut über den Rücken, als hätte jemand weiter hinten im Saal ein Fenster geöffnet.

Alain strich mir tröstend über die Schulter. »Ana hat eine Drohung erhalten, unterschrieben von einem gewissen Georg von Bergheim«, erläuterte er.

Irina riss die Augen auf.

»Damit sie die Nachforschungen einstellt«, führte Alain aus.

»Jetzt verstehe ich.« Und so schnell, wie ihre Augen sich geweitet hatten, verschlossen sie sich wieder, bis sie ganz klein und listig waren.

»Letzten Endes wird er erreichen, was er will: Ich werde alles hinschmeißen. Die Drohungen machen mir nichts aus.« Natürlich machten sie mir etwas aus, ich wollte mich hier nur tapfer zeigen. »Aber wenn eine Tür immer dann, wenn wir glauben, etwas gefunden zu haben, vor unserer Nase zufällt, werden wir niemals weiterkommen.«

Da richtete sich Anton Egorov, der bis dahin schweigend dagesessen hatte, schwerfällig auf und erklärte mit tiefer Stimme und in einem Französisch, das durch seinen starken russischen Akzent gefärbt war: »Du darfst dich nicht entmutigen lassen, liebe Freundin.« Seine warme Hand tätschelte meine kalte. »Du darfst nicht hinnehmen, dass jemand, der die Geschichte verstümmeln will, damit durchkommt. Keiner hat das Recht darauf, das, was die Vergangenheit uns zu sagen hat, zum Schweigen zu bringen.« Alles, was bei Irina prosaisch und direkt ausgedrückt wurde, war bei Anton allegorisch und verschnörkelt. »Vielleicht hat man eine Tür vor dir verschlossen … aber wir wollen dir ein Fenster öffnen«, schloss er seine Äußerung mit einem warmherzigen und geheimnisvollen Lächeln.

Anton schob seinen Stuhl zurück, stand bedächtig auf und ging zu seinem Schreibtisch. Er knipste die Schreibtischlampe an und zog ihren Arm über den Tisch, der für einen Arbeitstisch skrupulös aufgeräumt und überraschend leer war. Er suchte einen Augenblick nach etwas, dann kam er wieder zu uns zurück.

Vorsichtig und fast schon feierlich legte er ein Päckchen vor uns ab: Es war klein und, so wie es aussah, in ein Aktivkohletuch eingewickelt, wie man es für sehr wertvolle Gegenstände verwendet, um sie vor äußeren Einflüssen und Schadstoffen zu schützen. »Hier ist euer geöffnetes Fenster«, verkündete er.

Anton hatte wohl unsere überraschten Gesichter bemerkt, denn er drängte seine Schwester, unsere Zweifel auszuräumen. »Erzähl ihnen schon, was wir für sie haben, Irina.«

Die Geschwister tauschten ein komplizenhaftes Lächeln.

»Die schreckliche Schmach, die diesem Dossier widerfahren ist, hat mich unglaublich empört«, fing Irina ihre Erzählung an. »Du, Alain, hast dich an mich gewandt und um Hilfe gebeten, und ich konnte nichts für dich tun! Meine Aufgabe ist es, über die Vollständigkeit dieser Dokumente zu wachen, und Vorfälle wie dieser erfüllen mich mit Wut und noch mehr, wenn ich vor einem Freund Farbe bekennen muss …«

Alain machte Anstalten, die Angelegenheit herunterzuspielen, doch Irina ließ sich nicht unterbrechen.

»Ich habe ein ums andere Mal die Anmerkung in dem Datensatz durchgelesen. Dabei ist mir irgendwas durch den Kopf gegangen, ein ganz bestimmter Hebel wollte aktiviert werden. Thessaloniki war der Schlüssel. Ich habe mich daran erinnert, was du mir gesagt hast, Alain: dass das Dossier möglicherweise aus dem Bestand an Dokumenten und Verzeichnissen stammt, das der ERR von Berlin nach Ratibor geschafft hat und das von der Roten Armee nach Kriegsende in die Sowjetunion überführt worden sein könnte. Und genau so war es auch. Ich bin den restlichen Archivbestand durchgegangen, insbesondere die aus Thessaloniki stammenden Unterlagen, um herauszufinden, ob es irgendeine andere Referenz zu Elia Delmedigo oder Pico della Mirandola gab. Ich habe nichts gefunden. Dann wurde mir klar, dass in Kiew nur der Dokumentenbestand des ERR untergebracht wurde, die Verzeichnisse dagegen wurden nach Sankt Petersburg gebracht, in diese Bibliothek hier, also würde ich hier vielleicht fündig werden. Und da habe ich Anton um Hilfe gebeten ...«

Irina sah ihren Bruder an, um das Wort an ihn zu übergeben.

»So ist es. Das Problem ist, dass wir Bibliothekare nicht so genau und auch nicht so schnell waren, als es darum ging, die aus Ratibor stammenden Dokumente zu katalogisieren. Unmengen an Kartons voller Bücher und Manuskripte verbrachten Jahrzehnte in den Kellern einer verlassenen Kirche in Uzkoe, in der Nähe von Moskau, voller Staub und Taubenkot. Dann brachte man sie uns hierher, wo sie wiederum Jahrzehnte in unserem Keller lagerten. Von Zeit zu Zeit wurde ein Karton geöffnet und inventarisiert, mehr aber auch nicht. Selbst nach 2001 und dem Dekret, das uns verpflichtete, alles Material, das aus dem Zweiten Weltkrieg stammt, zu inventarisieren, ging der Prozess nur langsam vonstatten. Als Irina mich anrief und nach dem Bestand aus Thessaloniki fragte, konnte ich ihr nur bestätigen, dass es ein paar Kisten mit Büchern aus den Bibliotheken thessalonischer Juden gab, die von den Nazis ausgeplündert wurden. Kartons, die seit 1945 nicht ein Mal geöffnet worden sind ... Aber, meine Freunde, meine geliebte Irina ist eine rastlose und umtriebige

Archivarin! Sie kam hierher, nach Sankt Petersburg, und hat in wenigen Tagen mehr Kartons inventarisiert, als davor in Jahren inventarisiert worden waren.« Anton lachte dröhnend, während Irina nicht ohne einen gewissen Stolz errötete.

»Das stimmt«, bekannte sie. »Ich habe Anton mitgeschleift, und zu zweit haben wir uns in den Keller zurückgezogen. Palette um Palette, Karton um Karton, Buch um Buch … Das darf diesen Raum hier nicht verlassen – ich hasse es, den Sensationsjournalisten Futter zu bieten –, aber es gibt richtig gehende Schätze, die hier unten verrotten: griechische und hebräische Manuskripte, Inkunabeln …« Als Liebhaberin von Papier und Geschichte wurde Irina schon allein bei diesem Gedanken ganz schlecht. »Wo war ich stehen geblieben? Nach vier Tagen intensiver Arbeit sind wir auf das hier gestoßen … Zeig es ihnen, Anton.«

Unsere Blicke kehrten zu dem umhüllten Päckchen zurück, das auf dem Tisch unter der fast schon väterlichen Obhut von Anton ruhte.

Gleich einem Priester zog Anton sich weiße Baumwollhandschuhe über und schickte sich an, das Aktivkohletuch vorsichtig zu entfernen. Je mehr er von dem mysteriösen Gegenstand enthüllte, desto stärker schien sich die Luft mit einem eigenartigen Geruch zu erfüllen, dem nach altem Papier. Nach und nach kam ein Bündel aus mehreren gelblichen, fast schon braunen Seiten zum Vorschein, das sich von dem schwarzen Tuch abhob und mit einem dünnen Lederband geheftet war.

»O mein Gott«, murmelte ich. »Wie wunderschön …«

»Unglaublich, nicht wahr?«, meinte Anton, bestärkt von meinem Interesse. »Ein Manuskript von Ende des 15. Jahrhunderts: wunderschön … Die Deckel sind aus gestanztem Leder und das Papier aus Baumwollfasern. Die Tinte ist Eisengallustinte, daher die braune Farbe … Ach, Entschuldigung, ich schweife ab …«

»Du brauchst dich nicht zu entschuldigen, Anton. Das ist ein

Schmuckstück, wie man es nur selten zu Gesicht bekommt«, sagte ich aufmunternd.

»Ja, das ist es. Ganz bestimmt. Aber deshalb haben wir euch nicht hergeholt… Dieses Schmuckstück ist dank Irina, dank ihrer Neugier und Hartnäckigkeit ans Licht gekommen.«

Antons Worte entlockten Irina ein leises Lächeln. Dann holte der Experte für Handschriften tief Luft, um voller Pathos zu verkünden: »Seht gut her, meine Freunde. Ihr sitzt vor dem Tagebuch des hebräischen Philosophen Elia Delmedigo.«

Unsere Mienen erhellten sich. Allerdings waren wir nicht in der Lage, die Bedeutung dieser Entdeckung einzuordnen; wir waren nicht sicher, ob das Manuskript von Delmedigo für unsere Nachforschungen tatsächlich nützlich war.

Als ob Irina diesen Einwand vorhergesehen hätte, ergriff sie das Wort, um uns mehr über diese Entdeckung zu erzählen: »Als Anton und ich es gefunden haben, kaum zu sehen ganz unten in einem Karton und begraben von vielen anderen, umfangreicheren Dokumenten, wusste ich nicht genau, ob es das war, wonach ich suchte. Würde Elia Delmedigo auf diesen Seiten, wo er seine intimsten Überlegungen festhielt, von dem *Astrologen* sprechen? Nirgendwo fand ich einen Hinweis darauf… bis ich fast am Ende angekommen war. Kurz vor seinem Tod, im Jahre 1493, entdeckte ich eine Anmerkung.«

Irina machte eine Pause, als ob all das Teil einer gut eingeübten Inszenierung war, und ohne dass dafür ein Wort nötig gewesen wäre, öffnete Anton das Manuskript. Ein Neurochirurg hätte diese Reliquie nicht vorsichtiger gehandhabt. Anton hielt die Seiten kaum zwischen seinen behandschuhten Fingern fest und blätterte sie so behutsam um, als könnte das Papier allein durch die Berührung zerbrechen.

Bei den letzten Seiten des Bündels hielt Anton inne. Als das Manuskript so ausgebreitet vor uns lag, konnten wir erkennen, dass das Papier ziemlich beschädigt war. Der Lauf der Zeit, die

Feuchtigkeit und die Eisengallustinte hatten ihm stark zugesetzt, und es war so dünn geworden, dass man die ockerfarbenen Wörter kaum noch ausmachen konnte. Dennoch zeichnete sich deutlich und sorgfältig eine wunderschöne hebräische Kalligrafie ab.

»Hier habt ihr die Anmerkung: *20 Tevet de 5253*. Das ist ein Datum des hebräischen Kalenders, das mit dem 18. Januar 1493 des gregorianischen Kalenders übereinstimmt. Ich werde euch die Übersetzung vorlesen.«

Irina nahm ein Heft, rückte ihre Brille zurecht und fing mit der Lektüre der Übersetzung an:

Ich ahne, dass der Tod um mich herumschleicht, dass er mir wie ein hungriger Wolf an der Grenze meines Heims auflauert. Vielleicht überkommen mich deshalb beständig Gedanken an unerledigte Angelegenheiten.
Ich habe keine weiteren Nachrichten von den Verhandlungen meines guten Freundes, Graf Pico, bezüglich Der Astrologe *erhalten. Dieses Schweigen beunruhigt mich. Wie mich auch die Vorstellung ängstigt, dass das Geheimnis der Smaragdtafel ans Licht kommen könnte. Die Menschheit ist nicht bereit für das, was YHVE nicht für uns und unser Verständnis bestimmt hat. Die Smaragdtafel ist ein Instrument des Teufels, das zweifelsohne die Grundfesten unseres Glaubens, unserer Ordnung und unserer Welt so sehr erschüttern würde, dass sie zusammenbrechen und wir in die Selbstzerstörung getrieben würden.*
Lorenzo de' Medici war ein weiser Mann, ein Auserwählter des Allmächtigen, der in solch bedrohlicher Lage Vernunft hätte walten lassen. Leider habe ich dieses Vertrauen in seinen Nachfolger nicht. Ich flehe den Himmel an, dass Graf Pico die notwendige Eingebung findet und es ihm gelingt, Pater Ficino und Meister Giorgio von der Wichtigkeit zu überzeugen, den Astrologen *zu zerstören und jegliche Spur der Smaragdtafel auszulöschen.*

Eine Weile hing das Echo von Irinas Worten in der Luft. Einer bleiernen Luft.

»Beeindruckend.« Alains Stimme klang ergriffen. »Hitler hat nach der Smaragdtafel gesucht…«

Ich stimmte zu, fügte jedoch an: »Das Geheimnis, das *Der Astrologe* in sich birgt, ist die Smaragdtafel.«

Vertrauen Sie niemandem

»Parken Sie bitte hier«, wies Alain den Taxifahrer an, als wir vor meiner Wohnung ankamen.

Während der junge pakistanische Fahrer ausstieg, um meine Sachen aus dem Kofferraum zu holen, verabschiedeten wir uns voneinander.

»Das war eine wunderbare Reise. Und sehr ertragreich«, bekräftigte ich und dachte zufrieden an die Mikrofilmkopien des Tagebuchs von Elia Delmedigo, die ich in meiner Aktentasche hatte.

»Ja, das war sie … Ich muss zugeben, ich finde es schade, dass sie vorbei ist. Deine Grimassen vor dem Spiegel, während du dir Wimperntusche aufträgst, werden mir fehlen …«

»Keine Sorge, für dich wiederhole ich sie, wann immer du willst«, entgegnete ich gut gelaunt. Ich küsste ihn auf die Wangen, ehe ich ging.

»Sehen wir uns morgen?«

»Um drei Uhr in der Bibliothek der Uni.«

»Gute Nacht.«

»Gute Nacht, Ana.«

Die Wohnung in Paris kam mir kalt und einsam vor, ungeachtet dessen, dass ich mich in der Zwischenzeit in meiner Übergangswohnung etwas häuslich eingerichtet hatte. Nach den Tagen in Sankt Petersburg war es einfach ungewohnt, Alain nicht mehr im Zimmer nebenan zu wissen.

Ich machte alle Lichter an und schaltete den Fernseher ein, damit wenigstens seine Geräuschkulisse mir Gesellschaft leistete. Ich dachte daran, Konrad anzurufen, um ihm zu sagen, dass ich in Paris angekommen war, doch dann fiel mir ein, dass er in Tokio war und es dort noch früher Morgen war.

Ich zog meine Jacke aus und öffnete den Koffer, um den Kulturbeutel herauszuholen. Ich war etwas müde. Flughäfen und Flugzeuge erschöpften mich immer, außerdem mussten wir zwei Stunden im Flugzeug warten, weil ein Unwetter den Abflug verzögerte. Ich würde duschen, dann etwas zu essen kommen lassen und mir einen Film ansehen: einen romantischen, der richtig schön herzzerreißend war.

Die Dusche fiel lange und ausgiebig aus. Danach war der Spiegel beschlagen und das Badezimmer voller Dampf. Als ich fertig war, hörte ich *Love is the End* über den iPod, während ich mich anzog, doch bei diesem Lied fühlte ich mich nur noch einsamer.

Bevor ich beim Chinesen bestellte, schaltete ich den Computer ein und sah nach, was im Posteingang war und was es für neue Nachrichten gab. Ich überflog die heutigen Schlagzeilen, bis mein Blick plötzlich an einer davon hängen blieb.

WERTVOLLE HANDSCHRIFT MIT VORGEHALTENER PISTOLE AUS RUSSLANDS NATIONALBIBLIOTHEK GESTOHLEN

Automatisch drückte ich auf den Titel, um die Nachricht zu öffnen. Ich spürte, wie mein Pulsschlag schneller wurde und ich einmal mehr eine Gänsehaut bekam.

Nach Auskunft der Rossiiskaia Natsional'naia Biblioteka, der russischen Nationalbibliothek, wurde gestern zu später Stunde ein handschriftliches Dokument aus dem 15. Jahrhundert gestoh-

len, dessen Urheberschaft auf den jüdischen Renaissancephilosophen Elia Delmedigo zurückgeht.
Nach Ende der allgemeinen Öffnungszeit betraten die Diebe das Gebäude, indem sie sich als Arbeiter des Elektrizitätswerks ausgaben, und gelangten so zum Büro des stellvertretenden Direktors der Handschriftenabteilung Anton Egorov. Mit vorgehaltener Pistole zwangen sie ihn, den Tresor zu öffnen, in dem das Dokument aufbewahrt wurde. Die Diebe versteckten die Handschrift in einem Werkzeugkoffer und verließen so die Bibliothek. Das wertvolle Stück war erst kürzlich entdeckt worden und wurde gerade analysiert, restauriert und für eine spätere Ausstellung vorbereitet.
Die Polizei hat Ermittlungen aufgenommen, weitere Details sind bis jetzt allerdings nicht bekannt…

Ich unterbrach die Lektüre und suchte mit ängstlichem Blick nach meinem Aktenkoffer. Ich hatte ihn auf dem Esstisch liegen lassen. Von einer merkwürdigen Vorahnung befallen, hatte ich plötzlich das Bedürfnis zu überprüfen, ob die auf Mikrofilm aufgenommenen Kopien noch dort waren. Ich sprang auf und durchquerte eilig das Wohnzimmer. Mit derselben Hast stürzte ich mich auf den Aktenkoffer und kämpfte mit dem Schloss… Und da bemerkte ich es: Das war nicht mein Aktenkoffer – es war der von Alain. Ich hielt ihn in der Hand und stellte mir die Szene vor, als ich aus dem Taxi ausstieg: Während wir uns verabschiedeten, hatte Alain ihn mir gereicht in der Annahme, es handle sich um meinen… oder vielleicht auch nicht. Vielleicht war er sich auch bewusst gewesen, dass er die Koffer vertauscht hatte… Vielleicht war das Ganze ein gut inszeniertes Manöver, genau wie der Raub der Originalhandschrift in Sankt Petersburg.

Mir schwirrte der Kopf. Ich ließ mich auf einen Stuhl fallen, den Aktenkoffer auf dem Schoß. Ich starrte ihn an. Legte die Hand auf das Schloss. Alains Aktenkoffer. Ich dachte daran, ihn zu öffnen … Und als hätte ein Knacken meiner Finger mich aus meiner Hypnose erwachen lassen, setzte mein gesunder Menschenverstand wieder ein. Das war lächerlich: Es handelte sich hier um eine Verwechslung. Alain hatte die Aktenkoffer nicht absichtlich vertauscht. Ich musste ihn einfach nur anrufen und die Sache klären.

Ich griff zum Handy und wählte seine Nummer: Eine Ansage teilte mir mit, dass die gewählte Rufnummer derzeit nicht erreichbar sei. Ich versuchte es noch mehrmals, ohne den Aktenkoffer loszulassen oder den Blick von dem Computerbildschirm mit der Nachricht von dem Raub abzuwenden. Jedes Mal, wenn ich die unpersönliche Telefonansage hörte und die Nachricht von dem Raub las, bildete sich ein Knoten in meinem Magen, und mir summten die Ohren.

Kurz darauf piepste das BlackBerry in meiner Hand und ließ mich zusammenfahren. Ich warf einen ängstlichen Blick auf mein Telefon und war noch angespannter, als ich sah, dass ich eine weitere verfluchte Nachricht erhalten hatte. Ich will sie nicht öffnen, ich will sie nicht sehen, ich will das alles nicht …, dachte ich, als ich die Tasten betätigte.

Vertrauen Sie niemandem! Das ist ein gefährliches Spiel. Geben Sie auf! Georg von Bergheim

Ich ließ das Telefon auf den Tisch fallen, als würde ich mich daran verbrennen.

»Scheiße, Scheiße, Scheiße …«, murmelte ich, um mir Luft zu machen und meine Angst und die Anspannung loszuwerden. Doch die Nachricht hallte in mir wider.

»Vertrauen Sie niemandem! Das ist ein gefährliches Spiel. Geben Sie auf!«

Ich versuchte nachzudenken, zu reagieren, irgendetwas zu tun … doch ich war nicht mal mehr imstande, mich zu bewegen.

Ich verbarg das Gesicht in den Händen und saß reglos da, hörte als Hintergrundgeräusch nur den Sprecher von CNN, der die Wettervorhersage verkündete … Ich verfluchte Georg von Bergheim. Verfluchte denjenigen, der mir das hier antat.

Dann klingelte das Handy, und sein schriller Ton entlockte mir einen verzweifelten Schrei: »Verdammt, mir reicht's!«

Ich sah es angewidert an, hatte nicht die geringste Lust, es anzufassen. Alains Name tauchte auf dem blau leuchtenden Display auf. Es klingelte erneut, und ich war kurz davor, in Tränen auszubrechen. Alain, Alain, Alain … *»Vertrauen Sie niemandem …«*

Ich drückte auf den roten Knopf, um den Anruf abzulehnen. Das Klingeln hörte auf. Daraufhin schaltete ich das Telefon ganz aus.

Mein Blick fiel auf Alains Aktenkoffer … Langsam hob ich ihn hoch und öffnete das Schloss, das sich auf einmal mühelos öffnen ließ. Ich leerte den Inhalt aus: eine Broschüre von der Eremitage, die Eintrittskarte fürs Museum, ein paar Bonbons, eine Packung Taschentücher, eine Plastikhülle, ein von einer Büroklammer zusammengehaltenes Papierbündel, ein Kuli aus dem Hotel, noch mehr Unterlagen … Alles lag jetzt über den Tisch verstreut. Mit zitternden Fingern ging ich die Blätter durch: Fotokopien von Dokumenten, Notizen, Informationen aus dem Internet … Alles in Bezug auf unsere Nachforschungen. Ich nahm mir die Plastikhülle vor: Darin befand sich ein gelblicher und an den Rändern lädierter Umschlag, ohne irgendeine Aufschrift. Ich öffnete ihn, und das alte brüchige Papier knisterte bedrohlich. Vorsichtig holte ich zwei Fotos und ein mit offiziellen Stempeln versehenes Dokument daraus hervor. Alles war offenbar genauso alt wie der Umschlag, ausgebleicht und farblos.

Ich betrachtete das erste Foto. Darauf war ein Junge vor einer Art Pferdestall zu sehen. Er hatte dunkle Haare, war kräftig und blickte ganz selbstverständlich mit einem breiten Lachen in die Kamera. Auf seinen Wangen bildeten sich zwei Grübchen, und seine von der Sonne geblendeten Augen waren halb geschlossen. Die Mütze hatte er leicht schief aufgesetzt, die Stiefel waren schmutzig, und die Arbeitskleidung passte zu einem kleinen Gassenjungen. Auf die Rückseite des Fotos hatte jemand in einer alten Handschrift gekritzelt: *»Im Haus der Familie Bauer, Illkirch, August 1932.«*

Das andere Foto zeigte ein junges Mädchen, das am Rand einer Koppel die Zügel eines Pferdes in der Hand hielt. Sie trug Reitkleidung. Im Gegensatz zu dem Jungen schien sie sich vor der Kamera zu verstecken. Ihr Gesicht wurde von dem Reithelm fast gänzlich verdeckt. Auf der Rückseite stand in derselben Handschrift ein schlichter Satz ohne Datum: *»Meine geliebte Sarah.«*

Ich legte die Fotos zur Seite und konzentrierte mich auf das Blatt Papier aus dem Umschlag. Ich faltete es auf und stellte fest, dass es sich um ein offizielles Dokument handelte, die Geburtsurkunde eines Jungen namens Jacob, ausgestellt in Illkirch am 16. Mai 1917. Gleich darauf fiel mir auf, dass die Stellen, an denen die Namen des Vaters und der Mutter stehen müssten, leer waren und dass dem Kind zu einem späteren Zeitpunkt ein geläufiger Nachname gegeben wurde. Es handelte sich offenbar um ein Waisenkind unbekannter Abstammung.

Verwirrt blickte ich auf diese drei Dokumente. Auf irgendeine Weise standen sie in Zusammenhang mit der Familie Bauer und Illkirch. Und dennoch hatte Alain sie mir vorenthalten … Vielleicht waren sie für unsere Zwecke nicht wichtig, aber er hatte sie vor mir versteckt. Und wenn er das vor mir versteckt hatte … Ich leerte den Aktenkoffer vollends. Die bittere Pille kam mit dem nächsten Papierbündel: Diese Blätter waren neu, ausgedrucktes Papier, Fotokopien und Farbfotos. Meine Kehle war wie zugeschnürt, als ich ausgeschnittene Zeitungsartikel über Konrad, fotokopierte Fotos von uns aus der Klatschpresse, einen Bericht über die Geschäfte und Tätigkeiten meines Lebenspartners und einen über meinen beruflichen Werdegang fand. Mein Atem beschleunigte sich, Tränen verschleierten meine Sicht und liefen mir langsam über die Wangen, während ich über diese infamen Unterlagen gebeugt dasaß, die Alains Verrat bezeugten.

Heftiges, aufdringliches Klopfen an der Tür ließ mein Herz noch schneller schlagen. Erschrocken hob ich den Kopf wie ein Tier, das Witterung aufnimmt, horcht, ob sich ein Raubtier nähert… doch der Sprecher von CNN erlaubte mir nicht, etwas zu hören; ich stürzte mich auf die Fernbedienung, um den Fernseher auszuschalten. Die Stille war grauenhaft. Aber nicht so grauenhaft wie das erneute Klopfen, das von der Tür widerhallte.

»Ana?… Ana, ich bin's, Alain…«

Das beruhigte mich in keiner Weise. Panisch beugte ich mich zur Tür vor und stellte fest, dass ich vergessen hatte, sie von innen abzuschließen. Ich dachte daran, den Notruf zu wählen, mich unter dem Bett zu verstecken…

»Ana, ich weiß, dass du da bist. Ich habe Licht in deinem Fenster gesehen… Mach auf.«

Wäre die Tür aus Papier gewesen, hätte ich mich nicht verletzlicher gefühlt. Ich zog mich im Dunkeln in die hinterste Ecke meiner Wohnung zurück. Die Tränen waren unkontrollierbar, und auch wenn ich alles versuchte, um mein Schluchzen und selbst meine Atmung zu unterdrücken, so schien ich mich doch unweigerlich zu verraten.

Alains Stimme drang gedämpft durch die Tür: »Ana… Komm schon, Ana… Ich will nur wissen, ob bei dir alles okay ist…«

Erneutes Klopfen an der Tür, noch heftiger.

»Ana. Ana! Hörst du mich…? Lass mich rein! Ana… Ich weiß doch, dass du da bist!«

Wieder Klopfen.

»Anaaaaaa…!

Stille. Ein Geräusch im Schlüsselloch. Mein Herz schlug bis zum Hals.

»Scheiße!«

Ein Tritt. Wieder Stille. Und dann endlich die Aufzugstür.

Nein, ich war nicht mutig

Es wurde Tag, ohne dass ich wirklich ein Auge zugemacht hätte. Meine Lider waren geschwollen und mein Kopf ganz dumpf vom vielen Weinen. Schwerfällig erhob ich mich, unfähig, mich dem neuen Tag zu stellen, trank einen starken Kaffee und nahm ein Aspirin. Nachdem ich eine Weile am Tisch in der Küche gedöst hatte, die Tasse zwischen den Händen, war ich wieder klar und mutig genug, mein Handy einzuschalten. Alains eingegangene Anrufe ploppten einer nach dem anderen auf, und ich hatte große Lust, dieses lästige Ding wieder auszumachen. Ich hatte mehrere Nachrichten von ihm:

Ana, ich bin's, Alain. Entschuldige, ich hatte vergessen, das Handy nach dem Flug wieder einzuschalten, und habe gerade erst gesehen, dass du angerufen hast. Ruf mich an, wenn du willst.

Ana, ich bin's noch mal. Ich erreiche dich nicht. Ruf mich bitte an, um mir zu sagen, dass alles in Ordnung ist.

Ana, ich komme jetzt bei dir vorbei. Ich mache mir Sorgen.

Verfluchter Zyniker. Lügner, Schwindler … Verdammtes Arschloch.

Wieder stiegen mir Tränen in die Augen, als das Telefon klingelte. Wenn ich Konrads Namen nicht rechtzeitig auf dem Display gesehen hätte, hätte ich das Handy wahrscheinlich an die Wand geworfen.

»Hallo, Konrad …«, murmelte ich und versuchte, meine Tränen hinunterzuschlucken.

»Schönen guten Tag, meine Süße … Habe ich dich geweckt?«

»Nein, nein … Ich bin schon seit einer Weile wach.«

»Geht's dir gut? Du hörst dich … komisch an.«

Mit diesen Worten hätte er fast erreicht, dass ich in hysterisches Weinen ausgebrochen wäre, doch mit großer Anstrengung konnte ich es verhindern. Konrad war Tausende von Kilometern entfernt am anderen Ende der Welt, da wäre es nicht nett, am Telefon eine Szene zu machen. »Ja, es geht mir gut … Na ja, es haben sich verschiedene Dinge ereignet.« Ich biss mir so stark auf die Unterlippe, dass sie fast zu bluten begann.

»Geht es um die Nachforschungen?«

»Ja … man hat ein Manuskript geraubt …«

»Das habe ich bereits in den Nachrichten gesehen … aber ihr habt doch eine Kopie davon, oder?«

»Ja … Auch wenn Alain sie hat …«

»Gut, das ist doch nicht wichtig …«

»Doch, das ist wichtig, Konrad!«, platzte es aus mir heraus. »Er macht uns etwas vor, das tut er schon von Anfang an. Ich weiß nicht, was genau er beabsichtigt, aber ich glaube, dass er uns benutzt … Außerdem habe ich noch eine SMS mit Drohungen bekommen. Genau in dem Moment, als Alain nicht da war … Ich werde noch völlig wahnsinnig …«

»Schon gut, meine Süße, beruhige dich und erzähl mir alles der Reihe nach.«

Folgsam erzählte ich ihm die verhängnisvollen Ereignisse der vergangenen Nacht und legte besonderen Nachdruck auf die Warnung der SMS, dass ich keinem trauen solle, und auf den vollständigen Bericht, den Alain über uns hatte. Als ich fertig war, schwieg Konrad.

»Was für ein Schwein …«, murmelte er schließlich. Ich wusste nicht, was ich erwidern sollte. »Aber das habe ich schon kommen sehen, die bei der EFLA sind doch allesamt Aasgeier. Du hast gut daran getan, ihm nicht zu antworten und ihm auch die Tür nicht zu öffnen. Wir wissen nicht genau, wie weit er zu gehen bereit ist, er könnte ein gefährlicher Typ sein, meine Süße. Ich bekomme gerade per Mail den Bericht wegen des Anrufs bei dir und der SMS …«

»Und?«

»Sie wurden von einem Prepaidhandy aus getätigt. Das Telefon wurde in einem Orange-Laden am Boulevard Sebastopol gekauft, genau an dem Tag, an dem du nach Freiburg gereist bist. Der Käufer hat einen gefälschten Ausweis auf den Namen Georg von Bergheim vorgelegt. Die SMS wurde von einer verlassenen Industriehalle zwanzig Kilometer von Paris entfernt abgeschickt. Auch der Anruf wurde von dort aus gemacht … Das ist alles so was von inszeniert …«

»Es ist schrecklich …«, sagte ich mit zugeschnürter Kehle.

»Es tut mir leid, meine Süße, aber ich werde vor Freitag nicht bei dir sein können. Bis dahin verlässt du nicht das Haus, sofern es sich vermeiden lässt. Und geh Doktor Arnoux aus dem Weg.«

»Ich habe Angst, Konrad«, gestand ich kleinlaut. »Ich möchte zurück nach Madrid …«

»Das weiß ich. Du hast auch Grund genug, verängstigt zu sein, aber du kannst über deinen Schatten springen, du bist eine mutige Frau, und deshalb liebe ich dich …«

»Du bist eine mutige Frau, und deshalb liebe ich dich …« Nein, ich war nicht mutig. Unmöglich, dass Konrad mich deswegen liebte. Und wenn ich genauer darüber nachdachte, warum liebte

er mich denn überhaupt …? Ich musste unbedingt mit Teo sprechen.

»Ach Liebes, bei aller Liebe, jetzt wein doch nicht so, du machst mir ja Angst …«, sagte Teo, als ich ihn am Apparat hatte.

»Was soll ich denn machen?«, erwiderte ich.

»Lass die Sache sein, Ana. Lass sie endlich sein. Hör auf Georg von Bergheim, er scheint der einzig Vernünftige in dieser ganzen Geschichte zu sein. Hör damit auf, denn es ist ein gefährliches Spiel. Denk nicht einmal daran zu packen, komm einfach sofort nach Hause.«

»Ich kann nicht, Teo. Wenn ich das tue, dann liebt Konrad mich nicht mehr. Und wenn er mich nicht mehr liebt, dann sterbe ich.«

Wenn Sie eine große Entdeckung machen wollen

Ich legte mich wieder ins Bett. Ich war fix und fertig. Ich fiel in einen leichten Schlaf. Irgendwann klingelte es an der Tür. Viel zu müde, um aufzuschrecken, wollte ich mich einfach umdrehen und weiterschlafen.

Doch es läutete erneut.

»Mademoiselle … Ich bin es, Philippe, der Hausmeister. Man hat ein Paket für Sie abgegeben … Mademoiselle García?«

Ich entschloss mich zu öffnen. Auf wackligen Beinen und mit verschlafenen Augen streckte ich vorsichtig den Kopf vor die Tür. Erleichtert stellte ich fest, dass es sich tatsächlich um den Hausmeister handelte, der mich freundlich anblickte. »Entschuldigen Sie, Mademoiselle. Man hat das hier für Sie abgegeben. Angeblich ist es dringend, und deshalb habe ich mich dazu entschlossen, bei Ihnen zu klingeln.«

Ich senkte den Blick auf ein Päckchen, das in den Händen des hilfsbereiten Philippe lag. Es handelte sich um einen rechteckigen Karton, etwa 50 mal 60 Zentimeter, der in Packpapier eingehüllt und mit einer Schnur umwickelt war. Weder ein Absender noch ein Empfänger waren darauf vermerkt, auch keine Nachricht oder eine Nummer oder eine Briefmarke …

»Wer hat es hergebracht?«

»Ein Motorradfahrer, Mademoiselle. Er hat nichts weiter gesagt, nur dass es für Sie sei.«

Zögernd nahm ich das Paket entgegen. »Danke, Philippe.«

Der Hausmeister nickte und zog im Gehen die Tür hinter sich zu. Nachdem ich das Paket eine Weile betrachtet hatte, löste ich die Schnur. Wenn ich etwas klarer im Kopf gewesen wäre, hätte ich das keinesfalls gemacht – wer wusste, was darin war und ob es nicht am Ende explodierte.

Als ich die Schnur und das Packpapier entfernt hatte, entdeckte ich darunter eine ganz gewöhnliche Schachtel. Instinktiv hielt ich die Luft an, als ich den Deckel anhob. Als nichts explodierte oder die Luft verseuchte, atmete ich auf. Schon entschlossener öffnete ich das weiße Seidenpapier, und zu meiner Überraschung tauchte darin ein ordentlich zusammengelegtes Kostüm auf. Ich faltete es auf. Es war schwarz und sehr einfach: ein Jackett mit Mao-Kragen und ein Röhrenrock ohne jede Verzierung. Unter dem Kostüm lagen ein Umschlag, eine Seidentasche, ein Schmuckkästchen und ein Schächtelchen. Als Erstes stach mir jedoch etwas ins Auge, das ein rotes zusammengelegtes Tuch zu sein schien und sich als Armbinde mit der schwarzen Sig-Rune entpuppte. Der einzige Inhalt des Umschlags war eine weiße Plastikkarte mit einem Magnetstreifen, einer eingravierten Nummer und einem Chip. In der Tasche befanden sich ein Paar elegante schwarze Schuhe und eine Feinstrumpfhose derselben Farbe. In dem Kästchen lag ein silberfarbener Button mit einer weiteren Sig-Rune. Und in dem Schächtelchen war ein USB-Stick.

Unbehaglich fragte ich mich, was das schon wieder für ein Scherz sein sollte.

Ich ließ alles liegen, nahm den USB-Stick und ging geradewegs zum Computer. Der Stick enthielt eine PowerPoint-Datei, die den Virenscanner problemlos überstand. Die Präsentation fing mit einem einfachen Bild an: blauer Hintergrund und eine geschriebene Nachricht auf Deutsch in weißen Buchstaben in der Arial-Schrift.

Wenn Sie eine große Entdeckung machen wollen, dann folgen Sie den nachstehenden Anweisungen.
Ziehen Sie die Kleidung und die Schuhe an, die Sie erhalten haben, bis auf die Armbinde und das Abzeichen. Binden Sie die Haare zu einem einfachen Knoten und schminken Sie sich dezent. Sie sollten heute Abend gegen 20.30 Uhr bereit sein.
Verlassen Sie die Wohnung und führen Sie die Karte, die Armbinde und den Button unauffällig bei sich.
In der Rue de Lille finden Sie vor der Galerie Parisienne *einen geparkten schwarzen Range Rover mit dem Pariser Nummernschild: BZ-189-PT. Das Auto ist nicht abgeschlossen, die Schlüssel befinden sich im Handschuhfach. Steigen Sie ein und betätigen Sie den Anlasser. Im Navigationsgerät ist die Strecke eingespeichert, die Sie nehmen müssen. Ihr Zielort liegt 77 Kilometer von Paris entfernt. Sie dürfen dort nicht später als 22.30 Uhr ankommen. Zeigen Sie am Zielort Ihren Ausweis, um auf das Gelände zu gelangen. Bevor Sie den Parkplatzwächtern den Wagen überlassen, bringen Sie die Armbinde am rechten Arm und den Button am Blazer auf der linken Brustseite an. Sie werden sich am Kontrollposten erneut ausweisen müssen, um Zugang zum Gebäude zu erhalten.*

WICHTIG:
– Kommen Sie allein.
– Führen Sie keine Waffen bei sich.
– Sie können Ihr Handy mitbringen, lassen Sie es aber ausgeschaltet im Auto zurück.
– Tragen Sie keinen Personalausweis oder etwas anderes bei sich, mit dem man Sie identifizieren könnte.
– Halten Sie sich genau an diese Anweisungen, Ihre Sicherheit hängt davon ab.

Georg von Bergheim

Ich war fassungslos und wollte mir einreden, dass ich bestimmt noch schlief und all das nur ein Albtraum war ...

»Wenn Sie eine große Entdeckung machen wollen ...« Da war ich mir nicht so sicher. Intuitiv spürte ich, dass der Preis für diese Entdeckung sehr hoch sein könnte. Und nur ich könnte ihn bezahlen ... Alain hatte sich als Verräter herausgestellt, und Konrad gab mir vom anderen Ende der Welt Anweisungen ... Ich war also ganz auf mich gestellt.

»Du sagst, ich solle keinem trauen, Georg von Bergheim. Warum sollte ich dann dir trauen?«

»Hör auf Georg von Bergheim, er scheint der einzig Vernünftige in dieser Geschichte zu sein.«

Ich nahm das Kostüm und zog es mir über dem Nachthemd an. Dann schlüpfte ich in die Schuhe.

Georg von Bergheim hatte meine Größe mit erschreckender Genauigkeit erraten.

April 1943

Großbritannien und die Vereinigten Staaten treffen für die Bermuda-Konferenz zusammen, um über die Situation der Juden in Europa zu beraten, sie kommen jedoch zu keinem Abschluss und treffen auch keine konkreten Vorkehrungen. Währenddessen fahren die Nazis mit der Umsetzung der »Endlösung« der Judenfrage fort, die zum Ziel hat, das jüdische Volk in Europa auszurotten, und es kommt zu ersten Massenhinrichtungen in den Gaskammern.

Es regnete in Strömen.

Eine Krankenschwester hatte Mitleid mit ihr und gab ihr einen alten Regenschirm, und obwohl sie beim Öffnen feststellte, dass der Stoff an manchen Stellen gerissen war, begab sie sich unter seinen dürftigen Schutz.

Georg stellte den Kragen seines Mantels auf und wollte sich eine weitere Zigarette anzünden. Obwohl er sich unter ein Vordach gestellt hatte, waren seine Hände nass, und das Feuerzeug entglitt seinen Fingern. Wie der Tropfen, der das Fass zum Überlaufen bringt, trug dieses glitschige Feuerzeug dazu bei, seinen ohnehin schon angespannten Nerven noch weiter übel mitzuspielen. Georg stieß einen Fluch aus, steckte das Feuerzeug in die Tasche, schloss seine Faust um die Zigarette und zerquetschte sie wütend.

Sobald er sah, wie sie aus der Tür des Krankenhauses trat, kam ihm der Gedanke, dass sie nicht warm genug angezogen war, dass ihr dieser Regenschirm nicht viel helfen und sie nasse Füße bekommen würde. Sie könnte krank werden, sie war noch immer sehr schwach …

Er dachte kurz daran, die Straße zu überqueren und sie mit seinem Mantel zu schützen. Doch das konnte er nicht tun, ein Offizier der SS bot einer Frau, die einen aufgenähten Davidstern an der Kleidung trug, keinen Schutz vor dem Regen. Missmutig warf Georg die Reste seiner Zigarette auf den Boden und trat unter dem Dach hervor. Er würde sich darauf beschränken, ihr in dem Vertrauen zu folgen, dass sie ihn über kurz oder lang zum *Astrologen* bringen würde. Er würde sich darauf beschränken, seine Pflicht zu erfüllen.

Völlig durchnässt kam Sarah bei der Pension an. Auf der Hälfte des Weges hatte eine Windbö den alten Regenschirm nach außen gestülpt, und sie hatte ihn in einem Mülleimer zurückgelassen.

Die Vermieterin zeigte sich nicht überrascht, sie nach so langer Abwesenheit und ohne dass sie die Miete bezahlt hatte, wiederzusehen. Sie betrachtete nur Sarahs Wasserspur auf dem Boden der Eingangshalle mit einem missfälligen Gesichtsausdruck und erinnerte sie barsch: »Essen um sieben, wie immer. Ich weiß nicht, was wir jetzt tun werden, wo sie die Fleischrationen weiter gekürzt haben. Irgendwann essen wir noch Steine …«

Die Frau schimpfte weiter vor sich hin, während Sarah die Treppe hinaufstieg. Was Sarah nicht wusste, war, dass Marion die Miete für sie beide bezahlt hatte. Sie hatte angefangen, als Führerin für weibliche Agenten des SOE zu arbeiten, und ließ sie hin und wieder hier, in Sarahs leerem Bett, übernachten.

Als Sarah in das Zimmer trat, sah sie als Erstes auf die Wand, an der das Gemälde hätte hängen müssen … Es war nicht mehr da. Sie zog ihre nasse Kleidung aus und suchte nach etwas Trockenem, stellte aber fest, dass ihr Schrank und ihre Schachteln leer waren. In diesem Zimmer war nichts mehr von ihr. Doch Sarah regte sich deswegen nicht auf. Tatsächlich konnte sie nichts mehr dazu bringen, sich über etwas aufzuregen. Sie nahm einfach ein Nachthemd von Marion, zog es an und legte sich ins Bett. Vielleicht würde es ihr unter der Decke gelingen, die Kälte und Feuchtigkeit aus ihrem Körper zu bekommen.

Sie schlief die ganze Nacht nicht. Sie war nicht müde, und es gab vieles, worüber sie nachdenken musste. In letzter Zeit machte sie sich viele Gedanken, aber sie kreisten immer um dasselbe. Sie dachte an Jacob, an Marion und den Widerstand; sie dachte an von Bergheim und das Gemälde; sie dachte an ihre Familie … Während der endlosen und ungewissen Tage im Krankenhaus waren all das nur Gedanken. Doch sie wusste, dass der Zeitpunkt gekommen war, zur Tat zu schreiten. Sie ahnte, dass sie am Beginn eines neuen Kapitels in ihrem Leben stand, das ohne Weiteres das letzte sein konnte.

Marion tauchte erst im Morgengrauen in der Pension auf. Sarah hörte sie durch den Gang gehen. Sie trällerte ein Lied auf Deutsch und war offensichtlich etwas angeheitert.

Marion öffnete die Tür und schaltete das Licht ein. Als sie Sarah erblickte, machte sie einen Satz und rief: »Sarah! … Bei allen guten Göttern! Sarah!« Sie stand reglos da, mit weit aufgerissenen Augen, die Hände an ihr Gesicht gelegt. Als hätte sie einen Geist gesehen.

»Marion …«

Die beiden liefen aufeinander zu, fielen sich in die Arme. Marion hielt Sarah fest, und die Wärme dieser Umarmung löste bei Sarah Tränen aus. Es war schon so lange her, dass jemand sie in die Arme genommen hatte, dass jemand ihr ein Zeichen seiner Zuneigung gezeigt hatte. Es war schon so lange her, dass sie sich als Mensch gefühlt hatte.

Auch Marion weinte herzzerreißend und wiederholte immer wieder: »Ich dachte, du wärst tot, ich dachte, du wärst tot.«

Irgendwann setzten sie sich einander gegenüber auf das Bett und hielten sich an den Händen.

Marion schien die Kilos zugelegt zu haben, die Sarah fehlten. Ihre Wangen waren rundlicher und rosig, und ihr Gesicht strahlte vor Gesundheit. Sie roch nach Tabak und teurem Parfum. Ihr Haar war leicht verwuschelt und das Karminrot ihres Lippenstifts in den Mundwinkeln verlaufen. In diesen Tagen sahen nur Prostituierte in Paris so aus.

Sarah streichelte Marion über die Wangen und strich ihr Haar glatt. »Woher kommst du, meine liebe Marion?«

Ihre Freundin war nicht die Spur verschämt. Sie zwinkerte ihr aus kajalumrandeten Augen zu und lächelte verschmitzt. »Du kennst mich doch, Liebes. Ich verbringe die Nacht nicht gerne zu Hause. Paris ist voll von Deutschen, die Zigaretten, Alkohol und, nach ein paar Gläsern, viele Geheimnisse zu erzählen haben.«

Sarah streichelte sie wieder. Sie hatte Mitleid mit ihr. Marion betrieb auf die Weise Widerstand, die ihr am besten lag.

»Sie haben mir gesagt, du wärst gestorben. Diese Arschlöcher von der Gestapo haben behauptet, du wärst gestorben.«

»Vielleicht haben sie dich gar nicht angelogen … In gewisser Weise bin ich gestorben …«

Zärtlich zog Marion sie an ihre ausladende Brust und wiegte sie wie ein kleines Kind in ihren Armen. »Du bist hier. Das ist das Einzige, was zählt.«

»Ja … Aber jetzt weiß ich nicht, wo ich wieder anfangen soll …«

Marion erzählte ihr, dass die *Bewaffnete Widerstandsgruppe Elsass* sich nach Sarahs und Jacobs Festnahme aufgelöst habe. Trotsky sei aus Paris geflohen, aus Furcht, sie könnten ihn verraten. Laut den letzten Nachrichten, die sie von ihm hatten, hatte er sich mit den Widerständlern in der Normandie zusammengetan.

Dinamo, Gutenberg und sie selbst arbeiteten für eine andere Gruppe in Paris, ein Netz, das von Briten entsandte Agenten des SOE empfing und sie hinter den feindlichen Linien schützte. Außerdem ging sie ihren nächtlichen Arbeiten nach und verkehrte mit deutschen Offizieren, die sie ermunterte, die Zunge zu lockern, damit sie diese Informationen an das SOE weitergeben konnte.

»Ich musste deine Sachen wegpacken, Liebes. Manchmal bringe ich eines der Mädchen vom SOE hierher. Ich habe alles ins Haus der Matheus gebracht… Ach Liebes! Wie viel Zeit ist vergangen? Dieses beschissene Leben lässt mich ganz vergessen, welchen Tag wir haben.«

Marion holte ein Päckchen deutscher Zigaretten »Sondermischung« aus der Tasche und zündete sich eine an. Sarah hustete, als der Rauch sie in der Kehle kratzte.

»Eines Tages bin ich in die Rue des Saussaies gegangen«, fuhr Marion fort und stieß zusammen mit den Worten den Rauch aus. »Ich würde lügen, wenn ich behaupten würde, dass ich nach euch gesucht habe… So wie du mich hier siehst, bin ich ein verdammter Feigling. Doch da war ich. Ich wollte einen meiner deutschen Freunde besuchen und dachte mir, warum nicht? Warum sollte ich nicht nach ihnen fragen…? ›Jacob und Sarah? Hier ist niemand, der so heißt‹, versicherte mir der Wachhabende. Und ein anderer, der gerade vorbeikam, hat mir sein dreckiges Gesicht entgegengestreckt und gesagt: ›Heute Morgen haben sie eine gewisse Sarah aus einer Zelle geholt… Sie war tot. Sie hat nach toter jüdischer Schlampe gerochen.‹ Dieser Hurensohn hat mir ins Gesicht gelacht und mir seinen stinkenden Atem entgegengeblasen. O Gott, Sarah! Du hättest hören sollen, wie kaltblütig er gesprochen hat…«

Sarah hätte das nicht zu hören brauchen. Sie hatte diese Kaltblütigkeit am eigenen Leib erfahren, hatte sie mit eigenen Augen gesehen. Doch davon würde sie nicht sprechen, solange sie lebte.

Sie musste Marion nach dem Gemälde fragen, hatte aber Angst davor: Sie wollte die Antwort, die sie sich schon denken konnte, nicht hören. Marion hatte sie für tot gehalten … Es war nicht schwierig, sich vorzustellen, was sie mit dem Gemälde gemacht hatte.

»Marion«, sprach sie ihren Namen sanft aus, sie wollte nicht böse auf sie werden. »Was hast du mit der Karte gemacht?«

Marions Gesicht verschloss sich. Sie blickte auf ihre Hände, mit denen sie nervös spielte, ließ die Zigarette zwischen den Fingern mit den rot lackierten Nägeln hin und her wandern. »Ich habe sie zur Gräfin gebracht …«, gab sie leise murmelnd zu.

Sarah sagte nichts. Das brauchte sie auch nicht. Ein Seufzer und eine verzagte Geste reichten aus, damit Marion anfing, sich inbrünstig zu entschuldigen. »Ich habe nur getan, worum du mich gebeten hast! Sie haben mir gesagt, du wärst tot, das habe ich dir doch schon erzählt! Bis wann hätte ich denn warten sollen?«

Sarah hatte plötzlich das Gefühl, dass sie sich etwas die Beine vertreten musste. Sie stand vom Bett auf und ging zum Fenster. Die Scheibe war vereist, und die Kälte drang herein. Sie streckte sich. »Ich bin nicht böse auf dich, Marion. Ich bin böse auf mich. Ich habe mich geirrt, als ich dir gesagt habe, du sollst sie zu dieser Frau bringen …«

»Kannst du deine Karte denn nicht zurückholen?«

Sarah malte mit dem Finger auf die vereiste Scheibe. Sie malte ein Fragezeichen. »Ich kann die Gräfin darum bitten … aber sie wird sie mir nicht geben.«

Sie wollte nicht einmal daran denken, erneut zu dieser Hexe zu gehen. Jetzt noch weniger, wo Jacob nicht da war, um sie zu begleiten.

Mit einer hoffnungslosen Geste wischte sie ihre Zeichnung auf der Scheibe weg.

»Ach Sarah, nimm es nicht so schwer … Es ist doch nur eine Karte!«

»Nein, es ist nicht nur eine Karte. Sie ist der Preis für Jacobs Leben.«

Marion runzelte die Stirn. »Jacobs Leben? Glaubst du wirklich, dass Jacob noch lebt?«

»Ich weiß es nicht«, antwortete sie. »Aber ich werde die Hoffnung nicht aufgeben, bevor ich es herausgefunden habe.«

Am Tor zur Hölle

Um Punkt halb acht Uhr durchquerte ich die Eingangshalle, ganz in Schwarz gekleidet, mit einem einfachen Haarknoten, dezent geschminkt, am Arm die kleine Tasche, in der eine Armbinde, ein Abzeichen, eine Plastikkarte und mein bereits ausgeschaltetes BlackBerry waren. Ich wünschte Philippe eine gute Nacht und machte mich auf den Weg zur Rue de Lille.

Meine Schritte waren unsicher, ich hatte große Angst.

Wie angekündigt stand ein schwarzer Range Rover vor der *Galerie Parisienne*, der im Licht der Straßenlaterne glänzte. Die Fahrertür war unverschlossen, und ich setzte mich hinters Steuer. Der kalte, sandfarbene Lederbezug an meinem Rücken war wenig einladend. Trotzdem hatte ich ein merkwürdiges Gefühl der Sicherheit in dem riesigen Geländefahrzeug, ja, ich verspürte den Wunsch, einfach die Türen zu verriegeln und mich für den Rest meines Lebens hier einzuschließen. Ein so merkwürdiges wie flüchtiges Gefühl, das verschwand, sobald ich den Anlasser betätigte und der Monitor des Navis anzeigte, welchen Weg ich nehmen musste: die Autobahn A6A in Richtung Bordeaux-Nantes. Als ich die Hände aufs Lenkrad legte, waren sie eiskalt.

Das Navi leitete mich bis nach Fontainebleau, wo ich nach Champagne-sur-Seine abbog. Nach einer kurvenreichen Straße, die sich durch ein dichtes Wäldchen schlängelte, endete die Anzeige des Navis vor dem schmiedeeisernen Tor eines umzäunten Geländes. Mehrere Überwachungskameras zeichneten meine

Ankunft auf, während sich ein Wächter dem Fahrzeug näherte. Von Bergheims Anweisungen befolgend, öffnete ich das Fenster und zeigte meine Karte. Wortlos schrieb er sich meine Identifikationsnummer und das Kennzeichen des Wagens auf. Das Tor öffnete sich langsam, und der Wächter bedeutete mir hindurchzufahren. Als ich im Rückspiegel sah, wie sich das Tor hinter mir wieder schloss, spürte ich einen Kloß im Hals: Es gab kein Zurück mehr. Ich folgte einfach dem Weg vor mir. Ich fuhr durch ein Wäldchen, an dessen Ende sich ein riesiger Garten und die Silhouette eines elegant beleuchteten Renaissance-Châteaus abzeichneten. Als ich darauf zufuhr, konnte ich die Schönheit und Erhabenheit seiner Architektur bewundern, die würdevoll die klassischen Elemente der französischen Renaissance zur Schau stellte: die zylindrischen Ecktürme mit spitzen Schieferdächern, die vielen kleinen Kamine und die Doppeltreppe.

Auf dem weitläufigen Gelände vor dem Palast parkte eine Unmenge Luxuslimousinen. Ich fuhr bis zum Eingang und hielt am Fuß der Treppe, wo mir ein Mann in der gleichen Uniform wie der am Tor die Tür öffnete und mir beim Aussteigen half. Ich blieb einen Moment lang stehen, als sei ich am Tor zur Hölle eingetroffen. Es herrschte eine seltsam bedrohliche Stille.

»Madame … Sie müssten bitte nach oben gehen.« Der Mann holte mich aus meiner Versunkenheit.

Mit zittrigen Händen brachte ich die Armbinde und den Button an. Dann fiel mir plötzlich das Bild von Tom Cruise in *Eyes Wide Shut* ein, wie er sich zur Zeremonie dieser Sekte begibt. Das hier kam mir erschreckend ähnlich vor. Ich atmete tief aus, dann stieg ich langsam die Treppe hinauf.

Oben angekommen, öffnete mir ein Mann eine schwere Holztür, und ich trat in eine riesige dunkle Halle mit Mauern aus Granit und schweren, roten Wandbehängen. Ein weiterer Herr suchte mich mit einem Metalldetektor am ganzen Körper ab und fragte nach meiner Karte. Gerade als er sie durch ein Lesegerät ziehen wollte, kam ein dritter Mann hinzu.

»Man sucht dich bei der Kontrolle«, flüsterte er. »Ich mache hier weiter ...«

Der Angesprochene fasste an den Stöpsel, den er im Ohr hatte. »Sie haben nichts durchgegeben ...«

Der andere zuckte mit den Schultern, aber schließlich verschwand sein Kollege.

Der zuletzt Eingetroffene gab mir meine Karte zurück, ohne sie durch das Lesegerät gezogen zu haben. Dann steckte er mit einer schnellen Bewegung etwas in meine Tasche.

»Das ist ein Handy«, murmelte er, ohne mich anzusehen, und tat so, als würde er etwas in einer Liste vermerken. »Die Gespräche werden abgehört, Sie können damit keine Anrufe tätigen, aber Sie werden einen erhalten. Seien Sie also aufmerksam.«

Ich war wie versteinert, musterte den Mann, um herauszufinden, ob ich irgendeinen vertrauten Zug an ihm entdecken konnte. Dasselbe schwarze Jackett, dieselbe dunkle Brille und dasselbe Leibwächteraussehen wie alle anderen. Nichts an ihm war anders, nichts schien mir auch nur im Entferntesten vertraut.

»Aber, wer ...?«

Er sprach weiter, ohne den Blick zu heben: »Gehen Sie diesen Gang entlang, bis Sie auf einen Hof gelangen. Begeben Sie sich dort zu einem Sitz in der letzten Reihe ... und verbergen Sie Ihre Nervosität. Es ist von äußerster Wichtigkeit, dass Sie keine Aufmerksamkeit erregen. Sie sollten eigentlich nicht hier sein.«

»Dann gehe ich eben.« Ich machte Anstalten wegzugehen. Das hier reichte völlig aus, um meine ohnehin schwache Entschlossenheit gänzlich schwinden zu lassen.

»Gehen Sie rein. Schnell.«

Diese Unterhaltung trug keineswegs zu meiner Beruhigung bei, doch ich versuchte, mit forschem Schritt durch den Gang zu gehen und Haltung zu wahren. Ein unendlich langer und klaustrophobisch enger Gang, ohne weitere Ein- oder Ausgänge, nur eine Öffnung am Ende, wo ein paar orangefarbene, flackernde Lichtreflexe aufblitzten und das Echo einer hitzigen Rede zu vernehmen war.

Ich war fassungslos bei dem Anblick, der mich am Ende des Ganges erwartete: Eine Ansammlung neonazistischer Symbole verwandelte den Hof in eine Szene des Berlins vor dem Krieg. Lauter Flaggen, Banner und Drapierungen in Rot, Weiß und Schwarz bedeckten die Mauern. Das einzige Licht kam von Fackeln, die ringsum an den Säulen angebracht waren. Uniformierte Männer standen in Reih und Glied. Und unter einem riesigen Foto von Himmler war ein Podest, auf dem sich zwölf mit roten Umhängen bekleidete Männer befanden. Besonders auffallend war, dass statt des Hakenkreuzes die Sig-Rune, die Rune der SS, das allgegenwärtige Emblem war.

Ich traute mich nicht, weiter in diese Szenerie vorzudringen und mich unter die Leute zu mischen, die genauso gekleidet waren wie ich. Also versteckte ich mich hinter einer Säule, auch wenn es mir in Wahrheit lieber gewesen wäre, der Boden unter mir hätte sich aufgetan, und die Erde hätte mich verschluckt. Fassungslos betrachtete ich den Redner, der mit seiner Ansprache vom Podest aus eine Zuhörerschaft von knapp hundert Leuten mitriss. Das Tempo und das Feuer seiner Rede auf Deutsch, zusammen mit meinem mentalen Schockzustand, erschwerten mir das Verständnis, doch hin und wieder schnappte ich Worte auf wie Krieg, Macht, Teufel, Bedrohung, Islamismus, Judentum, Christentum. Die Schmährede endete mit einem dramatischen Schlussappell. Die Zuhörer erhoben sich und applaudierten begeistert, während die ersten Akkorde einer martialischen Musik mit Blasinstrumenten und Trommeln einsetzten. Der Beifall ebbte ab, und mit der Hand auf der Brust fingen die Versammelten an, lauthals eine Hymne anzustimmen, die die Grundfesten dieses Palasts zu erschüttern schien.

SS marschiert in Feindesland
Und singt ein Teufelslied
…

Als das Schmettern am lautesten war, spürte ich, wie das Handy in meiner Tasche vibrierte. Ich holte es hervor, nahm den Anruf entgegen und hielt das Telefon ans Ohr, ohne zu wagen, ein Wort zu sagen.

»Was Sie gerade hören, ist eine Hymne der SS«, erklärte eine tiefe Stimme. »Ein Gesang für den erbarmungslosen Kampf bis zum Tod. Eine Erklärung, die dazu ermuntert, Heinrich Himmlers Gedenken zu ehren und seine Lehre in die Praxis umzusetzen.«

Inmitten des Lärms konnte ich kaum verstehen, was der Mann am anderen Ende mir sagen wollte. Sein tiefer Tonfall und die verwirrenden Worte verursachten mir Übelkeit. In meinen Schläfen pochte es wie wild. Alles fing an, sich zu drehen…

Wo wir sind, da geht's immer vorwärts
Und der Teufel, der lacht nur dazu
Ha, ha, ha, ha, ha!
Wir kämpfen für Deutschland
Wir kämpfen für Himmler

»Das hier ist *PosenGeist*. Ein neue Ordnung, eine neue Welt. Werden Sie nicht zur Komplizin dieser Grausamkeit. Es gibt Bestien, die man besser nicht weckt. Lassen Sie den *Astrologen* weiterhin eine Legende sein.«

»Wer sind Sie?«, stammelte ich.

»Gehen Sie von hier weg, ehe man Sie entdeckt.«

»Hören Sie… hören Sie!«

Er hatte aufgelegt.

Ich starrte auf das Handy, verwirrt, noch immer wie benommen von allem, was sich hier ereignete, unfähig zu reagieren, zu gehen, zu flüchten.

Plötzlich packte man mich am Arm. »Begleiten Sie mich.«

Erschrocken drehte ich mich um. Einer der Security-Männer zog mich zum Ausgang.

»Nein …« Meine Stimme war ganz schwach, kaum mehr als ein Flüstern. »Nein … ich muss gehen, tut mir leid …«

»Das ist kein Vorschlag«, erwiderte der Mann mit eisiger Stimme. Automatisch senkte ich den Blick: Eine Pistole war auf meinen Bauch gerichtet.

»Gehen wir.«

Er führte mich durch eine lange Abfolge dunkler, verworrener Korridore. Schließlich stieß er mich so unsanft in einen Raum, der so dunkel war wie alles andere hier, dass ich stolperte und der Länge nach hinfiel.

Der Wachmann riss mich wieder hoch und durchsuchte mich. Er nahm mir das Handy und die Karte ab, mit der ich in den Palast gekommen war; das war alles, was ich bei mir hatte. Dann stieß er mich auf einen Stuhl. »Diese Karte ist gefälscht! Woher haben Sie sie?«, herrschte er mich an.

»Ich … Man-man hat sie mir geschickt …«

»Wer hat Sie Ihnen geschickt?«

»Ich-ich weiß es nicht …«, stotterte ich, kurz davor, in Tränen auszubrechen. »Also, ich-ich glaube, das war eine Falle … Ich bin hier in-in eine Falle getappt … Ich wusste nicht, auf-auf was ich mich da einlasse …«

»Mir ist ganz egal, was Sie wissen und was nicht. Mir ist nur wichtig, dass Sie hier nicht verschwinden und es ausplaudern.«

»Nein! Bitte! Ich-ich weiß nichts, das-das schwöre ich …!«

»Ruhe!«

Bevor dieser Schrei mich aufschrecken lassen konnte, erhielt ich eine Ohrfeige, die mich völlig fassungslos zurückließ. Kurz darauf spürte ich, wie Tränen über meine brennenden Wangen liefen.

»Sei keine solche Bestie, Paul. Wenn du so weitermachst, erreichst du lediglich, dass sie durchdreht, ehe sie ein einziges Wort gesagt hat. Ich hab dir schon tausend Mal gesagt, dass es sehr viel wirksamere Methoden gibt.«

Durch die Tränen hindurch sah ich das verschwommene Bild eines weiteren Mannes vom Sicherheitsdienst, der offenbar soeben eingetreten war.

Der zweite Mann trat an den Tisch, öffnete einen Koffer und fing an, darin herumzuwühlen. Da er mit dem Rücken zu mir stand, konnte ich nicht sehen, was genau er tat, während er mit seinem Kollegen sprach.

»Außerdem garantiert uns das hier, dass sie auch die Wahrheit sagt. Halt sie fest …« Als er diesen Befehl aussprach, drehte er sich mit einer Spritze in der Hand um.

»Nein … nein … lassen Sie mich los … Neeeeeeein!« Ich schrie und schlug wie eine Besessene um mich, und meine Hysterie wurde noch stärker, als diese Bestie mich festhielt und ich sah, wie der andere mit der Spritze in der Hand auf mich zukam.

Doch da übertönte mich plötzlich eine andere Stimme.

»Was ist hier los?«, rief jemand hinter uns.

Die Wächter drehten sich zur Tür, gleichzeitig waren Schüsse zu hören. Getroffen sanken die Wächter zu Boden. Gleich darauf packte mich der Neuankömmling am Arm. »Gehen wir!«

Der Mann trug dieselbe Uniform wie die anderen, Anzug, Brille, Ohrstöpsel. Und dennoch … »Ich werde Ihnen helfen, von hier zu verschwinden. Wir müssen uns beeilen, ehe Verstärkung kommt. Die Schüsse waren bestimmt im ganzen Schloss zu hören.«

Er zog mich hastig an der Hand hinter sich her. Wir bogen mehrfach ab, bis wir eine hinter einem Wandteppich verborgene Tür durchquerten, die Stufen einer Treppe hinunterstürzten und bei einem mit einem Gittertor abgeriegelten Tunnel ankamen. Der mysteriöse Mann schloss es auf. Laut quietschend gab es den Weg frei. Der Mann beugte sich vor, leuchtete mit einer Taschenlampe in den Durchgang und befahl mir: »Folgen Sie mir.«

Der Tunnel war dunkel und eng. Es roch nach Wurzeln und feuchter Erde. Das einzige Geräusch waren unsere Schritte und unser hektisches Atmen. Ich konnte kaum etwas sehen außer dem Rücken meines Führers. Deshalb wäre ich auch fast in ihn hineingerannt, als er plötzlich vor einer Erdwand stehen blieb.

»Und jetzt?«, fragte ich keuchend, kurz davor, einer Klaustrophobie-Attacke zu erliegen.

Er antwortete nicht, sondern stellte sich auf die Zehenspitzen und drückte eine Klappe an der Decke auf. Ein Schwall frischer Luft drang herein. Durch dieses Loch konnte man die Äste eines Baums vor einem dunkelblauen Himmel ohne Sterne erkennen.

»Von hier aus werden Sie allein weitergehen müssen.«

»Aber …«

»Wenn Sie hier herauskommen, befinden Sie sich in dem Wäldchen, das das Schloss umgibt. Sie sind dann aber noch auf dem umzäunten Gelände. Gehen Sie parallel zum Weg, aber ja nicht auf dem Weg selbst, sonst werden Sie zu einer leichten Beute. Nach fünfzig Metern stoßen Sie auf einen Bach. Überqueren Sie ihn. Gehen Sie etwa zweihundert Meter geradeaus weiter, bis Sie an der umgrenzenden Mauer ankommen. Über die müssen Sie klettern. Glücklicherweise ist dort ganz in der Nähe eine ziemlich verfallene Stelle, suchen Sie diese und klettern Sie dort auf die andere Seite. Hinter der Mauer, auf der anderen Straßenseite, finden Sie den Range Rover versteckt in einem Wäldchen. Wenn Sie lebend nach Paris zurückkommen wollen, dann tun Sie, was ich sage, und vor allem beeilen Sie sich.«

Ich begriff, dass ich keine andere Wahl hatte. Bevor ich hinauskletterte, sah ich ihn an. »Wer sind Sie?«

Er antwortete nicht sofort, und als er es tat, hinderte mich die Dunkelheit daran, einen Blick auf sein Gesicht zu werfen. »Georg von Bergheim.«

Gleich darauf spürte ich, wie er mich kräftig nach oben schob, sodass ich über den Rand des Lochs hinausspähen konnte. Mühsam gelangte ich hinaus. Anschließend beugte ich mich noch einmal über das Loch, um einen letzten Blick auf meinen Retter zu werfen. Doch der war bereits verschwunden.

Mit unsicheren Schritten machte ich mich auf die Suche nach dem Weg. Es dauerte nicht lange, bis ich ihn fand. Ich folgte ihm parallel, versteckt im Gestrüpp, wie der Mann gesagt hatte. Ich kam nur langsam zwischen den hüfthohen Sträuchern voran, deren Äste mich am ganzen Körper zerkratzten.

Ich war noch nicht sehr weit gekommen, als ich das erste Bellen hinter mir hörte. Ich blickte zurück, sah aber nichts. Um schneller voranzukommen, zog ich die hochhackigen Schuhe aus und lief, so schnell ich konnte, ohne auf die Steine zu achten, die sich in meine Fußsohlen bohrten. Das Gebell schien immer näher zu kommen, und als ich mich erneut umblickte, sah ich, wie der Lichtstrahl starker Lampen den Himmel durchzog. Fast wahnsinnig vor Angst kämpfte ich mich weiter.

Endlich entdeckte ich den Bach, so überraschend, dass ich fast hineingefallen wäre. Zum Glück war er weder besonders tief noch besonders breit. An der tiefsten Stelle reichte er mir bis zum Rocksaum. Ich brauchte gerade mal eine Minute, um ihn zu durchqueren.

Mit letzter Kraft brachte ich die verbleibenden Meter bis zur Mauer hinter mich. Als ich sie erblickte, stiegen mir erneut Tränen in die Augen. Sie war höher, als ich gedacht hatte, doch da entdeckte ich die verfallene Stelle. Auf der anderen Seite ging es bestimmt drei Meter in die Tiefe. Ich zögerte. Aber nur kurz. Das Bellen der Hunde half mir, nicht länger darüber nachzudenken, ehe ich die Augen schloss und sprang.

Bei der Landung verstauchte ich mir das Handgelenk, doch das war nicht wichtig. Ich war auf der anderen Seite. Ich hatte es fast geschafft.

Ich muss mich jemandem anvertrauen

An die Rückfahrt kann ich mich kaum erinnern. Ich sehe nur zusammenhanglose Bilder vor mir und kann mir bis jetzt nicht erklären, woher ich die Kraft und die Entschlossenheit nahm, um es bis nach Hause zu schaffen.

Dort angekommen, riss ich mir die feuchten Kleider vom Leib, stieg in die Dusche und ließ mich anschließend völlig erschöpft ins Bett fallen.

Ich wachte auf, als ich meinen Namen hörte. Dabei hatte ich den Eindruck, gerade erst die Augen geschlossen zu haben. Doch draußen wurde es schon hell. Wieder hörte ich meinen Namen … Als ich mich aufrichtete, durchfuhr mich ein stechender Schmerz. Mühsam stand ich auf und öffnete die Schlafzimmertür. Das Erste, was ich sah, war Philippe, der verlegen dastand und sich in Erklärungen erging, um sein Eindringen zu rechtfertigen. »Entschuldigen Sie, dass ich den Schlüssel benutzt habe, um hereinzukommen, Mademoiselle … Sie haben nicht geantwortet … weder auf das Klingeln noch am Telefon, und Doktor Arnoux machte sich große Sorgen. Man hört heutzutage doch so vieles … bei jungen Frauen wie Ihnen …«

Doktor Arnoux? Ich glaubte, nicht richtig gehört zu haben … Doch da stand er, ein Stück hinter Philippe, neben dem Tisch und musterte mich entgeistert von oben bis unten. In den Händen hielt er ein paar der Unterlagen aus seinem Aktenkoffer, die ich am Tag zuvor dort auf dem Tisch ausgebreitet hatte.

Ich knüpfte meinen Bademantel fest zu und versuchte, mich zu einer würdevollen Haltung aufzurichten, doch mein Körper protestierte, und ich musste mich an den Türpfosten lehnen.

»Ich bitte Sie um Verständnis, Mademoiselle…«, fuhr Philippe mit seinen Ausführungen fort.

»Schon in Ordnung, Philippe, kein Problem. Ich bin mir sicher, dass Herr Köller Ihnen für Ihre Sorge sehr verbunden sein wird. Aber wie Sie sehen, ist alles in Ordnung. Sie können also gehen.«

Der Hausmeister zögerte. Ich nahm an, dass er eine unterhaltsame Szene erwartete, der er gerne beigewohnt hätte. »Sind Sie sicher, Mademoiselle? Sie wissen ja, wann immer Sie etwas benötigen…«

»Ja, danke, Philippe. Aber es ist alles gut.«

Widerstrebend wandte der Hausmeister sich zum Gehen. Beim Geräusch der zufallenden Tür schien Alain aus seiner Starre zu erwachen.

»Kannst du mir das hier vielleicht erklären? Seit einem Tag antwortest du nicht auf meine Anrufe und Nachrichten, öffnest mir nicht…!«

»Nimm deine Sachen und verschwinde«, sagte ich eisig. Ich war viel zu müde, um zu diskutieren. Ich wollte nur, dass er mich in Ruhe ließ.

»Verdammt, Ana, ich war überzeugt, dass ich hier in deinem Wohnzimmer auf deine Leiche stoßen würde! Begreifst du denn nicht?«, platzte er heraus.

»Ich habe gesagt, du sollst gehen.«

Verwirrt griff Alain nach meinem Handgelenk. Ich heulte vor Schmerz auf.

»Was…? Was ist denn los mit dir…? Ich… es tut mir leid, ich wollte doch bloß…«

Mir wurde schwindlig, und ich ließ mich auf einen Stuhl sinken. Ich war nicht mehr in der Lage, noch länger eine Stärke vorzutäuschen, die ich nicht besaß.

In dem Moment erst bemerkte Alain, in was für einem schrecklichen Zustand ich mich befand. Er kniete sich neben mich, bedacht darauf, ausreichend Abstand zu halten. »Mein Gott, Ana … was ist denn mit dir passiert?«

»Bitte … geh …«

»Deine Hand sieht ja schlimm aus …«, erwiderte er.

Ohne noch ein Wort zu sagen, zog er sein Halstuch aus und faltete es zu einem Dreieck. Er verknotete die Enden in meinem Nacken und legte meine Hand ganz vorsichtig in die improvisierte Armschlinge. Ich ließ ihn einfach machen, ich hatte keine Kraft, mich dagegen zu wehren.

»Hast du Eis im Kühlschrank? Ich lege dir etwas auf … Und sobald du angezogen bist, gehen wir zum Arzt …«

Ich schüttelte den Kopf, ohne ihn anzusehen. »Nein … Nein … Mit dir gehe ich nirgendwohin. Ich will, dass du verschwindest.«

Alain seufzte. Meinen Wunsch ignorierend, setzte er sich auf einen Stuhl am Esstisch. »Es ist wegen dem hier, oder?«, fragte er und deutete mit dem Kopf auf die Unterlagen aus seinem Aktenkoffer.

Ich antwortete nicht.

»Ich kann es erklären.«

»Tatsächlich? Es wäre wirklich interessant zu hören, warum du einen Bericht mit Fotos von uns hast. Oder warum du mir Unterlagen bezüglich der Nachforschungen vorenthalten hast. Ich würde auch gerne wissen, warum du mich angelogen hast, als du mir versichert hast, Konrad hätte dich angerufen, um bei den Nachforschungen mitzumachen.«

»Das war dumm von mir …«

»Nein, das war keine Dummheit … Ich glaube, du bist einfach ein schlechter Mensch.«

Alain sah auf einmal so niedergeschlagen aus, dass ich etwas sanfter weitersprach. »Ach, Alain … Warum musstest ausgerechnet du so etwas tun? Ich habe dir vertraut, ich habe geglaubt, du könntest mir helfen. Aber du hast mich verraten, du hast mich angelogen, mich ausgenutzt... Und wer weiß, was du sonst noch alles getan hast...«

»Moment mal«, brach es aus ihm hervor. »Von all den Dingen, die du mir vorwirfst, trifft nur zu, dass ich dich angelogen habe... und eigentlich habe ich noch nicht einmal das getan. Ich habe dir nur ein paar Dinge verschwiegen. Und wenn ich das getan habe, dann nur, weil ich befürchtet habe, Konrad würde mich ansonsten nicht mit euch zusammenarbeiten lassen.«

»Und woher kommt dieses ganze Interesse, mit uns zusammenarbeiten zu wollen, Alain? Wegen dieses verfluchten Gemäldes scheinen alle völlig den Verstand verloren zu haben...«

»Es geht nicht um das Gemälde, Ana... Es ist etwas... Persönliches... etwas, was mit mir zu tun hat...« Er verstummte und sah zu Boden.

»Ist es so schlimm, dass du es mir nicht erzählen kannst?«, fragte ich verunsichert.

»Nein, es ist nichts Schlimmes... es ist... etwas sehr Persönliches... Und... schwierig... sogar beschämend. Wahrscheinlich würdest du es nicht verstehen. Und Konrad noch weniger. Ihr beide führt ein glänzendes Leben, voller Erfolg...«

Fast hätte ich widersprochen. Aber ich wollte ihn nicht unterbrechen, jetzt, wo er endlich mit der Wahrheit herauszurücken schien.

»Ihr wisst, woher ihr kommt und wer ihr seid... Ich dagegen... Meine Familie ist wie ein großes schwarzes Loch, das alles verschlingt, ein Haus voller verschlossener Türen und dunkler Zimmer, ein leeres Fotoalbum...«

Als er die Fotos erwähnte, musste ich an die in seinem Aktenkoffer denken. Ich suchte sie zwischen den Dokumenten auf dem Tisch heraus: alte Fotos, Familienfotos, Fotos der Familie Bauer... Alain sah sie mit mir zusammen an.

»Bei mir zu Hause gibt es keine Fotos«, fuhr er über meine Schulter gebeugt fort. »Es hat nie welche gegeben. Weder von meinen Eltern noch von meinen Großeltern … und auch nicht von meiner Schwester oder mir. Mein Großvater hat alle in einer Schachtel aufgehoben. Er hat sie uns aber niemals gezeigt oder sie gar gerahmt auf den Kaminsims gestellt. Als hätte er etwas zu verbergen gehabt, etwas, was ihn beschämte …«

Auf einmal empfand ich ein sonderbares Mitgefühl, durchsetzt von Zärtlichkeit. »Und was hat das mit mir zu tun, Alain?«

Er sah mich unverwandt an. »Du hast einmal gesagt: ›Ich glaube, Sarah Bauer hat den *Astrologen.*‹ Das glaube ich auch, Ana. Aber mein Interesse gilt nicht dem *Astrologen* … Mich interessiert die Familie Bauer …«

Ich drehte eines der Fotos um, das von dem Jungen: »Im Haus der Familie Bauer, Illkirch, August 1932.«

»Diese Fotos gehören zu denen, die mein Großvater aufbewahrt hatte. Als ich mit ihm über den Fall Bauer gestritten hatte, war ich so verwirrt über seine Haltung, dass ich anschließend heimlich sein Büro durchsuchte. Ich wusste nicht genau, wonach ich suchte, aber ich wollte die Erklärung, die er mir verweigerte. Ich stemmte eine Schublade an seinem Schreibtisch auf und fand das hier.«

»Auch die Geburtsurkunde?«

Alain nickte.

»Ist das dein Großvater?«

»Das glaube ich nicht … Mein Großvater heißt André, André Lefranc. Ich habe keine Ahnung, wer Jacob ist und weshalb sich seine Geburtsurkunde im Schreibtisch meines Großvaters befand.«

»Und das Mädchen?«, fragte ich und betrachtete das Mädchen in Reitkleidung. *»Meine geliebte Sarah«* … Sarah Bauer?

Alain zuckte mit den Schultern. »Merkst du was, Ana? Ich weiß gar nichts … Nur dass die Fotos, die in meinem Haus waren, achtzig Jahre alt sind und dass auf ihrer Rückseite der Name *Bauer* steht. Und ich will wissen, warum. Du bist mit deinen Nachforschungen im richtigen Moment aufgetaucht, mit Konrad und seinem Blankoscheck … Ich musste die Gelegenheit einfach ergreifen.«

»Also hast du mir keine SMS geschickt und mich auch nicht mit dumpfer Stimme angerufen oder das Delmedigo-Dossier und das Tagebuch geklaut …?«, sagte ich halb scherzend, halb ernsthaft, aber mit mehr Erleichterung als Misstrauen in der Stimme.

Zum ersten Mal, seit wir miteinander sprachen, lächelte Alain. »Nein, Ana. Das alles habe ich nicht getan. Ich versichere dir, dass ich kein schlechter Mensch bin, nur ein Dummkopf.«

Ich spürte, wie meine Wangen ganz heiß wurden. »Das tut mir leid … Ich wollte das vorhin nicht sagen. Ich war nur so sauer … Verzeihst du mir?«

»Aber natürlich … Eigentlich habe ich es nicht anders verdient.«

»Na ja, ein bisschen dumm bist du schon gewesen. Konrad interessiert sich ausschließlich für das Gemälde, es wäre ihm ganz egal gewesen, was du über die Familie Bauer herausfinden willst. Aber jetzt hast du ihn verärgert, und er wird dir nicht mehr vertrauen.«

Alain griff nach dem Bericht über Konrad. »Ich muss zugeben, dass das hier nicht gerade für mich spricht … Aber es steckt keine böse Absicht dahinter. Die Stiftung hat die Angewohnheit, über diejenigen zu recherchieren, mit denen sie arbeitet. Es gibt viele Profitjäger auf dieser Welt, Leute, die in irgendwelche merkwürdigen Sachen verstrickt sind, und es schädigt oder ruiniert unseren guten Ruf, wenn wir uns mit ihnen einlassen. Da muss man sehr vorsichtig sein …«

»Das klingt logisch …«

Ich seufzte. Mein Handgelenk pochte vor Schmerzen, und ich war sehr, sehr müde. Ich fühlte mich empfindlich und verletzlich, aber ich wollte vertrauen. »Weißt du, an dem Abend, an dem wir von Sankt Petersburg zurückgekommen sind« – das schien mir eine Ewigkeit zurückzuliegen –, »habe ich eine weitere SMS erhalten: ›Vertrauen Sie niemandem!‹ Das kann ich aber nicht, ich muss anderen vertrauen können, oder ich werde noch verrückt … Mach das nie wieder, Alain, lüg mich nie mehr an«, sagte ich warnend.

»Ich schwöre es. Ich will das ja selbst nicht. Und ich bin froh, dass du aus Versehen meinen Aktenkoffer mitgenommen hast und alles herausgekommen ist. Jetzt, wo ich es dir gesagt habe, fühle ich mich viel besser.«

Und ich, ich fühlte mich auch besser.

Alain hatte sich in den Kopf gesetzt, mich ins Krankenhaus zu bringen. Ich nehme an, dass es für ihn eine Art Buße darstellte. Jeder Mann, der heutzutage eine mit Prellungen überzogene Frau in eine Klinik bringt, wird automatisch der häuslichen Gewalt verdächtigt. Auch Alain musste deshalb viele misstrauische Blicke über sich ergehen lassen.

Als die Ärztin, die mich untersuchte, mir ein Beruhigungsmittel spritzte und meine Hand verband, zögerte sie nicht, mich zu fragen: »Wie ist das passiert?«

»Gestern Abend. Jemand wollte mir die Tasche rauben. Ich habe mich geweigert loszulassen und wurde verprügelt«, wich ich weiteren Einzelheiten aus.

»Ist der Mann, der Sie begleitet, Ihr Freund?«

»Nein … ein Arbeitskollege.«

Als ich aus dem Krankenhaus kam, merkte ich auf einmal, wie hungrig ich war.

Wir betraten ein kleines gemütliches Restaurant, in dem eine einfache, aber sehr französische Küche angeboten wurde.

»Erzählst du mir jetzt, was passiert ist?«, fragte Alain schließlich, als ich gerade den Löffel in den köstlichen geschmolzenen Käse auf meiner Zwiebelsuppe tauchen wollte.

Ich bedachte ihn mit einem traurigen Lächeln – so weit das mit meiner geschwollenen Lippe möglich war. »Ich habe Georg von Bergheim kennengelernt«, antwortete ich, um mir Zeit zu verschaffen. Ich wusste nicht, wo ich anfangen sollte oder ob ich überhaupt anfangen wollte.

Alains einzige Reaktion war, die Augenbrauen hochzuziehen. »Du brauchst mir nichts zu erzählen. Nur wenn du willst… Ich dachte, es würde dir guttun, darüber zu reden.«

Dabei machte er ein so warmes und freundliches Gesicht, dass es selbst der verschlossensten aller Seelen einen regelrechten Wortschwall und alle nur denkbaren Geständnisse entlockt hätte.

Zögerlich fing ich an zu erzählen und berichtete schließlich von der SMS, dem mysteriösen Paket, dem Kostüm, den Sig-Runen, dem schwarzen Range Rover, dem Château und all den schrecklichen Dingen, die ich dort erlebt hatte.

Alain hörte schweigend und aufmerksam zu, ohne mich ein einziges Mal zu unterbrechen, und er schwieg auch dann noch, als ich mit der Erzählung fertig war. Unfähig, seinem Blick standzuhalten, senkte ich meinen auf die vergessene Suppe. »Ist das jetzt der Moment, in dem du mir sagst, dass ich verrückt bin, dass das völlig unüberlegt war, dass ich eine Dummheit begangen habe?«

»Nein… Ich wollte eigentlich nur sagen, dass ich beeindruckt bin. Dazu braucht man schon ein paar… du weißt schon, was, um sich allein auf so etwas einzulassen.«

»Danke, aber ich glaube nicht, dass ich mutig war, ich glaube, es ging darum, mir selbst etwas zu beweisen, auch wenn ich gar nicht so genau weiß, was…«

Alain lächelte. »Vielleicht. Jedenfalls kannst du wirklich stolz auf dich sein.«

»Danke …«, sagte ich und freute mich ehrlich über seine Anerkennung.

Der Kellner brachte den zweiten Gang: *Bœuf bourguignon.* Mit der gesunden Hand spießte ich die in Rotweinsoße schwimmenden Fleischstückchen auf.

»Was sagt Konrad zu dem Ganzen? Was werdet ihr jetzt unternehmen?«, wollte Alain zwischen zwei Bissen wissen.

»Konrad weiß noch gar nicht, was passiert ist, er ist gerade auf dem Rückflug von Japan. Ich habe keine Ahnung, wie er die Geschichte aufnehmen wird. Allerdings lässt sich jemand wie er nicht so einfach einschüchtern …«

»Und du? Was willst du machen? Schließlich bist du am stärksten von alldem betroffen …«

»Ich weiß nicht … Mir tut immer noch alles viel zu weh, als dass ich in Ruhe nachdenken könnte … Es würde mich rasend machen, die Nachforschungen abzubrechen. Wer hat das Recht, mich davon abzuhalten? Andererseits – wenn es stimmt, was sie gesagt haben? Sollte ich die Sache dann nicht wirklich besser auf sich beruhen lassen?«

»Sagst du das in Bezug auf die Smaragdtafel?«

Ich nickte. »Verdammt, was bedeutet das, Alain? Warum will jemand verhindern, dass dieses Geheimnis gelüftet wird?«

Alain trank einen Schluck Wein und wischte sich den Mund mit der Serviette ab, ehe er antwortete. »Während du einen auf Lara Croft gemacht hast, habe ich mich in der Bibliothek als Leseratte betätigt«, witzelte er. »Ich war auf der Suche nach Informationen zur Smaragdtafel … Pure Esoterik, Ana. Magie, Alchemie, Hermetik … Ganz wie in einem Märchen.«

»Na gut: Die Smaragdtafel ist also eine Legende. Aber es gibt Leute, die blind auf ihre übernatürlichen Kräfte vertrauen und um jeden Preis in ihren Besitz kommen wollen. Glaub mir, Alain, bei diesen Typen handelt es sich um keine Pfadfinder. Und es gibt alle möglichen Psychopathen unter ihnen … Denk nur an diesen verrückten Norweger, diesen Breivik: ein Nationalist, der von seinem messianischen Auftrag überzeugt ist. Oder in Deutschland, diese Döner-Bande, diese neonazistischen Killer. Ich weiß nicht … ich weiß nicht, ob ich wirklich mein Leben für ein Gemälde aufs Spiel setzen will … Gleichzeitig will ich mich aber auch von niemandem einschüchtern lassen … Ach, Alain, das ist alles so verworren«, seufzte ich.

»Ich verstehe dich gut … Aber entscheiden musst du selbst. Ich will dir nicht verheimlichen, dass ich auf jeden Fall weiter über die Familie Bauer nachforschen werde. Ich weiß nicht, ob mich das dem *Astrologen* näher bringt, und ich weiß auch nicht, ob ich dadurch ins Visier dieser Leute gerate. Aber das ist mir egal, ich werde mich davon nicht abhalten lassen, ich bin selbst für meine Sicherheit verantwortlich, und die Folgen muss ich allein tragen. Was dich betrifft … Ich kann es nicht bestreiten – es gefällt mir, mit dir zusammenzuarbeiten. Ich glaube, dass wir ein gutes Team sind, und obwohl wir unterschiedliche Interessen haben, stimmen sie in einem Punkt überein. Aber ich will dich auf keinen Fall überreden, wenn ich deine Sicherheit nicht garantieren kann. Sollte dir etwas passieren, würde ich mich schuldig fühlen.«

Ich lächelte ihn dankbar und erleichtert an und dachte mir, wie dumm es gewesen war, ihm nicht zu vertrauen.

Allerdings waren nicht nur Alain und ich Teil dieses Teams. »Wir müssen abwarten, was Konrad dazu sagt. Er hat das letzte Wort.«

Was sollen wir jetzt tun, Konrad?

Hast du den Verstand verloren? Das ist unglaublich unvernünftig! Wie konntest du dich nur auf so ein Spiel mit diesem verdammten Verrückten einlassen? Ist dir klar, was du gemacht hast? Was für ein absurdes Risiko du eingegangen bist? Wenn dir etwas passiert wäre, wie würde ich dann jetzt dastehen? Ich bin dafür verantwortlich! Für dich verantwortlich!«

Konrads aufbrausende Reaktion traf mich völlig unerwartet. Dabei war sie absehbar gewesen, denn während ich ihm erzählte, was passiert war, konnte ich zusehen, wie sich sein Gesichtsausdruck veränderte. Trotzdem hatte ich noch nie erlebt, dass er dermaßen explodierte.

In einem einzigen Zug leerte er sein Whiskyglas. Er war nach Mitternacht nach Hause gekommen, müde von dem langen Rückflug aus Japan. Es war nicht der beste Moment gewesen, um ihm zu erzählen, was passiert war.

Er knallte das Glas auf die Anrichte und warf mir einen wütenden Blick zu. »Willst du denn gar nichts sagen?«

Ich wickelte die Strickjacke um mich, die ich über dem Nachthemd trug, und zuckte mit den Schultern. Konrad nutzte mein Schweigen, um sich ein weiteres Glas einzuschenken. Dann versuchte ich, mich ihm zu stellen. »Ich bin kein Kind mehr«, wagte ich zu sagen. »Und du bist nicht für mich verantwortlich. Ich will nicht jedes Mal, wenn ich etwas tue, darüber nachdenken müssen, ob du dir jetzt Sorgen machst oder nicht, ob du sauer wirst oder nicht. Ich habe das Recht, meine eigenen Entscheidungen zu treffen.«

Konrad sah mich finster an: »Wie kannst du nur so undankbar sein?«

Bei seinem Blick krampfte sich mein Bauch zusammen. Ich hatte ganz vergessen, wie grausam er manchmal sein konnte. »Du … du hast gesagt, ich sei eine mutige Frau. Und du hast gesagt, dass du mich deswegen liebst. Und ich musste dir beweisen, dass ich wirklich mutig bin …«

»Es ist eine Sache, mutig zu sein, und eine ganz andere, unvernünftig zu sein.«

»Alain findet, dass ich sehr viel Mut bewiesen habe.«

»Alain? Doktor Arnoux? Was hat er verdammt noch mal mit alldem zu tun? Hatten wir nicht vereinbart, dass er da rausgehalten werden soll, weil er ein Verräter ist? Diesem Schwein werde ich meinen schlimmsten Anwalt auf den Hals hetzen.«

»Nein, Konrad! Das war alles ein Missverständnis. Er hatte nur Angst, du würdest ihn nicht mitarbeiten lassen.«

Verständnislos sah Konrad mich an und ließ sich aufs Sofa fallen. Es sah ganz danach aus, als hätte er von allem genug. Doch ich fuhr trotzdem mit meinen Erklärungen fort. »Er interessiert sich nicht für das Gemälde … Er will Nachforschungen über seine Familie anstellen, über seine Wurzeln …«

»Es reicht, Ana. Ich habe jetzt keine Lust, über diesen Kerl zu sprechen: Ich hab die Schnauze voll von ihm! Für heute Abend habe ich auch so schon genug … Wenn ich nur daran denke, was passiert ist …«

»Aber mir ist nichts passiert! Und jetzt wissen wir Dinge, die wir vorher nicht wussten. Wir wissen, mit wem wir es aufnehmen … Kannst du dich nicht darüber freuen? Mir sagen, dass ich etwas gut gemacht habe?«

Konrad sah mich herablassend an. »Und mit wem nehmen wir es auf, Ana? Mit *PosenGeist*? Mit Georg von Bergheim?«

»Georg von Bergheim ist tot … Ganz egal, wer dieser Mann war, er hat nur versucht, mich zu warnen.«

»Glaubst du das ernsthaft? Sag mir, Ana, weißt du wirklich, mit wem wir es da aufnehmen? Glaubst du tatsächlich, dass ein Samariter namens Georg von Bergheim, ein überzeugter Nazi, ein Mitglied der SS, dich einfach nur vor einer Gefahr warnen wollte? Und worüber sollte ich mich freuen? Dass du dich bloßgestellt hast?«

Konrad trank noch einen Schluck Whisky und rieb sich mit einer Hand über die Augen. Als er den Kopf hob, wirkte er abwesend, sein Blick war ins Leere gerichtet, seine Augen gerötet. Auf seinem Gesicht hatte die Wut der Erschöpfung Platz gemacht, und das beruhigte mich ein wenig.

»Tut mir leid«, murmelte ich. »Ich hätte nicht gedacht, dass du so sauer wirst …«

»Ich mache mir nur Sorgen um dich«, bekannte er mit tonloser Stimme.

Ich trat zu ihm und setzte mich neben ihn. Dann lehnte ich den Kopf an seine Schulter und ergriff seine Hand. Es dauerte dennoch einen Moment, ehe er meine Hand drückte. Und erst nach einer Weile legte er einen Arm um mich und zog mich an sich.

Er leerte sein zweites Glas, stellte es weg, nahm meine bandagierte Hand in seine und betrachtete sie aufmerksam. »Spiel nie wieder mit dem Feuer.«

»Vorsicht, es tut immer noch weh …«

Konrad schien gar nicht zu merken, dass er meine Hand mit seiner großen, starken Hand immer fester umklammerte.

»Entschuldige.« Er ließ los.

Dann folgte Schweigen, was mich nervös machte. Auch Konrad wirkte nervös. An seiner Umarmung konnte ich spüren, wie angespannt seine Muskeln waren.

»Ich schenke mir noch ein Glas ein«, verkündete er und stand auf.

Bevor er das tat, küsste er mich noch. Sein Kuss schmeckte

nach Alkohol, und zuerst gefiel es mir, der Kuss war sanft und geschmeidig. Doch schon bald pochte meine verletzte Lippe wieder, und ich wandte mich ab.

»Trink was mit mir. Ich will mich nicht allein betrinken«, sagte er mit rauer Stimme.

»Nein … Mit den Beruhigungsmitteln, die ich nehme, geht das nicht.«

Er gab sich mit der abschlägigen Antwort zufrieden und holte sich ein weiteres Glas. Ohne Eis. Ohne Wasser. Er schenkte sich ein halbes Glas Whisky pur ein.

»Was sollen wir jetzt tun, Konrad?«

»Weitermachen«, antwortete er, als gäbe es keinerlei Grund, daran zu zweifeln.

Ich widersprach nicht. Ich konnte ihm nicht auf der einen Seite ins Gesicht sagen, dass ich Mut bewiesen hatte, und dann von meinen Ängsten sprechen. Außerdem hätte das gar nichts genützt. »Diese Leute glauben, dass die Smaragdtafel übernatürliche Kräfte besitzt. Auch Hitler glaubte das«, war alles, was ich hinzufügte.

Konrads Gesicht schien einen geheimnisvollen Ausdruck anzunehmen.

»Tatsächlich …? Dadurch wird *Der Astrologe* nur noch wertvoller. Ein Grund mehr, dass du ihn findest.«

Ich versuchte mich als Advocatus Diaboli. »Alain meint aber, das seien nur Märchen und Legenden.«

Allein die Erwähnung von Alain machte ihn wütend. Er setzte sich neben mich, hielt mein Gesicht mit einer Hand fest und blickte mir starr in die Augen. Er sah mich auf merkwürdige Weise an, und ich fühlte mich unwohl dabei. »Ich glaube, dieser Mann redet zu viel, meine Süße.«

Sein Atem schlug mir ins Gesicht. »Ich will ihn morgen in meinem Büro sehen«, befahl er, während seine Hände unter mein Nachthemd glitten.

Der Grund der Auseinandersetzung

Konrads Büro in Paris befand sich in der Rue de la Paix, im obersten Stock eines klassizistischen Gebäudes, von dessen Balkon aus man den Eingang des Hotels *Ritz* und den Obelisken an der Place Vendôme sehen konnte. Es war weitläufig, und seine Einrichtung in Cremetönen und mit Palisanderholzmöbeln war um beeindruckende Kunstwerke des Expressionismus arrangiert, angeführt von einem Akt von Modigliani und einem Pferd aus Bronze von Giacometti.

Dorthin bestellten wir Alain um vier Uhr nachmittags. Da es ein Samstag war, war keine Sekretärin da, weshalb ich in der Küche den Kaffee zubereitete, während Konrad und Alain in dem vergeblichen Versuch, das Eis zu brechen, über Modigliani sprachen. Ich glaubte, dass sich die angespannte Atmosphäre mithilfe der Kunst etwas gelockert hatte, fand die beiden bei meiner Rückkehr aber ganz im Gegenteil am Versammlungstisch vor, wo sie sich finster dreinblickend gegenübersaßen.

Alain erhob sich, um mir zu helfen, die Tassen zu verteilen, während Konrad aggressiv seine komplizierten Gedankengänge aneinanderreihte. »Das ist eine unentschuldbare Einmischung, Doktor Arnoux. Ich brauche einen sehr guten Grund, um nicht von meinem Recht Gebrauch zu machen, Sie anzuzeigen … Ich bin es gewohnt, Ziel aller möglichen Arten von Spionage und mafiösen Praktiken zu sein – und es gibt verschiedene Mittel, auf die ich zurückgreifen kann, um mich dem entgegenzustellen.

Was mir aber beschämend und unwürdig erscheint, ist, dass Ana Opfer dieser Tricks geworden ist.«

Er nutzte die Gelegenheit, als ich die letzte Tasse auf dem Tisch abstellte, um meine Hand zu ergreifen, und nachdem er meinen Handrücken geküsst hatte, setzte ich mich neben ihn, und er küsste mich wieder, dieses Mal auf die Wange. Diese Zurschaustellung schien mir unnötig.

»Ich glaubte, es Ihnen bereits erklärt zu haben.« Alain schien der Tonfall seines Gesprächspartners nicht einzuschüchtern. »Zunächst einmal habe ich nichts Illegales getan. Die gesammelten Informationen in dem Bericht über Sie und Doktor García-Brest sind öffentlich zugänglich, das Dossier ist nur eine Zusammenstellung davon. Darüber hinaus ist die Stiftung eine Körperschaft ohne Profitabsichten, die durch Subventionen und Schirmherrschaften funktioniert. Ihr guter Name ist die Grundvoraussetzung für ihr Bestehen. Uns zu versichern, dass die Absichten einer jeden Person, mit der wir zu tun haben, ehrenhaft sind, ist unabdinglich für uns. Es ist einfach wichtig zu wissen, mit wem wir arbeiten.«

»Das mag ja sein. Aber die Stiftung außen vor zu lassen war eine der Bedingungen, unter der Sie bei uns mitwirken konnten. Die Stiftung arbeitet nicht für mich und ich nicht für sie. Folglich ist diese Nachforschung nicht nur aufdringlich, sondern auch unzulässig.«

»Nicht, wenn man bedenkt, dass ich ein führendes Mitglied des Leitungsteams der Stiftung bin und alles, was ich tue, und sei es in meinem eigenen Namen, sich auch auf ihren Ruf auswirkt, ganz besonders, wenn es um künstlerische Belange geht.«

»Sehen Sie, Doktor Arnoux, ich weiß nicht, was sich hinter Ihren schönen Worten und dunklen Absichten verbirgt. Ich habe Ihnen damals gesagt, dass mir die Stiftung keinerlei Respekt abnötigt, dass ich Ihnen aber vertraue. Aber Sie haben dieses Vertrauen verraten, Sie haben mich und Doktor García-Brest verraten. Sie haben meine Arglosigkeit, meine Unterstützung und meine Finanzierung ausgenutzt. Sie haben viel bekommen, ohne im Gegenzug etwas aufs Spiel zu setzen …«

»Entscheidungen aus der behaglichen Umgebung eines Büros heraus zu treffen ist einfach, Herr Köller. Und was das finanzielle Risiko betrifft … Um ehrlich zu sein, ich wage zu behaupten, dass all die Transaktionen, an denen Sie tagtäglich beteiligt sind, finanziell sehr viel risikoreicher sind als diese hier. Wenn es schon um die Frage des Risikos geht, dann ist Ana die Einzige, die bei diesen Nachforschungen wirklich etwas aufs Spiel gesetzt hat. Sie hat ihr Leben in Gefahr gebracht …«

»Genau! Und wo waren Sie da? Wo waren Sie, als sie Sie gebraucht hat?«

»Vor Anas Tür, und Sie?«

»Wagen Sie nicht, mich infrage zu stellen, Doktor Arnoux! Meine Beziehung zu ihr geht Sie nichts an! Und Ana geht Sie auch nichts an!«

Ohne zu wagen, mich einzumischen, wurde ich Zeugin der eskalierenden Spannung zwischen Konrad und Alain. Ich sah, wie sie sich am Tisch aufrichteten, die Stimmen erhoben und ihre Mienen sich verfinsterten. Sie verhielten sich wie Mitglieder einer Gang. Es fehlte nur noch, dass sie die Hemdsärmel hochkrempelten, die Fäuste ballten und einander zum Kampf aufforderten.

»Moment mal«, unterbrach ich sie.

Beide sahen mich an, als würden sie meine Anwesenheit erst jetzt bemerken. »Wir werden uns jetzt alle beruhigen, und ihr hört auf, über mich zu reden, als wäre ich gar nicht hier. Ihr könnt überhaupt damit aufhören, über mich zu sprechen.«

Alain senkte den Blick, während Konrad stur vor sich hin starrte und wenig geneigt schien, sich anzuhören, was ich zu sagen hatte.

»Wir sind einzig und allein hier, um über die Nachforschungen zu sprechen und zu entscheiden, wie wir weitermachen wollen. Alles andere ist reine Zeitverschwendung. Was war, ist vorbei, wichtig ist nur, wie wir von jetzt an weitermachen.«

Alain räusperte sich: »Du hast recht«, räumte er ein. »Es wäre besser, wir würden uns auf unser eigentliches Ziel konzentrieren.«

Konrad trank seinen Kaffee aus, stellte die Tasse ab, stützte dann die Ellenbogen auf dem Tisch auf und legte die Fingerspitzen vor dem Gesicht aneinander. Mit der ihm eigenen entschlossenen Art folgerte er: »Soweit ich verstanden habe, haben Sie die Absicht, weiter mit uns zusammenzuarbeiten, Doktor Arnoux. Wenn dem so ist, warum sollte ich Ihnen jetzt noch vertrauen?«

»Das brauchen Sie nicht. Es ist in jedem Fall Ihre Entscheidung, ob Sie es tun oder nicht. So wie die Dinge liegen, wird Sie wohl nichts von dem überzeugen, was ich sagen könnte, und das will ich auch gar nicht. Tatsächlich sieht es so aus, dass ich die Nachforschungen auf jeden Fall fortsetzen werde, ob mit Ihnen oder ohne Sie, das können Sie mir nicht verwehren. Wenn wir getrennt vorgehen, treten wir allerdings in einen absurden Wettstreit, der keinem von beiden nutzt. Das nur vorweg – Sie entscheiden, was Ihnen mehr zusagt.«

Das Treffen endete mit einer prekären Absprache im Hinblick auf die künftige Zusammenarbeit: Konrad akzeptierte Alain als das geringere Übel, als einen Verbündeten, den ihm die Umstände nahelegten.

Als die Tür sich schloss und wir allein zurückblieben, stellte ich ihn wütend zur Rede. »Kann ich erfahren, was das sollte? Was hast du damit beabsichtigt? Es wäre besser, wenn ihm nicht klar wird, dass wir ihn mehr brauchen als er uns …«

Ohne ein Wort zu sagen, packte Konrad mich mit einer schnellen Bewegung unter dem Kinn und presste mich an die Wand. Ich knallte mit dem Kopf dagegen. Seine Augen sprühten Funken, und er presste seine Worte zwischen zusammengebissenen Zähnen hervor. »Nie wieder, hörst du, nie wieder wirst du mich vor einem anderen bloßstellen. Nie wieder wirst du mir sagen, was ich zu tun habe.«

Nachdem er mir das entgegengeschleudert hatte, verschloss er meinen Mund mit einem ungestümen und so heftigen Kuss, dass die Kruste, die sich auf der frischen Wunde an meiner Lippe gebildet hatte, wieder aufplatzte.

»Nie wieder, meine Süße.«

Dann ließ er mich los, öffnete die Tür und ging fort, ließ mich mit dem metallischen Geschmack von Blut im Mund zurück. Fassungslos setzte ich mich auf den Boden, so durcheinander, dass ich nicht einmal mehr weinen konnte.

Bis zum folgenden Montag hörte ich nichts mehr von Konrad. Als ich an diesem Tag in die Wohnung kam, warteten dort ein riesiger Blumenstrauß und ein Etui von Cartier auf mich.

Als ich mit leichter Beklemmung das brillantenbesetzte Armband betrachtete, klingelte das Telefon. Alain rief an. »Der Zufall ist auf unserer Seite«, verkündete er geheimnisvoll.

»Wieso das?«

»Ich habe gerade der Präsentation eines Buches beigewohnt, das von der Stiftung gefördert wird: *Nadine de Vandermonde, die Nazi-Gräfin*, lautet der Titel. Nadine de Vandermonde gehörte der alteingesessenen französischen Aristokratie an, und ihr Leben war in vielerlei Hinsicht sehr interessant, unter anderem aufgrund ihres Antisemitismus und da sie während der Besetzung eine begeisterte Unterstützerin des Naziregimes war. Am interessantesten für uns ist jedoch, dass Nadine de Vandermonde mit Rolf Bauer verheiratet war.«

»Rolf Bauer? Das mit dem Bauer gefällt mir, aber von einem Rolf Bauer habe ich noch nie gehört.«

»Rolf und Nadine Bauer waren die Eltern von Alfred Bauer. Also war die Nazi-Gräfin die Großmutter von Sarah Bauer. Und sie hat während der Besetzung in Paris gelebt.«

April 1943

Kollaboration oder Widerstand. Nach der Niederlage und der Besetzung sehen die Franzosen sich vor die Wahl gestellt, sich passiv oder aktiv für das eine oder andere zu entscheiden. Die Formen der Kollaboration sind verschiedenartig. Auf der einen Seite gibt es die staatliche Kollaboration, die von der Marionettenregierung von Vichy organisiert wird und politischer wie auch ökonomischer und militärischer Natur ist. Auf der anderen Seite steht die Kollaboration der Bevölkerung, die sich zum einen auf ideologischer Ebene mit dem Faschismus identifiziert – weit verbreitet in der Mittel- und Oberschicht und innerhalb bestimmter kultureller und intellektueller Szenen. Zum anderen gibt es diejenigen, die sich aus Gründen des simplen Überlebens zur Kollaboration genötigt sehen – was häufiger bei der Unter- und Arbeiterschicht der Fall ist. Je weiter der Krieg fortschreitet und sich abzeichnet, dass die Zeichen für Deutschland ungünstig stehen, desto größer wird die Tendenz bei der französischen Bevölkerung, den Widerstand zu unterstützen.

Nichts hatte sich verändert, nur sie. Sie war nun nicht mehr das verängstigte, ratlose Kind auf der Flucht. Jetzt war sie eine Frau, die die Zügel ihres Schicksals in die Hand genommen hatte.

Sarah strich sich den Rock glatt und rückte den Hut zurecht, während sie ihr Spiegelbild in einer Scheibe betrachtete. Dann drückte sie auf die Klingel.

Der Diener der Gräfin de Vandermonde empfing sie. Seine Gegenwart hatte nach wie vor etwas Beklemmendes: Steil aufrecht wie eine Statue, makellos förmlich gekleidet und merkwürdig, sehr merkwürdig.

»Guten Tag. Ich wünsche die Gräfin zu sehen«, verkündete Sarah in einem Tonfall, der ihr bei diesem ungewöhnlichen Gesprächspartner angebracht schien.

Schweigend und ohne seinen Gesichtsausdruck zu verändern, ließ der Diener sie eintreten und führte sie ins Wohnzimmer, das nicht weniger düster war, als sie es vom vorherigen Mal in Erinnerung hatte. Genau wie damals drang so gut wie kein Tageslicht durch die von Samtvorhängen verdeckten Fenster, und auch die Luft war unverändert stickig.

Sarah wusste, dass sie warten musste. Der Diener der Gräfin brauchte dafür kein Wort zu sagen oder in irgendeiner Weise zu gestikulieren – ein einziger Blick aus seinen roten Schlitzaugen genügte ihm, um sich verständlich zu machen.

Sarah konnte nicht verhindern, dass sie ihm hinterherstarrte, als er das Zimmer verließ.

»Ein merkwürdiger Mensch, nicht wahr?«

Erschrocken drehte Sarah sich um. Die Gräfin hatte den Raum durch eine andere Tür betreten. Mit ihrem purpurfarbenen Kaftan, ihrem Seidenturban und dem Stock aus Ebenholz und Elfenbein verkörperte sie eine Erscheinung aus einer anderen Zeit.

»Wie bitte?«, fragte Sarah erstaunt.

Die Gräfin lächelte nicht. »Ánh Trang. Mein Diener. Er ist ein Albino, ein vietnamesischer Albino. Deshalb hat man ihn Ánh Trang genannt, auf Vietnamesisch bedeutet das ›Mondschein‹. Sein Vater hat seine Mutter aufgeschlitzt, als er ihn direkt nach der Geburt gesehen hat. Er glaubte, er sei ein Bastard von einem weißen Mann. Man hat ihm das Baby weggenommen, als er ihm gerade die Augen ausstechen wollte. Die Zunge hatte er ihm bereits herausgeschnitten. So glaubte er, den bösen Geistern zu entkommen. Deshalb spricht Ánh Trang kein Wort – er kann es nicht. Er kann nur stöhnen …«

Die Gräfin durchquerte mit schlurfenden Schritten den Raum. Sie stützte sich mit beiden Händen auf den Stock und setzte sich so elegant in einen Sessel, wie ihre arthritischen Knochen es ihr erlaubten. »Ich habe ihn aus einem Waisenhaus in Saigon geholt, wo ein paar Missionare ihn abgegeben hatten. Als ich ihn zum ersten Mal sah, lag er zusammengekrümmt in einer Ecke, während die anderen Jungen Steine nach ihm warfen und ihn Monster nannten … Seltsam, aber mir ist er immer sehr attraktiv erschienen … Ein wirklich gut aussehender Junge. Ein Jammer, dass er so wenig nach draußen kommt, so kann niemand seine Schönheit bewundern. Aber das Sonnenlicht würde ihn umbringen.«

Sarah nickte ratlos. Die unheimliche Alte und ihre schreckliche Geschichte hatten sie aus dem Konzept gebracht. Sie hatte sich genau zurechtgelegt, was sie sagen wollte, aber nicht damit gerechnet, dass die Gräfin sie mit einer solchen Geschichte, die gar nichts zur Sache tat, durcheinanderbringen würde.

Schweigend versuchte sie, ihre Strategie wieder aufzunehmen, aber die Alte kam ihr zuvor: »Man hat mir gesagt, du seist tot.« Die Stimme der Gräfin klang eisig.

»Dann ist Ihren Informanten ein Fehler unterlaufen«, lautete Sarahs sarkastische Antwort.

»Wähle deine Worte mit Bedacht, unflätige Göre!«, schleuderte die Gräfin ihr entgegen und stieß mit dem Stock auf den Boden. »Du warst mutig genug zurückzukommen, nachdem du das letzte Mal so unhöflich von hier verschwunden bist, also benimm dich ordentlich und respektvoll.«

Sarah ließ sich nicht beeindrucken: »Ich bin nicht hier, um

Ihnen einen Höflichkeitsbesuch abzustatten. Ich will nur mein Gemälde zurück.«

»Dein Gemälde?«, lachte die Gräfin abschätzig. »Du bist genauso unhöflich und impulsiv wie dein Vater…«

»Hören Sie«, unterbrach Sarah sie, »ich bin nicht zurückgekommen, um mir erneut Ihre Beleidigungen meiner Familie gegenüber anzuhören. Für wen halten Sie sich, dass Sie so mit mir sprechen?«

»Wer ich bin…? Wenn dieser wilde Kerl, mit dem du das letzte Mal hier warst, mich hätte ausreden lassen, dann brauchtest du mich das jetzt nicht zu fragen.« Ein Lächeln huschte über das Gesicht der Gräfin, das Sarah zugleich rätselhaft und teuflisch erschien. »Ich, Fräulein Neunmalklug, bin deine Großmutter.«

Vor Verblüffung und Schreck blieb Sarah der Mund offen stehen.

»Das hast du nicht erwartet, nicht wahr?«, freute sich die Gräfin offensichtlich, während sie sich mühsam streckte, um an einer Kordel an der Wand zu ziehen. »Ich hatte nicht damit gerechnet, dass dein Vater dir von mir erzählen würde, hätte aber doch vermutet, dass er dir wenigstens im letzten Moment sagt, zu wem er dich schickt. Wie ich sehe, hat er mich ganz aus seinem Leben gestrichen…«

Das Mädchen stand immer noch regungslos da.

»Setz dich.«

Doch diesem Befehl gehorchte Sarah nicht. Sie betrachtete nur weiterhin misstrauisch die abweisende Greisin.

Die Gräfin schloss die Lider und zeigte so ihre pfauenartig geschminkten Augen. Nach einer Weile seufzte sie und öffnete diese dann langsam wieder. »Komm schon… setz dich«, wiederholte sie in einem Ton, als hätte sie es mit einem Schoßhündchen zu tun.

In dem Moment öffnete sich die Tür, und Ánh Trang erschien auf das Rufen seiner Herrin. Wieder spürte Sarah, dass er sie mit seinen geisterhaften Augen musterte. Und ohne sich dessen bewusst zu sein, setzte sie sich plötzlich.

»Ánh Trang, bring uns bitte etwas Sherry.«

Der Diener verbeugte sich als Zeichen der Zustimmung und begab sich zu dem Barschrank, wo er feierlich den Sherry einschenkte. Als er mit dem Glas zu Sarah trat, nahm sie es ihm zitternd ab.

»Du brauchst keine Angst zu haben, wenn Ánh Trang dich so anstarrt«, teilte ihr die Gräfin mit, nachdem der Diener sich entfernt hatte. »Er sieht nicht sehr gut, möchte aber wissen, wie du bist, wie dein Gesicht aussieht. Manchmal nimmt er seine Hände zu Hilfe, um sein Gegenüber abzutasten, aber bei dir traut er sich das nicht.«

Aufgewühlt stellte Sarah ihr Glas auf dem Tisch ab. Sie wollte nichts trinken, sie verspürte auch so schon eine leichte Übelkeit. Gerne hätte sie etwas gesagt, doch sie wusste nicht, was. Sie fragte sich noch immer, wie es möglich war, dass diese Frau ihre Großmutter sein sollte. War das vielleicht einfach nur eine senile Anwandlung der Alten?

Die Gräfin wiederum nahm einen großen Schluck Sherry, mit dem sie ihr Glas etwa zur Hälfte leerte. Als hätte der Alkohol ihr Kräfte verliehen, stand sie von ihrem Sessel auf. Von einem Büfett nahm sie einen kleinen Bilderrahmen, der zwischen den vielen Dekorationen und Gegenständen unterging, die im Wohnzimmer willkürlich durcheinanderstanden, und hielt ihn Sarah hin. Nicht ohne Bedenken ergriff Sarah ihn.

In der Dunkelheit des Zimmers konnte sie das Foto nicht genau erkennen. Sie beugte sich zu dem Licht der kleinen Tischlampe vor, die die Szene beleuchtete. Das Foto war alt und etwas beschädigt, mehrfach geknickt und mit weißen Flecken überzogen. Vor der Staffage eines Wäldchens, das als Bühne diente, stand eine Familie: der Vater, neben ihm ein Mädchen und die Mutter mit einem Jungen auf dem Schoß. Die Art, wie sie gekleidet waren, deutete darauf hin, wie alt das Foto sein musste. Der Vater trug einen Anzug über einem Hemd mit gestärktem Kragen und einen *Canotier*, einen Strohhut; die Mutter glänzte in einem langen Kleid im viktorianischen Stil und mit einem sorgfältigen Haarknoten; das Mädchen trug ein Spitzenkleid und eine riesige Haarschleife auf dem Kopf, während der Kleine als Matrose gekleidet war. Sie sahen ernst in die Kamera, als sei es ein sehr feierliches Ereignis, sich fotografieren zu lassen.

»Das war meine Familie. Aufgenommen in Baden-Baden im Sommer 1887 … bevor alles nach und nach zugrunde ging …« Die altersschwache Stimme der Gräfin klang noch gebrochener. »Nachdem meine kleine Katharina starb, war nichts mehr wie zuvor …«

Die Greisin ließ sich auf den Sessel fallen, ermattet von den Erinnerungen und dem Alter. Zum ersten Mal sah Sarah sie mitleidig an.

»Ja, du ungezogenes Mädchen …«, seufzte sie. »Es gibt vieles, was du nicht weißt, Vieles, was dein Vater dir nicht erzählt hat.«

»Dieser Junge …«, erlaubte sich Sarah einzuwerfen.

Die Gräfin nickte. »Das ist dein Vater, ja. Hier war er etwa zwei Jahre alt. Er war immer ein wunderbares Kind, so blond und rundlich, mit riesigen Augen, die alles aufmerksam beobachteten.«

Sarah strich sanft mit einem Finger über das Foto, genau an der Stelle, an der der Junge war, und spürte, wie sich ein Kloß in ihrem Hals bildete.

»Vielleicht lag die Schuld bei mir …«, fuhr die Gräfin mit ihren Erinnerungen fort. »Ich war sehr jung und noch nicht bereit dazu, Mutter zu sein. Als die Diphtherie mir Katharina nahm, hielt ich es im Haus nicht mehr aus, ich wurde wahnsinnig zwischen diesen Wänden, die nach Tod rochen. Ich fing an auszugehen, zu verreisen, Leute kennenzulernen … Ich hörte auf, eine gute Mutter und Ehefrau zu sein. Bis zu dem Tag, an dem

Rolf es leid war und er mich um die Scheidung bat. Natürlich stimmte ich zu … Auch ich wollte es: Das war mein Freibrief. Als dein Vater also zehn Jahre alt war, ließ ich ihn in Göttingen, wo die Familie Bauer über Generationen gelebt hatte, und kehrte nach Paris zurück. Obwohl ich tatsächlich nie sesshaft geworden bin. Ich war schon immer ein unruhiger Geist.« Sie lächelte bitter. »Als Alfred das Gymnasium abschloss, war ich in New York. Als er sein erstes Klavierkonzert gab, in der Türkei. Und als Rolf starb, elf Jahre nachdem wir uns hatten scheiden lassen, befand ich mich in Singapur, wo ich mit Rudyard Kipling auf der Veranda des Hotel *Raffles* einen Singapore Sling trank. Schon beeindruckend, an wie viele absurde Details man sich nach so vielen Jahren erinnert …«

Die Gräfin hielt in ihrer Erzählung inne, lächelte wieder vor sich hin und sah Sarah dann an. »Wie du siehst, war ich nicht das, was man eine konventionelle Mutter nennt … Für Alfred war ich überhaupt keine Mutter. Den Winter verbrachte er in einem Internat und den Sommer bei seinem Vater, außer diesem einen, in dem ich ihn mit nach Ägypten nahm und er fast an der Ruhr gestorben wäre. Als der Erste Weltkrieg ausbrach, meldete dein Vater sich freiwillig bei den Deutschen, und danach kam er zu mir – hierher, in mein Haus –, um mir anzukündigen, dass er heiraten und in Straßburg leben würde … Nichts Außergewöhnliches, wäre dieses Mädchen keine Jüdin gewesen und er nicht bereit dazu, sich zum Judentum zu bekennen, damit er sie heiraten konnte.« Das Gesicht der Gräfin wurde hart, und ihre Hände auf den Armlehnen begannen zu zittern. »Ich war furchtbar wütend auf ihn. Habe ihn angeschrien, dass er das nicht tun könne, dass er den guten Namen der Familie Bauer beschmutze und er außerdem die Verantwortung für das Gemälde akzeptiert habe. Das Gemälde dürfe nicht in jüdische Hände fallen, das sei etwas, worum alle Angehörigen der Familie Bauer immer gekämpft hätten und vor ihnen die Medici. Die Juden seien ein verfluchtes Volk. Alles, was ihnen in die Hände falle, sei zum Scheitern verurteilt … Es tut mir leid, dass du dir das anhören musst. Denn nach allem bist du die jüdische Tochter eines jüdischen Vaters … Doch genau das waren die Worte, die ich deinem Vater gesagt habe, die Worte, die uns für immer voneinander trennten … Alfred ist gegangen. Kurze Zeit später habe ich ihm einen Brief geschrieben, in dem ich mich entschuldigte und mich bereit erklärte, seine Ehe anzuerkennen, gesetzt den Fall, er würde sich nicht zum Judentum bekennen. Er hat mir nie geantwortet. Ich habe nichts mehr von ihm gehört, bis du durch diese Tür hereingekommen bist …«

Die Gräfin streckte den Arm aus, um Sarah das Foto aus der Hand zu nehmen. Ein merkwürdiger Ausdruck lag auf ihrem runzligen Gesicht, als sie einen Moment lang in der Betrachtung des Fotos versank. »Gott hat sich geirrt, als er mir eine so wunderbare Familie gegeben hat …«, schloss sie, stand auf und stellte das Foto vorsichtig auf dem Büfett ab, als sei es etwas Heiliges.

»Mein Vater ist gestorben …«, brachte Sarah mühsam über die Lippen.

»Ich weiß«, antwortete die Gräfin nach einer Weile. Dem gab es nichts hinzuzufügen.

Die Alte schlurfte in eine dunkle Ecke des Zimmers, wo sie einen Lichtschalter betätigte. »Hier ist dein Gemälde, Sarah Bauer«, verkündete sie. »Du kannst es mitnehmen, wann immer du willst.«

Sarah erschauderte. Es war schon eine Weile her, seit sie den *Astrologen* das letzte Mal in seiner ganzen Pracht gesehen hatte: eine aufrechte und vornehme Gestalt, die in sanftes Licht getaucht war. Ein außergewöhnlicher Anblick, und Sarah verspürte eine flüchtige spirituelle Erlösung, einen kurzen Augenblick des Friedens, als wäre die Zeit stehen geblieben, als gäbe es auf dieser Welt nur noch dieses Gemälde und sie, dieses verfluchte Wunderwerk, das ihr Leben durcheinandergebracht und in eine Hölle verwandelt hatte.

Sie verspürte den Impuls, aufzustehen und einfach von hier wegzugehen, ganz entspannt und mit einem Lächeln im Gesicht. Doch das tat sie nicht. Sie dachte an Jacob und tat es nicht.

Während Sarah das Gemälde betrachtete, betrachtete die Gräfin Sarah. Sie war wirklich wunderschön, stellte sie fest, ein engelsgleiches Gesicht mit einer geradezu diabolischen Kraft, die geradewegs aus ihren Augen zu kommen schien, so grün wie Mandeln, die noch am Baum hängen, und ausdrucksstark wie glühende Kohlen.

»Du kannst es mitnehmen …«, sagte die Gräfin langsam, »und es wieder unter einem billigen Rahmen verstecken, es wieder der Kälte und der Feuchtigkeit aussetzen, dem Staub und den Berührungen … der Deutschen.«

Der tiefgründige, pathetische Blick der Gräfin, getarnt von der Schminke, fiel anklagend auf Sarah. Sie kam sich völlig entblößt vor: Was wusste diese Frau, die behauptete, ihre Großmutter zu sein? Was wusste die Gräfin, das sie nicht wusste?

Madame de Vandermonde durchquerte wieder das Wohnzimmer, setzte sich ihrer Enkelin gegenüber und leerte das Glas Sherry in einem Zug. »Ich habe den Verdacht, dass du dir der großen Verantwortung, die die Verwahrung des Gemäldes mit sich bringt, nicht bewusst bist. Dass dir wahrscheinlich selbst dein Vater nicht erzählt hat, was du darüber wissen solltest.«

»Ich weiß genug. Genug, um zu wissen, dass kein Gemälde auf der Welt wertvoller ist als das Leben einer Person.«

»Es ist nicht das Gemälde, Sarah. Es ist sein Geheimnis. Ein Geheimnis, das seit Urzeiten viele seiner Behüter das Leben gekostet hat. Doch ganz ohne Zweifel ist jetzt der Moment, in dem das große Geheimnis mehr als je zuvor in Gefahr ist. Ich kann mir nicht vorstellen, was passieren würde, sollte *Der Astrologe* in Hitlers Hände fallen. Ich sympathisiere mit den Nazis, das verneine ich nicht, aber es gibt Waffen, die bestimmte Personen niemals besitzen dürfen. Und du, als Jüdin, als Bestandteil einer Gemeinschaft, die bereits bedroht und attackiert wird, solltest dir der Gefahren noch mehr bewusst sein. Dein Vater wusste es, weshalb er lieber sich als das Gemälde der Gestapo übergeben hat. Hast du einmal ganz nüchtern darüber nachgedacht?«

Die Gräfin hatte den Finger auf die Wunde gelegt. Ängstlich sah Sarah sie an. Nein, darüber hatte sie nicht nachgedacht, nicht darüber und auch über nichts anderes. Sie wurde eines Nachts damit konfrontiert, überstürzt in ein Loch gesteckt, mit stockenden Sätzen und ohne irgendeine Erklärung.

»Ich glaube nicht, dass es deinem Vater gefallen würde zu hören, dass dieses Gemälde nicht wertvoller sei als das Leben eines einzigen Menschen. Nicht, wo er dieses Gemälde mit seinem eigenen Leben beschützt hat.«

Sarah nahm einen stechenden Schmerz an der unbestimmten Stelle ihres Körpers wahr, an der sich wohl die Seele befand. Sie beugte sich vor und legte das Gesicht in die Hände: Diese ganze Situation hier überforderte sie. Keiner hatte sie darauf vorbereitet, keiner hatte sie gewarnt, dass sie ihre Familie und Jacob würde opfern müssen. Keiner hatte sie gefragt, ob sie bereit dazu war … Wütend und ohnmächtig verfluchte sie ihren Vater, weil er sie in eine solche Lage gebracht hatte, weil er sie gezwungen hatte, zwischen dem Gemälde und dem zu wählen, was sie am meisten auf der Welt liebte.

Die Gräfin de Vandermonde rückte näher zu ihr. Sie war keine Frau, die Zeichen ihrer Zuneigung erkennen ließ, aber sie legte vorsichtig eine Hand auf den Kopf ihrer Enkelin in der Andeutung eines Streichelns. »Schon gut, Sarah Bauer. Jetzt wissen wir, warum dein Vater dich zu mir geschickt hat.«

Die Schlüsselwörter für Delmedigo

Ich ahne, dass der Tod um mich herumschleicht, dass er mir wie ein hungriger Wolf an der Grenze meines Heims auflauert. Vielleicht überkommen mich deshalb beständig Gedanken an unerledigte Angelegenheiten.
Ich habe keine weiteren Nachrichten von den Verhandlungen meines guten Freundes, Graf Pico, bezüglich Der Astrologe *erhalten. Dieses Schweigen beunruhigt mich. Wie mich auch die Vorstellung ängstigt, dass das Geheimnis der Smaragdtafel ans Licht kommen könnte. Die Menschheit ist nicht bereit für das, was YHVE nicht für uns und unser Verständnis bestimmt hat. Die Smaragdtafel ist ein Instrument des Teufels, das zweifelsohne die Grundfesten unseres Glaubens, unserer Ordnung und unserer Welt derart erschüttern würde, dass sie zusammenbrechen und wir in die Selbstzerstörung getrieben würden.*
Lorenzo de' Medici war ein weiser Mann, ein Auserwählter des Allmächtigen, der in solch bedrohlicher Lage Vernunft hätte walten lassen. Leider habe ich dieses Vertrauen in seinen Nachfolger nicht. Ich flehe den Himmel an, dass Graf Pico die notwendige Eingebung findet und es ihm gelingt, Pater Ficino und Meister Giorgio von der Wichtigkeit zu überzeugen, den Astrologen *zu zerstören und jegliche Spur der Smaragdtafel auszulöschen.*

In der Bibliothek der Sorbonne hatten wir eine Kopie des Inhalts der Mikrofilme gemacht, an der wir jetzt in Alains Büro arbeiteten. Wir gingen das Tagebuch von Delmedigo erneut durch und bestätigten, dass die Passage, die Irina uns vorgelesen hatte, wirklich die für unsere Nachforschungen einzig relevante war.

Mit einem Leuchtstift markierte ich ein paar Wörter im Text: *Der Astrologe*, Smaragdtafel, Lorenzo de' Medici, Graf Pico, Pater Ficino und Meister Giorgio.

»Das sind die Schlüsselwörter von Delmedigo«, versicherte ich Alain. »Damit müssen wir die drei Fragen beantworten, die unsere Nachforschungen zusammenfassen.«

»Gibt es den *Astrologen*, ja oder nein? Warum wollte Hitler ihn haben? Und wo ist er?«, las Alain meine Gedanken.

Ich nickte feierlich und klopfte leicht mit dem Leuchtstift an meine Lippen.

»Also auf den ersten Blick würde ich sagen, dass wenigstens zwei davon hier beantwortet werden«, deutete er an.

»So ist es. Hier wird zum ersten Mal bestätigt … O Gott, das hätte ich niemals für möglich gehalten …« Ich legte eine Pause ein, ohne meine Bestürzung verbergen zu können. »Hier wird zum ersten Mal die Existenz eines Gemäldes von Giorgione mit Namen *Der Astrologe* bestätigt. Und Delmedigos Worte lassen darauf schließen, dass dieses Gemälde das Geheimnis der Smaragdtafel verbirgt, auf das Hitler so versessen war – wie auch so viele andere.«

»So sieht es aus …«, pflichtete Alain mir komplizenhaft bei.

»Aber was genau ist die Smaragdtafel? Soweit ich weiß, handelt es sich um einen Text, nur einige wenige Zeilen voller versteckter Symbole, dessen Interpretation als die Grundlage der Alchemie angesehen wird. Und dieser Text stammt aus dem Mittelalter. Das ist kein Geheimnis, und es kann nicht sein, dass Hitler deshalb so versessen darauf war.«

»Tatsächlich ist es das nicht. Die Smaragdtafel ist auch ein Gegenstand oder war zumindest anfangs einer. Ich hatte keine Zeit, dir die Notizen über das, was ich dazu recherchiert habe, zu geben. Doch im großen Ganzen steht das alles in Bezug zur Hermetik…«

»Esoterik, oder?«

»Esoterik, und zwar von der harten Sorte. Die, die Tausende von Jahren auf dem Rücken hat. Tatsächlich ist es ziemlich kompliziert. Wenn man das Wort ›Hermetik‹ bei Google eingibt, tauchen Hunderttausende Ergebnisse auf. Du hast Glück, dass ich das schon durchgeackert habe und dir eine einfache, übersichtliche Zusammenfassung im Wikipedia-Stil liefern kann.«

»Was würde ich ohne dich tun?«

»Darauf legst du es besser nicht an«, ließ er sich auf meinen Scherz ein. »Gut. Hermetik. Man kann sagen, dass es sich um eine esoterische Wissenschaft handelt, basierend auf ein paar Texten, die Hermes Trismegistos zugeschrieben werden, eine Art griechisch-ägyptische Gottheit. Er soll die Verschmelzung des Gottes Thot mit dem Gott Hermes sein. Man sagt, er habe 3000 vor Christus im alten Ägypten gelebt, tatsächlich gibt es aber keinen Beweis für die historische Existenz dieser Person. Er ist vielmehr eine Figur, die aufgrund von Traditionen, Denkweisen und Riten aus dem 2. Jahrhundert unserer Zeit, vor allen Dingen aber seit dem Mittelalter konstruiert wurde, als er zu der Referenz par excellence der Alchemisten wurde: Das jüdisch-christliche Denken hat der Verschmelzung von Thot und Hermes in der Figur des Trismegistos noch die von Abraham hinzugefügt und behauptet, dass der hebräische Patriarch zwei Lehren weitergegeben habe: eine öffentliche, die im Alten Testament festgehalten ist, und eine geheime, weitergegeben nur an Eingeweihte und festgehalten im ›Corpus Hermeticum‹. Im Großen und Ganzen beinhalten die hermetischen Glaubensüberzeugungen einen Versuch, das gesamte religiöse, philosophische und mystische Wissen der Epoche zu systematisieren. Sie nehmen aber auch die Traditionen der okkulten Wissenschaften auf, die seit Urzeiten praktiziert werden, mit dem einzigen Ziel: durch die Anrufung der überirdischen Mächte eine Vereinigung mit Gott zu erzielen. Das wär's.«

»Oje …«, schloss ich kurz. »Dann ist die Smaragdtafel also …«

»Etwas Unglaubliches. Sie erzählt die Geschichte, wie Alexander der Große in Rakotis einfiel, wo er später die Stadt Alexandria gründete und das Grab von Hermes Trismegistos fand. Als er die Grabkammer betrat, sah er, dass die Mumie mit einem großen Smaragd in den Händen begraben war und dass sich auf diesem Smaragd eine Inschrift befand … Es heißt, der Smaragd des Hermes Trismegistos sei von der Stirn keines Geringeren als Luzifer selbst gefallen, als der schwarze Engel in seinem Kampf mit Gott geschlagen wurde. Und man sagt auch, dass er mit unendlichen dunklen Kräften erfüllt sei – den Kräften des Teufels. Angeblich konnte Alexander der Große die Macht des Smaragds bezeugen, wodurch er tief bewegt und erschüttert gewesen sein soll. Also beschloss er, die Smaragdtafel wieder zu verstecken, um sie vor der Habgier und dem Unverstand der Menschen zu schützen. Er war sich der Bedeutung des Textes der Inschrift nur zu bewusst, kopierte den Text und versteckte die Smaragdtafel an einem geheimen, weit entfernten und unzugänglichen Ort.«

»So wie es aussieht, doch nicht so geheim …«

»Warte, hör mir zu. Was Alexander der Große getan hat, war, die genaue Lage der Smaragdtafel in einem Text festzuhalten, den er in zwei Teile teilte, die so verschlüsselt sind, dass man die eine Hälfte nicht ohne die andere lesen kann. Beide Texte wurden in zylinderförmige Steine eingraviert. Einen der Zylinder übergab Alexander einem Weisen jener Zeit, dem sogenannten Kybalion, dem Wächter des Geheimnisses von Hermes. Dieser Weise musste ihn falls nötig mit seinem Leben verteidigen und ihn, zur Stunde seines Todes, einem weiteren Mann seines

Vertrauens übergeben. Und immer so weiter bis in alle Zeiten. Den zweiten Zylinder verwahrte Alexander der Große selbst. Er trug ihn immer bei sich als Amulett, und man sagt, dass er dieses Amulett bei seiner Beerdigung um den Hals gelegt hatte.«

Während ich diese ganzen Informationen noch verarbeitete, äußerte Alain erste Zweifel: »Selbst wenn man davon ausgeht, dass diese Legende stimmt, so kann ich mir nicht erklären, wie es Giorgione gelungen sein soll, die Steine zu vereinen und das Geheimnis des Verbleibs der Smaragdtafel zu lüften.«

Ich hatte am Vortag ebenfalls meine Hausaufgaben erledigt, als ich versuchte, die Verbindung zwischen den Medici und Giorgione zu finden, ebenso wie ihre Verbindung mit dieser ganzen Angelegenheit, indem ich meine Kenntnisse über die Renaissance abrief. »Bei Giorgione bin ich mir nicht sicher«, gab ich zu. »Aber vielleicht Lorenzo de' Medici. Sein Großvater, Cosimo, begeisterte sich für Reliquien und Antiquitäten. Auf der Suche nach Raritäten schickte er seine Leute in alle Welt. Tatsächlich hat einer seiner Emissäre ihm das erste Manuskript gebracht, das als ›Corpus Hermeticum‹ bekannt ist, ein griechisches Original, das Cosimo auf Lateinisch übersetzen ließ. Und wer führte diese Übersetzung aus? Kein anderer als Marsilio Ficino, *Pater* Ficino, im Schoß der Neuplatonischen Akademie in Florenz. So gesehen ist es logisch zu vermuten, dass die Zylinder in Cosimos Hände gelangt sein könnten und von ihm an Lorenzo weitergereicht wurden.«

Alain runzelte die Stirn. Er war noch nicht von meiner Theorie überzeugt.

»Es besteht die Möglichkeit, dass der Zufall und die Wirren der Geschichte Cosimo von Medici den von Alexander dem Großen an Kybalion übergebenen Zylinder in die Hände gespielt haben. Doch den, den Alexander der Große mit sich ins Grab genommen hat? Denn sein Grab wurde bislang noch nicht entdeckt ...«

»Nein, aber es könnte doch sein, dass der Zylinder gar nicht mit ihm beerdigt wurde. Der Leichnam des Königs wurde erst zwei Jahre nach seinem Tod beerdigt, weil es Auseinandersetzungen um seine Nachfolge gab. Jeder, der damals beteiligten ehrgeizigen Generäle könnte sich das Amulett ganz einfach angeeignet haben, denn ihr Anführer hatte es immer bei sich getragen: eine Versuchung, der man nur schwer widerstehen konnte – sich die Reliquie des Mannes anzueignen, den sie alle wie einen Gott verehrten. Ganz abgesehen von den unzähligen Malen, die der einbalsamierte Alexander besucht, enthüllt und von den römischen Kaisern angefasst wurde. Es wird erzählt, dass Augustus, als er der Mumie des mazedonischen Königs seine Aufwartung machte, dies mit einer solchen Überschwänglichkeit tat, dass er die Nase der Totenmaske abbrach. Grabdiebe, Antiquitätenplünderer … Ich weiß nicht, es gibt Tausende von Möglichkeiten, wie der Zylinder in die Hände der Medici gelangt sein könnte.«

»Lauter Legenden …«

»Ja, aber Tatsache ist, dass genau diese Legenden, die auch Hitler verleitet haben und seine Getreuen noch immer verleiten, bis heute überdauert haben. Und ihretwegen suchen auch wir in diesem Augenblick nach jenem Gemälde.«

Alain schüttelte den Kopf. »Du hast recht. In dieser Angelegenheit kreuzen sich so viele Geschichten, dass man leicht den Überblick verlieren kann. Zuerst *Der Astrologe,* dann die Smaragdtafel«, fasste er zusammen. »Kommen wir auf den *Astrologen* zurück: Lorenzo de' Medici gelingt es, den Verbleib der Smaragdtafel herauszufinden, und er beschließt, das Geheimnis in einem Gemälde festzuhalten, höchstwahrscheinlich mithilfe einer Symbolik, die nur er entschlüsseln kann …«

»Er und wahrscheinlich noch Marsilio Ficino und Pico della Mirandola, die von dem kleinen Delmedigo ebenfalls erwähnt werden«, fügte ich hinzu. »Diese Namen weisen direkt auf die Neuplatonische Akademie von Florenz.«

»Und Elia Delmedigo, was hat er damit zu tun? Gehörte er auch zur Akademie?«

»Nein. Aber er war der Meister und Freund von Pico della Mirandola, und die zahlreichen Briefe, die sie austauschten, beweisen, dass Delmedigo sehr gut darüber Bescheid wusste, was in der Akademie vor sich ging. Merkwürdigerweise hat er sich den hermetischen Lehren gegenüber immer sehr skeptisch gegeben und sich ihrem Einfluss im jüdischen Denken durch die Kabbala widersetzt: Er war einer der ersten jüdischen Denker, der den jüdischen Mystizismus und dessen bedeutendsten Text, den Zohar, direkt attackierte.«

»›… wie mich auch die Vorstellung ängstigt, dass das Geheimnis der Smaragdtafel ans Licht kommen könnte. Die Menschheit ist nicht bereit für das, was YHVE nicht für uns und unser Verständnis bestimmt hat. Die Smaragdtafel ist ein Instrument des Teufels, das zweifelsohne die Grundfesten unseres Glaubens, unserer Ordnung und unserer Welt derart erschüttern würde, dass sie zusammenbrechen und wir in die Selbstzerstörung getrieben würden‹«, las Alain den Auszug aus dem Tagebuch von Delmedigo vor. »Er wirkt nicht wirklich skeptisch, eher furchtsam … Ganz ehrlich, ich habe alles, was die Hermetik betrifft, immer als Märchen angesehen. Aber das ist wohl die Art Märchen, nach denen Hitler so verrückt war.«

Alain ließ das Dokument auf dem Tisch liegen und lehnte sich im Stuhl zurück. »Wir sind jetzt alle markierten Wörter durchgegangen. Uns bleibt nur noch eines: Meister Giorgio. Ich nehme an, dass er einer der Künstler der Akademie war …«

Ich wartete kurz ab, um meine tauben Muskeln zu strecken, ehe ich mich der verworrensten Stelle des Manuskripts zuwandte, dem Teil, das am wenigsten in dieses Puzzle passte und anscheinend doch das wichtigste war. »Nein.«

Alain war genauso überrascht, wie ich erwartet hatte. »Es gibt keine geschichtlichen Beweise, dass Giorgione an der Akademie gewesen ist. Und hierin liegt das Merkwürdigste von alldem. Lorenzo hätte das Gemälde irgendeinem Künstler an seinem Hof übertragen können, die sehr zahlreich und sehr gut waren. Giorgione war noch nicht einmal Florentiner, sondern Venezianer, und auch nur gerade so noch ein Zeitgenosse von Lorenzo. Als Lorenzo starb, war er erst fünfzehn Jahre alt und müsste ein Lehrling ohne jeden Ruf gewesen sein. Giorgiones Rolle ist in dieser Geschichte überhaupt nicht schlüssig.«

»Aber es ist ganz offensichtlich, denn so schreibt es Delmedigo: dass ein junger Venezianer ohne Renommee beauftragt wurde. Vielleicht weiß Giorgione mehr, als wir ahnen … Ich weiß, dass du nicht dieser Meinung bist, aber seit jeher heißt es, Giorgione sei ein rätselhafter Maler gewesen.«

»Ich gebe zu, es gibt Autoren, die bestätigen, dass viele seiner Werke die Symbolik der Hermetik aufnehmen. Über sein berühmtestes Gemälde, *Das Gewitter*, ist schon viel Tinte verschwendet worden, ebenso wie über *Die drei Philosophen* und viele andere. Doch man konnte niemals eine Beziehung zwischen Giorgione und den hermetischen Bräuchen nachweisen … Jetzt weiß ich auch nicht mehr, was ich denken soll …«

Alain rieb sich die Augen. Zum ersten Mal an diesem Abend kam er mir erschöpft vor. Wir hatten ja auch erst angefangen zu arbeiten, nachdem er seinen normalen Arbeitstag beendet hatte.

»Geht's dir gut?«

»Ja. Ich brauche nur eine Pause und einen Kaffee. Das war ein langer Tag«, seufzte er. »Heute Morgen habe ich die Hälfte der Unterrichtszeit damit zugebracht, mit einem nervigen Schüler über den Expressionismus von Beckmann zu diskutieren. Dann die schreckliche Durchsicht der Prüfungen …«

»Prüfungen im Oktober?«

»Ich habe sie einen Probetest schreiben lassen, und fast alle wollten diese verdammte Korrektur mit mir durchgehen. Die

Mehrheit der Studierenden heutzutage sollte in den Kindergarten gehen …«

Ich warf einen Blick auf die Uhr: Es war kurz nach sieben. Durch das Fenster fiel das orangefarbene Licht der Straßenbeleuchtung, es war schon seit einiger Zeit dunkel. Auf den Gängen hatte die Stille die Geräusche von Schritten, Unterhaltungen, Telefongesprächen und Fotokopierern ersetzt. »Lassen wir es für heute gut sein«, verkündete ich und fing an, die Blätter einzusammeln.

»Nein, ehrlich, es geht mir gut.« Alains Tonfall wurde etwas munterer, um überzeugend zu klingen. »Ich muss nur wieder einen klaren Kopf bekommen, dann können wir weitermachen.«

»Ja, morgen dann. Für heute reicht es.«

Alain legte die Hand auf die Akte, die ich gerade schließen wollte. »Aber wir haben die letzte Frage noch nicht beantwortet: Wo ist *Der Astrologe*?«

Ich bedachte ihn mit einem Lächeln. Es gab keine sinnvolle Antwort auf eine unsinnige Frage. Ich wiederholte einfach nur, dass es an der Zeit sei aufzuhören. »Ich mache dir einen Vorschlag: Du lieferst das Haus, ich das Essen. Ich kenne ein fantastisches Mittel gegen Erschöpfung durch nervige Schüler, unreife Studenten und Manuskripte aus dem 15. Jahrhundert: Spiegeleier mit Kartoffeln, dazu ein oder zwei Gläser Wein und natürlich nette Gesellschaft.«

Alain fing an einzupacken. »Einkaufen gehen wir auf dem Weg zu mir.«

An den Magen eines Mannes zu appellieren ist die beste Strategie, um seinen Widerstand zu bezwingen.

Warum suchte von Bergheim das Gemälde in der Bauer-Sammlung?

Letzten Endes war Alain derjenige, der nicht nur das Haus stellte, sondern sich auch um das Essen kümmerte. Das war zu erwarten gewesen. Ich kam der Küche eigentlich nur dann näher, wenn ich mein Enthaarungswachs in die Mikrowelle stellte. Im Gegensatz zu mir war Alain ein begeisterter Koch, der seine Zeit gerne damit zubrachte, etwas zu brutzeln. Er war so vernünftig, die Spiegeleier, die ich vorgeschlagen und wahrscheinlich beim Braten zerstört hätte, durch einen Teller gebratener Zucchini mit Ziegenkäse zu ersetzen, gefolgt von Fisch in *Papillotte* mit Ingwer und Limette und Waldbeeren mit Schokolade als Nachtisch.

Ich beschränkte mich darauf, den Tisch zu decken. Das tun die Leute, die eine Küchenallergie haben. Während ich die Tischdecke ausbreitete, sah ich mich ein bisschen um und kam zu dem Ergebnis, dass Alain eine Wohnung hatte, die aus unerfindlichen Gründen gemütlich wirkte.

»Man merkt, dass Belinda heute da war: Alles riecht nach Meister Propper… und sie hat mir wieder den Gemüsehobel versteckt«, murmelte Alain in der Küche, als hätte er meine Gedanken gelesen.

Nun gut, vielleicht waren Sauberkeit und Ordnung das Verdienst der angolanischen Putzfrau, die zweimal die Woche zum Saubermachen kam. Doch auch so strahlte der Ort etwas Warmes, Anheimelndes aus. Das kam nicht von einer besonders sorgfältig ausgewählten und exquisiten Dekoration, es standen keine Kerzen herum, auch keine Blumen oder zueinanderpassende Kissen und auch nichts von den Dingen, die wir Frauen gerne in Wohnungen verteilen. Vielleicht waren es die Bücher, die in den Regalen standen und sich in den Ecken zu waghalsigen Türmen stapelten. Vielleicht auch die aufgeschlagenen Kunstzeitschriften auf dem Tisch. Vielleicht auch die Schwarzweißfotos von irgendwelchen Pariser Ecken, verteilt über IKEA-Möbel, die sich gut mit Antiquitäten von provenzalischen Märkten vertrugen.

Doch was mich gänzlich vergessen ließ, den Tisch zu decken, waren die Zeichnungen. Es gab Dutzende davon: in den Ecken, auf dem Boden, an der Wand hängend, gerahmt oder auch nicht, aufgerollt oder ausgebreitet. Kohle- und Rötelzeichnungen, wunderschöne Skizzen des menschlichen Körpers, einer klassizistischen Fassade, einer Szene im Park. Und unten in einer Ecke des dicken, gerippten Papiers jeweils sechs Striche, die zwei Buchstaben ergaben: AA.

»Ich bin fast fertig. Wie sieht es mit dem Tisch aus?« Alains Stimme vermischte sich mit dem Prasseln in der Pfanne, und ein köstliches Aroma war seiner Ankündigung vorangeeilt.

»Schlecht«, gab ich zu. »Ich widme mich gerade neugierigem Herumschnüffeln. Ich wusste nicht, dass du … so viel zeichnest.«

Er beugte sich über den Tresen der Wohnküche. Während er sich die Hände an einem Tuch abrieb, beobachtete er, wie ich seine Zeichnungen durchforstete. »Gefallen sie dir?«

Ich hielt bei einer von ihnen inne, fasste sie vorsichtig am Rand an, um die Kohle nicht zu berühren oder das Papier zu beschmutzen. Eine unfertige Skizze der Skulptur von Antonio Canova, *Cupido und Psyche*: ein Detail, wie Cupido Psyches Wange berührt. »Ja …«, murmelte ich, »sehr.«

Alain lächelte und kehrte wieder zu seinem Herd zurück.

»Es regnet wieder …« Alain, der in der Küche war, hatte mich wegen des lauten Gedröhns der Nespresso-Maschine bestimmt nicht gehört.

Ich zog meine Strickjacke fester um mich und verschränkte die Arme. Es war kalt neben dem Balkon, von wo aus ich die Wassertropfen im Schein der Straßenlaternen herunterprasseln sah. Die Rue de Montorgueil lag verlassen da, nur das grüne Neonlicht des Obstladens der Vietnamesen, der immer offen hatte, spiegelte sich auf dem nassen Bürgersteig.

»Regnet es?«, fragte er, als er mich am Fenster entdeckte.

Ich nickte.

Alain stellte das Tablett mit den Tassen auf dem Tisch ab, löschte die Strahler an der Decke und schaltete gedämpftes Licht an. Das Ambiente war gemütlich und lauschig wie das Aroma des Kaffees. Ich kuschelte mich in eine Ecke des Sofas, während Alain eine Schallpatte auf den alten Plattenspieler legte. Die Nadel über die Rillen der Platte laufen zu hören, ehe die Stimme von Tony Bennett einsetzte, versetzte mich in eine andere Zeit, wärmte mich. Es fühlte sich an, als würde mein Geist mit einem Samthandschuh gestreichelt.

Niemals wäre es mir in diesem Zustand angenehmer Schwerelosigkeit in den Sinn gekommen, von den Nachforschungen zu sprechen … hätte Alain nicht unerwartet mit dem Thema angefangen, als er mir eine Tasse Kaffee reichte.

»Und wenn sie das Gemälde zerstört haben?«

Ich brauchte einen Moment, um wieder in die Welt der Sterblichen zurückzukehren. »Bitte?«

»Ja. Delmedigos Tagebuch zufolge sollte Pico della Mirandola doch Ficino und Giorgione davon überzeugen, den *Astrologen* zu zerstören. Und wenn ihm das gelungen ist? Dann hätte von Bergheim seine Zeit vergeudet und wir auch.«

»Das glaube ich nicht. Man muss beachten, dass wir uns auf diesen kurzen Tagebuchauszug beziehen, aber die Nazis hatten einen Brief, den Brief des Grafen Pico an Delmedigo, der verschwunden ist und der vielleicht mehr Informationen enthielt …« Ich führte die Tasse an die Lippen und dachte einen Moment nach, noch ehe ich einen Schluck davon nahm. »Kann ich mal dein iPad haben?«, bat ich und vergaß den Kaffee schließlich ganz.

Alain ging in sein Schlafzimmer und kam mit dem iPad zurück. Ich schaltete es ein, ging auf die Seite von Google und gab in das Suchfeld ein: Pico della Mirandola und Angelo Ambrogini.

»Wer ist Angelo Ambrogini?«, wollte Alain wissen, der mich interessiert beobachtete.

Während ich die Ergebnisse der Suche überflog, befriedigte ich seine Neugier. »Ein weiteres Mitglied der Neuplatonischen Akademie. Vielleicht sagt er dir als Poliziano mehr, so nannte man ihn nämlich, weil er in Montepulciano geboren wurde.«

Alain verneinte.

»Er war der Hauslehrer der Söhne von Lorenzo de' Medici und sein persönlicher Sekretär und gehörte somit zu seinem engsten Kreis. Sehr wahrscheinlich war er homosexuell und der Geliebte des Grafen Pico … Hier ist es«, sagte ich, als ich die Mitteilung gefunden hatte, nach der ich suchte. Ich las sie rasch durch. »Ich hatte so etwas im Kopf, war mir aber nicht mehr ganz sicher. 2007 hat eine Gruppe italienischer Forscher ihre beiden Leichname ausgegraben. Die Historiker hatten immer Zweifel bezüglich der Umstände ihres Todes: Beide starben ein paar Monate nacheinander und sehr unerwartet. Laut dem hier«, fügte ich hinzu und verwies auf die Nachricht der BBC, »hat man nach der Untersuchung der Leichname festgestellt, dass sie mit Arsen vergiftet worden sind, und alles weist auf … Piero de' Medici, Lorenzos Sohn, hin«, schloss ich mit hochgezogenen Augenbrauen.

»Wegen des Gemäldes?«

»Na ja, das steht hier natürlich nicht. Keiner weiß, dass es existiert. Aber wir schon, und das könnte das perfekte Motiv sein. Nimm einmal an, Piero hätte herausgefunden, dass Graf Pico intrigierte, damit das Gemälde zerstört und damit vor allem ein großes Geheimnis vernichtet würde, das rechtmäßig den Medici und insbesondere ihm als direktem Erben von Lorenzo gehörte. Und so, wie man das damals handhabte, wird er nicht gezögert haben, sie sich vom Hals zu schaffen, ihn und auch Poliziano, der, wenn er der Geliebte des Grafen war, sehr wahrscheinlich über die Verschwörung Bescheid wusste.«

»Das ergibt einen Sinn… Doch eine Sache ist ganz klar: *Der Astrologe* ist nicht bei der Bauer-Sammlung, zumindest nicht in der, die die Nazis inventarisiert haben.« Das war Alains Lieblingsleier.

Ich schaltete das iPad aus, legte es auf den Tisch und stellte auch die Tasse mit dem Kaffee, der inzwischen kalt war, dazu. »Warum sollte von Bergheim das Gemälde in der Bauer-Sammlung suchen?«, fragte sich Alain. »Denn wenn er sich getäuscht hatte, dann sind auch wir jetzt auf dem Holzweg.«

»Ich weiß es nicht… Es ist sehr wahrscheinlich, dass diese Information im Dossier des ERR war, das aus dem TsDAVO gestohlen wurde.«

»Weißt du, was ich glaube?« Alains Tonfall hatte sich plötzlich geändert. »Dass sich von Bergheim nicht getäuscht hat.«

Überrascht darüber, dass er sich auf einmal so überzeugt zeigte, blickte ich ihn an, und er sah sich gezwungen, seine Worte zu erläutern: »Wenn wir auf der falschen Fährte wären, dann hätte sich keiner die Mühe gemacht, die Spuren zu verwischen.«

»Ich hätte so verdammt gerne das vollständige Dossier! Erinnerst du dich daran, dass es ein Interview mit Baron Thyssen enthält? Vielleicht hat der Baron etwas gesagt, was von Bergheim auf die Spur der Familie Bauer gebracht hat… Aber was nur?«

Alain trank seinen Kaffee aus. »Ich glaube, ich kenne jemanden, der uns helfen könnte«, sagte er anschließend feierlich, als ob das keine gute Nachricht, sondern vielmehr eine Tragödie wäre.

April 1943

Im August 1941 wird ein Gebäudekomplex in Drancy, einem Randgebiet von Paris, zu einem Internierungslager für Juden erklärt. Bis 1943 ist es der Präfektur von Paris unterstellt, danach jedoch geht seine Verwaltung in die Hände der Gestapo über. Drancy ist das wichtigste Durchgangslager in Frankreich. Von dort werden zwischen 1942 und 1944 über 62000 Personen, verteilt auf einundsechzig Konvois, unter menschenunwürdigen Umständen in die Konzentrationslager Auschwitz und Sobibor deportiert.

In der letzten Zeit kam Sarah spät in die Pension. Nachdem ihre Arbeit in der Buchhandlung erledigt war, ging sie zur Gräfin de Vandermonde und verbrachte die Abende mit der alten Frau. Nicht, dass diese Frau ihr viel Sympathie einflößte, wie sie selbstverständlich auch keine besondere Zuneigung für eine – barsche und lieblose – Großmutter empfand, die ihr aus heiterem Himmel zugefallen war. Aber die Gräfin erzählte Sarah Geschichten über die Familie Bauer und den *Astrologen* und über die Kindheit ihres Vaters, und das Mädchen fühlte sich wohl, hatte das Gefühl, von den Ihren und dem, was zu ihr gehörte, umgeben zu sein. Und natürlich waren auch die Mahlzeiten ein Anreiz, mit denen die Großmutter sie bewirtete: Schokolade, Gebäck, Butter und Zucker – alles Dinge, die man in Paris nicht mehr fand, es sei denn, man war reich genug, um sie sich auf dem Schwarzmarkt besorgen zu können. In den vergangenen zwei Wochen hatte Sarah mehr zugenommen als in den ganzen Monaten, die sie in der Hauptstadt war.

Die Gräfin aß nicht sehr viel. Sie setzte sich mit einer Tasse Tee neben Sarah, und während sie zusah, wie Sarah die Brioche ein ums andere Mal in die Schokolade tunkte, redete sie nahezu ununterbrochen. In den unterschiedlichsten Erzählungen hatte sie Sarah wissen lassen, wie *Der Astrologe* in die Hände der Familie Bauer gelangt war.

Seitdem Lorenzo de' Medici Giorgione die Ausführung des *Astrologen* übertragen hatte, war er immer im Besitz der mächtigen florentinischen Familie gewesen. Caterina, die Urenkelin von Lorenzo, war die Letzte der Medici, in deren Besitz er war. Während der Religionskriege zwischen Katholiken und Protestanten in Frankreich hegte Caterina, die durch ihre Heirat mit König Heinrich II. zur Königin von Frankreich geworden war, Befürchtungen, was nach ihrem Ableben mit dem Gemälde geschehen würde. Sie selbst war die letzte Nachfahrin der adligen Linie der Medici, die einzige direkte Nachfahrin von Lorenzo dem Prächtigen. Obwohl die Königin zehn Kinder hatte, überlebte sie sie alle mit Ausnahme von zweien, denen sie nicht ausreichend vertraute, um ihnen das Geheimnis der Medici zu vermachen. Außerdem war Caterina eine sehr abergläubische Frau, die gerne Astrologen, Hellseher und Totenbeschwörer konsultierte. Eines Tages hatte sie im Traum eine Vision: Ein Engel des Herrn erschien ihr und versicherte ihr, sie müsse den *Astrologen* Aegidius von Göttingen anvertrauen, einem alchemistischen Mönch der Abtei Saint Mahé, der Beichtvater und spiritueller Ratgeber der Königin war. Um 1600 wurde Aegidius aber in ein Komplott mit dem Ziel der Ermordung König Heinrichs IV. verwickelt und danach der Hexerei und der schwarzen Magie bezichtigt, weshalb er aus Frankreich in seine Geburtsstadt Göttingen fliehen musste. Dort verdingte er sich bei einem einflussreichen Kaufmann als Latein- und Griechischlehrer für dessen Kinder. Der Nachname der Familie lautete Bauer. Der Jüngste der Familie Bauer, Maximilian, zeigte schon bald ein besonderes Interesse für die Geheimnisse der Astrologie, Alchemie und andere Kenntnisse von uraltem Wissen, mit denen Aegidius seinem jungen Schüler von Zeit zu Zeit alle möglichen Sachverhalte veranschaulichte. Für den Mönch, damals in den Achtzigern, war Maximilian Bauer sein Lieblingsschüler. Und als die Stunde seines Todes gekommen war, vermachte er ihm den *Astrologen*, wodurch er zum ersten Vertreter eines neuen Stamms von Wächtern im Schoß der Familie Bauer wurde, eines Stamms, der bis zu Sarahs Vater reichte.

Gräfin de Vandermonde hatte Sarah auch erzählt, dass die Familie Bauer vor nicht allzu langer Zeit kurz davor gewesen war, den *Astrologen* durch den Unverstand von Sarahs Großvater zu verlieren. Aber das war eine andere Geschichte. Eine Geschichte, aus der Sarah bereit war, ihren Nutzen zu ziehen.

An diesem Abend ging Sarah direkt von der Buchhandlung zurück in die Pension. Es gab etwas Wichtiges, was sie Marion sagen musste, bevor ihre Freundin zu ihrer üblichen Runde durch die Nachtclubs von Paris loszog.

Als Sarah das Zimmer betrat, traf sie Marion vor dem Fenster an, wo diese sich im trüben Licht der Abenddämmerung die Nägel lackierte. Sobald es Nacht war, würden sie die Fenster verhängen müssen. Dann war die Zeit der Sperrstunde gekommen, und Paris musste dunkel sein, damit die englischen Bomber, die Richtung Italien flogen – der »Mailand-Express«, wie die Franzosen scherzhaft sagten, wenn ihre Motoren am Himmel zu hören waren –, die Stadt nicht von oben ausmachen konnten.

»Hallo, Liebes. Du kommst früh«, begrüßte Marion sie, ohne den Blick von ihrem Pinsel zu heben, mit dem sie den roten Lack auftrug.

»Heute war ich nicht bei der Gräfin.«

Marion spreizte die Finger vor dem Gesicht und blies auf die Nägel.

»Du hast mir also keine Brioche mitgebracht?«

»Nein …«

Sarah zog den Mantel aus und hängte ihn an den Haken. Und dann blieb sie mitten im Zimmer stehen, ohne zu wissen, was sie jetzt tun sollte.

Marion sah sie befremdet an. »Willst du den ganzen Abend dort stehen bleiben und mir beim Nägel-Lackieren zusehen?«

Ohne Umschweife verkündete Sarah: »Ich werde umziehen, Marion.«

»Umziehen? Aber warum? Gefällt es dir hier nicht mehr? Habe ich etwas falsch gemacht? Hab ich mich dir gegenüber nicht richtig verhalten …?«

Sarah lächelte, manchmal wurde ihr aufgrund der Besorgnis ihrer Freundin ganz warm ums Herz. Sie ging zu ihr, während Marion die Nagellackflasche verschloss, und beruhigte sie. »Sag doch nicht so was Dummes … Sieh mal aus dem Fenster. Aber unauffällig …«

Marion war verwundert. Sie verstand nicht, worauf sie hinauswollte. Aber sie tat es. Sie näherte sich vorsichtig dem Fenster und sah nach draußen. Er regnete. Ziemlich stark. Ansonsten schien sich in der engen, schmuddeligen Gasse nichts verändert zu haben: dieselben dunklen und leicht verfallenen Gebäude wie immer, derselbe Lebensmittelladen mit den leeren Auslagen, dasselbe Pflaster voller Maultierexkremente, dieselben beschädigten und mit Farbe beschmierten Propagandaplakate …

»Na gut, wir haben nicht den schönsten Ausblick von ganz Paris, aber …«

»Sei still … Siehst du den Mann, der sich zum Schutz vor dem Regen unter das Kranzgesims gestellt hat?«

»Den mit dem schwarzen Hut und dem Mantel?«

Sarah nickte, und dann ging Marion ein Licht auf. »O mein Gott, Liebes! Das ist die Gestapo! Die Gestapo sucht dich wieder!«

»Nein, es ist nicht die Gestapo. Das ist Sturmbannführer von Bergheim von der SS.«

»SS, Gestapo, Präfektur – was für einen Unterschied macht das schon? Ich glaube nicht, dass dieser Mann dich überwacht, um dich zum Tanzen auszuführen.«

»Nein. Aber er will mir auch nicht schaden.« Sarah versicherte Marion etwas, wovon sie selbst nicht genau wusste, ob es tatsächlich stimmte. Sie hatte ehrlich gesagt nicht die geringste Ahnung, was von Bergheims wirkliche Absichten waren, aber sie wollte Marion beruhigen. »Das ist jetzt nicht wichtig, Marion. Wichtig ist nur, dass ich dich in Gefahr bringe, solange mir dieser Kerl so auf den Fersen ist. Er überwacht, wohin ich gehe, und somit überwacht er in gewisser Weise auch dich. Früher oder später wird ihm dein Kommen und Gehen verdächtig erscheinen, und dann werden sie herausfinden, was du machst. Und wenn du eines Tages bei deinen Feiern mit den hoch dekorierten Deutschen auf ihn triffst? Dann könnte er dich erkennen…«

Marion schwieg nachdenklich.

»Und wenn ich gehe, dann hast du hier außerdem ein Bett frei, um die Mädchen vom SOE zu verstecken.«

Es brauchte nicht lange, bis Marion sich von Sarahs Argumenten überzeugen ließ. Doch es gab noch immer etwas, was Marion nicht klar war. »Und wohin wirst du gehen? Ins Haus deiner Großmutter?«

»O Gott, nein! Ich würde lügen, würde ich sagen, sie hätte es mir nicht bei der einen oder anderen Gelegenheit angeboten, doch auch wenn ihr Angebot ernst gemeint ist, kommt es trotzdem nicht von Herzen, sondern ist reiner Eigennutz. Sie behandelt mich gut, weil sie sich durch mich ein gutes Gewissen erkaufen will, und nicht, weil sie mich mag. Ich glaube nicht, dass

Madame überhaupt jemanden mag. Nein, nein, ganz bestimmt würde ich dort nicht leben können. Außerdem glaube ich, dass sie Juden genauso hasst wie die Nazis, vielleicht sogar noch mehr. Mich toleriert sie nur, weil ich ihre Enkelin bin.«

»Also?«

»Die Matheus haben eine kleine Wohnung direkt über der Buchhandlung. Bis jetzt hatten sie diese an einen Studenten aus Lyon vermietet, doch er hat einen Brief vom STO bekommen. Die Deutschen haben ihn für den ›Service du travail obligatoire‹, den Arbeitsdienst auf der anderen Seite des Rheins, rekrutiert.«

Marion biss sich auf die Unterlippe und drückte so ihr Mitgefühl für den Jungen aus: Es war widerwärtig, dass die Deutschen junge Franzosen dazu zwangen, die Arbeit zu erledigen, die sie nicht erledigen wollten oder konnten, während sie selbst die Militärstiefel anzogen und versuchten, ganz Europa niederzutrampeln. »Der arme Kerl …«

»Er reist morgen ab. Die Matheus sind besorgt. Wenn die Nazis herausfinden, dass die Wohnung leer steht, wird man sie wahrscheinlich zwingen, einen Mieter aufzunehmen, und zwar bestimmt einen von ihnen oder einen Kollaborateur.«

»Aber das ist ja hervorragend, Sarah! Eine Wohnung ganz für dich allein!«

»Na ja, noch haben sie es nicht akzeptiert … Sie ist sehr klein, aber sie reicht völlig aus … Ach Marion, es wäre so schön, wenn du mit mir kommen könntest!«

Marion umarmte sie. »Ja, es wäre wunderbar, die Vermieterin loszuwerden. Diese verdammte Hexe … Und wir verstehen uns gut, nicht wahr, Liebes? Es ist schön, mit dir zusammenzuleben … Aber du hast recht, wenn die *Boches* dich überwachen, dann werden sie früher oder später herausfinden, was ich so treibe.«

»Du kommst mich besuchen. Jeden Tag, ja? Und zum Tee essen wir die Brioches der Gräfin«, scherzte Sarah.

Doch Marion war nicht nach Scherzen zumute. Sie trat einen Schritt zurück, um Sarah ins Gesicht zu sehen, und sagte: »Liebes, wenn diese Typen dich Tag und Nacht überwachen, wie willst du es dann anstellen, dass sie dein neues Zuhause nicht entdecken?«

Marion hatte recht. Auch wenn Sarah vor allem wegziehen wollte, um Marion zu schützen, wäre es doch gleichzeitig eine gute Gelegenheit, von Bergheim loszuwerden. Aber wie sollte sie das anstellen?

Sarah beugte sich zum Fenster vor. Dieses Mal, ohne sich vorzusehen, fast schon dreist. Dort stand der Kommandant, gleichgültig gegenüber dem Regen und der Kälte, direkt neben der Tür des Lebensmittelgeschäfts.

Plötzlich drehte Sarah sich um, durchquerte den Raum mit ein paar langen Schritten bis zum Haken und nahm ihren Mantel herunter.

»Was machst du? Wohin gehst du?«, fragte Marion.

»Etwas tun, was ich schon sehr viel früher hätte tun sollen«, murmelte Sarah, öffnete die Tür und stieg die Treppe hinunter.

»Aber Liebes, bist du verrückt geworden? Es ist schon fast Sperrstunde …! Nimm wenigstens den Regenschirm mit, es schüttet!«

Ihre Warnungen blieben vergeblich. Als Antwort erhielt Marion nur ein hastiges Klappern von Absätzen auf der Treppe.

»Was für ein Mädchen!«

Georg warf einen Blick auf die Uhr. Er musste gehen. Schon bald fing die Sperrstunde an, und es wäre unnötig und außerdem gefährlich, wie ein Trottel unter ihrem Fenster stehen zu bleiben. Tatsächlich war das alles ziemlich umsonst. Sarahs Leben verlief immer im gleichen Trott, ganz ohne besondere Vorkommnisse. Von der Pension in den Buchladen, von dem Buchladen zur Pension und hin und wieder zu Besuch bei einer alten Frau an der

Place des Vosges. Er hatte sogar von der Unaufmerksamkeit der Vermieterin profitiert und ihr Zimmer durchsucht: kein Anzeichen vom *Astrologen* und kaum eine Spur von Sarah selbst. Ein paar Bücher, Röcke, Blusen und ein Foto von der Familie Bauer. So wie der Duft von Moschus das Zimmer erfüllte, das süße und schwere Aroma der Nachtclubs, war ihre Mitbewohnerin fast überall präsent, und für Sarah blieb kaum noch Platz. Georg hatte diesen Ort enttäuscht verlassen.

Er blickte erneut auf die Uhr. Er musste los. Er schaute noch einmal zum Fenster; schwaches Licht drang durch den Schleier aus Wasser, dort, wo Sarah sein musste. Georg verspürte eine merkwürdige Beklemmung.

Er musste jetzt wirklich los. Doch morgen würde er wiederkommen. Er würde ihr weiter auf ihrem Weg durch Paris folgen, die Witterung der Spur ihrer Existenz aufnehmen wie ein Straßenköter. Ganz egal, wie viele militärische Auszeichnungen er erhalten hatte, in diesem Krieg war sein Feind jetzt nur noch eine jüdische Frau.

»Sie vergeuden Ihre Zeit, wenn Sie mir überallhin folgen, Kommandant.«

Erschrocken richtete Georg sich auf. Er brauchte einen Moment, um Sarah zu erkennen.

»Ich habe den *Astrologen* nicht.«

Georg war verwirrt.

»Aber ich weiß, wo Sie ihn finden können…«

Argwöhnisch blickte er sie an. »Was willst du im Gegenzug dafür, Sarah?«

»Das Leben meines Mannes.«

»Du hast bereits dein Leben… Für deinen Mann kann ich nichts tun.«

»Dann gibt es keine Einigung.« Sarah drehte sich um.

»Warte!« Georg wusste, dass die Möglichkeit, sie wiederzusehen, davon abhing, was er jetzt sagte. Deshalb überdachte er jedes einzelne Wort, das er sagte, genau, ohne den Blick von Sarahs Augen abzuwenden. »Komm zum Louvre … in ein paar Tagen … Ich werde sehen, was ich tun kann.«

Er glaubte, dass sie den Mund öffnete, um etwas zu erwidern. Doch ihr nasser Mund schloss sich wieder, ohne dass ihr ein einziges Wort über die Lippen gekommen wäre. Ein katzenartiger Blick war das Letzte, womit das Mädchen ihn bedachte, ehe es die Straße im Laufschritt überquerte. Der Regen schien es zu verschlingen.

In Illkirch hatte sie einen Kleiderschrank gehabt, der einer Prinzessin würdig gewesen wäre. Im Sommer trug sie Kleider aus Taft und Organza, aus Gaze und Musseline und im Winter Röcke aus Tweed, Blusen aus Seide und Westen aus Kaschmir. Sie hatte Dutzende Paar hochhackiger Schuhe mit der dazu passenden Handtasche, Pelzmäntel, handgefertigte Filzhüte und Sinamayhüte mit Satinbändern und Blumen gehabt.

Fast alles, was sie aus Illkirch mitgebracht hatte, hatte sie verloren. Zuerst hatte sie es gegen Make-up, Seife und Zahnpasta eingetauscht, dann gegen Essen. Sie hatte nur das Nötigste behalten: ein dünnes Baumwollkleid und eines aus Leinen für den Sommer und ein paar Röcke und Westen für den Winter; einen Mantel, eine Handtasche und ein Paar Schuhe. Ebenso einen Hut, den sie sowohl gegen die Kälte als auch zum Schutz vor der Sonne trug. Und ein Halstuch aus Seide, das ihr Vater ihr zum sechzehnten Geburtstag geschenkt hatte.

Vor wenigen Wochen hatte ihre Großmutter ihr ein Kleid gegeben. Natürlich war es nicht neu, die Gräfin hatte es getragen, als sie jung war. Doch obwohl es nach Kampfer roch und aus der Mode war, war der Stoff, ein schöner dunkelblauer Wollkrepp, noch in gutem Zustand. Am meisten gefiel Sarah jedoch das cremefarbene Seidenband, mit dem man es an der Taille zusammenband; sie fand, dass es ihm eine elegante Note verlieh. Mithilfe von Frau Matheus, die eine Nähmaschine besaß, passten sie es ihren Maßen an, machten die Taille etwas enger und kürzten den Rock ein paar Zentimeter, damit es moderner aussah.

Sarah beschloss, es an dem Tag einzuweihen, an dem sie Kommandant von Bergheim traf. Sie fühlte sich so elegant, als sie es anzog, dass sie lauthals schimpfte, weil sie es unter ihrem alten Mantel verstecken musste, an dessen Revers der gelbe Stern genäht war. Doch im April war es immer noch kalt in Paris. Kaum dass sie den Flügel des Louvre betreten hatte, in dem die Deutschen ihre Büros eingerichtet hatten, zog sie den Mantel aus und legte ihn sorgfältig über den Arm, sodass das Futter zu sehen, der beschämende Stern aber verdeckt war.

Als Fräulein Volks die Tür öffnete, um Sarah eintreten zu lassen, war Georg ganz verdutzt. Unbeweglich stand er hinter dem Schreibtisch, und es dauerte einen Moment, ehe er reagierte und auf sie zukam, um sie dorthin zu geleiten, wo sie sich setzen sollte.

Sie war wunderschön. Sie hatte etwas zugenommen, und ihre Haut glänzte wieder, war glatt und rosig. Ihre Augen waren nicht mehr in den Höhlen eingesunken, sondern hoben sich groß und leuchtend von ihrem Gesicht ab. Außerdem dachte der Kommandant, dass an Sarah etwas Außergewöhnliches war, an ihrem Antlitz und ihrem Blick, selbst an der Art, wie sie sich bewegte, etwas Unbeschreibliches, Wunderschönes.

Georg bot ihr einen Stuhl an und setzte sich dann neben sie. »Danke, dass du gekommen bist, Sarah. Ich bin sehr froh, dass du dich dazu entschieden hast, mit mir zu kooperieren.«

»Alles hat einen Preis, Kommandant. Und bis jetzt habe ich noch kein angemessenes Angebot erhalten ... Verstehen Sie mich nicht falsch«, sagte sie kühl. »Für das, was Sie für mich getan haben, bin ich Ihnen dankbar. Aber das, was Sie für das Gemälde bezahlt haben, entspricht nicht dem Preis, den ich dafür haben will. Manchmal ist das Leben der anderen wertvoller als das eigene.«

»Und für dich hat das Leben dieses Mannes mehr Wert als dein eigenes?«

»Dieser Mann, Kommandant, ist die einzige Person, die die Nazis mir nicht genommen haben … noch nicht.«

Georg nickte angespannt.

Ein Gefühl der Empörung stieg in ihm auf, als er aufstand und sich hinter den Schreibtisch setzte, von wo aus er als Richter agieren konnte, wenn es das war, was sie wollte. »Was lässt dich denken, dass dieser Mann noch lebt?«

Georg wollte Sarah nicht ansehen, die seine Worte nur mit Schweigen beantwortete. Er konzentrierte sich jetzt darauf, eine Akte aus den Dokumenten herauszusuchen, die auf seinem Schreibtisch lagen.

»Der Herr … wie heißt er gleich«, sagte er verächtlich, als er, blind vor Wut, Jacobs Namen nicht in seinen Notizen finden konnte, »ist ein Terrorist. Er wird des Handelns und Besitzes von Waffen und des gewalttätigen Widerstands gegen die Regierung des Dritten Reichs beschuldigt, Verbrechen, die mit dem Tod bestraft werden. Vielleicht ist der Preis, den du für das Gemälde verlangst, also unmöglich zu bezahlen. Ich kann keine Toten auferstehen lassen.«

Schließlich hob er den Blick und sah Sarah an. Er wollte sie mit einem Blick einschüchtern, der all seine Bitterkeit zum Ausdruck bringen sollte. Doch das war nicht nötig. Das Mädchen war in sich zusammengesunken, nachdem er es an seiner empfindlichsten Stelle getroffen hatte. Bleich und verschwitzt saß sie da, die Hände auf den Knien, den Blick ins Leere gerichtet.

Grausamkeit ist eine niederträchtige Waffe. Aber sie ist auch eine Droge, die euphorisch stimmt.

Aus der Karaffe, die Fräulein Volks ihm jeden Morgen auf den Tisch stellte, goss Georg etwas in ein Glas ein. »Hier nimm, trink.«

Sarah gehorchte wie mechanisch, als hätte sie jeglichen Willen verloren. Georg setzte sich wieder neben sie. »Sag, Sarah, ist dieser Mann wirklich dein Ehemann?«

Sarah, die den Kopf noch nicht einmal zum Trinken gehoben hatte, tat es auch jetzt nicht, um zu antworten: »Ja.«

Verzweifelt versuchte Georg, ihren Blick zu erhaschen. Er glaubte ihr nichts, wenn er ihr dabei nicht in die Augen sehen konnte.

»Ist ... ist er gestorben?«, brachte sie hervor.

»Nein, er ist nicht tot.«

»O Gott ...«

»Vor einem Monat hat man ihn in das Gefangenenlager in Drancy verlegt, um ihn von dort nach Deutschland zu deportieren. Letzte Woche mussten sie ihn allerdings ins Krankenhaus bringen. Er hat Tuberkulose.«

Endlich sah Sarah ihn an. Ihre Augen glänzten, doch sie wiesen keine Anzeichen von Tränen auf. Auch nicht von Freude. Die einzige Gefühlsregung, die ihr abzulesen war, war Furcht. »In welches Krankenhaus?«

Georg wollte ihr diese Information nicht geben. »Sarah ... Es gibt nichts, was du für ihn tun könntest, ohne dich selbst in Gefahr zu bringen.«

»Machen Sie sich deswegen keine Sorgen, Kommandant. Ich werde nicht von hier weggehen, ohne Ihnen die versprochene Information gegeben zu haben. Und wenn ich das getan habe, dann ist mein Leben nicht mehr wert als das jedes anderen Juden, oder etwa nicht?«

»Du bist mir gegenüber sehr ungerecht, Sarah«, brachte Georg verletzt vor. »Du hast mich bereits verurteilt, ohne dass ich die Möglichkeit gehabt hätte, mich zu verteidigen.«

»Nicht ich habe diese Art Gerechtigkeit nach Frankreich gebracht.«

»Auge um Auge, Zahn um Zahn. Talions Gesetz. Das ist das jüdische Gesetz, nicht wahr? Nun gut, Sarah, wenn du es nicht anders willst, dann ist es eben so. Gib mir, was du mir versprochen hast, und dann geh. Lass es uns ein für alle Mal hinter uns bringen.«

Er sah, dass sie einen Augenblick zögerte. War das Reue, was er in ihren traurigen Augen sah…?

Es dauerte nicht lange, bis er herausfand, dass dem nicht so war.

»Wir haben dieses Gemälde niemals besessen. Seit über zwanzig Jahren befindet es sich nicht mehr im Besitz der Familie. Mein Großonkel hat es aufgrund seiner Spielschulden verkauft. Nach dem Ersten Weltkrieg hat er es an Baron Heinrich Thyssen verkauft.«

Georg seufzte. Das hatte er nicht erwartet. Oder vielleicht doch. Schließlich war das Mädchen die würdige Tochter ihres Vaters. Alfred Bauer hatte das Verhör über sich ergehen lassen, bis ein Herzinfarkt seinem Leben ein Ende bereitet hatte. Alfred Bauer war gestorben, ohne dass er die Wahrheit über den *Astrologen* preisgegeben hatte.

Er nahm an, dass Sarah seinem Blick nicht lange würde standhalten können, und so war es auch. Er wollte glauben, dass noch immer ein gewisses Schamgefühl und Ehrlichkeit in ihr waren, dass sie dieses schmutzige Spiel nur spielte, weil sie sich dazu genötigt sah.

»Geh, Sarah«, bat er sie niedergeschlagen.

Sie gehorchte. Schweigend nahm sie ihren Mantel und ihre Tasche und ging mit hängendem Kopf zur Tür. Doch kaum dass sie sie geöffnet hatte, drehte sie sich noch einmal um. »Ich bedauere sehr, dass die Dinge sind, wie sie sind. Ich bin immer gerne bei mir zu Hause mit Ihnen durch den Garten gelaufen. Es hat mir gefallen, stundenlang unter der Weide mit Ihnen über Kunst zu reden… Sie haben mir gefallen, Kommandant, vor alldem hier.«

Ohne auch nur ein Lächeln anzudeuten, schickte Sarah sich an zu gehen, aber Georg hielt sie zurück. »Sarah!«

Von der Türschwelle aus warf sie ihm einen Blick zu.

Georg seufzte. »Rothschild-Krankenhaus.«

Und endlich lächelte Sarah.

Das Rothschild-Krankenhaus war ein Krankenhaus für Juden. Ursprünglich war es von Baron Edmund Rothschild als eine Einrichtung gebaut worden, die mittellosen Juden medizinische Versorgung bieten sollte. Doch wie bei allem in Paris war seit der Besetzung auch hier alles anders. Seit Ende 1942 war das Rothschild-Krankenhaus dem Internierungslager Drancy angeschlossen worden. Praktisch bedeutete das, dass es ein Gefängniskrankenhaus war, wie die Stacheldrähte über seinen Mauern, die Gitter an den Fenstern und die polizeiliche Überwachung in den Räumlichkeiten und an den Ein- und Ausgängen bezeugten. Im Rothschild wurden die Kranken von Drancy behandelt, und dort gebaren auch die jüdischen Frauen, bevor Mutter und Kind aus Frankreich deportiert wurden.

Nachdem Sarah erfahren hatte, dass Jacob mit Tuberkulose dorthin verlegt worden war, war ihr erster Gedanke, ihn zu besuchen, bevor die Krankheit ihn zugrunde richtete oder er für seine Deportation zurück nach Drancy gebracht wurde.

Nur mit viel Mühe gelang es Marion, sie davon zu überzeugen, dass es völliger Wahnsinn sei, sich dem Krankenhaus auch nur zu nähern, ganz besonders sie, wo sie doch bei der Gestapo registriert war. Sie würde nicht einmal die erste Kontrolle passieren können, ehe die Polizisten der Präfektur, die sie in heimlichem Einverständnis mit der Gestapo überwachten, sie festgenommen hätten.

Sarah kam vor Sorge fast um.

Sie verbrachte zwei Tage, ohne schlafen zu können, und dachte ständig darüber nach, was sie für ihren Freund tun könnte. Zwei ganze Tage, in denen die Ohnmacht, die Furcht und die Unruhe sie kaum atmen ließen. Zwei ganze Tage, ehe Marion ihr Carole Hirsch vorstellte.

Carole Hirsch arbeitete als Sozialarbeiterin im Rothschild-Krankenhaus. Sie war eine der wenigen nichtjüdischen Mitarbeiterinnen, die zum Krankenhauspersonal gehörten, zusammen mit der Leitung, die von der Besatzungsregierung kontrolliert wurde. Carole Hirsch engagierte sich ebenfalls für den Widerstand.

Sie trafen sich eines Morgens ganz früh im Hinterzimmer des Buchladens. Mademoiselle Hirsch war eine Frau mittleren Alters, gepflegt, unscheinbar und mit dem strengen Aussehen einer unbeugsamen und disziplinierten Lehrerin. Doch ihr Blick und ihre Stimme waren freundlich und wirkten besänftigend auf Sarah. Zumindest hatte Sarah diesen Eindruck, als Mademoiselle Hirsch ihr die Hand auf die Schulter legte und von Jacob erzählte. »Machen Sie sich keine Sorgen, Mademoiselle Bauer. Ihr Freund ist nicht an Tuberkulose erkrankt. Als er in Drancy war, hat eine Krankenschwester die Röntgenbilder seiner Lunge gegen die eines Erkrankten ausgetauscht. Das war die einzige Möglichkeit, ihn ins Rothschild zu bringen, um die schwere Entzündung an seinem Auge zu behandeln, die von der Folter herrührt. Bei einer Entzündung, ganz egal, wie schwerwiegend sie ist, erlauben die Funktionäre von Drancy kein Verlegen. Bei Tuberkulose verhält es sich anders… Sie ist sehr ansteckend«, endete Mademoiselle Hirsch augenzwinkernd.

Von Carole Hirsch erfuhr Sarah, dass sich das Rothschild-Krankenhaus in ein regelrechtes Widerstandsnest verwandelt hatte. Praktisch war das gesamte Personal des Krankenhauses involviert, angefangen von den Ärzten über die Schwestern, bis hin zu Hilfskräften, Pförtnern und Putzfrauen. Jeder einzelne von ihnen tat, was in seiner Macht stand, um so viele Patienten wie möglich aus dem Lager zu retten und in Sicherheit zu bringen. Man erfand Krankheiten oder verlängerte sie künstlich, um Zeit zu gewinnen und Fluchtpläne zu schmieden.

Sarah war sehr erstaunt und bewunderte die großartige Arbeit all dieser Männer und Frauen. Alles, was sie selbst bislang getan hatte, kam ihr im Vergleich dazu belanglos vor, grenzte fast schon an Verrat. Sie hatte nur Leben zerstört, ganz egal, zu welcher Seite sie gehörten. Diese Leute hier retteten dagegen Leben.

»Sagen Sie, Mademoiselle Hirsch, gibt es eine Möglichkeit, Jacob dort herauszuholen?«, fragte Sarah mit einem Funken Hoffnung und knetete nervös ihre Hände.

Die Frau seufzte, lächelte aber immer noch. »Die Sache wird immer schwieriger. In dem Maße, in dem die Fluchten zugenommen haben, haben auch die Kontrolle und Überwachung seitens der Polizei zugenommen. Für jede Flucht, die wir organisieren, verlangt die Polizei in letzter Zeit, dass zwangsweise eine festgelegte Anzahl von Patienten als geheilt entlassen wird, die sie dann nach Drancy verlegen. Jeden Tag wird die Gefahr größer, nicht nur für uns, sondern auch für die Internierten.«

Sarah blickte zu Boden. »Ich verstehe …«

Carole Hirsch drückte ihre Hand und sagte besänftigend: »Geben Sie mir ein paar Tage. Wir werden sehen, was wir machen können.«

Am Ende der Woche kam Marion Hirsch zurück in die Buchhandlung. Doktor Simon Vartan, ein junger Assistenzarzt der chirurgischen Abteilung, begleitete sie. Doktor Vartan hatte Jacob sowohl wegen seiner tatsächlichen Entzündung am Auge als auch wegen seiner vorgetäuschten Tuberkulose behandelt.

»Ich habe mit Wozniak gesprochen.« Doktor Vartan sah Mademoiselle Hirsch an. Wozniak war einer der Apotheker im Krankenhaus. »Es stellt keinerlei Problem dar, die Papiere mit den neuen Stempeln zu fälschen, die Sie ihm gebracht haben. Das Problem ist, ihn von dort herauszubringen.« Jetzt sah er zu Sarah. »Früher haben wir uns darauf beschränkt, das Nachthemd der Patienten gegen einen weißen Kittel einzutauschen oder sie durch das Rohr für Schmutzwäsche rutschen zu lassen. Es war nicht besonders schwierig, die Überwachung zu umgehen und jemanden außer Gefahr zu bringen. Aber jetzt … jetzt sind die Wachen sehr aufmerksam und beobachten jede einzelne unserer Bewegungen. Und was am schlimmsten ist, sie rächen sich für jede Flucht. Letzte Woche waren Leute von der Präfektur mit einer Liste von zehn Personen da, drei davon Kinder unter zwei Jahren. Sie haben sie alle nach Drancy mitgenommen.«

Sarah sah ihn an, als würde sie nicht ganz verstehen und sich fragen: *Aber warum sind Sie dann hier, Doktor Vartan?*

Doktor Vartan schien ihre unausgesprochene Frage zu hören. Er rückte die Brille gerade und murmelte: »Auch so gibt es noch eine Möglichkeit, Mademoiselle Bauer. Aber man muss die Risiken sehr genau abwägen, denn die einzige durchführbare Möglichkeit besteht darin, dass es nicht nach einer Flucht aussieht. Und das könnte Jacob das Leben kosten …«

Komm auf den Punkt, Camille

Camille de Brianson-Lanzac. Zunächst einmal sagte mir dieser Name gar nichts, und das musste er auch nicht. Erst als Alain mir verriet, wie der Name von Camilles Mutter lautete, fügten sich die Teile langsam ineinander: Wäre Camille Spanierin gewesen, dann hätte sie einen Doppelnamen, und ihr zweiter Nachname würde »von Thyssen« lauten.

Überhaupt nicht nachvollziehbar war die schreckliche Laune, die Alain immer dann an den Tag legte, wenn der Name dieser Frau in unseren Unterhaltungen auftauchte.

Er wurde ausweichend, kurz angebunden, fast schon feindselig, wenn es darum ging, mir zu erklären, wer Camille de Brianson-Lanzac von Thyssen war. »Sie ist eine von Thyssen in zweiter Linie. Sie stammt von einem Cousin des berühmten August Thyssen ab, dem mit den Fahrstühlen«, scherzte er. »Wie auch immer. Uns interessiert, dass sie sich dem Nachnamen Thyssen sehr verbunden fühlt, so sehr, dass sie schon ihr ganzes Leben an einem Buch über die Familie arbeitet, als wäre es ihre Autobiografie.«

»Und woher kennst du sie?«

»Von der Universität. Wir haben zusammen studiert.« Punkt und Ende. Und gleich darauf wechselte Alain das Thema.

Camille verkehrte mit den Großen der Haute Couture. Nicht nur, weil sie sich häufig eine Handtasche bei Dior oder ein Kleid bei Chanel kaufte, sondern weil sie auch räumlich mit ihnen verkehrte, da sie eine Kunstgalerie in der Avenue Montaigne besaß, inmitten des Goldenen Dreiecks der Stadt, wodurch sie zur Nachbarin der prunkvollsten und renommiertesten Modehäuser der Welt wurde.

Wir statteten ihr eines Morgens einen Besuch in der Galerie ab. Das Motorrad stellten wir vor der Boutique von Dior ab, und nachdem wir die Straße überquert hatten, standen wir vor der schwarz-weißen Fassade mit dem Schild »Brianson Art«, das einer Unterschrift ähnelte. Schmucklos, elegant und sehr auf das Ambiente der Straße abgestimmt – versnobt und nochmals versnobt. Auch sehr auf Camille selbst abgestimmt, wie ich in Bälde herausfand.

Wir betraten den Laden. An den weißen Wänden hingen hyperrealistische Gemälde einer jungen japanischen Künstlerin. Unverzüglich kam eine sehr große und auffällige Frau auf uns zu und bot uns ihre Hilfe an.

Während Alain ihr erläuterte, dass wir mit Mademoiselle de Brianson-Lanzac einen Termin hatten, fiel mir auf, wahrscheinlich aufgrund des markanten Kontrasts, den er zu dieser gepflegten, eleganten und glamourösen Umgebung bot, dass mein Kollege sein schlampiges Äußeres wieder aufgenommen und noch dazu verstärkt hatte: Sein Gesicht schmückte ein Dreitagebart, und es machte ganz den Eindruck, als hätte er seine älteste, am stärksten zerknitterte Kleidung ausgewählt. In Anbetracht der unmöglichen Farbwahl musste er sie außerdem wohl im Dunkeln zusammengestellt haben. Ich hatte den Eindruck, dass die hochgewachsene, auffällige Dame bei Brianson Art mit ihren gestylten Haaren, ihrem Businesslook, den aufgespritzten Lippen und den perfekt manikürten Nägeln etwas misstrauisch war und während der ganzen Zeit ein erzwungenes Lächeln und einen gewissen Abstand beibehielt.

Sie führte uns aber dennoch in ein Büro im hinteren Ladenbereich, das ebenso elegant war wie der Rest, ausgestattet mit modernem Mobiliar und Orchideen in jeder Ecke, einem iMac auf dem Schreibtisch und einem Perserteppich – einem von diesen dünnen, aus denen man genauso gut etwas zum Anziehen hätte machen können –, der fast den ganzen Boden bedeckte. Dazu gab es hier einige wenige ausgewählte Kunstwerke, unter denen ich ein Blumengemälde des chinesischen Künstlers Qi Baishi wiederzuerkennen glaubte, dessen Wert, wenn es sich nicht um eine Reproduktion handelte, bei etwa einer Million Dollar lag.

Camille de Brianson-Lanzac und – was noch wichtiger war – von Thyssen stand auf, um uns mit einem breiten Lächeln zu empfangen, und kam nach vorn, um zunächst Alain und dann mich auf die Wangen zu küssen, nachdem man uns vorgestellt hatte.

Camille war jung, um die dreißig wie wir auch. Sie war nicht das, was man eine schöne Frau nennt, aber sie hatte eine gute Figur, präsentierte sich stilvoll mit teurer Kleidung und Accessoires und konnte ihre Vorteile mit sorgfältigem Make-up und der entsprechenden Frisur hervorheben, sodass sie ein attraktives Ganzes abgab.

»Ich habe das von deinem Großvater erfahren«, sagte sie als Allererstes zu Alain. »Meine Mutter hat die makabre Angewohnheit, die Todesanzeigen aller Zeitungen zu durchforsten, und das Schlimmste daran ist, dass sie ganz enttäuscht ist, wenn sie keinen der Verstorbenen kennt. *C'est top!*«, erzählte Camille mit ihrem maniriert bürgerlichen Pariser Akzent.

»Ja …«

»Du kannst mir glauben, wenn ich dir sage, dass ich dich schon seit Wochen anrufen will, aber ich habe so wahnsinnig viel zu tun, ehrlich! Als ich deinen Namen gestern auf meinem HTC gesehen habe, habe ich gedacht: ›O mein Gott, das muss so was von Gedankenübertragung sein!‹«

»Klar…«

Dieser Moment war für mich gelinde gesagt schockierend. Es war eindeutig, dass die Beziehung zwischen Alain und Camille über eine bloße Bekanntschaft oder Geschäftsbeziehung hinausging, allerdings machte es ganz den Eindruck, als ob sie in Paralleluniversen unterwegs waren.

»Aber nehmt doch bitte Platz. Kann ich euch etwas anbieten? Einen Kaffee vielleicht oder etwas Erfrischendes…?«

»Nein, nichts«, unterbrach Alain sie und zugleich auch mich, denn ich hätte nichts dagegen gehabt, einen Kaffee zu trinken. Aber ich schwieg. Hier ging es ziemlich angespannt zu. »Wir werden nicht lange bleiben.«

Camille, die sehr kultiviert war, nahm die Abfuhr schulterzuckend und mit einem Lächeln hin. Ohne ein weiteres Angebot setzte sie sich zu uns in die Sitzecke, bestehend aus einem Sofa, zwei Sesseln und einem Tisch. Sie schlug die Beine übereinander und legte die Hände entsprechend ihrer affektierten Art darauf ab.

»Wie ich dir bereits am Telefon gesagt habe«, fing Alain direkt mit dem Thema an, »forschen Ana und ich nach einem verschwundenen Gemälde, das sich eventuell in der Sammlung des ersten Barons Heinrich von Thyssen befunden hat, und du weißt vielleicht etwas darüber.«

Camille stand auf und ging zu ihrem Schreibtisch, von wo sie ein Notizbuch und ein paar Blätter holte. Dann setzte sie sich wieder zu uns. Wann immer sie sich bewegte, schwebte der Duft ihres Parfüms durch den Raum.

»Ja, *Der Astrologe* von Giorgione, das habe ich mir hier aufgeschrieben. A priori kommt mir das in keiner Weise bekannt vor, aber ich bin meine Aufzeichnungen durchgegangen, insbesondere in Bezug auf eine Unterhaltung mit dem Baron, dem Sohn natürlich, kurz vor seinem Tod. Gestern Abend habe ich mir das gesamte Gespräch angehört. Ich war ganz erstaunt, wie viel ich vergessen hatte! Das wird immer schlimmer, ehrlich! Bei so viel

Technologie und so vielen Apparaten weiß ich bald nicht mehr, wo ich wohne, wenn ich nicht vorher auf meinem HTC nachsehe. Was für eine Katastrophe, also wirklich! Geht es euch nicht genauso?«

Alain ließ sich nicht dazu herab, dieses Gespräch fortzuführen. »Also, Camille, hast du etwas Interessantes für uns?« … *Oder vergeuden wir hier weiter unsere Zeit?*, gab er zu verstehen, ohne Letzteres jedoch auszusprechen.

»Aber natürlich, wie dumm von mir. Ich nehme an, mein schlechtes Erinnerungsvermögen ist für euch nicht von Interesse.« Camille lächelte, als würde sie nur scherzen. Tatsächlich wollte sie aber sarkastisch sein.

Hätte ich auf einer Bombe gesessen, wäre ich nicht weniger angespannt gewesen. Aus irgendeinem Grund, der sich mir entzog, verhielt sich Alain wie ein vollkommener Idiot ohne Manieren. Ich beschloss einzugreifen, bevor er sie endgültig verärgerte. »Mir geht es genau wie dir, Camille. Wenn ich das Handy verliere, verliere ich geradezu einen Teil meiner Identität.«

Sie sah mich an, als wäre ihr gerade erst wieder eingefallen, dass ich auch anwesend war. Glücklicherweise zwinkerte sie mir jedoch verschwörerisch zu. Ich beschloss, den Weg der Diplomatie zu beschreiten, und flehte darum, dass Alain den Mund hielt. »Es ist super, dass du dir die Mühe gemacht hast, das Interview noch einmal durchzugehen. Ich kann dir versichern, dass wir noch an diesem Gemälde verzweifeln: Wir haben kaum Anhaltspunkte, und dass du, weil du direkt mit Baron Thyssen zu tun hattest, uns vielleicht Informationen aus erster Hand geben kannst … Das ist ein tolles Privileg. Du tust uns damit einen großen Gefallen.«

Meine Worte waren wie Honig für Camille, die sich gleich einer eitlen Katze daranmachte, ihn aufzulecken. Sie machte es sich in ihrem Sessel bequem, drehte die Knie in meine Richtung. Ab sofort war ich ihre einzige Ansprechpartnerin.

»Ja, *chérie*, Heini, der Baron Thyssen, war ein bezaubernder Mann. Als ich ihn kennenlernte, war er nicht mehr der Jüngste, doch sein Charme und seine Eleganz waren noch immer unvergleichlich. Er hat mir einen ganzen Nachmittag in seiner Wohnung in Gerona gewidmet, und wir konnten über alles reden: über sein Leben, seine Familie, auch über Kunst natürlich … Ich widme ihm einen wichtigen Teil meines Buches, das hat er verdient.«

»Du kannst dich glücklich schätzen, diese Gelegenheit gehabt zu haben. Auch wenn es doch ganz einleuchtend ist, dass er sich Zeit für dich genommen hat; du gehörst schließlich zur Familie.«

Camille lächelte geschmeichelt. »Ja, das stimmt …«

»Wenn du mit dem Buch fertig bist, würde ich es gerne lesen. Es wird bestimmt ganz wunderbar, denn wie ich sehe, hast du sehr viel Einfühlungsvermögen.«

Alain seufzte. Camille ignorierte ihn, sie war völlig vereinnahmt von meinen Schmeicheleien. Und ich hasste mich für das, was ich hier tat. Aber ich wusste nicht, wie ich auf Giorgione zu sprechen kommen sollte, denn auch sie wollte offenbar nicht damit anfangen.

Alain hingegen hatte in dieser Hinsicht keine Hemmungen: »Komm auf den Punkt, Camille. Was ist mit dem *Astrologen*?«

Sie ging noch immer nicht auf ihn ein und richtete sich weiterhin nur an mich: »Natürlich haben wir nicht ein Gemälde nach dem anderen seiner Sammlung durchgesprochen. Es war mehr ein flüssiges, angenehmes Gespräch als ein Interview. Doch irgendwann kamen wir auf das Thema der Fälschungen zu sprechen. Ich habe ihn gefragt, ob man irgendwann einmal versucht habe, ihm eine Fälschung zu verkaufen. Er hat mir versichert, dass das sehr wohl der Fall gewesen sei, sogar sehr häufig. Aber an eine erinnerte er sich ganz besonders.« Camille hielt inne, sah mich an, biss sich auf die Lippe, tätschelte mir den Arm und fügte hinzu: »Warte. Ich habe das Tonbandgerät mitgebracht. Ich spiele dir den Teil der Unterredung vor.«

Camille holte es. »Ich habe es bereits vorbereitet. Ich muss nur noch auf Play drücken.«

Mit ihren Porzellannägeln drückte sie auf den winzigen Knopf und stellte das Aufnahmegerät auf dem Tisch ab.

Das Hintergrundrauschen des Aufnahmegeräts wurde von der altersschwachen Stimme eines Mannes übertönt, der perfekt Französisch sprach.

… das muss '48 oder '49 gewesen sein… Mein Vater war noch nicht sehr lange tot. Einer der Händler, mit denen er für gewöhnlich arbeitete, informierte mich darüber, dass er etwas Außergewöhnliches anzubieten habe: ein Gemälde, das man angeblich in den Ruinen der Wewelsburg in Westfalen gefunden hatte. Er sagte mir, dass es ein wunderbares Werk der venezianischen Schule von Ende des 15. oder Beginn des 16. Jahrhunderts sei, vielleicht ein Tizian oder ein Giorgione, vielleicht sogar ein Bellini. Nun ja, das schien mir interessant. Schon aufgrund des geradezu krankhaften Hintergrunds (Lachen) – ein Gemälde von der Wewelsburg! Himmlers dunkler Templerorden! Das hatte für sich genommen bereits einen historischen Wert. Aber wenn es noch dazu von einem der großen Meister war… dann wäre das fantastisch! Natürlich hoffte ich ganz besonders, dass es sich um einen Giorgione handelte. Mein Vater war ganz besessen von diesem Künstler. Er hat immer erzählt, ein gewisser Bauer – das hat er so oft erzählt, dass sich mir dieser Name eingebrannt hat – habe ihm zwei Werke dieses Meisters angeboten, doch im letzten Moment habe die Familie ihm verboten, eines davon zu verkaufen, nämlich genau das, welches mein Vater für das wertvollere hielt. Er war sehr wütend, kaufte dennoch das andere, das ein sehr schönes Werk war. Doch er hatte Zweifel bezüglich seiner Urheberschaft und verkaufte es wieder, an Duncan Philips. Ich glaube, es wird immer noch im Museum in Washington ausgestellt… Letzten Endes bin ich also nach Deutschland

gereist, um mir das Gemälde anzusehen. Auf den ersten Blick hätte es ein Giorgione sein können. Die Komposition war, typisch für diesen Meister, in zwei Ebenen aufgeteilt: eine ausgearbeitete Landschaft im Hintergrund und eine hervorstehende Figur im Vordergrund, ein junger Mann, der unterschiedliche astrologische Gerätschaften handhabte, wie sie Giorgione auch auf dem Fresko des Hauses Pellizzari gemalt hatte. Sofort gab ich eine Analyse des Werks in Auftrag, um die Urheberschaft zu überprüfen. Wie groß war meine Überraschung, als sich herausstellte, dass es gefälscht war. Eine wunderbare Fälschung, sehr sorgfältig: die Farbpigmente, die Leinwand, sogar der Rahmen … Alles war von damals. Ohne chemische Analyse wäre es unmöglich gewesen, diesen Betrug aufzudecken. Doch tatsächlich war dieses Gemälde keine zehn Jahre alt …

Camille stoppte die Aufnahme. »Tja, wie ihr seht, spricht er nicht explizit von dem *Astrologen*, beziehungsweise ist das kein Gemälde mit diesem spezifischen Namen … Aber es könnte doch sein, dass es das ist, was ihr sucht, oder? Natürlich ist es eine Fälschung … Ich dachte, dass diese Nachricht in allen Zeitungen gestanden hätte, aber die Schlagzeilen drehten sich mehr darum, Himmler lächerlich zu machen, weil er ein gefälschtes Werk erstanden hatte, als um die Fälschung als solche.«

»Ja, das könnte sich auf den *Astrologen* beziehen«, pflichtete ich ihr bei und versuchte, meine Begeisterung zu zügeln. Der Bericht Baron Thyssens enthielt sehr viel mehr Informationen, als ich mir erhofft hatte. »Vielen Dank, Camille. Du warst uns eine große Hilfe.«

»Ich bin eben einfach ein einziges Überraschungspaket, *chérie.*« Camille brachte einmal mehr zum Ausdruck, wie selbstverliebt sie war.

Alain löste seine übereinandergelegten Beine, um wieder aufzustehen, und wollte dann gehen. »Danke, Camille.« Sein Tonfall war jetzt etwas freundlicher. Vielleicht war er ja genauso zufrieden wie ich, und das hatte seine Stimmung etwas aufgehellt.

»Nichts zu danken. Wenn ich euch sonst noch irgendwie helfen kann, dann wisst ihr ja, wo ihr mich findet …«

Ein diskretes Klopfen an der Tür unterbrach sie. Der Kopf ihrer Assistentin kam zum Vorschein. »Camille, entschuldige bitte, aber ein Bote ist mit einem Geschenk für dich gekommen. Soll er es hierlassen oder zu dir nach Hause bringen?«

»Uff … Was für eine Besessenheit, die Geschenke hierher schicken zu lassen. Das ist so anstrengend … Lass es ihn bitte zu mir nach Hause bringen. Danke, *chérie*.«

»Du kannst dich glücklich schätzen, Camille. Die Leute machen dir Geschenke, obwohl du gar nicht Geburtstag hast«, meinte Alain. Ich hatte den Eindruck, als sei er wieder sarkastisch. Aber vielleicht war ich auch einfach nur besessen von dieser Vorstellung.

Sicher ist jedoch, dass es das erste und einzige Mal bei diesem Treffen mit Camille war, dass sie ihre Ungezwungenheit verlor.

»Ähm … ja … na ja … Also … das sind auch keine Geburtstagsgeschenke. Das … ähm … sind Hochzeitsgeschenke. Also Jean-Luc und ich … wir heiraten … diesen Samstag.«

»Oh … also das … das ist … wunderbar, oder?« Alain räusperte sich, als würden die Worte in seiner Kehle feststecken. »Glückwunsch … euch … beiden«, brachte er schließlich mühsam hervor.

Alain riss sich gerade noch so lange zusammen, dass er sich höflich von Camille verabschieden und mit einer gewissen Würde durch die Tür der Galerie schreiten konnte. Doch sobald er auf der Straße war, verdunkelte sich sein Blick, er presste die Kiefer aufeinander, und wenn er ein Tier gewesen wäre, hätte er wahrscheinlich gefaucht und aus dem Maul geschäumt.

Er überquerte die Straße, als wollte er sich umbringen. Drei Autofahrer mussten jäh bremsen und beschwerten sich mit einem wütenden Hupkonzert. Auch bei mir, die ich ihm wie eine Wahnsinnige folgte. Beim Motorrad angekommen, setzte er den Helm auf, stieg auf und murmelte mit gepresster Stimme hinter seinem Visier: »Wir gehen zum Zeitungsarchiv und suchen die Nachrichten zum falschen Giorgione. Komm schon, steig auf.«

»Nein«, weigerte ich mich. »Ich denke nicht daran, von hier wegzugehen, ehe du mir nicht zwei Fragen beantwortet hast.«

Durch das Visier sah Alain mich erwartungsvoll an.

»Was verdammt noch mal ist ein HTC, und … wer ist diese Frau tatsächlich?«

Es vergingen ein paar Sekunden, ehe er reagierte. Er schob das Visier nach oben, als würde er dahinter ersticken, seufzte, starrte stur geradeaus und hielt angestrengt den Lenker fest … Dann sah er mich wieder an. »Das HTC ist wie ein BlackBerry, nur besser … Diese Frau ist eine richtige Schlampe, nur schlimmer. Sie ist meine Exfrau.«

Anschließend drehte er den Schlüssel im Zündschloss, und der Motor mit 500 Kubikzentimetern dröhnte. Es gab keine Möglichkeit, das Thema weiter auszudiskutieren. Und tatsächlich hätte ich das auch gar nicht gekonnt. Doch ich musste etwas sagen, ich konnte nicht einfach nur schweigend dastehen. Also erhob ich die Stimme und erklärte in vollem Ernst: »Das kann nicht sein. Es gibt nichts Besseres als ein BlackBerry.«

Mai 1943

»Das Oberkommando wird keine feindlichen Akte gegen die Streitmacht der Besatzer tolerieren. Jegliche Sabotage oder Übergriffe werden mit der Todesstrafe geahndet. Ab sofort wird die Sperrstunde ab 20 Uhr festgelegt.« Das ist die erste Nachricht der deutschen Obrigkeit an die französische Bevölkerung nach der Besetzung vom 14. Juni 1940. Ab diesem Zeitpunkt wird das *couvre-feu*, oder die Sperrstunde, mit wechselnden Zeiten bis 1944 beibehalten. Für gewöhnlich ist sie von 22 Uhr bis 5 Uhr, außer für die Juden, für die sie von 20 Uhr bis 6 Uhr dauert. Während der Sperrstunde wird jedwede Person, die ohne Genehmigung unterwegs ist, umgehend festgenommen.

Im Lauf der Jahre verwandelte sich Paris in eine immer feindseligere und gefährlichere Stadt. Mit Einbruch der Nacht lag sie dunkel, verlassen und still da und wartete resigniert auf das Ende der Sperrstunde, um aus ihrem totengleichen Zustand erlöst zu werden. Dann blieben nur noch die Militärpatrouillen, die mit martialischen Schritten durch die Straßen von Paris marschierten, und die übrigen Menschen in Paris schwiegen und senkten die Köpfe.

Sarah rannte, suchte ängstlich den Schutz des Halbdunkels.

Es war spät geworden. Sie war mit Doktor Vartan und Mademoiselle Hirsch zusammen gewesen, um die letzten Details für Jacobs Flucht durchzugehen. Danach musste sie zur Gräfin wegen des Kaffees. Doktor Vartan hatte gesagt, wenn Jacob Kaffee trinken würde, müsste er ihm weniger von der Droge injizieren. In Paris wurde der Kaffee knapp, aber ihre Großmutter besorgte sich welchen auf dem Schwarzmarkt.

»Halt!«

Sarah blieb sofort stehen. Eine Gruppe von vier Soldaten der SS versperrte ihr den Weg. Wie war es möglich, dass sie sie nicht gesehen hatte?

»Ausweis!«

Sie steckte die Hand in die Tasche, allerdings wurde sie ihr unsanft herausgerissen. Sie hatte kaum mehr als ihre Papiere, ihre Lebensmittelkarte, etwas Geld und die Hausschlüssel darin. Den Kaffee hatte sie vorsichtshalber in der Jackentasche verstaut, denn wenn die Deutschen ihn finden würden, würden sie ihn ihr wegnehmen.

Einer der Soldaten holte die Papiere aus ihrer Tasche, die er daraufhin auf den Boden warf. Die anderen wandten den Blick nicht von Sarah ab, ihre Hände ruhten auf den Maschinenpistolen. Dabei sah es aus, als würden sie lachen – ihre Fratzen waren furchteinflößend.

Mithilfe einer kleinen Taschenlampe gingen sie ihre Papiere durch. Es dauerte nicht lange, bis sie miteinander murmelten und lachten.

»Das ist ein jüdisches Luder, Feldwebel.«

»Das weiß ich bereits, du Idiot. Hast du den Stern etwa nicht gesehen?«

»Was für eine Hure …«

»Man könnte sie zwingen, die Beine breitzumachen, und sie durchvögeln.«

»Wie widerlich! Es ist ekelhaft, eine Hure zu vögeln!«

»Eine Möse ist eine Möse, was soll ich sagen. Und diese Jüdin hat etwas zu bieten.«

»Du bist ein Schwein, Wulff.«

Der Feldwebel leuchtete ihr mit der Taschenlampe direkt ins Gesicht und blendete sie. Sarah blinzelte. »Was ist los, du jüdische Hure? Weißt du nicht, dass du nicht mehr unterwegs sein darfst?«

Sie tat, als würde sie nichts verstehen.

»Antworte, Hure! Und sieh mich an, wenn ich mit dir rede!«, befahl er und stieß sie rückwärts an die Wand.

Es fehlte nicht viel, und Sarah wäre zu Boden gestürzt, doch es gelang ihr, das Gleichgewicht zu halten. Sie schüttelte den Kopf, und dann nickte sie. Sie zitterte. Wenn sie sie festnehmen wollten, dann sollten sie es gleich tun. Die Wendung, die die Sache hier gerade nahm, gefiel ihr gar nicht.

»Feldwebel, mach ihren Mantel auf, damit wir ihre Titten sehen können!«

Sie malte sich aus, dass sie einem von ihnen einen Fußtritt verpassen, ihm die Maschinenpistole entreißen und losfeuern würde. Sie stellte sich vor, dass sie tötend sterben würde. Aber sie war nicht mutig genug, hatte nicht die Kraft, auch nur einen Finger zu rühren. Vor Angst war sie ganz erstarrt.

Mit dem Lauf der Waffe öffnete der Feldwebel ihren Mantel. »Komm schon, Süße, zeig den Jungs deine Titten!«

Die anderen grölten zustimmend. Der Feldwebel streckte die Hand aus, um ihre Bluse hochzuziehen.

Instinktiv schlug Sarah seine Hand weg.

»Was machst du da, du dumme Kuh?«, brüllte er sie an, drückte sie erneut gegen die Wand und zielte mit der Maschinenpistole auf ihre Brust.

Er presste seine Hand fest auf ihren Hals, drückte ihr Kinn mit den Fingern nach oben. Sarah bekam keine Luft mehr. Sie wollte nur noch ohnmächtig werden, als der Soldat ihr seinen Atem und seine Worte ins Gesicht schleuderte.

»Hör zu, du verdammte Jüdin! Du ekelst mich an! Du wirst mich nicht mehr anfassen, verstanden? Wenn ich dir sage, dass du dich auf den Boden werfen und von uns vögeln lassen sollst, dann tust du das auch!«

»Was ist hier los?«

Sarah hatte ihn gesehen. Sie hatte einen Wagen anhalten und ihn aussteigen sehen. Sie glaubte zu halluzinieren, glaubte, dass sie bereits ohnmächtig geworden war und Georg von Bergheim sich eigenmächtig in ihre Gedanken gedrängt hatte.

Aber das alles war völlig real …

Der Soldat drehte sich um. Als er den SS-Sturmbannführer erblickte, erstarrte er.

»Stillgestanden!«, brüllte der Kommandant.

Als die Bestie sie losließ, um strammzustehen, knickten Sarahs Beine ein, und sie glitt langsam mit dem Rücken an der Wand auf den Boden.

»Ich will wissen, was hier vor sich geht, Scharführer!«

»Diese Frau ist Jüdin, Sturmbannführer, und sie hat gegen die Sperrstunde verstoßen. Wir führen hier ihre Festnahme durch.«

»Das ist nicht Ihre Aufgabe, Scharführer, sondern die der Präfektur oder der Militärpolizei.«

»Bei allem Respekt, Sturmbannführer …«

»Ruhe! Ich müsste Ihre Identifikationsnummern aufschreiben und Sie für die Nichtbefolgung der Anordnung Nummer 137 vom 7. Januar 1941, die jegliche Einmischung in die Angelegenheiten der lokalen Organe der besetzten Gebiete ausdrücklich verbietet, bei Ihren Vorgesetzten anzeigen«, ließ Georg sich auf die Schnelle einfallen. »Haben Sie mich verstanden?«

»Ja, Sturmbannführer!«, antworteten sie einhellig.

Georg machte eine Kunstpause und durchbohrte die Männer mit dem Blick. »Dieses Mal lasse ich es durchgehen«, sagte er milder. »Ich hoffe, dass sich solche Aktionen zukünftig nicht wiederholen. Unsere Aufgabe hier besteht nicht darin, uns mit den örtlichen Institutionen in Reibereien zu verstricken. Ist das klar?«

»Ja, Sturmbannführer!«

»Abtreten. Heil Hitler!«

»Heil Hitler!«

Die Gruppe der Schutzstaffel machte sich auf den Weg und verschwand nach wenigen Sekunden auf dem Boulevard Saint Germain.

»Geht es dir gut?«, fragte Georg, während er Sarah beim Aufstehen half.

Sie nickte. Sie wischte sich den Dreck vom Mantel, schloss ihn wieder und wollte sich nach unten beugen, um ihre Tasche aufzuheben, doch das tat von Bergheim bereits für sie.

»Danke«, murmelte sie zitternd.

Georg stützte sie am Arm. »Komm mit mir. Lass uns etwas in dem Café da trinken. Dort kannst du dich setzen, bis du dich beruhigt hast.«

Bis zu diesem Moment war es Sarah gar nicht aufgefallen, doch an der Ecke des Boulevards war ein Café mit großen Fenstern zur Straße unter einer gestreiften Marquise.

»Ich… ich kann da nicht hineingehen. Ich bin Jüdin. Ich trage einen Stern.«

Das war zu viel für Georg. Er riss den Stern von Sarahs linkem Reverskragen und warf ihn auf den Boden. »Jetzt nicht mehr.«

So wie sie sich den Stern hatte abreißen lassen, ließ sie sich auch von Georg bis zum Café führen. Obwohl es voller Leute, Rauch und Lärm war, empfand Sarah beim Eintreten eine tröstliche Wärme. Sie hatten noch eine Stunde, ehe die Sperrstunde für die restlichen Bewohner von Paris begann – für diejenigen, die nicht jüdisch waren –, und Deutsche und Franzosen gaben sich ihren Getränken und Gesprächen hin, ehe sie sich gezwungen sahen, nach Hause zu gehen.

Sie bahnten sich einen Weg bis zum hinteren Teil des Cafés und setzten sich an einen kleinen Ecktisch. Kurz darauf tauchte auch schon ein Kellner auf. Georg bestellte einen Brandy für sich und für Sarah einen Kaffee, obwohl sie wussten, dass sie weder das eine noch das andere bekommen würden. Sie würden *Ersatzstoffe* bekommen. Vielleicht Schnaps aus Kartoffeln und eine bräunliche Infusion woraus auch immer.

Sie wechselten kein Wort. Es war zu laut, vor allem fehlte es an Vertrauen.

Gewiss konnte Georg von Bergheim eine liebenswerte Person sein, dennoch wollte Sarah ihr heißes Getränk so schnell wie möglich hinunterschütten und wieder gehen. Das hätte sie auch getan, hätte sie sich nicht am ersten Schluck die Lippen verbrannt. Das Gebräu war siedend heiß.

Georg hielt ihr sein Glas hin. »Du solltest etwas … hiervon trinken. Es schmeckt miserabel, aber der Alkohol bringt dich schneller wieder zu Kräften.«

»Nein, danke. Ist schon in Ordnung so.«

Der Lärm wurde Sarah immer unangenehmer und die Luft immer unerträglicher. Sie konnte nicht so lange warten, bis ihr Getränk kalt war, sie musste sofort von hier weg.

Plötzlich stand sie auf. Doch da entdeckte sie in der Menge zwei Polizisten in Zivil, die nach den Papieren verlangten.

Noch ehe Georg eine Frage stellen konnte, ließ sie sich wieder auf den Stuhl fallen. »Was ist los?«

»Polizei. Sie sehen sich die Papiere von allen durch.«

Georg brauchte nicht lange, um zu verstehen, dass es sich um Leute der Gestapo handelte. Französische Gestapobeamte.

»Ich hätte gar nicht erst herkommen sollen«, murmelte sie panisch. »Ich darf nicht hier sein, ob mit oder ohne Stern, ich bin immer noch Jüdin.«

»Alles wird gut, Sarah. Beruhige dich.«

Georg versuchte, sich schnell etwas einfallen zu lassen. Nur wenige Minuten trennten sie von der Ankunft der Agenten.

Sarah dachte an das Päckchen Kaffee, das sie für Jacob dabeihatte. Sie dachte auch an Jacob. Wenn man sie festnahm, was würde dann aus ihm werden?

Sie beobachtete, wie Georg ihre Getränke mit der Geschicklichkeit eines Taschenspielers austauschte. Dann tauchte er seine Finger in den Schnaps und befeuchtete ihren Hals. Sarah wusste nicht, wie sie darauf reagieren sollte.

»Trink etwas, wenigstens einen Schluck«, flüsterte er ihr zu.

»Bitte?«

»Mach, was ich dir sage, schnell!«

Sarah verstand nicht, was er damit bezweckte, aber sie gehorchte dennoch.

Nachdem sie etwas getrunken hatte, zog Georg sie an seine Brust und verbarg ihr Gesicht in seiner Uniformjacke. Als Letztes zerwühlte er ihre Haare etwas.

Sarah konnte nichts sehen, nur mühsam atmen, und eines der Abzeichen des Kommandanten bohrte sich in ihr Gesicht. Aber sie fing an zu verstehen, wozu das alles gut sein sollte.

»Entschuldigen Sie. Kann ich bitte Ihre Papiere sehen?«

»Aber natürlich.«

Georg holte sein Soldbuch aus der Tasche seiner Uniformjacke und reichte es ihm.

»Die von dem Fräulein auch, wenn Sie so freundlich wären«, fügte der Polizist hinzu und versuchte gleichzeitig, einen Blick auf das Mädchen zu erhaschen.

»Ich glaube, das Mädchen kann Ihnen gerade gar nichts mehr zeigen. Sie verträgt das Trinken nicht gut, und das letzte Glas war wohl eines zu viel.« Georg versuchte, ihn als Verbündeten zu gewinnen. »Ich fürchte, wenn ich sie zu sehr bewege, dann übergibt sie sich auf meine Uniform.«

Sarah versuchte, nicht zu ersticken, und spürte, wie sich von Bergheim immer mehr verspannte.

»Es tut mir leid, aber ich habe die Anordnung, alle Papiere durchzusehen.«

»Das verstehe ich, aber dieses Fräulein gehört zu mir, das müsste für Sie ausreichend sein, um zu garantieren, dass ihre Papiere in Ordnung sind.«

»Auch so muss ich darauf bestehen, ich muss ihre Papiere sehen.«

Sarah spürte, wie sich von Bergheims Herzschlag beschleunigte.

Georg gab dem Polizisten zu verstehen, dass er sich nähern solle. Als dieser sich über den Tisch beugte, packte er ihn mit seiner freien Hand am Hemdkragen und sah ihn wütend an. »Ich habe Ihnen gesagt, das Fräulein gehört zu mir«, presste er zwischen zusammengebissenen Zähnen hervor. »Es gibt hier nichts weiter für Sie zu überprüfen.« Damit stieß er ihn von sich weg.

Das Stimmengewirr im Café verstummte. Sarah hielt die Luft an und betete darum, nicht erneut die Stimme des Polizisten zu vernehmen.

Als sie schließlich die Hand des Kommandanten auf ihrem Kopf spürte, wusste sie, dass es vorbei war. Während sie sich langsam erholte, wurden die Gespräche wieder aufgenommen. Sie glaubte, einfach so verharren zu können, an von Bergheims Brust, die ganze Nacht. Doch gleich darauf verdrängte sie diesen absurden Gedanken.

»Sie sind weg«, flüsterte er ihr ins Ohr, nach einem Moment, der Sarah viel zu kurz vorkam.

Da hob sie den Kopf und sah ihn an. Ohne die Umarmung zu lösen, erwiderte er ihren Blick.

»Lass uns hier rausgehen«, sagte Georg schließlich. »Ich brauche frische Luft.«

Durch die Tür des Cafés zu schreiten war, als würden sie in eine andere Dimension zurückkehren, in die der Stille und Dunkelheit, in die des Krieges. Trotzdem war Sarah erleichtert, die angespannte Stimmung hinter sich zu lassen.

»Ich bringe dich nach Hause«, schlug Kommandant von Bergheim vor.

Georg machte sich auf den Weg zu seinem Wagen, der an der Straßenkreuzung stand. Sarah bewegte sich nicht.

»Nein danke … Ich bin Ihnen sehr verbunden, aber ich werde allein weitergehen.«

Er drehte sich um und sah sie ungeduldig an. »Sei nicht so dickköpfig, Sarah. Wie oft willst du dein Glück heute Abend noch aufs Spiel setzen?«

Sarah sah in Richtung des Boulevards Saint Germain, dessen Ende sich in der Ferne verlor. Paris erschien ihr plötzlich wie ein riesiges Labyrinth aus dunklen Straßen. Auch wenn die Aussicht, bei von Bergheim mitzufahren, nicht gerade verlockend war, wurde ihr bei der Vorstellung, sich allein in dieses Labyrinth zu begeben, schlecht.

Georg zündete sich eine Zigarette an, nahm den ersten Zug und stieß seufzend den Rauch aus. »Komm schon, lass uns gehen«, drängte er und fasste sie am Ellenbogen.

Sie überquerten die Straße, und ihre Schritte hallten in der stillen Stadt wider. Er öffnete die Beifahrertür, setzte sich dann hinter das Steuer, warf die Zigarette aus dem Fenster und steckte den Schlüssel ins Zündschloss. Aber er ließ den Motor noch nicht anspringen. »Warum hast du mich angelogen, Sarah?«

Als sie das hörte, hätte Sarah am liebsten die Tür aufgerissen und wäre weggelaufen. Das hätte sie auch tun können, von Bergheim sah nicht sie an, sondern hatte irgendeinen Punkt jenseits der Windschutzscheibe anvisiert.

»Dein Großonkel Franz konnte das Gemälde nicht an von Thyssen verkaufen. Dein Vater hat es ihm verboten.«

Er hatte weniger lange gebraucht, das herauszufinden, als Sarah gedacht hatte. Sie hatte noch nicht einmal Zeit gehabt, Jacob aus dem Krankenhaus herauszuholen. Jetzt konnte alles schiefgehen. *Mach dir Tür auf und lauf weg, Sarah. Flieh, solange du kannst*, sagte sie sich, während sie ihre Finger im Schoß miteinander verknotete. *Lauf weg, lauf… bis du bei der Ecke ankommst und er dich mit einem Schuss niederstreckt.*

»Es gibt ein Gemälde in der Philips-Sammlung in Washington. Es heißt *Die Sanduhr*, ist aber auch unter dem Namen *Der Astrologe* bekannt. Ein paar behaupten, es könnte von Giorgione stammen, auch wenn das eher unwahrscheinlich ist. Das Gemälde wurde 1939 von Baron Thyssen an Duncan Philips verkauft. Das war der Trostpreis, den dein Großonkel ihm überließ, als der Verkauf scheiterte: Tatsächlich wollte Thyssen nämlich den richtigen *Astrologen*. Du hast das Pech gehabt, mich mit demselben Trick hereinlegen zu wollen, der mich zu deiner Familie geführt hat. Obwohl ich vielleicht dennoch das für mich Wichtige herausgefunden habe. Jetzt bin ich mir nämlich sicher, dass du das Gemälde hast, ansonsten würdest du dir nicht so große Mühe geben, es zu schützen.«

Trotz alldem war Sarah imstande zu antworten: »Ich habe dieses Bild nicht.«

Verzweifelt schüttelte von Bergheim den Kopf. »Ich verstehe das nicht… Ich verstehe die Halsstarrigkeit von dir und deiner Familie nicht. Das ist doch nur irgendein Gemälde und eine verfluchte Legende! Es lohnt sich nicht, deswegen zu sterben!«

»Ich weiß nicht, ob es eine Legende ist oder nicht. Für den Fall, dass Sie und Ihr Führer diesen Krieg gewinnen sollten, weiß ich nur, dass es dann eben so sein soll. Und für den Fall, dass Sie verlieren sollten, ebenso. Aber ich weiß auch, dass es Dinge gibt, die man besser nicht aufwirbelt. Sie scheinen mir ein vernünftiger Mensch zu sein, Sie sollten das verstehen.«

»Es geht nicht darum, ob ich es verstehe, Sarah. Ich kann es verstehen, kann damit aufhören, dich zu verfolgen, und auf der Stelle aus Paris verschwinden. Ich kann meinen Vorgesetzten sogar versichern, dass ich mich getäuscht habe und die Familie

Bauer das Gemälde niemals besessen hat. Dann hättest du morgen die Gestapo vor der Tür.«

Georg drehte sich zu ihr um. »Du musst mir das Gemälde geben, oder sie werden dich festnehmen. Ich kann das nicht länger verhindern.«

»Ich habe das Gemälde aber nicht«, wiederholte Sarah hartnäckig.

»Darum geht es doch gar nicht, verdammt noch mal! Sie werden dich trotzdem festnehmen!« Als Georg ihren Blick sah, wusste er, dass sie ihm nicht glaubte.

Die Situation war zum Verzweifeln. An diesem Morgen hatte er den ausdrücklichen Befehl des Reichsführers erhalten, Sarah der Gestapo zu übergeben, sobald sie das Gemälde ausgehändigt hatte… und auch für den Fall, dass sie es nicht aushändigte. Wenn er sich diesem Befehl widersetzte, würde er ersetzt, und ein anderer würde es an seiner Stelle tun. Georg befand sich in einer verfluchten Zwickmühle. Ganz egal, welchen Weg er wählte, das Schicksal hatte sich darauf versteift: Er würde als Verräter vor einem Kriegsgericht und Sarah in einem Konzentrationslager für Juden enden.

Georg brauchte dieses Gemälde von Sarah. Nur so könnte er versuchen, trotz allem bei Himmler etwas Zeit für sie zu erwirken. Doch das Mädchen war dickköpfig und nicht bereit zu kooperieren. Ganz eindeutig war ihr der Ernst der Lage nicht bewusst.

Georg ließ den Motor an. »Wenn ich dir meinen Befehl vor die Nase halte, dann verstehst du vielleicht, dass ich nicht scherze.«

Sarah wurde nervös. »Wohin fahren wir?«

»Zu meinem Hotel.«

»In keinem Fall gehe ich in Ihr Hotel. Halten Sie bitte an. Ich will aussteigen.«

Er fuhr durch die leeren Straßen weiter.

»Ich habe gesagt, Sie sollen anhalten!«, drängte sie, als von Bergheim sie ignorierte und den Blick stur auf die Straße gerichtet hielt. »Halten Sie an, oder ich schwöre, dass ich mich aus dem fahrenden Wagen stürze!«

Georg trat die Bremse durch. Mit quietschenden Reifen kam der Wagen so plötzlich zum Stehen, dass Sarah nach vorn geschleudert wurde und fast mit dem Kopf gegen die Windschutzscheibe geprallt wäre. »Es ist nicht nötig, aus dem fahrenden Wagen zu springen. Du kannst aussteigen, wenn dir danach ist.«

Sarah streckte den Arm zur Tür aus ...

»Aber es ist unglaublich, wie mutig und erwachsen du dich in manchen Dingen gibst und wie feige in anderen. Ich weiß nicht, was ich noch tun soll, um dir zu beweisen, dass ich auf deiner Seite bin.«

... griff nach der Klinke ...

»Warum hätte ich dir sonst gesagt, wo dein Mann ist, obwohl ich wusste, dass du mich angelogen hast?«

... öffnete die Tür aber nicht.

»Das Gemälde ist mir völlig egal, ich will einfach nur nicht noch einmal die Fehler machen, die ich bei deiner Familie in Straßburg gemacht habe. Ich will dein Leben nicht auf dem Gewissen haben, Sarah.« Georg seufzte. »Aber das ist egal, du willst nicht hören. Also steig aus. Ich kann jetzt nichts mehr für dich tun.«

Auf seinen verzweifelten Monolog folgte Schweigen. Das Schweigen von Paris und das Schweigen von Sarah. Und mit demselben Schweigen hätte sie einfach die Tür öffnen und weglaufen können. Aber sie blieb schweigend sitzen und versuchte alles, was er ihr gerade gesagt hatte, in sich aufzunehmen ... schweigend.

Sobald sie die Eingangshalle des Hotels *Commodore* betreten hatten, wünschte sich Sarah, umdrehen und von hier abhauen zu können. Sie fühlte sich wie ein Soldat hinter den feindlichen Linien.

Georg ging zur Rezeption und verlangte nach dem Schlüssel. »Ich gehe nach oben in mein Zimmer und hole die Unterlagen, die ich dir zeigen will. Du wartest hier so lange auf mich.«

Sie öffnete den Mund und wollte ihn bitten, sie nicht gerade hier allein zu lassen, doch ihre Bitte blieb unausgesprochen, als ein Mann sich zu ihnen gesellte.

»Von Bergheim, was gibt's Neues?«

»Hallo, Lohse.«

In dem naiven Glauben, sich so verstecken zu können, verbarg Sarah sich hinter dem Kommandanten.

»Freut mich, dich zu sehen. Fischer und Aufranc haben sich wieder gestritten, und an der Bar ist die Stimmung gerade etwas angespannt. Ich wollte dir vorschlagen, etwas mit mir zu trinken und Billard zu spielen, doch wie ich sehe, bist du in Begleitung«, stellte Bruno Lohse fest und sah die junge Frau mit schalkhaftem Lachen an.

Ehe Georg antworten konnte, fuhr Lohse fort: »Übrigens treibt sich dieser Hauser von der Gestapo hier herum. Er fragt nach dir.«

Sarah bemerkte, dass der Kommandant sich versteifte.

»Ach, sieh nur, da kommt er schon …«

»Verdammt! Lohse, kannst du ihn bitte einen Moment aufhalten?«

»Aber …«

»Keine Zeit für Erklärungen. Mach, was ich dir sage, ich bitte dich«, drängte er und stieß ihn sanft in Hausers Richtung.

Lohse zuckte mit den Schultern. Er verstand nicht, was vor sich ging, aber von Bergheim wirkte, als hätte er es sehr eilig. Lohse ging auf Hauser zu und fing ihn am Ausgang der Bar ab.

Georg drehte sich zu Sarah um. Noch nie zuvor hatte sie ihn so verstört gesehen, und das machte ihr Angst. »Nimm den

Schlüssel, Sarah. Geh nach oben in mein Zimmer und warte dort auf mich. Es ist das Zimmer 212 im zweiten Stock«, flüsterte er hastig. »Mach dir keine Sorgen. Alles wird gut. Dieser Mann darf uns nur nicht zusammen sehen, verstehst du?«

Sarah nickte und nahm den Schlüssel.

»Mach schon, geh nach oben, schnell.«

Georg wartete, bis das Mädchen auf der Treppe verschwunden war. Genau rechtzeitig, denn Hauser schien ihn ausgemacht zu haben und kam auf ihn zu, ohne dass Lohse ihn länger hätte zurückhalten können.

»Guten Abend, Sturmbannführer von Bergheim. Ich habe Sie gesucht …«

»Dann haben Sie mich ja jetzt gefunden. Ich wollte mich soeben auf mein Zimmer zurückziehen, das war heute ein langer Tag. Aber gerne trinke ich noch ein letztes Glas mit Ihnen.« Georg wollte den Polizisten nur aus der Eingangshalle fortschaffen für den Fall, dass Sarah sich irgendetwas Dummes überlegte, wie zum Beispiel die Gelegenheit zu nutzen, um zu verschwinden.

»Ich fürchte, es handelt sich hierbei um keinen Höflichkeitsbesuch, Sturmbannführer.« Das überraschte den Kommandanten nicht weiter. Höflichkeit war für Hauser ein Fremdwort. »Ich werde mich kurz fassen und direkt zum Punkt kommen: Ich habe soeben erfahren, dass Sie Informationen zu dem Terroristen, der mit Sarah Bauer zusammen war, erbeten haben.«

»In der Tat«, gab Georg zu, als würden sich keine unlauteren Absichten dahinter verbergen. »Dieser Mann ist ihr Ehemann und könnte mir bei meinen Nachforschungen behilflich sein.«

Hauser lächelte wie ein Reptil. Um noch widerwärtiger zu wirken, hätte er nur noch zu züngeln brauchen. »So wie die Dinge liegen, überrascht mich Ihre Einfältigkeit, von Bergheim. Ich habe den Eindruck, Sie wollen nicht wahrhaben, dass dieses Gesindel lügt, sobald es den Mund aufmacht. Dieser Mann ist nicht ihr Ehemann.«

Für Georg war es, als habe man ihm einen Faustschlag in die Magengrube verpasst, doch er versuchte, sich nichts anmerken zu lassen. Er wusste nicht, was ihn mehr traf, Sarah bei einer neuerlichen Lüge ertappt zu haben, oder vor Hauser wie ein Idiot dazustehen. Da ihm keine passende Antwort einfiel, beschränkte er sich darauf, gleichgültig mit den Schultern zu zucken. »Ist das alles, Hauser?«

Das war es nicht. Der andere war auf Streit aus und würde nicht gehen, ohne einen angezettelt zu haben. Weshalb er nun auch wie eine Viper zischte: »Hören Sie mir gut zu, Sturmbannführer. Sie glauben sich berechtigt, sich in die Angelegenheiten anderer einmischen und deren Arbeit gering schätzen zu können. Doch ich rate Ihnen, zukünftig etwas vorsichtiger zu sein. Bei so viel Mitgefühl für die Feinde des Reichs könnte man Ihre Treue zu Deutschland und zum Führer infrage stellen.«

Georg hätte Hauser liebend gern den Kopf zerschmettert. Aber er war nicht bereit, sich von ihm provozieren zu lassen. »Vielen Dank für Ihre Ratschläge. Aber ich kann auf mich selbst achtgeben. Wenn Sie diesen Drink nicht nehmen wollen, dann gehe ich jetzt ins Bett.«

»Heil Hitler!« Hauser schlug mit bösem Knallen die Hacken zusammen.

Georg antwortete mit dem militärischen Gruß: »Heil!«

Dann sah er Hauser hinterher, wie er unverrichteter Dinge das *Commodore* verließ.

»In was für einen Schlamassel bist du geraten, Sturmbannführer?«

Lohse stand direkt neben ihm.

»In keinen. Das ist nur dieser Idiot von Hauser mit seinem Führer-Getue.«

»Nimm dich in acht, mein Freund. Diese Typen von der Gestapo sind gefährlich. Die finden ein Problem bei dir, auch wenn du keines hast.«

Georg sah Lohse an. Vielleicht war er nicht die Unbestechlichkeit in Person, aber im Grunde genommen war er ein guter Kerl. Er schien ehrlich besorgt zu sein. »Lass das meine Sorge sein. Ich werde aufpassen.«

»Na, dann geh schon. Lass dein Fräulein nicht länger warten.«

Georg entschied, dass er es bevorzugte, Lohse in dem Glauben zu lassen, er habe eine Geliebte, und erzählte nichts von der eigentlichen Beziehung, die er zu diesem Fräulein hatte. Er wünschte ihm eine gute Nacht und ging zur Treppe.

Er war unbeschreiblich wütend. Nicht auf Hauser, sondern auf Sarah. Er war ihre Lügen leid, ihre Halsstarrigkeit und ihren dummen, puritanischen, bürgerlichen Stolz. Schnaubend wie eine Lokomotive stieg er die Treppe hinauf und hatte vor, die Dinge ein für alle Mal klarzustellen. Er stieß die Tür so heftig auf, dass der Türgriff gut und gerne in seiner Hand hätte zurückbleiben können.

Sarah blickte ihn angsterfüllt an. Als sie ihn eintreten sah, war sie ganz mechanisch aufgestanden, und genauso setzte sie sich dann auch wieder auf das Bett, völlig ermattet.

Kommandant von Bergheim schloss die Tür. Sarah wollte nicht, dass er das tat. Hinkend kam er auf sie zu. Sarah wollte ihn nicht so nah bei sich haben.

»Geht es dir gut? Du siehst schlecht aus …«

»Ja. Es ist hier nur etwas warm …«

Sarah sagte ihm nicht, dass sie sein Gespräch mit dem Mann von der Gestapo belauscht hatte. Sie war so nervös gewesen, dass sie aufgehört hatte zu atmen. Dann war sie die Treppe hinaufgerannt, so schnell wie möglich in das Zimmer gegangen und ins Bad des Kommandanten geeilt, um sich zu übergeben. Sie hatte auch seine Zahnpasta benutzt, um den schlechten Geschmack aus dem Mund zu bekommen. Doch nichts davon erzählte sie dem Kommandanten.

»Dann öffne ich ein wenig das Fenster.« Georg löschte das Licht und riss die Fensterflügel weit auf. »Setz dich hierher, damit du die frische Luft abbekommst«, schlug er vor und stellte ihr einen Stuhl neben das Fenster. Sie gehorchte. Eine frische Brise trocknete ihr verschwitztes Gesicht, und sie fühlte sich besser.

Von Bergheim lehnte sich aus dem Fenster. Er holte sein Zigarettenetui hervor und zündete sich eine Zigarette an. Seine schwarze Silhouette hob sich vor dem bläulichen Hintergrund draußen ab, und die Zigarette bildete einen orangefarben leuchtenden Punkt.

Auf der Straße waren mehrere Schüsse zu hören, doch keiner der beiden schreckte auf. Es war normal, nachts Schüsse zu vernehmen, dann einen Pfiff und schließlich das Heulen der Sirenen. Paris litt auf seine Weise.

Sarah stand auf und sah neben Georg aus dem Fenster. Es war eine dunkle, mondlose Nacht. Eine einzige Laterne erleuchtete mit ihrem bläulichen Licht die Straße, durch die ein einsamer Wagen mit ausgeschaltetem Licht langsam dahinfuhr, als würde er auf Zehenspitzen voranschleichen. Ansonsten wirkte alles in Paris wie ausgestorben.

Als Sarah zu ihm trat, roch es nicht mehr nach Gasgenerator und der Fäulnis der Stadt; neben ihm roch es nach 4711 Kölnisch Wasser und Tabak.

Georg nahm einen letzten Zug von der Zigarette und warf den Stummel ins Leere. »Wir müssen gehen, Sarah. Es bleibt nicht mehr viel Zeit, und dann darf nicht einmal mehr ich auf die Straße.«

»Ich weiß …«

Georg sah sie an. Ein bläulicher Schimmer lag um ihr Gesicht, und ihre Haut wirkte samtweich.

»Das einzig Schöne an einer dunklen Stadt ist, dass man die Sterne sehen kann …«

Georg konnte da nur zustimmen. Auf einmal streckte er die

Hand aus und strich Sarah mit dem Handrücken über das Kinn. Und sie ließ es zu, auch als Georg das Oval ihres Gesichts nachzeichnete.

Dann schloss sie die Augen, und er fuhr ihr über die Lider. Sarahs Mund öffnete sich leicht, und Georg strich mit den Fingern über ihre Lippen. Sarah stöhnte … Georg beugte sich vor und küsste sie auf den Hals … Wieder stöhnte Sarah … Er küsste sie erneut, auf die Wange … auf das Kinn … auf den einen … und dann auf den anderen Mundwinkel … auf ihre halb geöffneten Lippen … Sarah stöhnte … und zwischen ihren Lippen tauchte ihre Zungenspitze auf. Ihre Zunge streifte Georgs Mund … fuhr über seine Lippen, den Rand seiner Zähne … Georg stöhnte … Er nahm Sarah in die Arme und küsste sie erneut.

Sein Kuss war sanft, und sein warmer Atem strich über ihre Lippen. In seinen Armen fühlte Sarah sich sicher, sie hielten sie fest und ließen sie nicht los, auch als ihre Beine schließlich ganz schwach wurden. Jetzt gab sie sich ganz dem Kuss des Kommandanten hin.

Georg atmete schwer und trat einen Schritt von der jungen Frau zurück, um Luft zu holen.

»Nein …«, murmelte sie. »Lassen Sie mich nicht los …«

Sarah hielt ihn fest, als wäre ihr kalt, als hätte sie Angst. Da konnte Georg sich nicht mehr zurückhalten. Ihre Wärme zu spüren, ihre Brüste, ihre Hüften, ihre Hände auf seinem Rücken … »Lass mich dich ausziehen, Sarah …«, bat er mit rauer Stimme.

Sie ließ ihre wunderschönen grünen, halb geschlossenen Augen über ihn gleiten, in ihrem Blick lag etwas Animalisches. Sie zog die Schuhe aus und führte Georgs Hände zum ersten Knopf ihrer Bluse … den er öffnete, dann zum zweiten und zum dritten … zum Büstenhalter … bis ihre Brüste entblößt waren. Zuerst küsste er sie, dann strich er mit der Zungenspitze darüber, und schließlich biss er wie spielend in sie hinein, als er ihre

Brustwarzen erreicht hatte. Sarah stöhnte erneut auf. Sie zog sich die Bluse und den Büstenhalter ganz aus und bekam eine Gänsehaut, als die frische Nachtluft darüberstreifte, die durch das Fenster hereinströmte. Er umarmte sie wieder, umschloss sie mit seinen Händen, rieb ihre Haut, presste sich an sie. Und kam wieder zurück zu ihrem Mund, zu ihren Lippen, ihren Zähnen, ihrer Zunge, zu jedem Winkel ihres Körpers, während er ihren Rock aufknöpfte und seine Hand in ihr Höschen glitt.

Sarah löste sich von Georg, ging zum Bett und ließ sich darauffallen.

Georg zog seine Uniformjacke aus und knöpfte sein Hemd auf. Er blieb einen Moment lang stehen und betrachtete den nackten Körper des Mädchens auf der Bettdecke. Wie eine Skizze auf einer Leinwand; sie besaß die bewegende Schönheit eines Kunstwerks. Er legte sich neben sie, und dann nahm er sie in den Arm.

Eine Nacht des *couvre-feu*. Eine ganze Nacht für Sarah.

Sarah lehnte den Kopf an Georgs Brust und vertrieb sich die Zeit damit, seine Erkennungsmarke durch ihre Finger gleiten zu lassen. Vielleicht gefiel ihr das Klimpern der Erkennungsmarke mit der Kette, weil es sie daran hinderte, die Stimme ihres Gewissens zu hören.

Denn Sarah fühlte sich wohl; so wohl wie damals, als sie in Illkirch jeden Abend auf seinen Besuch gewartet hatte, wie damals, als sie zusammen durch den Garten spaziert waren. Damals hatte Sarah ihn bewundert, hatte gedacht, seine Haltung sei die eines nordischen Gottes und seine blauen Augen die eines teutonischen Prinzen, seine Stimme die eines weisen Meisters und sein Lächeln das eines treuen Gefährten. Dass er trotz seiner Uniform der attraktivste Mann sei, den sie je kennengelernt hatte.

Sarah fühlte sich so wohl wie damals in Illkirch. Und obgleich sie in ihrem Innersten nach einem Gefühl der Schuld suchte, fand sie nur Frieden. Wenn der Krieg aus ihr eine Mörderin gemacht hatte, was machte es dann schon aus, wenn er aus ihr auch noch eine Hure machte? Vielleicht würde sie morgen, bei Tageslicht, Gewissensbisse verspüren, aber nicht in dieser Nacht… noch nicht.

Sarah streichelte Georgs Arm. »Was ist das?«, flüsterte sie und fuhr mit dem Finger über ein Zeichen in der Nähe der Schulter.

»Meine Blutgruppe. Alle Mitglieder der Schutzstaffel tragen sie eintätowiert.«

Sarah küsste ihn darauf. Sie hatte jede einzelne seiner Narben geküsst, und diese Tätowierung war eine weitere Narbe.

Georg streckte den Arm nach seinem Zigarettenetui aus. »Willst du?«, fragte er Sarah.

»Nein…«

Natürlich, Sarah rauchte nicht, und er wusste es. Aber er war es gewohnt, zusammen mit Elsie eine Zigarette zu rauchen, nachdem sie miteinander geschlafen hatten. Deshalb roch Elsies Haar nach Rauch und Sarahs… Georg atmete tief ein: Das von Sarah roch nach Seife. Er küsste und streichelte es. Er legte das Zigarettenetui zurück auf den Nachttisch. Er würde nicht rauchen, er zog es vor, sich mit Sarahs Lippen zu beschäftigen und noch einmal mit ihr zu schlafen.

Jacob lag hellwach im Bett. Er schloss sein gesundes Auge und versuchte, an nichts zu denken. Doch das war unmöglich, wenn der Kopf so voller Gedanken war. Es war unmöglich, an nichts zu denken, wenn diese Nacht vielleicht seine letzte im Krankenhaus war.

Er war sich nicht sicher, ob er wusste, was ihn erwartete. Doktor Vartan hatte versucht, es ihm zu erklären. Er hatte ihn dazu in den OP gebracht, denn das war der einzig sichere Ort. Die Wächter kamen dort anfangs noch mit hinein, doch durch das ganze Blut und den Geruch entzündeter Wunden wurde dem einen oder anderen von ihnen übel. Deshalb waren sie vor Kurzem dazu übergegangen, vor der Tür Posten zu beziehen.

Als sie allein waren, hatte Doktor Vartan Jacob eine angezündete Zigarette in den Mund gesteckt, und während er den Verband an seinem Auge abnahm, hatte er ihm von merkwürdigen Dingen erzählt, die Jacob nicht ganz verstanden hatte. Vielleicht aufgrund des Narkosemittels, das ihm immer vor der Behandlung verabreicht wurde.

»Machen Sie sich keine Mühe, Doktor. Ich verstehe gar nichts. Aber das ist nicht wichtig. Erzählen Sie mir morgen alles einfach noch mal.«

»Aber du weißt, dass du sterben könntest …«, hatte der Chirurg beharrt.

Sterben? Was ihm bei Gott am wenigsten Sorgen bereitete, war zu sterben! Wie oft hatte er den Tod herbeigesehnt! Und der Tod konnte nicht schlimmer sein, als zurück nach Drancy zu müssen, wo es damit enden würde, dass man ihn mit dem Gewehrkolben in einen Viehwaggon nach Deutschland stieß. Und dort würde ihn auch nur der Tod erwarten. Wenn er sterben musste, dann lieber bei einem Fluchtversuch.

»Schon gut, Jacob. Wie ich sehe, hast du vor nichts Angst.«

Das glaubten alle, das glaubte sogar Jacob selbst: dass er vor nichts Angst hatte. Aber dem war nicht so. Seitdem Mademoiselle Hirsch ihm bestätigt hatte, dass Sarah lebte, hatte Jacob wieder Angst verspürt. Er hatte Angst, sie nicht wiederzusehen.

»Ich will nur sichergehen, dass dir die Risiken bekannt sind. Du und nur du kannst entscheiden weiterzumachen.«

Die Risiken kennen? Es gab kein Risiko, wenn Sarah ihn am Ausgang des Gefängnisses erwartete. Wenn er sterben und sie nicht mehr sehen sollte, dann war es besser zu sterben, während er auf dem Weg zu ihr war.

»Ja, Doktor, machen wir weiter.«

Alains Geschichte

Selbstverständlich fuhren wir nicht einfach zum Zeitungsarchiv, als wäre nichts gewesen, nachdem Alain gesagt hatte: *»Diese Schlampe ist meine Exfrau.«* Mit stillschweigendem Einvernehmen gingen wir stattdessen in ein Bistro und genehmigten uns etwas Käse und Wein zu Mittag – Alain mehr Wein als Käse.

»Ich habe dich nicht angelogen, als ich dir gesagt habe, dass wir zusammen studiert haben. Wir hatten ein paar Kurse gemeinsam belegt. Doch da hörten die Übereinstimmungen auch schon auf. Camille war und ist noch immer eine höhere Tochter und ein durch und durch bourgeoiser Charakter. Du hast es ja gesehen. Ihr Vater ist Abgeordneter des Départements Nièvre im Burgund, wo die Familie Weinberge und ein eindrucksvolles Château besitzt. Außerdem ist er einer der wichtigsten Kunstsammler Frankreichs, dreimal darfst du raten, wer Camille die Galerie aufgebaut hat. Sie ist seine einzige Tochter, hat zwar noch fünf Geschwister, aber alles Jungs. Sie ist also der Augenstern des Herrn Papa. Während wir an der Uni waren, hat sie sich zu den Schnöseln gesellt und ich zu den Normalos. Wir haben nicht ein Mal miteinander geredet. Jahre später, als ich gerade dabei war, den Doktor abzuschließen, haben wir uns wieder getroffen. Ihr Vater förderte eine Reihe von Konferenzen an der Uni, und sie war bei der Eröffnungszeremonie dabei. Das Typische ›Ruf mich an, dann gehen wir was trinken‹ hat uns schließlich zusammengeführt. Ich muss zugeben, dass Camille ein sehr attraktives Ding und außerdem auch ganz amüsant ist – mit ihr wird einem einfach nicht langweilig. Sie hat immer etwas zu erzählen oder zu erledigen, und na ja, in ihre Welt einzutreten verschafft einem Zutritt zu sehr vielen Dingen, das kann ich nicht leugnen: eine Loge in der Oper, Karten für Monaco, eine Wohnung in Kitzbühel, ein Sommerhaus in Antibes … Mein Lebenswandel entspricht eher dem des mittellosen Künstlermilieus, aber na ja, wer kann bei so etwas schon Nein sagen?«

Alain machte eine Pause und schenkte sich wieder Wein nach. Ich wartete geduldig, bis er auch mein Glas gefüllt hatte, und nahm dann einen großen Schluck. Ich hatte das merkwürdige Bauchgefühl, als hätte Alain eine Zusammenfassung meines bisherigen Lebens gelesen. Mit der Ausnahme, dass es sich hier um seine Geschichte handelte und er das Ende bereits kannte.

Der Schluck, den er nahm, war auch nicht zu verachten – er leerte sein Glas in einem Zug und füllte es erneut.

»Nachdem wir ein paar Jahre zusammen waren, habe ich ihr gesagt, dass ich es bescheuert finde, sie jeden Abend nach Hause bringen zu müssen, als wären wir Fünfzehnjährige, noch dazu, wo ich dann doch meistens bei ihr schlief. Ich habe ihr gesagt, ich hätte es satt, die Hälfte meiner Klamotten bei ihr und die andere Hälfte bei mir zu haben, und schlug ihr vor zusammenzuziehen. Aber das wollte sie nicht. Sie argumentierte, dass ihre Eltern sehr konservativ seien und vor Gram umkommen würden. Und ich dachte: ›Verdammt, was glauben deine Eltern eigentlich, was wir jeden Abend in deiner Wohnung machen?‹ Aber ich verstand natürlich, dass die hohen Herrschaften ihren Bekanntschaften nicht mitteilen konnten, dass eine Brianson-Lanzac in einer eheähnlichen Gemeinschaft und noch dazu mit einem Typen wie mir lebte. Und dann hat Camille mich einfach so gefragt: ›Hör mal, warum heiraten wir nicht einfach?‹«

Wieder machte Alain eine Pause und leerte das Glas erneut. Er senkte den Blick und verlor sich in der Betrachtung der Tischdecke.

»Ich hatte noch nie davor über eine Hochzeit nachgedacht. Wenn man mit Camille lebt, dann geht alles rasend schnell … Doch als ich mich dann damit beschäftigt habe, wurde mir klar, dass ich sie liebte. Dass ich es mochte, sie beim Essen um mich zu haben, und den Kaffee morgens gerne für zwei zubereitete. Also habe ich mich darauf eingelassen. Und ich glaube, damit habe ich ihre Eltern noch mehr verstimmt. Und ihre Brüder … na ja, sie behandelten mich höflich – da hatten sie also einen bürgerlichen Schwager, eine Art exotisches Maskottchen, das war schon was … Verdammt …«, schloss er mit selbstironischem Lächeln. »Wir haben also tatsächlich geheiratet, allem und allen zum Trotz. Neun Monate Vorbereitung, sechshundert Gäste und eine zweiseitige Reportage mit Fotos in *Paris Match* … Und genauso schnell, wie sich das alles aufgebläht hatte, ist es explodiert. Unsere Ehe dauerte gerade mal sechs Monate.«

Nachdem er diesen Satz ausgesprochen hatte, musste er wohl einen sehr bitteren Geschmack im Mund haben, denn er griff nach der Weinflasche. Aber sie war leer. Alain bestellte eine neue beim Kellner.

»Hat ihre Familie sich schließlich zwischen euch gedrängt?«, spekulierte ich.

»Nein, es war nicht wirklich ihre Familie, die sich reingedrängt hatte … mitten hineingedrängt.«

Der Kellner brachte die Flasche, schenkte uns ein, und Alain leerte sein Glas sogleich.

»Du trinkst zu viel«, bemerkte ich. »Iss etwas.« Ich hielt ihm ein Stück Saint Marcelin auf einer Scheibe Brot hin. Ganz mechanisch öffnete er den Mund, biss davon ab und schluckte alles, fast ohne zu kauen, hinunter.

»Zunächst einmal ging alles gut«, fuhr er schließlich fort. »Ihr Vater hat uns sogar ein beeindruckendes Penthouse hinter der

Avenue Bosquet zur Verfügung gestellt, in das wir ziehen konnten. Ich hatte angefangen, an der Uni zu unterrichten, und sie hatte ihre Arbeit in der Galerie. Abends erzählten wir uns bei einem guten Essen von unserem Tag, und mehrmals die Woche schliefen wir miteinander. Ehrlich gesagt könnte ich nicht behaupten, dass das Ganze schlecht lief. Ich war glücklich, und Camille schien es auch zu sein. Und vielleicht war sie es sogar, das kann man nicht so genau wissen, Camille ist sehr seltsam.« Es folgten eine Pause und ein weiterer Schluck Wein. Alain suchte nach Worten. »Eines Tages ist sie aufgewacht und hat gesagt, sie würde heute nicht zur Arbeit gehen, es gehe ihr nicht gut, sie habe Kopf- und Rückenschmerzen und was weiß ich noch. Ich habe sie mit einem Paracetamol im Bett zurückgelassen und bin zur Uni gegangen, doch ich konnte ein paar Kurse tauschen, um früher nach Hause zu kommen, damit sie nicht so lange allein war. Als ich zurückkam … tja, da war sie immer noch im Bett … aber mit einem anderen Kerl.«

Gut möglich, dass meine Kinnlade unfreiwillig nach unten klappte. Ich kann mich nicht genau daran erinnern, wie ich darauf reagierte. Ich versuchte jedenfalls, ganz normal zu bleiben, wusste aber nicht, wie man angesichts einer solchen Offenbarung ganz normal blieb.

»Wenigstens hat sie nicht zu mir gesagt: ›Es ist nicht das, wonach es aussieht …‹ Denn es war ganz eindeutig das, wonach es aussah. Aber sie entschuldigte sich auch nicht oder suchte nach irgendeiner Ausrede oder Rechtfertigung. Tatsächlich wirkte ihr Liebhaber sehr viel verlegener als sie, als er sich die Hose zuknöpfte und zur Tür hinausging. Camille hat dem Vorfall keine wirkliche Bedeutung beigemessen.«

»Aber was hat sie dann gemacht? Hat sie es dir irgendwie erklärt?«

»Nein. Sie ist unter die Dusche, hat sich ihre Sportkleidung angezogen und ist ins Fitnesscenter gegangen. Ich habe versucht, sie aufzuhalten: ›Camille, wir müssen reden.‹ Aber sie hat das Thema beiseitegewischt: ›Nicht jetzt, *chéri*. Mir ist nicht danach.‹« Alain zuckte mit den Schultern und leerte sein Glas zum wiederholten Mal. »Ich denke, ich wäre bereit gewesen, ihr einen Fehltritt zu verzeihen, jeder kann mal einen schwachen Moment haben … Aber … Verdammt, ich habe sie geliebt! Und es dauerte nicht lange, bis ich herausgefunden habe, dass das kein Ausrutscher war. Der Kerl hat sie schon gevögelt oder sie ihn, bevor wir geheiratet haben. Er gehörte ihrem Kreis an, verstehst du? Zu denen, die im Haus von Mama und Papa ein und aus gehen, die mit ihren Brüdern Golf spielen, die eine brillante Karriere bei UBS hinlegen und deren Familie ebenfalls ein Château besitzt. Außerdem ist mir klar geworden, wenn ich nicht die Scheidung verlangt hätte, dann hätte sie es getan.«

»Versteh mich nicht falsch, aber wenn dem so war, warum hat sie dich dann überhaupt geheiratet?«

»Genau das habe ich mich auch gefragt. Ich weiß es nicht. Vielleicht um ihren Eltern zu beweisen, dass sie etwas gegen ihren Willen tun konnte, oder vielleicht weil Camille einfach so ist. Sie muss stets die Grenzen ausreizen, auch in ihrer Ehe … Der Kerl hieß Jean-Luc. Ihn wird sie am Samstag heiraten.«

»Verstehe …« Ich versuchte, mich unparteiisch zu geben, obwohl ich eigentlich dachte: *Das ist ja ein starkes Stück!*

»Es ist besser so. Ich sage nicht, dass es angenehm war, aber es hat mir geholfen herauszufinden, dass ich nicht glücklich werden könnte mit einer Frau, deren Vorstellung eines perfekten Samstags so aussieht: morgens im Fitnesscenter, nachmittags beim Wellness und abends bei ihren Freundinnen. Oder die lieber keine Kinder haben möchte, weil die Schwangerschaften den Körper verformen und Kinder einen zu sehr anbinden. Es ist natürlich kläglich, so aus allen Wolken zu fallen, aber …«

»Man sagt, auch das Unglück hat sein Gutes.«

»Ja, das sagt man … Am schlimmsten ist jedoch, dass man so

lange braucht, bis man seine Selbstachtung wiedererlangt hat. Eigentlich sollte es Kliniken für die Rehabilitation von Betrogenen geben – ehrlich. Man kommt sich lächerlich vor und hat den Eindruck, alle Welt sieht das auch so.«

»Ich finde nicht, dass du lächerlich bist … wenn dich das tröstet.«

Ich hatte das schreckliche Gefühl, dass sich meine Worte leer anhörten. Doch Alain lächelte. Vom vielen Wein waren seine Augen schon ganz glänzend.

»Ich habe noch nie mit jemandem darüber geredet. Du bist die Erste, der ich das erzähle … Und ich habe ehrlich gesagt das Gefühl, eine Last losgeworden zu sein.«

Er war nicht richtig betrunken, hatte aber dennoch einen über den Durst getrunken. Als wir das Bistro verließen, ließen wir das Motorrad deshalb stehen und gingen zu Fuß bis zur Rue de Montorgueil. Die frische Luft würde ihm helfen, wieder klarer im Kopf zu werden. Ich brachte ihn zu sich nach Hause und ging dann in meine Wohnung. Er musste sich erst einmal erholen. Morgen wäre ein neuer Tag.

Mai 1943

1943 sind bereits 2775 Kisten mit Kunstwerken von Paris nach Deutschland geschickt worden; weitere 400 warten noch darauf, abtransportiert zu werden. Am Ende der Okkupation haben die Deutschen den französischen Juden über 20 000 Kunstwerke geraubt.

Georg wachte mit einem Schrei auf, der Sarah aufschrecken ließ.

Als ihm klar wurde, dass er in seinem Zimmer war und nicht verschüttet unter der Erde eines Schlachtfelds, wurde er wieder ruhiger. Sarah saß am Rand des Bettes und beäugte ihn misstrauisch.

»Es tut mir leid… du hast dich erschreckt. Das war nur ein Albtraum.« Derselbe, der ihn jede Nacht heimsuchte.

Doch jetzt war er hier. Gerne hätte Georg den Arm ausgestreckt, um sie zu streicheln. Doch das tat er nicht. Sarah wirkte angespannt und distanziert: Sie wich seinem Blick aus und konzentrierte sich darauf, ihre Bluse zuzuknöpfen.

»Was machst du da?«

»Die Sperrstunde ist vorüber. Ich gehe.«

Georg beobachtete, wie die wächserne Helligkeit des Morgens durch die Ritzen des Fensters drang. Verfluchter Tagesanbruch… Er kroch zu ihr, bis er sie an der Taille umfassen konnte. »Geh noch nicht. Wir frühstücken etwas, dann bringe ich dich nach Hause.«

Sarah ließ die Hände in den Schoß fallen und senkte den Kopf, bis ihr Kinn fast auf ihrem Brustkorb lag. Sie seufzte. »Das hier ist nicht gut …«, bekannte sie.

Das hier ist nicht gut? »Was ist nicht gut, Sarah?«

Sie sah ihn an. Sie war nicht bereit, sich die Blöße zu geben und zu erklären, was doch ganz offensichtlich war. »Wir dürfen uns nicht mehr sehen. Du musst aufhören, mir zu folgen. Du musst mich vergessen.«

Georg richtete sich auf und küsste sie wieder und wieder hinter das Ohr. »Das kann ich nicht«, flüsterte er. »Ich kann dich nicht vergessen.«

Nein, nein, nein, widersprach ihr Gewissen, doch sie hatte nicht die Kraft, darauf zu hören. Sie drehte sich langsam zu Georg um und nahm sein Gesicht in ihre Hände. »Bitte«, bat sie, während sie über seine Wangen strich. »Tu mir das nicht an. Lass mich gehen.«

Georg küsste ihre Hände, ehe er aufstand. Er wickelte sich in einen Bademantel und suchte nach seiner Tasche. Ohne ein Wort hielt er ihr ein Blatt hin.

Das Erste, worauf Sarahs Blick fiel, war der Adler auf dem Hakenkreuz und weiter unten die Unterschrift »H. Himmler«. Dazwischen waren nur vier Zeilen unter dem Briefkopf des Büros des RSHA in Berlin. Sie las die Nachricht.

»Glaubst du mir jetzt? Ich habe nur zwei Wochen, um Himmler das Gemälde zu bringen und dich der Gestapo zu übergeben.«

Sarah gab ihm das Blatt zurück und musste sich sehr zusammenreißen, um nicht zu zittern. »Tu es nicht«, war alles, was ihr dazu einfiel.

»Das werde ich auch nicht. Aber sie werden mich meines Amtes entheben und jemand anderen auf die Suche nach dem Gemälde und die Gestapo auf die Suche nach dir schicken. Du musst fliehen.«

Das Erste, woran Sarah dachte, war Jacob. Jetzt, wo er befreit würde, konnte sie nicht gehen; er brauchte sie. Doch dann … dann hörte sie auf, an Jacob zu denken. »Und du? Was wird mit dir passieren?«

»Ich weiß es nicht. Aber das ist im Moment auch nicht wichtig. Hör mir gut zu, Sarah. Du musst Paris verlassen.«

Für Sarah brach eine Welt zusammen. Sie war nicht einmal in der Lage, sich das vorzustellen. »Paris verlassen? Aber wohin soll ich denn gehen?«

»Irgendwohin. Vielleicht nach Spanien.«

Sarah schüttelte den Kopf und seufzte. »Ich würde nicht einmal durch die erste Kontrolle kommen. O Gott, sie sind überall! … Ihr seid überall!«

»Ich bin nur der Jäger, der der Königin Schneewittchens Herz in einer Schatulle übergeben soll …«

Sarah deutete ein Lächeln an. Der Vergleich war ihr etwas zu romantisch für diese grausame Angelegenheit. Sie musste daran denken, wie sie mit ihren Brüdern im Kino war, um die amerikanische Verfilmung des Märchens zu sehen. Und während sie daran zurückdachte, war es, als würden sich kleine Risse voller Licht in diesem dunklen Zimmer auftun …

»Ja«, sagte sie mit einem scharfsinnigen Aufblitzen in den Augen, »aber das Herz, das der Jäger der Königin bringt, ist nicht das von Schneewittchen …«

Verständnislos blickte Georg sie an.

»Was wäre, wenn du dem Reichsführer das Gemälde bringst?«

»Der Befehl ist eindeutig, du hast ihn gesehen …«

»Mich werden sie in jedem Fall festnehmen«, sprach Sarah das aus, was Georg nicht sagen wollte.

Doch Georg wollte sich nicht eingestehen, dass dies das letzte Wort, der letzte Ausweg sein sollte. Nervös strich er sich über das Kinn. »Ich weiß es nicht … Wenn ich das Gemälde hätte, würden die Dinge vielleicht anders liegen. Ich könnte versuchen, etwas Zeit zu gewinnen …«

Zeit gewinnen. Für Sarah hörte sich das gut an, denn wenn Jacob erst aus dem Krankenhaus entkommen wäre, könnten sie vielleicht zusammen fliehen. Und Georg ... Georg hätte keine Probleme mit den Seinen.

»Aber Sarah ...« Er sah sie eher ungläubig als hoffnungsvoll an. »Wärst du bereit, mir das Gemälde zu geben?«

Sarah lächelte.

»Das kann ich nicht, das Gemälde gehört mir nicht, ich habe es nur in meiner Obhut. Und ich kann diejenigen nicht verraten, die es vor mir in ihrer Obhut hatten. Ich kann meinen Vater nicht verraten. Würde ich dir das Gemälde geben, wäre sein Tod umsonst gewesen.« Sarahs Gesichtsausdruck verdüsterte sich.

Georg hob ihr Kinn an, damit sie ihn wieder ansah. »Lächle noch mal.«

Und Sarah lächelte. »Du bist ein guter Mensch, Sturmbannführer von Bergheim. In gewisser Weise habe ich das immer gewusst. Aber durch den Krieg hat es uns auf gegnerische Seiten verschlagen ... Was auch immer geschieht, mein Schicksal ist durch diesen Brief besiegelt. Doch das deine ist es noch nicht. Mit dem Gemälde hättest du eine Chance.«

»Ich weiß nicht, worauf du hinauswillst«, entgegnete Georg auf Sarahs kryptische Worte.

Das brachte ihm ein weiteres Lächeln ein. »Ich mache dir einen Vorschlag. Ich schlage dir vor, so vorzugehen wie der Jäger. Bring deiner Königin ein Herz, aber nicht das von Schneewittchen. Bring deiner Königin ein falsches Herz.«

Auf dem Weg zur Arbeitsgruppe Louvre konnte Georg an nichts anderes denken: Himmler eine Fälschung des *Astrologen* bringen. Was für ein Wahnsinn!

Sarahs Vorschlag hatte ihm die Sprache verschlagen. Als hätte man einen Eimer Wasser über ihm ausgeschüttet, sprühten seine Nervenbahnen jetzt nur noch Funken. *Meine Ehre heißt Treue.*

Die Ehre und die Treue waren das Erste, was sich in ihm geregt hatte, und der Soldat in ihm hatte gedacht, dass es eine völlig abwegige und unmöglich durchführbare Idee war. Doch dann regten sich Gefühle in ihm, die durch Jahre der Unterwerfung tief verschüttet gewesen waren; Gefühle, die seine Werte in einem anderen Licht erscheinen ließen.

Sarah hätte dadurch eine Chance, daran gab es keinen Zweifel. Würde er dem Reichsführer das Gemälde unter die Nase halten, könnte er argumentieren, dass die Mitarbeit dieser jüdischen Frau unerlässlich wäre, um dessen Geheimnis zu entziffern.

Auch sich selbst würde er so eine Chance einräumen. Doch selbst wenn er die Konsequenzen wie Entlassung, Entwürdigung und Bestrafung für sich zu akzeptieren bereit wäre, konnte er nicht umhin, darüber nachzudenken, inwiefern das alles Auswirkungen auf Elsie und die Kinder hätte: Wenn er in Ungnade fiel, würde seine Familie mit ihm fallen. Die Tentakel des Reichs, der Schutzstaffel und der Partei waren sehr lang, und die Bestie würde sich nicht damit begnügen, nur einen Teil der Beute zu verschlingen.

Doch wie groß war die Wahrscheinlichkeit, dass der Betrug auffiel? Keiner kannte das Gemälde, keiner wusste genau, in welcher Weise das Geheimnis in dem Gemälde verborgen war. Vielleicht könnte ein Experte die Fälschung entdecken, worin auch immer sie bestand, doch er war der einzige Experte in diesem Fall und würde darauf achten, dass kein anderer seine Nase hineinsteckte. Was Himmler betraf, so dürfte es keine Probleme geben. Auf anderen Gebieten wäre das vielleicht gefährlich, doch wenn es um Kunst ging, war Himmler ein Ignorant, auch wenn er sich gerne als Kenner gab, und vertraute auf ihn. Deshalb hatte er ihn ja zu sich bestellt. Ihm den falschen für den echten *Astrologen* zu verkaufen wäre ein Leichtes.

Himmler eine Fälschung des *Astrologen* überbringen … warum nicht?

Als er bei der Arbeitsgruppe Louvre ankam, suchte er zuallererst einmal nach Lohse. Der kannte sich mit den Irrungen und Wirrungen des Kunstmarkts in Europa besser aus als sonst jemand. Er war der Einzige, der ihm helfen und dem er vertrauen konnte.

Seit ein paar Monaten hatte von Behr die Leitung des ERR abgegeben, und Lohses Rolle in der Organisation war ausgebaut worden. So überwachte er die Arbeit der Experten und Kunstkenner, die in der Arbeitsgruppe Louvre tätig waren, wodurch es immer schwieriger wurde, ihn in seinem Büro anzutreffen. Seine Sekretärin informierte von Bergheim, dass Lohse im Jeu de Paume war, wo er die Katalogisierung der Weill-Sammlung überwachte, die letzte »Errungenschaft« des ERR.

Das Jeu de Paume lag nicht weit entfernt im Park der Tuilerien, also beschloss Georg, zu Fuß dorthin zu gehen. Im Jeu de Paume wurden alle vom ERR beschlagnahmten Kunstwerke gehortet, fotografiert, inventarisiert und für den späteren Transport nach Deutschland verpackt. In diesen Räumen stapelten sich Dutzende von ungeöffneten Kisten aufeinander, Hunderte von Gemälden – wahre Schätze – lehnten an den Wänden, ganze Sammlungen von Büchern, Porzellan, Kristall, Wandteppichen und Skulpturen schienen herrenlos auf ein ungewisses Schicksal zu warten. Georg verbrachte häufig Stunden im Jeu de Paume und half bei der Arbeit, die dem Personal des ERR eindeutig über den Kopf gewachsen war.

Als er dort eintraf, fand er Bruno Lohse mit zwei französischen Fotografen vor, denen er Anweisungen bezüglich der zu fotografierenden Werke der Weill-Sammlung gab.

»Kann ich dich einen Moment allein sprechen?«, fragte er ihn.

»Ja, natürlich.«

Sie traten in ein kleines Büro, das als Entwicklungszimmer benutzt wurde.

»Was ist los?« Lohse konnte seine Neugier nicht verbergen.

Georg kam sofort zur Sache. »Du musst einen guten Fälscher für mich finden.«

»Einverstanden … Darüber sprechen wir aber nicht jetzt … Die Wände haben Ohren«, murmelte Lohse. »Wir treffen uns heute Nachmittag um vier Uhr im *Florentin*.«

Das *Florentin* war eine Kneipe in einer der Straßen, die zur Place du Tertre führten. Es handelte sich um ein schummriges, sehr beengtes und kleines Lokal, das von der Boheme von Montmartre aufgesucht wurde, ein nostalgisches Überbleibsel der goldenen Jahre des Viertels, als Montmartre den großen Künstlern von Ende des letzten Jahrhunderts, wie Degas, Matisse, Toulouse-Lautrec oder Pissarro, als Inspiration gedient hatte.

Lohse war dort Stammgast, er schloss viele seiner privaten Geschäfte hier ab, fern von indiskreten und unangenehmen Blicken.

Im *Florentin* wurde *guinguet* serviert, ein leichter, herber Weißwein, hergestellt aus den Trauben der Hügel von Montmartre. Georg fand diesen Wein ziemlich schlecht, aber immerhin war es Wein, also teilte er sich einen Krug mit Lohse.

»Ich kann nicht glauben, dass du mich nach einem Fälscher fragst. Ich war überzeugt, dass du die einzige Person in ganz Paris bist, die noch etwas Rechtschaffenheit besitzt …«, scherzte Lohse, während er sich eine Zigarette anzündete.

Sie saßen an einem Tisch in einer Ecke und redeten nur leise miteinander, um die Aufmerksamkeit der Stammgäste nicht durch ihr Deutsch auf sich zu ziehen.

»Erzählst du mir, was es damit auf sich hat, oder ist es streng geheim so wie alles andere, was du tust?«

Georg erzählte ihm einen Teil der Geschichte. Er erzählte ihm von Himmlers Interesse an dem *Astrologen*, nicht aber, was der Grund dafür war. Er erzählte ihm auch, warum er das Bild fälschen lassen wollte.

Lohse zog an seiner Zigarette und nahm einen Schluck von seinem Glas *guinguet*. Er ließ sich Zeit, um über das nachzudenken, was der Sturmbannführer ihm soeben erzählt hatte. »Du bist schon ein merkwürdiger Kauz, von Bergheim«, sagte er schließlich. »Du hast einen guten Ruf im Kunstmilieu, bist ein Kriegsheld und kannst auf die Anerkennung der Oberen zählen … Ich verstehe nicht, warum du für ein paar Juden, die nichts mit dir zu tun haben, alles aufs Spiel setzt.«

»Genau deshalb, weil sie nichts mit mir zu tun haben, kann ich diese sinnlose Verfolgung nicht verstehen, deren Opfer sie geworden sind. Sie gefallen oder missfallen mir nicht mehr als irgendein anderes menschliches Wesen, dem ich begegnet bin, deshalb will ich mich an dem, was ihnen angetan wird, nicht mitschuldig machen.«

»Ich habe auch nichts gegen sie … Aber, Georg, das ist das System! Die Dinge laufen nun mal so, und du bist ein Teil davon. Sosehr du dich auch gegen alles und jeden auflehnst, das wird nichts daran ändern. Eher im Gegenteil: Das System wird sich gegen dich richten. Sie dulden keine Verräter in ihren Reihen.«

Georg wurde langsam ungeduldig. Er wollte den Abend nicht in dieser Höhle vergeuden und sich wieder und wieder dieselben Gedanken durch den Kopf gehen lassen. »Lass es gut sein, Lohse. Wir haben uns bereits bei anderen Gelegenheiten darüber unterhalten. Du hast deinen Standpunkt und ich meinen, und keiner von uns beiden wird seine Meinung ändern. Das strebe ich auch gar nicht an, ich will nur wissen, ob du bereit bist, mir zu helfen oder nicht.«

Lohse ließ den Wein im Glas kreisen. Ihm war aufgefallen, dass ein paar Leute das Lokal verlassen hatten und die Unterhaltungen leiser fortgeführt wurden, weshalb auch er die Stimme noch stärker dämpfte. »Es ist einfach, die Oberen zu täuschen. Sie geben sich als Kenner aus, haben aber nicht die geringste Ahnung von Kunst und sind so arrogant, dass sie niemals einen Experten zu Rate ziehen würden. Anders gesagt, sie vertrauen blindlings jedem, der ihnen sagt, dass ein Kunstwerk echt ist. Was für eine Fälschung brauchst du?«

»Eine schnelle. Ich habe nicht viel Zeit. Aber sie muss gut genug sein, um auf den ersten Blick für einen echten Giorgione durchzugehen.«

»Ich reise morgen nach Amsterdam. Dort kenne ich jemanden, der mir noch einen Gefallen schuldet. Er ist ziemlich gut, aber nicht sehr billig und noch weniger, wenn es eilt …«

»Könnte man ein Tauschgeschäft vorschlagen?«, erkundigte sich Georg, der dabei die unzähligen Gemälde im Kopf hatte, die sich im Jeu de Paume stapelten.

»Schon möglich … Er schwärmt für das Goldene Zeitalter in Holland.«

Sarah versuchte, sich auf Carole Hirschs Worte zu konzentrieren. Aber das ging nicht. Sie war nervös, und ihr war übel, sie hatte schon den ganzen Tag Schwindelanfälle gehabt.

Der Grund dafür war Jacob. Der Gedanke an ihn verursachte ihr eine unerträgliche Furcht, Furcht davor, ihn wiederzusehen, sich ihm stellen zu müssen, ohne zu wissen, was sie sagen oder tun sollte.

Und es war auch ihretwegen. Sie fühlte sich schuldig, unmoralisch, befleckt … und dennoch fühlte sie sich gleichzeitig schwerelos, auf einer weichen weißen Wolke schwebend, die sie über all das Elend und die Schäbigkeit erhob.

Sie versuchte, die Last ihrer Schuld auf Georg zu übertragen. Sie dachte an ihn und wollte ihn hassen, verabscheuen, verschmähen … Doch stattdessen wirkte der Gedanke an ihn wie ein Balsam, der ihren Schmerz linderte und tausend Schmetterlinge mit ihren Flügeln ihren verkrampften Bauch liebkosen ließ.

»… das ist das erste Mal, dass wir eine solche Flucht versuchen«, erzählte die Sozialarbeiterin einer blassen abwesenden Sarah, die in dem einzigen alten und klapprigen Sessel der Wohnung saß, die die Widerständler vom Rothschild-Krankenhaus ein paar Straßen von dort entfernt zur Verfügung hatten. »Mit Neugeborenen haben wir das schon mehrere Male gemacht: Wir bescheinigen ihren Tod bei der Geburt und bringen sie durch die Leichenhalle des Krankenhauses nach draußen. Die armen Kleinen! Manchmal müssen wir sie ruhigstellen oder knebeln, damit sie nicht weinen …«

Sarah schluckte. Alles war so unheimlich und beängstigend. Wie würde das Leben jenseits der Leichenhalle ablaufen? Wie konnte diese Frau ihr sagen, dass Jacob das Krankenhaus als Leiche verlassen würde, eingesperrt in einen Sarg, scheinbar tot?

Carole Hirsch ergriff ihre eisigen Hände. »Machen Sie sich keine Sorgen, Mademoiselle Bauer, alles wird gut«, versuchte sie, Sarah zu beruhigen.

Alles wird gut? Sarah war sich da nicht so sicher. Und jetzt noch weniger, wo sie Jacob an ihrer Seite haben würde.

Jacob hatte gebetet. Er hatte einen starken Kaffee getrunken und wieder gebetet. Entweder dachte er an Gott oder an Sarah, an etwas anderes wollte er nicht denken.

Eine Krankenschwester stellte einen Wandschirm neben seinem Bett auf, sodass er vor den anderen Kranken im Raum verborgen war. Ehe sie ging, drehte sie sich um und lächelte ihm verschwörerisch zu, vielleicht war es auch mitleidig.

Die Lichter des Krankenhauses wurden mit Beginn der Sperrstunde gelöscht. Die Geräusche traten jetzt deutlicher hervor und waren noch beängstigender: die Schmerzensschreie der Kranken, das Stöhnen der Sterbenden, die Schritte der Wächter … In der Dunkelheit bekam Jacob Angst. Und er dachte wieder an Gott … und an Sarah.

Er konnte sein Zittern nicht unterbinden, als Doktor Vartan in Begleitung einer Krankenschwester zu ihm ans Bett trat. Er war sehr aufgeregt, der Kaffee und die Angst hinderten ihn daran, das Zittern seiner Hände und seines Kiefers zu kontrollieren.

»Bist du bereit, Jacob?«

Er wollte etwas sagen, konnte jedoch nur einen merkwürdigen kehligen Laut von sich geben.

Er wusste nicht, was ihn erwartete. Doktor Vartan injizierte ihm nun schon seit Tagen Kokain. »Wir müssen dich für deinen Tod vorbereiten«, scherzte er dabei immer, doch Jacob war nicht zum Scherzen zumute. Die Droge versetzte ihn in Euphorie, verlieh ihm Energie, nahm ihm den Schmerz, und er war guter Dinge. Doch wenn die Wirkung nachließ, fühlte er sich schrecklich, war ganz zappelig und sehr, sehr deprimiert.

Was würde in dieser Nacht passieren, in der das Kokain ihm den Anschein eines Toten verlieh? Und noch schlimmer, was würde danach sein? Vielleicht würde ihn die Überdosis tatsächlich umbringen, doch auch wenn sie das nicht tat, wie würde er sich fühlen, wenn er wieder zurück in der Welt der Lebenden war?

»Hast du den Kaffee getrunken?«, fragte Doktor Vartan, während er die Injektion vorbereitete: exakt 1,5 Milligramm Chlorhydrat Kokain pro Kilo Körpergewicht.

Jacob nickte. »Er war sehr stark.« Seine Stimme zitterte und ließ ihn stottern.

»So muss es sein. Dank des Koffeins kann ich dir eine geringere Dosis verabreichen.«

Der Arzt machte sich wegen vieler Details dieses Fluchtplans Sorgen. Mit Drogen zu experimentieren war gefährlich. Doch ihm fiel keine andere Möglichkeit ein, wie er Jacob in einen kataleptischen Zustand versetzen konnte, damit er vor den ungeübten Augen der Wächter als Toter durchging. Vor allem aber wollte er sichergehen, dass die Dosis, die er verabreichte, auf keinen Fall tödlich sein würde: Ein einziges, zu viel intravenös injiziertes Gramm könnte ihn umbringen. Am meisten sorgte sich

Doktor Vartan jedoch um die Dinge, die er nicht kontrollieren konnte: die Auswirkung, die die Droge haben würde, wenn es gelungen wäre, Jacob aus dem Krankenhaus zu bringen.

Er hielt die Spritze vor eine Kerze, um sie im Gegenlicht zu betrachten: An der dünnen Nadel rann ein Tropfen hinab.

»Wir werden dich festbinden und knebeln. Vor der Katalepsie wirst du ein paar Minuten sehr unruhig werden, und wir müssen verhindern, dass du die Aufmerksamkeit der Wachen auf dich ziehst. Dann wirst du feststellen, dass du dich nicht bewegen kannst, dir wird sehr heiß und dann kalt werden, und du wirst die Augenlider weder weiter öffnen noch schließen können. Es ist möglich, dass du weiterhin bei Bewusstsein bist, da bin ich mir nicht sicher … Aber du wirst keinen Schmerz empfinden … Hab keine Angst, Jacob, ich bin die ganze Zeit bei dir.«

Während Doktor Vartan mit ihm redete, steckte ihm die Krankenschwester ein Taschentuch in den Mund und band seine Arme und Beine fest.

Der Arzt setzte sich neben ihn, ergriff seinen Arm und suchte den blauen Weg einer seiner Venen, die auf der Höhe des Ellenbogens am besten zu sehen war. »Jetzt ist es so weit, Jacob. Wir sehen uns auf der anderen Seite der Absperrung wieder.«

Jacob drehte den Kopf weg. Er spürte den Einstich und dachte an Gott … und an Sarah.

Nach fünf Minuten wurde er unruhig. Er nahm kalten Schweiß und gleichzeitig starke Hitzewallungen wahr. Dann spürte er das Pochen seines Herzens, das so stark war, als wollte es seine Brust zersprengen. Das Atmen fiel ihm immer schwerer, und erste Krämpfe traten ein. Obwohl er am Bett festgebunden war, war der Aufruhr so heftig, dass es seinem Körper gelang, den Lattenrost und das Kopfende bei jedem Aufbäumen zu erschüttern.

Alles lief immer schneller ab, die Krämpfe, immer stärker, das Pochen, unerträglich … Jacob meinte zu explodieren. Doch dann hörte alles ganz plötzlich auf. Wie eine Maschine, der man unerwartet die Stromzufuhr abstellt, blieb Jacob paralysiert liegen. Sein Körper war völlig steif. Nach und nach blendete sich sein Bewusstsein aus …

»Schnell, in einer knappen Stunde fällt er wieder in einen Zustand der Hyperexzitation.«

Doktor Vartan fing an, ihn loszubinden. Die Krankenschwester entfernte das Taschentuch aus seinem Mund, ein Speichelfaden floss aus Jacobs Mundwinkel.

»Doktor …«

»Machen Sie sich keine Sorgen, dieser starke Speichelfluss ist ganz normal, das ist eine der Folgen des Kokains. Schließen Sie seinen Mund und säubern Sie ihn.«

»Soll ich auch seine Lider schließen?«

»Nein. Die aufgerissenen Augen mit der vergrößerten Pupille sind überzeugender … Seine Temperatur ist zu hoch. Wir müssen ihm kalte Kompressen machen.«

Die Krankenschwester schickte sich an, den Anordnungen des Arztes Folge zu leisten.

»Lassen Sie nur, ich mache das. Holen Sie stattdessen die Bahre. Wir müssen ihn so schnell wie möglich hier rausbringen.«

Metallische Geräusche, rollende Rädchen aus altem und schlecht festgeschraubtem Eisen. Gemurmel im Raum. Aufgeregtes Atmen, aber nicht sein Atmen, seine Brust bewegte sich nicht beim Atmen.

Alles wirkte durcheinander und unwirklich, als wäre er in seinem eigenen Körper gefangen, ein Metallkasten, in dem das Echo der Außenwelt widerhallte.

»Wo gehen Sie mit diesem Mann hin? Sie dürfen den Raum nicht ohne Erlaubnis verlassen.«

»Dieser Patient ist verstorben. Ich habe seinen Tod bestätigt, und jetzt bringen wir ihn in die Leichenhalle.«

»Ziehen Sie das Tuch weg!«

»Sieh nur, Fournier, das ist der Einäugige ... und der soll den Löffel abgegeben haben? Heute Morgen war er noch ganz fit, ist durch den Garten gelaufen.«

»Verdammt ... Er sieht aber tot aus.«

»Brenn ihn mit deiner Zigarette, Fournier, mal sehen, ob er aufwacht ...«

Jacob hätte sich liebend gern auf der Bahre umgedreht, aber sein Körper gehorchte ihm nicht. *Hatten sie ihn mit der Zigarette verbrannt? Hatten sie das wirklich gemacht ...?* Er spürte nichts. Er hörte auch nichts.

»Es riecht nach verbranntem Fleisch! Und er bewegt sich wirklich nicht! Der Typ ist ganz kalt ...«

»Wie ekelhaft! Na los, bringen Sie ihn weg!«

»Ich habe Ihnen doch gesagt, dass der Patient verstorben ist ...«

»Bringen Sie ihn schon weg von hier! Wird's bald!«

Jacob verlor wieder das Bewusstsein.

Sarahs Stimme weckte ihn. *Das war Sarahs Stimme. Das war sie. Wo war sie? Warum hörte er sie nicht mehr? Sarah. Sarah. Sarah ...*

»Was macht diese Frau hier, Mademoiselle Hirsch?«

»Ich dachte, es wäre eine gute Idee ...«

»Gehen Sie bitte aus dem Zimmer, Mademoiselle Bauer ... Sie dürfen nicht hier sein. Nicht jetzt.«

Sarah. Sarah. Sprich mit mir, Sarah. Geh nicht. Lass mich nicht allein ...

»Sie darf nicht hier sein. Das wird kein schöner Anblick, wenn er erwacht.«

»Entschuldigen Sie, ich dachte ...«

»Wir müssen die Pentothal-Spritze vorbereiten.«

»Wie ist es gelaufen? Irgendwelche Probleme?«

»Nein. Nur ein paar sadistische Polizisten. Ich dachte immer, nur die Deutschen wären grausam. Sehen Sie diese Verbrennung am Mund?«

»Sie ist frisch …«

»Eine Zigarette. Sie wollten wissen, ob er wirklich tot ist.«

»Solche Schweine …«

»In der Leichenhalle ist alles sehr schnell gegangen, genau wie geplant. Der Wächter hat keinen Verdacht geschöpft. Als er gerade nicht aufpasste, haben wir ihn in den Krankenwagen geschafft und hierhergebracht. Wir sind an einer Kontrolle vorbeigekommen, aber sie haben uns nicht angehalten. Einen kurzen Moment glaubte ich, sie würden es tun. In letzter Zeit werden nicht einmal mehr die Krankenwagen während der Sperrstunde geduldet. Ja, alles ist beunruhigend gut gegangen …«

»Das ist unglaublich … Es sieht wirklich so aus, als wäre er tot: die Hautfarbe, die aufgerissenen Pupillen, die muskuläre Steifheit … Ich finde keinen Puls, und man hat den Eindruck, dass er nicht atmet.«

»Wenn Gott will, ist er nicht wirklich tot … Bringen Sie mir die Lampe, damit ich sehe, wohin ich steche.«

Es waren mehr als zwei Minuten vergangen, seitdem Doktor Vartan ihm die Pentothal-Lösung gespritzt hatte, aber Jacob reagierte nicht. Er lag leblos, ausdruckslos und lethargisch da. Noch immer wie tot.

Doktor Vartan fürchtete bereits, dass etwas schiefgelaufen sein könnte, dass das Kokain Jacob umgebracht hatte.

Carole Hirsch sah ihn an, als könnte sie seine Gedanken lesen: Jacob brauchte zu lange, um aufzuwachen.

Zwei Minuten. Nur noch zwei weitere Minuten, und er würde mit der Herzmassage anfangen.

Doch dann erschütterte ein heftiges Aufbäumen Jacobs Körper.

Er spürte, dass seine Arme und seine Beine sich plötzlich bewegten, dass er sie nicht kontrollieren konnte. Er spürte, wie der Schweiß über sein Gesicht rann. Er bekam noch immer keine Luft, und sein Herz schien zu explodieren. Sein Hals und sein Rücken wurden von Krämpfen erfasst, und er glaubte, sein Kopf würde davonfliegen. Ihm wurde übel, und er erbrach sich.

»Schnell! Wir müssen ihn auf die Seite legen, damit er nicht daran erstickt! Halten Sie ihn fest ...!«

Sie zerrten an ihm, hielten seine Hände und Füße fest und hoben seinen Kopf an.

»Ganz ruhig, Jacob, du bist in Sicherheit. Alles ist vorbei. Ganz ruhig.«

Am liebsten hätte Jacob geschrien, aber er hörte nicht auf, sich zu übergeben.

Als der Brechreiz einen Moment nachließ, presste Jacob mit dem letzten bisschen Luft, das er noch in seiner Lunge hatte, das Einzige heraus, was noch in ihm war, und schrie: »Saraaaaaaaah!«

Sarah hörte, wie er auf der anderen Seite der Tür ihren Namen ausstieß. Sie hatte sich auf den Boden sinken lassen, zusammengekauert und die Hände auf die Ohren gepresst. Trotzdem hatte sie seine Krämpfe und das Keuchen gehört, sein Brechen und das Husten ... Sie hatte jedes Geräusch von Jacobs Leiden mitbekommen und zum Schluss seinen angsterfüllten Schrei.

Sarah bewegte sich nicht, sie hielt jetzt ihre Knie fest umschlungen, hatte die Augen zusammengepresst. Sie hatte Angst. Angst, ihn wiederzusehen.

Sie hatte ihn nur einen ganz kurzen Moment vor sich gehabt; dieser schreckliche Moment hatte gereicht, um sie mit Furcht zu erfüllen. Sarah hatte sein bläuliches, ausdrucksloses Gesicht gesehen ... Sein totes Gesicht mit dem schwarzen Loch, der leeren Mulde: Er war einäugig, hatte ein Auge verloren.

Jacob war ihr wie ein Ungeheuer vorgekommen. Und jetzt schrie er auch noch so.

Schon seit geraumer Zeit war hinter der Tür kein Geräusch mehr zu vernehmen gewesen außer dem leisen Murmeln von Doktor Vartan, Mademoiselle Hirsch und der Krankenschwester. Sarah wusste nicht, was schlimmer war – die Minuten von Jacobs Leiden oder die Stunden der Stille.

Die Tür wurde geöffnet, und Sarah hob den Kopf: Carole Hirsch lächelte sie mit ihrem freundlichen Gesicht an. »Kommen Sie, Mademoiselle Bauer. Sie können jetzt reinkommen.«

Jacob lag auf dem Bett. Sein Gesichtsausdruck war friedlich, und seine Atmung ging ruhig. Er schlief.

Sie hatten sein Auge frisch verbunden und die Verbrennung am Mund behandelt. Sie hatten ihn rasiert und ihm saubere Kleidung angezogen.

Das ist Jacob, sagte sich Sarah. *Das ist kein Leichnam und auch kein Ungeheuer. Das ist Jacob.*

Langsam streckte sie den Arm zu seinem Gesicht aus: Sie fürchtete, wenn sie ihn berührte, würde dieses Bild wie Rauch verschwinden. Schließlich legte sie ihre Hand an seine warme, weiche Wange.

»Jacob«, murmelte sie.

Er versuchte sich aufzurichten, um sie zu berühren, fühlte sich aber zu schwach. Er begnügte sich damit, seine Wange an ihre Hand zu pressen und ihr wunderschönes Gesicht zu betrachten. »Sarah … wein doch nicht … Ich bin doch da … Und ich werde wieder auf dich achtgeben wie früher … Ich werde immer auf dich achtgeben …«

Ein weiterer Raub

Um neun Uhr morgens kam ich bei der Nationalbibliothek an. Da Alain zu dieser Zeit Unterricht hatte, übernahm ich es, etwas über den falschen Giorgione herauszufinden.

Als ich fertig war, sammelte ich die Unterlagen zusammen, die ich während der drei Stunden zusammengetragen hatte, die mir geblieben waren, nachdem ich die Kontrollen durchlaufen und Zugang zu den Räumlichkeiten und den Dokumenten erhalten hatte. Wir hatten vorgehabt, uns um zwei in der Cafeteria der Universität zu treffen, wo wir einen Happen zu uns nehmen wollten.

Als ich dort auf Alain traf, war das jedoch alles zweitrangig geworden. Denn am Vormittag war etwas vorgefallen, und ich konnte es kaum abwarten, ihm davon zu berichten.

Allerdings wusste ich nicht, dass auch er mir etwas Wichtiges zu erzählen hatte, und er kam mir zuvor. Schon als er auf mich zukam, sagte er: »Ich habe gerade mit Camille gesprochen … Sie war so was von hysterisch. So wie es aussieht, wurde sie gestern, als sie die Galerie verlassen hat und auf den Parkplatz zu ihrem Wagen ging, von ein paar Typen mit vorgehaltenem Messer ausgeraubt.«

Ich hörte Alain aufmerksam zu, war aber tatsächlich nicht überrascht. Ich hatte bereits befürchtet, dass etwas in der Art passieren würde.

»Das Einzige, was man ihr abgenommen hat, war das Aufnahmegerät mit dem Band des Interviews mit dem Baron.«

Ohne ein weiteres Wort öffnete ich die Tasche, holte das Handy hervor, suchte nach den eingegangenen SMS, öffnete die letzte und zeigte sie ihm.

Alain war leicht irritiert durch mein Verhalten, das nicht zu dem, was er mir soeben erzählt hatte, zu passen schien. Ratlos griff er nach dem Handy und sah es an. Sein Ausdruck wechselte auf der Stelle. »Georg von Bergheim? ... Was für ein Scheißkerl! Was schreibt er?«

Ich übersetzte ihm den deutschen Satz: »Ich habe Sie gewarnt. Jetzt gehe ich aufs Ganze. Die anderen auch.«

»Die anderen? PosenGeist?«

»Wer sonst?«

Alain seufzte. »Es ist offensichtlich, dass sie es auf alle abgesehen haben: auf dich, auf Anton, auf Camille ... auf jeden, der sich dem *Astrologen* nähert«, schloss er, als er mir das Handy zurückgab.

»Wie du dir vorstellen kannst, ist es mir eiskalt über den Rücken gelaufen, als ich das erhalten habe ...«

»Ich fürchte, solange du das hier nicht ruhen lässt, wird das nicht die letzte derartige Meldung gewesen sein.« Er überlegte einen kurzen Moment, dann sagte er: »Du musst wissen, dass du nicht allein bist ... Lass mich die Nachricht noch einmal sehen.«

Ich verstand nicht, worauf er hinauswollte, holte das Handy aber wieder hervor und reichte es ihm. Ich beobachtete, wie er auf den Antworten-Button drückte und auf Französisch schrieb: »Ich habe eine Kopie des Tagebuchs und eine weitere des Interviews. Komm und hol sie dir, du Arschloch. Alain Arnoux.«

Erstaunt blickte ich ihn an. »Du musst das nicht tun. Du musst dich nicht gefährden, nur um ihn zu provozieren. Eigentlich wäre es mir sogar lieber, du würdest es nicht tun.«

»Wir müssen wissen, wer er ist, Ana. Ihn dazu zwingen, Farbe zu bekennen. Wer ist dieser Typ, der in deinem Umfeld herumschnüffelt, jeden angreift, der sich dir nähert, dir jedoch kein

Haar krümmt? Was für ein Psychopath ist das, der dich verfolgt, dich aber gleichzeitig respektiert und schützt? Was hat Posen-Geist mit dem Ganzen zu tun? Wir wissen überhaupt nichts von alldem, und das sollte uns eigentlich am meisten Angst machen.«

»Genauso wenig wissen wir, wie weit er zu gehen bereit ist. Wir müssen sehr vorsichtig sein, Alain. Er selbst hat es gesagt: Das hier ist kein Spiel, ganz bestimmt nicht.«

»Okay, aber was auch immer passiert, auch ich bin ein Teil davon mit allem, was dazugehört. Ich kann nicht zulassen, dass du die Einzige bist, die er im Visier hat. Wir stecken da gemeinsam drin, weißt du noch?«

Schließlich schenkte ich ihm ein Lächeln, auch wenn es etwas gequält war. »Ich glaube, du bist verrückt … aber danke.«

Und Alain drückte auf die Taste, um die Nachricht abzuschicken.

Ein unentwirrbares Knäuel

Wir nahmen die Nachforschungen in getrübter Stimmung und mit zwei Cappuccinos von Starbucks wieder auf. Zwischen die beiden Becher legte ich die Artikel aus der allgemeinen französischen Presse und einen aus einer speziellen Kunstzeitschrift, die ich am Vormittag zusammengestellt hatte.

»Alle Artikel führen mehr oder weniger dasselbe aus, was Baron Thyssen Camille erzählt hat«, erklärte ich. Als Letztes zeigte ich ihm einen Artikel aus einer Kunstzeitschrift. Darin ging es hauptsächlich um beeindruckende Fälschungen; auch über den gefälschten Giorgione für Himmler wurde berichtet. »Der hier ist vom technischen Standpunkt aus gesehen der vollständigste.«

Alain überflog den Artikel. »Nach dem, was hier steht, war die Fälschung sehr gelungen …«

»Ja. Das sagte der Baron auch. Es war eine sehr sorgfältige Fälschung. Bei der Analyse der Pigmente fand man heraus, dass sie aus der Renaissance stammten und für gewöhnlich in Giorgiones Arbeiten verwendet wurden, wie zum Beispiel das Venezianisch-Rot, Azurit, Grünspan oder gelber Ocker. Alle wurden aus natürlichen Substanzen hergestellt. Sogar das Öl war gemäß der venezianischen Methode zubereitet, die Giorgione selbst verbessert hatte: Er benutzte weniger Blei- und mehr Wachsanteile, um die Mischung zuzubereiten, wodurch er eine Farbe erhielt, mit der man schneller arbeiten konnte, weil sie sich besser verteilen ließ.«

»Wie haben sie also herausgefunden, dass es eine Fälschung war? Die Ausführung, die Leinwand ...«

»Nein. Die Ausführung war sehr gut und ging problemlos als ein Giorgione durch, nachdem eine Gruppe von Konservatoren der ›Accademia‹ von Venedig das Bild untersucht hatte. Allenfalls gab es wie so oft Zweifel, ob es sich nicht um einen Tizian handelt. Die Leinwand bestand auch den Röntgentest: ein natürlicher Stoff, ein Leinen, wie es jeder Künstler im 15. Jahrhundert verwendet haben könnte.«

Alain warf mir über den Rand seines dampfenden Bechers einen Blick zu, die Augenbrauen fragend hochgezogen.

»Die Dispersionsfarbe«, antwortete ich. »Ein Kunstharz aus Phenoplast, das nicht aus der Renaissance stammen kann, weil man es erst seit Beginn des 20. Jahrhunderts herstellt.«

Daraufhin vertiefte er sich nachdenklich in die Kopie des Artikels. »Ich frage mich, warum jemand auf so viele Details achtet und dann einen so flagranten Fehler begeht ...«

»Das habe ich mich auch gefragt. Und mir fallen dazu zwei mögliche Antworten ein: Entweder derjenige hat nicht damit gerechnet, dass jemals eine solche Pigmentanalyse durchgeführt werden würde, und hat deshalb nur auf die Details Rücksicht genommen, die das Erscheinungsbild des Werks beeinflussen können. Oder aber er hatte es sehr eilig und musste das Gemälde in kurzer Zeit fertigstellen, und Kunstharze lassen die Farbe schneller trocknen als Leim oder natürliche Harze.«

»Das erinnert mich an den Fall von Han van Meegeren«, fiel Alain da ein.

»Han van Meegeren?«

»Ein berühmter holländischer Fälscher. Seine Spezialität waren Fälschungen von Vermeer. Er hat mehrere auf den Markt gebracht, die als echte durchgegangen sind, doch leider bekam Göring einen davon in die Hände. Nach dem Krieg wurde van Meegeren angeklagt, holländischen Staatsbesitz veräußert zu haben, und da zog er es vor zuzugeben, dass Görings Vermeer eine Fälschung war. Das Gericht gab eine fachkundige Stellungnahme bei Kunstexperten in Auftrag, die tatsächlich nachweisen konnten, dass das Werk eine Fälschung war. Van Meegeren war ein gewissenhafter Fälscher, der auf die Materialien und die Ausführung achtete, auch wenn ihn die Dispersionsfarbe verriet – zufälligerweise ein Kunstharz –, wie bei unserem Giorgione.«

»Willst du damit sagen, dass …« Das Geklingel meines Handys unterbrach meine Überlegungen. »Das ist Konrad. Entschuldige mich einen Moment …«, bat ich Alain, während ich zum Telefonieren aus seinem Büro ging.

»Hallo, Konrad …«

»Hallo, meine Süße! Kannst du gerade reden?«

»Ja, was gibt's …«

»Alles in Ordnung, oder?«

»Nein, tatsächlich ist es so …«

»Ich werde dich nicht lange aufhalten. Ich wollte dir nur sagen, dass ich dieses Wochenende nicht kommen kann. Es tut mir schrecklich leid, meine Süße, aber am Freitag kommt ein Japaner, ein möglicher Anleger bei einer Sache, bei der … Ach, ich will dich nicht langweilen, aber mein Interesse, an die Kohle dieses Typen zu kommen, ist ziemlich groß, und ich wollte da sein, wenn er nach Madrid kommt. Das verstehst du doch, oder?«

Konrad hatte mir das ohne Punkt und Komma heruntergerasselt, ganz das übliche Marketinggenie: viel Charme, viel unklares Gerede, viel Konrad. Ich hielt mich nicht damit auf, darüber nachzudenken, ob ich Verständnis dafür hatte oder nicht, aber ich glaubte ohnehin nicht, dass es einen Unterschied gemacht hätte. »… dass ich eine weitere SMS mit Drohungen erhalten habe und man das Band mit der Aufnahme des Interviews von Baron Thyssen geraubt hat«, vervollständigte ich meinen Satz, ohne erneut von Konrad unterbrochen zu werden.

»Verdammt, dieser verfluchte von Bergheim! Dieser Scheißkerl lässt nicht locker …«

»Von Bergheim oder PosenGeist … das wissen wir nicht.«

»Ja klar, natürlich. Wie gut, dass du die Info bereits hast. Es geht darum herauszufinden, wer uns diese Entdeckung vereiteln will.«

»Alain hat …«

»Ich muss auflegen, meine Süße, entschuldige bitte. Ich habe gleich ein Meeting. Wir sprechen heute Abend, okay?«

»Ja … natürlich … heute Abend …«

Ich legte auf und ging wieder zu Alain ins Büro.

»Ich habe die Geschichte über Han van Meegeren nachgelesen«, ließ er mich wissen, als er mich eintreten hörte. »Du wirst es nicht glauben. Das Kunstharz war ebenfalls ein Derivat von Phenoplast. Albertol war damals wohl eine ziemlich gängige Marke. Und merkwürdigerweise dieselbe Marke, die derjenige benutzte, der den Giorgione gefälscht hat. Hier steht es … Albertol …«

Irgendwann schweifte ich ab, hörte auf, Alain zuzuhören, hörte sogar auf zu sehen, was ich auf der anderen Seite des Fensters sehen konnte. Ich brauchte einen Moment für mich und meine Enttäuschung, alles andere verschwand darüber.

Es war nicht das erste Mal, dass Konrad etwas absagte. Wenigstens hatte er so viel Takt besessen, mich nicht ausgehfertig mit Lippenstift und hochhackigen Schuhen an der Haustür stehen zu lassen. Dieses Mal hatte er mir rechtzeitig Bescheid gegeben. Aber so war Konrad: Auf der Liste seiner Prioritäten kam die Arbeit an erster Stelle, und mit etwas Glück kam danach ich. Das war ein Teil von ihm, den ich von Anfang an, ohne mich groß darüber aufzuregen, in Kauf genommen hatte. Vielleicht hatte ich es als Schwäche gesehen, die von anderen Stärken ausgeglichen wurde, wie zum Beispiel, dass er auch mir meine Freiheiten ließ und dass er bei mir auch nicht immer an erster Stelle kam. Trotzdem nahm ich es ihm dieses Mal übel, sehr übel. Nach allem, was passiert war … Ich sah Konrad auf einmal in einem anderen Licht. Es war, als hätte ich die rosarote Brille abgenommen. Und obwohl ich nach außen hin stark wirken wollte, hatte mich das alles doch sehr mitgenommen. Ich wollte nicht allein in der Wohnung sein, und er hatte mich kaum zu Wort kommen lassen, sodass ich ihn darum hätte bitten können, am Wochenende bei mir zu sein. Zunächst empfand ich Enttäuschung, dann fühlte ich mich richtiggehend verletzt, und schließlich sagte ich mir, dass Konrad mich auf ganz miese Art versetzt hatte …

»Ist alles in Ordnung?«

Erst als ich Alains Stimme hörte, erinnerte ich mich daran, dass er hier war, und merkte, dass er aufgestanden und zu mir herübergekommen war und mir die Hand auf die Schulter gelegt hatte. »Ja, ja. Entschuldige, ich war etwas zerstreut.«

Mit gerunzelter Stirn sah er mich an.

»Bist du sicher, dass alles okay ist?«

Ich lächelte ihn an. »Ja … Sicher.« Ich fasste mich wieder und versuchte, ins Hier und Jetzt zurückzukehren. »Also, wo waren wir stehen geblieben?«

Auf dem Tisch verstreut lagen die Presseartikel, und auf dem Laptop war eine offene Webseite zu Han van Meegeren zu sehen.

»Ich war in Holland … Wo du warst … weiß ich nicht.« Er war beharrlich.

Doch ich blieb standhaft: Wir würden keinen weiteren Arbeitsabend damit vergeuden, eine wechselseitige Psychoanalyse durchzuführen. Also ging ich nicht auf seinen Kommentar ein. »Dann wirst du mir erklären müssen, wie du nach Holland gekommen bist. Das ist mir entgangen.«

Alain gab nach. »Durch das Kunstharz und in der Annahme, dass Han van Meegeren vielleicht unser Kunstfälscher sein könnte: Es gibt da ein paar Übereinstimmungen.«

Nein, nein, nein und nochmals nein. Ich wollte mich nicht darauf einlassen. Ich wollte mir den Kopf nicht über den falschen Giorgione zerbrechen, denn je mehr wir uns damit befassten, desto weiter entfernten wir uns vom echten. Tatsächlich war es so: Je mehr wir uns dem *Astrologen* näherten, desto weiter waren wir von ihm entfernt.

Ich seufzte, rieb mir die Schläfen, biss mir auf die Lippen. Mir war heiß, eine gereizte und unbehagliche Hitze.

Ich fasste mich an den Kopf und sah Alain an: »Wo sind wir?«

Verständnislos blickte er mich an. Er schien zu denken: Das habe ich dir doch gesagt, in Holland. Aber das war nicht die Antwort auf meine Frage.

»Seit Monaten reise ich umher und weiß noch immer nicht, wo ich bin. Stattdessen habe ich auf einmal das Gefühl, wieder da angekommen zu sein, wo ich angefangen habe. Das ist beängstigend, wie in einem Labyrinth: Ganz egal, welchen Weg ich wähle, ich finde keinen Ausgang. Dokumente, Archive, Bibliotheken, Gespräche … Was hat das gebracht? Wir haben noch immer nichts. Nur einen Haufen Drohungen per SMS …«

Vielleicht hatte die Unterhaltung mit Konrad mich aufgewühlt und ließ mich alles schwarzsehen.

»Ich glaube … ich glaube, ich kann jetzt nicht weitermachen … ich bin völlig blockiert.«

Alain stand auf und stellte sich hinter mich. Er massierte meinen Hals und meine Schultern. »Schon in Ordnung, entspann dich …«

Ich ließ den Kopf nach hinten fallen und lehnte ihn an seinen Bauch. »Es ist, als würde man eine Nadel im Heuhaufen suchen … nein, schlimmer noch. Wir werden das Bild niemals ausfindig machen. Das Ganze ist ein so unentwirrbares Knäuel, das sich nur immer weiter verheddert. Ich weiß einfach nicht, an welchem Faden ich ziehen soll …«

Alain beugte sich vor, sodass sein Gesicht über meinem

schwebte. Sein umgekehrtes Antlitz war wie ein kubistisches Porträt, das zusammen mit seiner Stimme eine beinahe hypnotische Wirkung hatte. »Vergiss das alles, Ana…«

Seine Hände massierten meine Schultern…

»Vergiss alles über Fälschungen, Hermetik, die Neuplatonische Akademie, die Nazis…«

… er massierte meinen Hals…

»Das sind alles nur Fäden, die du zu einem Knäuel verworren hast…«

… meinen Nacken…

»Nimm sie auseinander… langsam… und vorsichtig…«

… mein Kinn…

»Und dann nimmst du nur einen der Fäden… und ziehst daran…«

Die Massage hörte bei meinen Wangen auf, die von seinen großen Händen umschlossen wurden.

»Was ist am Ende dieses Fadens, Ana?«

Ich bewegte langsam den Kopf hin und her.

»Die Familie Bauer«, antwortete er selbst. »Du hast es von Anfang an gesagt: *Der Astrologe* war immer im Besitz der Familie Bauer. Deshalb bin ich da.«

I'm not in love

Von Alains Plattenspieler ertönte *I'm not in love* von 10cc mit einem Knistern der Schallplatte. Die sanfte und wohlklingende Musik, das gedimmte Licht und der Alkohol machten mich schläfrig. Ich ließ den Kopf an die Sofalehne sinken.

»Wer war die Familie Bauer?«, fragte ich Alain, drehte dabei unablässig das Glas in meinen Händen. Die Eiswürfel glitten zwischen den Minzblättern hindurch, bahnten sich einen Weg durch die öligen Wellen des Rums und der Limette.

»Alfred Bauer war Inhaber eines der wichtigsten Textilunternehmen des Elsass. Er hatte das Unternehmen von seinem Schwager, Hans Zimmermann, einem Juden, geerbt. Alfred ist nicht als Jude geboren worden. Er war ein deutscher Katholik aus Göttingen, hat nach dem Ersten Weltkrieg aber die einzige Tochter der Familie Zimmermann geheiratet und ist zum Judentum übergetreten. Aus der Ehe sind drei Kinder hervorgegangen, Ruth, Sarah und Peter …«

Alain trank seinen Mojito aus, und die Eiswürfel klirrten im Glas, als er es auf dem Boden abstellte. »Sie waren eine der reichsten und einflussreichsten Familien in Straßburg. Als die Deutschen das Elsass annektierten, hat die Familie Bauer im Gegensatz zu einem Großteil der jüdischen Gemeinschaft der Stadt entschieden, nicht zu fliehen. Ich nehme an, Alfred Bauer vertraute darauf, dass seine katholische Vergangenheit und seine deutsche Nationalität ihn schützen würden. Er war sogar Veteran des Deutschen Heeres und hatte im Ersten Weltkrieg gekämpft. Doch all das nützte ihm nichts … An dem Tag, an dem von Bergheim die Sammlung einforderte, hat die Gestapo Alfred Bauer abgeführt. Er ist im Gefängnis gestorben … Natürlich geht das aus keinem offiziellen Dokument hervor, doch sehr wahrscheinlich hat er das Verhör nicht überstanden.«

Alains Blick wurde leer, verlor sich irgendwo auf dem Holzboden.

Ich ahnte bereits, wie die Antwort ausfallen würde, trotzdem animierte ich ihn dazu fortzufahren: »Was ist mit den anderen Familienmitgliedern passiert?«

Ein langer Blick, ein tiefer Seufzer … Keiner mochte es, schlechte Nachrichten zu verbreiten, auch dann nicht, wenn sie der Vergangenheit angehörten. »Sie haben sie deportiert. Nach Auschwitz. Die Frau und die ältere Tochter sind in den Gaskammern umgekommen. Den Jungen haben sie nach Treblinka gebracht, wo er an Typhus erkrankt ist und starb, ehe die Russen das Lager befreiten … Es ist schrecklich … Ich habe es so satt, die Dossiers der Konzentrationslager zu durchwühlen, ich bin es leid, von Gräueltaten zu lesen, herauszufinden, dass ganze Familien auf schreckliche Weise umgekommen sind … Wie auch immer, bei jedem Namen, jeder Nummer, jedem Mann, jeder Frau, jedem Kind … schnürt sich mir der Hals zu, als müsste ich mich gleich übergeben.«

Ich richtete mich auf, um ihm meinen Mojito hinzuschieben, damit er einen Schluck nehmen und so den Kloß in seinem Hals lösen konnte. Und ich nutzte die Gelegenheit, um über sein düsteres Gesicht zu streichen. Alain hielt mein Glas und meine Hand fest. Dann nahm er einen Schluck.

»Das ist sehr schön, was du da machst«, murmelte ich. »Leute ausfindig machen, um ihnen ihre Erinnerung, ihr Erbe, ihre Ehre zurückzugeben.«

»Es ist prätentiös und dumm, ihnen auch das Leben zurückgeben zu wollen, als wäre ich ein Gott«, sagte er lächelnd.

»Es ist selbstlos. Du wendest deine Zeit und dein Wissen für einen guten Zweck auf und erwartest im Gegenzug nicht viel … du musst ein ziemlicher Idealist sein.«

Es war aufschlussreich, auf jemanden wie ihn zu treffen. In Konrads Welt, in meiner Welt, hatte alles einen Preis, selbst die Wohltätigkeit. Im Gegensatz dazu bot sich Alain umsonst an.

Und auf einmal erschien es mir widerlich, dass Konrad den *Astrologen* für sich allein haben wollte, um sein Prestige, seine Eitelkeit, seinen Besitz … sein übergroßes Ego zu steigern.

»Warum runzelst du die Stirn?«, fragte Alain verwundert. »Es passt nicht zusammen, so schöne Worte mit so gerunzelter Stirn vorzutragen … Ich mag, was du gesagt hast. Danke.« Dann strich er mit dem Daumen über die Falte zwischen meinen Augenbrauen und wischte meine schlechten Gedanken fort.

»Trink du mein Glas aus … ich werde allmählich müde«, bat ich und ließ meinen Kopf wieder an die Sofalehne sinken.

Das Letzte, was ich sah, bevor ich die Augen schloss, war, wie Alains Lippen die Eiswürfel und die Minzblätter streiften …

»Wo zum Teufel mag Sarah Bauer stecken?«, war das Letzte, was ich sagte, bevor ich einschlief.

Das Hinscheiden der Eve Marie Bauer

Die von der Stammbaumanalyse haben mich angerufen«, erzählte ich Alain am Telefon. »Wie es scheint, haben sie etwas Interessantes über Sarah Bauer herausgefunden …«

»Ich habe jetzt Unterricht, aber wir könnten uns um eins hier treffen. Was meinst du?«

Der Stammbaumexperte war ein geleckter und geschniegelter Mann von unbestimmtem Alter, der eine graue Flanellhose und eine schwarze Krawatte zum granatfarbenen Pulli mit V-Ausschnitt trug und das Brillengestell wohl seit den Siebzigerjahren nicht mehr gewechselt hatte.

Er führte uns in ein nicht minder gelecktes und nach Kampfer riechendes Büro und präsentierte uns mit übertriebener Feierlichkeit ein Dokument. »Das ist heute Morgen eingetroffen. Wir haben bei den zwanzig *mairies* von Paris eine Abfrage gestartet, die endlich Ergebnisse gezeitigt hat. Es handelt sich um eine Sterbeurkunde.«

Seine knochigen Finger, die in für einen Mann viel zu langen Nägeln endeten, führten uns durch das Dokument. »Hinscheiden der Eve Marie Bauer. Um drei Uhr am 16. Juli 1944 ist Eve Marie Bauer, wohnhaft in Paris Île-de-France, geboren in Paris Île-de-France am 25. Oktober 1943, Tochter von (Leerstelle. Randbemerkung: Vater unbekannt) und Sarah Bauer, gestorben. Registriert am 03. März …«

Ich folgte der hohen Stimme des Genealogen nicht länger. Mehr brauchte ich nicht zu wissen. Sarah Bauer hatte eine Tochter gehabt, und sie hatte diese Tochter in Paris bekommen.

»Ja, aber das Mädchen ist wenige Monate nach der Geburt gestorben, also haben wir Sarahs Spur wieder verloren«, bemerkte Alain, als wir aus dem Büro des Genealogen traten. »Und am verwirrendsten ist die Tatsache, dass nicht Sarah das Hinscheiden bescheinigt, die ja immerhin ihre Mutter ist, sondern ein Onkel der Kleinen.«

»Ob sie wohl auch gestorben ist?«

»Gut möglich, aber es ist merkwürdig, die Sterbeurkunde der Tochter vor ihrer zu finden. Und da wir wissen, dass Sarahs Geschwister ebenfalls gestorben sind, wie konnte da ein Onkel des Mädchens ihren Tod registrieren lassen?«

Ich zuckte mit den Schultern. Was mir ganz einfach und aufschlussreich vorgekommen war, stellte uns vor immer mehr Unbekannte. »Ein Bruder des Vaters?«

»Des unbekannten Vaters?« Alain verzog das Gesicht. »Das klingt nicht sehr glaubhaft … Am ehesten ist der Vater wohl ein Deutscher. Viele von ihnen kamen nach Frankreich, schwängerten französische Frauen und kehrten in ihr Land zurück, ohne die Kinder anzuerkennen.«

»Jetzt sind wir schon wieder bei diesem Punkt angelangt!«, fauchte ich wütend. »Jedes Mal, wenn wir anscheinend etwas herausgefunden haben, verzweigt sich der Weg in tausend verschiedene Richtungen. Das ist doch zum Verzweifeln!«

Bevor er sich den Motorradhelm aufsetzte, gelang es Alain doch noch, ein wenig Optimismus zu verbreiten. »Jetzt wissen wir wenigstens, dass Sarah Bauer am 25. Oktober 1943 in Paris war. Wir machen Fortschritte.«

Juni 1943

In Algier bildet General de Gaulle das Französische Komitee für die Nationale Befreiung, ein Organ, bei dem alle Anstrengungen gebündelt werden sollen, um Frankreich von der Nazibesetzung zu befreien. Nach der Befreiung entsteht aus dem Komitee die Provisorische Regierung der Republik.

Sarah holte Marion am Ausgang ihrer Arbeit ab. Sie musste mit ihr sprechen, konnte sie aber nicht nach Hause bitten, da Jacob dort war. Die Temperaturen waren angenehm, und sie konnten eine Weile spazieren gehen oder sich im Park auf eine Bank setzen.

Marions Schicht in der Schalterhalle des Bahnhofs endete um drei. Danach aß sie ein Sandwich, richtete sich auf der Toilette etwas her, frischte das Make-up auf und kämmte sich, und um halb vier war sie draußen.

»Sarah, Liebes! Was machst du denn hier?«

»Ich wollte dich abholen.« Sarah versuchte, sich ganz natürlich zu geben und die Angelegenheit herunterzuspielen.

Doch ihre Freundin runzelte die Stirn. Sarah hatte sie noch nie nach der Arbeit abgeholt, und dass sie es tat, war äußerst merkwürdig. »Geht's dir gut, ist alles in Ordnung? Was ist mit Jacob?«

Sarah ergriff sie am Arm. Eigentlich wollte sie ein Stück gehen, doch plötzlich verspürte sie das Bedürfnis, sich zu setzen.

Im Schatten eines Baums entdeckte sie eine Bank. »Ich muss mit dir reden, Marion. Ich muss mit jemandem reden, bevor ich noch verrückt werde.«

Marion setzte sich neben sie. Sie war sehr besorgt. »Was ist denn los? Du machst mir Angst …«

Sarah zog es vor, ihre Hände statt ihre Freundin anzusehen. »Ich bin schwanger.«

Sarah hätte das genauso gut zu sich selbst sagen können, denn auf ihre Äußerung folgte keinerlei Reaktion. Sie hob den Blick, um sich zu vergewissern, dass Marion noch da war.

Sie war da, aber erstarrt und verstört und suchte verzweifelt nach den passenden Worten für diesen Augenblick. Doch Marion war keine sehr redegewandte Frau. »Liebes … Aber … Aber wie ist das denn passiert?«

Sarah zog die Augenbrauen hoch: Fragte ihre Freundin sie gerade wirklich, wie das passiert war? Marions Bestürzung wirkte mit einem Mal komisch auf sie, und dadurch entspannte sie sich. »Sagen wir mal so … es ist passiert.«

»Aber … Bist du dir sicher?«

»Ich habe seit Monaten keine Periode mehr. Zunächst habe ich gedacht, dass das aufgrund der Entkräftung so war. Im Krankenhaus hat man mir gesagt, das wäre normal. Aber es sind schon vier Monate, in denen ich mich erholt und zugenommen habe. Außerdem ist mein Bauch seit geraumer Zeit dicker geworden, und meine Brüste stehen kurz vor dem Platzen. Ganz zu schweigen von der Übelkeit, die manchmal einen ganzen Tag anhält. Ja, Marion, ich bin mir sicher.«

Nachdem die Situation also geklärt war, versuchte ihre Freundin, die Kontrolle über die Situation zurückzuerlangen. »Schon in Ordnung … Mal sehen … mach dir keine Sorgen. Wir werden jemanden finden … Ich glaube, ich weiß, an wen wir uns wenden können … Dieses Mädchen, wie heißt sie doch gleich? … Sie ist immer in irgendwelche Scherereien verwickelt und hat schon mehrfach welche wegmachen lassen, wenn du verstehst, was ich meine … Ja, sie kennt bestimmt jemanden. Jemand, der es dir … entfernen kann, du weißt schon …«

»Nein, Marion«, beeilte sich Sarah zu sagen, als ihr klar wurde, worauf Marion hinauswollte. »Ich will nicht abtreiben.«

»Wie?« Marion glaubte, nicht richtig gehört zu haben.

»Ich will das Baby behalten.«

Ihre Freundin verdrehte die Augen, bis fast nur noch das Weiße zu sehen war. »Ach, du lieber Himmel, Kleines! Ist dir klar, worauf du dich einlässt? In Zeiten wie diesen ist es völliger Wahnsinn, ein Kind zu bekommen! Es gibt nichts zu essen! Keine Milch, kein Mehl, keine Eier! Es gibt kein Licht, keine Kohle! Es gibt nichts! Wie willst du das denn anstellen, Liebes? Wie willst du es großziehen?«

All diese Hindernisse hatte Sarah sich bereits durch den Kopf gehen lassen und noch viele andere dazu. Aber nichts davon war wichtig oder wichtiger als das Leben des Kindes. Es wäre absurd, das Kind zu töten, nur weil die Möglichkeit bestand, dass es sterben könnte.

Sarah brauchte sich nicht in Erklärungen zu ergehen, es reichte völlig, Marions Blick standzuhalten.

»Du bist also entschlossen, das durchzuziehen, stimmt's?«

Sarah nickte. »Du allein … so ein Wahnsinn!« Da fiel Marion etwas ein: Die Empfängnis war die Angelegenheit von zweien. »Weißt du denn, wer der Vater ist?«

Natürlich wusste sie es. Es gab nicht den geringsten Zweifel. Genauso wenig wie sie daran gezweifelt hatte, dass Marion ihr diese Frage stellen würde. Trotzdem war es ihr etwas unangenehm zu antworten. »Jacob.«

Vor Erstaunen drückte Marion den Rücken durch und streckte ihre üppige Brust nach vorn, als wäre sie ein aufgeplustertes Huhn. »Das glaube ich nicht …! Dabei hätte ich es mir denken können, verrückt! Zwischen euch beiden hat es immer dieses gewisse Etwas gegeben … Aber warte mal einen Moment, Jacob war monatelang gefangen …«

»Und ich bin schon seit Monaten schwanger. Es gibt keinen Zweifel, Marion, Jacob ist der Vater.«

Marion musste es zugeben: Nicht alle Frauen waren wie sie. Die Mehrheit von ihnen wusste, wie, wann und mit wem sie geschlafen hatte. Sie selbst achtete sorgfältig darauf, nicht schwanger zu werden: Keiner durfte in ihre warme Höhle, wenn er nicht vorher ein Kondom übergezogen hatte, doch sollte sie irgendwann einmal das Unglück ereilen, hätte sie ernsthafte Schwierigkeiten, den Vater des Kindes zu bestimmen.

Zum ersten Mal entspannte sich Marion und sah Sarah freundlich an. »Liebes …« Sie streckte den Arm aus und legte die Hand auf den Bauch ihrer Freundin, der kaum vorgewölbt war. »Das ist unglaublich«, murmelte sie bewegt. »Spürst du es?«

»Ein leichtes Kitzeln. Nicht immer, nur dann, wenn ich ruhig bin. Es ist noch sehr klein.« Sie lächelte.

»Du bist sehr mutig, Liebes. Jacob ist bestimmt sehr stolz auf dich.«

Sarahs Gesicht, das einen Moment lang glücklich gestrahlt hatte, verdüsterte sich wieder. Und als hätte sich der Himmel auf einmal mit schwarzen Wolken überzogen, und der Wind wäre eisig, erzitterte Sarah. »Er weiß von nichts …«

Seit Jacob aus dem Krankenhaus entflohen war, lebte er bei ihr. Das war etwas, was sie ganz spontan vorgeschlagen hatte, ohne großartig darüber nachzudenken. In Zeiten wie diesen war es geradezu absurd, Pläne über den kommenden Tag hinaus zu machen, niemand hatte die Sicherheit, am nächsten Morgen noch zu leben. Jacob brauchte einen Ort, an dem er leben und wo er sich verstecken konnte, er hatte sonst keinerlei Wohnmöglichkeit und musste untertauchen. Und sie war die Einzige, die ihm das bieten konnte. Die Wohnung war klein, reichte aber für zwei. Sie hatte ihm das Schlafzimmer überlassen und schlief selbst auf dem Sofa, das machte ihr nichts aus, es war ihr sogar lieber so.

»Warum schläfst du nicht mit mir, Sarah? Hast du die letzte Nacht vergessen, bevor all das hier passiert ist? Ich nicht …«, hatte Jacob zu ihr gesagt. *»Das wäre nicht gut, Jacob. Wir haben Gottes Gesetze schon einmal übertreten.«* Sie benutzte dieses einfache Argument, weil sie sich nicht in Erklärungen für etwas verstricken wollte, wovon sie nicht wusste, wie sie es ihm sagen sollte, ohne ihn zu verletzen: Sie liebte Jacob, er war eine der wenigen Personen, die ihr auf der Welt noch blieben, doch sie wollte das Bett nicht mit ihm teilen, das wäre ihr merkwürdig vorgekommen, so als würde sie mit einem Bruder schlafen.

Vielleicht markierte dieser Moment den Beginn ihrer Hölle; der Hölle, mit Jacob leben zu müssen.

»Aber, wie …? Du hast ihm nichts gesagt? Aber Liebes, du musst ihm das doch erzählen!«

Sarah fühlte sich angeklagt, nicht so sehr durch Marion als vielmehr durch ihr eigenes Gewissen. »Ich weiß, ich weiß doch …«, seufzte sie. »Es ist nur so, dass … Wie soll ich dir das erklären? Jacob ist nicht mehr derselbe. Er hat sich sehr verändert, Marion.«

»Aber Mädchen, das ist doch ganz normal. Nach allem, was er durchgemacht hat …«

»Ja, aber es ist nicht nur das. Ich glaube, dass es Jacob nicht gut geht.«

»Aber er war doch nie krank. Und er erholt sich von der Operation an seinem Auge.«

»Ich meine auch nicht körperlich … Ich glaube, es hat eher mit seiner Verfassung zu tun.«

So wie Marion sie ansah, begriff Sarah, dass sie nicht verstand, was sie meinte. Sie würde genauer werden, offen über das reden müssen, was ihr so schwerfiel. »Er ist furchtbar deprimiert, Marion. Es hat damit angefangen, dass er nachts kein Auge mehr zugemacht hat. Vom Wohnzimmer aus habe ich gehört, wie er wie ein eingesperrter Löwe im Zimmer auf und ab gegangen ist. Dann kamen die Schreie, er schrie vor Schmerzen, sagte, er habe Kopfschmerzen, denn alles, alles tue ihm weh, und er brauche Medikamente, Schmerzmittel … Aber die haben wir nicht, Doktor Vartan meinte, er brauche keine. Von Anfang an hat Jacob das Essen verweigert, er kann ganze Tage verbringen, ohne einen einzigen Bissen zu sich zu nehmen. Entweder das, oder aber er verschlingt zwanghaft alles, was an Essen im Haus ist, und schreit herum wie ein Wahnsinniger, wenn das Essen ausgeht … Manchmal gebe ich ihm meine Portion, und ich bringe ihm auch zu essen, wenn ich bei der Gräfin bin, aber wenn er eine solche Phase hat, dann reicht es nie aus.«

Marion war sprachlos. »Du kannst ihm doch nicht deine Ration geben, Liebes, und noch weniger jetzt, in deinem Zustand …«

»Aber das ist alles, was es gibt, Marion. Du weißt, dass man nicht an mehr Nahrungsmittel kommt … Und selbst wenn, könnte es genauso gut sein, dass er das Essen plötzlich wieder verweigert. Es ist nicht zum Aushalten … Den ganzen Tag über sitzt er nur in einem Sessel, mehr nicht. Wenn ich morgens in den Buchladen gehe, lasse ich ihn im Sessel zurück, und wenn ich zurückkomme, ist er immer noch dort. Er steht nur auf, um ins Schlafzimmer zu gehen, wo er dann aber auch nicht schläft, und die restliche Zeit verbringt er in dem Sessel, den Blick ins Leere gerichtet, regungslos und völlig apathisch. Und den Mund öffnet er nur, um Zigaretten zu kauen und sich zu beschweren, dass er sehr müde sei, dass er ein armseliges, unnützes und invalides Wesen sei, dass er besser im Gefängnis gestorben wäre … Und wenn ich versuche, ihn aufzumuntern, dreht er völlig durch, fängt an herumzuschreien und zu fluchen. Und in letzter Zeit beleidigt er mich dann auch …« Sarah schluckte und rang die Hände. »Neulich … hat er mich an die Wand gedrängt, als würde er mich schlagen wollen … Er hat es nicht getan, er ist plötzlich zusammengebrochen, hat sich ohne ein Wort ins Schlafzimmer verzogen, und seitdem schläft er. Das war vorgestern … Und heute Morgen war er immer noch nicht wach … Ich fange an, mir Sorgen zu machen, Marion …«

»O Liebes, ich bin ganz schockiert …«

»Wie soll ich ihm da das mit dem Kind sagen? Das kann ich nicht! Ich habe Angst.«

Marion war erschüttert. Sie spürte, dass sie ihrer Freundin auf irgendeine Weise helfen musste. Das Beste, was ihr einfiel, war, schlichtend und gelassen aufzutreten: »Es ist schwierig zu sagen, wie es jemandem ergeht, der das durchgemacht hat, was Jacob durchgemacht hat. Du weißt das besser als sonst jemand, du hast es gesehen, als du im Gefängnis warst, und das war nur ein Teil von dem, was er erlitten hat. Jacob ist ein guter Mann, und er liebt dich, das ist ganz offensichtlich, er hat dich immer geliebt, so etwas entgeht mir nicht. Vielleicht braucht er einfach nur etwas, worauf er sich freuen kann, damit es ihm besser geht, etwas, was ihn den ganzen erlittenen Schrecken vergessen lässt. Zu wissen, dass er Vater wird, ist vielleicht genau das, was er braucht, um wieder Mut zu fassen.«

Es gab noch andere Gründe, weshalb Sarah Stillschweigen über ihre Schwangerschaft bewahrte, andere Ängste. Sarah fürchtete, dass er sie würde heiraten wollen, wenn er erfuhr, dass sie ein Kind von ihm erwartete. Und das wollte Sarah auf keinen Fall.

Vor Marion hatte sie sich völlig entschlossen gezeigt, nicht abtreiben zu wollen, und das war sie auch. Aber an dem Tag, an dem ihr klar geworden war, dass sie schwanger war, war ihre Entschlossenheit nicht so unerschütterlich gewesen. Da hatte sie durchaus mit dem Gedanken gespielt, das Kind loszuwerden. Denn sie wollte kein Kind von Jacob haben, sie wollte nicht durch ein so starkes Band mit einem Mann verbunden sein, den sie nicht liebte. Aber welche Schuld traf dieses Wesen, dass seine Mutter seinen Vater nicht liebte? Welche Schuld traf es, dass seine leichtfertige Mutter eines Abends betrunken war und mit einem Mann geschlafen hatte, den sie nicht liebte? Sich diese Fragen zu beantworten und den Wunsch zu haben, das Baby im Arm zu halten, waren ausreichende Gründe gewesen, sich dazu zu entschließen, nicht abzutreiben.

Und deshalb musste sie Jacob jetzt auch von der Schwangerschaft erzählen. Vielleicht hatte Marion ja recht, vielleicht würde ihm die Vorstellung, Vater zu werden, dabei helfen, wieder Mut zu fassen … Sie war nicht sehr überzeugt davon, doch es brachte auch nichts, zu viel darüber nachzudenken. Schon seit Tagen konnte sie ihre Röcke nicht mehr zuknöpfen. Früher oder später würde man ihren Zustand erkennen, und auch wenn sie es nicht wollte, so konnte sie dieses Geheimnis ohnehin nicht länger für sich behalten.

An diesem Morgen ging sie wie gewöhnlich in die Buchhandlung. Jacob schlief noch. Und wie immer ging sie zur Mittagszeit zum Essen nach oben – da schlief er immer noch. Erst gegen Ende des Tages, als es bereits spät war, traf sie Jacob wach an.

Sie dachte, dass jetzt vielleicht ein guter Moment wäre, um ihm die Nachricht mitzuteilen. Merkwürdigerweise saß er nicht mit verdrießlichem Gesicht im Sessel. Er war in der Küche, wühlte in der Speisekammer herum und holte alles Mögliche daraus hervor.

»Hallo, Jacob …«

»Wo gibt es was zu essen?«

»Da ist Kartoffelauflauf für dich im Topf und Brot im Korb. Außerdem getrocknetes Fleisch und Brei mit Speck. Und etwas Milch, die ich gestern von der Gräfin mitgebracht habe.«

Das war alles, was Jacob in den letzten Tagen des Ausruhens nicht gegessen hatte, und auch alles, was zum Essen da war.

»Das habe ich bereits gegessen, aber ich brauche mehr. Ich bin noch hungrig.« Jacob riss Türen und Schubladen auf und knallte sie wieder zu, wühlte mit der Besessenheit einer hungrigen Ratte zwischen dem Geschirr herum.

»Mehr ist nicht da. Das war alles.«

»Und warum hast du nicht mehr gekauft?«

»Ich habe Brot gekauft. Mehr brauchten wir nicht. Es war noch genug da. Wenn ich alle Lebensmittelmarken jetzt ausgebe, dann haben wir am Monatsende nicht mehr genug zu essen. Ansonsten kannst auch du nach unten gehen und mehr Essen holen.«

Jacob drehte sich um wie ein wildes Tier. »Du faule, rücksichtslose Frau! Siehst du nicht, dass ich nicht nach draußen kann? Sie sind überall! Sie überwachen mich! Wenn ich rausgehe, schnappen sie mich wieder!«

Sarah ließ sich von seinem Wutausbruch nicht beeindrucken. Entmutigt ließ sie sich auf einen Stuhl fallen. Ihr Rücken schmerzte, und sie war müde; sie hatte nicht die Kraft, sich dieser Situation erneut zu stellen.

»Beruhige dich, Jacob«, bat sie matt. »Und ich bitte dich, schrei nicht so. Ich mache dir einen Kaffee …«

Jacob donnerte die Faust auf den Tisch. Sarah zuckte zusammen. »Ich will dein beschissenes braunes Wasser nicht! Ich will essen, verdammt noch mal! Bist du zu dämlich, das zu verstehen?«

Sarah sah ihn mit strengem Blick an. »Fang nicht damit an, mich zu beleidigen, Jacob!«

»Halt die Klappe und schrei mich nicht an! Mein Kopf tut weh!«

»Das wundert mich nicht. Du hast zwei Tage durchgeschlafen …«

Jacob wurde rot vor Wut und presste die Zähne aufeinander. Er packte Sarah am Kragen und schrie sie an: »Ich bin krank!

Siehst du das denn nicht? Krank!«, wiederholte er, bevor er sie gegen die Wand stieß. »Aber du bist eine verdammte Egoistin und denkst nur an dich! Ich brauche etwas zu essen, und du gibst mir nichts! Ich brauche Medikamente, und du besorgst sie mir nicht! Du willst einfach nicht wahrhaben, dass es mir schlecht geht. Sehr schlecht! Du willst mich tot sehen!«

»Jacob, bitte …« Sarah presste sich an die Wand. Am liebsten wäre sie einfach von der Wand verschlungen worden und von hier verschwunden.

Jacob zerbrach einen Teller auf dem Tisch und fuchtelte mit einem spitzen Stück vor ihren Augen herum. »Ich würde mich auch gerne tot sehen! Ich hasse dieses beschissene Leben! Ich ertrage es nicht länger! Ich ertrage es nicht mehr!«

Sarah blickte auf die Scherbe. Dann auf Jacobs verzerrtes Gesicht. Sie sah auch seine verkrampften Finger, sein wütend funkelndes Auge und seinen wutverzerrten Mund. Und ohne weiter darüber nachzudenken, umarmte sie ihn. Sie umarmte ihn mit aller Kraft, hielt seine Arme fest, presste ihn an sich.

Die Scherbe fiel herunter, und Jacob klappte zusammen. »Ich ertrage das nicht mehr …«, schluchzte Jacob, das Gesicht an Sarahs Hals verborgen. »Ich kann nicht mehr …«

Sarah streichelte über seinen Rücken, als wäre er ein Kind. »Ruhig, ganz ruhig. Ich bin bei dir. Ich bin ja da …«

Jacob tauchte in ihre Umarmung ein. Niedergeschlagen und völlig am Boden zerstört, ein Stück Elend. »Was ist nur los mit mir, Sarah? Ich will dir nicht wehtun … Ich will mich nicht so verhalten … es tut mir leid, so leid …«

»Das weiß ich doch, Jacob. Du brauchst Hilfe, die brauchen wir beide. Aber wir werden das überstehen, du wirst schon sehen. Das verspreche ich dir, Jacob.«

Er weinte in ihren Armen. Nichts half ihm, sich gut zu fühlen, der einzige schöne Ort auf dieser Welt, seiner dunklen und verzerrten Welt, lag in Sarahs Armen.

Sarah sprach mit Carole Hirsch, die ihnen einen Termin bei Doktor Vartan zu Hause verschaffte.

Doktor Vartan lebte in Le Marais, in einer Wohnung, die er sich mit zwei weiteren Mitarbeitern des Rothschild-Krankenhauses teilte: einem jungen jüdischen Apotheker, der 1939 aus Polen geflüchtet war, und einem Kinderarzt aus Rouen.

Der Arzt wollte Jacob zunächst allein sehen. Nach über einer Stunde kam er in das kleine Zimmer zurück, in dem Sarah auf ihn wartete.

»Wo ist Jacob?«, fragte sie alarmiert, als sie feststellte, dass er allein zurückkam.

»Machen Sie sich keine Sorgen, Mademoiselle Bauer. Doktor Wozniak ist bei ihm«, versicherte er ihr. Doktor Wozniak war der polnische Apotheker.

»Wie geht es ihm?«

Doktor Vartan setzte sich neben sie in die schöne Ecke gleich beim Balkon, wo die Sonne hereinschien und man die Spitze eines Asts voller Kastanienblätter sehen konnte, der zu einem Baum an der Straße gehörte. Diese Unterredung würde lange dauern.

Er nahm die Brille ab, putzte sie und setzte sie wieder auf. Er machte einen müden Eindruck. »Das Erste, worum er mich gebeten hat, war mehr Kokain. Ich hatte befürchtet, dass so etwas passieren könnte …«

Sarah wusste nicht, was sie sagen sollte, sie verstand nicht genau, worauf Doktor Vartan sich bezog. Wenn Jacob nur Kokain brauchte, dann war das doch eine einfache Angelegenheit. Weshalb diese Besorgnis?

Doktor Vartan fuhr fort. Vielleicht mehr zu sich selbst als zu Sarah. »Ich dachte, über einen kurzen Zeitraum verabreicht, würde es keine Abhängigkeit erzeugen, aber da habe ich mich wohl getäuscht … Ich fürchte, da habe ich mich wirklich getäuscht.«

Doktor Vartan war Psychiater und Neurochirurg. Bevor die antisemitischen Gesetze den jüdischen Ärzten verboten, in öffentlichen Krankenhäusern zu praktizieren, hatte er einen Großteil seiner Karriere im Zentrum für Prävention von psychischen Erkrankungen des psychiatrischen Krankenhauses Sainte-Anne zugebracht und im Bereich der Psychopharmakologie und der Anwendung von Medikamenten bei der Behandlung psychischer Störungen geforscht. Er hatte die Arbeiten von Freud, Pavlov, Baruk, Gutiérrez-Noriega und anderen herausragenden Forschern im Bereich der Drogentherapie verfolgt. Die deutsche Besetzung hatte ihn jedoch dazu gezwungen, seine Berufung einstweilen zurückzustellen und sich in einen Chirurgen, Arzt und Krankenpfleger für das gesamte Rothschild-Krankenhaus zu verwandeln. Er musste zugeben, als sich ihm der Fall Jacob und seine Flucht boten, hatte das für ihn eine aufregende Gelegenheit dargestellt, um zu experimentieren. Bislang war die durch Kokain verursachte Totenstarre nur an Tieren, niemals jedoch an Menschen ausprobiert worden. Was Doktor Vartan jedoch am meisten an diesem Experiment gereizt hatte, war, die suchtverursachenden Eigenschaften des Kokains und seine neurologischen Auswirkungen am Menschen zu untersuchen. Jacob war ein Versuchskaninchen gewesen, ja. Deshalb hatte der Arzt sich auch vergewissern wollen, dass sein Patient sich der Risiken seiner Flucht bewusst war. Doch … wie hätte er diese Risiken einschätzen sollen, wenn nicht einmal Doktor Vartan sich hundertprozentig sicher war? In Jacobs Fall war es jedoch sehr wahrscheinlich, dass der Tod nicht das schlimmste aller Risiken war.

Doktor Vartan betrachtete Sarah: so jung, so wunderschön, so gequält von der Grausamkeit und der Sinnlosigkeit dieser Zeit … In welche Art Wahnsinn hatte er diese armen Leute mit hineingerissen?

»Jacob hat keine körperlichen Beschwerden«, versuchte er,

Sarah zu erklären. »Doch er hat mentale Störungen aufgrund des Kokains, das ich ihm für die Flucht verabreicht habe.«

»Mentale Störungen?«

»Die Schlaflosigkeit, die Erschöpfung, die Apathie, die Wutausbrüche, das selbstzerstörerische Verhalten, die Depression, sogar dieses extreme Abmagern und die Kopfschmerzen, das alles hat ausschließlich psychische Ursachen. Jacobs Körper geht es gut, nicht aber seinem Verstand.«

»Aber das ist doch ganz logisch, oder nicht? Das sind Traumata aufgrund dessen, was er erlebt hat …«

Bekümmert schüttelte Doktor Vartan den Kopf. »Diese Traumata verschlimmern das Ganze vielleicht, aber der wirkliche Grund für seinen Zustand ist das Kokain. Bevor wir ihm die Drogen verabreicht haben, hat er keinerlei pathologische Symptome aufgewiesen, sein Verhalten war ganz normal. Die Tatsache, dass er so verzweifelt danach verlangt, Schmerzmittel oder irgendein anderes Medikament zu bekommen, in dem Glauben, dass ihm das Erleichterung und dieselbe Art Euphorie verschaffen wird, wie das Kokain es tat, ist ein Zeichen seiner Abhängigkeit. Ich würde gerne wissen, ob die Droge irgendeinen neurologischen Schaden angerichtet hat, und für den Fall, dass dem so ist, würde ich gerne herausfinden, ob dieser reparabel ist.« Jetzt sprach er wieder, als wäre er in einem Labor.

»Sie wollen damit sagen, es gibt einen Weg, dass Jacob wieder gesund wird …«

Angesichts ihres ängstlichen Ausdrucks wagte Doktor Vartan nicht, sich hoffnungslos zu zeigen. »Ich will damit sagen, dass wir es versuchen werden. Jacob braucht geeignete Pflege und Behandlung.«

»Aber er kann nicht wieder zurück ins Krankenhaus!«, stieß Sarah verängstigt hervor. »Sie würden ihn erneut festnehmen. Selbst mit neuer Identität und gefälschten Papieren würde seine Einäugigkeit ihn verraten.«

»Das weiß ich, Mademoiselle Bauer, und es ist nicht meine Absicht, ihn ins Krankenhaus zurückzubringen.«

Sarah war auf einmal schrecklich verwirrt. Diese kryptische Aussage und der wortkarge Arzt machten sie ganz konfus und noch nervöser, als sie ohnehin schon war. »Was muss ich dann tun?«, bat sie um eine Erklärung.

»Sie, nichts. Sie müssen mir einfach nur vertrauen und Jacob unter meiner Aufsicht und Fürsorge lassen. Ich werde ihn hier unterbringen, in meiner Wohnung, und Doktor Wozniak und ich werden seinen Fall untersuchen und ihm die bestmögliche Behandlung zukommen lassen. Nur so haben wir die Hoffnung, dass er wiederhergestellt wird.«

Sarah konnte kaum glauben, dass es noch so viel Großherzigkeit gab in Zeiten, die so hart und unmenschlich geworden waren, dass ihr solche Gesten wie eine Erinnerung an eine ferne Vergangenheit erschienen. »Sie wären bereit, das für Jacob zu tun? Warum?«

Aus Neugierde? Aus wissenschaftlichem Interesse? Weil sie jedes Detail des Falls festhalten und darauf aufbauend eine These erstellen wollten? Weil er sich schuldig fühlte? Doktor Vartan war sich nicht sicher. »Weil es die einzig mögliche Lösung ist«, vermied er jede weitere Erklärung.

Sarah senkte den Blick. Wenn es nur diese eine Lösung gab, was sollte sie dann dagegen einzuwenden haben? »Das verstehe ich … kann ich mit ihm reden?«

»Besser nicht. Wenn er Sie sieht, willigt er vielleicht nicht ein hierzubleiben … Er ist nicht auf der Suche nach einer Behandlung hergekommen, sondern weil er mehr von der Droge will.«

»Es gibt da noch etwas …«

Aufmerksam legte Doktor Vartan den Kopf schief, fürchtete sich aber gleichzeitig vor dem, was sie ihm zu sagen hatte. »Jacob wird im Herbst Vater werden, aber das weiß er nicht … Es gab noch keinen geeigneten Moment, es ihm zu sagen.«

Automatisch fiel sein Blick auf Sarahs Bauch. »Sind Sie schwanger?«

Sie nickte.

Nachdem er kurz überlegt hatte, fügte der Arzt hinzu: »Es ist besser, ihm nichts zu sagen. Zumindest für den Moment. Ich weiß nicht genau, wie sehr ihn eine solche Neuigkeit erschüttern könnte. Warten wir ab, wie es sich entwickelt … Machen Sie sich keine Sorgen, Mademoiselle Bauer, Jacob wird es hier gut gehen.«

Dankbar lächelte Sarah ihn an.

Nicht mehr mit Jacob leben zu müssen … ihm nicht sagen zu müssen, dass sie sein Kind erwartete … seine Wut, seine Schreie und seine Beleidigungen nicht länger ertragen zu müssen … Was Sarah empfand, war nicht Sorge, sondern Erleichterung, und sie war sich sicher, deshalb ein schlechter Mensch zu sein.

Das Haus in Illkirch

Am Anfang aßen wir die wenigen Nächte, die Konrad in Paris verbrachte, in der Wohnung. Meist waren das schreckliche Abendessen, bestehend aus Dosenessen, Fertiggerichten, Tiefkühlwaren oder Gefriergetrocknetem. Irgendwann waren wir diese Raumfahrtinnovationen auf unseren Tellern leid und beschlossen, stattdessen ins Restaurant zu gehen.

Egal welches Restaurant, jedes wäre besser als das Essen zu Hause, und dennoch wählte Konrad für gewöhnlich nur solche aus, die unendlich viel besser waren als alles, was wir zu Hause hatten.

An diesem Abend, im *Guy Savoy,* brachte mich Konrad auf den neuesten Stand seiner letzten Immobilieninvestitionen, während wir auf die Austern warteten. »Ich glaube, dass ich das Haus auf Korsika doch kaufen werde. Vielleicht fliege ich am Samstag hin, um es mir anzusehen. Wenn du Lust hast, dann komm doch mit …«

Ihn auf einen Spaziergang zu einer Immobilie zu begleiten, um ihm notgedrungen meine Zustimmung zu etwas zu geben, was er schon längst entschieden hatte? Diese Vorstellung war nicht gerade verlockend. »Ich bin mir nicht sicher … Ich habe viel Arbeit. Welches Haus war das gleich noch mal? Es fällt mir gerade nicht ein …«

»Doch, meine Süße, ich habe dir doch die Fotos gezeigt, erinnerst du dich nicht? Es hat dir sehr gut gefallen. Es steht auf einem Kliff und hat einen Pool mit Blick auf das Meer. Warte, ich zeig dir die Fotos noch mal«, bot er an und zückte sein iPhone.

»Nein, nein, das brauchst du nicht, ich weiß schon, welches«, log ich. Bei den vielen Häusern am Meer, die Konrad mir schon gezeigt hatte, wusste ich wirklich nicht mehr, um welches es sich handelte, aber das war egal.

»Es ist ein Spleen, ich weiß schon, aber ich habe mich in dieses Haus verliebt. Die Anwälte sagen, dass es ein Problem mit den Besitzern gibt, irgendein Durcheinander wegen der Grundstücksgrenzen oder so was in der Art. Sie warten die Rückmeldung vom Grundbuchamt ab, um sich zu vergewissern, dass alles in Ordnung ist. Ich hoffe nur, dass die Aktion nicht daran scheitert …«

»Aber natürlich! Das ist es! Wie konnte ich nur so dumm sein?«

Verständlicherweise sah er mich verwirrt an: »Was sagst du da?«

»Das Haus in Illkirch, Konrad! Was ist mit dem Haus passiert? Alle Häuser haben eine Geschichte, und diese Geschichte ist Teil ihrer Besitzer.«

»Mein Haus auf Korsika interessiert dich nicht im Geringsten, stimmt's?«

»Aber nein, Liebling«, log ich erneut und ergriff mit geheuchelter Zärtlichkeit seine Hand. »Mit dem Grundbuchamt hast du mich nur auf eine Idee gebracht.«

Glücklicherweise brachte man uns genau in dem Moment die Austern, und Konrad musste sich mit seiner Kritik zurückhalten.

»Ich muss Alain anrufen«, verkündete ich und hatte das BlackBerry bereits in der Hand.

»Und das musst du jetzt machen?« Konrad konnte seine Missbilligung nicht verbergen.

»Ja, mein Schatz, das ist wichtig.«

Wir ließen den Abend bei einem Cocktail mit Alain im *Mandala Ray*, der angesagtesten Bar von Paris, ausklingen.

Von Anfang an bekundete Konrad durch sein unpassendes und unhöfliches Benehmen seinen Unmut über dieses Treffen. Man brauchte ihn sich nur anzusehen: So wie er sich auf dem Sofa zurücklehnte, mit gelangweiltem Gesichtsausdruck einen alkoholfreien Cocktail nach dem anderen trank und sich kein bisschen an der Unterhaltung beteiligte, die Alain und ich angeregt führten.

»Das Haus gehört nicht mehr der Familie Bauer«, informierte mich Alain. »Ich habe mir die Sache angesehen, als ich Nachforschungen über die Sammlung anstellte. Vor mindestens drei Jahren hat die Gemeinde es aufgekauft und eine öffentliche Bibliothek darin eingerichtet.«

»Ich habe mir schon gedacht, dass Sarah Bauer nicht dort auf uns warten würde. Aber denk doch mal, Alain, irgendjemand muss das Haus schließlich verkauft haben! Jemand, der dazu bevollmächtigt war. Und das alles muss im Grundbuchamt aufgeführt sein. Glaubst du nicht, dass uns das auf eine Spur der Familie Bauer bringen könnte?«

»Du hast recht, Ana«, sagte Alain. »Gleich morgen früh fordern wir eine Kopie des Grundbuchauszugs an.«

Wir blieben bis fast zwei Uhr morgens im *Mandala Ray*, obwohl sich Konrad bis zuletzt kaum an der Unterhaltung beteiligte.

»Ich fange an zu bedauern, zugestimmt zu haben, dass dieser Typ mit uns zusammenarbeitet«, ließ Konrad mürrisch verlauten, als wir nach Hause fuhren.

Mit uns zusammenarbeitet?, dachte ich. Dieses »uns«, beinhaltete das etwa auch ihn? Je mehr ich darüber nachdachte, desto weniger sah ich, inwiefern Konrad sich hier überhaupt in irgendeiner Weise einbrachte.

Aber ich schwieg. Ich hatte keine Lust, darüber zu diskutieren.

Konrad offenbar schon … »Ich habe das Gefühl, dass er nicht allzu viel beisteuert. Er nutzt dein Wissen und mein Sponsoring mit der Masche aus, dass er etwas über seine Vergangenheit herausfinden möchte. Meiner Meinung nach hofft er aber wohl vor allem darauf, dass ihm dieses Gemälde in die Hände fällt, womit er dann in seinem beruflichen Umfeld glänzen kann«, sagte er bitter.

Ich konnte mich nicht länger zurückhalten: »Und du, Konrad? Machst du nicht genau dasselbe?«

»Ich hoffe, dass du damit nicht andeuten willst, dass ich dich ausnutze.« Er blickte finster auf die Straße.

»Doktor Arnoux stört dich?«, fragte ich ziemlich aufgebracht. »Na gut, dann wirf ihn raus. Ich habe ihn nicht angestellt, genauso wenig, wie ich es auf diese Diskussion angelegt habe. Ende der Diskussion.«

Und wenn du das tust, sagte ich mir, *dann werde ich im selben Augenblick mit den Nachforschungen aufhören.*

Als hätte Konrad mich gehört, ließ er das Thema fallen. Trotzdem schlief jeder von uns in dieser Nacht auf seiner Seite und kehrte dem anderen den Rücken zu.

Am nächsten Morgen trank ich gerade an der Theke in der Küche meinen Kaffee, als er eintrat, in seinem dunklen Anzug und nach *Eau d'Orange Verte* duftend.

»Kommst du also heute Nachmittag mit nach Korsika?«, fragte er und steckte eine Nespresso-Kapsel in die Maschine.

»Ich habe dir schon gesagt, dass ich viel Arbeit habe«, antwortete ich säuerlich und versteckte mich hinter meiner Tasse.

Konrad trank seinen Kaffee in einem Schluck aus, ohne sich zu setzen. »Von dort werde ich direkt nach Madrid reisen, und du solltest mich begleiten. Es gibt hier nichts mehr zu tun, was du nicht auch von zu Hause aus erledigen könntest.«

Dieses arrogante Auftreten machte mich wütend. Ich schob

meine Brille nach oben und sah ihn durchdringend an. »Du hast keine Ahnung, was ich hier mache, Konrad. Also lass mich gefälligst selbst entscheiden, wann ich nach Madrid zurückkehre.«

Konrad warf die Kaffeetasse mit einer solchen Wucht gegen den Kühlschrank, dass sie in tausend Stücke zerbarst. »Bis zu einem gewissen Punkt – so lange nämlich, wie deine Entscheidungen mich nichts kosten«, urteilte er, ehe er aus der Küche rauschte, noch bevor ich etwas erwidern konnte.

Wenige Sekunden später knallte die Eingangstür zu.

Oktober 1943

Ab Juli 1942 autorisieren die Verantwortlichen des Vichy-Regimes die Deportation von jüdischen Kindern unter 13 Jahren. Die Deportationen werden von Drancy aus durchgeführt, wo die Kinder zunächst mehrere Tage zusammengepfercht in Baracken zubringen, fast ohne Essen und Trinken, schmutzig und krank. Wenn sie Richtung Auschwitz abfahren sollen, werden sie um fünf Uhr morgens geweckt. Manche weinen und müssen mit Gewalt dazu gebracht werden, sich auf den Hof zu begeben, wo man die Listen abhakt – zum Teil sind sie noch so klein, dass sie nicht einmal ihren Namen kennen. Dort nimmt man ihnen das Wenige weg, was sie noch besitzen – goldene Armbänder und Ohrringe –, ehe sie in dunkle Viehwaggons getrieben werden. Bis zum Ende der Besatzungszeit werden 11400 jüdische Kinder aus Frankreich deportiert. Nur 300 entkommen dem Tod.

Als Jacob unter Doktor Vartans Aufsicht kam, begann für Sarah eine Zeit scheinbarer Ruhe. Sie war viel allein, vielleicht zu viel, und fühlte sich ziemlich verlassen.

Noch immer verschwanden Leute und kehrten niemals zurück. Das Essen war weiterhin knapp und wurde unaufhörlich weniger. Stromausfälle und Kürzungen von Wasser und Gas waren nun häufiger an der Tagesordnung. Die Nächte wurden immer dunkler. Hunger, Krankheit und Tod waren präsenter …

Der Verfall von Paris wurde immer deutlicher und das Leiden der Pariser Bevölkerung stets unerträglicher.

Ihr Bauch wuchs konstant, Jacob war weiterhin krank und verwirrt, die Gestapo stellte immer noch eine Bedrohung dar, und Georg von Bergheim ließ noch immer nichts von sich hören …

Zum Glück gab es Carole Hirsch. Sie brachte ihr Nachrichten von Jacob, erzählte, wie es ihm ging, was für Fortschritte er machte, und brachte ihr auch die ersten Briefe, die er ihr schrieb. Außerdem kümmerte sie sich um Sarahs Schwangerschaft: um ihre Rückenschmerzen, die geschwollenen Beine und das Brennen in ihrem Magen. Vor allem verhalf sie Sarah zu einer neuen Aufgabe, mit der sie sich von ihren Sorgen und Ängsten ablenken konnte.

Carole gehörte zu einer Gruppe von Leuten, der auch Ärzte, Krankenschwestern und andere Mitarbeiter des Rothschild-Krankenhauses angehörten. Dazu christliche Nonnen und Geistliche oder auch einfach nur gute Franzosen. Alle zusammen hatten sie ein Netz aufgebaut, um jüdischen Waisenkindern oder Kindern, deren Eltern im Vorfeld ihrer Deportation nach Drancy verlegt worden waren, zur Flucht zu verhelfen.

Wenn schwangere Frauen, die in Drancy interniert waren, zum Gebären ins Rothschild-Krankenhaus kamen, tauschte man häufig die Geburtsurkunden aus und bestätigte auf diese Weise, dass das Baby bei der Geburt gestorben sei, auch wenn das gar nicht der Realität entsprach. Manchmal wurden die in Drancy internierten Kinder aber auch mit erfundenen Krankheiten ins Krankenhaus gebracht. Dann fälschte man Taufscheine, damit sie als Christen durchgingen, verhalf ihnen mit gefälschten Papieren zu einer anderen Identität und brachte sie in einer neuen Familie unter: in Paris selbst, auf Bauernhöfen im Umland und sogar über Frankreichs Grenzen hinaus, in der Schweiz, in Spanien und in den Vereinigten Staaten.

Es dauerte nicht lange, bis sich auch Sarah in diese Arbeit einbrachte. Ihre Wohnung wurde zu einem idealen Übergangsort für die flüchtigen Kinder aus dem Krankenhaus, bis man eine Familie für sie gefunden hatte oder sie außer Landes schaffen konnte. Sarah nahm diese Kinder bei sich auf, gab ihnen zu essen, wusch sie, kleidete sie und las ihnen zum Einschlafen Märchen vor, bis andere sich ihrer annahmen. Selbst die Matheus waren schließlich in die Sache verwickelt und nahmen einen kleinen zweijährigen Jungen bei sich auf, den Carole und die anderen im letzten Moment vor dem Abtransport aus einem Waggon gerettet hatten.

Darüber hinaus schien es Jacob besser zu gehen, ja, Doktor Vartan zeigte sich bezüglich seiner Entwicklung sehr optimistisch. Obwohl Jacob sehr große Mengen Kokain verabreicht worden waren, war die Zeit, die er der Droge ausgesetzt war, sehr kurz und konzentriert gewesen, weshalb der Arzt darauf vertraute, dass die neurologischen Schäden zumindest nicht allzu schlimm waren. Und dadurch, dass Jacob nun keinen Zugang zur Droge mehr hatte und auch keine Möglichkeit, sich diese zu beschaffen, würden die Schäden nicht schlimmer werden. Doktor Vartan hatte sich darauf konzentriert, sowohl Jacobs Schlafstörungen als auch die Appetitlosigkeit und die Stimmungsschwankungen zu behandeln, an denen Jacob als Folge seiner Entzugserscheinungen litt. Die größte Sorge des Arztes waren jedoch der Selbstverstümmelungstrieb und die Suizidtendenzen, die Jacob anfänglich gezeigt hatte, so als hätte das Kokain sein Gehirn angegriffen und eine chronische Depression verursacht. Deshalb hatte er all seine Anstrengungen darauf konzentriert, Jacobs Depression zu heilen.

Jedes Mal, wenn Doktor Vartan Sarah mit großer Begeisterung von alldem erzählte, war sie zwar sehr aufmerksam, verstand aber praktisch nichts von dem, was er sagte. Doch das war nicht so wichtig, entscheidend war, worauf das alles hinauslief:

»Jacob spricht gut auf die Behandlung an und macht schnellere Fortschritte als vorhergesehen, Mademoiselle Bauer. Ich bin guter Dinge, dass er vollständig genesen wird.«

Sarah konnte das an Jacobs Briefen erkennen, die Carole Hirsch ihr weiterhin brachte. Sie wurden immer länger und wirkten immer lebhafter. In seinem letzten Brief erzählte er, dass Doktor Wozniak ihm beibrachte, wie man Papiere für den Widerstand fälschte: wie man Stempel entfernte und durch neue ersetzte, Fotos ablöste, ohne das Papier zu beschädigen, neue Dokumente druckte, Unterschriften falsifizierte, Daten abänderte … Diese Arbeit lenkte ihn ab und gab ihm das Gefühl, nützlich zu sein.

Sein Brief endete immer mit denselben Sätzen: »Der einzige Schmerz, der mir bleibt, ist der, dich nicht zu sehen, Sarah. Das Einzige, was mir jetzt noch fehlt, bist du.«

Doch mit Doktor Vartans Einwilligung hatte Sarah beschlossen, ihn erst dann zu besuchen, wenn sie das Kind zur Welt gebracht hätte.

Sarah hatte die Gräfin schon seit mehreren Monaten nicht mehr besucht. Sich um die Buchhandlung zu kümmern, anschließend die Kinder zu betreuen, die sie bei sich in der Wohnung versteckt hatte – da blieb nicht mehr viel Zeit für anderes. Außerdem wollte Sarah nicht, dass die Gräfin früher als nötig erfuhr, dass sie schwanger war.

Sie hatte vor, den letzten Monat der Schwangerschaft abzuwarten, bis ihr Bauch so dick und ihr Zustand so offensichtlich war, dass keine Worte mehr notwendig waren. Und genauso machte sie es auch.

Sarah hatte keinen Freudenausbruch vonseiten der Gräfin erwartet, vielleicht etwas Überraschung, doch mit einer solch verächtlichen Reaktion hatte sie keinesfalls gerechnet.

»Deshalb hast du mich also so lange nicht besucht …«, war die

Begrüßung, mit der die Gräfin sie empfing, als Sarah schließlich vor ihr stand und sie ihren Bauch sah.

Sarah zog es vor, nichts darauf zu erwidern.

»Wie beschämend … abgesehen davon, dass es ein großer Fehler ist«, fügte sie hinzu. »Gott sei Dank lebt dein Vater nicht mehr, um Zeuge deines unwürdigen Verhaltens und deiner Torheit zu werden.«

Doch Sarah ließ sich von ihren Worten nicht beeindrucken.

»Mein Vater war ein wunderbarer Mensch. Er hätte meine Torheit und meine Unvernunft nicht gutgeheißen, doch er hätte den Wert eines Lebens zu schätzen gewusst, wenn alles, was uns umgibt, Tod und Zerstörung ist.«

Da sie nicht wusste, was sie dagegen vorbringen sollte, bedachte die Gräfin sie mit einem abschätzigen Blick, ehe sie sagte: »Schenk den Tee ein, ja? Und sag mir, ob du weißt, wer der Vater des Kindes ist.«

Sarah folgte ihrer Aufforderung und fragte sich dabei, welcher Teufel sie geritten hatte, sich freiwillig diesem Hohn auszuliefern. »Jacob«, enthüllte sie fast schon stolz, da sie wusste, wie sehr der Greisin das missfallen würde.

Und darin hatte sie sich nicht getäuscht. Ihre Großmutter zog ihre dünnen, mit Kajalstrich aufgemalten Brauen nach oben und sagte angewidert: »Jacob …? Bei Gott dem Allmächtigen! Er ist nicht nur Jude, sondern obendrein ein einfacher Stallbursche. Aber Kind, was hast du dir dabei gedacht?«

Sarah beschränkte sich darauf, an ihrem Tee zu nippen.

»Ein Bediensteter soll der Vater meines Urenkels sein! Das glaube ich einfach nicht …«

»Er hat mir das Leben gerettet«, sagte Sarah. »Und er hat das Schmuckstück der Familie gerettet.«

»Du legst eine besorgniserregende Leichtfertigkeit an den Tag, junges Fräulein. Ich fürchte, du wirst deine Entscheidung noch schwer bedauern.«

Sarah zuckte mit den Schultern. »Wir machen alle Fehler. Und manche zahlen ihr ganzes Leben dafür …«

Die Gräfin blickte sie mit halb geschlossenen Augen über den Rand der Tasse hinweg an. Sie hatte die Absicht von Sarahs Worten erfasst. Dieses Mädchen war schlau und mutig, ein Abbild ihrer selbst mit einem besseren Kern – das Leben hatte sie noch nicht ausreichend verdorben. »Wie bedauerlich, Sarah! Mit deiner Schönheit und deiner Intelligenz hättest du etwas Besseres anstreben können. Dein einziger Mangel ist, dass du noch so einfältig … und Jüdin bist. Paris ist heutzutage voll von außergewöhnlichen Männern, gebildeten, rechtschaffenen und kultivierten Persönlichkeiten … wie der Kommandant von Bergheim …«

Sarah zuckte zusammen, als sie diesen Namen aus dem Mund der Gräfin vernahm. »Der Kommandant von Bergheim?«

»Das habe ich gesagt: der Kommandant von Bergheim. Du weißt, wer das ist, nicht wahr?«

Sarah nickte. Natürlich wusste sie das … Bei Gott! Es verging kein Tag, an dem sie nicht an ihn dachte.

Was war mit dem Kommandanten geschehen? Hatte der Erdboden ihn verschluckt? Oder hatten die Seinen ihn mitgenommen? Sarah hatte sich selbst eingeredet, dass etwas schiefgelaufen sein musste: dass die Finte mit dem gefälschten Gemälde nicht funktioniert hatte und Georg die Konsequenzen dafür in Kauf nehmen musste. Dass man ihn abberufen und vielleicht sogar vor ein Kriegsgericht gestellt hatte. Bei dieser Vorstellung verkrampfte sich ihr Innerstes, und Schmerzen breiteten sich in ihrer Brust aus und raubten ihr die Luft zum Atmen … *Nein,* sagte sie sich dann, *wenn dem so wäre, wäre die Gestapo bereits bei mir aufgetaucht.* Erst dann gelang es ihr, von diesen schrecklichen Gedanken abzulassen. Doch Georg, Georg von Bergheim, ging ihr nie ganz aus dem Kopf.

Natürlich wusste sie, wer der Kommandant von Bergheim war. Aber woher wusste es die Gräfin?

»Er hat mich vor ein paar Tagen besucht«, klärte die Gräfin sie auf. »Wir haben zusammen Tee getrunken und etwas geplaudert. Das war ein sehr angenehmer Nachmittag – er ist auch ein sehr angenehmer Mann. Ein richtiger Kavalier.«

Es war nicht nötig, dass die Gräfin ihr die Vorzüge von Georg von Bergheim schilderte. Diese kannte Sarah zur Genüge. Was sie nicht verstand, war, weshalb von Bergheim ihrer Großmutter einen Besuch abgestattet hatte. »Was wollte er?«

»Du brauchst dich nicht so unfreundlich zu geben, junges Fräulein. Er hatte nur Gutes über dich erzählt. Und du hättest mir früher von ihm erzählen sollen.«

Langsam begann Sarah zu verzweifeln. Worauf wollte ihre Großmutter hinaus? Warum wollte Georg von Bergheim die Gräfin sprechen? Es kostete Sarah große Mühe, ihr Temperament zu zügeln und sich auf die Zunge zu beißen, um die Gräfin nicht am Revers zu packen und eine Erklärung von ihr einzufordern. »Ich nehme nicht an, dass er nur gekommen ist, um von mir zu sprechen«, murmelte sie.

»In der Tat, er ist nicht deinetwegen gekommen. Er ist wegen des *Astrologen* gekommen.«

Sarahs Herz machte einen Satz. *Der Astrologe?* Sollte das etwa heißen … dass alles nur ein Trick des Kommandanten war? Dass er sie um den Finger gewickelt, sie verführt und dann überlistet hatte, um das Einzige von ihr zu bekommen, was er wollte: Informationen zum Verbleib des Gemäldes? Und wie ein törichtes Ding war sie ihm in die Falle gegangen. *»Ich hätte dir das Gemälde nicht geben können, selbst wenn ich wollte, Georg. Ich habe das Gemälde nicht, sondern meine Großmutter: die Gräfin de Vandermonde«*, hatte sie ihm naiv erklärt, während er ihr Kinn streichelte.

»Ich weiß nicht, warum du so überrascht bist, Sarah. War *Der Astrologe* nicht genau die Angelegenheit, mit der ihr euch beschäftigt habt? Was für eine Schande, dass ich das von dem Kommandanten erfahren musste, weil du dich nicht dazu herabgelassen hast, es mir zu sagen!«

Sarah traute der Bemerkung der Greisin nicht. Diese verrückte Alte war imstande, dem Kommandanten das Gemälde als Geschenk auf dem Silbertablett zu präsentieren. Und das nur, weil sie ihn als bezaubernden Mann und richtiggehenden Kavalier betrachtete: einen gebildeten, rechtschaffenen und kultivierten Deutschen, einen von den Nazis, die sie so gerne auf den Straßen von Paris sah.

»Haben Sie ihm das Gemälde gegeben?«, wagte Sarah zu fragen, ganz verzweifelt angesichts der bloßen Vorstellung. »Haben Sie ihm den *Astrologen* gegeben?«

Die Gräfin runzelte die Stirn: »Mach dich nicht lächerlich, junges Fräulein. Natürlich habe ich ihm das Gemälde nicht ausgehändigt. Vor allem deshalb nicht, weil er mich gar nicht darum gebeten hat.«

Nun verstand Sarah überhaupt nichts mehr.

»Er hat mir das von der Fälschung erzählt. Was für eine außerordentlich amüsante Spitzfindigkeit! Sehr geistreich …! Gewagt, aber geistreich. Auch wenn ich noch immer nicht verstehe, warum der Kommandant bereit war, ein solches Risiko einzugehen und seine eigenen Leute zu betrügen. Aber nun ja, ich wäre nicht diejenige gewesen, die ihn davon abgebracht hätte, dies zu tun. Das steht fest.«

Während die Gräfin sprach, lieferte sich Sarah ihren eigenen inneren Kampf, bei dem sich Georg von Bergheim in eine Art weißen Ritter verwandelt hatte, der das Schlachtfeld überquerte, um sich ihr zur Seite zu stellen.

»Wie es scheint, war es gar nicht so einfach, wie er gedacht hatte, das gefälschte Gemälde für das echte auszugeben«, fuhr die Gräfin fort. »Himmlers Experten unterziehen es gerade genauen Untersuchungen. Deshalb wollte er mich sehen, er wollte, dass ich ihm von dem Gemälde erzähle und ihm die Hintergründe zum *Astrologen* und seiner Geschichte liefere. Dadurch hofft er, seine Glaubwürdigkeit und sein Ansehen bei den Seinen vergrößern zu können.«

»Aber … Warum hat er dann nicht mich aufgesucht?«

»Das weiß ich nicht. Du müsstest dir diese Frage selbst beantworten können …« Die Gräfin kniff die Augen zusammen. Ihr Blick wirkte so noch boshafter »Sieh mal, Sarah«, sagte sie, »ich bin alt, aber nicht dumm … Und vielleicht sehe ich Dinge, weil ich alt bin, die andere nicht zeigen wollen … Als ich dich heute mit deinem aufgeblähten Bauch ankommen sah, habe ich einen kurzen Moment lang gewisse Hoffnungen bezüglich des Vaters des Kindes gehegt … Aber natürlich, du bist ein jüdisches Mädchen. Und das ist etwas Schreckliches, selbst bei jemandem wie dem Kommandanten von Bergheim.«

Sarah wurde blass. *»Wann werde ich dich wiedersehen?«*, hatte sie Georg gefragt, nachdem sie ihn geküsst hatte, als wäre es das letzte Mal, … wissend, dass es das letzte Mal war. Sie würden sich niemals wiedersehen, und er wusste das auch … Sie war nicht nur Jüdin, sie trug außerdem ein jüdisches Kind von einem jüdischen Mann in sich … Es gibt Dinge, die niemals eintreffen werden, ganz egal, wie sehr man sich danach sehnt.

Sarah war ziemlich verärgert, als sie an diesem Abend nach Hause kam. Böse wegen Georg, der nicht sie aufgesucht hatte, vor allem aber wütend auf sich selbst. Als wäre ihr Leben nicht ohnehin kompliziert genug, hatte sie sich auch noch in Georg von Bergheim verlieben müssen. Verärgert, weil allein der Gedanke, ihn nicht mehr sehen zu können, wie eine offene Wunde schmerzte. Gereizt, weil er ihr fehlte und sie sich gewünscht hätte, er wäre da, um sie in den Arm zu nehmen und ihr zu sagen, dass alles gut werden würde. Traurig, weil das niemals geschehen würde und auch niemals geschehen durfte.

Bei Einbruch der Nacht war Sarah noch immer schlecht gelaunt und spürte, dass ihr Bauch hart wie Stein war und so angespannt, als würde ihre Haut gleich aufreißen. Müde und gereizt ging sie ins Bett.

Die ersten Schmerzen weckten sie in den frühen Morgenstunden. Zunächst waren sie nicht sehr stark, und Sarah sagte sich, sie würde sie aushalten können, und versuchte, wieder einzuschlafen. Doch nach und nach kamen die Schmerzen häufiger und wurden stärker, wie Peitschenhiebe, die ihr den Atem raubten.

Allmählich machte Sarah sich Sorgen. Es fehlten noch zwei Wochen bis zum errechneten Termin, das konnte noch nicht die Geburt sein … oder doch? Woher sollte sie das auch wissen? Sie wagte aber nicht, sich während der Sperrstunde auf die Suche nach Hilfe zu machen. Sie beschloss also, liegen zu bleiben, und vertraute darauf, dass die Schmerzen weniger würden, wenn sie sich etwas Ruhe gönnte.

Doch dem war nicht so. Ganz im Gegenteil, die Schmerzen nahmen immer weiter zu, bis sie unerträglich waren, bis ihre Tränen hervorquollen und sie vor Verzweiflung schrie, weil sie glaubte, in der Mitte auseinanderzureißen.

Bei Tagesanbruch war es dann offensichtlich: Sie war kurz davor, ihr Kind zu gebären. Es war Sonntag, die Buchhandlung hatte geschlossen, also würden weder die Matheus noch sonst jemand hierherkommen. Und sie sah sich nicht mehr in der Lage, auf die Straße zu gehen. Sie konnte sich kaum zur Tür schleppen, um in dem leeren Gebäude um Hilfe zu rufen. Keiner würde zu ihr eilen, sie würde sich dieser Situation allein stellen müssen. Und sie hatte Angst, große Angst.

Wenn sie irgendwann geglaubt hatte, Gott habe sie für ihre Sünden bestraft, dann wurde ihr an diesem Tag klar, dass seine Barmherzigkeit unendlich ist und er ihr in Wahrheit vergeben hatte: In dem Moment, als ihre Fruchtblase platzte, klingelte Carole Hirsch an der Tür. Sie brachte ihr die Unterlagen von den Kindern, die sie in den nächsten Tagen würde aufnehmen müssen. Sie hatte sie jeweils in Mehlsäcken versteckt, deren Inhalt gleichzeitig als Nahrung für die Kleinen vorgesehen war.

Als Carole zur Tür hereinkam, erfasste sie die Situation sofort. Sie ließ alles auf den Boden fallen, half Sarah, sich auf das Bett zu legen, öffnete Sarahs Beine und untersuchte sie. Mit Schrecken stellte sie fest, dass der Muttermund der jungen Frau fast vollständig geöffnet war und sie, kaum dass sie die Finger bis zum zweiten Fingerglied eingeführt hatte, auch schon den Kopf des Kindes spüren konnte.

Es war keine Zeit mehr, um sie an einen anderen Ort zu bringen oder Hilfe zu holen. Sie würde allein mit dieser Geburt zurechtkommen müssen. Sie war keine Hebamme, hatte aber schon mehrfach auf der Entbindungsstation geholfen.

Sie sah Sarah an: Ihr Gesicht war schmerzverzerrt und von Tränen und Schweiß ganz verschmiert. Sarah presste die Zähne aufeinander, um nicht zu schreien. »Schrei, Sarah, schrei. Lass die Anspannung heraus … Nicht mehr lange, und du wirst dein Kind in den Armen halten … Aber jetzt press nur dann, wenn ich es dir sage …«

Doch Sarah schrie, und dann presste sie.

Alles fing mit zwei Nachrichten an

Ich war die ganze Woche völlig antriebslos. Zu dem Streit mit Konrad, der seine Drohung wahr gemacht hatte und, ohne sich noch einmal zu melden, nach Madrid abgedampft war, kam noch eine schreckliche Phase des Stillstands bei den Nachforschungen. Alain war mit mehreren Abendkursen an der Universität sehr eingespannt, weshalb wir uns kaum sehen konnten. Als hätte mich Konrads Fluch getroffen, verbrachte ich einen Großteil der Woche völlig untätig, wodurch seine gehässigen Prophezeiungen in Erfüllung gingen. Ich hasste ihn dafür und dachte nicht einmal im Traum daran, ihm recht zu geben und nach Madrid zurückzukehren.

Die ganze Woche trug ich nur die bequemen Klamotten für zu Hause und dazu die Brille. Meine einzige Beschäftigung bestand darin fernzusehen, mich zwanghaft aus Chipstüten zu ernähren und der Frage nachzugehen, welche Wendung meine Beziehung zu Konrad genommen hatte.

Doch hätte ich geahnt, was mich noch vor Ablauf dieser Woche erwartete, dann hätte ich mir Mühe gegeben, meinen Trainingsanzug, meine Brille, den Fernseher und die Chips nach Kräften zu genießen.

Alles fing mit zwei Nachrichten an, die mich aus der einsamen und melancholischen Stimmung holten, in die ich gefallen war.

Die erste erhielt ich am Donnerstagabend durch einen Anruf

von Teo: »Ana, Süße, mach schon mal das Bettsofa für mich fertig, ich komme dieses Wochenende.«

Das reichte aus, um mich etwas aufzumuntern – es würde wunderbar sein, das Wochenende mit Teo zu verbringen: einkaufen gehen, lange Frauengespräche führen, uns richtig schön über Konrad auslassen und danach durch die Bars ziehen und uns betrinken, während wir den schönsten Franzosen von ganz Paris auf den Hintern starrten. Zu wissen, dass Teo das ganze Wochenende bei mir sein würde, war genau das, was ich brauchte, um mir den Tag zu versüßen, und weitere Erklärungen wären gar nicht nötig gewesen. Doch natürlich wäre Teo nicht Teo gewesen, hätte er mir diese nicht geliefert – und zwar ganz ausführlich.

»Also, Toni fährt am Freitag nach Bilbao. Er hat zwar gesagt, ich soll ihn begleiten, aber ich kann gut und gern darauf verzichten, mir die 500 Kilometer anzutun. Und das mit dem Antun meine ich wortwörtlich, denn Toni fährt zu seiner Mutter, seiner verfluchten Mutter. Und ich habe dir schon immer gesagt, dass ich nicht in das Haus dieser Frau fahre und das Theater dort mitmache, von wegen getrennte Zimmer und so. Nur weil sie so eine alte Schachtel ist, die nicht wahrhaben will, dass ich nicht nur der Mitbewohner ihres Sohnes bin, sondern ihn außerdem auch ganz herzhaft hernehme, und zwar sooft es geht, worauf ich übrigens unglaublich stolz bin. Also habe ich zu ihm gesagt: ›Na gut, Süßer, du fährst zu deiner Hexe von Mutter, aber ich, mein Lieber, ich besuche meinen Schatz und tauche etwas in den Pariser Glamour ein.‹ Also habe ich mir mit meinen Vielfliegermeilen ein Ticket zugelegt und bin morgen um 19.30 Uhr in Orly, falls wir keine Verspätung haben. Und ich hoffe natürlich, dass du so nett bist und mich abholen kommst …«

Das zweite Ereignis geschah am Freitagabend, als ich auf dem Weg nach Orly war, um Teo abzuholen, und mitten in einem riesigen Stau auf der Ringautobahn von Paris steckte. Aus dem Augenwinkel sah ich, dass das rote Licht des BlackBerry leuchtete: Ich hatte eine Mail erhalten.

Sie kam vom *Bureau de Livre Foncier du Bas-Rhin*, dem elsässischen Äquivalent zum Grundbuchamt, bei dem wir uns nach dem Haus der Familie Bauer erkundigt hatten, das etwas außerhalb von Straßburg, in Illkirch-Graffenstaden, lag.

Die Mail hatte einen Anhang mit Informationen über den Besitz der Familie Bauer, soweit im *Livre Foncier* vermerkt. Leider konnte ich ihn nicht öffnen. Ich wollte aber unbedingt wissen, was er enthielt, also rief ich Alain an.

Er antwortete mit einem geflüsterten »Hallo?«.

»Hallo … Kannst du gerade reden?«

»Ich bin mitten in einem Seminar. Ist es wichtig?«

»Nein … Na ja … Ich habe die Antwort vom *Livre Foncier* erhalten, bin aber gerade im Auto unterwegs und kann die Mail nicht öffnen. Ich wollte wissen, ob du dazu imstande bist, aber wie ich sehe, passt es bei dir auch gerade schlecht.«

»Ich rufe dich an, sobald ich fertig bin, ja?«

»Gut. Okay … dann bis später.«

Enttäuscht ließ ich mich in den Sitz zurückfallen. Meine Neugierde musste sich noch etwas gedulden.

Teos Flugzeug hatte glücklicherweise keine Verspätung, und er wartete bereits pünktlich am Ausgang des Ankunftsbereichs.

Wir umarmten uns. Es war schon so lange her, dass man mich umarmt hatte, dass ich die lange, feste Umarmung meines Freundes genoss und mir wünschte, noch mindestens eine Minute länger so stehen bleiben zu können.

Aber Teo hatte es eilig. »Du kommst spät.«

»Beschwer dich bei den ganzen Franzosen, die die schreckliche Angewohnheit haben, den Freitagabend auf der Ringautobahn zuzubringen … Komm schon, ich stehe mit dem Wagen auf dem Parkplatz.«

Teo zog seinen Trolley hinter sich her und folgte mir. »Wow, du bist mit dem Auto da. Du bist hier also schon richtig eingerichtet.«

»Es ist Alains Auto. Ich habe ihn darum gebeten, um dich herumchauffieren zu können«, antwortete ich ironisch.

»Das ist auch unbedingt nötig. Du weißt doch, dass ich mit öffentlichen Verkehrsmitteln nicht zurechtkomme. Immer verirre ich mich in Madrid in der Metro, dabei spricht man dort Spanisch. Stell dir das erst mal hier vor! Ich hätte das ganze Wochenende unter der Erde zugebracht wie ein Maulwurf ohne Navi.« Teo redete ohne Punkt und Komma, bis wir beim Parkplatz ankamen. »Schwör mir bei allen Fettabsaugungen, die man bei mir noch nicht gemacht hat und die noch ausstehen, dass das nicht das Auto ist, mit dem du gekommen bist.«

Doch, das war das Auto. Und um ihm das zu verdeutlichen, holte ich die Schlüssel hervor und öffnete den Kofferraum.

»Was ist denn mit dir los? Das ist ein Vintage-Auto: eine Ente, nicht mehr und nicht weniger.«

»Gelb, Schätzchen. Eine Ente in *Kükengelb*. Das ist so ziemlich das Geschmackloseste, was ich in meinem ganzen Leben gesehen habe. Und damit sollen wir hier jemanden aufreißen? Damit hält man uns für Hippies!«

»Ach, du weißt doch …« Ich zeigte auf den geöffneten Kofferraum, damit er seinen Koffer darin verstaute: »Mach Liebe, keinen Krieg.«

Teo zog eine spöttische Grimasse und verstaute den Koffer im Kofferraum, den ich daraufhin schloss – nicht ganz problemlos, denn die Tür rastete nicht gut ein. Als wir endlich im Auto saßen, knirschte und quietschte es bei jeder Bewegung.

»Jetzt weiß ich, wie sich die Kerne in einer Zitrone fühlen müssen.« Teo schnupperte. »Hier riecht es aber komisch.«

»Das kommt von der Fußmatte.«

»Ach so, dann ist ja alles klar …«

»Also, Alain benutzt das Auto so gut wie nie …« In dem Moment klingelte mein Telefon. »Sieh einer an, wenn man vom Teufel spricht … Ich geh kurz ran … Hallo …«

»Hallo. Wo bist du?«

»Beim Rausfahren vom Flughafen, mit Teo. Er ist übrigens ganz verliebt in dein Auto …«

Teo zog wortlos eine Grimasse.

»Warum sprichst du auf Spanisch?«

»Ich hab mit Teo gesprochen.«

»Hör mal, ich ruf dich später an, wenn du gerade nicht fährst.«

»Nein, nein, wir stehen noch auf dem Parkplatz. Schieß los …«

»Ich komme gerade aus dem Seminar. Eigentlich wollte ich noch ins Büro, aber irgendwie reicht es mir für heute, und ich will einfach nur noch nach Hause. Warum kommst du nicht kurz vorbei, dann werfen wir gemeinsam einen Blick darauf?«

»Ich weiß nicht. Warte mal … Alain fragt, ob ich wegen einer Sache für die Nachforschungen noch kurz bei ihm vorbeikommen kann.«

»Natürlich kannst du das nicht. Dieses Wochenende ist ein reines Vergnügungswochenende unter Mädels«, antwortete Teo würdevoll.

»Jetzt stell dich nicht so an, Teo. Es dauert nicht lange. Und es ist sehr wichtig, wir warten schon die ganze Woche darauf. Ich verspreche dir, dass meine restliche Zeit ausschließlich dir gehört.« Ich umfing ihn mit einem unwiderstehlichen Lächeln.

Also gab er nach. »Na gut. Aber danach kann mir dein Franzose gestohlen bleiben. Wenn er uns die ganze Zeit am Rockzipfel hängt, verdirbt er uns noch alles.«

Ich lächelte Teo zu und nahm das Gespräch mit Alain wieder auf. »Ich komme gleich vorbei. So lange ich eben brauche, bis ich bei dir bin, es ist viel los auf den Straßen.«

»Klar, Freitagabend … Dann werde ich wahrscheinlich gleich noch unter die Dusche gehen. Für den Fall, dass ich nicht fertig bin, wenn du ankommst, hinterlege ich dir einen Schlüssel, oben auf dem Türrahmen. Komm einfach rein.«

»Alles klar, dann bis gleich.«

»Ja, bis gleich …«

Ich legte auf.

»Und? Hast du ihn vernascht oder nicht?«

»Du bist bescheuert, Teo«, antwortete ich, ohne mich aufzuregen. Ich kannte Teo, ihm ließ ich so etwas durchgehen.

»Aber hast du ihn denn vernascht? Ich sage das, weil ich eine gewisse … Elektrizität wahrnehme.«

»Nein.« Ich ließ den Motor an in der Hoffnung, dass er dann aufhören würde.

»Also, es kann nicht daran liegen, dass du keine Zeit gehabt hättest, Süße.«

Ich seufzte entmutigt und versuchte auszuparken, ohne wahnsinnig zu werden. »Ich habe nicht die Absicht, ihn zu vernaschen, das ist alles. Vielleicht verstehst du das nicht, aber ich muss nicht mit allen Männern ins Bett steigen, die ich kennenlerne.«

»Nicht mit allen. Nur mit den guten.«

»Es reicht jetzt, Teo, ich habe keine Lust, das ganze Wochenende so zu verbringen. Ich habe Alain nicht vernascht, und das werde ich auch nicht tun. Und jetzt: Themawechsel.«

Teo verzog auf für ihn typische Weise das Gesicht: Er senkte das Kinn, bis er den Hals damit berührte, brachte damit ein unausgesprochenes ironisches »Was immer du sagst, Süße« zum Ausdruck und wechselte dann, Gott sei Dank, das Thema.

November 1943

Als das Deutsche Heer aus Nordafrika vertrieben wird und Italien die Kampfhandlungen eingestellt hat, sind die Alliierten in der Lage, eine weitere Front im Westen zu eröffnen. Churchill, Roosevelt und Stalin treffen bei der Teheran-Konferenz zusammen, um die Planung des Einfalls ins besetzte Frankreich zu besprechen. Diese militärische Aktion wird hinterher als Operation Overlord bekannt und erreicht ihren Höhepunkt bei der Landung in der Normandie am 6. Juni 1944.

»*Beschreib mir das Gemälde, Sarah …*«, hatte er sie gebeten, als sie sich das letzte Mal sahen.

Sie hatte ihn auf die Brust geküsst und ihn dann mit ihren großen grünen Katzenaugen angesehen …

Mein Gott, wie sehr er sie vermisste!, gestand er sich ein, ein Röhrchen Pervitin in der Hand.

Er nahm den Deckel ab und holte eine Tablette heraus. Schon lange hatte er keine Methylamphetamine mehr genommen. Er hatte damit aufgehört, als er aus dem aktiven Dienst ausgeschieden war, genau wie mit dem Morphium und dem Eukodal. Er wollte keine Medikamente mehr, sie machten ihn kaputt, hebelten seinen Willen und seine Widerstandsfähigkeit aus. Damit angefangen, Pervitin zu nehmen, hatte er, als er in die SS eingetreten war, während des Polen-Feldzugs. Alle machten das, das war Teil der Ausstattung: Methylamphetamine, die die Truppen wach und euphorisch machten und sie im Kampf über sich selbst hinauswachsen ließen. Keiner hatte gesagt, es wäre schlecht, sie zu nehmen, doch er hatte das Gefühl, je mehr er nahm, desto mehr brauchte er davon, und das konnte nicht gut sein. Als er dann in Frankreich verwundet wurde, hatte er seine erste Dosis Morphium erhalten. Die hatte ihm dieser bescheuerte Arzt verabreicht, derselbe, den er mit vorgehaltener Pistole davon abhalten musste, sein Bein zu amputieren. Später wurden die Morphium- und Eudokaldosen aufgrund seiner Schmerzen während der Genesung und der Rehabilitation erhöht … Er war dann von diesem Mist abhängig geworden, brauchte ihn, um aufzustehen oder gut gelaunt zu sein. Eines schönen Tages hatte er sich geweigert, so weiterzumachen. Er ertrug nicht mehr, dass diese ganzen verfluchten Medikamente sein Leben im Griff hatten, und hatte alle in den Müll geworfen. Die darauffolgenden Wochen waren ein Leidensweg aus Angst und Schmerzen gewesen, eine Feuerprobe für seinen Willen. Doch sie waren vorübergegangen … Und seitdem hatte er nicht mehr als Aspirin und hin und wieder ein Gläschen zu sich genommen, wenn sein Knöchel höllisch schmerzte.

Doch an diesem Tag war er mit einer einzigen fixen Idee im Kopf aus dem Zug aus Westfalen gestiegen: zur Ambulanz gehen und Pervitin ergattern oder was auch immer, Hauptsache, es half gegen seine angespannten Nerven und seine extreme Müdigkeit.

Georg betrachtete die Tablette auf seiner Hand …

Seitdem er sich dazu entschlossen hatte, Sarah nicht wiederzusehen, verzehrte er sich vor Traurigkeit.

»Beschreib mir das Gemälde, Sarah …«

»Willst du es denn nicht lieber sehen?«

»Ich brauche es nicht zu sehen …«

Was machte es schon aus, wie das Gemälde tatsächlich aussah? Keiner hatte es je gesehen, also wäre es ganz einfach, die Fälschung für das Original durchgehen zu lassen, es wäre einfach, die anderen zu täuschen …

Das hatte er geglaubt. Aber sie hatten ihn vom ersten Moment an, als er mit dem gefälschten *Astrologen* unter dem Arm in der Wewelsburg eingetroffen war, mit Fragen gelöchert. Abgesehen von dem ausführlichen Bericht, den Georg bezüglich Ursprung, Herkunft, Beschaffenheit und Geschichte des *Astrologen* erstellen musste, hatten Experten des Ahnenerbes das Gemälde unter Georgs unruhigem und bangem Blick analysiert, studiert, erforscht und seziert. Er hatte derart die Luft angehalten, dass er meinte, ersticken zu müssen. Sich in der Wewelsburg eingeschlossen zu sehen, in diesem bedrückenden und dunklen Ambiente, aufmerksam beobachtet von Himmler und seinem Gefolge, wissend, dass das Gemälde gefälscht war – das war, als würde er eine Granate ohne Sicherungsring in der Hand halten. Noch nie war er einer derartigen psychologischen Belastung ausgesetzt gewesen wie dort. Er konnte nicht schlafen, nicht essen und auch nicht klar denken.

Glücklicherweise war der Fälscher, den Lohse ihm empfohlen hatte, nicht nur gut, sondern exzellent, ein wahrer Meister. Die beiden Rembrandts und der Vermeer, die ihn dieses Unterfangen gekostet hatten, waren ihr Geld wert gewesen. Georg selbst war von der Qualität der Fälschung beeindruckt gewesen, als er sie zum ersten Mal sah.

Doch eine Sache war es, eine optische Inspektion zu überstehen, eine ganz andere die Laboruntersuchungen, denen das Gemälde unterzogen wurde. Es war schwierig, aber es war gelungen. Nach Wochen der Analyse befanden die Experten von Ahnenerbe das Gemälde für echt.

Trotzdem hatten Georgs Nerven einen bleibenden Schaden davongetragen …

Er ließ die Tablette auf seiner geöffneten Hand hin- und herrollen …

»Beschreib mir das Gemälde, Sarah …«

»Willst du es denn nicht lieber sehen?«

»Ich brauche es nicht zu sehen … Ich will nur, dass du es mir beschreibst …«

Wenn Sarah über Kunst sprach, dann vereinten sich die beiden schönsten Dinge der Welt in einer, und Georg verspürte eine geradezu sexuelle Lust, eine unbeschreibliche Ekstase, genau wie damals bei den Spaziergängen in Illkirch.

Auf Sarah zu verzichten war schmerzhaft gewesen. Doch Georg musste auf sie verzichten. Weil er sie liebte, musste er auf sie verzichten.

»Bei allem Respekt, Reichsführer, ich glaube nicht, dass es nötig ist, sie zu deportieren. Dieses jüdische Mädchen ist nicht mehr als das: ein unbedeutendes jüdisches Mädchen. Wir haben das Gemälde – soll sie uns alles erzählen, was sie darüber weiß, und dann vergessen wir sie einfach.«

Am Tag zuvor hatte er es gewagt, Himmler zu widersprechen. Der Reichsführer wollte Sarah festnehmen, befragen und in ein Konzentrationslager nach Polen deportieren, sobald sie ihnen nicht mehr nützlich wäre.

Georg hatte das Glück gehabt, den Reichsführer ungewöhnlich gut gelaunt anzutreffen. Himmler hatte ihn mit einem gutmütigen Lächeln bedacht, ehe er erwiderte: »Ein unbedeutendes jüdisches Mädchen? Gut möglich, Sturmbannführer. Die Frauen und Kinder sind heute vielleicht unbedeutend, um nicht zu sagen, harmlos. Aber denken Sie einmal gut darüber nach: Wer bin ich … wie steht es um meine moralische Autorität, würde ich billigen, dass unsere Kinder und die Kinder unserer Kinder morgen der Rachsucht der Kinder und Kindeskinder all jener anheimfallen, die wir uns heute auszulöschen gezwungen sehen, weil sie eine Bedrohung für Deutschland darstellen? Ich wäre keine anständige Person, erläge ich moralischer Schwäche und Skrupeln und ließe zu, dass so etwas geschehen kann. Es ist notwendig, Deutschlands Feinde zu eliminieren – alle. Das ist hart, das leugne ich nicht, schließlich bin auch ich ein Mensch. Es handelt sich hierbei vielleicht um die schwierigste Entscheidung, die wir in unserem ganzen Leben getroffen haben, aber jemand muss sie treffen. Ich verlange nicht, dass Sie mich verstehen, Sturmbannführer, aber führen Sie meine Befehle aus: Das Erfüllen der Pflicht macht uns hart.«

In dem Moment hatte Georg Gewissheit über das, was tatsächlich ablief, sah der blutigen Realität ins Auge. Sie ermordeten sie also wirklich! Alle! Auf systematische, organisierte und durchdachte Weise. Ziel war es, die Juden von der Erdoberfläche verschwinden zu lassen: Männer, Frauen und Kinder wurden ohne Sinn und Verstand ausgerottet. Und am schlimmsten daran war, dass sie völlig überzeugt waren, es im Namen einer gerechten und übergeordneten Sache zu tun.

Georg musste Sarah warnen: Er musste ihr helfen, vor diesem Massaker zu fliehen. Er musste sie erneut aufsuchen …

Wieder warf er einen Blick auf die Pervitin-Tablette in seiner Hand …

Mit einer raschen Bewegung warf er die Tablette in den Mund. Er ging ins Badezimmer, stellte das Wasser an und trank direkt vom Hahn, um sie hinunterzuschlucken. Dann leerte er die restlichen Tabletten des Röhrchens in die Toilette und betätigte die Spülung.

Er wusste, dass er es früher oder später bereuen würde, sich der Tabletten entledigt zu haben; was er sich zu diesem Zeitpunkt allerdings nicht hätte träumen lassen, war, dass er sich noch vor Ende des Tages verwünschen würde, weil er es getan hatte.

Georg nahm zwei Stufen auf einmal. Das Pervitin entfaltete allmählich seine Wirkung, und er war voller Energie, fühlte sich in der Lage, alles zu tun.

Er klingelte an Sarahs Tür. Niemand antwortete. Er klingelte erneut. Keine Antwort.

Er hatte gesehen, dass die Buchhandlung geschlossen hatte, und war davon ausgegangen, dass Sarah zu Hause sein würde. Er betätigte erneut die Klingel.

Wo mochte sie sein? War sie im Haus ihrer Großmutter …? Die Mittagessenszeit war vorbei, weshalb sie in Kürze wieder zurückkommen und die Buchhandlung öffnen musste … Er klopfte erneut an die Tür.

»Sarah!«

Wieder klopfte er an die Tür – dieses Mal mit der Faust.

»Sarah!«

Und dann hörte er es: Es klang wie das Miauen einer Katze, das Kreischen einer Möwe oder das Geschrei eines Babys … Was zum Teufel hatte es damit auf sich?

»Sarah!«, brüllte er aus Leibeskräften. »Sarah! Bist du da? Ich bin es, Georg! Mach auf!«

Das war tatsächlich Babygeschrei, stellte er verwirrt fest. Ein Geschrei, das immer deutlicher und kräftiger wurde.

Er trommelte wieder an die Tür und klingelte wie ein Wahnsinniger. »Verdammt noch mal, Sarah! Mach die Tür auf!«

Dieses Geschrei würde ihn noch verrückt machen. Er trat ein paar Schritte zurück, konzentrierte sich und wollte gerade Anlauf nehmen, um die Tür einzutreten.

In dem Moment öffnete sie sich langsam. Georg erstarrte. »Was ist hier los? Wo ist Sarah?«

Ohne eine Antwort abzuwarten, stieß er die Tür und die unbekannte Frau dahinter zur Seite und betrat mit eiligen Schritten die Wohnung.

»Hören Sie, was tun Sie da? Wer sind Sie …?« Marion wäre gerne mutiger und entschlossener aufgetreten, aber sie war zu verängstigt. Es war nicht gut, dass ein Mann mit einer SS-Uniform einfach so bei jemandem an die Tür klopfte. Doch als sie ihn dann durch den Raum kreisen sah, angespannt wie ein hungriger Wolf, erkannte sie ihn. Sein Hinken verriet ihn. Dieser

Mann war der Offizier, der Sarah durch ganz Paris verfolgt hatte, der Stunden vor ihrem Haus verbracht und jede ihrer Bewegungen überwacht hatte.

»Wo ist Sarah Bauer?«, fragte der Mann aufgebracht.

In der Tür des Schlafzimmers tauchte Frau Matheus mit der Kleinen im Arm auf. Sie weinte noch immer untröstlich und würde das auch noch so lange tun, bis sie endlich etwas zu essen bekäme.

Die beiden Frauen sahen Georg an und er sie.

»Was ist hier los? Wo ist Sarah Bauer? Ich verlange eine Erklärung! Sofort!«

Ohne ein Wort trat Frau Matheus zur Seite und gab den Weg ins Schlafzimmer frei. Georg verstand. Mit schnellen Schritten durchquerte er den Raum und betrat das Schlafzimmer.

Die Vorhänge waren fast ganz zugezogen, und im Halbdunkel machte er sie auf dem Bett liegend aus. Sarah bewegte sich nicht.

Georg bekam es mit der Angst zu tun; nach all dem Lärm konnte sie doch unmöglich schlafen. Er rannte zu ihrem Bett und setzte sich neben sie, wartete sehnsüchtig auf ein Lebenszeichen ihres reglosen Körpers.

Sarah atmete schwer, und ihr Gesicht war schweißnass. Sarah lebte … Gott sei Dank, sie lebte! Vor Rührung zog sich sein Herz zusammen, er flüsterte ihren Namen, streichelte sie: Sie glühte. Georg versuchte, ihre Stirn mit den Händen trocken zu reiben und ihre Lider zu öffnen.

»Georg …«, flüsterte sie schwach.

Marion konnte nicht glauben, was sie da gerade gehört hatte. Sarah hatte einen SS-Offizier beim Vornamen genannt!

»Was ist los mit dir, Sarah? Was hast du?« Georgs Tonfall war dringlich, verzweifelt.

Frau Matheus, die die Szene von der Türschwelle aus beobachtete, übergab Marion das Baby und trat an das Bett. »Sie hat das Kind vor einer Woche bekommen«, erzählte sie. »Es ist hier zur

Welt gekommen, zu Hause. Eine problemlose Geburt. Aber seit gestern geht es ihr nicht gut, und heute Morgen hat sie erste Blutungen gehabt. Dann kam das Fieber, das immer mehr gestiegen ist. Es ist uns nicht gelungen, es zu senken.«

Georg versuchte, ruhig zu werden und klar zu denken, nur an das zu denken, was wichtig war. »Es könnte eine Entzündung sein …«, schloss er. »Sie muss unbedingt zu einem Arzt …«

»Mein Mann holt gerade einen«, informierte ihn Frau Matheus und meinte damit Doktor Vartan. »Doch er ist gerade erst gegangen, es ist keine zehn Minuten her. Es wird noch dauern, bis er zurückkommt.«

»Dafür ist keine Zeit«, erwiderte Georg kategorisch. »Ich habe den Wagen unten stehen, ich bringe sie sofort ins Krankenhaus.«

Gesagt, getan, Georg nahm Sarah in die Arme und hob sie hoch. Als er das tat, sah er das blutbefleckte Bett, und die Dringlichkeit wurde ihm nur noch deutlicher. »Helfen Sie mir, sie zuzudecken. Schnell.«

Die beiden Frauen sahen sich sprachlos an. Frau Matheus zögerte, aber Marion stellte sich ihm entgegen. »Hören Sie! Das können Sie nicht tun! Für wen halten Sie sich? Sie können sie doch nicht einfach so mitnehmen!«

»Wäre es Ihnen lieber, ich würde hierbleiben, neben ihrem Bett, und zusehen, wie sie stirbt?«

»Aber diese Frau will nicht ins Krankenhaus! Sie sagt, man würde sie dort festnehmen!«

Georg sah Sarah an. Dann drückte er sie fest an sich. »Nein. Das werden sie nicht tun, wenn ich bei ihr bin.«

Marion wusste nicht, was sie sagen sollte.

Als Frau Matheus damit fertig war, Sarah zuzudecken, ging Georg bis zur Tür. Marion folgte ihm mit dem weinenden Baby im Arm. Ehe er ging, hielt sie ihn zurück.

»Und das Baby? Was soll es ohne seine Mutter machen? Es muss trinken …«

»Geben Sie ihm Kuhmilch … verdünnt mit Wasser.«

»Milch?«, wiederholte Marion spöttisch. »Seit die Deutschen in Frankreich sind, geben französische Kühe keine Milch mehr für französische Kinder.«

Irgendwie gelang es Georg, eine Hand in die Hosentasche zu stecken und gleichzeitig Sarah fest im Arm zu halten. Er holte ein paar Scheine hervor und knallte sie auf den Tisch. »Ganz bestimmt hat eine so schlagfertige Frau wie Sie keine Probleme, damit Milch aufzutreiben.«

Georg verschwand in der Tür und ließ Marion mit offen stehendem Mund vor den Geldscheinen zurück.

Georg legte Sarah auf einem Sofa im Eingangsbereich des Krankenhauses Pitié-Salpêtrière ab.

»Nein … Lass mich nicht hier … Ich will nicht wieder hierher.« Sarah war so schwach, dass sie kaum Widerstand leisten konnte. »Wo ist mein Mädchen …? Wo ist meine Tochter?«

»Ganz ruhig, Sarah. Du wirst deine Tochter bald wiedersehen. Aber zuerst einmal musst du gesund werden.«

Unruhig bewegte sich Sarah auf dem Sofa.

»Ich bin bei dir, Sarah. Mach dir keine Sorgen, alles wird gut.«

»Lass mich nicht allein, Georg …«

»Ich komme gleich zurück. Ich hole nur einen Arzt.« Georg küsste sie auf die Stirn. »Ganz ruhig …«

An der Rezeption traf er auf zwei Krankenschwestern. Georg wandte sich an diejenige der beiden, die gerade nicht telefonierte. »Entschuldigen Sie, diese Frau braucht dringend einen Arzt.«

»Einen Moment bitte«, antwortete die Schwester, ohne den Blick von ihren Papieren zu heben.

»Nein, ich habe keinen Moment!«

Die Krankenschwester warf einen Blick über seine Schulter. Tatsächlich sah die Frau auf dem Sofa nicht gerade gut aus.

Ohne eine Miene zu verziehen, holte sie ein Blatt Papier hervor. »Sie müssen das hier ausfüllen. Zeigen Sie mir Ihre Papiere bitte.«

Georg holte sein Soldbuch aus der Uniformjacke und legte es auf die Theke. Die Krankenschwester warf ihm einen Seitenblick zu.

»Doch nicht Ihre, die der Frau«, verkündete sie mürrisch.

Die von ihr? Vor lauter Eile und Sorge war er, ohne zu überlegen, zum nächstgelegenen ihm bekannten Krankenhaus gefahren, ohne zu bedenken, dass das Pitié ein deutsches Militärkrankenhaus war, in das man nicht eingelassen wurde, wenn man sich nicht ausweisen konnte. Aber wo er jetzt schon einmal hier war, war er nicht bereit, wieder zu gehen. »Ich habe ihre Papiere nicht dabei. Wir sind überstürzt aufgebrochen, und ich habe nicht daran gedacht.«

Die Krankenschwester seufzte. »Dann tut es mir leid, aber ohne Papiere kann ich sie nicht aufnehmen.«

»Ich bringe die Papiere später.«

»Ich bedauere, das ist nicht möglich.«

Georg spürte, wie er langsam in Wallung geriet, versuchte aber, nicht die Nerven zu verlieren. »Wollen Sie mir etwa sagen, Sie werden diese Frau in der Eingangshalle des Krankenhauses sterben lassen, weil ich die verfluchten Papiere nicht mitgebracht habe?«

Die Frau schien unbeeindruckt. »Ich stelle hier nicht die Regeln auf, Herr Sturmbannführer. Sie müssen verstehen, dass das hier ein Militärkrankenhaus ist und dass man hier nicht jeden Dahergelaufenen aufnehmen kann, der ohne Papiere hereinkommt.«

»Aber diese Frau ist nicht irgendeine Dahergelaufene: Sie ist meine Assistentin, außerdem gehört sie zum Militärkorps.« Georg zögerte kurz, ehe er hinzufügte: »SS-Helferin Braun. Sandra Braun. Schreiben Sie den Namen endlich auf das verflixte Formular.«

Die Krankenschwester warf ihrer Kollegin, die sich ihnen genähert hatte, einen Blick zu.

»Sie können sie ins Saint-Antoine-Krankenhaus oder ins Cochin bringen«, schlug diese vor. »Das sind öffentliche Krankenhäuser. Sie sind nicht weit von hier entfernt, und dort wird man sie ohne irgendwelche Formalitäten aufnehmen.«

Georg beruhigte sich ein wenig. Wenn es andere Möglichkeiten gab, war es vielleicht nicht notwendig, hier weiterhin Druck auszuüben und sich in etwas hineinzumanövrieren, aus dem er sich hinterher nur schwer befreien könnte. »Welches ist am nächsten?«

Die freundlichere der beiden Krankenschwestern dachte einen kurzen Moment nach. »Vermutlich das Saint-Antoine … Es ist auf der anderen Seite des Flusses. Wenn Sie über die Pont d'Austerlitz und dann geradeaus weiterfahren, kommen Sie in die Rue du Faubourg Saint-Antoine, fragen Sie dort nach.«

Glücklicherweise bot sich ihm im Krankenhaus Saint-Antoine ein völlig anderes Bild. Unterwegs dorthin hatte Sarah das Bewusstsein verloren, und Georg glaubte schon, sie würde in seinen Armen sterben, und war bereit, jedem, der ihm auch nur die kleinste Schwierigkeit bereiten sollte, mit der Pistole zu drohen. Doch das war nicht nötig. Kaum dass er angekommen war, standen auch schon Krankenschwestern und Sanitäter bereit, um Sarah in Empfang zu nehmen.

»Was ist mit ihr los?«, fragten sie ihn, während man Sarah auf eine Bahre legte.

Georg gab sich große Mühe, um sich auf Französisch verständlich zu machen. »Sie hat Fieber und verliert Blut. Viel, glaube ich.«

»Ihr Name?«

»Sarah Bauer.«

»Alter?«

»Ich … ich weiß nicht. Zwanzig … vielleicht auch älter.«

Ohne Zeit zu verlieren, schoben sie die Bahre weiter ins Innere des Krankenhauses. Georg wollte ihnen folgen.

»Tut mir leid, Monsieur, Sie können nicht mit hinein«, hielt ihn eine Krankenschwester freundlich zurück. »Wenn Sie möchten, können Sie im Wartesaal Platz nehmen.«

Georg sah ohnmächtig zu, wie Sarah durch die Flügeltüren weggebracht wurde.

Die Krankenschwester schob ihn sanft, aber bestimmt Richtung Wartesaal. »Machen Sie sich keine Sorgen, Monsieur, Ihre Frau ist in guten Händen.«

Der Raum war wie eine Isolierzelle, eng und erdrückend. Die Wirkung des Pervitins hatte langsam ihren Höhepunkt erreicht, und Georg konnte einfach nicht ruhig bleiben. Er lief wie ein Besessener im Raum auf und ab und rauchte eine Zigarette nach der anderen. Die Zeit wollte einfach nicht vergehen, und Georg hätte am liebsten auf die Möbel eingeprügelt, um sich Luft zu machen.

Wie nach einer Ewigkeit kam schließlich ein Mann in einem weißen Kittel auf ihn zu.

»Ich bin Doktor Bernard. Sind Sie mit Sarah Bauer gekommen?«

»Ja, wie geht es ihr?«

Die freundliche und ruhige Art des Mannes besänftigte Georg augenblicklich. »Sind Sie der Ehemann?«

»Nein … Nein … ich bin …«, stammelte Georg. Was verdammt war er für Sarah? »Ich bin ein Freund.«

Doktor Bernard sah Georg an, nahm seine SS-Uniform und seinen starken deutschen Akzent wahr. Wenigstens hatte dieser *Boche* die Anständigkeit besessen, das Mädchen nicht einfach sich selbst zu überlassen.

»Geht es ihr gut?«

An Doktor Bernards Miene ließ sich nichts ablesen. »Sie hat

vor Kurzem ein Kind zur Welt gebracht …« Doktor Bernard hielt es für angebracht, zunächst einmal diesen Punkt zu klären.

»Ja … Ja, das stimmt wohl.«

»Mademoiselle Bauer leidet an Puerperalfieber, einer Infektion, die sich im Endometrium manifestiert.«

»Im Endometrium?«

»Der Membran, die den Uterus umhüllt. Das ist eine typische Komplikation nach einer Geburt.«

»Ist es schlimm?«

»Die Entzündung ist schon ziemlich fortgeschritten, und Mademoiselle Bauer ist sehr schwach, sie hat viel Blut verloren. Wir haben ihr eine Transfusion gegeben und ihr eine erste Dosis Antibiotika verabreicht. Es ist sehr wichtig, die Entzündung unter Kontrolle zu bekommen und zu verhindern, dass sie auf angrenzende Organe übergreift. Die nächsten vierundzwanzig Stunden sind entscheidend, um herauszufinden, wie sie auf die Behandlung reagiert.«

Georg fiel es schwer, dem Mann zu folgen. »Aber … sie wird wieder gesund, nicht wahr?«

»Ohne Behandlung ist diese Entzündung tödlich. Sie haben gut daran getan, sie herzubringen … Hauptmann?«

»Kommandant. Kommandant Georg von Bergheim. Kann ich sie sehen?«

»Nein, jetzt nicht. Es ist besser, wenn sie sich ausruht … Und wenn Sie mir den Rat erlauben, auch für Sie wäre es gut, sich auszuruhen, Kommandant. Gehen Sie nach Hause und schlafen Sie etwas. Wenn alles gut geht, können Sie Mademoiselle Bauer morgen sehen.«

Nach Hause? Georg war verwirrt. Es schien ihm unvorstellbar, von hier wegzugehen, ohne Sarah gesehen zu haben. *»Lass mich nicht allein, Georg …« »Ich bleibe bei dir, Sarah …«*

»Wo kann ich Zigaretten kaufen, Herr Doktor?«, fragte er in seinem unbeholfenen Französisch.

»Ich fürchte, nirgendwo.« *Warum flößte ihm dieser verfluchte* Boche, *dieser elende SS-Offizier, so viel Mitleid ein?*, fragte sich der französische Arzt. Doktor Bernard steckte die Hand in den Kittel und holte eine Schachtel Zigaretten hervor.

»Hier ... behalten Sie sie.«

Georg nahm sie ganz ungeniert an. Er spürte, dass er das jetzt brauchte. »Danke.«

»Wenn Sie eine der Krankenschwestern um eine Decke bitten, können Sie ja vielleicht auch hier schlafen. Ich glaube wirklich, dass Sie etwas Schlaf gebrauchen könnten«, fügte Doktor Bernard hinzu, ehe er den Wartesaal wieder verließ.

Am nächsten Morgen konnte sich Georg kaum auf den Beinen halten. Die Nacht war die reinste Hölle gewesen: Die Wirkung des Methylamphetamins, gemischt mit der Sorge und der Unbequemlichkeit, ließ ihn keine Minute Schlaf finden.

Irgendwann wurde es schließlich hell. Doch mit dem Tagesanbruch kam sein Zusammenbruch: Georg war am Ende, unfähig, sich zu bewegen, er wollte nur noch die Augen schließen und schlafen.

Eine Krankenschwester weckte ihn. »Wollen Sie Sarah Bauer sehen?«

Mit großer Anstrengung gelang es Georg aufzustehen, und wie ein lebender Toter folgte er der Krankenschwester durch die weißen Gänge, die nach Desinfektionsmittel rochen.

Sarah war in einem kleinen Raum mit fünf weiteren von Kranken belegten Betten untergebracht, auch wenn ihres durch einen Wandschirm abgetrennt war.

Sie lächelte ihn müde an. »Hallo, Georg ... Wie geht es dir?«

Georg suchte nach einer ihrer Hände und ergriff sie: Sie war noch immer heiß. »Das sollte ich dich fragen ...«

»Mir geht es gut ... Aber du siehst schlecht aus.«

»Ich bin einfach nur müde. Geht es dir wirklich gut?«

»Ich bin einfach nur müde«, wiederholte sie scherzhaft. »Na gut, sehr müde. Aber sie sagen hier, dass das bald vorüber sein wird.«

»Natürlich wird es das. Du bist ein starkes Mädchen.«

»Wo ist Marie?«

»Marie?«

Sarah lächelte befangen. »Meine Tochter …«

»Marie …« Georg ließ das Wort im Mund zergehen, als wollte er es sich zu eigen machen. »Ich habe sie bei den Frauen in deiner Wohnung zurückgelassen: bei der älteren Frau und diesem ungehobelten Mädchen …«

»Marion«, verkündete Sarah amüsiert. »Und Frau Matheus.«

»Man kümmert sich gut um sie, mach dir keine Sorgen. Ich habe ihnen gesagt, wie sie an Milch kommen können, damit sie ihr zu essen geben können.«

Sarah strahlte erleichtert. Zärtlich betrachtete Georg sie und führte ihre Hand an seine Lippen, um sie zu küssen. Mit den Fingerspitzen strich er über ihr wunderschönes ovales Gesicht. »Warum hast du mir nicht gesagt, dass du schwanger bist?«

»Weil ich es da noch nicht wusste.« Jetzt lächelte Sarah nicht mehr. »Außerdem wollte ich dich nicht mit meinen Problemen belästigen … Das Mädchen ist nicht deine Tochter, Georg.«

»Das ist nicht wichtig«, sagte er, ohne zu zögern. »Du bist das Einzige, was mir wichtig ist. Ich hätte dich nicht allein gelassen, hätte ich gewusst, in welchem Zustand du bist. Das alles wäre nie passiert, wenn ich bei dir gewesen wäre …«

»Wie immer bist du im richtigen Moment da gewesen, Kommandant von Bergheim. Aber du kannst nicht dein ganzes Leben damit zubringen, meines zu retten …«

»Ich würde nichts lieber tun, als über dein Leben zu wachen, Sarah …«

Wenn die junge Frau noch genug Blut in sich gehabt hätte, wäre sie jetzt errötet. Ihr Herz schlug in jedem Fall wie verrückt, als wollte es ihre Wangen mit etwas Röte überziehen. »Du bist ein guter Mensch, Georg von Bergheim … Das habe ich dir schon einmal gesagt, nicht wahr?«

Georg nickte. Gerne hätte er Sarah gebeichtet, dass er nicht die Güte verkörperte, die sie ihm zusprach. Doch die Dinge zwischen ihnen waren für eine derartige Beichte viel zu kompliziert.

In diesem Moment streckte eine Krankenschwester den Kopf hinter den Wandschirm. »Ich fürchte, meine Herrschaften, das reicht für heute. Die Patientin muss sich ausruhen.«

»Kommst du morgen wieder?

»Ich werde immer wiederkommen«, versicherte Georg und küsste ein weiteres Mal Sarahs glühende Haut.

Ihr bringt ihn noch um

Ich parkte das Auto um die Ecke von Alains Wohnung. Dann nahm ich meine Tasche, die Schlüssel und öffnete die Tür, um auszusteigen. »Es wäre wohl besser, wenn du hier auf mich wartest«, sagte ich zu Teo.

»In diesem uralten gelben Ding, in dem es mieft? Du bist wohl verrückt. Ich begleite dich. Ich hoffe, Doktor Jones lädt mich wenigstens auf eine Mirinda ein.« Mit diesen Worten lehnte er meinen Vorschlag rundheraus ab und machte Anstalten auszusteigen.

»Jetzt sei nicht so störrisch. Im Kofferraum sind mein Computer und meine Unterlagen zu den Nachforschungen – die habe ich immer bei mir –, und außerdem ist da auch dein Koffer mit deinen ganzen Markenklamotten. Willst du, dass irgend so ein Verbrecher das Auto aufbricht und alles mitnimmt? Komm schon, sei brav und warte hier. Außerdem verzetteln wir uns so nicht. Ich gehe hoch, sehe mir kurz die Mail an und komme dann sofort wieder nach unten, damit wir in unser verrücktes Wochenende starten können.«

Teo sah mir in die Augen. »Solltest du diese Gelegenheit jetzt nutzen, um Doktor Jones zu vernaschen, dann merke ich mir das, das schwöre ich dir.«

Ich musste lächeln. Als Antwort gab ich ihm einen Kuss auf die Wange und war schon mit einem Fuß draußen. »Ich bin gleich zurück. Amüsier dich solange mit dem iPod.«

Vor Alains Tür angelangt, tastete ich den Rahmen ab, und genau wie Alain angekündigt hatte, fand ich dort auch den Schlüssel. Ich steckte ihn ins Schloss und öffnete. »Alain?«

Er antwortete nicht, doch am anderen Ende der Wohnung sah ich Licht. Er war bestimmt noch unter der Dusche. Ich beschloss, einzutreten und es mir vor dem Computer gemütlich zu machen. Ich zog meinen Trenchcoat aus, während ich den kurzen Flur durchquerte, und kam dann im Wohnzimmer an, wo sich mir völlig unerwartet eine dramatische Szene bot. »O Gott, was ist denn hier …?« Noch ehe ich den Satz ganz ausgesprochen hatte, packte man mich von hinten und hielt mich im Würgegriff fest.

»Wer verdammt noch mal ist diese Tussi?«, rief eine mir unbekannte Stimme.

Ich wollte mich umsehen, doch der Arm übte zu starken Druck auf meine Kehle aus, und sobald ich versuchte, mich zu bewegen, bekam ich keine Luft mehr. Bevor ich einen klaren Gedanken fassen konnte, ließ ich mich von der Panik mitreißen: Ich öffnete den Mund, wollte schon wie eine Besessene losbrüllen, doch dann spürte ich, wie mir der Lauf einer Pistole an den Hals gepresst wurde, und mir blieb die Stimme weg.

Im Zimmer lag alles kreuz und quer über den Boden verteilt. Alain war geknebelt und an einen Stuhl gefesselt, wand sich vergeblich in dem Versuch, sich zu befreien, stöhnte hinter dem Klebeband, mit dem man ihm den Mund zugeklebt hatte. Bestürzt stellte ich fest, dass sein Gesicht voller Blut war. Neben ihm stand ein kleiner Typ der Sorte streitsüchtiger Türsteher einer Disco. Von derselben Art wie der, der mich mit der Pistole bedrohte, auch wenn der größer war, irgend so ein Muskelpaket aus dem Fitnessstudio. Keinen der beiden hatte ich jemals im Leben gesehen.

»Was machen wir mit ihr?«, fragte der mit der Pistole. Mir fiel sein merkwürdiger Akzent auf, als er Französisch sprach.

Der andere schien zu zögern, ehe er mir gegenübertrat. »Wo sind die Papiere?«, schrie er mich aus nächster Nähe an, sodass mich seine feuchte Aussprache mitten ins Gesicht traf.

Der Gorilla nahm seinen Arm weg, damit ich antworten konnte. »Was … was für Papiere? Ich weiß nicht, wovon ihr redet … Was ist hier los?«, stammelte ich.

»Die Papiere, Baby!«, antwortete der andere, als ob das ganz offensichtlich wäre. »Dieses verdammte Arschloch hier hat sie nicht.«

Dann zog er Alains Kopf an den Haaren nach hinten. »Sag du es ihr!«, befahl er, während er ihm den Klebestreifen abriss.

»Von wegen Papiere, verflucht noch mal!«, schrie Alain ganz außer sich. »Ihr habt mich nur festgehalten und durchgeprügelt, ihr Arschlöcher!«

»Halt die Klappe, du Großmaul!«

Alains Kühnheit endete in einer beschämenden Ohrfeige, die seinen Kopf ruckartig zur Seite schleuderte.

»Das reicht! Hört auf, ihn zu schlagen!«, befahl ich ganz naiv.

Als Antwort auf meine Forderung folgte ein hasserfüllter Faustschlag in Alains Magen.

Fast hätte ich losgeweint, als ich sah, wie Alain sich in seinen Fesseln zusammenkrümmte, heftig hustete und krampfhaft nach Luft schnappte, während die Schlägertypen sich mit einem sadistischen Lächeln amüsiert ansahen.

Als Alain sich wieder etwas gefangen hatte, hob er den Kopf und sah mich an. Sein Gesicht war ganz entstellt, und er bekam kaum genug Luft, um zu sprechen. »Ich … es tut … mir leid … hä-hätte ich dir nur nicht … gesagt … dass du … kommen sollst«, brachte er hustend hervor.

Ich weinte so heftig, dass ich nicht antworten konnte. Unaufhaltsam rannen die Tränen über meine Wangen. Ich wagte noch nicht einmal, sie wegzuwischen, nicht, solange eine Pistole auf meinen Hals gerichtet war.

»Das reicht jetzt mit eurer bescheuerten Vorstellung, so langsam geht mir hier die Geduld aus.«

Der Typ, der bei mir stand, zerrte an meinem Arm und stieß mich auf einen Stuhl.

»Lass sie in Ruhe, verdammt noch mal!«

Stillschweigend wünschte ich mir, Alain hätte nichts gesagt. Den Schlägertypen schien das nicht zu stören, er drehte sich nur zu seinem Kumpan um und trug ihm auf: »Bring dem Arschloch bei, wer hier die Befehle erteilt.«

Wortlos nickte der andere und verabreichte Alain eine weitere Ohrfeige.

»Schlagt ihn nicht mehr, bitte ...«, bat ich leise und schluckte meine Tränen hinunter, während auch ich an einen Stuhl gefesselt wurde. »Ihr bringt ihn noch um ...«

Der Typ verzog den Mund mit seinen von Nikotin gelblich verfärbten Zähnen zu einem unangenehmen Lächeln. »Das ist mal sicher ... Es gibt Leute, die ihn gerne tot sehen würden, das kannst du mir glauben.«

»Was wollt ihr?«

Er antwortete nicht sofort. Erst fesselte er noch meine Füße, dann stand er auf und packte mich am Kinn. »Das hängt ganz davon ab, was du zu bieten hast ... Süße.« Sein lasziver Blick endete damit, dass er mir über den Hals leckte.

Angeekelt wich ich zurück. Am liebsten hätte ich ihn angespuckt und mit den übelsten Schimpfwörtern bedacht, aber ich hielt mich wohlweislich zurück.

»Die Papiere. Ihr wollt die Papiere ...? Die sind bei mir zu Hause«, log ich. Meine einzige in diesem Moment noch aktive Neurone flüsterte mir ein, dass die Lüge uns Zeit verschaffen würde.

Er riss mir die Tasche mit einem Ruck weg und fing an, darin herumzuwühlen. Dann holte er ein paar Schlüssel hervor und hielt sie mir hin: »Sind das die Schlüssel?«

Ich nickte.

Er steckte sie ein und packte mich dann in aller Seelenruhe am Kragen: »Ich weiß, wo du wohnst, was du isst und sogar, wann du deine Tage hast. Es wäre ganz in deinem Sinn, dass du mich nicht verscheißerst.«

»Lass sie los, du Volltrottel!« Wieder provozierte Alain ihn unnützerweise. Wie eine Furie drehte sich der Schläger zu ihm um und ließ seine Fäuste auf Alains Gesicht niederprasseln, während der andere Alains Kopf festhielt.

»Du bist mir vielleicht eine Type ... Aber deine ganze Kraft liegt einzig in deinem losen Mundwerk! Ist dir eigentlich klar, dass ich dir ins Gesicht pissen könnte, wenn mir danach wäre, du Idiot? Halt einfach den Rand, verdammt noch mal!«

»Das reicht, stopp ... hört auf, verdammt!«, schrie ich, ganz außer mir. Mit derselben Wut baute sich der Hund vor mir auf.

»Und was dich angeht, Nutte, hoffe ich für dich, dass du nicht gelogen hast. Andernfalls komme ich zurück, und dann bin ich nicht wieder so nett zu dir, ist das klar?«

Ich zitterte vor Angst, vor allem bei dem Gedanken, dass das, wonach er suchte, sich im Auto befand.

»Bleib du hier und warte, bis ich dich anrufe«, sagte der Kerl noch zu seinem breitschultrigen Kumpan und verschwand.

Nachdem derjenige, der wohl der Chef war, sich verzogen hatte, nahm der andere einen Stuhl und setzte sich vor uns hin. Er ließ uns nicht aus den Augen, hielt aber wenigstens die Waffe gesenkt. Ich sah Alain an, und mein Magen krampfte sich zusammen: Sein Gesicht war ganz rot, Blut tropfte ihm vom Kinn auf die Brust, und er konnte den Kopf kaum aufrecht halten.

Der Gorilla holte ein Päckchen Zigaretten hervor, nahm sich eine heraus, zündete sie an und rauchte ungerührt.

Nach einer Weile klingelte das Handy des Schlägertypen. Ich fuhr erschrocken zusammen.

Er nahm den Anruf entgegen und fing an zu reden. Er tat das in einer slawischen Sprache, die nach Russisch klang. Der Tonfall der Unterhaltung war ruhig und freundlich. Er stand auf und ging durch das Wohnzimmer, während er redete.

In einem unbeobachteten Moment drehte Alain den Kopf zu mir und flüsterte mir etwas zu. Aber sein Mund war so angeschwollen, und das Sprechen fiel ihm so schwer, dass ich ihn nur mit Mühe verstand. »Ich werde etwas versuchen. Mach einfach mit.«

»Aber Alain, in meiner Wohnung ist nichts!« Ich dachte nur an meine Angelegenheit. Und Alain an die seine.

»Mach einfach mit …«

»Aber, was willst du denn …?«

Der Gorilla drehte sich um. Er beendete das Gespräch und sah uns an, sagte aber nichts. Es sah ganz danach aus, als hätte er uns nicht reden gehört. Er kam zurück zu seinem Stuhl und rauchte weiter.

Dann fing Alain plötzlich an, sich wild hin und her zu werfen, mit Spasmen, die seinen ganzen Körper durchzuckten.

Der Gorilla stand auf und hob verunsichert die Pistole an.

Mit einem heftigen Aufbäumen stieß Alain den Stuhl nach hinten und fiel mit ihm zu Boden.

»Er hat einen Anfall! Er ist Epileptiker!«, schrie ich.

Der Gorilla sah zu mir und dann wieder zu Alain. Er zielte noch immer mit der Pistole auf uns, während Alains Krämpfe auf dem Boden anhielten. Sogar ich fing an, mir Sorgen zu machen.

»Wir müssen etwas tun!«

Der Kerl sah mich verwirrt an.

»Wenn wir ihn nicht auf die Seite legen, erstickt er!«

Alain stöhnte, warf den Kopf hin und her und knallte ihn auf den Boden.

»Verdammt! Tu was!« Ich brauchte mich nicht besonders anzustrengen, um ihn angsterfüllt anzusehen.

»Mach du doch was, verdammt!«, sagte er schließlich. Ganz eindeutig war er mit dieser Situation überfordert.

Eilig löste er meine Fesseln. Als ich frei war, richtete er die Pistole auf meinen Rücken. »Mach bloß keine Mätzchen, sonst drück ich ab.«

Ich kniete mich neben Alains zuckenden Körper. Er hörte nicht auf, sich heftig zu drehen und zu winden. Seine Augen waren fast weiß. Wenn er das nicht alles nur vorgespielt hätte, hätte ich es wirklich mit der Angst zu tun bekommen. Ich drehte ihn mit dem Stuhl auf die Seite. Doch was sollte ich als Nächstes tun? »Wir müssen die Fesseln lockern, sie üben zu starken Druck auf seine Brust aus, und er bekommt nicht genug Luft«, fiel mir ein.

Der Gorilla stellte sich direkt hinter mich und zielte noch immer mit der Pistole auf mich. »Du weißt, bei der kleinsten Dummheit schieße ich.«

Ich fing an, Alains Fesseln zu lockern, und als ich so weit war, warf er mich mit einer seiner abrupten Bewegungen gegen die Füße des Gorillas, woraufhin dieser das Gleichgewicht verlor. Er fiel zwar nicht auf den Boden, doch Alain nutzte den kurzen Augenblick, um einen Elefanten aus Bronze, der auf dem Boden stand, aufzuheben und dem Gorilla an den Kopf zu werfen. Er traf, doch da Alain geschwächt war, war der Wurf nicht stark genug und machte ihn nur benommen.

So schnell und entschlossen, dass es mich selbst überraschte, sprang ich auf, hob den Elefanten auf und knallte ihn erneut auf den Kopf des Typen. Er ging zu Boden.

Ich betrachtete ihn, wie er ausgestreckt zu meinen Füßen dalag. Mir blieb die Luft weg, und ich glaubte, dass auch ich gleich kollabieren würde – und zwar durch einen Nervenzusammenbruch. Ich fing an, unzusammenhängend vor mich hin zu murmeln. »Oh, mein Gott, oh, mein Gott, oh, mein Gott …«

Ich war erst wieder in der Lage, etwas zu tun, als ich sah, dass

Alain versuchte, sich vollends loszubinden, und mir klar wurde, dass er mich brauchte. Ich kniete mich neben ihn und löste die letzten Fesseln. »Wie geht es dir?«, fragte ich, während ich ihm half aufzustehen.

»Keine Ahnung … lass uns von hier verschwinden …« Er versuchte, allein zu gehen, schaffte es aber nicht. »Du wirst mir helfen müssen …«, gab er verlegen zu.

Ich wollte mir seinen Arm über die Schulter legen, doch er hielt mich zurück. »Warte … Nimm meinen Laptop und das Handy von diesem Arschloch mit.«

Ich gehorchte. Ich klappte den Laptop zu und steckte ihn hastig in seine Tasche. Angeekelt holte ich das Handy aus der Jackentasche des Typen. Er bewegte sich nicht. »Ist er … tot?«

»Ich weiß es nicht, und es ist mir auch völlig egal«, antwortete Alain. »Gehen wir.«

Meine Beine zitterten noch immer, aber ich zwang mich dazu, sie nicht nachgeben zu lassen, um Alains Gewicht mittragen zu können, der sich schwerfällig auf meine Schultern stützte. Mit mühsamen Schritten verließen wir die Wohnung.

Dezember 1943

Amerikanische und britische Wissenschaftler schließen sich dem kürzlich gebauten Los Alamos National Laboratory an, um das sogenannte Manhattan-Projekt zu erarbeiten. Das ist ein von den Vereinigten Staaten ins Leben gerufenes Forschungsprojekt unter der Leitung des amerikanischen Heeres für die Entwicklung und den Bau der ersten Atombombe. Das Projekt kommt im August 1945 zu einem tragischen Abschluss, als die Atombomben über den japanischen Städten Hiroshima und Nagasaki abgeworfen werden.

Als zwei Tage verstrichen waren, ging Sarahs Fieber langsam zurück, bis es schließlich ganz verschwunden war. Doch die Blutungen hielten an, und sie litt an Blutarmut, weshalb sie im Krankenhaus bleiben musste. Georg sprach mit Doktor Bernard und erreichte, dass man Sarah auf die Entbindungsstation verlegte.

Der Raum dort war groß, gut gelüftet, hatte breite Fenster, durch die das Sonnenlicht hereinflutete, und in der Mitte stand ein Kohleofen, der das Zimmer angenehm warm hielt. Am Fußende eines jeden Bettes stand ein Kinderbettchen, und meist lag ein kleines Kerlchen darin, das maunzte und unter der Decke strampelte. Außer bei Sarah – deren Bettchen war leer. Deshalb fühlte sich Sarah am ersten Tag, als man sie dorthin verlegt hatte, noch schlimmer. Sie bat darum, dass man einen Wandschirm bei ihr aufstellte, und man gab ihr etwas, damit sie schlafen konnte. Sie drehte sich zur Wand und zog sich in den Schlaf zurück.

»Sarah … Sarah …«, murmelte man ihren Namen an ihrem Ohr, und die Worte kitzelten ihren Hals. Aber sie wollte nicht aufwachen, sie hatte sich in die entfernteste Ecke ihres Traums verzogen. »Sarah … Sarah, wach auf …« Ein Streicheln, ein Kuss, dann wieder ihr Name. Noch nie hatte man sie so sanft aus dem Schlaf geholt.

Also öffnete sie die Augen. Blinzelte. Die Realität zeigte sich ihr verschwommen, und es dauerte einen Moment, bis sie klar sehen konnte. Georg … Sarah lächelte verschlafen und schloss die Augen wieder.

Der Kommandant hob die Decke hoch und legte etwas darunter, ein warmes Bündel. »Sarah, mach die Augen auf … Schau mal …«

Sarah gehorchte. Wenn sie nicht so müde gewesen wäre, hätte man ihren Freudenschrei bestimmt im ganzen Krankenhaus gehört. »Marie …! Marie, meine Kleine …! Mein Mädchen … o Gott …«

Ihr Weinen und ihre Müdigkeit erstickten ihre Worte. Sarah presste Marie an sich und überhäufte ihren weichen Kopf mit Küssen und Tränen. Sie schloss die Augen und hörte nicht auf, Marie zu streicheln und ihren einzigartigen Duft einzuatmen, den Duft nach Baby, nach ihrem Baby. »Jetzt bist du bei deiner Mama, meine Kleine … Jetzt bist du bei deiner Mama …«

Georg trat etwas zurück und rieb sich den Nacken. Er hatte einen Kloß im Hals und versuchte verschämt, seine Ergriffenheit zu verbergen.

Sarah war glücklich und fühlte sich sicher in dieser weißen Welt, die nach Desinfektionsmittel und Milchpulver roch. Als wäre sie in einer Blase, hatte sie in diesen vier Wänden alles, was sie brauchte, und war vor dem Drama des Lebens draußen geschützt. Die Tage verrannen ruhig und beschaulich. An sonnigen Morgen lief Sarah mit Marie durch den Garten, und an regnerischen Tagen strickte sie am Fenster, während die Kleine in ihrer Wiege brabbelte. Manchmal reichte es ihr auch völlig aus, die Kleine stundenlang zu betrachten, sie zu wiegen, bis sie auf ihrem Schoß einschlief, oder sie an die Brust zu halten und ihre Wärme und das Kitzeln ihres kleinen Mundes beim Saugen zu spüren. Wenn sie diese Momente darüber hinaus noch mit Georg teilen konnte, verwandelte sich die Welt in einen wunderbaren Ort.

Denn der Kommandant kam sie jeden Tag besuchen. Kaum dass er eingetreten war, zog er seine Uniformjacke aus, damit er das Kind nicht mit den Orden verletzte, nahm Marie in den Arm und ließ sie nicht mehr los, ehe es für ihn an der Zeit war zu gehen.

»Du verziehst sie noch ganz«, schalt Sarah ihn mit einem liebevollen Lächeln.

»Du verziehst sie doch auch«, entgegnete er, ohne den Blick von der Kleinen zu wenden, und fügte hinzu: »Sie ist wunderschön …«

»Ja, das ist sie«, pflichtete Sarah ihm bei und glaubte, vor Glück zu zerspringen.

Wenn sie nur die Zeit anhalten könnte, den Moment einfrieren, in dem Marie an Georgs Brust schlief und sie sich über Belangloses austauschten, um die Realität auszublenden …

Marion und Carole Hirsch besuchten sie ebenfalls. Sie kamen für gewöhnlich vormittags, um nicht auf diesen Typen von der SS zu treffen.

»Hör mal, Sarah … Was hast du mit diesem *Boche* zu schaffen?«, platzte Marion eines Tages heraus, als Sarah der Kleinen draußen im wärmenden Sonnenlicht gerade die Brust gab.

Sarah hielt den Kopf gesenkt, sah Marie zu, wie sie genüsslich saugte und dabei benommen die kleinen Augen schloss. Sie strich mit einem Finger über ihre pfirsichfarbene Wange. »Er ist kein *Boche*... Er ist ein Mann... ein guter Mann«, antwortete sie lächelnd, und ihr Lächeln spiegelte sich in ihrem Blick wider, ließ ihr ganzes Gesicht erstrahlen.

Überrascht riss Marion die Augen auf. »Mein Gott... Sarah! Du bist ja verliebt in ihn!«

Sarah lächelte noch immer, ein Lächeln, das ihr einen rosigen Schein verlieh.

»Sarah, du kannst dich doch nicht in sie verlieben! Man kann sie verführen, sie mit ins Bett nehmen, das, was sie wissen, aus ihnen herausholen, und dann knallt man sie ab! Aber man verliebt sich doch nicht in sie!«

»Er ist nicht wie die anderen...«

»Er ist ein Nazi, Sarah! Und die sind alle gleich! Sie haben uns das zugefügt, uns allen, auch dir! Oder hast du vergessen, was die Nazis deiner Familie angetan haben?«

Aber es war schwierig, Sarah von ihrer Wolke herunterzuholen.

»Er nicht. Er trägt einfach nur die falsche Uniform...«

»O Gott, Sarah, mach die Augen auf!«

Sarah sah ihre Freundin ergeben an. »Ich konnte es nicht verhindern, Marion... Wenn die Götter einen auswählen, ist es sinnlos, sich dagegen zu wehren.«

Ihre Freundin betrachtete sie ernst, hob mahnend den Zeigefinger: »Wisch dieses Lächeln aus deinem Gesicht, Sarah. Früher oder später geht er wieder nach Deutschland zurück. Wenn er nicht vorher von irgendeinem von uns auf offener Straße umgebracht wird oder die Seinen dies erledigen, weil er eine jüdische Frau verführt hat... Er ist nichts für dich... verstehst du das nicht?«

Sarahs Lächeln verschwand, und ihr Strahlen erlosch. Nur Marie trank weiter, ungeachtet der Beklommenheit ihrer Mutter. Sarah beugte sich wieder über sie und küsste sie, als eine Träne über ihre Wange lief.

Marion brach diese Szene das Herz. Sie trat zu ihrer Freundin und nahm sie in die Arme. »Ach … es tut mir leid, Liebes … es tut mir leid, so mit dir gesprochen zu haben … Ich will doch nur, dass du glücklich bist. Du musstest schon so viel Leid erfahren …«

Doch Sarah weinte nicht wegen Marion.

Mit Sarah ging es bergauf. Ihre Entzündung war fast ganz abgeheilt, und in zwei, drei Tagen würde man sie entlassen.

Georg nahm die Nachricht auf wie eine kalte Dusche, denn sie bedeutete auch das Ende eines Traums, so als wäre sein Heimaturlaub beendet, und er müsste zurück an die Front.

Außerdem hätte Georg ab dem Zeitpunkt, wenn Sarah entlassen würde, ein Problem: Reichsführer Himmler. Der Kommandant handhabte die Angelegenheit mit seinem Vorgesetzten, so gut er konnte. Es war ihm gelungen, Himmler davon zu überzeugen, dass das Geheimnis des Bildes, nachdem es fünfhundert Jahre lang von Generation zu Generation weitergegeben worden war, von einer so dichten Schicht aus Traditionen, Mythen und Legenden verborgen sei, dass nicht einmal die Familie Bauer selbst wisse, wie die darin enthaltene Nachricht entschlüsselt werden könne. Dessen ungeachtet schien Himmler aber noch von etwas anderem besessen: von dem jüdischen Mädchen. Der Reichsführer war überzeugt, dass sie mehr über das Gemälde wusste, als Georg glaubte. Als Sarah ins Krankenhaus kam, hatte Georg die perfekte Ausrede: Solange sie krank war, konnte er sie nicht nach Wewelsburg bringen. Das schien Himmler einzuleuchten.

Doch Georg wusste, dass das nur ein Aufschub war und dass Himmler, sobald Sarah das Krankenhaus verließ, deren Kopf einfordern würde. In seiner Verzweiflung fiel Georg nur eine Lösung ein: die Liste der Lügen immer weiter zu verlängern. Wenn der Reichsführer der Überzeugung wäre, dass Sarah Bauer so krank war, dass sie das Krankenhaus nur tot verlassen würde, dann würde er sie vielleicht vergessen. Doch dafür brauchte er Hilfe.

Als Georg Doktor Bernard in seinen Plan einweihte, starrte der Arzt ihn an, ohne ein Wort zu sagen.

»Wie sieht es aus … Können Sie mir helfen?«

»Ich muss zugeben, als ich Sie in dieser Uniform gesehen habe, habe ich gedacht, Sie wären einer von denen.«

»Das bin ich auch … oder vielmehr, das war ich. Doch in Zeiten wie diesen ist es keine Ehre mehr, meine Uniform zu tragen, sondern eine schreckliche Last.«

Doktor Bernard war sich nicht sicher, ob er diesen Mann wirklich verstand, aber er war überzeugt, dass Georg gute Absichten verfolgte. Er verschränkte die Hände auf dem Tisch und lächelte ihn an. »Tuberkulose, Diphtherie, Typhus … Ich kann Ihnen einen medizinischen Bericht vorbereiten, in dem ich attestiere, dass Mademoiselle Bauer an irgendeiner dieser Krankheiten leidet. Ich nehme an, je ansteckender und tödlicher, desto besser … Außerdem werden wir sie nicht schriftlich aus dem Krankenhaus entlassen, das heißt, offiziell wird sie weiterhin hier im Krankenhaus verweilen.«

Georg konnte sich ein erleichtertes Lächeln nicht verkneifen. Er würde diesen Bericht nach Berlin bringen, um Zeit zu gewinnen. Und sollte Himmler erneut ungeduldig werden, würde er Doktor Bernard um einen gefälschten Totenschein für Sarah bitten. Dann könnte sie wenigstens im Untergrund weiterleben.

Der Tag war kalt und regnerisch angebrochen. Ein Morgen voller Regentropfen am Fenster und Babygeschrei, Windeln und Fläschchen. Das Gemurmel, das Sarah tagtäglich um sich hatte, ignorierte sie, während sie mit Marie in den Armen im Krankenhausbett las: Die Kleine war soeben nach ihrer Mahlzeit eingeschlafen.

»Guten Tag!«

Sarah hob den Kopf nach diesem fröhlichen Gruß. »Marion, ich dachte, du würdest nicht kommen!«

»Ich bringe dir eine Überraschung …«, verkündete Marion geheimnisvoll.

Sie ließ Sarah keine Zeit zu rätseln, worum es sich handelte. Ehe sie damit angefangen hatte, tauchte eine vertraute Person schüchtern hinter dem Wandschirm auf. Hätte Sarah ein Gespenst vor sich gehabt, wäre sie nicht verblüffter gewesen.

»Hallo, Sarah …«

Ihr blieb die Luft weg, um zu antworten. Der einzige Reflex, den sie hatte, war, Marie fester an sich zu pressen.

»Hast du gesehen, Jacob?«, sagte Marion an ihrer Stelle. »Du hast sie so überrascht, dass sie gar nicht weiß, was sie sagen soll!«

Mit schon fast ehrerbietigem Respekt trat Jacob einen Schritt vor. Er knetete die Mütze zwischen den Händen, und seine Finger bewegten sich unablässig. Seine Anspannung war so deutlich spürbar, dass Marion mit allen Mitteln versuchte, sie mit Worten abzumildern.

»Ach, Sarah, Liebes, sag doch, dass du dich freust, Jacob zu sehen! Ist dir aufgefallen, wie gut es ihm geht? Unglaublich, wie gut du dich erholt hast, Jacob. Du wirkst wie ein neuer Mensch!«

Marion hatte recht. Jacob wirkte wirklich wie ein neuer Mensch. Er hatte zugenommen, sein Gesicht hatte wieder etwas Farbe, und seine Gesichtszüge wirkten ganz normal. Statt der großen Verbände bedeckte eine schwarze Augenklappe sein fehlendes Auge, und das andere wirkte größer, leuchtender und ausdrucksvoller als jemals zuvor. Seine vormals abrasierten Haare waren wieder länger, und ein Pony hing ihm frech in die Stirn. Sein Aussehen war gepflegt, seine Kleidung schlicht, aber ordentlich. Er ähnelte weder dem draufgängerischen, streitlustigen Typen aus Illkirch noch dem kämpferischen, blutrünstigen Aktivisten, der sich dem Widerstand angeschlossen hatte. Und er war auch nicht mehr der drogenabhängige Psychopath, der bei ihr gelebt hatte. Jacob wirkte wie ein reifer, rechtschaffener und respektabler Mann. Sarah bedauerte, trotzdem nicht die Fröhlichkeit an den Tag legen zu können, die Jacobs Verwandlung verdiente.

»Na gut, ihr zwei Dummköpfe, genug geredet. Ich gehe jetzt. Ich hoffe, die Stille wird euch so ungemütlich, dass ihr irgendwann den Schnabel aufmacht.«

Tatsächlich herrschte, nachdem Marion gegangen war, eine bedrückende Stille, die nach einer Weile von Maries Gebrabbel unterbrochen wurde.

Jacob räusperte sich. »Doktor … Doktor Vartan hat mir alles erzählt … Kann ich … kann ich sie sehen?«

»Hier …«, sagte Sarah und hielt ihr Mädchen etwas von sich weg, um es ihm zu zeigen.

Vorsichtig kam Jacob näher.

Als er das Gesicht der Kleinen erblickte, hielt er den Atem an. Es war ihm noch nie leichtgefallen, Worte zu finden, wie sollte er also in Worte fassen, was er gerade empfand?

»Sie ist das Allerschönste auf der Welt …«, murmelte er, ohne sein Verlangen, den Arm auszustrecken und Marie mit zitternder Hand über den Kopf zu fahren, unterdrücken zu können. »Sarah, ich …«

Doch Sarah wollte nichts hören, nicht ein einziges süßliches Wort aus Jacobs Mund, nicht eine einzige Schmeichelei oder ein Zeichen seiner Liebe, das ihr ihre Schuld bewusst machen würde. Sie beeilte sich, ihn zu unterbrechen, indem sie eine Hand auf seine legte. »Ich bin sehr stolz auf dich«, versicherte sie ihm. »Sehr stolz auf das, was du geleistet hast. Ich weiß, dass du eine schwere Zeit hattest …«

»Das ist nicht wichtig. Jetzt liegt das alles hinter mir …« Jacob streichelte Sarah mit Blicken, mehr wagte er nicht zu tun. »Wenn das die Belohnung dafür ist, dann war es das wert. Wenn du mich einen Neuanfang machen lässt, mit dir und… und unserer Tochter…« Jacob stockte.

Sarah lächelte ihn an, auch wenn sie einen bitteren Geschmack im Mund hatte. Es gab nichts, was sie tun konnte, und das wusste sie. Sie wusste, dass sie dem Moment, in dem sie für ihren Fehler würde bezahlen müssen, nicht ausweichen konnte, und dieser Moment war jetzt gekommen.

Ganz hinten im Raum, halb versteckt hinter der Tür, beobachtete Marion sie. Die Szene schien idyllisch, doch sie konnte nichts anderes als Traurigkeit empfinden: Traurigkeit für Sarah und Traurigkeit für Jacob.

Und obwohl Marion es nicht bemerkt hatte, war sie nicht die Einzige, die die beiden beobachtete.

»Wer ist der Mann bei Sarah?«

Als sie von Bergheim hinter sich sprechen hörte, schreckte Marion auf und drehte sich zornig um: Bei allem, was ihr lieb und recht war, wie sehr sie diesen Typen doch verachtete. »Dieser Mann ist der Vater von Sarahs Tochter«, antwortete sie und freute sich bei dem Gedanken, wie sehr ihn diese Antwort treffen würde.

Deshalb genoss sie den Anblick, wie sich das Antlitz dieses schrecklichen Nazis verdüsterte, ehe sie ging.

Sarahs Gesicht strahlte, als sie ihn erblickte. Und wenn Sarahs Gesicht strahlte, war sie noch schöner, als sie ohnehin schon war, und Georg hatte das Verlangen, sie zu umarmen und ihr wunderschönes, leuchtendes Gesicht mit Küssen zu bedecken. Doch sehr zu seinem Bedauern hielt er sich zurück.

»Georg!«

Er war offensichtlich bemüht, ihr nicht zu nahe zu kommen. Und er wirkte ernst, sehr ernst. Lauter Zeichen dafür, dass dies kein gewöhnlicher Besuch war.

»Willst du die Kleine denn nicht nehmen?«, sagte sie unsicher. »Gestern hat sie den ganzen Abend gewimmert, und nichts konnte sie beruhigen. Auch sie vermisst dich …«

Georg schluckte. »Nein, ich möchte sie gerade nicht nehmen.« Er bedauerte es sehr, sich so abweisend zu zeigen, doch etwas anderes konnte er sich im Augenblick nicht erlauben. Am meisten missfiel ihm jedoch der Ausdruck auf Sarahs Gesicht, es schmerzte ihn, sie so traurig und enttäuscht zu sehen. »Hör zu, Sarah … Was ist mit dem Vater von Marie?«

Da begriff Sarah. »Verstehe … Deshalb bist du gestern nicht gekommen, oder?« In Sarahs Worten lag nicht das kleinste Anzeichen eines Vorwurfs, und ihr Tonfall war sanft. Sarah konnte Georg nur zu gut verstehen.

Marie weinte, und Sarah nahm sie in den Arm, um sie in den Schlaf zu wiegen. Der Kommandant wäre liebend gern Teil dieser Szene gewesen, doch dort war kein Platz mehr für ihn, es wäre besser, sich das so schnell wie möglich einzugestehen.

»Sarah … Morgen wirst du entlassen … Was wirst du dann tun?«

Verzweifelt presste Sarah Marie an sich. »Was soll ich denn tun? Was muss ich tun …? Er ist der Vater des Kindes! Und er hat so viel für mich getan …«

»Liebst du ihn?« Als Georg sich das fragen hörte, kam er sich geradezu lächerlich vor. Doch er musste es wissen.

»Nicht so, wie er es sich wünschen würde … Doch das gibt mir nicht das Recht, ihn vor die Tür zu setzen.«

Georg seufzte. »Wenn ich wenigstens die Gewissheit hätte, dass er auf dich und das Kind achten wird und nicht du auf ihn … Wenn ich diese Sicherheit hätte, dann wäre ich beruhigter.«

Sarah zuckte mit den Schultern und lächelte bitter. »Was für einen Unterschied macht das schon? Die Zeiten sind hart, es ist nur wichtig, dass man aufeinander achtgibt.«

Wieder seufzte Georg. »Wir wussten, dass es irgendwann so weit sein würde ...«

»Das macht es aber nicht weniger schmerzhaft«, antwortete Sarah und biss sich auf die Lippen, um nicht zu weinen, doch dazu war es zu spät, die Tränen rannen ihr bereits übers Kinn. Sie sah Marie an, um sie zu verbergen, doch das nützte nicht viel.

Georg hatte sich geschworen, dass er sie nicht anfassen würde, nicht sie und auch nicht die Kleine. Würde er sie berühren, wäre er verloren, seine vorgetäuschte Standhaftigkeit würde in sich zusammenfallen, und er könnte seine Entschlossenheit nicht aufrechterhalten. Doch sie so weinen zu sehen war mehr, als er ertragen konnte. Ohne noch darüber nachzudenken, schloss er die beiden in die Arme und ließ sich einfach treiben. »Ich bereue nichts, Sarah. Wenn ich bei etwas versagt habe, dann darin, dass ich keine Lösung gefunden habe, um immer an deiner Seite bleiben zu können.«

Sie streichelte über seine Wagen. »Was wirst du tun?«

»Ich muss zurück nach Deutschland: Meine Arbeit ist noch nicht erledigt ... Und trotz allem ist auch der Krieg noch nicht zu Ende, und ich trage noch immer diese Uniform.«

»Werde ich dich wiedersehen?«

Georg sah sie an und wischte ihre Tränen weg. »Ich weiß es nicht ...«, log er. Er trank wieder von ihren Augen und atmete ihren Duft ein, saugte unersättlich alles von ihr in sich auf, um wenigstens ein bisschen davon zu speichern, auch wenn es nicht einmal bis zum nächsten Tag reichen würde.

Schalte dein Handy aus

Begleitet von den entsetzten Blicken der Passanten, die Alains Zustand hervorrief, hasteten wir zum Auto.

»Bist du schon wieder da, Schätzchen? Das ging aber schnell! Ich wollte gerade die CD von den *Angry Birds* einschmeißen, verdammt, die sind genial … Um Himmels willen! Was hast du mit dem armen Mann gemacht?« Teo entglitten die Gesichtszüge, als er Alain sah.

»Das war doch nicht ich, du Idiot!«, erwiderte ich säuerlich, während ich Alain half, auf der Rückbank Platz zu nehmen. Dann setzte ich mich auf den Fahrersitz, zog die Tür zu und verriegelte sie. Ich war völlig verschwitzt und dazu beschmiert mit Alains Blut.

»Aber, was ist denn mit euch passiert …?«

»Das ist eine lange Geschichte …«, fiel ich ihm ins Wort und drehte mich zu Alain um. »Ab ins Krankenhaus, du musst mir sagen, wie ich fahren muss …«

»Nein, zuerst gehen wir zur Polizeidirektion. Wir müssen diese Typen anzeigen, bevor sie entwischen.«

»Aber Alain! Hast du dich einmal angesehen? Du siehst schrecklich aus …«

»So fühle ich mich aber nicht. Wir fahren später zum Krankenhaus. Wir haben keine Zeit, Ana. Los geht's, bieg da vorn rechts ab.«

Ich wühlte in meiner Tasche, holte Taschentücher heraus und

reichte sie ihm. »Dann sieh zu, wie du dich selbst etwas herrichten kannst. Dein Mund und deine Nase bluten noch immer …«

Wir waren nur wenige Minuten in der Polizeidirektion. Als sie sahen, in welchem Zustand Alain sich befand, entschieden sie vernünftigerweise, ihn sofort ins Krankenhaus zu bringen und einen Streifenwagen zu ihm und zu mir nach Hause zu schicken. Als sie dort eintrafen, war von den Schlägertypen keine Spur mehr zu sehen.

Im Krankenhaus erstellten sie eine CT von Alains Kopf und eine Sonografie seines Unterleibs. Die sich daraus ergebenden Verletzungen waren eine Ansammlung von Fachbegriffen, die einem die Haare zu Berge stehen ließen: Kontusionen an Jugale, Orbitale und Maxillaris, oberflächliche Ekchymosen, Lacerationen im Bereich von Labius und Frons, einfache einseitige Fissur des Nasenseptums, faciales Ödem, beidseitige Exkoriation der Epidermis in Höhe von Articulatio Radiocarpalis und Articulatio Talocalcaneonavicularis, HWS-Distorsion ersten Grades, stumpfes Abdominaltrauma … Die ganz profane und sichtbare Realität war, dass Alain blaue Flecken auf den Wangen, unterhalb der Augen und am Unterkiefer hatte, Schnittwunden an den Lippen und der Stirn, eine geplatzte Ader im linken Auge, eine geschwollene Nase, Abschürfungen an den Handgelenken und Knöcheln, wo er sich gegen die Stricke gewehrt hatte, und einen stechenden Schmerz in der Magengegend. Die optimistische Bilanz war, dass er keine inneren Verletzungen hatte. Nach der brutalen Tracht Prügel hätte es sehr viel schlimmer sein können. Ich hatte nicht übertrieben, als ich gesagt hatte, dass die Typen ihn hätten umbringen können …

Ich wurde einer kurzen ärztlichen Untersuchung unterzogen, um festzustellen, dass ich nur mit den Nerven am Ende war, weshalb sich die Behandlung auf die Einnahme eines Beruhigungsmittels beschränkte. Und da Teo auch schon hier war, bat er ebenfalls um eines.

Danach fuhren wir zurück zur Polizeidirektion, um ganz offiziell Anzeige zu erstatten. Wir mussten mehrere Formulare ausfüllen und mehreren Leuten dieselbe Geschichte erzählen. »Diese Arschlöcher sind bestimmt längst über alle Berge, während ich hier zum wiederholten Mal befragt werde«, beschwerte sich Alain. Je weiter die Nacht voranschritt, umso deutlicher trat sein posttraumatischer Kater zum Vorschein, der sich darin äußerte, dass er immer unleidlicher und ungeduldiger wurde.

»Verrückte Nacht! Verrückte Nacht …! Wenn ich gewusst hätte, was mich hier erwartet, wäre ich in Madrid geblieben, das schwöre ich dir. Und ausgerechnet dann, wenn ich extra meine am engsten anliegende Jeans eingepackt habe …«

Es war acht Uhr morgens, und wir saßen beim Frühstück in einem Café für Touristen auf dem Boulevard Saint Germain, waren erschöpft und nachdenklich – zumindest, was Alain und mich betraf.

Ich blickte zu Alain. Sein Mund war so geschwollen, dass er kaum essen oder trinken konnte, ohne den Kaffee zu verschütten. Ich betrachtete auch seine blauen Flecken und seine Verletzungen …

»Wie ist das nur möglich?«, dachte ich laut nach.

Alain senkte die Tasse und warf mir einen fragenden Blick zu.

»Ich habe nicht eine Schramme. Mich haben sie nicht angefasst …«

»Verdammt noch mal, redet doch nicht auf Französisch, ich verstehe nichts«, protestierte Teo.

»Ich fasse das nachher für dich zusammen …«, antwortete ich zerstreut, ganz in meine Gedanken vertieft. »Diese Typen wollten nichts von mir … Sie wollten dich …«, überlegte ich laut und an Alain gerichtet weiter.

»Das weiß ich … Sie sind nur meinetwegen zu mir gekommen, sie hatten nicht erwartet, dass du dort auftauchst. Das ist mir klar geworden, als sie dich nach den Unterlagen zu den Nachforschungen gefragt haben – da haben sie improvisiert, versucht, sich aus der Affäre zu ziehen. Mich haben sie zu keinem Moment danach gefragt, und sie haben sich auch nicht damit aufgehalten, bei mir nach etwas zu suchen. Sie sind reingekommen, haben mich festgehalten, an den Stuhl gefesselt und dann angefangen, auf mich einzuprügeln. Das war alles.«

»Anton, Camille, jetzt du … Und ich dagegen … In gewisser Weise verschonen sie mich …«

»Nicht ganz«, wandte Alain ein und warf einen Blick auf mein verbundenes Handgelenk.

»Das ist mir passiert, als ich geflohen bin, genauso wie alles andere. Keiner hat wirklich Hand an mich gelegt … Na ja, vielleicht hätten diese Wächter von PosenGeist es getan …« Ich erinnerte mich an die Umstände meiner Flucht. »Es ist fast so, als würde mich jemand schützen«, erwiderte ich langsam, versuchte, meine eigenen Schlussfolgerungen zu begreifen. »Vielleicht Georg von Bergheim …«

»Ana – der ist tot.«

Ich schüttelte den Kopf, um wieder ins Hier und Jetzt zurückzukommen. »Das weiß ich, das weiß ich … Aber das ist alles so merkwürdig, und es ergibt keinen Sinn …«

Alain sah mich an, ohne etwas zu sagen. Er hatte keine Antwort darauf. Während ich ihn betrachtete, erfüllte mich eine Mischung aus Angst und Zärtlichkeit. »Dieser Typ hat gesagt, es gäbe Leute, die dich gerne tot sehen würden … Warum?«

Alain versuchte zu lächeln, doch alles, was er zustande brachte, war eine Grimasse. »Du wirst mir das nicht auch noch vorwerfen wollen, oder?«

»Natürlich nicht.« Im Gegensatz zu ihm konnte ich ihn ganz unbeschwert anlächeln.

Teo verlangte nach seiner Übersetzung, die ich ihm in Kurzform gab. So lange lehnte Alain den Kopf an die samtbezogene Lehne des Sessels.

»Das ist ein bisschen wie in *Das Phantom der Oper*, oder nicht? Der Typ ist ein durchgeknallter Kerl, der es auf alle abgesehen hat, außer auf die Frau, die er liebt. Schätzchen, jemand ist hier sozusagen auf psychopathisch-besessene Weise in dich verliebt – das steht mal fest.«

Ich ignorierte Teos malerische Diagnose der Lage, doch da ich sie in gewisser Weise lustig fand, wollte ich sie für Alain übersetzen. Als ich ihn jedoch ansah, änderte ich meine Meinung. »Wir sollten gehen, damit du dich ausruhen kannst. Wir begleiten dich nach Hause …«

»Ich will nicht zurück nach Hause. Glaubst du etwa, ich könnte dort entspannt schlafen? Außerdem will ich nicht dorthin zurückgehen und mir ansehen müssen, wie durcheinander alles ist, darauf habe ich gerade wirklich keine Lust.« Er seufzte. Dann rief er den Kellner und bestellte noch eine Runde Kaffee.

»Ich gehe davon aus, dass du nicht ewig in diesem Café bleiben willst«, spöttelte ich, war aber aufgrund seiner Reaktion etwas ratlos. Als Antwort schnitt er nur wieder eine Grimasse.

Der Kellner brachte den Kaffee, und Alain ließ sich Zeit, ehe er die Unterhaltung wieder aufnahm. Er öffnete sein Zuckertütchen, schüttete es in die Tasse und rührte bedächtig um.

»Ich habe dir das noch immer nicht gesagt«, meinte er schließlich nach seinem ersten Schluck, »aber bevor diese Typen gekommen sind, hatte ich Zeit, um die Mail vom *Livre Foncier* zu öffnen …«

»O Gott … Bei dem ganzen Durcheinander habe ich das völlig vergessen.«

»Offenbar hat die Gemeinde Illkirch das Anwesen der Familie Bauer 1975 erstanden …«

»Und wer hat es ihnen verkauft?«, fragte ich ungeduldig.

»Ein Rechtsanwaltsbüro aus Barcelona hat es per Prokura verkauft.«

»Aus Barcelona?«, wiederholte ich erstaunt.

»Aus Barcelona«, bestätigte Alain.

»Was hat es mit Barcelona auf sich?«

»Sei still, Teo … Aber, per Prokura von wem?«

»Von einer Handelsgesellschaft … Ich erinnere mich gerade nicht an ihren Namen. Doch irgendwie muss hinter dieser Angelegenheit jemand von der Familie Bauer oder irgendein rechtmäßiger Erbe des Anwesens stecken.«

»Sarah Bauer? Wäre es möglich, dass Sarah Bauer 1975 noch am Leben war?«, überlegte ich aufgewühlt.

»Oder einer ihrer Nachkommen.«

»Aber ihre Tochter ist gestorben. Wir haben ihre Sterbeurkunde gesehen.«

»Vielleicht hatte sie noch andere Kinder … oder auch nicht, aber irgendwie muss es hier einen Erben geben, denn wenn jemand stirbt, ohne ein Testament gemacht zu haben und ohne dass es einen rechtmäßigen Erben gibt, dann geht der gesamte Besitz an den Staat über, und so wie es aussieht, war das bei der Familie Bauer nicht der Fall. Wie auch immer – das sind alles nur sinnlose Überlegungen. Wir müssen nach Barcelona und uns mit jemandem von diesem Büro unterhalten.« Alain machte eine dramatische Pause, ehe er fortfuhr: »Und gibt es einen geeigneteren Zeitpunkt als jetzt?«

»Nach Barcelona? Jetzt?« Mein Verlangen nach Improvisation und meine Lust auf Abenteuer hielten sich schon immer in Grenzen.

»Hast du etwas Besseres vor?«

»Na ja … also … nein. Aber … Sieh dich doch mal an! In deinem Zustand solltest du nirgendwohin reisen.«

»Es geht mir gut. Mir tut nichts weh, ehrlich.«

»Das glaube ich dir nicht. Außerdem bist du bis zum Anschlag mit Schmerzmitteln vollgestopft. Du wirst schon sehen, wie es ist, wenn die Wirkung nachlässt…«

»Dann haue ich mich wieder bis zum Anschlag mit Schmerzmitteln voll«, antwortete Alain halsstarrig.

»Außerdem musst du am Montag wieder ins Krankenhaus, um dich untersuchen zu lassen.«

»Am Montag, am Dienstag… Das ist doch egal. Hör endlich auf damit, ständig herumzudiskutieren… Hör zu, wir fahren einfach mit dem Auto, machen eine Pause in Fontvieille in der Provence, wo meine Schwester lebt. Noch dazu liegt es praktisch auf halber Strecke. Heute ist Samstag, dann schlafen wir heute Nacht dort, und am Sonntagabend kommen wir in Barcelona an.«

»Du bist doch gar nicht in der Verfassung, Auto zu fahren!«

»Dann wechseln wir uns ab, und wenn ich gerade nicht fahre, ruhe ich mich aus, das verspreche ich dir. Denk doch mal nach, Ana: In Barcelona werden uns diese Arschlöcher nicht suchen. Und heute Nacht könnten wir ganz entspannt schlafen.«

»Also… ich weiß nicht… Ich habe das Gefühl, dass sie immer ganz genau wissen, wo wir uns gerade aufhalten, das macht mir Angst.«

»Apropos…« Alain holte sein Handy aus der Hosentasche und schaltete es aus. »Schalte dein Handy aus, du weißt doch, was die bei der Polizei gesagt haben: Genauso, wie diese Leute an deine Handynummer gekommen sind, könnten sie uns durch das Signal, das das Telefon sendet, lokalisieren.«

»Ja, schon… Aber wenn ich das Telefon ausschalte…«, *dann wäre ich nicht nur für die Bösen nicht mehr zu orten,* dachte ich, *sondern auch für alle anderen…*

»Was?«

»Ach, nichts…«

»Ana, ich will nicht zurück in die Wohnung«, bettelte Alain mich ernst, fast schon verzweifelt, an.

Ich sah Alain an, warf einen Blick auf das Handy … sah wieder zu Alain. Es wäre fast ein ganzes Wochenende, währenddessen ich mit einer gelben Ente quer durch Frankreich reisen würde, zusammen mit einem attraktiven geschiedenen Kunstprofessor und einem Schwulen … Das könnte das Drehbuch für einen Independentfilm sein. Ein kleines Abenteuer. Mein kleines Abenteuer … Und Konrad könnte mich nicht ausfindig machen. Eine kleine Rache. Meine kleine Rache …

»Hör mal, Schätzchen. Sagst du mir jetzt endlich, was hier verdammt noch mal vor sich geht?«

Ich schaltete das Handy aus, lächelte und wandte mich Teo zu. »Wir fahren nach Barcelona … Ach, und schalte dein Handy aus.«

März 1944

Zwischen 1944 und 1945 führt die Royal Air Force, mit Unterstützung der amerikanischen Luftwaffe, massive Bombenangriffe auf über sechzig deutsche Städte durch. Das Ziel der Angriffe ist nicht ausschließlich militärischer Natur, sondern besteht auch darin, die Moral der Bevölkerung zu beeinträchtigen. Durch den Abwurf von Brandbomben, die von den Deutschen Feuersturm genannt werden, verwandeln sich die Städte in regelrechte Feuerbälle. Bis zum Ende des Krieges werden über eine Million Tonnen Bomben über Deutschland abgeworfen, und auch wenn die offiziellen Opferzahlen immer streng geheim gehalten wurden, geht man davon aus, dass zwischen 400 000 und 600 000 Menschen, größtenteils Frauen, Kinder und Greise, bei diesen Bombardierungen ums Leben kamen.

In den ersten Tagen hatte Sarah viel geweint, ohne dass sie einen bestimmten Anlass dafür gehabt hätte. Auf einmal traten ihr Tränen in die Augen, flossen minutenlang über ihre Wangen, bis sie dann schließlich wieder von selbst versiegten. Sie weinte beim Aufwachen und vor dem Einschlafen, sie weinte heimlich, während sie das Essen zubereitete oder in der Schlange für Lebensmittel anstand. Sie weinte, wenn sie Marie betrachtete und wenn Marie weinte.

Mit der Zeit hatte Sarah dann aufgehört zu weinen. Wie ein

Bach im Sommer waren ihre Tränen verdunstet und hatten ein verödetes und rissiges Bachbett zurückgelassen. Die junge Frau war einfach in ihrer Routine untergetaucht. Sie musste nur die Anstrengung auf sich nehmen, morgens aus dem Bett zu kommen und bis zum Abend durchzuhalten. Dazwischen musste sie weder nachdenken noch viel empfinden, sie ließ sich einfach treiben. Durch einen Alltag, der monoton zwischen den Aufgaben in der Wohnung, der Arbeit in der Buchhandlung und Jacob verlief.

»Heirate mich, Sarah. Marie braucht einen Vater.«

Jacob hatte einen ganzen Monat gebraucht, um so viel Mut aufzubringen und Sarah die Ehe vorzuschlagen. Als er es schließlich tat, hatte er gestottert und gestammelt und jedwede aufkommende Romantik ausgeschlossen. Doch Sarah war das völlig egal. Sie hatte noch nicht einmal den Kopf gehoben. Sie hatte nur erneut ihren Löffel in denselben schrecklichen Kohleintopf getaucht, den sie jeden Abend zum Essen zubereitete, und gesagt: »Marie hat schon einen Vater. Das sind keine guten Zeiten, um zu heiraten.«

Ein Axthieb hätte nicht mehr Schaden angerichtet. Und nachdem sie das gesagt hatte, hob sie den Blick, sah ihn an und lächelte, denn in ihrem Innersten empfand sie Mitleid für Jacob.

Er glaubte, sie verstehen zu können. Es war nicht gut, dass die Frau den Mann aushalten musste. Doch wenn dieser verfluchte Krieg vorüber wäre – wenn dieser verfluchte Krieg denn irgendwann zu Ende wäre und die Nazis ein für alle Mal geschlagen wären –, dann würde Jacob sich eine gute Arbeit suchen, und er wäre derjenige, der ihren Lebensunterhalt bestreiten würde und nicht mehr Sarah. Dann würde Sarah ihn heiraten, und vielleicht würden sie sich ein Haus auf dem Land kaufen, einen kleinen Hof, und sie würden noch weitere Kinder haben, eine große Familie. Wenn dieser schreckliche Krieg zu Ende wäre, würde Jacob sich um Sarah kümmern, er würde gemeinsam mit ihr alt werden, würde bis zum Tod immer bei ihr sein. Jacob konnte sich nichts Schöneres vorstellen.

Diesen Traum immer vor Augen, steuerte Jacob sein Schiff mit aller Kraft, nahm das Unmögliche auf sich, um während des Sturms nicht vom Kurs abzukommen. Aus diesem Grund schluckte er die Tabletten, die Doktor Vartan ihm verschrieben hatte. Denn er war noch immer deprimiert, wenn er Sarah traurig sah, und ohne seine Medikamente wäre es auch schwierig gewesen, seine Angstzustände zu kontrollieren, die ihn heimsuchten, weil er neben ihr schlief, ohne sie anfassen zu können. »Noch nicht, Jacob. Ich bin noch nicht ganz wiederhergestellt«, wandte Sarah ein und drehte ihm den Rücken zu, sobald er ihr zu nahe kam. In solchen Momenten musste Jacob, dessen Blut vor Verlangen in den Adern pochte, eine Tablette schlucken, um zur Ruhe zu kommen und schlafen zu können. Doch er wusste, dass er sie nicht mehr brauchte, wenn er mit dem Schiff im Paradies seiner Träume angelangt wäre. Dann würde er niemals wieder Tabletten benötigen.

Sarah bügelte Wäsche und legte sie zusammen. Da es immer schwieriger wurde, Kohle zu beschaffen, nutzte sie den Moment, als sie in der Küche Feuer für das Essen machte, um das Bügeleisen in der Glut aufzuheizen. Sarah bügelte und dachte an nichts anderes als an Bügeln, daran, fest aufzudrücken, um die Falten auszubügeln, und daran, das Bügeleisen nicht zu heiß werden zu lassen, um die Kleidung nicht zu verbrennen, Jacobs Socken paarweise zusammenzusuchen, sie zu stopfen und aufzurollen, bis sie eine Kugel bildeten. Schon seit geraumer Zeit dachte Sarah an nichts anderes mehr als an das, was sie gerade tat, wie in einer Art Selbstschutz.

Plötzlich klingelte es an der Tür. Sarah stellte das Bügeleisen an sicherer Stelle ab, strich sich ein paar Strähnen, die sich aus ihrem Haarknoten gelöst hatten, hinters Ohr und öffnete.

»Hallo, Sarah.«

Sarah glaubte nicht, dass das wahr sein konnte. Ihre Augen täuschten sie. Was sie sah, musste ein Produkt ihrer Fantasie sein. Erst als Georg weitersprach, wurde ihr klar, dass es real war.

»Bist du allein?«

Sarah nickte.

»Kann ich reinkommen?«

»Ja … natürlich.«

Sie trat zur Seite, ließ Georg hinein und schloss die Tür. Als hätte das Geräusch des Türriegels sie erwachen lassen, wurde sie auf einmal ganz nervös. Zeit und Raum waren vergessen, und sie nahm in dem grotesken Versuch, ihren Platz wiederzufinden, ihre Schürze ab.

»Wo ist Marie?« Sein Tonfall war dringlich, als müsste er unbedingt sofort wissen, wo das Kind war.

Erstaunt sah Sarah ihn an. Georg sah nicht gut aus, nicht einmal die Uniform verlieh ihm Haltung, seine Schultern hingen herunter, und sein Rücken war ganz gebeugt. Am alarmierendsten war jedoch sein Gesicht: Es war ausgezehrt, seine Mundwinkel hingen zwischen eingefallenen Wangen nach unten, sein Blick wirkte unendlich müde, er hatte tiefe dunkle Ringe unter den Augen wie Blutergüsse, und seine Augen waren gerötet und ganz glasig. Sarah machte sich Sorgen.

»Sie schläft«, sagte sie schließlich.

»Kann ich sie sehen?« Noch immer schien er von großer Eile angetrieben.

»Sie ist … sie ist in ihrer Wiege«, brachte Sarah zögerlich hervor. »In meinem Schlafzimmer.«

Georg drehte sich um und betrat hastig das Schlafzimmer. Sarah folgte ihm und sah, wie er sich über Maries Wiege beugte.

»Mein Gott …« Georg legte seine große Hand über ihren kleinen Körper und streichelte sie zärtlich. »Mein Gott, oh, mein Gott …«

»Georg, was ist los?«

Er richtete sich auf, atmete tief ein und ließ die ganze Luft wieder aus seinen Lungen entweichen … Es war eine Art Schluchzer. Sarah trat zu ihm und legte ihm eine Hand auf den Rücken. Als Georg sich umdrehte, sah sie, dass Tränen in seinen Augen standen. Er umarmte sie. Umarmte sie fest und brach in hemmungsloses Weinen aus.

Er schämte sich, wollte aufhören zu weinen, doch er konnte nicht … Er hatte bislang nicht geweint, hatte nicht eine einzige Träne vergossen, nicht als er die Nachricht erhalten hatte, nicht auf der Fahrt, nicht auf dem Begräbnis, nicht auf der Totenfeier und auch danach nicht, als er allein war. Doch in Sarahs Armen hatte Georg den Ort gefunden, um all den Tränen, die er seit Tagen zurückgehalten hatte, freien Lauf zu lassen. Er weinte verzweifelt, ohne etwas sagen oder es erklären zu können. Schweigend drückte Sarah ihn an sich, streichelte ihn, ließ ihn weinen und seine Tränen an ihrer Schulter verstecken, während ihr eigenes Herz in winzig kleine Stücke zersprang.

Nach einer Weile fand Georg wieder die Kraft zu sprechen. »Es ist wegen Rudi …«, schluchzte er. »Er war noch keine zwei Jahre alt … Noch keine zwei Jahre! … Er ist tot … Das Kind ist tot …«

Georg umfasste Sarahs Gesicht mit beiden Händen. »Sarah, es tut so weh … Rudi war mein Sohn … es tut so weh …«

Auch Sarah traten jetzt Tränen in die Augen.

»Wein doch nicht, Sarah … Bitte hör doch auf. Ich will dich nicht zum Weinen bringen … Es tut mir so schrecklich leid …«

Sarah küsste seine salzigen Lippen, um ihn am Reden zu hindern. Sie streichelte sein nasses Gesicht und küsste ihn zärtlich.

»Georg …«

»Ich habe dich angelogen, Sarah … Ich habe dir nicht die Wahrheit gesagt, und jetzt komme ich zu dir, um bei dir den

Tod meines Sohnes zu beweinen… Ich wollte dir alles erzählen… Verzeih mir, Sarah, ich wusste nicht, wohin…«

»Komm…« Sarah legte seinen Kopf an ihre Brust, und Georg klammerte sich an sie und versuchte sich zu beruhigen.

An dem Tag, an dem er die Nachricht erhielt, war er in Wewelsburg: Englische Flugzeuge hatten das Zentrum von München bombardiert. Sein kleiner Sohn zählte zu den Opfern. Geschockt war er nach Hause gefahren. Erst der Anblick des Leichnams seines Sohnes rüttelte ihn wach und ließ ihn in die bittere und schmerzhafte Realität eintauchen. Elsie war ein nicht weniger leichenhafter Schatten, der umherirrte, ohne eine Reaktion zu zeigen oder eine Entscheidung treffen zu können. Georg musste seinen Schmerz hinunterschlucken und die Kontrolle über die Situation übernehmen: den Papierkram, das Begräbnis, die Totenfeier, die Trauerbekundungen… Er kam sich vor wie eine Maschine. Er sprach kaum mit Elsie, kannte sie kaum mehr. Erst als er abreiste und in der Diele eines traurigen und trostlosen Hauses stand, das Gepäck bereits in der Hand hielt, sagte er zu ihr: »Elsie, ich bitte dich bei Gott, nimm Astrid mit in die Schweiz, bring sie weg aus dieser Hölle, ehe es zu spät ist.«

Elsie drehte sich langsam um, und zum ersten Mal entdeckte Georg etwas Leben in ihrem Blick, auch wenn es nur durch ihren Hass hervorgerufen worden war. Ihr Blick hatte sich verfinstert, und sie hatte die Augen zusammengekniffen. Durch zusammengebissene Zähne zischte sie ihm zu: »Tu das nicht, Georg. Sei nicht so unverschämt, mir zu erklären: ›Ich habe es dir gesagt.‹ Sei nicht so unverschämt, herzukommen und mir die Schuld am Tod unseres Sohnes zu geben… Du hast ja keine Ahnung, was es heißt, allein hier zu sein und jeden Tag ums Überleben zu kämpfen. Du kannst es dir auch gar nicht vorstellen, weil du seit fünf Jahren nicht mehr zu Hause bist, und mit einem Brief pro Monat lässt sich kein Vater oder Ehemann ersetzen. Du warst nicht hier, als er seinen ersten Zahn bekommen oder seine ersten Schritte gemacht hat. Du warst nicht hier, um seine ersten Worte zu hören oder als er Windpocken hatte, und auch dann nicht, als er weinte, weil es keine Milch gab oder weil die Sirenen ihm Angst machten. Aber vor allem, Georg, vor allem warst du nicht hier, um seinen leblosen Körper aus den Trümmern zu holen. Wenn du also noch etwas Anstand und Mitleid empfindest, dann wirst du mir jetzt nicht sagen, was ich tun soll. Es ist zu spät, Georg. Zu spät für alles.«

Elsie drehte sich um und verschwand auf der Treppe nach oben.

Georg senkte den Kopf, öffnete die Tür und verließ das Haus. Von allen Angriffen in diesem verfluchten Krieg war das der härteste und blutigste gewesen, derjenige, der ihn am tiefsten verletzt hatte und die schmerzhaftesten Folgeerscheinungen nach sich zog. Er wünschte sich nur noch, dass der Krieg ihm ein für alle Mal ein Ende bereitete, dass er ihn sterben ließ wie einen Soldaten: ehrenhaft auf dem Schlachtfeld. Das war der Antrag, den er dem Reichsführer SS überstellte.

»Ich werde nicht leugnen, dass immer mehr Männer an der Front fehlen, Sturmbannführer. Aber Ihr Platz ist noch immer in Paris. Dort gibt es noch… unerledigte Angelegenheiten…«

Georg war sprachlos. Es ergab überhaupt keinen Sinn, ihn nach Paris zurückzuschicken! Er schwankte zwischen Fahnenflucht, Selbstmord oder Mord an einer Führungsperson – das alles ging ihm innerhalb von Sekundenbruchteilen durch den Kopf. Doch schließlich stand er stramm und leistete dem Befehl Folge.

Georg entschuldigte sich wieder und wieder dafür, Frau und Kinder zu haben und ihr nichts davon erzählt zu haben. Doch Sarah war überzeugt, dass es nichts gab, was sie ihm verzeihen müsste.

»Wir haben einander nie etwas versprochen, Georg. Wie hätten wir das auch tun sollen? Es ist passiert, entgegen allen Voraussagen und entgegen jeder Vernunft, es ist einfach passiert. Und von Anfang an war klar, dass dieses Puzzle nie zu Ende gespielt werden kann, weil es unmöglich ist, zwei Teile ineinanderzufügen, die unterschiedlichen Spielen angehören.«

Georg blickte sie aus verschwollenen, geröteten Augen an, die so weit aufgerissen waren, als wollte er sie mit seinem Blick verschlingen. »Mein Gott, Sarah, du weißt gar nicht, wie sehr ich dich liebe …«

Sarah umarmte ihn und küsste ihn auf den Hals. »Ich liebe dich auch, mein Herz … Deshalb ist es ja auch so schwer. Das ist es, was mich fast umbringt.«

Sie musste ihn einfach auf den Mund küssen, und mit noch warmen, prickelnden Lippen presste sie ihn an sich. Sie musste es einfach tun, da es vielleicht das letzte Mal war … Über seinen Kopf hinweg warf sie einen Blick auf die Wiege von Marie. Die Kleine war wach, aber ruhig, sah eine ihrer Hände aus leeren Augen an.

»Sarah, du musst Paris verlassen. Ich habe schon einen Teil von mir verloren, ich glaube nicht, dass ich es ertragen könnte, dich und das Mädchen zu verlieren. Wenn die Alliierten alle deutschen Städte bombardieren, warum sollten sie dann nicht auch Paris bombardieren? Geh mit Marie und Jacob, noch habt ihr Zeit.«

Verständnislos sah Sarah ihn an. »Aber ich will nirgendwohin mit Jacob. Ich will nur mit dir zusammen sein … Ich weiß, dass das nicht möglich ist, doch auch so werde ich nicht von hier weggehen. Außerdem ist die Kleine noch keine fünf Monate alt, sie ist viel zu klein für eine Reise, ganz egal wohin.« An seinem Gesicht konnte Sarah ablesen, dass er ihre Meinung nicht teilte. »Ach, Georg, es ist doch ganz egal, wie wir versuchen, ihm zu entkommen, der Tod lauert an jeder Straßenecke. Man kann noch so sehr nach Auswegen suchen, wenn ihm danach ist, wartet er an der nächsten Ecke dennoch auf einen. Wenn mir nur noch zwei Tage bleiben, dann will ich, dass der Tod mich in deiner Nähe antrifft, nicht auf der Flucht mit einem Mann, den ich nicht liebe …«

»Was …? Was soll das hier?«

Bei diesem Ausruf drehten beide sich um. Jacob betrachtete sie mit verzerrtem Gesicht von der Türschwelle aus.

»Was ist hier los, Sarah? Wer ist dieser Mann?«

»Jacob, beruhige dich …«

Sarah versuchte, auf ihn zuzugehen, doch Georg hinderte sie sacht daran, indem er sich wie ein Schutzschild vor sie stellte.

»Ich bin ruhig, verdammt noch mal! Ich will einfach nur wissen, was dieses Naziarschloch in meinem Schlafzimmer mit meiner Frau macht!«

Sarah warf einen Blick auf die Pistole an Georgs Gürtel, die in ihrem Futteral steckte. Wie einfach wäre es für ihn, sie herauszuziehen und diesen Juden mit einem einzigen Schuss niederzustrecken. Doch im Gegensatz zu dem, was Jacob annahm, war Georg kein Naziarschloch.

»Hör zu …«, versuchte Georg zu schlichten, doch Jacob gebärdete sich wie eine Furie.

»Raus aus meinem Haus!«

»Jacob, bitte …«

»Halt den Mund, du Nutte!«

Daraufhin wurde Georg wütend und machte einen Schritt nach vorn.

»Was willst du jetzt tun, du Nazi? Mich abknallen? Dann tu es doch! Ein Jude weniger! Wenn es aber so ist, dass du zwar die Eier hast, meine Frau zu vögeln, nicht aber, um mich umzubringen, dann verschwinde von hier!«

Georg presste die Kiefer aufeinander und versuchte, nicht an die Pistole an seinem Gürtel zu denken. Er war schuld daran, dass dieser Mann wie von Sinnen war, er konnte ihn jetzt nicht einfach mit einem Schuss aus dem Weg räumen.

Sarah hielt ihn an den Schultern fest. »Georg, geh bitte«, bat sie.

Doch er konnte sie mit einem solchen Wahnsinnigen nicht allein lassen. »Aber Sarah …«

»Hast du nicht gehört, du Hund?« Als Jacob seine Aufmerksamkeit hatte, holte er ein Messer hervor. »Verschwinde! Sofort!«

Was für eine absurde Drohung sollte das sein? War diesem Narren denn nicht klar, dass er ihn und sein Messer innerhalb weniger Sekunden beseitigen könnte? Georg sah Sarah an.

»Bitte«, drängte sie. »Mach dir keine Sorgen, mir wird nichts passieren.«

Nur weil sie ihn darum bat, war er bereit zu gehen. Doch als er an der Tür direkt neben Jacob vorbeikam, packte er in einer schnellen Bewegung dessen Handgelenk und verdrehte es, bis Jacob das Messer fallen ließ. »Hör mir gut zu, du tollkühner Kerl. Wenn du ihr auch nur ein Haar krümmst, dann erledige ich dich, ehe du dich versiehst.«

Verächtlich ließ Georg Jacobs Hand los und verließ die Wohnung.

Als die Tür ins Schloss fiel, ließ Sarah sich auf das Bett fallen und verbarg ihr Gesicht in den Händen.

»Und was hast du mir zu sagen?«

Doch Sarah schwieg einfach nur.

»Verdammt, Sarah, ich habe eine Erklärung verdient!«

Da endlich nahm sie die Hände vom Gesicht und sagte: »Es tut mir leid, Jacob … es tut mir sehr leid …«

Jacob hielt ihrem Blick stand. Nein, Sarah empfand nichts. Empfand nichts außer Mitleid für ihn. Der Junge ertrug ihre Barmherzigkeit nicht und hätte ihr am liebsten eine Ohrfeige verpasst, um ihr zu zeigen, dass er nicht schwach war. Er wollte sie am Hals packen und durchschütteln. Und je mehr er sich das wünschte, umso heftiger schlug sein Herz, und er fing an zu schwitzen. Er konnte sie nicht vor sich haben, er konnte sie nicht ruhig ansehen … Ehe er schließlich noch explodieren und es hinterher bereuen würde, drehte er sich um und ging.

Sarah saß reglos im Schlafzimmer und hörte, wie die Haustür zuknallte. Marie weinte, und sie nahm sie in den Arm. Sie legte sich mit Marie auf das Bett und schloss sich ihrem Weinen an.

Wir nehmen uns besser ein Hotelzimmer

Wir wechselten uns auf der knapp 600 Kilometer langen Strecke, die Paris von Fontvieille und dem Haus von Alains Schwester trennten, am Steuer ab, aber nur Teo und ich fuhren. Alain musste zugeben, dass sein momentaner Zustand es ihm nicht erlaubte, sich hinter das Steuer zu setzen. Doch ganz egal, wie oft wir uns auch abwechseln würden, im Grunde genommen verstieß eine solche Reise nach einer durchwachten Nacht gegen jede Vernunft. Darüber machten wir uns aber keine Gedanken, weil wir viel zu aufgewühlt waren und außerdem keiner von uns nach Hause gehen oder in Paris bleiben wollte, solange diese mafiösen Typen dort noch herumlungerten. Selbst Teo, dem wir anboten, ihn zum Flughafen zu bringen, damit er den nächsten Flug nach Madrid nehmen konnte, wandte ein: »Ach Quatsch, Schätzchen, nicht doch! Wenn es Doktor Jones nichts ausmacht, komme ich mit. Jetzt ist der Pariser Glamour schon dahin, also tausche ich ihn einfach gegen den provenzalischen, wie Caroline von Monaco … Schade allerdings, dass ich meinen großen Auftritt in dem Auto von Scooby-Doo absolvieren muss.«

Ich war mir nicht sicher, ob es Doktor Jones nichts ausmachte, dass Teo uns begleitete. Doch sehr höflich versicherte Alain, dass es kein Problem sei, weder für ihn noch für seine Schwester. »Wenn Doktor Jones bisher noch nicht mit dir in die Kiste gestiegen ist, dann glaube ich nicht, dass er vorhat, es ausgerechnet an diesen beiden Tagen zu tun«, war Teos eigentümliche Art, seine Anwesenheit zu rechtfertigen.

Alain versicherte mir, seine Schwester lebe in einem großen Haus, und es gebe Platz für alle. Tatsächlich sei das Haus ein alter Bauernhof aus dem 18. Jahrhundert, es habe ihrem Großvater gehört und sei der Ort, an dem er und seine Schwester nach dem Tod ihrer Eltern aufgewachsen seien. Als seine Schwester geheiratet habe, hätten sie beschlossen, dass es besser sei, wenn sie mit ihrem Mann dort wohnen bliebe, da Alain zu diesem Zeitpunkt bereits in Paris gelebt habe und der Großvater zu alt gewesen sei, um noch allein zu leben. Nach dem Tod des Greises sei das Erbe so aufgeteilt worden, dass seine Schwester im Haus wohnen bleiben konnte, in dem sie sich mit ihrem Mann und ihren beiden Töchtern eingerichtet hatte.

All das erzählte er mir, während ich als Erste fuhr. Alain hatte zwar versprochen, sich auszuruhen, hielt sich aber nicht an sein Versprechen. Tatsächlich merkte man ihm an, dass er viel zu aufgeregt war, um schlafen zu können. Wer hingegen schlief wie ein Murmeltier, war Teo auf dem Rücksitz. Während der ersten beiden Stunden hatte Alain also Zeit, mir zu erzählen, wie sein Großvater mit seinem Antiquitätenhandel ein bescheidenes Vermögen angehäuft hatte. André Lefranc sei ein Mann einfacher Herkunft gewesen, der nach dem Krieg ohne Heim und Familie von einer Arbeit zur nächsten gewechselt habe und dabei so gut wie allem nachgegangen sei. Mit seinen ersten Ersparnissen habe er einen Karren und ein Maultier erstanden, mit denen er von Haus zu Haus gezogen sei und das alte Gerümpel aufgekauft habe, das die Leute nicht mehr haben wollten. Er habe es restauriert und anschließend auf den provenzalischen Dorfmärkten an Touristen verkauft. Das Geschäft habe floriert. Dann habe er den Karren gegen einen Lieferwagen und den Straßenstand gegen einen Laden in Saint-Rémy-de-Provence eingetauscht. Mit den Jahren habe er es zu vier Auktionshallen an unterschiedlichen Orten gebracht und sei zu einem der bekanntesten Antiquitätenhändler der Gegend geworden.

Als wir an einer Tankstelle hielten, um zu tanken, etwas zu essen und den ersten Fahrerwechsel vorzunehmen, sagte ich zu Alain: »Du solltest deine Schwester anrufen, damit sie weiß, was auf sie zukommt, findest du nicht?«

»Ja, genau das wollte ich machen. Sobald ich eine Telefonzelle finde… Und du könntest dich dann bei Konrad melden und ihm von unserem Vorhaben erzählen. Wenn er versucht, dich per Handy zu erreichen, macht er sich noch Sorgen.«

»Ja… natürlich… Ich… sehe mal nach, ob sie hier Zahnbürsten haben.«

»Ana?«

»Was?«

Ich drehte mich um, und er sah mich nur an. Nach einem kurzen Moment schüttelte er nachdenklich den Kopf. »Ach nichts… ich werde irgendwas für meine Nichten kaufen.«

Es dämmerte bereits, als wir in Fontvieille ankamen, einem kleinen Dorf, das mit seinen verlassenen und schlecht beleuchteten Straßen und den geschlossenen Läden und Bars gespenstisch wirkte. An der Ausfahrt des Dorfes bogen wir nach rechts ab und nahmen eine enge, schlecht asphaltierte Straße, die von aufeinanderfolgenden Einfahrten zu unsichtbaren Häusern flankiert war, die verschanzt hinter dichten Zypressenreihen lagen.

Vor einer dieser Einfahrten hielt Teo auf Alains Aufforderung hin den Wagen an, dessen Scheinwerfer ein großes schwarzes Gitter aus geschmiedeten Eisenstangen beleuchteten, neben dem sich eine Klingel und ein Schild mit der Aufschrift L'OLIVETTE befanden. Alain stieg aus, klingelte am Tor, das sich kurz darauf automatisch öffnete, und stieg dann wieder ein, und wir fuhren über den Kiesweg weiter, an dessen Ende sich die Silhouette eines großen dreistöckigen Anwesens abzeichnete. Wir parkten neben dem Haus, und gleich darauf tauchten zwei Deutsche Schäferhunde auf, die das Auto umkreisten und bellten.

»Bonnie und Clyde«, klärte Alain uns auf und meinte damit die Hunde. »Die gehören meinem Schwager, er ist Polizeiinspektor … Wartet mal kurz hier …«

Alain stieg aus, streichelte die Hunde, die neben ihm herumschwänzelten und hochsprangen, sodass er kaum einen Schritt machen konnte, und trat auf die Veranda. In diesem Moment schalteten sich ein paar Lampen ein, die die gesamte Fassade beleuchteten. Sie war einfach, cremefarben, aus Steinen, die sich wie durch Magie ineinanderfügten, und enthielt drei von Efeu umrankte Bogenfenster, die bis zum Boden reichten, darüber im ersten Stock waren drei Fenster und im zweiten Stock drei kleine Luken, allesamt mit weiß gestrichenen Fensterläden versehen. Die Terrasse führte auf eine große Rasenfläche, die in einen Olivenhain überging. Die Tür des mittleren Bogenfensters, die gleichzeitig als Haustür diente, öffnete sich, und eine Frau in Jeans, T-Shirt und weiter grauer Strickjacke kam heraus. Sie war groß und schlank und hatte ihre blonden Haare zu einem unordentlichen Zopf zusammengeflochten. Die Hunde stellten sich ihr in den Weg, woraufhin sie sie fortscheuchte. Als sie Alain sah, blieb sie abrupt stehen und hob die Hände zum Mund. Alain kam auf sie zu und begrüßte sie mit einer Umarmung.

»Ist das seine Schwester?«, fragte mich Teo.

Ich zuckte mit den Schultern. »Ich nehme es an …«

»Weiß sie bereits, dass sie heute Abend drei Leute mehr verköstigen muss, die außerdem bei ihr schlafen wollen?«

»Ich glaube schon …«

»Das hier sieht mir aber ganz nach ›Was machst du denn hier, verdammt noch mal?‹ aus.«

»Ich würde eher sagen nach ›Was ist denn mit dir passiert, verdammt noch mal?‹. Aber vielleicht ist es auch ein bisschen was von beidem.«

Während ich mich ein wenig verunsichert fühlte bei der Vorstellung, ohne Ankündigung im Haus einer Fremden aufzukreuzen und ein Bett und etwas zu essen zu erwarten, kamen zwei ebenso blonde Kinder wie die Mutter in ihren Nachthemden aus dem Haus gerannt, um Alain zu begrüßen. Neugierig strichen sie über die Pflaster in seinem Gesicht. Ich war erleichtert, dass sich nicht nur die Hunde über seinen Besuch zu freuen schienen …

Nachdem Alain seine Nichten gedrückt, geküsst und gekitzelt hatte, kam er wieder zum Wagen. Kaum dass er die Tür geöffnet hatte, fragte ich aufgeregt: »Sag bloß nicht, du hast deine Schwester nicht angerufen.«

»Das habe ich vergessen«, entschuldigte er sich mit unschuldiger Miene. »Sag, hast du nicht auch vergessen, Konrad anzurufen?«

»Lenk jetzt nicht ab, Alain«, erwiderte ich ungehalten. »Wir können hier doch nicht einfach so aufkreuzen und bei ihr schlafen wollen! Du vielleicht, du bist ihr Bruder, aber uns kennt sie ja nicht einmal …«

»Immer mit der Ruhe. Ich habe schon mit ihr gesprochen, und es ist überhaupt kein Problem. Wir kommen genau richtig zum Essen.«

Ich sah zu seiner Schwester, die auf der Terrasse wartete, und versetzte mich an ihre Stelle. »Das haben wir ja toll hinbekommen! Ich schäme mich in Grund und Boden. Wir nehmen uns besser ein Hotelzimmer …«

Doch Alain ignorierte meinen Einspruch. Er griff nach den Tüten mit dem, was wir an der Tankstelle gekauft hatten, und öffnete mir die Tür.

»Ganz ehrlich, Alain, sie scheint nicht gerade sehr glücklich darüber zu sein, dich zu sehen … und das wundert mich auch nicht.«

Kurz wechselte seine Miene zu der eines reifen Mannes. »Ja, aber das hat einen anderen Grund … Glaub mir, Ana, meine

Schwester ist es gewohnt, dass die Leute hier vorbeischauen, ohne sich angekündigt zu haben. Das Haus ist groß. Außerdem ist Josette da, die Dame, die ihr zur Hand geht.«

Ich war zwar noch immer nicht überzeugt, stieg aber trotzdem aus. Nachdem Teo sich mit seinen langen Beinen aus dem Fahrersitz der Ente geschält hatte, gingen wir zur Veranda des Hauses.

Alain stellte uns seiner Schwester vor. Judith reichte uns die Hand und hieß uns mit einem Lächeln willkommen. Sie war eine sehr schöne Frau mit großen grünen Augen und sanften, fast perfekten Gesichtszügen. Sie sah aus wie eine Filmschauspielerin aus den Vierzigerjahren.

»Und diese beiden wunderschönen Mädchen hier sind Claire und Cécile«, verkündete Alain und blickte stolz auf seine Nichten.

»Ich bin eine Prinzessin«, unterbrach ihn Cécile, die kleinere, die knapp fünf Jahre alt war und ihr Gesicht schüchtern hinter ihren goldenen Locken versteckte.

»Aber sicher doch … und eine sehr hübsche Prinzessin. Sie sagt, sie sei eine Prinzessin«, übersetzte ich für Teo.

»Mein Gott, wie süß!«

»Teo spricht kein Französisch«, erklärte ich Judith, »ich werde einfach für ihn übersetzen … Judith, ich habe Alain gesagt, dass wir ins Hotel gehen werden. Es kommt nicht infrage, dass wir uns ohne Ankündigung in deinem Haus breitmachen.« Während ich Judith das erklärte, streifte ich Alain mit einem vorwurfsvollen Blick. Der lachte aber nur ganz dreist und schien davon nicht beeindruckt.

»Nein, nein, nichts da mit Hotel. Im Haus gibt es genug Platz für alle. Außerdem kommt ihr genau richtig zum Essen, und Josette bereitet sowieso immer Essen für eine ganze Kompanie zu. Es wäre super, wenn wir den Gefrierschrank nicht mit den Resten füllen müssen.«

»Sicher? Wir wollen nicht stören …«

»Ich habe dir doch gesagt, dass sie viel zu höflich ist und nicht bleiben will«, bemerkte Alain, während er mit den Kindern Fangen spielte.

Judith fasste mich am Arm und lächelte. »Ganz sicher, Ana. Das stört überhaupt nicht. Lass uns reingehen, allmählich wird es frisch. Mein Mann macht gerade den Kamin an. Das ist der erste Abend, an dem das nötig ist, seit der Herbst angefangen hat.«

April 1944

Bruno Lohse arbeitet von Februar 1941 bis August 1944 für den Einsatzstab Reichsleiter Rosenberg von Paris. Bei Kriegsende wird er in Deutschland festgenommen und aufgrund seiner Beteiligung an der Plünderung von Kunstwerken jüdischer Familien in Frankreich verhört. Durch seine Bereitschaft, mit den nordamerikanischen Ermittlern zusammenzuarbeiten – er hat sogar im Nürnberger Kriegsverbrecherprozess ausgesagt –, wird er freigelassen und an die französischen Behörden ausgeliefert. Während des Prozesses gegen die Verantwortlichen des ERR in Frankreich 1950 wird er vom Militärgericht in Paris freigesprochen. Ab diesem Zeitpunkt arbeitet er als Händler in München und wird zu einem angesehenen Kunstsammler des Goldenen Zeitalters der Niederlande und des Expressionismus. Bruno Lohse stirbt im März 2007 im Alter von 95 Jahren.

Bruno Lohse unterzeichnete eine Bestandsaufnahme und wandte sich gleich danach seiner nächsten Aufgabe zu.

Wenn die Arbeit ihm keine Minute ließ, um Luft zu holen, musste er glücklicherweise nicht zu sehr darüber nachdenken, wie überdrüssig er dieser ganzen Angelegenheit inzwischen war. Die Kunstsammlungen wurden nach wie vor hierhergebracht und stapelten sich immer noch in den Räumlichkeiten des Jeu de Paume. Die Konflikte zwischen den Führungskräften des ERR, die wahrscheinlich ebenso genervt und ernüchtert waren wie er, zeigten sich immer häufiger. Andererseits war ein Großteil des qualifizierten Personals zum Militärdienst einberufen und an die Front versetzt worden. Während man in Berlin darauf drängte, den Versand der Sammlungen nach Deutschland zu beschleunigen und Ordnung in das dokumentarische und administrative Chaos des Einsatzstabs zu bringen, hatte Lohse bloß eine Handvoll französischer Arbeiter vom Museum zur Verfügung, die ihrer Arbeit verständlicherweise nur widerwillig nachkamen. Lohse hatte es wirklich satt. In dem Moment, in dem er Wind bekam, dass Robert Scholz, sein Vorgesetzter, ihn seines Amtes entheben wollte, weil er eine verdammte Sekretärin verteidigt hatte, die sich hinterher als widerwärtige Verräterin herausstellte, die ihn verunglimpfte, hatte er darum gebeten, wieder in den aktiven Dienst aufgenommen zu werden. Seinem Antrag war stattgegeben worden, doch ein unglücklicher Unfall beim Skifahren, den er wenige Wochen zuvor erlitten hatte, zwang ihn dazu, mit einem gebrochenen Knöchel weiterhin in Paris zu bleiben. Doch Lohse schwor sich, dass er diesen widerlichen Ort verlassen würde, sobald er ohne diese verfluchten Krücken laufen könnte.

»Doktor Bruno Lohse?«

Lohse drehte sich um. Ein paar Typen in Uniform warfen ihm einen schiefen Blick unter ihren Dienstmützen zu.

»Kommt ganz darauf an …«

»Gestapo von Paris«, wiesen sie sich aus. »Wir müssen Ihnen ein paar Fragen stellen. Wenn Sie so freundlich wären, uns zu begleiten, Herr Doktor.«

Georg wartete, bis es dunkel wurde, ehe er sich auf den Weg zum Jeu de Paume machte. Als er dort ankam, ging er nach unten in den Keller. Am Ende des Ganges befand sich ein kleines Zimmer, das man als Archiv verwendete. Normalerweise war es verschlossen, da die Unterlagen, die es enthielt, nicht häufig verwendet wurden. Da der Gang im Dunkeln lag, konnte Georg den Lichtstrahl sehen, der sich unter der Tür abzeichnete. Er drückte die Klinke herunter, die leicht nachgab, und öffnete die Tür.

»Ich wollte gerade gehen. Ich war mir nicht sicher, ob du meine Nachricht erhalten hast…«

Lohse sah ihn aus der hinteren Ecke des Raums mit seiner für ihn typischen schalkhaften Miene an, mit der er noch die angespanntesten Situationen herunterspielte. Er saß auf einer der Dokumentenkisten und rauchte, das eingegipste Bein von sich gestreckt, die Krücken zur Seite gestellt.

»Ich bin heute Abend ganz spät noch im Büro vorbei und habe deine Nachricht gesehen.«

»In letzter Zeit ist es nicht einfach, dich zu finden…«

»Ich bin mal hier, mal da. Habe immer mit meinen Angelegenheiten zu tun, du weißt schon… Jetzt arbeite ich nur noch für Himmler… glaube ich zumindest. Sie haben mir den offiziellen Dienstwagen, das Zimmer im *Commodore* und die Sekretärin weggenommen… und ich habe das Gefühl, dass mir auch diese fensterlose Kammer, die mir als Büro dient, nicht lange bleiben wird.«

Einen Moment hörte Lohse auf zu lächeln. Er drückte die Zigarette auf dem Boden aus und sah Georg betrübt an. »Ich habe das von deinem Sohn erfahren… Und ich weiß nicht, was ich sagen soll – in so einem Fall wirkt irgendwie alles unangebracht.«

»Ich weiß.« Georg presste die Lippen aufeinander und verzog den Mund zu etwas, das wohl ein Lächeln sein sollte. »Danke…« Dann zog er es vor, das Thema zu wechseln. »Und du? Was für eine Art Hintern hast du dir dieses Mal vorgenommen, dass du solch offensichtliche Spuren davonträgst?«

»Das hier? Ein Skiunfall. Das andere hinterlässt nur Spuren in meiner Akte. Und du weißt doch, dass ich versuche, mir die Hände nicht mit Blut zu beschmutzen… Aber sobald dieser verfluchte Gips ab ist, verschwinde ich aus Paris. Das hier nimmt kein gutes Ende, mein Freund. Die Mauern stürzen in sich zusammen, und ich habe nicht vor, darunter begraben zu werden, wenn es so weit ist, das kann ich dir versichern.«

»Einst sind wir auf der Suche nach Schutz hinter diese Mauern geflüchtet ...«, überlegte Georg. »Jetzt ist es zu spät, um noch zu verschwinden.«

Lohses Gesichtsausdruck wurde plötzlich so ernst, dass Georg die Tragweite der Angelegenheit, deretwegen er ihn hierherzitiert hatte, erahnte.

Bruno Lohse nahm eine seiner Krücken und zeigte auf eine Kiste vor sich. »Setz dich, von Bergheim, und rauch eine Zigarette mit mir. Es gibt vieles, worüber wir uns unterhalten müssen. Ich hatte heute eine angenehme Unterredung mit einem alten Bekannten von dir – Kriminalkommissar Hauser.«

Die Erwähnung dieses Namens gefiel Georg überhaupt nicht. Er setzte sich auf die improvisierte Sitzgelegenheit, die Lohse ihm anbot, holte sein Zigarettenetui hervor, reichte Lohse eine Zigarette und nahm sich selbst eine, zündete beide an und wartete gespannt darauf, was Lohse ihm zu sagen hatte.

»Ich werde nicht um den heißen Brei herumreden, Georg: Leg diese Uniform so schnell wie möglich ab und verlasse Paris. Sie haben es auf dich abgesehen, und es wird nicht lange dauern, bis sie dich finden«, verkündete er, während er den Rauch seines ersten Zuges an der Zigarette in Richtung der kahlen Birne ausstieß, die von der Decke baumelte.

»Hauser hat es schon immer auf mich abgesehen. Seitdem ich am ersten Tag bei ihm auf den Tisch gehauen habe, habe ich mir seine treue und bedingungslose Abneigung eingehandelt.«

»Vielleicht, aber jetzt hat er ausreichend Beweise, um dich gerichtlich zu verfolgen. Er muss sie über Monate wie eine Ratte zusammengesucht haben. Du hast zu viel riskiert, als du diesem jüdischen Mädchen geholfen hast, und du hast sie da getroffen, wo es sie am meisten stört. Jetzt plant dieser Hund, seine Rache voll auszukosten.«

»Was weiß er?«

»Er hat Zeugen, die dich mit dem Mädchen gesehen haben, unter anderem ein paar Soldaten, die aussagen, du hättest ihr geholfen, als sie sie festnehmen wollten. Aber er hat auch Fahrer, Kellner, ein paar Krankenschwestern aus dem Pitié … Er geht sogar noch weiter und beschuldigt dich des Verrats und der Kollaboration mit dem Widerstand. Er glaubt, du könntest die Hände im Spiel gehabt haben, als einem Gefangenen von Drancy, der des Terrorismus angeklagt war, zur Flucht aus dem Rothschild-Krankenhaus verholfen wurde.«

»Er hat doch hoffentlich nicht auch dich mit im Visier? Ich meine wegen des gefälschten Gemäldes.«

»Nein, das Thema hat er nicht angeschnitten, doch für den Fall, dass er etwas findet, würde er sicher auch mich in die Sache mit hineinziehen. Tatsächlich wollte er von mir nur wissen, ob ich ihm mehr Informationen zu deiner Person geben könne: So wie es aussieht, hat er in den letzten Tagen deine Spur verloren. Er weiß, dass du wegen deines Sohnes nach München gereist bist, aber er ist sich nicht sicher, ob du schon wieder in Paris bist. Außerdem hat er mich nach dem Mädchen gefragt und ob ich euch zusammen gesehen hätte. Als ich das verneinte, hat dieses Arschloch mir mit einer ganzen Reihe blödsinniger Dinge gedroht. Ich glaube, er hat den Eindruck, als würde ich nicht kooperieren …«

»Was für ein ausgewachsener Mistkerl …«

»Aber wie … Und genau das ist das Problem. Er hat gesagt, dass du dich nicht länger hinter dem Reichsführer verstecken kannst, weil Himmler selbst den Befehl erteilt hat, Recherchen anzustellen.«

Georg richtete sich alarmiert auf. »Himmler?«

Lohse nickte. »Er vermutet, dass du irgendwelche medizinischen Berichte gefälscht hast …«

Da verstand Georg. Er begriff, dass er in der Falle saß, dass er wie ein Dummkopf in diese Falle gelaufen war. Himmler hatte ihn machen lassen, bis er ihn festnageln konnte, und dann hatte er ihn nach Paris geschickt, um ihn auf seinem ureigenen Terrain zu umzingeln. Bewusst hatte Himmler seinem Gesuch, wieder an der Front eingegliedert zu werden, nicht stattgegeben … Jetzt passte alles zusammen. Er war so dumm gewesen zu glauben, dass seine Schwindeleien funktioniert hatten, und so naiv, die Gerissenheit des Reichsführers zu unterschätzen.

»Ich weiß nicht, was es mit dieser Angelegenheit auf sich hat, Georg. Wenn all das, was Hauser gesagt hat, stimmt, dann bist du durchgeknallter, als ich geglaubt habe. Und wenn es nicht stimmt, dann hat Hauser eine geradezu blühende Fantasie. Doch egal, was nun zutrifft, dich wird man mit dem Tod bestrafen. Das ist kein Witz, Georg, du musst verschwinden – je schneller und je weiter weg, desto besser. Man erhebt hier verdammt schwerwiegende Vorwürfe gegen dich und wird sich nicht damit zufriedengeben, dir die Leviten zu lesen, bis du vor Scham rot anläufst. Wenn es eine Sache gibt, die diese Leute nicht verzeihen, dann ist es Verrat.«

Georg vernahm Lohses Worte wie ein entferntes Echo in der Leere seines Kopfes. Ja, ja, er musste verschwinden, doch was war mit Sarah? Sarah stand wieder schutzlos da …

Durch den Kaminabzug kann man alles hören

Ich kann nicht genau sagen, ob es nur daran lag, dass ich an jenem Abend so müde war, doch als ich das Haus betrat, schien mir L'Olivette der gemütlichste Ort auf der ganzen Welt. Alles darin wirkte herzlich: der Empfang, die Temperatur, die Farben, der Duft nach Kamin und Hausmannskost, ja sogar die Gummistiefel der Familie, die aufgereiht in einer Ecke der Diele standen, das Malbuch und die über den Fußboden des Wohnzimmers verstreuten Gemälde von Claire.

»Mein Schwager ist sehr konservativ, und es würde ihm wahrscheinlich nicht besonders gefallen, wenn du zusammen mit Teo schläfst«, ließ Alain mich wissen, nachdem er mir die vier Schlafzimmer des Hauses gezeigt hatte: das der Eltern, das der Kinder, sein Schlafzimmer und das seines Großvaters.

»Wäre es ihm lieber, ich würde bei dir schlafen?«, scherzte ich.

»Also, das wäre gar nicht schlecht«, ging Alain auf meinen Scherz ein. »Tatsächlich glaube ich aber, dass es ihm am liebsten wäre, wenn du bei den Mädchen schläfst.«

Als ich wieder nach unten kam, um Teo von der Aufteilung der Zimmer zu erzählen, fand ich ihn ganz in die familiäre Dynamik eingebunden: Er saß auf dem Sofa im Wohnzimmer, während Claire und Cécile seine Lippen schminkten, ihn kämmten und ihm eine Krone aufsetzten. Einer der Schäferhunde hatte sogar den Kopf in Teos Schoß gelegt.

»Du bist perfekt.« Ich konnte nicht anders, ich musste einfach lachen, als die Mädchen riefen: *»Il est un prince! Il est un prince!«*

»Sie haben einfach meine weibliche Seite unterstrichen, findest du nicht?«

»Entschuldige, Herzchen, aber deine weibliche Seite ist permanent präsent.« Dagegen hatte Teo nichts einzuwenden. »Ich wollte dir nur sagen, dass wir nicht im selben Zimmer schlafen können: eine Imagesache.«

»Das ist doch der Hammer! Die hätten in der Zwischenzeit wirklich merken können, dass ich keinerlei Gefahr für dich darstelle – noch dazu mit dem Lippenstift.«

»Ob sie das gemerkt haben oder nicht, ist egal, wir müssen uns zwischen dem Zimmer des Großvaters und dem der Kinder aufteilen.«

»Dann will ich in das der Kinder! Bei dem von dem Toten wird mir ganz anders. Und sieh sie dir nur an: Sie lieben mich!«

Cécile hängte sich an seinen Hals, und die Krone rutschte ihm in die Stirn.

»Tut mir leid, aber ich werde bei den Mädchen schlafen«, beeilte ich mich klarzustellen. »Ich habe schon meine Zahnbürste und meine Blümchenunterhose dort gelassen. Du kannst deine Sachen also in das Zimmer des Toten bringen, wir essen gleich.«

Josette deckte den Tisch im Esszimmer, auf dem eine fröhliche Tischdecke lag, und Judith zeigte mir, wie man mit einem alten Brotkorb, ein paar Olivenzweigen, Kieselsteinen und Kerzen einen Tafelaufsatz herstellte. Das Essen war köstlich: Salat *niçoise,* getoastetes Brot mit *tapenade* und dann *daube,* ein Ragout aus Rindfleisch und Gemüse. Zum Nachtisch gab es *tarte tatin* mit Bananen. Fran und Judith waren sehr sympathisch, wirklich herzlich. Ich kam mir vor, als wäre ich bei Freunden. Doch dieser schöne Rahmen mit den leckeren Speisen und den angenehmen Gesprächen hatte einen kleinen Makel, etwas, was wenig aufmerksamen Blicken vermutlich gänzlich entgangen wäre, nicht jedoch mir, die ich familiäre Spannungen beim Essen gewohnt war: Während des ganzen Essens wechselten Alain und Judith kein Wort.

Die Aufregung der Reise, die mich bis dahin wach gehalten hatte, drückte nach dem Dessert schwer auf meine Lider, da ich nun seit fast achtundvierzig Stunden ununterbrochen wach war. Genau wie die Mädchen, die Morpheus' Zauber in Teos und Alains Armen erlegen waren, hätte auch ich, wäre ich dreißig Jahre jünger gewesen, am liebsten den Kopf auf die Tischdecke fallen lassen. Glücklicherweise verweilten wir nach dem Kaffee nicht mehr länger am Tisch. Während die Männer die Kinder nach oben ins Bett brachten, half ich Judith dabei, die Küche aufzuräumen, da Josette schon gegangen war.

Schon bald tauchte Alain wieder unten auf. »Also, die Kleinen sind im Bett, zugedeckt bis zur Nasenspitze«, verkündete er. Judith fuhr einfach mit dem Abwasch fort, als wäre sie gar nicht anwesend.

Aus dem Augenwinkel sah ich, dass Alain bedrückt den Rücken seiner Schwester betrachtete. Ich ging ins Esszimmer und kam mit einem Stapel Teller zurück, die Alain mir aus dem Arm nehmen wollte. »Du musst müde sein. Willst du nicht nach oben gehen und duschen, ehe du ins Bett gehst?«

Intuitiv war mir klar, dass dieser Vorschlag eine dezente Bitte war, sie allein zu lassen. Also lächelte ich ihn an. »Einverstanden, aber du darfst nicht schwer tragen. Ich bringe diese Teller noch zur Spüle.«

Ich brauchte nicht lange, um meine Sachen zusammenzusuchen: die Zahnbürste, ein T-Shirt zum Schlafen, das Teo mir aus seinem vollständigen und beneidenswerten Gepäck geliehen hatte, und eine rote Unterhose, aufgerollt in Form einer Rose, Überreste vom Valentinstag und das Einzige, was ich in der Tankstelle gefunden hatte, um die Unterwäsche wechseln zu können.

Ich entrollte sie auf dem Absatz zum oberen Stockwerk, um die Kleinen nicht zu wecken, als Teo auf der Treppe auftauchte.

»Schätzchen, du wirst es nicht glauben! Du musst … verdammt … Was ist das denn Kitschiges?«

»Eine Unterhose in Form einer Rose. Die ist cool, oder?«

»Ehrlich gesagt, nein. Sag bloß nicht, dass du die anziehen wirst, die ist doch total nuttig!«

»Aber sie ist sauber, was ich von der, die ich gerade anhabe, nicht behaupten kann. Also ja, ich werde sie anziehen.«

»Ich kann dir einen meiner Slips von Calvin Klein geben. Die sind eng anliegend und machen einen süßen Hintern.«

»Ähm … nein danke. Ich liebe dich über alles, Teo, aber so sehr dann doch nicht, als dass ich deine Unterhosen anziehen würde. Danke, aber ich bleibe bei meiner nuttigen Unterhose.«

»Wie du willst …«

»Und was werde ich nicht glauben?«

Teo musste kurz nachdenken. »Was du nicht glauben …? Ach, natürlich! Also, Schätzchen, das ist der Wahnsinn!« Teo wedelte heftig mit der Hand. »Du musst mit in mein Zimmer kommen. Doktor Jones und seine Schwester streiten in der Küche, und durch den Kaminabzug kann man alles hören.«

Ich löste mich von Teo, der mich am Arm treppabwärts zog. »Lass mich los, Teo. Ich denke ja nicht daran, heimlich zu lauschen …«

»Aber ich schon, und du musst für mich übersetzen, ich verstehe nämlich kein Wort!«

Trotz meines anhaltenden Protests gelang es ihm, mich nach unten zu zerren. Er schob mich in sein Zimmer, und als er sah, dass ich geziert vor dem Kamin stehen blieb, schubste er mich weiter, bis wir in der leeren Öffnung standen.

»Los, mach schon, übersetz.«

»O Gott, man hört ja wirklich alles!« Tatsächlich wirkte der Kaminabzug als Verstärker, und es klang so, als wären Alain und seine Schwester im selben Raum wie wir. »Ich schäme mich!«

»Sei still und übersetz! Und sag mir nicht, dass du nicht auch wahnsinnig neugierig bist.«

O ja, wie recht er damit hatte. Also gab ich Teo und mir nach, spitzte die Ohren und übersetzte. »… Was für eine unglaubliche Geschichte tischst du mir da schon wieder auf? Und was ist das für eine Art, einfach so hier aufzukreuzen? Dein Gesicht ist entstellt, du siehst schrecklich aus, bringst ein Mädchen mit, das wir überhaupt nicht kennen, und dann auch noch eine … Tunte! Und jetzt erzählst du mir hier etwas von wegen Prügelei, Geschichten mit der Polizei und was weiß ich nicht alles …«

»Ich habe es dir doch lang und breit erklärt. Ich weiß nicht, warum du so sauer bist.«

»Verdammt, Alain! Findest du es etwa normal, hier einfach so aufzukreuzen … ohne jede Ankündigung … und uns mal eben mitzuteilen, dass du hier schlafen und morgen wieder verschwinden wirst? Das hier ist keine Herberge, okay? Seit Großvater gestorben ist, bist du nicht mehr hierher zurückgekommen, du bist abgehauen, ohne dich zu verabschieden, als die Beerdigung noch nicht einmal ganz vorbei war. Du hast es nicht für nötig gehalten, dich ein einziges Mal bei mir zu melden. Du hast ja noch nicht einmal die Unterlagen der Testamentsvollstreckerin unterschrieben!«

»Du weißt, dass ich nichts will …«

»Es geht aber nicht darum, was du willst oder nicht willst! Die Welt dreht sich nicht bloß um dich! Schon immer hast du nur das gemacht, worauf du Lust hattest: Du bist gekommen und gegangen, wie es dir gerade gepasst hat. Du bist nach Paris abgehauen, und Großvater hat eine fröhliche Miene dazu gemacht und dir Geld in die Hand gedrückt, du hattest eine Hochzeit mit allen Schikanen, und sechs Monate später hast du dich scheiden lassen, und hier hat keiner etwas dazu gesagt. Noch nie hast du auch nur irgendeine verdammte Verantwortung in dieser Familie übernommen. Du bist zweimal im Jahr hergekommen und warst außerdem der verlorene Sohn. Großvater hat dich mit Aufmerksamkeit überschüttet. Ganz egal, was du getan hast, immer bist du für ihn das Opfer oder der Held gewesen. Du hast niemals einen Fehler begangen, man konnte dir nichts vorwerfen, und es gab auch nichts, was man von dir hätte einfordern können. Armer Alain!«

»Warte mal, vergisst du nicht gerade, dass Großvater gestorben ist, ohne auch nur ein Wort mit mir zu wechseln?«

»Nein, da täuschst du dich: Er ist gestorben, ohne dass *du* mit ihm gesprochen hättest.«

»Du bist verdammt ungerecht, Judith. Bevor er gestorben ist, hat Großvater einen Streit mit mir angezettelt wie wahrscheinlich noch nie zuvor in seinem Leben. Ich glaube nicht, dass du dir jemals so schreckliche Dinge an den Kopf werfen lassen musstest…«

Plötzlich war es still. Ich sah Teo an. Ich fühlte mich nicht gerade wohl, aber er war ganz in seinem Element.

»Ja klar, das glaubst du«, setzte Judith erneut an. »Du hast ja überhaupt keine Ahnung. Keine Ahnung von der Hölle, die das Leben mit ihm war. Großvater war ein tyrannischer Mensch, ein Frauenhasser und dazu manisch-depressiv, er ist wegen nichts an die Decke gegangen: weil die Suppe kalt war oder der Tag bewölkt. Und du meinst, er hätte Streit mit dir angefangen? Tatsächlich hast du nur seine nette Seite gesehen…«

»So schlimm kann es nicht gewesen sein, immerhin haben Großmutter und Mama ja auch mit ihm gelebt…«

»Nein, Alain, o nein! Großmutter hat ihn kurz nach Mamas Geburt verlassen. Und Mama ist abgehauen, als sie gerade mal achtzehn war. Und ich wollte auch abhauen, aber ich hatte keine Gelegenheit dazu. Wieder einmal konntest du dich bei Großvater als Held aufspielen: ›Der Arme, wie soll er das denn allein bewerkstelligen, wo er schon so alt ist. Dann soll doch einfach Judith hierbleiben, so spart sie Geld, denn dann muss sie ja auch keine Wohnung kaufen!‹ – ›Alain ist so gut, immer denkt er an die anderen … Der arme Alain, er ist viel zu beschäftigt in Paris mit seiner Arbeit und seiner steinreichen Freundin.‹ Gott sei Dank ist mein Mann ein Heiliger, andernfalls hätte uns das Zusammenleben mit Großvater die Scheidung beschert.«

»Das hast du mir nie gesagt, woher hätte ich das wissen sollen?«

»Das war dir doch völlig gleichgültig, Alain, gib es einfach zu. Du warst viel zu sehr damit beschäftigt, dein eigenes Leben zu leben. Ich habe mich nur einmal an dich gewandt: und dabei ging es um den heftigen Streit zwischen dir und Großvater, für den, natürlich, wieder einmal ich bezahlen musste. Ich habe es einfach nicht mehr ausgehalten … Und du? Was hast du gemacht? Nichts hast du gemacht, dir war das so was von egal …«

»Ich habe mit den Nachforschungen aufgehört!«

»Oh, was für eine tolle Geste deinerseits. Und wie immer stellst du dich als Opfer dar. Und als solches hast du es auch nicht für nötig erachtet, zum Telefon zu greifen und die Dinge in Ordnung zu bringen … Und dann, oje, ist Großvater gestorben …«

»Willst du damit etwa sagen, dass ich auch daran schuld bin?«

»Quatsch, natürlich nicht. Und wenn du es so verstanden hast, dann tut es mir leid. Das war nicht meine Absicht. Ich will damit nur sagen, dass es nicht schlecht wäre, dass du aufhörst, immer nur an dich zu denken, und dass du dich gelegentlich darauf besinnen könntest, dass du auch eine Familie hast.«

»Eine Familie, Judith? Welche Familie? Du bist der einzige Mensch in meiner Familie. Wen hat es denn vor uns gegeben? Wer sind wir? Warum hat uns das keiner gesagt? Warum ist Großvater bei der Erwähnung des Namens Bauer so ausgerastet, hat aber in seiner Schachtel lauter Fotos von diesen verfluchten Leuten? Was ist so schlimm daran, dass ich herausfinden will, was geschehen ist?«

»Nichts, aber … was ändert das schon? Hör auf, ständig auf die Vergangenheit zu blicken. Die Toten sind tot. Es wäre besser, du würdest nach vorn schauen: Wenn du eine Familie willst, leg dir selbst eine zu … Werde erwachsen, Alain. Werde einfach erwachsen!«

»Ich soll erwachsen werden? Meine eigene Familie gründen? … Ich habe meine Frau beim Vögeln mit einem anderen Kerl in unserem Bett erwischt!«

Angespannte Stille breitete sich aus. Teo starrte mich aus weit aufgerissenen Augen und mit weit aufgerissenem Mund an. Und mir wurde klar, dass ich ungewollt etwas übersetzt hatte, was ich nicht hätte übersetzen sollen.

Doch bevor ich es bereuen konnte, sprach Judith stockend und leise weiter, und Teo drängte mich, wieder zu übersetzen.

»Das … das wusste ich nicht. Das hast du mir nie gesagt … Aber erzähl mir nicht, dass du damit nicht gerechnet hättest. Bei Gott, wir reden hier von Camille!«

Alain seufzte so laut, dass man auch das durch den Kamin hören konnte. »Wenn das alles war, gehe ich jetzt mal ein bisschen an die frische Luft, mal sehen, wie ich das verdauen kann …«

»Alain …«

»Ach verdammt! Jetzt sehe ich wieder ganz wie das Opfer aus … Tut mir leid, das war nicht meine Absicht.«

»Darum geht es doch gar nicht … Mist! … Alain!«

Ich glaubte, die Küchentür zuschlagen und Judith dann »Scheiße!« sagen zu hören.

Von Alain drang keine Antwort mehr durch den Kamin bis zu uns.

Was werden wir tun, wenn das alles hier vorbei ist?

Ich sprang aus dem offenen Kamin und beugte mich zum Fenster: Alain ging über einen von Lavendel gesäumten Weg in den Garten. Ohne lange nachzudenken, beschloss ich, hinauszugehen und ihm zu folgen.

»Was machst du denn, Schätzchen?«, fragte Teo, als ich aus der Tür trat.

Ich drehte mich um und wollte es ihm eigentlich erklären, wusste aber nicht, wie. Ich schüttelte den Kopf, um alle vernünftigen Ideen loszuwerden. »Frag besser nicht, ich habe keine Ahnung.«

Damit eilte ich hinaus, ehe die vernünftigen Ideen sich breitmachen und mich zwingen könnten, mein Vorhaben aufzugeben.

Ich fand ihn beim Pool. Er saß auf dem Rand eines Liegestuhls und hatte das Gesicht in den Händen vergraben. Das war der Moment, in dem ich überlegte: *Was mache ich hier, verdammt noch mal?* Die vernünftigen Ideen sind verflixt schnell und hatten mich schließlich doch eingeholt.

Gerade als ich mich umdrehen und wieder fortgehen wollte, hob Alain den Blick.

»Tun … tun deine Verletzungen weh?« Ich muss zugeben, dass ich noch nie sehr geschickt darin war, mich ungezwungen aus peinlichen Situationen zu manövrieren.

»Ein bisschen …« Er senkte den Blick wieder und murmelte: »Nicht so sehr wie diejenigen, die man nicht sehen kann.«

Schweigend beobachtete ich ihn einen Moment und überlegte, was ich tun sollte. Schließlich überließ ich ihm die Entscheidung. »Hast du Lust auf etwas Gesellschaft, oder willst du lieber allein sein?«

Alain lächelte, klopfte neben sich auf die Liege und bedeutete mir so, mich zu setzen. »Ich habe Lust auf Gesellschaft.«

Ich ging die wenigen Schritte, die uns noch trennten, und nahm Platz. Er schwieg, sein Blick verlor sich im Wasser des Pools, der in der windstillen Nacht völlig reglos dalag. Während ich auf das Wasser starrte, bemerkte ich silberne Spiegelungen auf der Oberfläche; ein weißliches Licht ließ die Silhouetten des Gartens ringsum zum Vorschein kommen. Ich hob den Kopf. Ein riesiger Vollmond stand direkt über uns am schwarzen klaren Himmel. Es war eine wunderschöne Herbstnacht, in der die Luft noch nach Lavendel roch und eine Nachtigall versteckt in den Olivenbäumen sang. Eine weiße und violette Nacht, deren Dunst die Formen und Farben verwischen ließ wie die Kohlezeichnungen von Alain.

»Ich habe mich mit meiner Schwester gestritten.«

»Ich weiß«, beichtete ich, um mein Gewissen zu erleichtern. »Ich habe es durch den Kamin im Zimmer deines Großvaters gehört … Es tut mir leid …«, entschuldigte ich mich und zerquetschte mit der Spitze meiner Stiefel ein kleines Sandkörnchen, um ihm nicht ins Gesicht sehen zu müssen.

Er war derjenige, der schließlich meinen Blick suchte. Glücklicherweise schien er mehr amüsiert als verärgert zu sein.

»Siehst du? Teo und ich hätten doch in ein Hotel gehen sollen«, sagte ich.

»Wenn du ins Hotel gegangen wärst, wärst du jetzt nicht hier und würdest mir Gesellschaft leisten, und dann würde ich mich nicht besser fühlen als noch vor fünf Minuten.«

Ich legte ihm die Hand auf den Rücken. »Geht es dir wirklich besser?«

Alain seufzte. »Na ja, Judith wollte mit mir durch die Kulissen meines eigenen Lebens spazieren. Und es stellt sich heraus, dass hinter einem schönen Bühnenbild nur kaputtes Gerümpel, dreckige Vorhänge und alter Mief sind und ich fünfunddreißig Jahre damit zugebracht habe, nichts davon mitzubekommen … Das versuche ich gerade zu verdauen … das ist alles. Und dann ist da noch …«, fügte er hinzu und holte einen Umschlag aus seiner Jeanstasche.

»Was ist das?«

»Mein Großvater hat mir einen Brief geschrieben, bevor er starb … Ich dachte, das hättest du auch gehört.«

»Nein, habe ich nicht. Wahrscheinlich habe ich zu dem Zeitpunkt gerade mit Teo darüber diskutiert, ob wir nun eure Unterhaltung belauschen sollen oder nicht … Hast du ihn gelesen?«

»Noch nicht. Aber gerade habe ich keine Lust darauf … Später vielleicht …«

In dem Moment erhob sich ein leichter Wind, strich durch den Lavendel und schickte kleine Wellen über den Pool. Ich spürte, wie sich meine Härchen unter dem dünnen T-Shirt aufstellten. Ich fröstelte. Da ich sonst nichts anhatte, umklammerte ich mich selbst, um mich zu wärmen.

Wortlos legte Alain den Arm um mich und zog mich an sich. »Der Abend ist viel zu kühl, um nur ein T-Shirt anzuhaben«, bemerkte er.

Da legte ich einfach nur den Kopf an seine Schulter. Es schien ihn nicht zu stören, denn er lehnte seinen Kopf an meinen und gönnte seinem schmerzenden Hals auf diese Weise etwas Erholung. Ein paar Minuten lang war es wunderbar, nichts anderes tun zu müssen, als einfach nur so dazusitzen, in Alains Arm, und die Wellen auf dem Pool und die Lavendelblättchen zu betrachten, die durch die Luft flogen und im Wasser landeten.

»Und bei dir … Was ist bei dir und Konrad los?«, fragte er plötzlich.

Verdammt … Konrad. Das war es dann mit der idyllischen Ruhe.

»Wir sind hier, um über deine Verletzungen zu sprechen, nicht über meine.«

»Dann nenn das Ganze Gruppentherapie: Ich zeige dir meine Wunden, und du zeigst mir deine.«

Ich spürte, dass es sinnlos wäre, mich dagegen zu sträuben. Außerdem war ich viel zu müde dafür. »Wir haben uns auch gestritten«, gestand ich schließlich. »Es ist natürlich nicht das erste Mal. Deshalb beunruhigt mich auch nicht die Tatsache, dass wir gestritten haben.«

»Sondern?«

»Mich beunruhigt, dass es mir gar nichts ausmacht, mich mit ihm gestritten zu haben. Ich habe nicht die Absicht, zum Telefon zu greifen und alles wieder in Ordnung zu bringen, und wenn ich daran denke, dass er es tun könnte, bekomme ich eine Gänsehaut. Ehrlich gesagt bin ich ganz glücklich darüber, das Handy ausgeschaltet zu haben.«

»Wow, das sieht mir nicht so sehr nach Verletzung aus, sondern vielmehr nach Wundbrand …«

Ich drehte den Kopf und sah ihn an: Sein dunkles Gesicht leuchtete im Mondlicht. »Du bist mir keine große Hilfe, weißt du das?«

Er nahm meinen Vorwurf gut gelaunt entgegen und lächelte mich an. Unsere Gesichter waren so dicht beieinander, dass ich mich anstrengen musste, um nicht zu schielen.

»Was werden wir tun, Ana? Was werden wir tun, wenn das alles hier vorbei ist?«

»Was mich angeht, keine Ahnung … Du, du wirst dein Leben wieder zurückbekommen, dein friedliches und sicheres Leben, das du an einem Abend im Petit Palais verloren hast.«

Ich konnte an seinem Gesicht ablesen, dass ihm diese Erinnerung gefiel. Auch wenn ich keine Ahnung hatte, wie sehr …

»Du warst an diesem Abend so schön, dass ich dir nichts hätte abschlagen können.«

»Du schaffst es noch, mich erröten zu lassen, obwohl ich aus dem Alter raus bin!« Es hörte sich so an, als würde ich scherzen, aber ich meinte es ganz ernst. Tatsächlich brannten meine Wangen. »Weißt du, mit diesem Lied von Keane hast auch du nicht gerade fair gespielt«, erinnerte ich ihn, um seine Aufmerksamkeit von meinen Wangen abzulenken.

»Love is the End …« Offensichtlich besaß er ein gutes Gedächtnis. »Ich versichere dir, ich bereue nichts.«

»Ich auch nicht … zumindest jetzt nicht. Ganz bestimmt werde ich es bereuen, wenn ich den Weg zurück nach Hause finden muss und nicht weiß, wie ich das anstellen soll.«

Er sah mich zärtlich an und strich mir über den Rücken. Ich fühlte mich erleichtert, ihm meine Wunden gezeigt zu haben, und noch besser, als er mich streichelte.

Umgeben von dem Dunst und dem herbstlichen Wind, den Olivenbäumen und dem Lavendel, dem Mondlicht und seinen Armen, seinen Lippen so nah, hätte ich ihn eigentlich küssen können, auch wenn der Kuss nur ein sanftes Streifen gewesen wäre, um seine Wunde zu schonen. Und ganz bestimmt hätte ich es auch getan, hätte ich nicht ein Geräusch zwischen den Büschen gehört … Auch er hatte etwas gehört, hob den Kopf und sah sich um.

Es war nicht einfach, sich aus dieser Verzauberung zu lösen. Als ich jedoch sah, dass Judith auf dem Weg in Richtung Pool war, blieb mir keine andere Wahl. »Ich glaube, ich werde jetzt endlich diese Dusche nehmen, die noch aussteht …«, murmelte ich.

Alain brauchte einen Moment und seufzte, ehe er mich losließ. Mir gefiel der Gedanke, dass er mich vielleicht auch gerne geküsst hätte.

April 1944

Generell ist der Glaube weit verbreitet, dass Paris während des Zweiten Weltkriegs nicht bombardiert wurde. Tatsächlich wird die Stadt nicht so stark bombardiert wie andere europäische Städte, aber sie leidet unter den Bombenangriffen der Alliierten, die die Arbeiterviertel der Stadt zum Ziel haben. Der zerstörerischste Bombenangriff geschieht in der Nacht des 21. April 1944 in der Gegend von Porte la Chapelle, dem 18. Arrondissement. 641 Menschen sterben, 337 werden bei dieser Bombardierung verletzt. Die Zahl der Opfer in dieser Nacht übersteigt alle verbuchten Opferzahlen egal welcher entsetzlichen Nacht zur Zeit des »London Blitz« – der 76 aufeinanderfolgenden Nächte, in denen London bombardiert wird. Ein weiteres oft angesteuertes Zielobjekt der Alliierten ist der Stadtteil Billancourt, wo sich die Renault-Fabrik befindet. Bei Kriegsende ist dieser Stadtteil völlig zerstört.

Jacob war nicht wieder zu Sarah nach Hause zurückgekehrt. Seit zwei Tagen war er verschwunden, und die junge Frau wusste nichts über seinen Verbleib. Deshalb schloss sie die Buchhandlung an diesem Abend etwas früher und begab sich zu Doktor Vartans Wohnung in der Hoffnung, dass er vielleicht etwas von Jacob wusste.

Sarah war überrascht, als der Arzt selbst ihr die Tür öffnete. Zu dieser Stunde wähnte sie ihn noch im Krankenhaus.

»Mademoiselle Bauer… Bitte, kommen Sie rein. Ich kann mir vorstellen, weshalb Sie hier sind…«

Sarah trat nur so weit ein, dass sie Maries Kinderwagen in die Diele schieben und Doktor Vartan die Tür hinter ihr schließen konnte. »Ich will Sie nicht lange stören, Doktor. Ich wollte nur wissen, ob Jacob hier ist.«

»Nein, er ist nicht hier. Aber er hat mich aufgesucht. Er ist vorgestern zu mir gekommen. Er war sehr aufgewühlt und wollte, dass ich die Dosis seiner Medikamente erhöhe.«

Doktor Vartan wirkte zurückhaltend und distanziert, was ganz normal für ihn war, doch sein ernster Gesichtsausdruck schüchterte Sarah ein. Es sah ganz so aus, als wäre er wütend auf sie.

»Hat er Ihnen erzählt…«

»Ja, er hat es mir erzählt«, unterbrach er barsch.

Sarah wusste es. Sie wusste, was man über die Frauen sagte, die sich mit einem Deutschen einließen. Nicht einmal die Huren auf der Straße hatten einen schlimmeren Ruf. Unter solchen Umständen war es nicht schwer zu erahnen, was Doktor Vartan von ihr dachte.

»Ich mache mir Sorgen, dass Jacobs Genesung Rückschritte macht«, verkündete der Arzt. »Derartige… Erfahrungen sind seinem Zustand nicht zuträglich.«

»Ich weiß…« Sarah zeigte sich ausweichend. Sie selbst machte sich schon ausreichend Vorwürfe und gab sich die Schuld an Jacobs Zustand. Es war nicht nötig, dass Doktor Vartan sie auch noch zurechtwies. »Wo kann ich ihn finden?«

»Vielleicht kommt er heute Abend zum Schlafen hierher. Aber sicher bin ich mir da nicht.«

»Könnten Sie ihm sagen, dass ich auf der Suche nach ihm bin?«

»Ja, natürlich.«

»Danke, Herr Doktor.«

Sarah machte Anstalten zu gehen und griff nach dem Kinderwagen. Doktor Vartan öffnete ihr die Tür.

»Noch eine Sache, Mademoiselle Bauer. Ich denke, dass es meine Pflicht ist, Ihnen mitzuteilen, dass Jacob fest entschlossen ist, diesen Mann umzubringen. Und er wird es tun … Er hat zumindest den Willen und die notwendigen Mittel dafür.«

Und natürlich beschuldigte Doktor Vartan Jacob deswegen nicht einmal, er hieß diese Initiative auch noch gut: Ein Nazi weniger war immer eine gute Neuigkeit.

»Ja. Danke. Auf Wiedersehen.«

»Auf Wiedersehen, Mademoiselle Bauer.«

Sarah ließ den Kinderwagen in der Buchhandlung, nahm Marie auf den Arm und ergriff das Brot, das sie auf dem Rückweg gekauft hatte.

Zerstreut ging sie die Treppe nach oben, deshalb sah sie ihn auch erst, als er sich in einen Schatten verwandelte, der sich auf dem Absatz auf sie legte. Sarah unterdrückte einen Schrei und presste Marie fest an sich. Das Brot fiel zu Boden.

»Sarah, ganz ruhig, ich bin es …«

»Georg?« War er dieser Mann ohne Uniform, unrasiert, der die Augen unter einem tief in die Stirn gezogenen Hut verbarg?

»Sarah, mein Schatz …«

Georg umarmte sie, und sie drängte sich an ihn. Wenn es möglich gewesen wäre, hätte sie sich nie wieder von ihm gelöst. Doch ihre Freude wurde schnell von der Erinnerung verdrängt.

»Georg! Er will dich umbringen! Jacob will dich umbringen!«

Georg verzog das Gesicht zu einem sarkastischen Lächeln. »Dann soll er sich hinten anstellen …«

»Was willst du damit sagen?«

Zärtlich sah er sie an, streichelte ihren Kopf. Dann küsste er Maries Hände vor Sarahs ungeduldigem Blick.

»Lass uns nach drinnen gehen«, schlug er schließlich vor.

Sarah gab ihm die Kleine, suchte in ihrer Tasche nach den

Schlüsseln und öffnete die Tür. Als sie sie hinter sich geschlossen hatte, fragte sie ihn aufgeregt: »Was geht hier vor sich, Georg?«

»Ich muss aus Paris fliehen … um nicht zu sagen, aus Frankreich. Himmler hat es auf mich abgesehen, und die Gestapo ist mir auf den Fersen: Sie werden nicht mehr lange brauchen, bis sie mich finden.«

»Geht es um das Gemälde? Haben sie gemerkt, dass es gefälscht ist?«

»Nein … noch nicht. Das glaube ich zumindest. So wie es aussieht, habe ich andere schlimme Dinge gemacht, mit denen ich den Führer beleidigt und Deutschland verraten habe. Zum Beispiel, mich in dich zu verlieben.«

Sarahs Beklommenheit war so groß, dass sie diese Liebeserklärung gar nicht auskosten konnte. Sie lehnte noch immer mit dem Rücken an der Tür und hatte die Augen ungläubig aufgerissen.

Georg trat zu ihr und ergriff eine ihrer eiskalten Hände. »Mach dir keine Sorgen, Sarah. Noch haben sie mich nicht geschnappt, und sie werden mich auch nicht schnappen.«

Mutlos schüttelte Sarah den Kopf. Sie nahm Marie und legte sie in die Wiege. Als sie danach beide Hände frei hatte, umarmte Georg sie erneut.

»Sarah«, sagte er. »Du musst mit mir kommen.«

»Du weißt, dass das nicht geht«, presste sie hervor, das Gesicht an seiner Brust verborgen.

Georg zwang sie, ihn anzusehen. »Sarah, wenn sie mich schnappen, bist du die Nächste. Aber auch, wenn sie mich nicht in die Hände bekommen. Sie haben es nicht nur auf mich abgesehen, Sarah, sondern auf uns beide. Und ich kann nichts mehr dagegen tun. Ich kann dich nur beschützen, wenn du mit mir kommst …«

Bange sah Georg sie an. Sarah stand reglos da, als würden seine Worte nicht bis zu ihr durchdringen. »Sarah, ich werde nicht aus Paris weggehen und dich bei ihm zurücklassen. Eher lasse ich mich erschießen. Wenn du nicht bereit bist, mit mir fortzugehen, dann ergebe ich mich der Gestapo. Siehst du es denn nicht, Sarah? Ich kann ohne dich nicht leben!«

»Tu mir das nicht an, Georg. Du musst doch verstehen, dass …«

»Nein, Sarah«, unterbrach er sie aufbrausend. »Du bist diejenige, die Vernunft annehmen muss.«

»Ich kann nicht!«, schluchzte sie. »Ich kann nicht mit dir mitgehen. Ich kann Marie nicht darin verwickeln, sie ist doch noch so klein. Und ich kann sie auch nicht zurücklassen, ich will sie nicht zurücklassen, sie ist meine Tochter!«

Darum ging es also …

»Aber ich bin niemals davon ausgegangen, dass du sie zurücklassen wirst«, erläuterte Georg und blickte zärtlich zur Wiege. »Marie nehmen wir mit.«

Tränen der Ohnmacht traten Sarah in die Augen. »Georg … du verstehst das nicht. Du weißt nicht, was es heißt zu fliehen. Das kann ich meiner Tochter nicht antun.«

»Du bist diejenige, die hier nichts versteht. Denk nicht an mich. Und denk auch nicht an dich. Wenn du willst, dann denke nur an dein Kind, denke daran, was morgen sein wird, wenn du hier zu Hause bist, weil du nicht fliehen wolltest, weil du geglaubt hast, es wäre besser für sie. Denk an die Männer, die bei dir anklopfen werden, die Marie rücksichtslos aus ihrer Wiege nehmen und nach Drancy bringen werden, in eine überfüllte Baracke voller Frauen und jüdischer Kinder, allesamt dreckig, hungrig, halb verfroren und todkrank. Und auch wenn du glaubst, es könnte nicht schlimmer kommen, stecken sie euch in einen vollgestopften, stinkenden Viehwaggon, ohne Wasser, ohne Essen, ohne Licht, und schicken euch auf eine Reise … die nirgendwohin führen wird, denn ganz egal, welcher Weg oder welches Schicksal vorgesehen ist, am Ende erwartet euch nichts als der Tod. Dich und Marie. Mach die Augen auf, Sarah: Sie wollen euch nicht nur festnehmen und in Ghettos oder Konzentrationslagern einpferchen, sie wollen euch ausrotten. Es ist völlig egal, dass Marie nur ein unschuldiges Baby ist, sie ist ein jüdisches Baby, und sie werden sie töten, genau wie all die anderen Juden Europas. Wenn du etwas für deine Tochter tun willst, dann bring sie von hier fort.«

Sarah war vor lauter Angst und Ungewissheit ganz erstarrt. Sie konnte Georg nur voller Schrecken ansehen mit tränenüberströmtem Gesicht. Er nahm ihr Gesicht in seine großen Hände, mit denen er es fast vollständig bedeckte. »Hör mir zu, Sarah. Wir gehen. Alle drei. Es gibt keine andere Möglichkeit.«

Georg versteckte sich hinter der Erscheinung eines Bettlers, trug alte, abgetragene Kleidung, fettige Haare und einen ungepflegten Bart. Damit keiner aufgrund seines deutschen Akzents Verdacht schöpfte, gab er vor, stumm zu sein. In einer der Straßen ganz in der Nähe der Rue Saint Denis hatte er ein Zimmer in einer erbärmlichen Pension gemietet, die gleichzeitig als Bordell fungierte, und verbrachte dort seine Tage hinter verschlossener Tür und kam kaum ans Tageslicht.

Doch dieses Warten so kurz vor der Flucht machte ihn wahnsinnig. Denn auch wenn es ihm gelang, sich im Untergrund von Paris zu verstecken – wie lange würde die Gestapo brauchen, ehe sie Sarah abholte?

»Gib mir zwei Tage, Georg«, hatte sie ihn gebeten. Sie brauchten falsche Papiere und einen Fluchtweg. Sarah wollte nicht blindlings die Flucht antreten, wenn sie Marie dabeihatte. Georg musste ihren Bedenken nachgeben, aber zwei Tage waren 2880 Minuten, und jede einzelne von ihnen war die reinste Tortur für ihn.

Sarah versuchte, sich darauf zu konzentrieren, nicht zurückzublicken, nicht an all das zu denken, was sie in Paris und in Frankreich zurücklassen würde. Sie durfte nicht zaudern, wenn es um das Leben ihrer Tochter ging.

Sie brauchte die Hilfe des Widerstands, um zu fliehen, und Carole Hirsch war die einzige Person, der sie vertrauen konnte. Marion würde sie hassen, Jacob würde sie eher umbringen, als sie zu unterstützen, doch Carole Hirsch würde sie nicht dafür verurteilen, dass sie mit einem *Boche* floh.

»Es gibt einen Weg nach Spanien, über die Pyrenäen, über den Pass von Perpignan«, erklärte Carole. »Ich habe ihn bereits benutzt, um mehrere Kinder außer Landes zu bringen, für die wir keine Familie in Frankreich finden konnten. Das ist der kürzeste und sicherste Weg. Die spanische Regierung stört sich nicht an den jüdischen Flüchtlingen, vorausgesetzt, sie wollen sich nicht auf ihrem Gebiet niederlassen.«

»Das heißt?«

»Nun ja, dein Freund ist kein Jude… Doch in jedem Fall könnt ihr von dort versuchen, nach Portugal zu gelangen. Ihr müsst mit dem Zug bis nach Toulouse fahren. In einem Vorort der Stadt, in Colomiers, sucht ihr dann nach dem Pfarrer. Er wird euch sagen, wie ihr bis zur Grenze kommt, und er wird euch mit einem Netz von spanischen Schmugglern in Verbindung bringen, die euch helfen werden, die Grenze zu passieren. Eine andere Möglichkeit wäre, sich ein Visum zu beschaffen. An der spanischen Botschaft arbeitet ein junger Diplomat, der den Flüchtlingen welche ausstellt, ohne allzu viele Fragen zu stellen. Aber das braucht Zeit…«

»Wir können nicht warten, Carole. Die Gestapo sucht nach uns, und es wird nicht mehr lange dauern, bis sie ihn oder mich ausfindig machen.«

»In diesem Fall braucht ihr wenigstens gefälschte Papiere, vor allem wenn ihr mit dem Zug unterwegs seid. Denn es ist ziemlich wahrscheinlich, dass sie der Polizei, die die Durchreisenden an den Bahnhöfen überprüft, bereits Bescheid gegeben haben. Wir verschaffen deinem Freund neue Papiere, und bei dir ändern wir den Namen und entfernen den jüdischen

Stempel. Aber ich glaube nicht, dass wir das vor morgen Abend schaffen …«

Sie würden den Nachtzug nach Toulouse nehmen, der um 19.15 Uhr vom Gare d'Austerlitz abfuhr. Sarah stand sehr früh am Morgen auf und bereitete zwei Taschen mit dem Wichtigsten für Marie und sich selbst vor. Dann ging sie nach unten in die Buchhandlung wie an jedem anderen Tag. Zur Mittagszeit schloss sie den Laden und legte Marie in den Kinderwagen. Bevor sie die Papiere, die Carole Hirsch für sie organisiert hatte, bei ihr abholen würde, würde sie bei der Gräfin vorbeigehen.

»Du gehst also …« Die Greisin schien nicht sehr überrascht. »Ich nehme an, mit diesem Juden, dem Vater deines Kindes …«

»Nein. Wir sind nicht mehr zusammen.«

»Ah … Haben sie ihn wieder festgenommen?« Die Gräfin schien sich über die Vorstellung, Jacob könnte wieder in den Händen der Polizei sein, zu freuen. Das machte Sarah wütend.

»Natürlich nicht! Er lebt bei Doktor Vartan.«

»Ach ja? Verschwindest du dann allein? Mit dem Mädchen? Das ist viel zu riskant!«

»Das steht hier nicht zur Debatte. Ich gehe fort, und ich will mein Gemälde mitnehmen. Ich habe nicht viel Zeit.«

Sie war darauf eingestellt gewesen, um den *Astrologen* kämpfen, ihn notfalls mit Gewalt von der Wand abnehmen zu müssen. Doch zu ihrem großen Erstaunen zeigte sich die Gräfin sehr viel nachgiebiger, als sie erwartet hatte.

»Aber natürlich. Immerhin gehört *Der Astrologe* ja dir … Ich hoffe nur, dass du ihn so zu schützen weißt, wie er es verdient, und ihn an niemanden weitergibst, der ihn nicht besitzen darf.«

»Das bezweifeln Sie? … Ich bin schließlich nicht diejenige, die mit dem Feind verkehrt.«

Die Gräfin bedachte sie mit einem eisigen Blick und einem falschen Lächeln. »Ach nein?«

»Nein. Sie irren, wenn Sie glauben, über alles Bescheid zu wissen …« Sarah vermied es, weitere Erklärungen abzugeben. »Ich bestehe darauf, das Gemälde jetzt mitzunehmen, da ich nicht noch mehr Zeit verlieren kann.«

Die Gräfin erhob sich mühsam und trat an den Kinderwagen, um einen Blick auf das Baby zu werfen. »Ich mache dir einen Vorschlag, Sarah. Ich werde dir einen letzten Gefallen erweisen, da es sehr wahrscheinlich ist, dass wir uns nicht mehr sehen werden, und du nicht umsonst meine Enkelin bist. Ich brauche etwas Zeit, um den *Astrologen* zu verpacken und für die Reise vorzubereiten. Kümmere du dich um deine Angelegenheiten und lass mir solange das Mädchen da. Ohne sie wirst du alles schneller erledigen können. Und später kommst du vorbei und holst beides ab.«

Sarah gefiel der Gedanke nicht, Marie bei dieser Frau zurückzulassen. Aber die Gräfin hatte recht: Wenn sie den Kinderwagen nicht durch ganz Paris schieben müsste, könnte sie wertvolle Zeit sparen. Sie könnte die Papiere abholen, in der Wohnung vorbeigehen, ihr Gepäck holen und zuletzt Marie und den *Astrologen* auf dem Weg zum Bahnhof mitnehmen. Außerdem wären es nur ein paar Stunden. Also willigte Sarah schließlich ein.

Nachdem ihre Enkelin gegangen war, blickte die Gräfin erneut in den Kinderwagen. Das Mädchen war wach und sah sie neugierig an, während es an seiner Hand saugte. Ein schönes Mädchen, dachte die Greisin, sie hat die Augen ihrer Mutter. Doch wie bedauerlich, dass durch die Venen dieses Bastards jüdisches Blut floss.

Sie schleppte sich mühsam zu ihrem Schreibtisch, holte ein kleines Blatt hervor und schrieb ein paar Zeilen darauf. Dann klingelte sie nach ihrem Bediensteten und wartete, bis er kam. Es waren keine zwei Minuten vergangen, als Ánh Trang in das Wohnzimmer trat, den Kopf verneigte und ehrfürchtig auf die Befehle seiner Herrin wartete.

»Such den jüdischen Mann bei dieser Adresse, gib ihm diese Nachricht und bring ihn hierher. Beeil dich, Albino! Ich will, dass er noch in der nächsten halben Stunde hier ist.«

Als Ánh Trang das Wohnzimmer verließ, hob die Gräfin den Hörer des Telefons ab. »Vermittlung? Verbinden Sie mich mit der Nummer 93 der Rue Lauriston … Ja, die Gestapo.«

Sarah kam gerade rechtzeitig beim Haus der Gräfin an, um Marie und das Gemälde abzuholen und dann schnellstens zum Bahnhof zu eilen. Sie klingelte an der Tür und wartete. Während sie wartete, spürte sie, wie die Aufregung von ihr Besitz ergriff. Ihr Herz schlug heftig, und alles an ihr zitterte. Der Moment kam näher, alles würde gut werden.

Ánh Trang brauchte lange. Das war merkwürdig, normalerweise kam er immer sehr schnell zur Tür. Vielleicht lag es einfach nur an ihrer Ungeduld. Sie klingelte erneut.

Sie bohrte den Blick in das Holz, auf den Türgriff, den Spion … Die Tür blieb verschlossen. Sarah klingelte nochmals.

Sie hielt das Ohr an die Tür. Man hörte weder Schritte noch sonst irgendein Geräusch von der anderen Seite … Und die Tür bewegte sich noch immer nicht. Wieder klingelte Sarah. Sie presste den Finger mehrere Sekunden auf die Klingel.

Was zum Teufel war hier los? Die Klingel ertönte wieder und wieder aus dem Inneren. Mehr nicht. Nichts regte sich. Als das Klingeln aufhörte, lag das Haus vollkommen ruhig da. Und die Tür blieb verschlossen. Was zum Teufel war hier los?

Sarah trommelte an die Tür. Panik machte sich in ihr breit. Sie warf einen Blick auf die Uhr: Ihr blieb nicht mehr viel Zeit. Die Tür öffnete sich nicht.

Sarah rief, dass man ihr öffnen solle. Schweiß lief über ihre Stirn. Sie zitterte am ganzen Körper. Die Tür öffnete sich nicht.

Sarah drückte die Klingel ganz durch, schrie sich die Lunge

aus dem Hals und trommelte mit den Fäusten auf das Holz, bis sie ganz blutig waren. Die Tür öffnete sich nicht.

Klingeln, Trommeln, Schreie … Die Tür öffnete sich nicht.

Vor der schweren, unerschütterlichen Eingangstür verstand Sarah schließlich. Sie fiel auf die Knie, weinte vor Wut und Ohnmacht, war vor Angst ganz zerrissen. Sie rief den Namen ihrer Tochter.

Doch zu keinem Zeitpunkt öffnete sich die Tür.

Ein Leben ohne Sarah

Ganz erschlagen vor Müdigkeit ging ich schließlich ins Bett, vertraute darauf, zwischen den Decken zu versinken, den Kopf unter dem Kissen zu begraben und einige Stunden schlafen zu können. Und genauso war es auch, ich versank zwischen den Decken, steckte den Kopf unter die Kissen und … fing an nachzudenken, unablässig kreisten meine Gedanken, und ich konnte einfach nicht einschlafen.

Ich fand den Rhythmus der Atmung der Mädchen heraus, machte mich mit den Schatten des Zimmers vertraut: den Stoffbären, der Tafel, dem Puppenhaus, den Bademänteln auf dem Stuhl, den in sich zusammengefallenen Marionetten auf dem Regal, dem Minnie-Mouse-Wecker … Ich deckte mich zu und wieder auf und dann wieder zu. Ich steckte den Kopf unter das Kopfkissen, tauchte dann wieder auf. Ich legte mich auf den Bauch, dann auf den Rücken und schließlich wieder auf den Bauch. Ich lauschte auch Alains Schritten, der die Treppe hochkam und in sein Zimmer ging, direkt gegenüber von dem der Mädchen. Das war der Moment, in dem ich beschloss, eine von den Beruhigungstabletten zu nehmen, die sie mir im Krankenhaus gegeben hatten. Und dann bin ich, glaube ich, endlich eingeschlafen …

Oder vielleicht auch nicht ganz. Ich war noch immer wach, als ich eine Hand an meiner Schulter bemerkte. Ich drehte mich um und glaubte, mit meinen kurzsichtigen Augen Alains verschwommene, schattenhafte Figur zu erkennen.

»Ich war mir sicher, dass du auch noch wach bist…«, murmelte er.

»Ich bin mir da nicht so sicher…« Ich runzelte die Stirn. Wollte er sich etwa trotz seines durchgeprügelten Körpers und zweier schlafender Minderjähriger zu mir ins Bett legen? Da hätte es aber eine ganze Menge besserer Gelegenheiten gegeben! Männer sind doch so was von primitiv…

»Entschuldige… Aber ich kann wirklich nicht bis morgen warten. Ich muss dir etwas zeigen.«

Ich stellte mir den spitzfindigen Kommentar vor, den Teo zu dieser Bemerkung hätte fallen lassen, und grinste innerlich. »Jetzt?«

Alain nickte.

»Na gut…«, ließ ich mich erweichen und griff nach der Brille auf dem Nachttisch.

Glücklicherweise war mir Teos T-Shirt ein paar Nummern zu groß und bedeckte somit die rote Unterhose von der Tankstelle vollständig. Außerdem sah man in dem Dämmerlicht nicht, dass das T-Shirt auf der Brust einen Aufdruck von Bruce Lees Hintern hatte. Mein Aussehen war in jedem Fall sehr beschämend, doch ich versuchte, das zu vergessen, und folgte Alain auf den Treppenabsatz.

»Gehen wir in mein Zimmer.«

»In dein Zimmer?«, fragte ich entsetzt. »Ganz ehrlich, so wie ich gerade aussehe, will ich nicht in ein hell erleuchtetes Zimmer.«

Alain sah mich an… Aber er sah nicht auf das, was ich anhatte, sondern blickte mir nur in die Augen. »Ana…«

Erst da bemerkte ich seinen merkwürdigen Gesichtsausdruck und sein schlechtes Aussehen. »Geht's dir gut?«

»Nein… ich weiß es nicht…«

Ich bekam eine Gänsehaut, und in einer bösen Vorahnung zog sich meine Brust zusammen.

Alain seufzte. »Es geht um den Brief meines Großvaters…«

»Au Mann, du hast mir gerade eine solche Angst eingejagt«, sagte ich erleichtert, nachdem ich bereits an Gehirnblutung, Leberdurchbruch, Wirbelsäulenschaden und sonstige eher unwahrscheinliche Komplikationen gedacht hatte, über die sie uns im Krankenhaus aufgeklärt hatten.

»Du musst ihn lesen.«

»Aber… ich weiß nicht… Das ist etwas ziemlich Persönliches.«

»Bitte, tu es für mich«, sagte er.

Nervös zog ich das T-Shirt von Bruce Lee nach unten, versuchte vergeblich, es bis zu den Knöcheln zu strecken, gab schließlich nach und betrat sein Zimmer.

Das Fenster war noch offen, das Bett gemacht und die Nachttischlampe eingeschaltet. Alain ließ sich auf das Bett fallen; länger konnte er sich wohl nicht auf den Beinen halten. Er reichte mir ein paar Blätter, deren Knickstellen noch deutlich zu erkennen waren. Ich nahm sie, nicht ohne Bedenken, setzte mich neben ihn auf das Bett und sah ihn noch einmal an.

»Mir ist es lieber, wenn du ihn liest«, antwortete er, als hätte er meine Gedanken erraten. »Ich wüsste nicht, wie ich es dir erzählen soll.«

Schicksalsergeben schob ich die Brille zurecht und fing an zu lesen.

Fontvieille,
13. September 2010

Mein geliebter Alain,
wahrscheinlich wird es Dir merkwürdig vorkommen, einen Brief von mir zu erhalten, wenn ich tot bin. Wahrscheinlich wirst Du Dich fragen, warum ich nicht so mutig war, Dir selbst zu sagen, was ich Dir jetzt schreibe… Einfach deshalb, weil Du

nicht gewillt warst, auf meine Anrufe zu reagieren. Außerdem war ich noch nie jemand, dem das Reden leichtfällt.
Ich hätte nie gedacht, dass ich mir jemals voll bewusst sein könnte, dass meine letzte Stunde gekommen ist. Doch in der letzten Zeit sind verschiedene Ereignisse aufeinandergetroffen, die wie bei einer planetarischen Konjunktion einen unheilvollen Ausgang erahnen lassen. Ich bin neunzig Jahre alt, und ich würde lügen, wenn ich behauptete, ich hätte keine Angst.
Viele Male habe ich das schreckliche Antlitz des Todes erblickt. Wie wird es dieses Mal sein, wenn er endgültig seine eisige Hand nach mir ausstreckt?
Gut möglich, dass es einfacher wird, wenn ich zuerst den Staub von meinen Schuhen und den Dreck von meiner Kleidung abklopfe. Wo ich hingehe, werde ich für meine Sünden büßen müssen, aber dennoch gibt es ein paar Dinge, die ich nicht mitnehmen sollte. Die Reise ist lang und die Last zu beschwerlich: Jahre des Grolls und der Bitterkeit… Ich bin zu alt dafür. Und doch kommt die schwarze schmerzhafte Vergangenheit jetzt als weiß gekleideter Engel, der mein Gewissen anrührt.
Der liebe Gott hat mir eine Gelegenheit gegeben, ehe er mich in seinen Schoß holt. Und ich weiß, geliebter Enkel, warum Du auf die Familie Bauer gestoßen bist. Es war Dein Schicksal… und meines.

Allmählich wirkte das Beruhigungsmittel, und ich konnte kaum noch die Lider offen halten. Die Zeilen verschwammen vor meinen Augen, etwas jedoch erreichte mein Hirn und ließ sämtliche Alarmglocken läuten. Ich sah zu Alain, der in angespannter Erwartung neben mir saß.

»Hat er tatsächlich Bauer geschrieben?«

»Lies weiter…«

Du verdienst eine Erklärung, und ich werde sie Dir nicht vorenthalten. Ohne es zu wissen, hast Du den Finger auf die Wunde gelegt und meine Geister aufgescheucht. Du hast Dich, als Du Dich der Familie Bauer genähert hast, dem genähert, was ich seit 75 Jahren versuche, von Dir und Deiner Schwester fernzuhalten. So stark war mein Wunsch nach Rache. Ich hatte Angst, Angst, mich der Vergangenheit zu stellen.
Die Geschichte ist lang, doch bevor ich sie Dir erzähle, nehme ich etwas vorweg. Etwas, was ich vielleicht nie hätte verbergen dürfen, da die Zeichen der Geburt sich nicht auslöschen lassen. Mein geliebter Alain, Du bist ein Teil der Familie Bauer, ebenso wie Deine Schwester. Ihr beide seid Urenkel von Alfred Bauer, Enkel seiner Tochter Sarah, Sarah Bauer.

»O Gott …« Ich las die letzte Zeile noch einmal, als erwartete ich, dieses Mal andere Wörter vorzufinden. Die Seiten zitterten in meinen Händen. »O Gott …«

Ich legte meine Hand auf die von Alain, sie war eiskalt.

»Wie ist das möglich?«

»Ich weiß es nicht, ich habe nicht weitergelesen … Aber ich habe dir ja schon gesagt: Er hat nie von unserer Großmutter gesprochen, es gibt keine Spuren von ihr hier im Haus. Nicht ein Foto, kein Erinnerungsstück oder ein Moment, in dem er gesagt hätte: Das hier gehörte deiner Großmutter. Sie war mehr als nur eine nicht anwesende Person, sie war völlig inexistent. Heute Abend zum Beispiel, als ich mit Judith gestritten habe, habe ich herausgefunden, dass sie verschwunden ist, als meine Mutter geboren wurde … Ich habe tatsächlich niemals gedacht, dass dieselbe Sarah Bauer … Da muss ich wohl durch …«

Ich reichte Alain den Brief. »Hier, nimm …«

Wenig begeistert nahm er ihn. »Willst du denn nicht in die Welt von Sarah Bauer eintauchen?«

Ich zuckte mit den Schultern. »Doch, schon … Aber du solltest es als Erster tun, schließlich haben sich die Dinge geändert, jetzt handelt es sich um deine Familie.«

»Dann machen wir das zusammen. Wir hängen da zusammen drin, du erinnerst dich?«, berief er sich auf seinen Lieblingssatz. »Außerdem will ich es nicht allein machen.«

Er rückte dicht zu mir, bis wir Seite an Seite dasaßen, ließ den Brief zwischen uns beiden liegen und fing an, laut zu lesen.

All diese Jahre habe ich versucht, Sarahs Spur fortzuwischen, weil mir niemand größeren Schmerz zugefügt hat als sie.

Ich habe sie geliebt. Sarah Bauer war meine große Liebe, und nie wieder habe ich jemanden so geliebt wie sie. Aber sie hat mich verraten, mich verlassen, mich allein und krank, leer und elend zurückgelassen. Man sagt, von der Liebe zum Hass sei es nur ein Schritt; ein Schritt nach vorn, den ich in einer Nacht im April 1944 gemacht habe.

Doch die Geschichte reicht noch viel länger zurück, bis in die Tage, als ich nur ein junger fünfzehnjähriger Bursche war, der seinen ersten Arbeitstag auf dem Anwesen der Familie Bauer hatte …

Alains Großvater sprach durch seinen Enkel, der die Erzählung mit seiner Stimme zum Leben erweckte. Eine Stimme, die ganze Hörsäle erfasste und Geschichten heraufbeschwörte und in der Lage war, mich trotz der Müdigkeit und des Beruhigungsmittels wach zu halten.

Diese Erzählung verursachte mir ein merkwürdiges Gefühl. Seit Monaten versuchten wir, Sarah Bauers Leben mithilfe unzusammenhängender Bruchstücke zusammenzusetzen, und jetzt lag es plötzlich vor uns, gewissenhaft aneinandergereiht auf mehreren Seiten Papier, auf denen all diese Bruchstücke perfekt zueinanderpassten und den Sinn ergaben, den wir bis dahin nur gestreift hatten, auf ganz einfache Weise, wie durch Magie. Am merkwürdigsten war jedoch, an den Gefühlen, die diesen Fragmenten zugrunde lagen, durch eine Erzählung in der ersten Person teilzuhaben. Denn mit jedem Wort, mit jedem Satz brachte Alains Großvater seine Gefühle zum Ausdruck. Wie er Sarah zum ersten Mal im Garten mit ihren Geschwistern hatte spielen sehen und das Gefühl gehabt hatte, den Blick nicht von ihr abwenden zu können; wie seine Hände gezittert hatten, als er ihr aufs Pferd half und ihr die Zügel reichte; wie er sie verstohlen beobachtet hatte, während sie die Pferde striegelte; wie er sich im Himmel geglaubt hatte, wenn sie einen Blick, ein Lächeln oder ein Wort an ihn richtete … wie er sich in Sarah verliebt hatte. Von diesem Augenblick an drehte sich sein Leben um dieses Mädchen, war seinem Leben ein Sinn verliehen worden, weil er sie liebte. Er war mit ihr geflohen, hatte an ihrer Seite gekämpft, hatte Folter, Schmerz und Angst ertragen, denn ohne sie hätte nichts für ihn mehr einen Sinn ergeben. Der Brief steckte voll überbordender Gefühle, die wutentbrannt hervorbrachen, als er von dem Bastard von Nazi sprach, von dem verfluchten Nazi, in den Sarah sich verliebt hatte: *»Ich hätte ihn einfach umbringen sollen, denn das gesamte Dritte Reich in seiner grausamsten, verheerendsten Dimension hat mir nicht so viel Schmerz bereitet wie dieser Bastard von Nazi, der das Einzige mitnahm, was ich liebte, was ich von ganzem Herzen liebte. Es wäre besser gewesen, der Hund hätte mir das Leben genommen …«*

Alain unterbrach die Lektüre, als ich mich auf das Bett fallen ließ, weil ich nun wirklich nicht mehr sitzen konnte.

»Was für eine traurige Geschichte …«, murmelte ich schlaftrunken. Ich legte mir ein Kissen unter den Kopf und setzte meine Brille ab. »Es tut mir leid. Ich habe ein Beruhigungsmittel genommen, weil ich nicht schlafen konnte …«, entschuldigte ich mich.

Er verzieh mir mit einem nachsichtigen Lächeln. »Soll ich weiterlesen?«

»Das musst du. Ich werde nicht schlafen, ehe ich weiß, was mit Sarah Bauer passiert ist.«

An einem Abend ließ mich die unheimliche Kreatur der Gräfin in der Wohnung von Doktor Vartan abholen: Die Gräfin wollte mich sehen. Im ersten Moment fiel mir nicht ein, weshalb diese verfluchte Hexe mich sehen wollte, doch ich wusste, dass es nur eine Möglichkeit gab, dies herauszufinden: den Albino zu ihr nach Hause zu begleiten. Ich war sehr überrascht, als ich das Wohnzimmer betrat und dort neben ihr Marie in ihrem Kinderwagen vorfand. Es dauerte nicht lange, bis die Alte mich von meinen Zweifeln befreite. Sarah wollte mit dem Bastard von Nazi aus Frankreich fliehen und unser Kind mitnehmen. Die Gräfin versicherte mir, dass ihr Gewissen eine solche Freveltat nicht dulden könne. »Sie sind Ihr Vater«, sagte sie zu mir, »nehmen Sie sie mit und lassen Sie nicht zu, dass ein Nazi sich ihrer annimmt.« Ich glaubte niemals an die guten Absichten dieser alten Hexe … Doch ihre Absichten waren nicht das, was mir in jenem Moment am wichtigsten erschien. Ich konnte nur an Sarahs Verrat denken; mein ganzer Hass konzentrierte sich auf sie und auf den schäbigen Schachzug, den sie gegen mich vornehmen wollte. Meine ganze Energie war darauf gerichtet, mich an ihr zu rächen. Also nahm ich das Kind auf den Arm und verließ das Haus. Ich war mir nicht sicher, wie ich Sarah davon abhalten sollte, mich zu verlassen, aber das Kind würde sie nicht bekommen, diese Freude würde ich ihr nicht lassen.

Die Absichten der Gräfin wiederum wurden offenbar, als ich ihr Haus verlassen wollte. Kaum dass ich den Hof durchquert hatte, aber noch ehe ich auf die Straße trat, sah ich sie: zwei Polizisten, die auf dem gegenüberliegenden Bordstein warteten. Ich floh schon viel zu lange vor ihnen, als dass ich sie nicht sofort erkannt hätte. Obwohl sie Zivil trugen, verriet sie ihr wachsames Verhalten. Noch dazu, wo diese beiden das ruchlose Aussehen

von Gehilfen der Gestapo hatten, französische Polizisten, Typen schlechter Herkunft, die mit der Gestapo der Nazis kollaborierten. Ich hatte nicht den geringsten Zweifel, wer ihnen den Hinweis gegeben hatte. Ich zog mich wieder in den Innenhof zurück, um von dort durch den Hintereingang zu verschwinden. Leider bemerkte mich einer von ihnen. Sie befahlen mir, stehen zu bleiben, aber ich rannte los, versuchte, ihnen durch die engen Gässchen um die Place des Vosges zu entkommen.
Mir wurde klar, dass meine Chancen mit Marie in den Armen schwanden: Die Polizisten rückten mir immer dichter auf die Fersen, bald wäre ich in Reichweite ihrer Kugeln. Ich bog in eine Gasse ab, legte die Kleine auf den Boden, versteckt zwischen ein paar Pappkartons … Ich konnte nicht glauben, dass sie noch immer nicht weinte, ich war mir sicher, dass Jahwe selbst, unser Herr, seine barmherzige Hand über sie hielt, damit sie ruhig blieb und in Sicherheit war. Doch wie auch immer, als ich beide Hände endlich frei hatte, holte ich das Messer hervor, das ich vorsichtshalber immer bei mir trug, und presste mich an die Wand, wartete darauf, dass diese Hyänen mit gefletschten Zähnen um die Ecke bogen.
Ich würde lügen, wenn ich behaupten würde, dass ich mich erinnere, wie alles abgelaufen ist. Ich weiß nur noch, dass ich mit dem Messer in der Hand auf sie losstürzte … Deutlich erinnere ich mich dagegen daran, dass ich mir anschließend die Hände säuberte, so gut es ging, um die Decke des Kindes nicht zu beschmutzen, das Bündel dann wieder auf den Arm nahm und über die Leichen der Gestapo-Gehilfen stieg, ehe ich von dort wegrannte, als wäre mir der Teufel auf den Fersen.

»Das ist meine Mutter … Dieses Kind ist meine Mutter …«, unterbrach Alain mit einem Mal die Lektüre.

»Aber Marie Bauer ist doch als Baby gestorben. Wir haben den Totenschein gesehen …«

Doch Alains Blick ging immer noch ins Leere, und er wiederholte nur: »Das war meine Mutter …«

Dann fuhr er mit der Lektüre fort.

Alsbald wurde mir bewusst, was es hieß, das Kind bei mir zu haben. Und wenn Sarah Marie zurückhaben wollte? Was, wenn der Bastard von Nazi sie mir entriss? Eher würde ich das Kind töten, als es auszuhändigen. Außerdem erfüllte mich bei der Vorstellung, wie Sarah leiden würde, wenn sie erfuhr, dass ihre Tochter tot war, eine an Wahnsinn grenzende Freude. Sie sollte genauso leiden wie ich, ich konnte nicht zulassen, dass sie unbeschadet aus dieser Geschichte hervorging, ich konnte nicht erlauben, dass sie eines Tages zurückkommen und das Kind einfordern würde. Ich musste das Kind wirklich beseitigen und hätte es wohl auch getan, wäre mir bei ihrem Anblick nicht bewusst geworden, dass ich mich dann in einen jener verabscheuenswerten Wächter von Drancy verwandeln würde, die wutentbrannt auf unschuldige Kinder einprügelten, oder in eines der Schweine, die duldeten, dass Hunderte von Menschen starben, die zusammengepfercht und unter unmenschlichen Bedingungen im Vélodrome d'Hiver darbten. Welche Schuld traf dieses Kind an dem, was seine Mutter mir zugefügt hatte? Trotz allem war Marie meine Tochter. Doch ich brachte sie um. Für Sarah brachte ich sie um. Von Doktor Wozniak hatte ich gelernt, wie man Dokumente fälscht. Es war ganz einfach, ein paar der ärztlichen Atteste zu fälschen, die Maries und meinen Tod bescheinigten. Danach meldete ich beide Tode offiziell: In jenen Tagen stellten die Beamten diesbezüglich nicht viele Fragen. Der Tod war an der Tagesordnung. Und ich wusste: Wenn wir erst verstorben wären, würde Sarah aufhören, nach uns zu suchen.

»Sie war meine Mutter … ich wusste es«, glaubte ich, Alain zu hören, während ich mich kaum noch wach halten konnte.

Mit neuen Identitäten versteckten wir uns in unterirdischen Zufluchtstätten, in Abwasserkanälen und Katakomben, ernährten uns von Müll und Almosen, überlebten, wie wir konnten, bis die Alliierten in Paris einmarschierten. Da erstanden wir wahrhaftig von den Toten auf. Wir kehrten ins Leben zurück, in ein Leben ohne Sarah …

April 1944

Die Vorbereitungen für die Landung der alliierten Truppen in der Normandie unter dem Kommando von General Eisenhower beginnen. Am 6. Juni 1944 beteiligen sich 175 000 nordamerikanische, britische und kanadische Soldaten an der Operation, die es erlaubt, eine zweite Front im Westen von Europa zu eröffnen. Wochen später, am 25. August 1944, ist Paris befreit und die vierjährige deutsche Besetzung beendet.

Der Gare d'Austerlitz war übervoll mit Reisenden, die die Treppen hinauf- und hinuntereilten. Sie bewegten sich wie Ameisen über den Bahnsteig und bestiegen hastig die Züge, darauf bedacht, ihre letzte Hoffnung ja nicht zu verpassen. Georg fragte sich, wie viele dieser Menschen mit düsterem, auf den Boden gerichtetem Blick genauso flohen wie er. Aber vielleicht waren das einfach nur die Wahnvorstellungen eines Flüchtenden, der Wunsch, sich inmitten einer Masse ebenfalls Flüchtender zu verbergen.

Die Hitze war erdrückend und die Luft schwer von dem Geruch nach Brennstoff und den Ausdünstungen der Menschen. Der Bahnhof wirkte wie ein riesiges Gewächshaus, das ihn unter seiner riesigen Glaskuppel gefangen hielt. Sarah war spät dran, der Pfiff zur Abfahrt ertönte bereits über den rauchenden Bahnsteig.

Georgs Blick flog über die Menge, seine Gedanken überschlugen sich … Auf dem Weg zum Bahnhof hatte er einen Brief an seine Frau in den Briefkasten geworfen, ein paar hastige Zeilen, ehe er für immer verschwinden würde. Zusammenhanglose Wörter und Sätze eines verwirrten Mannes. »Es tut mir sehr leid, Elsie, ich bedauere den Schmerz, den ich Dir zufüge. Ich bedauere die Fehler, die ich begangen habe, und es macht mich traurig, daß Du für sie zahlen mußtest. Mein Gewissen liegt in Trümmern, und ich versuche, es wiederherzustellen. Meine Werte sind wertlos geworden, und ich versuche, sie neu auszurichten. Es tut mir sehr leid, Elsie. Georg von Bergheim ist tot – ich selbst habe ihn umgebracht.«

Weitere fünf Minuten waren vergangen. Ein weiterer Pfiff ertönte. Neuerliches Schieben und Drängen in der Menge. Sarah kam zu spät.

Verzweifelt suchte Georg zwischen den Tausenden Gesichtern nach ihr. Was, wenn der letzte Pfiff ertönte und Sarah immer noch nicht da war? Tausende Gesichter, nur nicht das von Sarah. Eines und noch eines und noch eines … aber nirgendwo das von Sarah. Seine Augen schmerzten, waren ganz trocken, weil er nicht einmal mehr blinzelte. Sein Hals schmerzte, ebenso seine Fäuste, weil er sie so fest zusammengeballt hatte. Nicht ohne Sarah. Ohne sie würde er Paris nicht verlassen. Er würde in jedem Gesicht dieser verfluchten Stadt nach ihr suchen.

»Sturmbannführer von Bergheim …«

Zwei Männer kamen auf ihn zu.

»Bitte?«

»Gestapo.« Georg senkte den Blick auf die ovale Marke in einer Handfläche, um die sich die Finger gleich darauf wieder schlossen.

»Es tut mir leid, Sie verwechseln mich mit jemandem …«

»An Ihrer Stelle würde ich das nicht tun. Mein Kamerad hat eine Pistole auf Sie gerichtet.« Der Kommandant erblickte die Pistole, als der zweite Mann seinen Mantel leicht öffnete. Georg nahm die Hand aus der Tasche, und der Polizist griff hinein. »Es ist wohl besser, wenn ich Ihre Waffe verwahre. Wir wollen doch nicht, dass die Leute es hier mit der Angst zu tun bekommen und ein Tumult ausbricht.«

Der Pfiff des Zuges, des letzten Zuges. Die Minuten auf der Anzeige, der Brief an Elsie, Hunderte Gesichter um ihn herum, Ameisen auf dem Bahnsteig und keine Spur von Sarah …

»Sturmbannführer Georg von Bergheim, Sie sind hiermit festgenommen. Folgen Sie uns!«

Sind das jetzt nicht mehr deine Nachforschungen?

Ich erwachte aus einem beunruhigenden Traum. Ein paar Typen in Naziuniform verfolgten mich durch Paris. Mit dem Gefühl, völlig verkatert zu sein, drehte ich mich im Bett um… in Alains Bett. Im Schlafzimmer von Alain. Das T-Shirt von Bruce Lee war bis zu meiner Brust hochgerutscht, und die rote Unterhose war gut sichtbar. Mit einem Schlag saß ich aufrecht im Bett. Was, verdammt noch mal, hatte ich halb nackt in Alains Bett zu suchen?

»Ach ja, der Brief…«, erinnerte ich mich nach und nach an letzte Nacht.

O Gott, der Brief. Und der Großvater und die Familie Bauer und Alain… Gut möglich, dass ich das alles nur geträumt hatte, ehe diese als Nazis gekleideten Typen sich in meinen Traum geschlichen hatten. Dass Sarah Bauer Alains Großmutter war, musste ein Traum sein. Verfluchtes Beruhigungsmittel… was für eine Droge war das denn, bitte schön?

Durch die Fensterläden drangen vereinzelte Sonnenstrahlen nach innen, und von der Veranda hörte man Stimmen. Ich setzte meine Brille auf und sah auf die Uhr: Es war schon nach Mittag.

»Oh, verdammt, wie peinlich…«

Ich ging in das andere Zimmer, zog mich rasch an und machte mich nur kurz im Bad etwas frisch.

Als ich auf die Terrasse kam, blendete mich die Sonne so stark, als sei noch Sommer. Ich brauchte dringend einen Kaffee.

»Guten Morgen, Dornröschen.«

Judith und Alain saßen am Tisch unter einem riesigen Kastanienbaum, dessen letzte Blätter hier und da Schatten warfen.

»Guten Morgen … Es tut mir leid, dass ich erst so spät aufgestanden bin«, sagte ich verlegen.

»Ach, mach dir keine Sorgen. Wir haben heute alle lange geschlafen«, meinte Judith. »Wir sind gerade erst mit dem Frühstück fertig. Worauf hast du Lust? Es gibt Kaffee, Saft, Croissants – Fran hat sie gerade erst im Dorf geholt, sie sind noch ganz frisch. Und wir haben auch Brot und Marmelade, und etwas Butter dürfte auch noch da sein …« Sie hob den Deckel der Butterdose an. »Nicht viel, aber ich habe noch welche in der Tiefkühltruhe, ich hole dir welche …«

»Nein, nein! Das ist nicht nötig, mach dir keine Umstände. Das hier ist mehr als genug … Vielen Dank.« Ich legte mein schönstes Lächeln an den Tag … ein recht angestrengtes. Ich fühlte mich unwohl; wie eine Fremde, die in eine familiäre Vertrautheit platzt.

»Na gut, aber wenn du noch etwas brauchst, dann frag einfach. Ich bin drinnen, mal sehen, ob ich die Kinder dazu bekomme, sich anzuziehen. Sie sind ganz verrückt danach, mit Teo Barbie zu spielen.«

»Das kann ich mir vorstellen …«

Judith begab sich ins Haus, gefolgt von den beiden Schäferhunden, die ihren gemütlichen Platz unter dem Tisch in dem Moment verließen, als ihre Herrin aufstand.

»Wie geht's?«, fragte ich Alain.

»Mal abgesehen davon, dass ich kaum ein Auge zugemacht habe, mir alles wehtut, diese verdammte Schiene auf der Nase mich kaum atmen lässt, die Stiche am Mund höllisch ziehen und mein Gesicht wie das von Shrek aussieht – gut.«

»Abgesehen davon, dass du dich heute mehr beklagst als gestern, siehst du besser aus. Die Schwellungen sind etwas zurückgegangen, und die Blutergüsse sind nicht mehr ganz so rot … sie sind jetzt eher violett.«

»Das tröstet mich ungemein … Setz dich«, forderte er mich auf. »Soll ich dir Kaffee einschenken?«

»So viel du willst.«

Er suchte nach einer sauberen Tasse, entfernte ein kleines Ästchen, das hineingefallen war, und goss eine große Menge noch heißen Kaffees aus der Thermoskanne ein. Dann gab er etwas Milch und Zucker hinein.

»Danke.« Ich ergriff die Tasse. Aber ich trank nicht. Stattdessen blickte ich mich um, um mich zu vergewissern, dass wir allein waren. »Bevor ich wieder ganz klar bin und mich dann nicht mehr traue zu fragen, sag mir: Warum bin ich in deinem Schlafzimmer wach geworden?«

Alain machte sich schmunzelnd über mich lustig. Und für eine derartige Frage hatte ich es auch nicht anders verdient. »Soll ich dir die Wahrheit sagen?«

»Ach, komm schon!«

»Na gut. Du bist eingeschlafen, während wir den Brief gelesen haben, das ist alles. Und du hast so tief und fest geschlafen, dass es mir leidgetan hätte, dich zu wecken, also habe ich dich zugedeckt, das Licht gelöscht und bin in das Zimmer der Mädchen gegangen. Aber erzähl bitte nicht weiter, dass ich eine schöne Frau mit ins Bett genommen habe und sie einfach eingeschlafen ist. Ich hänge an meinem bescheidenen Ruf …«

»In deinem erbärmlichen Zustand würde dir das niemand vorhalten, glaub mir. Ich kann mich wirklich an nichts mehr erinnern, ehrlich. Das muss an der Tablette liegen, die ich genommen habe …«

Alain bestrich ein Croissant mit roter glänzender Marmelade und reichte es mir.

»Dann habe ich das von dem Brief also nicht geträumt?«

»Ich fürchte, nein.«

Ich nahm einen großen Schluck Kaffee und starrte auf den Frühstückstisch. »Verdammt ...«, murmelte ich.

»Ja. Sehr viel weiter bin ich mit meinen Überlegungen auch noch nicht gekommen. Und das hat nichts damit zu tun, dass ich nicht darüber nachgedacht hätte, weil ich ohnehin nicht schlafen konnte.«

»Ist dir klar, dass du der legitime Erbe der Bauer-Sammlung und des *Astrologen* bist?«

»Zum Teil ... ebenso meine Schwester. Doch es ist unmöglich, das zu beweisen. Vor dem Gesetz ist Eve Marie Bauer gestorben, und wir sind die Kinder von Irène Lefranc.«

»Aber das ist ein und dieselbe Person. Diesen Teil der Geschichte habe ich noch mitbekommen, bevor ich eingeschlafen bin ... Deine Nachforschungen hören hier auf, Alain, genau dort, wo sie angefangen haben.«

»Was für eine Ironie, nicht wahr? Ich sollte jetzt wohl ein bisschen stolz sein.«

Ironisch, missmutig, griesgrämig ... Das war so gar nicht Alains Stil.

»Geht's dir gut? Ich meine jetzt nicht dein körperliches Wohlbefinden ...«

Er zuckte mit den Schultern. »Ich glaube, mein Herz ist noch nicht ausreichend reif und gepolstert für ein weiteres Familiendrama. Wenn es tatsächlich stimmt, dass mein Großvater seinem eigenen Kind die Mutter genommen hat, dann hat meine Schwester letzte Nacht nicht übertrieben: Dann war der Alte ein richtiggehendes Arschloch. Wow! Es tut mir gut, das jetzt ausgesprochen zu haben.«

Ich konnte seine Bitterkeit verstehen. »Es ist schwierig, darüber zu urteilen. Außergewöhnliche Zeiten und außergewöhnliche Situationen bereiten den Weg für solch radikale Reaktionen. Hast du schon mit Judith gesprochen?«

»Ja. Sie hat das Ganze mit viel mehr Fassung getragen. Ich

glaube, für sie sind hier weniger Illusionen bezüglich unseres Großvaters in sich zusammengefallen als für mich. Außerdem ist Sarah Bauer für sie einfach nur ein Name, sie ist ihr nicht seit Monaten auf der Spur, hat nicht quasi mit ihr gelebt so wie wir.« Alain strich mir eine Haarsträhne aus dem Gesicht. »Tatsächlich hat dich die Lektüre des Briefs sehr viel mehr bewegt als sie.«

Sarah Bauers Geschichte berührte mich wirklich, weil ich sie auf gewisse Weise miterlebt hatte, während wir ihr nachspürten. Doch am meisten traf mich die Tatsache, dass Alain am Ende seiner Geschichte angelangt war. »Wir haben viel zusammen durchgemacht: Georg, Sarah, du und ich«, gab ich zu.

»Es ist noch nicht vorbei. Deine Nachforschungen sind noch nicht zu Ende, Ana. Du weißt noch immer nicht, wo sich *Der Astrologe* befindet.«

»Das stimmt … Du weißt jetzt, wer deine Familie ist … Der Rest sind dann wohl nicht mehr deine Nachforschungen.«

»Ich weiß nicht, was ich sagen soll. Jetzt, wo ich bis hierhergekommen bin, weiß ich nicht, ob ich noch weitermachen will … Ich habe es dir schon gesagt, noch mehr Familiendramen ertrage ich nicht. Allmählich glaube ich, dass Judith recht hat: Es ist wohl besser, die Vergangenheit ruhen zu lassen und der Zukunft ins Auge zu blicken … Um ganz ehrlich zu sein, ich weiß nicht, ob ich will, dass Sarah Bauer in mein Leben tritt …«

»Vielleicht ist sie ja auch schon tot … Denn diesbezüglich klärt sich durch den Brief gar nichts … oder habe ich etwas verpasst?«

»Nein, du hast gar nichts verpasst. Großvater hat nie wieder etwas von ihr gehört. Und falls doch, so hat er es mit sich ins Grab genommen.«

»Dann stehen wir also wieder dort, wo wir ohnehin schon standen: Wir müssen nach Barcelona und den dünnen Faden verfolgen, der uns mit Sarah Bauer verbindet …« Mit einem überschwänglichen, leicht gekünstelten Enthusiasmus versuchte ich, das Offensichtliche abzustreiten. Doch natürlich führte das nirgendwohin.

»Nein, Ana. Ich glaube nicht, dass ich mit nach Barcelona komme …«

»Und … Was wirst du dann machen?«

»Vielleicht bleibe ich noch ein paar Tage hier … vielleicht fahre ich auch zurück nach Paris … Aber vielleicht fahre ich dir auch gleich morgen hinterher, weil ich dich vermisse …«

Ich senkte den Blick.

»Hey …« Alain kniff mich sanft ins Kinn und ergriff dann meine Hände. »Hör zu, ich muss das alles erst verdauen … Fahr du einfach schon einmal vor.«

»Und … was, wenn ich sie finde? Was, wenn ich auf sie oder auf das Gemälde stoße? Sie sind ein Teil von dir! Du kannst dich dem nicht einfach so entziehen!«

»Gib mir Zeit. Nur ein bisschen Zeit … bis sich meine Wunden und meine Verfassung etwas erholt haben. Vielleicht sehe ich die Dinge dann in einem anderen Licht.«

Er hielt meine Hände fest und sah mich an, ohne noch ein Wort zu sagen. Die Stille gehörte nur uns beiden, daran konnte nicht einmal Teos lärmende Unterbrechung etwas ändern.

»Hier seid ihr also, ihr göttlichen Wesen. Diese modernen Barbies sind wirklich der Hammer! Unglaublich … Ähm … unterbreche ich hier gerade etwas Wichtiges?«

Erst einmal alles wieder neu ordnen

Judith brachte uns nach Marseille, damit Teo und ich von dort ein Flugzeug nach Madrid nehmen konnten. Ich hatte beschlossen, erst einmal zu Hause vorbeizusehen, bevor ich nach Barcelona fahren würde, um Kleider zum Wechseln zu holen und mich mit der Anwaltskanzlei in Verbindung zu setzen.

»Ruf mich an, wenn du ankommst … Nur damit ich weiß, dass es dir gut geht«, bat mich Alain, bevor ich durch die Sicherheitskontrolle in den dahinterliegenden Warteraum ging. »Aber ruf mich von einem Festnetz an, schalte das Handy besser noch nicht ein.«

»Du auch nicht.«

»Ach, ich bin doch nicht in Gefahr. Ich bin doch bei einem Polizeiinspektor untergebracht«, scherzte er. »Sei vorsichtig, okay?«

»Das reicht jetzt, ihr Turteltäubchen! Hört schon auf, wir müssen uns beeilen, sonst verpassen wir noch den Flieger. Küsschen, Küsschen, Alain. Mach dir keine Sorgen, ich werde auf sie aufpassen, als würde sie zu mir gehören – Schwulenehrenwort.«

Teo zog mich mit hinter die Kontrollabsperrung, und als ich in der Schlange anstand, blickte ich nicht mehr zurück.

Es war merkwürdig, nach so langer Zeit wieder nach Hause zu kommen. Die Rollläden waren unten, es roch muffig, und der Kühlschrank war leer … Dennoch fühlte es sich gut an, zu Hause zu sein, ein süßlicher Beigeschmack bei all der Bitterkeit in meinem Mund. Hier war mein Platz.

Ich duschte, zog einen sauberen Pyjama an – und noch dazu einen von mir, wie herrlich! –, und da Toni immer noch in Bilbao war, bestellten Teo und ich uns Sushi nach Hause.

Ich rief Alain an.

»Ich denke, ich werde die Sachen meines Großvaters noch einmal durchsehen. Vielleicht ist etwas dabei, das dir hilft, das Gemälde zu finden«, sagte er.

Bevor ich ins Bett ging, dachte ich daran, das Handy einzuschalten, um zu sehen, ob ich eine Nachricht hatte. Damit würde ich noch eine Facette meines Lebens zurückbekommen, Konrad zurückbekommen… Ich war mir nicht sicher, ob mir das dasselbe Wohlbehagen bereitete, wie wieder zu Hause zu sein.

Als das Telefon zum Leben erwachte, fing es tatsächlich an zu vibrieren – wie das Kind in *Der Exorzist* – und zeigte auf dem Display eine Nachricht nach der anderen an. Außerdem erschienen die verpassten Anrufe: eins, zwei, drei, vier… Ein paar waren von meiner Mutter, ein weiterer von meiner Schwester und sechzehn von Konrad, SMS und angenommene Anrufe gemischt. Der Inhalt der Nachrichten war immer derselbe, das Einzige, was sich änderte, war die Dringlichkeit seines Tonfalls. Ich gestand mir ein, dass ich mich bei ihm melden musste, so lange auf ihn wütend zu sein war nun wirklich etwas übertrieben.

»Ana!« Das war das Erste, was Konrad von sich gab, als er abhob.

»Hallo, Kon…«

»Wo bist du?«

»In Mad…«

»Geht's dir gut?«

»Ja…«

»Um Gottes willen, meine Süße! Was ist denn nur passiert? Ich bin fast wahnsinnig geworden, als ich versucht habe herauszufinden, wo du bist! Ich bin gestern Abend in Paris angekommen, und die Wohnung war völlig verwüstet. Und dich konnte ich nicht erreichen. Dieses verfluchte Handy ist seit Tagen ausgeschaltet oder außer Reichweite, verdammt noch mal! Ich war bei der Polizei, wo man mir erzählt hat, was passiert ist. Aber dort konnten sie mir nur sagen, dass ihr die Polizeidirektion am Samstagmorgen verlassen habt. Warum verdammt noch mal hast du mich denn nicht angerufen? Ich habe sogar eine Vermisstenanzeige aufgegeben! Und die muss ich jetzt wieder rückgängig machen!«

Als mir klar war, dass Konrad alles gesagt hatte, was er auf dem Herzen hatte, und bereit war, mir zuzuhören, fasste ich zusammen, was sich bei mir ereignet hatte, seitdem ich das Handy ausgeschaltet hatte.

»Gleich morgen gehst du zu meiner Sekretärin und sagst ihr, sie soll dir eine neue Nummer besorgen.« Konrads erste Reaktion auf meine Erzählung war praktischer Natur: erst einmal alles wieder neu ordnen. »Ich muss morgen Abend in Berlin sein, aber am Dienstag komme ich nach Madrid. Kannst du dich bis dahin ruhig verhalten?«

Sobald alles wieder geordnet und unter Kontrolle war, verabschiedete er sich mit einem nüchternen »Gute Nacht, meine Süße«.

Ich liebe dich auch, Konrad, dachte ich ironisch, als ich auflegte. Später rief ich meine Mutter und meine Schwester an. Nach diesen beiden Telefonaten war ich ganz erschöpft, trotzdem schrieb ich der Anwaltskanzlei von Claramunt noch eine Mail, bevor ich ins Bett ging. Ich erteilte mir den Status »Assistentin von Doktor Alain Arnoux von der European Foundation for Looted Art« und schrieb, dass ich versuchte, die Erben von Alfred Bauer ausfindig zu machen, um ihnen ihre Kunstsammlung zurückzugeben. Ich vertraute darauf, diese Angelegenheit per Mail klären und mir so die Reise nach Barcelona ersparen zu können. Ich schickte die Nachricht ab, schaltete den Computer aus und ging ins Bett.

Am nächsten Morgen weckte mich das schrille Läuten des Festnetztelefons. Ich schreckte auf und suchte, noch leicht verwirrt, nach dem Telefon, wobei ich mir unablässig die Frage stellte, wer zum Teufel mich um halb zehn Uhr morgens anrief. »Hallo?«

»Guten Tag. Spreche ich mit Frau Doktor Ana García-Brest?«

Bei diesem geschäftlichen Tonfall gab ich mir alle Mühe, ganz munter zu werden und mir nicht anmerken zu lassen, dass ich gerade erst aufgewacht war. »Ja, das bin ich.«

»Ich bin Roger Claramunt von der Anwaltskanzlei Claramunt. Ich melde mich bezüglich der Mail bei Ihnen, die Sie uns gestern geschickt haben …«

»Ach, ja, ja!« Ich erläuterte Herrn Claramunt den Grund, weshalb ich mich an sein Anwaltsbüro gewandt hatte, ergänzte meine Mail noch um das ein oder andere Detail.

»Verstehe … Tatsächlich ist Ihre Bitte recht ungewöhnlich. Im Hinblick auf unsere berufliche Schweigepflicht sind wir keine Befürworter davon, unsere Kundendaten herauszugeben, es sei denn, es handelt sich um ganz außergewöhnliche und gerechtfertigte Ausnahmen.«

»Das verstehe ich, Herr Claramunt, aber vielleicht könnten Sie diesen Fall ja als außergewöhnlich und gerechtfertigt einstufen. Immerhin geht es darum, jemandem etwas zurückzugeben, was ihm rechtmäßig zusteht und zu Unrecht entwendet wurde. Es handelt sich darum, Gerechtigkeit widerfahren zu lassen, woraus für Ihren Klienten kein Schaden entstehen sollte, finden Sie nicht?«

Das Schweigen am anderen Ende der Leitung ließ nichts Gutes erahnen. Ich spürte, wie der Faden, der mich zu Sarah Bauer führte, dieser einzige dünne Faden, mir zu entgleiten schien.

»Wie ich sehe, sind Sie nicht in Barcelona, Doktor García-Brest…«

»Nein, aber es wäre überhaupt keine Schwierigkeit, dort hinzukommen, damit wir uns treffen und uns persönlich unterhalten können, wenn Sie das für sinnvoll erachten.«

»Ja, das wäre wunderbar. So könnte ich mich bezüglich des Kunden auf den neuesten Stand bringen und gemeinsam mit Ihnen diesen Fall evaluieren. Wie sieht es bei Ihnen morgen Nachmittag aus?«

»Gut, ja.«

»Lassen Sie mich in meinem Terminkalender nachsehen… Würde fünf Uhr passen?«

Von einem Stück Papier zum nächsten

Am Dienstag komme ich nach Madrid. Kannst du dich bis dahin ruhig verhalten?« Während der AVE mit knapp 300 Stundenkilometern die Region Aragón durchquerte und die neben den Gleisen stehenden Bäume an meinem Fenster vorbeiflogen, als wären es Farbkleckse, dachte ich daran, dass ich Konrad irgendwann anrufen müsste, um ihm zu sagen, dass ich letztendlich doch nicht in der Lage war, mich so lange ruhig zu verhalten.

In dem Moment vibrierte mein BlackBerry: Es war Alain. »Hallo, Doktor Arnoux.«

»Bist du immer noch im Zug?«

»Es ist gerade mal zehn Minuten her, dass wir unser letztes Gespräch beendet haben. Also ja, ich bin immer noch im Zug. Und du? Bist du noch im Büro deines Großvaters?«

»Ja … Ich habe hier ein Foto gefunden, von dem ich denke, dass es Sarah Bauer in Paris ist …«

Überrascht riss ich die Augen auf. »Ach wirklich? Was ist darauf zu sehen?«

»Es ist eine Gruppe von Leuten: vier Männer und zwei Frauen. Sie stehen hinten in einem Kleinlaster. Sie sind bewaffnet und halten ihre Gewehre in die Kamera, als wäre das das eigentliche Motiv des Fotos. Es ist unglaublich, wie sehr eine der Frauen meiner Schwester ähnelt …«

»Sarah …«

»Ich fürchte, ja … Schon merkwürdig, bei dem Foto war auch eine Schokoladenverpackung … Menier-Schokolade, eine alte Marke. Beides wurde von einer Büroklammer zusammengehalten.«

Ich hörte, wie auf der anderen Seite des Telefons Papier raschelte. »Wie schön, Alain … Stell dir nur mal vor, wie viele Geschichten und Erinnerungen sich hinter diesem Foto und der Schokoladenverpackung verbergen.«

»Es ist … merkwürdig, Sarah Bauer anzusehen. Ich weiß gar nicht, wie ich es erklären soll …« Das musste er auch gar nicht, ich hatte ähnlich empfunden, als ich Georg von Bergheim gesehen hatte. »Ich wünschte, du könntest sie sehen.«

»Dann komm und zeig sie mir.«

»Vielleicht mache ich das ja«, log er, wie ich seinem Schmunzeln durch das Telefon entnehmen konnte.

»Ich rufe dich an, wenn das Meeting vorbei ist, ja?«

Die Rechtsanwaltskanzlei Claramunt erstreckte sich über ein ganzes Stockwerk eines alten Gebäudes am Paseo de Gracia. Das riesige und ganz klassisch eingerichtete Büro von Roger Claramunt war vermutlich seit Joan Carles Claramunt nicht mehr renoviert worden, der die Kanzlei 1930 gegründet hatte. Also hatten vier Generationen von Anwälten auf ebendiesem ledernen Drehstuhl vor dem Schreibtisch aus Edelholz gesessen, ganz zu schweigen davon, dass sie alle dieselben rotweißen Gesetzesbücher konsultiert hatten, die sich im Lauf der Jahre wie Efeu über die Wände ausgebreitet hatten. Das Einzige, was modern wirkte – wenn auch nicht allzu sehr –, war das Foto von drei Kindern auf dem Tisch.

Herr Claramunt war ein Mann um die vierzig, freundlich, ohne überschwänglich zu sein, und mit dem förmlichen Aussehen eines Mannes, auf dessen Schultern eine 80-jährige Familientradition lastete. Dem Anliegen der European Foundation of Looted Art brachte er zu meiner Freude große Anteilnahme entgegen.

»Vor Kurzem habe ich auf BBC eine Reportage über den Kunstraub der Nazis gesehen. Es muss sehr befriedigend sein, der Herkunft all der Werke nachzuforschen, die über die ganze Welt verstreut sind, um deren Besitzer ausfindig zu machen.«

»Ja, das ist es. Auch wenn ich nicht direkt der Stiftung angehöre, sondern nur momentan mit ihr zusammenarbeite … Apropos, haben Sie die Mail von Doktor Arnoux erhalten?«

»Ja, ja, die ist gestern angekommen.«

»Ich habe ihn gebeten, Ihnen zu schreiben, weil ich Ihre Bedenken bezüglich meiner Bitte verstehe und genau aus diesem Grund nicht wollte, dass Sie Zweifel wegen des tatsächlichen Motivs haben, weshalb ich mich an Sie gewandt habe. Es geht mir tatsächlich nur darum, einen Erben der Familie Bauer ausfindig zu machen.«

»Gibt es niemanden, der die Sammlung für sich eingefordert hat?«

»Nein. Doch das ändert nichts daran, dass die Stiftung sie zurückgeben möchte. Die Sache ist die, dass die Familie Bauer nach dem Krieg, wie die meisten jüdischen Familien, die in Frankreich geblieben sind, ausgelöscht war. Die einzige Möglichkeit, noch auf einen Nachfahren zu stoßen, wäre über eine der Töchter der Familie: Sarah Bauer. Sie könnte den Holocaust eventuell überlebt haben.«

Herr Claramunt schürzte verdrießlich die Lippen. »Es tut mir leid, Ihnen mitteilen zu müssen, dass in diesem Dossier niemand mit dem Nachnamen Bauer vermerkt ist«, verkündete er mit einem Blick auf die gelbe Mappe, auf der seine verschränkten Hände lagen.

Das war keine Enttäuschung für mich. Nach so vielen Monaten war ich Enttäuschungen gegenüber abgehärtet und darauf vorbereitet, dass mir dieses Treffen nicht die Antworten auf all meine Fragen bringen würde. »Aber derjenige, der das Haus in Straßburg verkauft hat, musste dazu bevollmächtigt und somit der Besitzer sein. Selbst wenn der Verkauf über eine Gesellschaft abgewickelt wurde, musste diese doch die Vollmacht dazu besitzen.«

»Im Prinzip ja … Sie müssen verstehen, diese Angelegenheit liegt über dreißig Jahre zurück, und mein Großvater war derjenige, der sie betreute. Auf den ersten Blick geht nichts Außergewöhnliches aus dem Dokument hervor, einzig, dass es sich um die Bildung einer Firma handelte, zu deren Vermögenswerten besagtes Haus in Straßburg gehörte. Sie enthält auch die Vollmachten, die der Anwaltskanzlei Claramunt für die Abwicklung dieses Kaufs übertragen wurden. Dann den Kaufvertrag selbst und alle dazugehörigen Unterlagen: Notar, Grundbucheintrag etc. Man könnte sagen, dass die Firma in der alleinigen Absicht gegründet wurde, diese Transaktion zu tätigen, denn kurz darauf löste sie sich auf.«

»Und zu den Geschäftspartnern …«

»Gehört niemand mit Namen Bauer«, schloss er und führte damit meinen Gedankengang zu Ende.

»Und es gibt auch keine Möglichkeit herauszufinden, wie und von wem die Firma diesen Besitz erworben hat? …«

»Mit dem, was ich hier habe? Ich fürchte, nein.«

So langsam erlag ich dann doch meiner Ernüchterung. Sollte aus diesem Treffen wirklich nicht einmal ein Name oder eine Adresse hervorgehen, mit denen ich weiterarbeiten könnte? Doch noch ehe ich Zeit hatte, meine Enttäuschung zu zeigen, fuhr Herr Claramunt fort: »Wie ich Ihnen gesagt hatte, hat mein Großvater diese Angelegenheit abgewickelt, und er lebt noch. Er ist fünfundneunzig Jahre alt, erfreut sich bester Gesundheit, und – was noch besser ist – er hat ein hervorragendes Gedächtnis. Da mich dieses Thema interessierte, habe ich gestern Abend mit ihm darüber gesprochen. Er hat sich ganz genau an die Angelegenheit erinnert, weil er durch Zufall mit der Person, die ihn damit beauftragt hatte, befreundet war. Doch leider muss ich Ihnen mitteilen, dass diese Person vor Kurzem verstorben ist.«

»Oh, wie schade …«

»Lassen Sie den Kopf nicht hängen. Was eine schlechte Nachricht für Sie zu sein scheint, befreit mich von meiner Schweigepflicht …«

»Was wollen Sie damit sagen?«

»Ich will damit sagen, wenn diese Person verstorben ist, dann spricht nichts dagegen, wenn ich Ihnen ihre Identität und Adresse mitteile. Vielleicht können Sie damit jemanden von der Familie ausfindig machen, der mit mehr Informationen für Sie aufwarten kann.«

Wahrscheinich habe ich in diesem Augenblick gestrahlt wie ein Kind, dem man seinen größten Wunsch erfüllt. Und vielleicht lächelte mich Roger Claramunt deshalb so zufrieden an.

»Das wäre möglich? Ich wäre Ihnen unendlich dankbar. Ich habe nicht mehr viele Möglichkeiten oder Personen, bei denen ich noch nachfragen könnte, ehe ich mich geschlagen geben muss.«

Als Antwort öffnete er die Akte, nahm einen Zettel und seinen Montblanc-Kugelschreiber und fing an, etwas zu notieren. Bei alldem hatte er immer noch ein Lächeln im Gesicht. »Hier haben Sie es …«

»Danke.«

Mein Blick fiel auf den Zettel:

Stéphane Debousse
L'Ametller, Camí de Cala Blau, s/n
Deià, Mallorca

»Stéphane Debousse«, las ich laut vor. »Ein Franzose?«

»Schweizer.«

Erneut warf ich einen Blick auf meine neueste Trophäe. Von einem Stück Papier zum nächsten, wie bei einer Schnitzeljagd für Kinder. Stéphane Debousse, Schweizer… Und wieder einmal sah es so aus, als ob ich mich mit jedem Schritt, dem ich dem *Astrologen* näher kam, weiter von ihm entfernen würde.

»Was wirst du tun?«

»Ich weiß es nicht, Alain«, entgegnete ich mutlos. »Die Spur wird immer verworrener, falls sie das jemals nicht war. Was hat jetzt ein – übrigens toter – Schweizer mit dem Ganzen zu schaffen?«

»Es gibt nur einen Weg, es herauszufinden…«

»Das weiß ich. Aber ich habe Angst, dass ich dieses Mal wirklich in einer Sackgasse lande. Es macht mir Angst, dass es dann einfach zu Ende ist…«

»Nicht alles ist dann zu Ende, glaub mir. Es gibt immer ein Danach…«

»Und du bist dir sicher, dass dich das zum *Astrologen* führen wird?«

»Natürlich nicht, Konrad«, entgegnete ich aufgebracht. »Ich kann mir wegen gar nichts sicher sein. Aber das ist das Einzige, was ich habe…«

»Das Einzige, was du nach drei Monaten Nachforschungen hast?«

»Lass uns nicht damit anfangen, ja? Wenn du mich jetzt wie eine deiner Buchhalterinnen behandelst, dann lege ich auf, wirklich.«

»Na gut, meine Süße, jetzt mach hier mal kein Drama. Gehe einfach allem nach, was du hast. Und dann sehen wir weiter.«

Wer lebt jetzt in dem Haus?

Ich mietete ein Auto am Flughafen von Son Sant Joan und prägte mir ein, wie ich nach Deià kommen würde. Dort nutzte ich den sonnigen und angenehmen Herbstmorgen, um in einem kleinen Café Pause zu machen, das Tische auf der Terrasse stehen hatte. Ich ließ die Brise über mich hinwegwehen, die Gerüche nach Salz und Jod mit sich brachte und die Bougainvilleen hinter mir in Bewegung versetzte.

»Hallo, was darf's sein?«

»Einen Milchkaffee bitte. Nicht viel Kaffee.« Bevor der Kellner wegging, zeigte ich ihm den Zettel mit der Adresse von Debousse. »Ist das weit von hier?«

»El Camí de Cala Blau? Nein, gar nicht ... Sie müssen links abbiegen, wenn Sie aus dem Parkplatz fahren, und etwa 200 Meter weiter sehen Sie dann das Schild ... Sind Sie hier, um Herrn Debousse zu treffen? Der ist nämlich verstorben ...«

»Kannten Sie ihn?«

»Natürlich ... Der hat schon hier gelebt, als ich noch ein kleiner Junge war. In den letzten Jahren ist er jeden Donnerstag zum Dominospielen hergekommen ... Außer im Sommer, wenn alles von Touristen überlaufen ist ... Er war schon ein älterer Mann, der sich aber gut gehalten hat, müssen Sie wissen.«

»Wer lebt jetzt in dem Haus?«

»Seine Frau. Bestimmt treffen Sie sie dort an. Sie geht nicht mehr viel aus dem Haus, seitdem ihr Mann gestorben ist.«

Der Camí de Cala Blau war eng, nicht asphaltiert und führte von Deià hinunter zur Küste. Als ich bei dem am Ende des Weges gelegenen Haus ankam, hielt ich an, stieg aus dem Wagen, strich meine Jeans glatt und setzte die Sonnenbrille auf. Wie ein Tier, das das Terrain erkundet, hob ich das Gesicht in den Wind. Die Luft roch nach Pinien und Meer, und das Geräusch der Wellen mischte sich mit dem des Windes, der durch das Gebüsch strich. Dazu vernahm ich den rhythmischen Laut einer Hacke. Ich atmete tief ein und beugte mich über das schmiedeeiserne Törchen. Auf der anderen Seite arbeitete ein Mann im Garten.

»Entschuldigen Sie«, rief ich ihm zu und stellte mich auf die Zehenspitzen. Der Mann hörte auf zu hacken und drehte sich um. »Lebt hier Frau Debousse?«

Ehe er mir antwortete, wischte er sich den Schweiß von der Stirn, rieb sich die Hände an der Arbeitshose ab und kam zum Gatter. »Was wollen Sie?«

»Ich würde mich gerne mit ihr in einer … privaten Angelegenheit unterhalten.« In der Tat hatte ich wenig Lust, dem Gärtner den verworrenen Grund meines Kommens zu erläutern. »Wenn Sie ihr meine Karte geben könnten …«

Der Mann streckte seine noch immer erdverschmierte Hand zwischen dem Gatter hindurch und ergriff die Karte an einer Ecke. »Warten Sie hier …«

Ich beobachtete ihn, wie er durch den Garten in Richtung Haus verschwand, das versteckt hinter Bäumen und Hecken lag. Das Warten dauerte nicht allzu lange, vielleicht zehn Minuten, die ich damit zubrachte, den Weg langsam zum Meer hinunterzulaufen, während ich mit mir selbst wettete, ob Frau Debousse mich in diesem Moment empfangen, mich zu einem anderen Zeitpunkt herbestellen oder mich vielleicht überhaupt nicht würde sehen wollen.

»Hallo, hören Sie!«, rief mir der Gärtner vom geöffneten Gatter her zu. Ich eilte zu ihm zurück. »Die Dame wird Sie jetzt empfangen. Kommen Sie rein …«

Ich folgte dem Gärtner über einen Kiesweg, der zum Haus führte.

Dort angekommen, stiegen wir ein paar Stufen zu einer Veranda oberhalb des Pools hinauf, von wo aus man einen spektakulären Blick über das Meer hatte.

»Nehmen Sie Platz, die Dame wird gleich hier sein«, befahl er mürrisch, bevor er ging.

Ich gehorchte und setzte mich auf einen Teakholzsessel mit cremeweißen Kissen. Dann sah ich mich um: In einem solchen Haus würde wohl jeder gerne wohnen, sagte ich mir und versuchte, mich zu entspannen. Die Meeresbrise strich über meinen Ausschnitt und meinen Hals, und ich schauderte von der kalten Berührung. Ich presste meinen Foulard an den Hals und hüllte mich in meine Jacke.

Ich nahm wieder meine steife Haltung ein, als ich merkte, dass sich jemand näherte. Es war nur das Hausmädchen. Sie brachte ein Tablett mit zwei Gläsern Orangensaft. Sie grüßte mich, stellte die Gläser auf dem niedrigen Tisch ab und zog sich zurück. Es war geradezu verrückt, wie schön ein Glas mit Orangensaft in der Sonne glänzen konnte …

»Doktor García-Brest …«

Erschrocken drehte ich mich um und stand wie automatisch auf, als ich sie auf die Terrasse kommen sah. Es dauerte noch einen Moment, bis sie bei mir war.

»Ich bin Frau Debousse. Es freut mich, Sie kennenzulernen.«

Ich antwortete ebenso höflich, und wir reichten uns zur Begrüßung die Hand.

»Nehmen Sie bitte Platz. Es ist ein so wunderschöner Tag. Deshalb dachte ich, wir hätten es auf der Terrasse gemütlich und könnten uns an diesem schönen Sonnenschein erfreuen.«

Ihre Stimme war sanft. Trotz ihres Alters hatten die Jahre sie nicht gebeugt. Wie alt mochte sie sein? Sie war eine große Frau und hatte trotz der Runzeln immer noch eine wunderschön samtige Haut. Sie war dezent geschminkt. Ihr volles, blond gefärbtes Haar hatte sie zu einem einfachen Knoten im Nacken zusammengebunden. Sie trug mit nüchterner Eleganz ein cremefarbenes Kostüm mit einer rosa Seidenbluse, hatte wenig Schmuck an, nur ein Paar Ohrringe, eine Perlenkette und außerdem einen beeindruckenden Ring, bestückt mit Saphiren und Diamanten.

»Hier ist es wunderbar. Ihr Garten und Ihr Haus sind wirklich bezaubernd, Frau Debousse. Ich bin Ihnen sehr dankbar, dass Sie mich empfangen, obwohl ich unangekündigt vorbeigekommen bin.«

»Nichts zu danken.« Sie lächelte mich sanft an. »Ich bekomme nicht viel Besuch, also ist etwas Gesellschaft immer gern gesehen.«

Frau Debousse drückte sich perfekt auf Spanisch aus, auch wenn sie einen leichten Akzent hatte, den ich nicht zuordnen konnte.

»Auf Ihrer Visitenkarte habe ich gesehen, dass Sie vom Prado-Museum kommen …«

»Ja. Auch wenn die Angelegenheit, die mich herbringt, nichts mit dem Prado zu tun hat, sondern mit der European Foundation for Looted Art.«

Frau Debousse schien nicht überrascht, nicht einmal neugierig. »Ach ja. Doktor Alain Arnoux …«

Im Gegensatz zu ihr war ich wirklich überrascht. »Sie kennen Doktor Arnoux?«

»Nur vom Hörensagen. Aber mir ist bekannt, dass sowohl er als auch die Stiftung eine großartige Arbeit leisten.«

Ich nickte, während ich darüber nachdachte, wie ich weiter vorgehen sollte, doch sie kam mir zuvor.

»Wie kann ich Ihnen helfen?«

»Eine Geschichte, die etwas … kompliziert ist, führt mich hierher, aber ich werde versuchen, sie kurz zusammenzufassen.«

»Bitte.«

Ich erzählte Frau Debousse von der Vorgeschichte der Bauer-Sammlung und wie die Suche nach einem Erben der Familie uns zu ihr geführt hatte. Während meiner Erzählung wechselte der Ausdruck der Frau. Als ich fertig war, schwieg sie, ohne irgendeine Bemerkung zu meiner Erzählung zu machen. Sie trank etwas Orangensaft und bat mich, mich ebenfalls zu bedienen. Ich staunte, wie wenig man diese Frau beeindrucken konnte.

»Was würde passieren, wenn Sie diese Frau finden, Sarah Bauer, oder irgendeinen ihrer Nachkommen?«

»Die Gemälde würden zurückgegeben …« Aus Höflichkeit schluckte ich ein »natürlich« hinunter. Ich hatte den Eindruck, dass ich das eigentlich von Anfang an klargestellt hatte. »Zumindest die zwanzig Prozent der Sammlung, die bislang gefunden wurden.«

»Das ist alles?«

Ihre Frage verwirrte mich. »Äh … ja … ja, das ist alles.«

Frau Debousse legte die Hände in den Schoß, hob den Blick zum Himmel und seufzte. »Meine liebe Ana … Sie erlauben doch, dass ich Sie mit dem Vornamen anrede, oder?«

»Aber natürlich«, beeilte ich mich zu sagen und wartete angespannt auf das, was folgen würde.

»Ich fürchte, dass Sie mir nicht die ganze Wahrheit sagen. Auch wenn ich Ihnen das nicht vorwerfe … Auch ich war Ihnen gegenüber nicht ganz aufrichtig.«

Einen Moment lang betrachtete sie mich sehr konzentriert. Es beruhigte mich nur wenig, dass ihr das, was sie sah, zu gefallen schien. Ob das genügte, damit sie sich ein gutes Urteil über mich bildete?

»Kommen Sie bitte mit. Ich möchte Ihnen etwas zeigen.«

Ich habe Sie erwartet

Wenn das Gehirn versucht, an mehrere Dinge gleichzeitig zu denken, kann es letztlich keinen einzigen Gedanken zu Ende führen. Das war mehr oder weniger das, was mir passierte, während ich den Schritten der alten Dame ins Innere des Hauses folgte. Ich war noch nicht einmal in der Lage, etwas so Einfaches wie die Frage zu entscheiden, ob mir die Einrichtung des Wohnzimmers gefiel, das wir durchquerten, oder der Anblick der Diele, in die wir traten. Es gelang mir nicht, etwas wahrzunehmen, während ich gleichzeitig versuchte, alles in mich aufzunehmen.

Frau Debousse öffnete ein paar Schiebetüren, die zum Eingangsbereich führten, und bat mich dann, in den Raum einzutreten, der ihr Büro zu sein schien. Die Sonne überflutete die Eichenholzmöbel, die in sanften Farben gehaltenen Stofftapeten, die Bücher und Vasen mit malvenfarbenen und gelben Blumen. An den Wänden hingen mehrere Spiegel und eine Sammlung von Radierungen afrikanischer Landschaften. Im erloschenen Kamin lag noch die Asche des letzten Feuers. Es war ein angenehmer Ort, um zu arbeiten, ja sogar um darin ungeduldig auf eine Enthüllung zu warten.

Mir wäre es lieber gewesen stehen zu bleiben, aber Frau Debousse forderte mich auf, Platz zu nehmen, während sie in einer Schublade des Schreibtischs herumwühlte. Unter meinem aufmerksamen und unruhigen Blick holte sie eine Akte hervor.

»Hier ist es …«

Sie reichte mir die Akte, und ich nahm sie verblüfft entgegen. So wie es aussah, sollte ich ihren Inhalt inspizieren, was mir reichlich merkwürdig vorkam …

»Machen Sie schon, öffnen Sie sie«, ermunterte sie mich.

Also tat ich es, und meine Hände fingen an zu zittern, als ich das erste Blatt herauszog, auf dem mein kompletter Name stand. Beklommen sah ich die weiteren Blätter durch, und meine Beklommenheit nahm immer weiter zu. Mein Name stand nicht nur auf dem ersten Blatt, sondern war überall, ebenso der von Konrad und sogar der von Alain. Außerdem waren Adressen, Reisepläne, Flugnummern, Autokennzeichen darauf vermerkt. Die letzten drei Monate meines Lebens waren hier zusammengefasst. Das Schlimmste erwartete mich jedoch am Schluss. Ich hatte Magenschmerzen vor Anspannung, mir war ganz heiß, eine Hitzewallung erfasste meinen Körper, und mir wurde schlecht. Jetzt war ich froh zu sitzen, während ich die Fotos betrachtete, auf denen meine Bewegungen festgehalten waren: Als ich die Wohnung in Paris verließ, im Nationalarchiv, während ich mich mit Alain im Irish Pub unterhielt, im Bundesarchiv, auf dem Weg zur Sorbonne, bei der Ankunft in Sankt Petersburg, in der Rossiiskaia Natsional'naia Biblioteka … Ich kam beim letzten Bündel Fotos an, die in einer separaten Mappe mit dem Namen »PosenGeist« lagen. Als ich diesen Namen erkannte, erfasste mich ein heftiger Schwindel, der mit jedem Foto noch zunahm: wie ich in den Range Rover stieg, die Stufen zum Schloss hinaufging, wie ich der Ansprache lauschte … Ich nahm den Schal ab, den ich um den Hals gewickelt hatte, weil ich das Gefühl hatte zu ersticken.

»Wie Sie sehen, habe ich Sie bereits erwartet …«

Ich konnte nichts mehr sagen. Darum ging es also: Man erwartete mich. Das hier war ein Hinterhalt, eine Falle, in die ich freiwillig getappt war. Ich war ganz allein ins offene Messer gelaufen und hatte dabei ganz naiv geglaubt, ich würde mich dem Ende der Nachforschungen nähern. Und ja, es war das Ende: in einem abgelegenen Haus, aus dem es kein Entrinnen gab. Das hier würde mein Ende sein.

Mir wurde richtig übel und so schwindlig, dass ich glaubte, ohnmächtig zu werden. Ich erinnerte mich an den Orangensaft, und da wurde es mir klar: Sie hatten mir Drogen verabreicht.

Panik erfasste mich. Kalter Schweiß rann mir über das Gesicht. Das Zimmer fing an, sich um mich zu drehen. Das Bild von Frau Debousse verschwamm vor meinen Augen, und obwohl ich sah, dass sie den Mund bewegte, um zu sprechen, konnte ich sie nicht hören. Sie trat zu mir. Ich wollte ihr sagen, dass sie mich nicht anfassen solle, aber meine Stimme versagte … Mir war so schwindlig …

An mehr erinnere ich mich nicht.

Jetzt, wo ich so weit gekommen bin

Ich öffnete die Augen. Die Helligkeit ließ mich blinzeln. Mein Kopf schmerzte. Tatsächlich wollte ich die Augen gar nicht öffnen. Ich wollte weiterschlafen …

Und dann erinnerte ich mich. Eine Abfolge von Momentaufnahmen explodierte in meinem Kopf: das Haus, der Gärtner, die Terrasse, die Greisin, der Orangensaft, die Fotos … meine Fotos. PosenGeist. PosenGeist!

Ich riss die Augen weit auf und versuchte, mich aufzurichten. Ich spürte einen Stich im Nacken.

»Ganz ruhig … Stehen Sie nicht zu schnell auf, sonst werden Sie wieder ohnmächtig«, sagte man auf Französisch mit deutschem Akzent zu mir.

Ich blickte mich um, wurde erneut von Panik ergriffen. Ich befand mich noch immer im Büro von Frau Debousse, lag auf ihrem Sofa. Doch von ihr war weit und breit keine Spur zu sehen. Stattdessen waren zwei Männer bei mir: der Gärtner und … Georg von Bergheim!

»Sie …«, murmelte ich, mehr brachte ich nicht über die Lippen. Was hatte das zu bedeuten?

»Sie sind ohnmächtig geworden und haben sich den Kopf angeschlagen, als Sie gestürzt sind. Wie geht es Ihnen?«, fragte er.

Ich war nicht in der Lage zu antworten. Ich hatte nur einen Gedanken: hier rauszukommen. »Ich muss gehen.« Damit richtete ich mich auf und vergaß die Schmerzen.

»Ich glaube nicht, dass Sie gehen wollen, jetzt, wo Sie so weit gekommen sind.«

Es war nicht nötig, mich festzuhalten, um mich innehalten zu lassen. Seine Stimme und sein Gesicht wirkten freundlich. Und seine Worte erweckten meine Neugier. Ich betrachtete ihn eindringlich. Er war jung, vielleicht sogar noch jünger als ich. Ganz eindeutig war dieser Mann nicht Georg von Bergheim.

»Wer sind Sie?«, fragte ich mit zitternder Stimme.

Bevor er antworten konnte, öffnete sich die Tür, und Frau Debousse trat ein. »Ach, Sie sind wieder wach«, schien sie sich zu beglückwünschen. Mich hingegen brachten so viel Ruhe, so viel Freundlichkeit und so viel Lächeln völlig aus dem Konzept. Die Szene wirkte surreal, die Ruhe angespannt und künstlich. »Sie haben mich vielleicht erschreckt … Ramiro«, sagte sie, an den Gärtner gewandt, »sagen Sie dem Hausmädchen, es soll Tee und ein Aspirin bringen. Ich bin mir sicher, das können Sie brauchen …«

»Nein!«, explodierte ich, ließ alle Anspannung in einem einzigen wilden Schrei heraus. »Sie haben mir Drogen verabreicht!«

Frau Debousse schien fassungslos. »Drogen verabreicht? Was wollen Sie damit sagen?«

»Der Saft! Sie haben mir mit dem Saft Drogen verabreicht!«

Sie lächelte, als hätte ein solcher Unsinn etwas Erheiterndes. »Bei Gott, warum denken Sie denn so etwas? Ich habe nichts dergleichen getan …« Sie machte Anstalten näher zu kommen. Doch das versetzte mich in Angst und Schrecken.

Wie ein eingesperrtes Tier machte ich einen Satz nach hinten, sodass ich an den Schreibtisch stieß. Sie kam noch immer auf mich zu, flankiert von den beiden Männern.

»Warum hören Sie sich nicht an, was ich Ihnen zu sagen habe?«

Ich drehte mich rasch um und ergriff einen Brieföffner, der auf dem Tisch lag. Dann stellte ich mich ihnen entgegen und fuchtelte mit meiner improvisierten Waffe. »Kommen Sie bloß nicht näher!«, schrie ich hysterisch. »Keinen Schritt weiter!«

Der Gärtner wollte weitergehen, doch Frau Debousse hielt ihn zurück. Die drei blieben vor mir stehen, wogen wahrscheinlich ab, wie weit ich zu gehen bereit war. Doch das wusste ich selbst nicht. Ich hatte einfach nur Angst. Das Zittern meiner Hand konnte man am Brieföffner deutlich erkennen.

»Lassen Sie mich gehen«, brachte ich schließlich hervor.

»Aber natürlich können Sie gehen«, antwortete sie. »Keiner hält Sie hier zurück …«

Daraufhin drehte ich endgültig durch. »Ach nein? Und mich hat auch keiner bedroht, verfolgt, bedrängt und verprügelt? Warten Sie darauf, dass ich durch die Tür gehe, um mir eine Kugel in den Rücken zu jagen?«

»Beruhigen Sie sich bitte, Sie sind ja ganz hysterisch …«

Frau Debousse vermittelte mir den Eindruck einer betagten Psychopathin, einer Art Mutter von Norman in *Psycho*. Als mir klar wurde, dass sie mir immer näher kam, verlor ich die Nerven und, ohne darüber nachzudenken, versuchte ich, sie mit dem Brieföffner daran zu hindern. Als dem Gärtner und dem anderen Mann die Gefahr bewusst wurde, stürzten sie auf mich zu und hielten mich fest, bis es ihnen gelungen war, mich zu bändigen und mir die Waffe abzunehmen. Das war der Moment, in dem ich mich endgültig verloren glaubte und in Tränen ausbrach.

»Lasst sie los«, befahl die Greisin.

Sie zögerten, ehe sie ihrer Aufforderung nachkamen.

»Nun macht schon … und lasst uns bitte allein.«

»Aber …«, unterbrach der, der angab, von Bergheim zu sein.

Sie fiel ihm ins Wort. »Mir wird nichts passieren. Wenn ich dich brauche, dann hole ich dich. Lasst die Tür offen, wenn ihr geht.«

Schließlich willigten die Männer ein, sahen sich aber beim Hinausgehen immer wieder zu mir um.

»Sie können auch gehen, wenn es das ist, was Sie wollen«, sagte Frau Debousse und zeigte auf die offene Tür. »Niemand hält Sie hier zurück. Sie sind aus eigenem Willen hergekommen und können dieses Haus auch aus freiem Willen wieder verlassen. Aber vielleicht wollen Sie zunächst einmal hören, was ich Ihnen zu sagen habe …«

Ich sah sie ergeben an wie ein Kind, das bestraft wird und nachsitzen muss.

»Warum setzen Sie sich nicht und wischen sich die Tränen ab?«

Widerstrebend gehorchte ich, ließ mich langsam auf dem Sofa nieder und rieb mir mit den Handrücken die Augen, bis sie mir ein Taschentuch reichte. Schweigend nahm ich es entgegen, ohne sie anzusehen. Frau Debousse setzte sich neben mich.

»Glauben Sie mir, wenn ich Ihnen sage, dass ich Ihnen keinen Schaden zufügen will, das wollte ich zu keinem Zeitpunkt …«, fuhr sie mit sanfter Stimme fort. »Unsere einzige Absicht war, es zu schützen. Vielleicht haben wir dabei etwas übertrieben, das streite ich nicht ab …«

Endlich hob ich den Blick. »Was schützen?«

»Das, wonach Sie suchen«, antwortete sie, als wäre das ganz offensichtlich.

»*Der Astrologe* …«, hauchte ich und konnte kaum glauben, was ich da sagte. »Sie haben ihn?«

Langsam nickte sie.

Ich stieß die Luft aus und sank in mich zusammen. »O Gott …«

»Ich weiß. Aber Sie müssen es glauben, Doktor García-Brest – Sie haben ihn gefunden.«

»Wie ist das möglich?« Diese Frage war mehr an mich selbst gerichtet, dennoch antwortete sie: »Das ist ganz einfach, meine Liebe. Mein richtiger Name lautet Sarah Bauer.«

Hiermit fing alles an

Diese Äußerung traf mich wie ein Schlag ins Genick. Vielleicht weil ich zuallererst eine Schuld begleichen wollte, vielleicht auch weil ich erklären wollte, weshalb ich bei ihr aufgetaucht war, nahm ich daraufhin meine Tasche und holte die beiden Dokumente hervor, die ich wie einen Schatz hütete: den Brief und das Foto von Sturmbannführer Georg von Bergheim.

»Hiermit hat alles angefangen…«, sagte ich leise.

Sie nahm beides vorsichtig entgegen und betrachtete es schweigend. Nach einer Weile fuhr sie mit dem Finger über das Foto… Ich war mir sicher, dass diese Geste unmöglich als Streicheln zu verstehen sein konnte – bis sie den Kopf hob und ich ihr Lächeln und die Tränen in ihren Augen sah.

»Sie wissen ja gar nicht, wie recht Sie haben… In der Tat, hiermit hat alles angefangen.« Zum ersten Mal klang ihre Stimme zittrig, zum ersten Mal verletzlich.

Sie brauchte einen Moment, um sich wieder zu fassen und beschämt ihre Tränen zu trocknen. Ich betrachtete sie zärtlich.

»Wenn Sie nichts dagegen haben, dann bleiben Sie doch zum Essen. Es gibt vieles, worüber wir reden müssen«, verkündete sie.

Ich war so beeindruckt, Sarah Bauer vor mir zu haben, dass ich alles andere vergaß. Ich wollte alles von ihr wissen, die Lücken ihrer Geschichte füllen, der Rest war völlig unwichtig geworden.

Ich bekam kaum einen Bissen hinunter. Ihre Erzählung fesselte mich vollständig und führte mich weit weg aus diesem mallorquinischen Esszimmer in das von den Nazis besetzte Paris. Mir fiel gar nicht auf, dass man den ersten Gang abtrug, ohne dass ich ihn angerührt hatte, dann den zweiten Gang brachte und schließlich den Nachtisch. Auch nicht, dass mein Wasser- und mein Weinglas unangetastet auf dem Tisch stehen blieben; oder dass die Sonne nicht mehr durch den Balkon hereinschien und Lampen entzündet worden waren. Ich war tatsächlich nicht wirklich anwesend. Ich wurde geboren, wuchs, floh, weinte, kämpfte, litt, gebar, lächelte, starb und verliebte mich in Sarah Bauer. Ich verliebte mich in Georg von Bergheim. Obwohl ich ohnehin schon längst in ihn verliebt war.

»… Und schließlich begriff ich, dass sich die Tür niemals öffnen würde. Mir war klar, dass sie meine Tochter weggebracht hatte, dass sie sie mir weggenommen hatte. Und ich ließ mich auf den Boden fallen und war bereit, vor dieser verschlossenen Tür zu sterben …«

»Aber das haben Sie nicht getan … Was ist dann geschehen?«, fragte ich ängstlich und beugte mich weit über den Tisch in ihre Richtung.

Melancholisch lächelte Sarah. Sie wirkte sehr viel erschöpfter als am Morgen. Ihr Gesicht strahlte nicht mehr so sehr, und die Falten kamen unter den Resten des Make-ups zum Vorschein, als sei sie durch das erneute Durchleben ihrer Geschichte innerhalb weniger Stunden gealtert.

»Gehen wir ins Wohnzimmer. Trinken wir den Kaffee am Kamin. Dort ist es gemütlicher.«

Ich setzte mich neben Sarah Bauer auf das weiche Sofa. Das Holz im Kamin knisterte, es roch nach Kaffee und nach Herbstabend.

»Oft habe ich mich gefragt, ob ich das Richtige getan habe, als ich an diesem Abend ging. Früher oder später wäre sie mit meiner Tochter zurückgekommen …«, überlegte Sarah, versonnen in die tanzenden Flammen blickend. »Aber ich hatte Georgs Papiere, ohne sie würde er bei seiner Flucht nicht weit kommen. Ich war ganz verwirrt, konnte kaum denken … Alles hatte sich so schnell ereignet, alles war auf eine so absurde und zugleich grausame Weise kompliziert geworden. Ich sah auf die Uhr: Der Zug würde gleich abfahren, und Georg musste ihn bekommen, andernfalls würde man ihn festnehmen. Ich stürzte mit dem einzigen Gedanken auf die Straße, zum Bahnhof zu gelangen und ihm seine Papiere zu bringen. An einer Laterne lehnte ein Fahrrad, und ich nahm es einfach. Mit großer Wahrscheinlichkeit hat jemand hinter mir »Dieb!« gerufen, aber daran kann ich mich nicht mehr erinnern. Ich konzentrierte mich nur darauf, mit aller Kraft in die Pedale zu treten. Die Wut und die Angst gaben mir Kraft, während ich durch die Straßen von Paris raste: durch den Boulevard Bourdon, das Quai de la Rapée, über den Pont d'Austerlitz … Ich konnte erkennen, wie der Bahnhof langsam näher kam, wie ein riesiger Zyklop, dessen Auge mich warnte, dass ich zu spät kam. Ich sprang vom Fahrrad, während sich die Räder von den letzten Tritten in die Pedale noch immer drehten, und ließ das Rad einfach fallen. Ich lief durch den Eingang und erkundigte mich atemlos nach dem Zug nach Toulouse. Ich bahnte mir mit den Ellenbogen einen Weg durch die dichte und ohrenbetäubend laute Menschenmenge, suchte bang nach dem einen Gesicht unter den vielen anderen … Die Züge pfiffen und stießen Rauch aus, und mein Herz schlug wie wild … Und dann sah ich ihn. Doch noch bevor ich zu ihm eilen konnte, merkte ich, dass etwas nicht stimmte: Zwei Männer schienen ihm den Weg abzuschneiden, und Georgs Gesichtsausdruck war alles andere als freundlich. Versteckt in der Menge, näherte ich mich ihnen. Entweder musste ich mich sehr täuschen, oder aber die Beule unter dem Mantel eines der beiden Männer war eine auf Georg gerichtete Pistole. Der Zug pfiff und stieß Rauch aus, er war bereit zur Abfahrt … Ich dachte nicht darüber nach, ich konnte mich nicht damit aufhalten, darüber nachzudenken, weil es völlig verrückt war … Ich tat es einfach. Ich stürzte mich auf den Mann mit der Pistole, fiel auf ihn, und wir gingen beide zu Boden. Das alles geschah innerhalb von Sekunden … Ich weiß, dass ich einen Schuss und Schreie gehört habe, dann die Räder des Zuges, die neben mir quietschten. Ich versuchte aufzustehen, doch der Mann, der sich unter mir wand, versuchte, mich festzuhalten. Dann hörte ich einen weiteren Schuss, und er sackte in sich zusammen. Jemand zog mich am Arm nach oben. Ich erinnere mich an den Ausdruck auf Georgs Gesicht, er hat sich mir tief ins Gedächtnis gebrannt. Der Zug hatte sich in Bewegung gesetzt. Mit einem Ruck riss Georg mich nach oben, und plötzlich wurde ich in den letzten Waggon eines Zuges gezogen, der sich entfernte und einen Tumult auf dem Bahnsteig und zwei Leichen neben den Schienen zurückließ … Ich klammerte mich an Georg und fing an zu weinen, während Paris zu unseren Seiten entglitt …«

Sarah Bauer hielt in ihrer Erzählung inne, und ich nutzte den Moment und ergriff ihre leere Kaffeetasse, um sie zusammen mit meiner zum Tisch zu bringen.

»Ich wollte das nicht tun, ich wollte Paris nicht ohne meine Tochter verlassen. Ich wollte diesen Zug nicht besteigen, weil ich sie finden musste, weil ich bereit war, jeden Stein des verfluchten Pflasters in dieser verfluchten Stadt umzudrehen, um sie zu finden … Aber Georg hielt mich in seinen Armen fest …«

Meine Hände zitterten, und die Porzellantassen klirrten beängstigend, ehe ich sie abstellte. O Gott … ich wusste, wo ihre Tochter damals war! Ich kannte diesen Teil der Geschichte, den Sarah nicht kannte!

»›Wo ist Marie?‹, hat Georg mich gefragt … Ich konnte es ihm nicht erklären, ehe meine Tränen schließlich versiegten. ›Sarah, ich schwöre dir, wir werden zurückkommen, und wir werden sie finden. Aber nicht jetzt. Es ist zu spät.‹ Georg verbot mir zurückzusehen, er ließ mich den Blick nur nach vorn richten, bis wir an der Grenze ankamen … Ich werfe es ihm nicht vor – ich hätte sie niemals gefunden … auch wenn das für eine Mutter nicht als Entschuldigung gilt.«

Ich biss mir auf die Lippen und versuchte, die Erzählung in Gang zu halten. »Dann sind Sie also bis zur Grenze gekommen? Alle beide?«

»Ja … Doch es war schwieriger, als wir gedacht hatten. Georg war überzeugt, dass die Gestapo den Befehl erteilt hatte, den Zug beim nächsten Bahnhof anzuhalten, um uns dort zu ergreifen. Also blieb uns nichts anderes übrig, als aus dem fahrenden Zug zu springen und über wenig befahrene Straßen zu Fuß bis nach Toulouse zu gelangen. Das sind etwa 700 Kilometer, die wir in weniger als zwei Wochen zurückgelegt haben. Ich machte mir große Sorgen um Georgs Fuß. Er klagte nicht, aber ich wusste, dass er ihn nicht belasten konnte, und je länger wir unterwegs waren, desto stärkere Schmerzen bereitete ihm das Gehen. Gegen Ende des Tages wurde Georg immer langsamer und hinkte immer mehr, und an jedem Abend war sein Knie angeschwollen, bis es eines Tages ganz blau wurde und gar nicht mehr abschwoll. Manchmal nahm uns jemand ein paar Kilometer auf einem Karren mit und mit viel Glück auch mal in einem Auto, doch bei Tag entfernten wir uns von den Straßen und den Dörfern, um keine Aufmerksamkeit auf uns zu lenken. Das waren zwei strapaziöse, endlose Wochen, bis wir endlich in Toulouse ankamen. Dort nahm uns der Pfarrer auf, von dem Carole gesprochen hatte, und wir blieben eine Woche bei ihm, bis es Georgs Bein wieder besser ging, denn danach würden wir die Grenze ebenfalls zu Fuß auf schwierigen und abschüssigen Bergpfaden überqueren müssen …«

»Aber Sie haben es geschafft«, versuchte ich, weiteres unnötiges Leiden abzukürzen.

»Wir haben es geschafft«, erwiderte sie lächelnd. »Wir sind nach Spanien gekommen … ohne zu wissen, was wir mit unserem Leben anfangen würden. Wir hätten nach Portugal oder England gehen können oder auch in die Vereinigten Staaten oder nach Südamerika … Aber ich wollte mich nicht von Frankreich oder Marie entfernen, und Georg hatte mir geschworen, dass wir zurückkehren und sie suchen würden. Wir erhielten den Flüchtlingsstatus und lebten bis zum Kriegsende in Kurhäusern und Hotels von Barcelona, die vom britischen Konsulat eigens dafür eingerichtet worden waren, um diejenigen aufzunehmen, die vor dem Krieg in Europa flohen. Georg arbeitete für ein paar Engländer als Dolmetscher für Deutsch, und ich hatte ebenfalls über das britische Konsulat eine Stelle in einer Stofffabrik von Vallés bekommen … Nach und nach richteten wir uns ein und konnten sogar unsere Situation legalisieren. Als der Krieg zu Ende war, kehrten wir nach Paris zurück. Ich hatte eine Vergangenheit, die ich aufarbeiten musste, und vieles, was ich unterwegs verloren hatte, das ich wieder zusammensammeln musste. Als Erstes ging ich zur Place des Vosgos, um die Gräfin zu besuchen …«

»Und haben Sie sie angetroffen?«

»O ja … Ich habe sie angetroffen: sterbend … Selbst für sie war irgendwann die Stunde gekommen … Auf dem Sterbebett lasteten ihre Sünden auf einmal schwer auf ihr, und ich hatte das unglaubliche Glück, rechtzeitig dort zu sein, damit sie sich um ein paar davon erleichtern konnte. Sie gestand mir, mein Kind an seinen Vater gegeben zu haben, weil sie keinen Juden in der Familie haben wollte, und anschließend beide bei der Gestapo denunziert zu haben. In diesem Moment brachen die Wut und die Ohnmacht über mich herein, und ich hätte dieser alten Hexe am liebsten ein Kissen auf das Gesicht gepresst, bis sie aufgehört hätte zu atmen! Ich tat es nicht, weil Georg mich daran hinderte. Ich bin ihm sehr dankbar dafür, dass er mich zurückgehalten hat, als ich bereits mit erhobenem Kissen dastand …«

»Aber Sie haben den *Astrologen* mitgenommen …«

»Das habe ich nicht. Ich verließ das erdrückende Haus im Schockzustand. Ich war bereit gewesen zu akzeptieren, dass man mir mein Kind weggenommen hatte, aber nicht, dass Marie in den Händen der Nazis gelandet war. In jenen Tagen war die Suche nach einem verschwundenen Familienmitglied äußerst mühsam und langwierig und voller bürokratischer Formalitäten. Nach dem gerade erst beendeten Krieg wollten alle ihre an der Front verschollenen, gefangen genommenen oder deportierten Familienmitglieder ausfindig machen. Alles war ein völliges Informationschaos. Die Nachrichten über die schrecklichen Dinge, auf die die Alliierten in Deutschland und in Osteuropa trafen, sickerten hier ganz langsam durch. Die Tatsache, dass die Konzentrations-, Gefangenen- oder Arbeitslager nichts anderes als Vernichtungslager gewesen waren, konnte erst nach dem Krieg mit Gewissheit festgestellt werden. Millionen Juden waren verschwunden … Und unter ihnen suchte ich meine Mutter, meine Geschwister, meine Tochter. Es war zum Verzweifeln … Ich habe alle Einrichtungen abgeklappert: das Rote Kreuz, das Central Tracing Bureau – eine Einrichtung, die die Alliierten gegründet hatten, um den Verbleib aller während des Krieges verschwundenen Personen zu klären –, sämtliche Bezirksrathäuser von Paris … Ich weiß nicht mehr, wie lange es gedauert hat oder in welcher Reihenfolge die Nachrichten eintrafen, letzten Endes war das auch egal … Wichtig war, dass sie eintrafen, und auch wenn es unfassbar scheint, so war schon die alleinige Tatsache, Gewissheit zu haben, eine Erleichterung. Meine Mutter und meine Schwester waren in Auschwitz gestorben, in der Gaskammer. Mein Bruder war an Typhus erkrankt und in Treblinka gestorben, wenige Wochen bevor das Lager befreit wurde. Ich glaube, in gewisser Weise war ich auf derartige Nachrichten gefasst. Man verliert nie die Hoffnung, natürlich nicht, aber ich hatte schon seit 1942 nichts mehr von ihnen gehört, und das waren so viele

Jahre … Für mich waren sie an dem Tag gestorben, an dem man sie mitgenommen hatte. Aber Marie … meine Kleine … Sie war erst acht Monate alt! Ich konnte nicht umhin, mich schuldig zu fühlen, und ich habe auch nie aufgehört, mich schuldig zu fühlen …«

Verachtung Alains Großvater gegenüber stieg in mir auf. Was er getan hatte, schien mir eine ebenso abartige Grausamkeit wie die Torturen der Nazis. Eine Grausamkeit, die umso niederträchtiger war, als sie von jemandem begangen worden war, der auf der gleichen Seite stand wie Sarah, von jemandem, dem sie vertraut hatte. Jetzt war es viel zu spät, um das Geschehene wiedergutzumachen: Irène – oder Marie – war in jedem Fall tot. Aber für ihre Mutter wäre sie zweimal gestorben, sollte Sarah je die Wahrheit erfahren. Vorläufig brachte ich jedenfalls nicht den Mut auf, sie ihr zu verraten.

»Was ist mit Georg passiert?«, fragte ich.

»Mit Georg?«, fragte sie überrascht zurück.

»Ja … ich … ich habe seine Todesanzeige gesehen … von 1946 …« Verblüfft stellte ich fest, dass meine Worte ihr ein amüsiertes, ja schelmisches Lächeln entlockten. »Aber Georg ist doch nicht gestorben, meine Liebe!«

»Wie das?«, fragte ich verblüfft.

»Aber sicher! Die Todesanzeige wurde auf Ersuchen seiner Familie aufgegeben, die seit 1944 nichts mehr von ihm gehört hatte. Auch wenn man in gewisser Weise sagen könnte, dass Georg von Bergheim tatsächlich in einer schäbigen Pension in Paris zurückgeblieben war, zusammen mit seiner SS-Uniform. Derjenige, der die Pyrenäen mit mir überquert hat, war, laut den Papieren, Stéphane Debousse …«

Ich sah sie mit weit aufgerissenen Augen an. »Das heißt …«

»Ja, er war mein Mann … Mein Mann während fünfundsiebzig glücklicher Jahre. Bis zum letzten Jahr: Eines Abends ist er eingeschlafen und nicht wieder aufgewacht.«

»Oh, mein Gott …« Ein Schauer lief mir über den Rücken. »Sie werden mich für verrückt halten, wenn ich Ihnen sage, dass es mir gar nicht gefallen hat, als ich herausfand, dass er 1946 gestorben ist. Ich kannte ihn nicht, ich wusste nichts von ihm. Er war ein Nazi, und alle wollen immer, dass die Nazis am Ende des Films sterben. Aber vom ersten Augenblick an, als ich sein Foto vor mir liegen hatte … Ich weiß nicht, wie ich es erklären soll …«

»Ich verstehe Sie, meine Liebe. Ich verstehe Sie nur zu gut«, versicherte Sarah Bauer und streckte die Hand nach Georg von Bergheims Foto aus. »Mir ist es genauso gegangen …«

Wir betrachteten das Foto und sahen seine stolze Haltung, seinen freundlichen Blick, den Blick von jemandem, dem man vertrauen konnte.

»Das Schicksal hatte vorgesehen, dass wir uns hassten«, überlegte Sarah, »doch das konnte ich nicht, nie. Mit der Zeit ist mir klar geworden, dass der Krieg uns alle zu etwas machte, was wir nicht waren, im Guten wie im Schlechten. Georg hingegen ist immer derselbe geblieben, dieselbe Person, wenn auch mit der falschen Uniform. Im Grunde genommen war er ein guter Mann.«

Vergessen Sie die Smaragdtafel

Es gab keinen Kaffee mehr in der Kaffeekanne, kein Holz im Kamin und keine Zweifel über Sarahs Leben. Der Kreis schien sich geschlossen zu haben. Doch bevor ich diesen Ort verließ, musste ich noch eine Sache herausfinden. »Gehören Sie PosenGeist an …? Ich weiß schon, dass das wenig Sinn ergibt, aber in diesem Moment gibt es so vieles, was für mich keinen Sinn ergibt …«

»Nein, auf keinen Fall.« Sie sagte das so nachdrücklich, dass kein Raum für Zweifel blieb.

»Was hat es dann damit auf sich?« Ich blickte auf das Dossier, das mein Leben in den letzten Monaten rekonstruierte.

Sarah seufzte und nickte. Sie schien sich selbst davon zu überzeugen, dass es an der Zeit für eine Erklärung war. »Gehen wir der Reihe nach vor«, fing sie an. »In der Zwischenzeit dürfte Ihnen klar sein, dass *Der Astrologe* kein gewöhnliches Gemälde ist. Als Sie mit den Nachforschungen begannen, fürchteten wir, dass sein Geheimnis in Gefahr sei. Deshalb wollten wir Sie von den Nachforschungen abbringen, Sie aber gleichzeitig davor warnen, dass noch andere, sehr viel gefährlichere Agenten im Spiel sind. Auf diese Weise versuchten wir also gleichzeitig, jegliche Spur, die Sie zum Gemälde führen könnte, zu verwischen und Ihnen deutlich zu machen, dass die Konsequenzen verheerend sein könnten, würde *Der Astrologe* in andere Hände fallen. Sie kümmerten sich darum, Ihnen zu folgen, Ihnen die SMS zu schicken, Sie ins Innerste von Posen-Geist zu führen …«

»Sie? Wen meinen Sie?«

Sarah zögerte kurz, ehe sie auf meine Frage antwortete. »Als der Krieg vorbei war und ich das Gemälde wieder an mich genommen hatte, hatte ich Zeit, über die Wichtigkeit dieses Vermächtnisses nachzudenken, das ich verwahren sollte. Ein tausendjähriges Vermächtnis, das viele Menschenleben gekostet hatte … Die Last war in der Tat zu groß für die Schultern eines Einzelnen. Nach allem, was passiert war und noch passieren würde, mit dem zweigeteilten Europa, der Atombombe, der sowjetischen Bedrohung, der Aufrüstung … fühlte ich mich nicht in der Lage, die Sicherheit des Gemäldes allein zu gewährleisten, nachdem es kurz davor gewesen war, in die falschen Hände zu geraten. Das war ein Erbe, das mich überforderte. Außerdem wusste ich, dass ich durch die Probleme nach meiner Geburt keine weiteren Kinder haben könnte. Wer würde sich nach meinem Tod um den *Astrologen* kümmern? Für diese Fragen fand ich nicht sofort eine Lösung, aber sie waren da, gingen mir ständig durch den Kopf. Im Lauf unseres Lebens hatten Georg und ich das Glück, auf alte Bekannte zu treffen, Menschen, mit denen uns eine starke Freundschaft und Vertrauen verband und die Teil unseres Lebens waren. Nach und nach, ohne es wirklich beabsichtigt zu haben, entstand die Idee, eine Art Gesellschaft zu gründen, die das Gemälde schützen würde, sodass es nicht mehr in der Verantwortung einer einzigen Person läge, sondern eine kollektive Arbeit daraus würde, die deshalb auch größeren Erfolg und mehr Sicherheit versprach. Und all diese Leute kennen Sie bereits …«

Das überraschte mich. Woher sollte ich sie kennen? Sarah musste mir die Verblüffung angesehen haben.

»Doch, meine Liebe. Sie kennen sie nicht persönlich, aber Sie wissen, wer sie sind: Carole Hirsch, Bruno Lohse und Frank Poliakov.«

»Frank Poliakov?«

»Trotsky«, erläuterte Sarah. Und da begriff ich. »Frank hatte eine französische Mutter und einen russischen Vater. Ein überzeugter, kämpferischer Kommunist. Nachdem er aus Paris geflohen war und sich von der *Bewaffneten Widerstandsgruppe Elsass* gelöst hatte, hat er im Untergrund gekämpft und seine Kontakte mit der Kommunistischen Partei verstärkt, wo er Bekanntschaft mit Agenten des NKWD machte. Nach dem Krieg ist er nach Moskau gegangen. Dort wurde er in die regierungsnahen Kreise eingeführt. Er wurde zu einem Agenten des sowjetischen Militärgeheimdienstes, des GRU, Vorgänger des KGB, und später besetzte er dann eine wichtige diplomatische Stelle in Paris. Er war ein herausragendes Mitglied des Außenministeriums und einer der Vertrauensmänner von Breschnew. Nach dem Sturz der Sowjetunion verwandelte er sich jedoch in einen wild entschlossenen Kapitalisten«, bemerkte Sarah ironisch. »Tatsächlich war Frank eine einflussreiche Person auf der anderen Seite des Eisernen Vorhangs und vielleicht auch das zweifelhafteste Mitglied der Gruppe. Wir vermuteten alle, dass nicht alles, was er tat, vorschriftsmäßig ablief, dass er Geschäfte mit der Mafia im Osten tätigte, dass er in Waffenschmuggel verwickelt war … Na ja … Uns gegenüber war er immer treu. Und er war ein sehr nützliches Mitglied für die Gruppe.«

»Und die anderen?«

»Nun ja, Carole Hirsch traf ich auf meiner ersten Parisreise nach dem Krieg. Sie habe ich zuallererst aufgesucht, als ich nach Hinweisen über den Verbleib meiner Tochter forschte. Seitdem sind wir zu guten Freundinnen geworden. Carole wurde für ihre Arbeit während des Krieges mit der Ehrenlegion und der Médaille de la Résistance ausgezeichnet. Sie heiratete einen der Ratgeber von de Gaulle, einen großen Politiker, der zuvor Kultusminister und ein sehr einflussreicher Mann im Kunstmilieu war. Wir trafen uns regelmäßig in Frankreich oder in Spanien, feierten Weihnachten zusammen – ich bin die einzige Jüdin der Gruppe – und verbrachten einen Teil des Sommers gemeinsam…«

Einen Moment lang schwieg Sarah, hing den vergangenen Erinnerungen nach. Doch schon kurz darauf war sie wieder zurück in der Gegenwart.

»Was Bruno Lohse betrifft, so kam er aufgrund seiner Beteiligung am Kunstraub vor Gericht, wurde aber freigesprochen. Georg erfuhr aus der Presse davon, hat dann jedoch nichts mehr von ihm gehört. Also war das Aufeinandertreffen mit Bruno Lohse Jahre später ein unglaublicher Zufall. Das war auf einer Reise, die Georg und ich nach München machten. Wann immer wir auf Reisen waren, haben wir auf der Suche nach interessanten Werken für unsere Sammlung Kunstgalerien und Auktionshäusern einen Besuch abgestattet. Wie überrascht und erfreut war Georg, als wir beim Eintreten in eine Kunstgalerie von Bruno Lohse selbst empfangen wurden, der zu einem angesehenen Kunsthändler geworden war. Georg schätzte ihn sehr, nie hat er vergessen, dass Bruno ihm das Leben gerettet hatte, weil er ihn darüber informierte, dass die Gestapo hinter ihm her war. Von diesem Moment an wurde Bruno, der auch keine Kinder hatte und nicht einmal verheiratet war, zu einem weiteren Teil der Familie, zu jemandem, den wir sehr liebten und der viel Zeit hier in diesem Haus zugebracht hat… Doch sie leben alle nicht mehr, nur mich gibt es noch«, sagte Sarah mit traurigem Lächeln und einem Anflug von Nostalgie. »Aber alle haben sie jemanden bestimmt, damit die Gesellschaft weitergetragen wird und sie die Aufgabe fortführen kann, auf die wir uns einst eingelassen haben.«

»Dieser Junge, der vorher hier war, der mir geholfen hat, aus dem Schloss bei Paris zu fliehen…«

»Ja, er ist einer von ihnen. Er heißt Martin«, verkündete Sarah. »Er ist der Großneffe von Bruno Lohse. Ein wunderbarer Junge, auch wenn er sich manchmal zu viele Sorgen um mich macht. Er ist während der letzten Wochen zu Ihrem Schatten geworden, und tatsächlich hat er uns mit exzellenten Berichten über Sie versorgt … Deshalb habe ich es zugelassen, dass Sie bis zu mir finden. Er ist ein sehr intelligenter Junge und ein guter Mensch, der Bruno sehr ähnelt, zu dem er von klein auf eine enge Bindung hatte. Fest steht jedenfalls, dass Martin die Verwahrung des Gemäldes sehr ernst nimmt und äußerst engagiert ist, wenn es um den Schutz des Geheimnisses des *Astrologen* geht.«

»Die Smaragdtafel …«, deutete ich an, weil ich endlich darüber sprechen wollte.

»So ist es, die Smaragdtafel.«

»Aber, was genau ist die Smaragdtafel?«

Sarah blickte mich unverwandt an. Ich sah ihren Augen die Erschöpfung an, nicht nur die Erschöpfung des heutigen langen Tages, sondern die Erschöpfung eines ganzen Lebens, dem eine viel zu schwere Bürde aufgelastet worden war.

»Ein Fluch«, murmelte sie geheimnisvoll. »Wenn ich Ihnen die Wahrheit sagen soll, ich weiß es nicht. Man sagt, die Macht der Smaragdtafel sei so groß, dass Gott selbst sich vor ihr verneigen würde. Man sagt, sie habe sie vom Teufel verliehen bekommen. Man sagt, sie sei nicht für uns Menschen bestimmt, da wir sie nicht verstehen würden. Doch das sagt man schon seit 5000 Jahren … Und das ist eine lange Zeit, um einer solchen Aussage noch zu trauen. Was hätte man vor 5000 Jahren zu dem Funken gesagt, der einen elektrischen Strom erzeugt, zum Licht aus der Glühbirne, zu dem Bild eines Fernsehers, zu einem Laserstrahl, der tötet oder heilt? Was hätte man zu einer Bombe gesagt, die ganze Völker auslöschen kann?«

»Dann wissen Sie also nicht, was es ist? Sie haben sie nie gesehen?«

Über meine Hartnäckigkeit konnte sie nur lächeln und langsam den Kopf schütteln. »Stellen Sie keine weiteren Fragen. Verzichten Sie darauf, mehr darüber zu wissen. Vergessen Sie die Smaragdtafel. Mir blieb keine andere Wahl … Hören Sie, Ana, es gibt Dinge, die ignoriert man besser. Genau vor solchen Dingen versuchten wir, Sie zu schützen, während wir Sie vor anderen nur warnen wollten, mehr nicht.«

»Ja, sicher doch. Mir haben Sie kein Haar gekrümmt. Aber was ist mit den anderen? Anton Egorov, Camille de Brianson …«

»Wir wollten nur Beweise verschwinden lassen«, unterbrach mich Sarah. »Auch sie erlitten keinen Schaden …«

»Doktor Arnoux haben Sie fast totgeprügelt!«

Als ich das sagte, runzelte Sarah die Stirn. »Doktor Arnoux? Wir haben Doktor Arnoux nichts angetan«, beteuerte sie.

»Zwei brutale Rohlinge bei ihm vorbeizuschicken, die ihm eine Tracht Prügel verpassen – ich würde nicht sagen, dass das nichts ist …«

Sie schien noch immer verwirrt, sogar gekränkt durch meinen Vorwurf. »Ich versichere Ihnen, dass ich nicht weiß, wovon Sie sprechen. Zu keinem Zeitpunkt hätte ich zugestimmt, dass auch nur einer von Ihnen einen Kratzer abbekommt, geschweige denn eine Tracht Prügel. Das entspricht in keiner Weise unserer Vorgehensweise.«

Was sie sagte, klang ehrlich. Tatsächlich ergäbe es auch überhaupt keinen Sinn mehr, mich anzulügen, nach allem, was sie mir gesagt hatte. »Wer war das dann?«, fragte ich verwirrt.

Sie zuckte mit den Schultern. »Ich weiß es nicht. Aber ich habe Ihnen bereits gesagt, dass noch andere Agenten involviert sind. Gefährliche und skrupellose Organisationen. Sie sind zu allem bereit, um an ihr Ziel zu gelangen. Davor wollten wir Sie rechtzeitig warnen.«

»PosenGeist?«

»Genau: PosenGeist. Aber ich kann Ihnen natürlich nicht mit Sicherheit sagen, ob sie es waren, die Doktor Arnoux angegriffen haben. Ich weiß nur, dass wir es nicht waren.«

»Aber wer steckt dahinter? Was hat es mit PosenGeist auf sich?«, fragte ich ratlos, hatte aber instinktiv das Gefühl, dass sie eine Antwort auf alles hatte.

Auf mein Drängen hin reagierte sie mit Schweigen. Sie hielt meinem Blick einen Moment lang stand, bohrte ihre wunderschönen grünen Augen in mich, die zwar vom Alter etwas getrübt waren, aber immer noch eine unglaubliche Ausstrahlung hatten. Ihr geheimnisvolles Schweigen und ihr ergriffener Blick machten mich nervös. Schließlich sagte sie mit fester Stimme: »Meine liebe Ana, wenn Sie wirklich wissen wollen, was PosenGeist ist, dann sollten Sie Konrad Köller fragen.«

Ich wollte dich überraschen

Ich verließ Sarah Bauers Haus wie mechanisch, als wären meine Sinne nach so viel Aufregung in eine Art Winterschlaf versetzt worden, um zu verhindern, dass ich schlagartig den Verstand verlor. Ich rief Alain an, weil ich mit jemandem sprechen musste, aber sein Telefon war ausgeschaltet. Ich fuhr nach Deià, wo ich von Madrid aus ein Hotelzimmer gebucht hatte. Ich parkte den Wagen und zog meinen Koffer ratternd durch die ruhigen gepflasterten Straßen des Dorfes.

Ich meldete mich an der Rezeption an. Und da ich nicht allein essen wollte, zog ich es vor, lieber nichts zu essen und meinen Magen leer zu lassen. Ich wollte nach oben gehen und Alain noch einmal anrufen. Ich würde nicht ins Bett gehen, ehe ich mit ihm gesprochen hatte …

Das Telefon vibrierte in meiner Tasche. Als ich den Namen auf dem Display sah, betätigte ich umgehend den grünen Knopf. »Alain!«

»Wo bist du?«

»Ich bin gerade im Hotel angekommen. Und du?« Lag es an mir, oder dauerte es wirklich so lange, bis er antwortete?

»Dreh dich um …«

Ich drehte mich um, und da stand er. Ich brauchte ein paar Sekunden, um es zu begreifen: Er trat gerade mit seinen zerschlissenen Jeans, seinen Turnschuhen und seinem weiten Pulli durch die Tür. Ein Dreitagebart verdunkelte sein Kinn.

Lächelnd durchquerte er die Lobby und kam auf mich zu. »Ich wollte dich überraschen.«

Ich hatte das Handy noch immer in der Hand und starrte ihn wortlos an. Bis auf einmal mein Kinn zu zittern anfing und ich einen unkontrollierbaren Heulkrampf bekam.

»Hey ... was ist denn los?« Alain fasste mich an den Schultern, was mein Schluchzen nur noch verstärkte.

»Ich habe sie gesehen, Alain«, konnte ich zwischen den Tränen hervorpressen. »Oh, Gott, das war so ... Oh, mein Gott ... Das war so ... vieles ... und alles auf einmal.« Ich suchte ein Taschentuch in meiner Tasche, ein verfluchtes Tempo, das zwischen den unzähligen anderen Sachen nirgendwo aufzutreiben war ...

»Aber wer ist sie denn?«

Ich wagte es, mein hochrotes und tränenverschmiertes Gesicht zu heben. »Sarah! Sarah Bauer!«

Alain brauchte einen Moment, um diese Information zu verdauen. »Lass uns nach draußen gehen, bevor der Concierge noch die Polizei ruft ... oder das Fernsehen.«

Wir setzten uns auf eine Bank, die von dem goldgelben Licht einer Straßenlaterne beleuchtet wurde und im Schutz einer Mauer stand. Die Stille des schlafenden Dorfes war angenehm, ebenso die frische Meeres- und Bergluft, die mir wieder einen klaren Kopf verschaffte und meine Tränen trocknete.

»Es tut mir leid«, sagte ich schließlich. »Ich bin dermaßen bescheuert ...«

»Weil du weinst?«

»Weil ich mich so blamiert habe ... Ich weiß nicht, was mit mir los war.«

»Du hast dir Erleichterung verschafft. Fühlst du dich jetzt besser?«

»Ich denke schon. Ich war völlig verkrampft«, seufzte ich.

»Ich habe dich angerufen, als ich aus ihrem Haus kam, aber dein Handy war ausgeschaltet.«

»Ich schalte es im Flugzeug immer aus … Und du weißt doch, dass ich dann vergesse, es wieder einzuschalten.«

Ich sah ihn aufmerksam an: Sein Gesicht sah fast wieder ganz normal aus. Man hatte ihm den Verband abgenommen, die Schwellung war praktisch ganz zurückgegangen und die Blutergüsse hatten sich in grünliche Schatten verwandelt, die sein Dreitagebart zum Großteil verdeckte. »Du siehst sehr viel besser aus. Gar nicht mehr wie Shrek«, scherzte ich.

»Ja, ich erhole mich ganz gut. Gestern haben sie mir die Fäden gezogen.«

»Was machst du überhaupt hier?«

»Zur rechten Zeit ankommen, damit du dich an meiner Schulter ausweinen kannst.« Als er meine Schnute sah, entschloss er sich für die wirkliche Antwort. »Na ja, eigentlich bin ich für die Untersuchung nach Paris zurückgefahren und um meine Krankmeldung in die Uni zu bringen. Dann war ich zu Hause, habe etwas Ordnung geschaffen, du weißt schon. Und als ich das alles erledigt hatte, habe ich mich gefragt: Und was jetzt? Und da bist du mir dann aus irgendeinem Grund eingefallen mit dem, was du hier vorhast. Also bin ich zurück zum Flughafen und habe das erste Flugzeug genommen, das mich hierherbrachte.«

»Ich bin froh, dass du das getan hast. Es stimmt schon, du bist im richtigen Moment hier angekommen.«

»Sicher? Der Typ an der Rezeption denkt jetzt wahrscheinlich, dass ich dir etwas ganz Schreckliches angetan habe.«

Damit entlockte er mir endlich ein Lächeln.

»Hast du Hunger?«

Ich zuckte mit den Schultern. »Ich sollte hungrig sein. Ich habe seit dem Frühstück fast nichts gegessen.«

»Dann bin ich ja auch gerade richtig gekommen, um dich zum Essen einzuladen. Mir scheint, es gibt da so einiges, was du mir erzählen musst.« Alain stand auf und reichte mir die Hand. Ich legte meine Hand in seine. »Mal sehen, ob es in diesem geisterhaften Dorf ein Restaurant gibt, wo wir etwas zu essen bekommen«, sagte er, während er mich schwungvoll nach oben zog.

Jedes Mal, wenn ich eine Zeile dieser Geschichte las

Es gab ein kleines Restaurant, das geöffnet hatte, unweit des Hotels, und wahrscheinlich hätte es an diesem ruhigen Abend früh geschlossen, hätten wir nicht einen der Tische besetzt. Mit ein paar Tapas und einer Flasche Rotwein bestritten wir schließlich ein Abendessen, in dem wir vor lauter Reden nicht viel Zeit zum Essen hatten. Als Alain uns den letzten Wein in die Gläser schenkte, war ich bereits fertig mit meiner Geschichte über Sarah Bauer. Alles Weitere hob ich mir für den Nachtisch auf.

»Ich verstehe immer noch nicht, was der Alte mit dieser armen Frau gemacht hat«, sagte Alain nachdenklich. »Sie glauben zu lassen, dass ihre Tochter tot ist… Das ist ein unbegreiflicher Sadismus.«

»Wirst du zu ihr gehen?«, fragte ich vorsichtig.

»Was soll ich da tun? Zu ihr gehen und ihr sagen: ›Ich bin Ihr Enkel, der Sohn Ihrer toten Tochter, die tatsächlich gar nicht gestorben ist… oder ja, schon, aber nicht zu dem Zeitpunkt, von dem Sie ausgehen‹? Das ist doch absurd.«

»Warum bist du dann gekommen?«

»Ich weiß nicht… Wenn ich ehrlich bin, bin ich gekommen, um nach vorne zu blicken, und jetzt stellt sich heraus, dass ich wieder zurücksehe. Das ist nicht das, was ich wollte…« Ich verstand nicht genau, was er damit zum Ausdruck bringen wollte, aber er führte es nicht weiter aus. »Du müsstest das doch als Erste verstehen, Ana. Ich bin auch bedrückt, aber wegen meines verdammten männlichen Stolzes fange ich nicht an zu heulen.«

»Dann heul doch! Verschaff dir Erleichterung! Lass alles raus, was du mit dir herumträgst, und versöhne dich mit deiner Vergangenheit. Nur so wirst du dich besser fühlen …«

Doch statt loszuheulen, lächelte Alain: ein Lächeln, das nicht weniger traurig wirkte als ein Weinen.

»Vergiss nicht, dass du das hier angefangen hast, du wolltest das aufwühlen, was vergraben war …«

»Das stimmt schon, aber ich hätte nie gedacht, dass dabei so viel Müll hochkommen würde.«

»Das ist nicht Sarahs Schuld, Alain. Und sie verdient es nicht zu sterben, ohne die Wahrheit zu wissen, in dem Glauben, dass sie hier nichts zurücklässt, wenn sie geht … Sie hat keine anderen Kinder gehabt, das war nach ihrer Entzündung nicht mehr möglich. Denk doch mal darüber nach: Ihre Familie, ihre Wurzeln, ihre Geschichte, alles wird mit ihr verschwinden. Es wird nicht einen Zeugen geben, keinen Nachfolger und niemanden, der Sarah Bauers Erinnerung weiterträgt. Es muss ziemlich traurig sein, so zu gehen.«

»Du bist doch jetzt ihr Zeuge. Und ihre Beschützerin: Du denkst nur an sie.«

»Du weißt, dass das nicht stimmt. Tatsächlich denke ich nämlich an dich. Wenn dich das schmerzt, was dir dein Großvater angetan hat, dann zieh den Stachel jetzt raus, oder du wirst diesen Schmerz dein ganzes Leben mit dir herumtragen. Sprich mit Sarah, erzähl ihr die Wahrheit und …«

»Und meine Mutter? Wer gibt ihr die Tochter zurück, die man ihr genommen hat, die ihr dieser Hund verweigert hat?« Alains Wut brach endlich aus ihm heraus, er fing an, sich davon zu befreien.

»Ich fürchte, das obliegt einer anderen Gerechtigkeit …«, erwiderte ich vorsichtig.

»Das Problem ist, dass ich an keine andere Gerechtigkeit glaube als an die, die einem hier widerfährt. Verdammter Mist!« Alain knallte die Faust auf den Tisch. Der Kellner warf uns vom Tresen einen Blick zu. »Du sagst mir, dass ich der Einzige bin, der einer Dame, die ich nicht kenne, zu einem friedvollen Tod verhelfen kann, aber was ist mit meiner Mutter? Was kann ich für meine Mutter tun? Ich weiß, was es heißt, ohne Mutter aufzuwachsen, ohne jemanden, der dich nachts zudeckt und dir nach dem Aufwachen einen Kuss gibt, ohne jemanden, der auf deine Wunden pustet oder dir die Tränen mit dem Handrücken abwischt. Ich weiß, was es heißt, niemanden zu haben, mit dem man sich als Fünfzehnjähriger streiten kann, und niemanden, der weint, wenn man das Haus verlässt. Verdammt, ich weiß, was einem fehlt, auch wenn man sich jeden Tag noch so viel Mühe gibt, nicht daran zu denken! Und Judith weiß es wahrscheinlich noch besser als ich! Und wer gibt uns das jetzt zurück? Wer?«

Alain verbarg seine Augen hinter seinen Händen. Er presste sein Gesicht so fest dagegen, dass seine Wangen ganz rot wurden.

Schweigend betrachtete ich ihn, versuchte, ihn zu verstehen. Ich stellte mir vor, wie schwer es für ihn gewesen sein musste, sich sein ganzes Leben lang einreden zu müssen, ein normales Kind zu sein, seine Eltern nicht zu vermissen und den anderen Kindern nichts zu neiden.

Als es ihm nicht möglich war, das Gesicht noch fester in die Hände zu pressen, seufzte er und löste nach und nach den Druck auf seine Augen.

Ehe er mich ansah, beugte er sich über seinen Rucksack, der neben seinem Stuhl stand. Er holte ein Buch heraus und zwischen den Seiten einen Umschlag. »Ich habe dir etwas mitgebracht…«

Ich öffnete ihn. Er enthielt ein Foto seiner Großeltern und das Schokoladenpapier – beides war durch die Zeit vergilbt und zerknittert.

»Warum?«, fragte ich und spürte gleichzeitig, wie sich etwas in meiner Brust zusammenzog.

»Weil du ein Teil davon bist. Du schreibst schließlich ihre Geschichte.«

»Nein, ich lese sie nur heimlich. Du bist derjenige, der sie zu Ende schreiben sollte … Nur du bist ein Teil von ihr«, antwortete ich, ohne den Blick von Sarahs Foto abzuwenden. »Sie ist noch immer so schön wie damals. Sie hat noch immer diese gelassene und elegante Schönheit.«

»Kommst du mit?«, flüsterte Alain mir zu, als könnte das Foto ihn hören. »Begleitest du mich, wenn ich zu ihr gehe?«

Ich hob den Blick vom Foto und traf auf den Alains. Ich nickte nur, ich konnte nichts sagen. Ich war wieder ganz berührt, hatte wieder eine Gänsehaut, wie immer, wenn ich eine Zeile dieser Geschichte las.

Auf dem Rückweg ins Hotel klingelte mein Handy und verursachte ein lautes Echo zwischen den Mauern des schlafenden Deià. Ich beeilte mich, dem Lärm ein Ende zu bereiten. »Ja?«

»Du hast mich nicht angerufen, meine Süße. Es ist schon nach Mitternacht …«

»Es tut mir leid … ich war einfach sehr beschäftigt. Das Treffen hat ziemlich lange gedauert …«

»Wie ist es gelaufen?«

»Gut …«

»Gut? Du hörst dich nicht sehr zufrieden an …«

Tatsächlich gab es keine passende Antwort darauf. Es gab eine oder auch nicht, aber die, die ich hatte, schien mir nicht die passende für Konrad zu sein.

»Sie war Sarah Bauer …«

Schweigen am anderen Ende. »Lebt sie … allein?«

Mit gerunzelter Stirn antwortete ich: »Ja.«

»Und das Gemälde?«

»Habe ich nicht gesehen.«

»Aber sie hat es?«

Jetzt schwieg ich.

»Hat sie es, meine Süße?«

»Ich … habe es nicht gesehen, das habe ich dir doch schon gesagt.«

»Na gut … Ich fliege morgen früh, so schnell es geht, zu dir …«

Ich blieb stehen. »Morgen?«

»Ja. Ich bin spätestens um die Mittagszeit da, das hängt davon ab, ob ich ein paar Termine verschieben kann … Du bleibst dort, bis ich ankomme.«

»Warum willst du herkommen? Das ist nicht nötig …«

»Doch, natürlich ist es das. Du hast deinen Teil erledigt, jetzt bin ich dran. Ich muss mit ihr sprechen.«

»Worüber?«

»Über das Gemälde – worüber sonst? Gib mir die genaue Adresse von deinem Hotel durch.«

»Die habe ich nicht bei mir. Ich schicke dir später eine Mail.«

»Gut. Dann bis morgen … Übrigens, meine Süße …«

»Was?«

»Gute Arbeit.«

»Danke.«

Ich beendete den Anruf und steckte das Handy wieder in die Tasche.

»War das Konrad?«

»Ja.«

»Was hat er gesagt?«

»Gute … gute Arbeit.«

Ich ging nachdenklich weiter und spürte Alains fragenden Blick in meinem Rücken.

Die Wahrheit ist unangenehm

Am nächsten Tag stattete ich Sarah Bauer wieder einen Besuch ab – mit einem Brief und einem Foto in der Tasche. Hätte man den Brief und das Foto vom gestrigen Tag sehr gut in einem goldenen Umschlag aufbewahren können, so würde den heutigen düsteren Nachrichten zweifelsohne ein schwarzer Umschlag entsprechen.

Sie empfing mich im Wohnzimmer neben dem knisternden Kamin, da vom Meer große, graue Wolken und feuchter, ungemütlicher Wind landeinwärts trieben, der an den Pinienbäumen zerrte und um die Fenster wehte. Ich fand Sarah älter und ermatteter vor als tags zuvor, gebeugter und abgezehrter. Vielleicht lag es auch am schwachen Licht des dunklen Morgen.

»Sie kommen wegen des *Astrologen*, nicht wahr?«, sagte sie, kaum dass ich eingetreten war und ehe ich sie begrüßen oder auch nur etwas sagen konnte. »Es erstaunt mich, dass Sie gestern gegangen sind, ohne dass Sie ihn sehen wollten. Denn das ist es doch schließlich, wonach Sie suchen …«

»Mittlerweile bin ich mir da nicht mehr so sicher. Und ich weiß auch nicht genau, was ich hier überhaupt tue …!«

»Ach ja?«

»Sagen wir es einmal so, ich muss noch eine Geschichte zu Ende lesen, aber zunächst müsste jemand das Ende schreiben.« Sarah runzelte die Stirn. »Wie auch immer, vergessen Sie einfach, was ich gerade gesagt habe … Kann ich mich setzen?«

Sarah wies auf einen leeren Sessel an ihrer Seite. Zumindest hatte ich ihre Neugierde geweckt.

»Ich bringe Ihnen Nachrichten.«

»Ich hoffe doch, gute …« Sie wirkte skeptisch.

»Das müssen Sie selbst beurteilen.«

Ich zeigte ihr das Schreiben. Ihre Reaktion ließ nicht lange auf sich warten. Das Schokoladenpapier zusammen mit dem Foto erzielten den gewünschten Effekt.

»Woher haben Sie das?«, fragte sie mit brüchiger Stimme.

»Lesen Sie bitte den Brief. Ich bin nur die Überbringerin …«

Sarahs Hände zitterten, als sie die Brille aufsetzte. Kurz nachdem sie die Lektüre begonnen hatte, hob Sarah plötzlich den Kopf. »Was für ein Scherz soll das sein?« Ihre Stimme sollte fest klingen, zitterte aber, und ihr Gesicht war verkrampft. »Das ist ziemlich geschmacklos. Etwas Derartiges hätte ich nicht von Ihnen erwartet. Ich bitte Sie, mein Haus sofort zu verlassen …«

»Bitte, hören Sie mir zu. Das ist kein Scherz, das versichere ich Ihnen …«

»O nein, natürlich nicht! Das ist sehr viel schlimmer. Das ist ein übler Trick, mit dem Sie versuchen, an das Gemälde zu kommen. Was würde sich dafür besser eignen, als einen Erben aus dem Ärmel zu schütteln? Diese Dreistigkeit ist nicht zu fassen!«

»Nein, das ist es nicht!« Ich sprang von meinem Sessel auf, um mich neben sie zu knien und ihre runzligen Hände zu ergreifen. »Ich weiß, dass das hier für Sie schwierig aufzunehmen ist, es ist schon so viel Zeit vergangen, ein ganzes Leben, in dem Sie sich mit einer Vorstellung abgefunden haben, die durch diese wenigen Zeilen in sich zusammenstürzt …«

»Woher wollen Sie das wissen? Sie wissen nicht, wie sehr ich gelitten habe. Sie wissen nicht, was es bedeutet, ein Kind zu verlieren … Ein Teil von mir ist mit ihr gestorben … Wie können Sie mir das antun?«

Tränen rannen über meine Wangen. »Es tut mir leid …«,

schluchzte ich, stand auf und wischte mir die Tränen ab. »Ich dachte, ich würde das Richtige tun.« Sobald ich anfing zu sprechen, liefen mir erneut Tränen über die Wangen. »Aber da habe ich mich wohl getäuscht, und er hat mich bereits davor gewarnt…«

»Er?«

»Ihr Enkel.«

»Ich habe keinen Enkel.« Sarah zischte diese Worte hervor, hatte sich hinter ihrer Empörung verschanzt.

Doch nach so viel Ärger und weil ich genug davon hatte, in einem Kampf, der nicht meiner war, hin und her geschubst zu werden, verschaffte auch ich mir Gehör, und wenn es nur darum ging, dass meine Ehrlichkeit infrage gestellt wurde. »Doch, die haben Sie! Zwei! Und auch wenn Sie es nicht wahrhaben wollen, das ist die einzige Wahrheit. Aber wenn die Wahrheit nach so viel Zeit unbequem ist und Sie lieber weiterhin mit der Lüge leben wollen, die andere für Sie geschmiedet haben, dann werde ich nicht darauf drängen, Sie davon abzubringen. Ich habe es satt, Hiebe für etwas einzustecken, was mich gar nicht betrifft«, brach es aus mir heraus, während ich mir die letzten Tränen abwischte.

Da ich nichts mehr zu sagen hatte und auch keine Lust dazu, sammelte ich meine Sachen ein, in der Absicht, von hier zu verschwinden.

»Sie haben das hier vergessen.« Ihre Arroganz hatte Sarah noch nicht verloren, als sie mir, ebenso herablassend und mürrisch wie ich, das Foto und den Brief von Alains Großvater reichte.

»Behalten Sie das. Wenn Sie den Brief noch einmal durchlesen, dann wird Ihnen vielleicht klar, dass ein paar der Dinge, die darin stehen, nur Ihnen und diesem Mann bekannt sein können.« Ich zog meine Jacke an und hängte meine Tasche um. »Wenigstens könnten Sie so zu dem Schluss gelangen, dass ich keine Lügnerin bin. Schönen Tag noch.«

Ich ging zur Tür, streckte die Hand aus und wollte gerade nach dem Türgriff greifen.

»Jacob.«

Sarahs Stimme ließ mich innehalten, ehe ich ging. Aber noch drehte ich mich nicht um.

»Jacob lautet der Name desjenigen, der diesen Brief geschrieben hat. Und diese Schokoladenpackung ist von meiner Lieblingsschokolade … Menier-Schokolade … Jacob kaufte immer dann eine Tafel auf dem Schwarzmarkt, wenn er mir eine Freude machen wollte.«

Langsam, so langsam, als würde jemand mit einer Pistole auf mich zielen, selbst wenn diese Pistole nur mit Worten bestückt war, drehte ich mich um. Sarah lächelte nicht, aber wenigstens war ihr Blick nicht mehr so düster wie zuvor.

»Und wie viele Enkel, sagen Sie, habe ich?«

Verfluchter *Astrologe*

Sarah stimmte schließlich zu, sich mit Alain zu treffen. Nachdem Alain und ich zu Mittag gegessen hatten, verließen wir Deià bei leichtem Nieselregen und begaben uns zu ihrem Haus am Meer. Alain hatte sich rasiert, das T-Shirt und die zerschlissenen Jeans gegen ein frisch gebügeltes Hemd und eine Stoffhose getauscht. Während des Essens hatte er fast keinen Bissen zu sich genommen.

»Bist du aufgeregt?«, fragte ich.

»Ja… Ich weiß gar nicht, was ich ihr sagen soll, wenn ich sie sehe…«

»Das wirst du auch erst dann wissen, wenn es so weit ist… Mach dir keine Sorgen, lass es einfach geschehen.«

Tatsächlich war aber auch ich sehr nervös.

Der Gärtner öffnete uns das Tor zum Garten und begleitete uns über den aufgeweichten Kiesweg durch den nach frisch gemähtem Gras und feuchter Erde duftenden Garten zum Haus. Das Hausmädchen erwartete uns in der Diele. Wir gaben ihr unsere Jacken und den Regenschirm, und sie brachte uns zum Wohnzimmer. Ehe wir eintraten, ergriff ich Alains Hand und drückte sie sacht. Als er mich ansah, lächelte ich, und er lächelte zurück, wenn auch leicht gequält.

Das Hausmädchen öffnete die Tür, und das Erste, was wir bemerkten, waren der Duft von Kaffee und das Knistern des Kamins. Und dann Sarah. Mühsam stand sie auf. Sie sah Alain an. Sie wäre gerne auf ihn zugegangen, stützte sich aber an der Lehne des Sessels ab.

»Ich … habe … habe den Brief gelesen …« Ihre Stimme brach ab. »O Gott …«

Die Tränen schienen sich in den Falten ihrer Runzeln zu verstecken, doch das Schluchzen verriet sie. Alain trat zu ihr und wirkte wie ein Riese neben ihr. Wortlos umschloss er sie mit seinen Armen, in denen Sarah fast ganz verschwand.

Und auch ich weinte wieder. Aber ich kam mir fehl am Platz vor, also verließ ich leise das Zimmer und setzte mich auf die Stufen in der Diele, wo ich still vor mich hin weinte.

Nach einer Weile trat ich auf die Veranda und betrachtete das Meer, das mich mit einem salzigen Kuss auf die Lippen begrüßte.

Es war jetzt nicht mehr das blaue, ölige Meer des vorangegangenen Tages, sondern ein graues, gekräuseltes, und genau wie ich wartete es auf eine Ruhe, die niemals einzutreten schien …

»Der Kaffee ist kalt geworden, man macht gerade neuen … Willst du reinkommen?« Alain erlöste mich vom Meer.

Ich lächelte ihn an. »Ja, so langsam wird es kalt hier«, sagte ich und hatte dabei die Arme um mich geschlungen.

Ich ging zu ihm und dachte, dass wir zusammen ins Haus gehen würden, aber er blieb in der Tür stehen.

»Sieh mal.« Alain reichte mir ein weiteres Foto von einem kleinen Baby, das auf einem Kissen schlief. In einer Ecke stand: *Marie, November 1943*. »Das ist meine Mutter …«

»Sie ist wunderschön«, murmelte ich. Das war sie wirklich.

»Sarah hat es mir gegeben … Georg trug es immer in seiner Brieftasche.«

»Dreimal darfst du raten …«

»Was?«

»Ich habe gerade eine Gänsehaut bekommen.«

Alain lächelte mich an. »Etwas anderes hätte ich von dir auch nicht erwartet.«

Ich gab ihm das Foto zurück, und er sah es erneut an.

»Geht's dir gut?«, fragte ich.

»Jetzt, ja.«

»Und Sarah?«

»Ich weiß es nicht … Sie hat viel geweint. Sie wirkt so alt und so verletzlich … Ich glaube, sie hat das alles noch nicht ganz verarbeitet.«

Ich seufzte und senkte den Kopf. Ich fühlte mich unbehaglich, als wäre ich so aufgewühlt wie das Meer in meinem Rücken. »Ich weiß nicht, ob ich das Richtige getan habe«, gestand ich. »Vielleicht habe ich die Dinge etwas erzwungen …«

Alain fasste mich sanft am Kinn und zwang mich, ihn anzusehen. »Es war richtig. Danke …«

Als ich seine Augen aus nächster Nähe sah, bemerkte ich, dass hier nicht nur die Frauen geweint hatten.

Als wir ins Wohnzimmer zurückkamen, war dort nur das Hausmädchen, das den Kaffee einschenkte. Sarah war eine eitle Frau, die nach oben gegangen war, um die Spuren der starken Gefühlsregungen zu verbergen. Im Gegensatz dazu sah ich schrecklich aus mit meinen verquollenen Augen und meinem Make-up, das von den Tränen, dem Salz und dem Regen ganz verschmiert war.

»Sie lässt ausrichten, dass Sie sich schon am Kaffee bedienen sollen. Sie kommt gleich wieder nach unten«, teilte uns das Hausmädchen mit.

Die heiße Tasse Kaffee neben dem Kamin tat mir gut, und wir tranken sie schweigend, jeder in seine eigenen Gedanken versunken. Zum jetzigen Zeitpunkt kannten Alain und ich uns gut genug, dass wir nicht aus reiner Höflichkeit Konversation betreiben mussten.

Ich nahm den letzten Schluck, als Sarah wieder auftauchte.

»Entschuldigt das Warten, aber in meinem Alter braucht man doppelt so lange für die einfachsten Dinge.«

»Willst du einen Kaffee?«, fragte Alain.

»Nein, vielen Dank. Das Einzige, was das Make-up nicht wieder richten konnte, sind die angespannten Nerven. Ich glaube nicht, dass ein Kaffee mir jetzt guttun würde…« Nachdem sie das Angebot so scherzhaft abgelehnt hatte, wandte sie sich an mich. »Meine Liebe, ich muss mich entschuldigen. Ich habe mich wie eine dickköpfige, ungehobelte Alte verhalten… Oh, mach dir nicht die Mühe, mir zu widersprechen, so war es.«

»Vielleicht, aber das, was ich Ihnen vorgesetzt hatte, war ziemlich heftig. Ich weiß immer noch nicht, wie ich so vermessen sein konnte, das zu tun…«

»Deine guten Absichten ehren dich, das ist das Einzige, was zählt. Ich würde dich gerne dafür belohnen.«

»Mich belohnen?«

Sarah lächelte nur, nahm mir die leere Tasse aus der Hand und stellte sie auf dem Tisch ab. »Komm mit…«

Ich stand vom Sofa auf und ergriff den Arm, den sie mir anbot.

»Du auch, Alain. Begleite uns.«

Wir gingen in ihr Büro. Ohne dass es das Zimmer erhellte, glühten die Reste eines Feuers im Kamin, und durch die großen Fenster zeigte sich eine blasse regnerische Abenddämmerung. Sarah schaltete das Licht an und trat langsam zur gegenüberliegenden Wand. Ich meinte zu sehen, dass sie einen weiteren Schalter betätigte, ehe das Bücherregal sich um die eigene Achse drehte und in die Wand schieben ließ. Ich konnte kaum glauben, was stattdessen sichtbar wurde.

»Hier hast du ihn«, verkündete Sarah stolz. »*Der Astrologe*. Ich dachte, du würdest ihn gerne sehen.«

Ich glaube, in meinem ganzen Leben war ich beim Anblick eines Gemäldes noch nie so bewegt gewesen.

Die Ocker- und die Grüntöne, das Zinnober und die Orangetöne, die in all seinen Gemälden den Blick auf sich ziehen; die zwei Ebenen, die Darstellung der Vegetation, die Stoffe und die Haut; die Renaissancegesichter und der wolkenverhangene Himmel … Das musste ein Giorgione sein, ein Giorgione aus den Anfangszeiten, noch stark unter dem Einfluss von Bellini, aber mit diesem typischen Etwas, das ihn von Anfang an anders machte.

»Es ist schon lange her, dass es bei jemandem eine solche Begeisterung hervorgerufen hat«, hörte ich Sarah sagen. »Ganz eindeutig bist du jemand, der das Gemälde betrachtet, und nicht jemand, der nach seinem Geheimnis sucht.«

»Das hatte ich ganz vergessen«, bestätigte ich, ohne zu lügen. »Ich hatte vergessen, dass es ein Geheimnis verbirgt. Es ist so schön, so voller Bedeutung …«

»Es bedeutet, dass du den *Astrologen* gefunden hast«, fügte Sarah hinzu.

Ich pflichtete ihr bei, ohne den Blick von dem Gemälde abzuwenden, als wäre es das Einzige in diesem Raum, wie es auf dem goldenen Seidenbezug im Licht einer Halogenlampe erstrahlte. Doch dann erinnerte ich mich daran, dass ich nicht allein hier war. Also trat ich einen Schritt zurück und stellte mich neben Alain, der das Gemälde diskret aus der zweiten Reihe betrachtete.

»Wir haben den *Astrologen* gefunden«, murmelte ich. »Kannst du das glauben? Wie oft haben wir gedacht, dass es ihn gar nicht gibt, dass wir unsere Zeit damit vergeuden, einer Legende nachzujagen …«

Alain antwortete nicht. Er sah mich auch nicht an. Genau wie ich hatte er sich in dem Gemälde verloren, und offensichtlich war er ebenso bewegt und vor lauter Ergriffenheit ganz verstummt.

Sarah hatte sich in den Hintergrund des Raums zurückgezogen, und ihre Stimme war wie die einer unsichtbaren Erzählerin. »Verfluchter *Astrologe* … Ich weiß nicht, ob sich tatsächlich etwas in ihm verbirgt. Ich habe es noch nie mit Sicherheit gewusst, und ich wollte es auch gar nicht wissen. Was kann man nach so vielen Jahren und so vielen Besitzern, so viel Gesagtem und Gehörtem und so vielen schlecht gehüteten Geheimnissen auch erwarten? Vielleicht unter den Ölschichten, vielleicht in den Instrumenten des Wahrsagers oder in der Symbolik seiner Ikonografie … Vielleicht … Vielleicht gibt es auch überhaupt kein Geheimnis, sondern einfach nur dieses schöne Gemälde. Ich weiß es nicht, und es ist wohl auch besser, es nicht zu wissen. Es gibt Dinge, die ignoriert man besser … Und trotzdem glaube ich, dass dieses Gemälde in gewisser Weise etwas Übernatürliches besitzt. Dieses Gemälde hat mein Leben bestimmt, hat es auf ebenso gewundene wie wundersame Wege geführt. Es hat mir alles genommen und alles gegeben. Und jetzt, wo ich dachte, dass es mich das letzte Stück endlich in Ruhe gehen lassen würde, kommt es und macht mir ein letztes Geschenk, ein Abschiedsgeschenk vor der großen Reise … Verfluchter *Astrologe* … Immer hast du mit mir gespielt. Wenn ich noch einmal anfangen könnte und die Wahl hätte, dann würde ich einen Bogen, einen weiten Bogen um dich machen. Oder vielleicht auch nicht … verfluchter *Astrologe.*«

Unter einer dunklen Wolke

Wir traten in die Lobby des Hotels und schüttelten das Wasser des sintflutartigen Regens von uns ab. Ich wollte nur noch nach oben in mein Zimmer, die Kontaktlinsen herausnehmen, mich duschen und mir etwas Trockenes anziehen. Alain ging es wohl ähnlich.

Schweigend betraten wir den Aufzug. Als wir auf meinem Stockwerk ankamen, öffneten sich die Türen. Alain hielt sie für mich auf und ließ mich vorbeigehen.

»Ruf mich an, wenn du zum Essen nach unten gehen willst«, sagte er.

»Okay. Dann sprechen wir später …«

Er verabschiedete sich, und sein lächelndes Gesicht verschwand hinter den Türen des Aufzugs.

Kaum dass ich in meinem Zimmer war und die Jacke ausgezogen hatte, klingelte auch schon das Telefon. Wie war es möglich, dass ich Konrad einfach so vergessen hatte?

»Ana!«

»Konrad … Bist du schon da?«

»Nein, das ist das Problem: Ich bin immer noch in Madrid. Hier ist alles etwas komplizierter als gedacht, und ich werde heute nicht kommen können.« Er klang wirklich missmutig. Im Gegensatz dazu nahm mein undefinierbares Unbehagen sogleich etwas ab. »Ich versuche schon den ganzen Abend, dich zu erreichen. Erklär mir, warum du das Handy nicht bei dir hattest. In letzter Zeit hast du die lästige Angewohnheit, nicht ans Telefon zu gehen …«

»Entschuldige … Ich habe es nicht gehört. Ich war im Haus von … Frau Debousse.«

Ich stellte mir vor, wie sein Gesicht aufleuchtete. Alle Unannehmlichkeiten waren sogleich wieder vergessen.

»Damit meinst du Sarah Bauer, nicht wahr? Sag mir: Hast du mehr über das Gemälde herausgefunden? Hat sie es?«, flüsterte er so begeistert wie ungeduldig.

Ich wollte ihm keine konkrete Antwort liefern. Schon vor einer Weile hatte ich beschlossen, nicht länger die Verbindung zwischen Konrad und dem *Astrologen* zu sein. »Nein … Davon haben wir nicht gesprochen.«

»Aber … Wie ist das möglich? Worüber habt ihr dann gesprochen?«

Auch darauf wollte ich ihm nicht antworten. Konrad wusste nichts von der merkwürdigen Wendung, die Sarah Bauer und Alain Arnoux zu Verwandten machte, und wenn er es erfahren sollte, dann nicht von mir. Ohnedies wartete Konrad gar nicht auf eine Antwort.

»Ist ja auch egal. Morgen werde ich da sein, und dann kann ich selbst mit ihr darüber sprechen …«

Morgen … Schon allein wenn ich an morgen dachte, hatte ich das Gefühl, eine düstere Wolke braute sich über meinem Kopf zusammen. Eine Wolke, die mit jedem Wort, das Konrad aussprach, größer wurde.

»Ich habe die Absicht, gegen acht Uhr morgens bei ihr vorbeizusehen.«

Meine düstere Wolke wuchs. »Das meinst du jetzt nicht wirklich ernst …« O doch, das meinte er ernst. »Findest du wirklich, dass das eine Uhrzeit ist, zu der man jemanden aufsucht, um über Geschäfte zu reden? Und noch viel weniger bei einer solch betagten Dame! Wag es ja nicht, so früh bei ihr aufzutauchen.«

»Dann ruf sie an und sag ihr, dass ich morgen so um die Mittagszeit zu ihr kommen werde.«

Ich hätte platzen können, weil er mich wie eine Sekretärin behandelte, und auch wenn ich darauf nicht einging, blähte sich meine düstere Wolke noch etwas mehr auf. »Es wird nicht nötig sein, dass ich sie anrufe, ich weiß, dass sie dich morgen Vormittag nicht wird empfangen können. Ich wollte mich da selbst mit ihr treffen, und sie hat mir gesagt, dass es nicht geht.« Das stimmte überhaupt nicht. Tatsächlich war es so, dass Alain und seine Großmutter den Vormittag bis zum Mittagessen gemeinsam verbringen wollten. »Mit etwas Glück wirst du sie am Abend antreffen können.«

»Verflucht noch mal mit der Alten! Als ob sie ein Minister wäre! Soll ich dir mal sagen, wie mein Terminkalender aussieht? Da kann ich keine Zeit wegen irgendwelcher Marotten einer alten Frau verlieren…«

»Wenn man etwas will, dann muss man sich dafür ins Zeug legen«, erwiderte ich mit einem bissigen Lächeln und ließ mich auf einen Sessel fallen. »Außerdem, was lässt dich glauben, dass sie dir das Gemälde verkaufen wird… falls sie es überhaupt hat.«

»Alles hat einen Preis.« Dabei blitzten seine Augen wahrscheinlich auf wie zwei Münzen.

Ich schüttelte den Kopf. »Du glaubst, dass man sich mit Geld alles kaufen kann, aber vielleicht wirst du hier zum ersten Mal enttäuscht. Zunächst einmal glaube ich nicht, dass sie sich um Geld sorgt, sie ist neunzig Jahre alt, und ich kann dir versichern, dass sie wohlsituiert ist. Und wenn es stimmt, was man über das Geheimnis des Gemäldes sagt, dann ist es vielleicht unbezahlbar.«

»Jetzt mal langsam, auf welcher Seite stehst du überhaupt?«

»Ich gehöre zu denen, die glauben, dass es besser ist, die Dinge so zu belassen, wie sie sind.«

»Bist du verrückt? Nach allem, was es mich gekostet hat, bis hierherzukommen, nach allem, was ich investiert habe, und nach dem, was wir über die Bedeutung des Gemäldes wissen, bittest du mich, alles so zu belassen, wie es ist? Man könnte meinen, dass du mich noch immer nicht kennst, meine Süße … *Kunst nur um der Kunst willen,* das ist nichts für mich. Wenn ich Kunst liebe, dann, weil ich sie kaufen und danach Profit damit erzielen will. So wie mit allem.«

Meine düstere Wolke wurde noch dicker. Aber nicht wegen Konrad, sondern meinetwegen. Weil ich mir darüber klar wurde, wie bescheuert ich gewesen war, weil ich nicht hatte sehen wollen, was sich unmittelbar vor meiner Nase befand.

Empört stand ich auf. Ich konnte nicht ruhig sitzen bleiben und ihm entspannt zuhören. Ich klemmte das Telefon zwischen Ohr und Schulter und zog meine Uhr und die Ringe ab und fing an, meine Kleidung zusammenzufalten … »Verhält es sich mit mir genauso? Hast du ausreichend Profit aus mir geschlagen, Konrad?«

»Hey, Moment mal, meine Süße. Fang jetzt nicht mit so was an und versuch auch nicht, mich einzuwickeln. Wir sprechen hier über dieses verdammte Gemälde, es geht nicht darum, unsere Beziehung zu hinterfragen. Ich weiß nicht, was für ein Ton das jetzt sein soll oder warum es dich so sehr stört, dass ich dieses Gemälde kaufen will, ganz ehrlich. Du wusstest von Anfang an, dass es so sein würde. Du hast deine Arbeit getan. Jetzt lass mich meine machen.«

Ich schwieg und wurde ganz ruhig, obwohl ich sah, wie die düstere Wolke sich immer größer über mir aufbauschte. Konrad nutzte diesen kurzen Waffenstillstand, um einen anderen Ton in unsere Unterhaltung zu bringen. »Lass uns jetzt nicht darüber diskutieren, okay? Man merkt, dass wir beide nach einem langen Tag abgespannt sind …«

»Ja … sehr abgespannt. Beenden wir dieses Gespräch besser«, antwortete ich trocken und wollte nur noch auflegen.

»Gut, dann sehen wir uns morgen.«

»Ja … tschüss.«

Ich legte auf, ehe er sich verabschieden konnte.

Ich stand ganz ruhig mit dem Handy in der Hand da und ließ den Blick über das Fenster schweifen, das mir mein Spiegelbild vor der Dunkelheit draußen zurückwarf. Ich setzte mich auf die Bettkante, neben dem Nachttisch, hob den Telefonhörer ab und wählte die Nummer von Alains Zimmer. »Es tut mir leid, ich werde nichts essen«, teilte ich ihm mit. »Ich habe Kopfschmerzen und gehe lieber früh schlafen.«

»Bestimmt hast du dich heute Abend erkältet. Du hättest nicht so lange draußen bleiben sollen …«

»Nein, ich glaube nicht, dass es das ist. Es ist einfach nur die zunehmende Müdigkeit … Übrigens will Konrad morgen Abend Sarah sehen. Macht es dir etwas aus, ihr zu sagen, dass ich mich deswegen bei ihr melden werde?«

»Einverstanden. Aber bist du sicher, dass es dir gut geht? Nimm etwas gegen die Kopfschmerzen. Hast du etwas? Soll ich dir ein Paracetamol bringen? Ich habe einen Vorrat bei mir, der für eine ganze Apotheke reichen würde.«

»Nein, nicht nötig. Ich habe alles. Vielen Dank.«

»Ich kann dir etwas zu essen hochbringen. Oder etwas Heißes zu trinken. Das würde dir guttun …«

»Nein, ehrlich nicht. Ich will einfach nur schlafen.«

Alains Enthusiasmus am anderen Ende der Leitung schien zu schwinden. Meiner war schon zu Beginn der Unterhaltung nicht vorhanden, und meine düstere Wolke wurde immer nur dichter.

»Wir sehen uns morgen, okay?«, sagte ich und wollte den Tonfall etwas abmildern, schließlich traf ihn nicht die Schuld an meinen Problemen.

»Na gut … Ruh dich aus, einverstanden?«

»Ja … bis morgen.«

»Bis morgen.«

Endlich nahm ich die Kontaktlinsen heraus und stieg unter die Dusche. Als ich ins Bett ging, hatte sich die düstere Wolke in ein Sturmtief verwandelt, das bedrohlich über mir kreiste.

Sie sollten Konrad Köller fragen

Am nächsten Morgen stand ich spät auf und war nach dem enthaltsamen Tag hungrig. Da es für ein Frühstück bereits zu spät war, nahm ich einen Brunch an der Hotelbar zu mir, während ich in Ruhe die Zeitung durchblätterte: Kaffee, Eggs Benedict mit Lachs, Sahnetörtchen mit Karamell und Joghurt mit Müsli und Früchten. Das waren mehr als ausreichende Reserven, um problemlos bis zum Abendessen durchzuhalten. Ich stand auf, ohne die unangenehme Stimme losgeworden zu sein, mit der ich aufgewacht war und die auch das Essen und das Zeitunglesen nicht zum Schweigen bringen konnten: »*Wenn Sie wirklich wissen wollen, was es mit PosenGeist auf sich hat, dann sollten Sie Konrad Köller fragen.*«

Würde ich im Hotel bleiben und das wieder und wieder durchkauen, würde ich noch verrückt werden. Also nutzte ich die Tatsache, dass es aufgehört hatte zu regnen, um ein Weilchen spazieren zu gehen und über meine Beziehung zu Konrad nachzudenken.

Konrad hatte sich verändert. Ich hätte nicht genau sagen können, wann das angefangen hatte oder wann er aufgehört hatte, der Mann zu sein, den ich bewunderte und liebte, der Mann, von dem ich krankhaft abhängig war und der sich in ein unausgeglichenes Wesen verwandelt hatte, leicht reizbar und finster… Vielleicht seit er mich hasserfüllt am Kinn gepackt und mir einen so wilden Kuss aufgedrückt hatte, dass ich danach blutete … Seitdem hatten sich seine Finger und seine Lippen wie ein Feuermal in mich eingebrannt und erinnerten mich daran, wie fragwürdig er sich verhalten konnte und wie sehr er mich hintergangen hatte.

»Wenn Sie wirklich wissen wollen, was es mit PosenGeist auf sich hat, dann sollten Sie Konrad Köller fragen.«

Ich traf mit derselben nagenden Vermutung am Hotel ein, mit der ich zu meinem Spaziergang aufgebrochen war. Ich fragte mich, ob ich mich nur um meine eigene Achse gedreht hatte in dem besessenen Vorhaben, einen Ausweg aus meiner gegenwärtigen Situation zu finden … Lähmung statt Analyse: Das war eine meiner typischen Schwächen. Und alles nur, um die schwierigste Frage nicht beantworten zu müssen: Wie lange noch?

Wie lange noch war ich bereit, der Frage auszuweichen, was sich wohl hinter Konrads Lächeln verbarg? Dieses Lächeln, in das ich mich einst verliebt hatte …

»Hallo.«

Ich drehte mich um und sah Alain, der gerade vom Mittagessen mit seiner Großmutter zurückkam.

»Hallo«, antwortete ich ein wenig überrumpelt.

Ich spürte, wie mir ein paar Tropfen auf den Kopf fielen. Es regnete wieder. Alain machte jedoch keinerlei Anstalten, sich irgendwo unterstellen zu wollen. Ich ebenso wenig.

»Kommst du, oder gehst du?«, fragte er.

»Ich komme. Ich war etwas spazieren … Wie lief es mit Sarah?«

Alains Gesicht leuchtete bei der Erwähnung ihres Namens auf. »Gut. Manchmal ist es irgendwie komisch … aber es ist … schön. Ich mag es, wie sie mich in den Arm nimmt. Noch nie hat mich jemand so umarmt …«

»Das ist die Umarmung einer Großmutter. Das ist was Besonderes.«

»Ja, davon gehe ich aus … Wie die Umarmungen einer Mutter … Das klingt jetzt, als wäre ich von dem Thema geradezu besessen, oder?« Er erwartete keine Antwort. »Judith würde mir sagen, dass ich erwachsen werden soll …«

»Das hättest du vorher nicht gekonnt. Weder deine Mutter noch Sarah waren da, um dich zu umarmen. Aber solche Dinge braucht man, um erwachsen zu werden …«

Der Regen nahm zu, und unsere Gesichter waren schon ganz feucht und unsere Kleidung durchnässt.

Alain zuckte mit den Schultern. »Wenn das Sprichwort stimmt, dann ist es nie zu spät für das Glück … Was machen deine Kopfschmerzen?«

»Besser …«

»Und was ist mit dir?«

»Mit mir?«

»Ja … Du kommst mir … besorgt vor … Sollen wir einen Kaffee trinken und uns unterhalten?«

Ich war hin- und hergerissen: entweder Alains Vorschlag annehmen oder mich in meinen Panzer zurückziehen. In dem Moment hörte ich, wie Konrad meinen Namen rief: »Ana!«

Im Eingang des Hotels, geschützt vor dem Regen, winkte er mich zu sich. Ich ließ mir Zeit, ehe ich mich dazu entschloss, tatsächlich zu ihm zu gehen.

»Tut mir leid, ich wusste nicht, dass er dich erwartet …«, entschuldigte sich Alain.

Und ich hatte es bereits wieder vergessen, dachte ich. Doch ich schwieg und nahm seine Entschuldigung mit einem Lächeln an, ehe ich ins Hotel ging. Alain folgte mir.

Erst als ich in die warme, trockene Lobby kam, wurde mir bewusst, wie nass wir waren. Missbilligend betrachtete Konrad uns.

»Du bist schon hier?«, stellte ich das Offensichtliche fest.

Er nutzte die Gelegenheit, um mir einen flüchtigen Kuss auf den Mund zu drücken. »Wie, ob ich schon hier bin? Verdammt, Ana, ich warte hier bereits seit zwei Stunden auf dich! Hast du vergessen, dass ich gesagt habe, ich würde um die Mittagszeit ankommen? Und natürlich bist du wieder mal nicht ans Handy gegangen.«

»Ich hab's auf dem Zimmer gelassen.«

»Wie geht's, Konrad?« Alain unterbrach uns und hielt Konrad zur Begrüßung die Hand hin.

»Gut, gut«, antwortete Konrad und rieb sich die Hand gleich darauf an seiner Hose trocken. »Entschuldige uns… ähm… Alain. Aber ich würde gerne mit Ana allein sein … zumindest einen Moment.«

Als ich das hörte, erstarrte ich. »Konrad!«

»Schon okay«, beschwichtigte Alain. »Ich gehe nach oben in mein Zimmer. Wir sehen uns später.«

»Ja, natürlich.« Konrads Stimme hatte einen zweideutigen Unterton.

Als Alain auf der Treppe verschwunden war, stellte ich Konrad zur Rede. »Es war nicht nötig, so unhöflich zu sein.«

»Darf man erfahren, was dieser Idiot hier macht? Muss er dir ständig am Rockzipfel hängen?«

»Bitte, Konrad, fang nicht damit an…«

»Ich habe allmählich genug von diesem Typen. Die Nachforschungen sind erledigt, also hoffe ich, dass er gleich morgen die Koffer packt und verschwindet.«

Ich machte mir nicht die Mühe, ihm zu sagen, dass Alain tun und lassen konnte, wozu er Lust hatte. Das hätte nur dazu geführt, ihn noch mehr in Rage zu versetzen. Auch er schien das Thema abhaken zu wollen.

»Ich gehe jetzt zu Sarah Bauer. Ich habe mein Gepäck an der Rezeption abgegeben, sag ihnen, sie sollen es auf das Zimmer bringen. Gibt es etwas, was ich wissen muss, bevor ich sie treffe?«

»Nein, nichts.«

»Gut, dann sehe ich dich später.«

Konrad drehte sich um und ging los. Ich blieb in der Lobby

stehen und sah ihm durch die Glastüren hinterher. Gleich darauf, als hätte ich eine Halluzination, verschwamm das Bild seines Rückens, wie er die Straße hinunterging, mit dem Bild von Sarah Bauer, deren Gesicht freundlich und voller Geheimnisse war. Und mein Kopf füllte sich mit losgelösten Sätzen, die mich von allen Seiten attackierten:

»Wenn Sie wirklich wissen wollen, was es mit PosenGeist auf sich hat, dann sollten Sie Konrad Köller fragen.«

»Doktor Arnoux? Wir haben Doktor Arnoux nichts angetan.«

»Ich bin gestern Abend in Paris angekommen, und die Wohnung war völlig verwüstet.«

»Es gibt Leute, die ihn gerne tot sehen würden, das kannst du mir glauben.«

»… dann sollten Sie Konrad Köller fragen … dann sollten Sie Konrad Köller fragen … dann sollten Sie Konrad Köller fragen …«

Ich rannte nach oben in mein Zimmer. Ich nahm die Treppe, wartete nicht auf den Aufzug, nahm immer zwei Stufen auf einmal und schüttelte den Kopf, wollte die Stimmen nicht mehr hören.

Hastig öffnete ich die Tür, knallte sie hinter mir zu und durchwühlte meine Sachen auf der Suche nach dem Handy. Als ich es fand, hielt ich es eine Weile in der Hand, nahm mir Zeit, um mich zu vergewissern, dass ich wirklich bereit war, der Wahrheit ins Gesicht zu sehen.

Schließlich stieß ich einen tiefen Seufzer aus und wählte die Nummer der Dame, die die Wohnung in Paris reinigte.

Nach der Unterhaltung mit der Frau, hatte ich das Gefühl, am Rand eines Abgrunds zu stehen, spürte das Verlangen, mich ins Nichts zu stürzen … statt mich umzudrehen und mich in der Gegenrichtung zu entfernen. Ich wusste nicht, wie ich Konrad gegenübertreten sollte … Ich hasste ihn und hatte gleichzeitig Angst vor ihm, und dieses Gefühl lähmte mich vollständig.

Schließlich überwand ich meine Angst und legte mich schlafen. Wie ich es immer mache, wenn mir etwas Sorgen bereitet. Es funktioniert so ähnlich wie ein Thermostat: Mein Hirn schaltet sich ab, wenn es anfängt, sich zu sehr zu erhitzen.

Der passende Moment kommt nie

Ich schreckte aus dem Schlaf. Es wurde bereits dunkel, und es regnete immer noch, die Tropfen trommelten ans Fenster. Ich schaltete die Nachttischlampe ein. Es war schon spät, und Konrad war noch nicht zurück. Das Handy zeigte einen Anruf von Alain an.

»Ich habe geschlafen …«, gestand ich, als ich zurückrief. »Das von vorhin … tut mir leid …«

»Du brauchst dich nicht zu entschuldigen. Du bist nicht schuld an dem, was er sagt … Ist er schon wieder zurück?«

»Nein, noch nicht.«

»Weiß er, dass Sarah meine Großmutter ist?«

»Ich habe es ihm nicht gesagt …«

»Das ist besser so. Ich will nicht, dass er noch einen weiteren Grund hat, mir die Fresse zu polieren.«

Diese Andeutung rief bei mir ein körperliches Unwohlsein hervor. Mir war nicht nach Scherzen zumute. »O Gott, Alain, sag so was nicht.«

»Warum? Ich glaube, es ist offensichtlich, dass er mehr als einmal die Lust dazu verspürt hat …«

Ich wurde durch seine Worte nur noch nervöser. »Ich weiß nicht … Ich weiß es nicht … Aber hör bitte auf damit …«, stammelte ich.

Alain musste meine Unruhe gespürt haben, denn er wechselte sofort das Thema. »Ich fahre nach Palma. Ein alter Freund von der Uni hat dort eine Kneipe in der Altstadt: Drinks, Live-Musik, meistens Blues, und Ausstellungen von jungen Künstlern. Er hat mich schon seit Jahren eingeladen, aber ich hätte nie gedacht, dass ich irgendwann auf die Einladung zurückkommen würde. Ich nehme nicht an, dass du mich begleiten willst …«

»Du weißt, dass es im Moment nicht darum geht, was ich will …«

»Verstehe …«

»Kommst du heute Abend zurück?«

»Wahrscheinlich …«

»Ich weiß, dass du jetzt eine Großmutter hast und ich nicht diejenige sein sollte, die dir so etwas sagt, aber … fahr vorsichtig, wenn du etwas getrunken hast, ja? Die Straße ist nicht gerade die beste …«

»Mach dir keine Sorgen um mich«, erwiderte er kurz angebunden.

Nachdem ich aufgelegt hatte, griff ich deprimiert nach einem Buch in der naiven Absicht, mich ablenken zu können. Konrad, Alain, Sarah, *Der Astrologe*, PosenGeist … Viel zu viele Dinge sprangen mir aus den Zeilen entgegen. Ich klappte das Buch zu und schloss die Augen. Nur einen Moment … Plötzlich ging die Tür auf.

Konrad stürmte herein, ging zielstrebig zum Tisch, wo er seine Taschen leerte. Kein Blick ging zum Bett, auf dem ich lag. »Die Alte will nicht verkaufen … Diese verfluchte Hexe will verdammt noch mal nicht verkaufen!« Sein Schimpfen war so laut, dass es sogar den Faustschlag, den er dem Tisch verpasste, übertönte.

Sein Gebrüll schüchterte mich ein. Am liebsten hätte ich mich in Luft aufgelöst und wäre augenblicklich von hier verschwunden. Erst recht, als er sich wie eine Furie mir zuwandte.

»Und du …! Du hast mich angelogen! Du hast gesagt, dass du nicht weißt, ob sie das Gemälde hat, dabei hast du es gestern gesehen! Du hast mich angelogen! Was ist verdammt noch mal hier los?«

Ich schluckte hart und setzte mich im Bett auf. Jetzt oder nie, einen passenden Moment würde es ohnehin nie geben. Ohne zu wagen, ihn anzusehen, und eher murmelnd als mit lauter Stimme, führte ich meinen ersten Angriff aus: »Wo wir schon von Lügen sprechen, Konrad. Sag, was hast du mit PosenGeist zu tun?«

Ein wachsamer Ausdruck überzog sein vor Wut gerötetes Gesicht. »Was ...? Was für eine Scheiße redest du da?«

Endlich blickte ich ihn an und hatte das Gefühl, einen völlig Unbekannten vor mir zu haben. »Sarah Bauer hat gesagt, wenn ich wissen will, was es mit PosenGeist auf sich hat, dann soll ich dich fragen ...«

»Dieses blöde Weib ...! Dieses blöde Weib hat dir einen Haufen bescheuertes Zeug erzählt! Das hat sie getan! Sie hat dich gegen mich aufgebracht! Wie kannst du so naiv sein und das Zeug glauben, das sie dir erzählt? Wie kannst du so dumm sein und dich von ihr benutzen lassen?«

»Du hast meine Frage noch nicht beantwortet.«

»Und ich denke auch nicht daran, es zu tun. Ich denke nicht daran, auf diesen Unsinn einzugehen. Dein Mangel an Loyalität ist unverzeihlich. Du solltest auf meiner Seite stehen, verdammt noch mal!«

»Das kann ich nicht, Konrad. Nicht, solange ich nicht weiß, wo du stehst. Wenn du mich belügst, benutzt, manipulierst, dann kann ich nicht auf deiner Seite sein!« Wütend stand ich auf.

»Was redest du da? ... Was soll der Blödsinn?«

»Als diese Typen uns in Alains Wohnung festgehalten haben, hast du gesagt, du wärst in Paris gewesen und hättest unsere verwüstete Wohnung gesehen. Ich habe mit der Putzfrau gesprochen. Die Wohnung ist niemals verwüstet worden, und du warst auch niemals dort, sodass du es gesehen haben könntest. Aus irgendeinem Grund wusstest du, dass einer dieser Schläger gesagt hatte, er würde in die Wohnung gehen, doch das hat er nicht getan … und ich habe es dir nicht gesagt …«

Merkwürdigerweise schien ihn das nicht zu überraschen, und anscheinend war es ihm auch kein bisschen unangenehm. »Ja und?« Fast schien er neugierig zu sein, was ich als Nächstes sagen würde.

»Du wusstest es, weil du sie beauftragt hast. Du wolltest, dass sie Alain vermöbeln, und hast sie dafür bezahlt. Deshalb haben sie mir kein Haar gekrümmt und sind auch nicht in die Wohnung gefahren, um die Papiere zu suchen … denn die wollten sie gar nicht.« Meine Erläuterungen wurden immer schneller und mein Tonfall immer schärfer. »Sie haben ihn fast umgebracht, Konrad!«

Sprachlos beobachtete ich, wie er vergnügt zu lachen anfing. Er umrundete einen Stuhl und die Ecke des Bettes, um sich mir zu nähern. Instinktiv wich ich zurück, doch von dort, wo ich war, gab es keinen Ausweg. Konrad streichelte mir über die Wange, sein Lächeln wurde lasziv, als seine Hand über mein Gesicht, meinen Nacken, meinen Hals, mein Dekolleté strich …

»Sie haben ihn fast umgebracht …«, kostete er die Worte aus, als wären sie süß und wohlschmeckend. »Tatsächlich? Wie bedauerlich, dass sie das nicht getan haben … Dieser Typ ist nichts weiter als ein bescheuerter Verräter, der mir wegnehmen will, was mir gehört.«

»Was sagst du da? Wie kannst du nur …?«

Ich konnte kaum glauben, wie sehr er sich freute, und versuchte gleichzeitig, seinen verschwitzten Händen, seinen feuchten Lippen und seinem heißen Atem auf meiner Haut zu entkommen. Eine Welle des Ekels erfasste mich. »Fass mich nicht an, Konrad … Lass mich.« Ich versuchte, mich ihm zu entwinden, doch es war, als hätte er hundert Hände, mit denen er mich festhielt und betatschte. »Lass mich … Du sollst mich loslassen!« Wütend schüttelte ich seine Hände ab.

Er sah mich an. Sein Gesichtsausdruck verzerrte sich voller

Wut und Hass. Er stieß mich aufs Bett, setzte sich auf mich und hielt mich an den Handgelenken fest.

»Was machst du da...? Was soll das? Konrad, bitte, du tust mir weh. Mein Handgelenk ist noch immer nicht verheilt... Konrad...«

»Dann tut es also weh, ja?« Er amüsierte sich, indem er den Griff noch etwas verstärkte. »Das ist die wohlverdiente Strafe für deinen Leichtsinn. Der Schmerz wird dir beibringen, deine Nase nicht in Dinge zu stecken, die dich nichts angehen. Und dich auch nicht mit jemandem anzufreunden, der sich für dich nicht schickt... Nur ich weiß, was gut für dich ist, meine Süße... Du solltest mich nicht infrage stellen...«

Konrad verbarg sein Gesicht zwischen meinen Brüsten und fing an, sich an mir zu reiben.

»Konrad... Konrad, jetzt nicht...«

Er überging meine Einwände, schob hastig mein Kleid nach oben, zog meine Strumpfhose nach unten und schob seine Hand in mein Höschen. »Was ist los, meine Süße? Du willst es doch... so gefällt es dir...«

»Jetzt nicht... bitte...«, murmelte ich eingeschüchtert, doch ohne ausreichend Mut aufzubringen, mich stärker gegen ihn zu wehren.

Er löste seinen Gürtel und ließ die Hose herunter. »Jetzt nicht...? Warum jetzt nicht? Ich sage, wann... denn du gehörst mir... keinem sonst...«, keuchte er und hinterließ eine zähflüssige Spur von Schweiß und Speichel auf meinem Bauch.

Als ich seinen Atem zwischen meinen Beinen spürte, presste ich die Hände auf seinen Kopf, um ihn wegzustoßen, doch ich konnte ihn nicht aufhalten. Eher im Gegenteil, mit einem Ruck zerriss er meine Strumpfhose, drückte meine Beine auseinander und kniete sich zwischen sie. Er sah mich bedrohlich an, atmete keuchend und verkündete stoßweise:

»Nur ich ficke dich... und ich weiß, was dir gefällt... Du

magst es, unter mir zu liegen und wie eine echte Nutte zu schreien … Das tust du immer, also widersetz dich jetzt nicht …«

Konrad steckte eine Hand in seine Boxershorts, holte seinen Penis hervor und hielt ihn zwischen seinen Händen fest. »Ich will dich schreien hören, meine Süße«, sagte er, ehe er in mich eindrang.

Als er in mir war, ließ er sein ganzes Gewicht auf mich fallen und stieß mich wieder und wieder gegen die Matratze. Jeder einzelne seiner Stöße war wie ein Peitschenhieb für mich.

»Schrei vor Vergnügen … Schrei, meine Süße … schrei … schrei … Schreiiiiiii!«

Als Konrad in mir kam, schrie ich, aber vor Schmerz.

Einen Moment lang blieb er reglos liegen. Unter seinem Gewicht konnte ich kaum atmen. Schließlich stand er auf. Er blieb neben dem Bett stehen und betrachtete mich, während ich reglos dalag. Er wandte den Blick nicht von mir ab, bis er seine Hose wieder hochgezogen, das Hemd eingesteckt, die Haare gekämmt und die Krawatte zurechtgerückt hatte. Schließlich sagte er: »So gefällt es mir, meine Süße, wenn du vor Vergnügen weinst … Du warst ganz wunderbar … Und du bist genau das wert, was du mich kostest.«

Dann nahm er sein Jackett und verließ das Zimmer.

Als ich allein war, rollte ich mich ganz klein zusammen und ließ den Tränen freien Lauf, während ich spürte, wie Konrads Samen an den Innenseiten meiner Schenkel herunterrann.

Ich hatte kein Auge zugemacht, deshalb hörte ich ihn zurückkommen. Es war gegen vier Uhr morgens, und er war völlig betrunken. Ohne sich auszuziehen, warf er sich auf das Bett und schlief sofort ein, erfüllte das Zimmer mit seinen widerlichen alkoholischen Ausdünstungen.

Ich stieg vom Bett, setzte mich in einen Sessel und wartete, bis es hell wurde.

Sie ist tot

Ich zog gerade den letzten Riemen meines Koffers fest, als Konrad erwachte.

»Was machst du da?«, fragte er unfreundlich, die Stimme vom Schlaf und von dem Kater ganz belegt.

»Ich gehe«, antwortete ich, ohne den Blick von der Schnalle zu lösen, die ich gerade schloss.

Konrad streckte sich, gähnte, rieb sich den Kopf und die Augen und setzte sich auf. »Jetzt sei nicht so sauer, meine Süße. Ich hab rasende Kopfschmerzen … Bring mir bitte ein Aspirin, ja?«

Mit einem Gewissen, das einem Demenzkranken zur Ehre gereicht hätte, verhielt Konrad sich einfach so, als sei nichts vorgefallen.

Noch bevor ich mich entscheiden konnte, ob ich ihm antworten oder ihn ignorieren sollte, klingelte das Telefon, was mir sehr gelegen kam.

»Geh nicht ran«, bat er mich.

Ich sah auf das Display. Ich fand es merkwürdig, dass es sich um eine Festnetznummer handelte, eine Nummer, die ich nicht kannte.

»Geh nicht ran, meine Süße. Jetzt reden wir gerade«, wiederholte er schon etwas drohender.

Als ich doch abhob, brüllte Konrad: »Ich habe gesagt, du sollst nicht abheben, verdammt noch mal!«

»Ja bitte …«

Ich weiß nur noch, dass ich während des Telefonats zunächst lächelte, mehr der Form halber, und dass mein Lächeln gleich darauf wieder verschwand, ich mich setzen musste, weil meine Beine nachgaben und mir plötzlich schwindlig wurde. Doch meine Reaktion musste sehr viel auffälliger gewesen sein, denn Konrad, der seiner Wut zunächst freien Lauf ließ und mir wahrscheinlich das Telefon aus der Hand gerissen hätte, blieb einfach vor mir stehen und musterte mich neugierig.

»Wer ist dran?«, hat er wohl gefragt, aber das weiß ich nicht mehr sicher. Ich war viel zu sehr darauf konzentriert, einsilbig am Telefon zu antworten.

Nach wenigen Minuten legte ich geschockt auf.

»Was ist los?«, fragte er aufgebracht.

Ich sah ihn an, ohne ihn wahrzunehmen, oder so, als würde ich einen Fremden betrachten, und antwortete, ohne wirklich zu wissen, was er gefragt hatte: »Sie ist tot.«

»Was redest du da, verdammt noch mal? Wer ist tot?«

»Sarah … Sarah Bauer.«

»Aber, was …? Wer hat dich angerufen?«

»Alain. Es ist diese Nacht passiert, als sie schlief. Als man sie heute Morgen wecken wollte … O Gott …«

»Und das Gemälde?«

Ich konnte nicht glauben, was ich da gerade gehört hatte. Doch Konrad räumte meine Zweifel aus, indem er nachhakte: »Hat er dir etwas über den *Astrologen* gesagt?«

Konrad musste wirklich krank sein und hätte mir leidtun sollen. Doch ich ließ mich von der Erbitterung und der Wut mitreißen. Wie eine Furie stand ich auf. »Fahr zur Hölle, Konrad! Du und dein verdammtes Gemälde, ihr könnt mich kreuzweise!«

Ich nahm meine Jacke und meine Tasche und flüchtete vor seinen lächerlichen Erklärungen.

Sarah Bauer hatte schon seit Jahren Krebs. Man hatte ihr angekündigt, dass die Krankheit langsam fortschreiten würde, aber sie hatte nie damit gerechnet, Georg zu überleben. *»Ich gehe mit dir, Sarah«*, hatte er zu ihr gesagt. *»Ich werde dich an der Hand halten, und dann gehen wir zusammen. Wir werden immer zusammen sein, mein Schatz.«* Doch dann war Georg allein gegangen … Als er starb, hörte Sarah mit der Chemotherapie auf, bat um Morphium und wartete in einer Welt, die ohne Georg jede Bedeutung für sie verloren hatte, ungeduldig auf den Tod.

Das erzählte mir Martin Lohse. Er war derjenige, der mich in Sarahs Haus empfing. Er sprach mich an, kaum dass ich eingetreten war.

»Doktor García-Brest …«, sagte er feierlich und streckte mir die Hand hin. »Auch wenn wir uns bereits kennen, so hatte ich doch noch keine Gelegenheit, mich Ihnen vorzustellen, wie es sich gehört. Ich bin Martin Lohse.«

»Ich weiß, Sarah hat es mir gesagt …«, erwiderte ich mit traurigem Lächeln.

Ich führte mit Martin ein angenehmes Gespräch neben dem Kamin des Büros und konnte mich von der Zuneigung, die er diesem Ehepaar gegenüber empfand, überzeugen.

»Sarah ist … sie war eine beeindruckende Frau … Und Georg war ein einzigartiger Mann; der beste Mensch, den ich kennengelernt habe … Es gibt Menschen, die sollten einfach nie sterben müssen …«

Dieser traurige und gebeugte Mann wirkte nicht mehr wie der stattliche und verwegene Mann, der mir geholfen hatte, PosenGeist zu entkommen. Wenn man ihn genauer betrachtete, wirkte er gar nicht wie ein Mann, sondern vielmehr wie ein Junge, er hatte wirklich etwas Knabenhaftes. Und er besaß eine unleugbare Schönheit, wenngleich etwas androgyn, wie die eines männlichen Models.

»Ich habe dir viel zu verdanken, Martin. Du hast mir geholfen zu fliehen, und außerdem hast du bei Sarah gut von mir gesprochen …«

Martin lächelte, als wäre er derjenige, der dafür dankbar war. »Mir war gleich klar, dass du nicht die Bedrohung, sondern das Opfer warst. Du brauchtest Hilfe und Schutz … Und es ist gut möglich, dass du das noch immer brauchst«, fügte er rätselhaft und mit ernstem Gesicht hinzu.

Ich wollte nicht zu sehr darauf eingehen. Noch mehr Aufregung konnten mein Gehirn und mein Herz nicht verarbeiten.

Schweigen breitete sich aus. Die Unterhaltung schien zu Ende zu sein. Doch dann setzte Martin wieder an: »Was hat es mit Doktor Arnoux auf sich? Warum hat er Sarah die letzten beiden Tage Gesellschaft geleistet? Und jetzt …«

Ich spürte, dass Martin Lohse Alains Auftauchen in diesem Haus unangenehm war, ihm vielleicht sogar unangebracht schien.

»Hat Sarah nicht mit dir darüber gesprochen?«

Er schüttelte den Kopf.

»Dann denke ich, du solltest besser Doktor Arnoux selbst danach fragen …«

Als hätte das Aussprechen seines Namens ihn hierhergeführt, sah ich Alain in das Büro eintreten. Zunächst wirkte er überrascht. »Ana … Wie lange bist du schon hier?«

»Eine ganze Weile … Martin hat mir Gesellschaft geleistet …«

Martin war verlegen. »Ja … also … wenn ihr mich dann entschuldigt …«

Martin schien es eilig zu haben, uns allein zu lassen, als hätte er die angespannte Atmosphäre gespürt.

»Es war nicht nötig, dass du kommst«, fuhr Alain mich an. Es überraschte mich, dass er sich plötzlich so abweisend zeigte.

Ich versuchte, den Hieb einzustecken, schluckte schwer und bemühte mich, freundlich zu sein. »Wenn es dir lieber ist, gehe ich …«

»Es geht nicht darum, was mir lieber ist…« Eine gewisse Unruhe ergriff ihn. Er setzte mehrfach an, ehe er weitersprach. »Wie auch immer«, unterbrach er sich selbst. »Mach, was du willst.«

Ich wollte bleiben. Ich wollte nicht zu Konrad zurück ins Hotel. Ich war viel zu traurig, und in diesem Haus schien meine Trauer gerechtfertigt. Dabei war es ein merkwürdiger Schmerz. Ich kannte Sarah erst seit zwei Tagen und hatte nicht das Gefühl, dass es mir zustand, um sie zu weinen, und trotzdem schnürte mir etwas die Kehle zu, wenn ich an sie dachte. Ebenso wenn ich an Alain dachte… Ich hatte Mitleid mit ihm, auch wenn er mein Mitgefühl nicht dankbar entgegennahm. Ein solch abweisendes Verhalten war ich von ihm nicht gewohnt.

Also blieb ich dort und brachte den Vormittag damit zu, durch die kalten und leeren Räume zu wandeln, während Alain sich darum kümmerte, die Beerdigung zu organisieren: Arzt, Anwalt, Beerdigungsunternehmen, Zeitpunkt für die Einäscherung, Todesanzeige in der Lokalpresse… Er machte nicht den Eindruck, als würde ihn irgendetwas in die Knie zwingen.

»Er ist nicht da… er ist verschwunden«, hörte ich Alain hinter mir sagen.

Er hatte mich in Sarahs Büro überrascht, wo ich die goldfarben bezogene Wand betrachtete, an der ich noch vor zwei Tagen den *Astrologen* betrachtet hatte und die jetzt leer war. Die einzige Spur, die das Gemälde darauf hinterlassen hatte, war der helle Umriss.

»Wie ist das möglich?«

»Ich nehme an, dass sie ihn hat verschwinden lassen.«

Ich drehte mich um.

»Hast du mit Martin gesprochen?«

»Das ist nicht nötig… Sarah hat mich gestern gefragt, ob ich ihn haben wollte«, erwiderte er knapp. »Ich habe Nein gesagt… Vielleicht habe ich sie enttäuscht.«

Sein Blick war starr auf den Umriss des Gemäldes gerichtet. Er biss sich auf die Unterlippe, kam wieder in die Gegenwart zurück und verließ das Zimmer, als wäre ich gar nicht da.

Ich war in dem Büro geblieben, blätterte in einem alten Album mit Fotos von einer Reise nach Ägypten, spazierte durch ein weiteres Stück Leben von Georg und Sarah. Es war schon nach vier Uhr nachmittags, als das Hausmädchen die Tür öffnete, um Konrad eintreten zu lassen.

Bei seinem bloßen Anblick verkrampfte ich mich.

»Wenn du wegen des Gemäldes kommst, dann solltest du wissen, dass es verschwunden ist.«

»Was soll das heißen, es ist verschwunden?«

»Was glaubst du denn?«, sagte ich und zeigte auf die leere Stelle an der Wand unter der ausgeschalteten Lampe.

Mit vor Ärger gerunzelter Stirn trat Konrad an die Wand, um sie unter die Lupe zu nehmen. Besessen und halsstarrig fuhr er zwanghaft mit den Fingern über die glänzende Seide, als wollte er an der Wunderlampe reiben und das Gemälde damit wieder an seinen Platz zurückholen.

Plötzlich baute er sich vor mir auf. »Wo ist es?«

»Das weiß ich doch …«

»Komm mir nicht damit!« Sein wütendes Gebrüll hallte von den Wänden des Zimmers wider. »Das reicht! Komm mir ja nicht mit dieser scheinheiligen Nummer! Hast du mich verstanden? Ich frage nur noch einmal: Wo ist das verfluchte Gemälde?«

Ich dachte, dass er mich gleich am Hals packen würde. Doch so weit kam es nicht.

»Was ist hier los?«

Beim Klang von Alains Stimme fuhr Konrad herum wie von einer Tarantel gestochen, er war völlig außer sich. »Du …? Du …! Du verdammtes Arschloch, jetzt verstehe ich …«

Alain blieb trotz der Provokationen ganz ruhig, während sich die beiden abschätzig betrachteten, bereit, ihre Kräfte zu messen wie zwei Kämpfer im Ring.

»Wo ist das Gemälde? Was hast du damit gemacht?«

»Es wäre besser, wenn du jetzt gehst, Konrad. Du machst dich lächerlich …«

»Halt die Schnauze! Du eingebildeter Fatzke! Für wen hältst du dich? Du bist nichts als ein einfacher Zuhälter …! Was hast du mit der Alten gemacht, hm? Hast du sie gefickt, damit du dir das Gemälde unter den Nagel reißen kannst, genau so, wie du *sie* fickst, um sie mir wegzunehmen?«

Ich hatte keine Zeit, darüber beleidigt zu sein oder einzugreifen. Verblüfft sah ich zu, wie Alain Konrad mit einem Faustschlag an den Kiefer zu Fall brachte.

Verwirrt setzte Konrad sich auf, fasste sich an den Mund und betrachtete seine blutverschmierten Finger. Als ihm bewusst wurde, was geschehen war, brüllte er wie ein Wahnsinniger, mehr vor Wut als vor Schmerz, und wollte sich auf Alain stürzen. Die beiden hätten sich gegenseitig umbringen können.

Ohne groß darüber nachzudenken, stürzte ich mich auf Konrad, hielt ihn mit beiden Armen fest umklammert und küsste ihn auf den Mund. Zunächst leistete er Widerstand, wollte mich und meinen Kuss abwehren. Er dachte nur ans Kämpfen, daran, seine Wut und seinen Groll an Alain auszulassen. Ich presste mich noch stärker an ihn, küsste ihn noch heftiger und nahm den blutigen Geschmack im Mund wahr. Ich weiß nicht, warum … doch schließlich gab er nach. Er küsste mich, umklammerte mich und betatschte mich am ganzen Körper, verteilte das Blut seiner Lippen über meine Wangen. Er führte mich seinem Kontrahenten wie eine Trophäe vor und sah Alain dabei herausfordernd an.

Alain schien verwirrt, starrte nicht seinen Gegner, sondern mich an, verlangte nach einer Erklärung.

»Geh, Alain … Bitte …« Ich glaubte, ich würde das einzig

Richtige tun, als ich ihn darum bat. Ich glaubte, er würde mich verstehen, könnte erfassen, dass es sich hierbei nur um einen Schachzug handelte, der eine unnötige und gefährliche Konfrontation verhinderte. Ich glaubte das tatsächlich … aber ich täuschte mich.

Alain schien einen Moment lang zu zögern. Doch schließlich nahm er seinen ganzen Stolz zusammen und verließ schweigend das Zimmer.

Als wir allein waren, rückte ich von Konrad ab, als würde ich mich an ihm verbrennen. Er nutzte die Gelegenheit, um sich wieder zu fassen. Er tupfte sich über die schmerzende Lippe und wischte das Blut ab.

»Lass uns gehen«, verkündete er, als er fertig war. »Das Flugzeug startet in weniger als einer Stunde. Fliegen wir zurück nach Madrid.«

»Mit dir fliege ich nirgendwohin.«

Er riss mich am Handgelenk mit sich und stieß mich zur Tür. »O doch, meine Süße. Pack deine Sachen zusammen.«

»Nein … Du hattest recht. Ich war so bescheuert, naiv und töricht, aber nur bis hierhin und nicht weiter …«

Konrad ließ sich davon nicht beeindrucken. Er zeigte mit dem Zeigefinger auf mich und versuchte, seine starke Position wieder einzunehmen. »Du irrst dich: Ich sage, bis wohin und wie lange! Ich! Und du kommst mit mir mit, oder …«

»Oder was, Konrad? Was gedenkst du zu tun, um mich zu zwingen? Mich verprügeln? Mich vor aller Augen hinter dir herzerren? Mich auf das Sofa werfen und mit Gewalt in mich eindringen?«

Konrads Schweigen war so angespannt wie die Stille zwischen Blitz und Donner.

»Gib es zu: Das hier ist zu Ende. Das war's für uns.«

Auf meine Worte hin riss er mich an den Haaren so weit nach hinten, dass ich den Kopf nicht mehr bewegen konnte. Sein

Blick machte mir Angst. Seine Worte an meinem Ohr, so dicht, dass er nur flüstern musste, waren umso härter. »Du verfluchtes Biest … Für wen hältst du dich? Mit einer x-beliebigen Nutte habe ich mehr Spaß im Bett, es ist billiger, und eine x-beliebige Nutte ist nicht weniger anständig als du. Glaubst du, ich weiß nicht, dass du hierbleibst, damit du ihn ficken kannst, dass du ihn schon die ganze Zeit über fickst? Ich hätte ihn eigenhändig umbringen sollen … Aber vergiss das nicht: So kannst du nicht mit mir umspringen. Du dummes und undankbares Biest … Das hier ist noch nicht zu Ende, auf keinen Fall!«

Verächtlich ließ er mich los und verschwand durch die Tür.

Es war, als stünde ich unter Strom, als hätte ich die Finger in die Steckdose gesteckt. Die Stille warf mir seine Beleidigungen zurück, die Einsamkeit umgab mich wie eine eisige Aura. Ich fing an zu zittern.

Man konnte nicht mit Konrad spielen und gewinnen. Man konnte nicht gegen Konrad kämpfen und unbeschadet daraus hervorgehen. Konrad war zu stark. Er konnte einen mit vier Sätzen plattmachen, mit wenigen Worten verbiegen, jemanden bis zur Beschämung zusammenfalten, ohne die Stimme dafür erheben zu müssen. Er tötete einen mit Kugeln aus Eis mitten ins Herz. Er hatte mir soeben eine solche verpasst, und eiskalte Tränen rannen über meine Wangen.

Jemand klopfte an die verschlossene Tür. Ich rannte zum Balkon, während ich mich damit abmühte, mit ungeschickten Händen die Tränen zu trocknen.

»Wo ist er?«

Ich drehte mich nicht um, um ihn anzusehen, ich wollte Alain mein verheultes Gesicht nicht zeigen. Er blieb an der Türschwelle stehen. Den ganzen Vormittag schon war er nicht weiter als bis zur Schwelle gegangen. Ich versuchte, mich zu beruhigen, weil ich keine Stimme zum Reden mehr hatte. »Weg.«

»Und du?«

»Was, und ich?«

»Warum bist du noch hier?«

Ich konnte nicht antworten. Ich zuckte nur mit den Schultern.

Ich zählte die Sekunden, die Alain reglos hinter mir stand, Sekunden des Schweigens und der Untätigkeit. Ich zählte die Sekunden, die er mich betrachtete, ohne sich mir zu nähern und ohne etwas zu sagen. Und die Sekunden, die ich mein Schluchzen zurückhalten, das Zittern meines Körpers verbergen und das Brennen der Tränen auf meinen Wangen ertragen musste.

Ich zählte die Sekunden, in denen ich auf ein freundliches Wort oder eine Umarmung wartete, eine leise Berührung, eine Geste der Zuneigung … Doch nichts davon geschah.

Die Tür schloss sich mit einem leisen Geräusch, und ich drehte mich um. Das Zimmer war erneut leer und einsam. Der Schatten des *Astrologen* an der Wand.

Alles war zu Ende. Und nichts würde mehr sein wie zuvor. *Der Astrologe* hatte seinen Schatten nicht nur auf der Wand hinterlassen.

»Verfluchter *Astrologe*«, schien Sarah mir zuzuflüstern, bevor ich diesen Ort für immer verließ.

Epilog

VIER MONATE SPÄTER

Konrad fühlte sich in die Ecke gedrängt. Er hatte gute Lust, sein Jackett auszuziehen und die Krawatte zu lockern. Er war völlig verschwitzt, und seine Kleidung klebte an ihm.

»Herr Köller, damals haben wir Ihrer Kandidatur zum Ordensritter zugestimmt, weil wir auf Ihr Wort vertraut haben … Aber die jetzigen Berichte sind wirklich enttäuschend.«

Die Atmosphäre im Saal war erdrückend, die Luft zum Schneiden. Gerne wäre Konrad aufgestanden und hätte die schweren Vorhänge vor den Balkons aufgezogen, hätte Licht und Luft hereinströmen lassen.

Der Großmeister und die zwölf Ordensritter von PosenGeist rings um den Tisch betrachteten ihn prüfend.

Konrad schluckte schwer und richtete sich auf, um sich gegen die Anschuldigungen zu verteidigen. »Ich war kurz davor, ihn zu bekommen. Die Verhandlungen mit der Besitzerin waren ausreichend fortgeschritten, aber es lag nicht in meiner Hand zu verhindern, dass sie stirbt und das Gemälde verschwindet …«

»Diesen Rat interessieren Ihre Ausreden nicht, Herr Köller«, unterbrach ihn der Großmeister. »Wenn Sie nicht mehr in der Lage sind, uns den *Astrologen* zu überbringen, wird Ihre Beförderung mit sofortiger Wirkung annulliert.«

Konrad war es nicht gewohnt, Opfer zu sein. Ganz im Gegenteil: Im Normalfall war er derjenige, der seine Macht und seinen Einfluss spielen ließ, er war derjenige, der drohte und Ultimaten setzte, nicht der, dem man sie stellte. Deshalb musste er in dem Orden Erfolg haben, damit er die Position einnahm, die ihm gebührte, damit er aufhörte, ein bloßes Werkzeug zu sein, und sich in einen Vollstrecker verwandeln konnte. Sein Schicksal war mit der Spitze der arischen Rasse verbunden.

Entschlossen fuhr er die Krallen aus. Die Zaghaften gelangten nicht an die Spitze. »Ich bin natürlich immer noch in der Lage, Ihnen das Gemälde zu überbringen! Jetzt, wo feststeht, dass *Der Astrologe* kein Mythos ist, wird es ein Leichtes sein, seiner Spur zu folgen. Ich bin nicht hierhergekommen, um zum Objekt von Tadel zu werden, sondern um einen Aufschub zu erbitten. Ein Aufschub, der legitim ist, weil die Beute es wert ist. Und jetzt erst recht, wo wir die Macht des *Astrologen* kennen. Ihnen ist bewusst, meine Herren, dass es in dieser Angelegenheit keine halben Sachen gibt: Es geht um alles oder nichts. Und ich bin die einzige Person, die Ihnen alles versprechen kann. Wenn Sie wollen, dass der Orden von PosenGeist an das größte Geheimnis der Geschichte gelangt, werden Sie Ihr Vertrauen in mich erneuern müssen und mir eine einzige Sache gewähren: Zeit.«

»Zeit, Herr Köller? Sie sind Unternehmer, Ihnen müsste der Wert Ihrer Bitte bewusst sein.«

»Der Wert einer Anlage wird durch den Ertrag festgelegt, den man durch sie erzielen möchte«, urteilte Konrad selbstgefällig. Das Letzte, was er zulassen würde, wäre, dass diese müßige Bande von Sekretären ihm Finanzunterricht erteilte. »In diesem Fall ist der Wert der Zeit geradezu lächerlich, wenn man ihn mit dem des *Astrologen* vergleicht. Als Unternehmer weiß ich, dass es ein großer Fehler wäre, die Investition, die ich Ihnen unterbreite, abzulehnen.«

Angespannte Stille breitete sich aus. Konrad nutzte sie, um seine Arme unter dem Tisch zu verbergen und seine verschwitzten Hände an der Hose abzureiben. Der Großmeister blickte nach links und rechts, suchte nach einem Zeichen seiner schweigenden Ritter.

»Einverstanden, Herr Köller. Wir werden im Rat über Ihr Anliegen abstimmen. In Kürze werden wir Ihnen mitteilen, ob wir zustimmen. Sie können sich entfernen.«

Konrad stand auf, stand stramm und hob den rechten Arm zum Nazigruß.

Es wurde bereits dunkel, als er Schloss Hürbenberg verließ. Der Aston Martin stand vor der Tür bereit. Dennoch hielt er kurz inne, um etwas frische Luft einzuatmen und einen klaren Kopf zu bekommen. Die frische Luft war wie Balsam, roch nach dem Harz der umliegenden Wälder. Während er die steilen Stufen des Haupteingangs hinabstieg, löste er seine Krawatte. So fühlte er sich schon etwas besser. Er erhielt den Schlüssel des Wagens von einem Diener, öffnete ihn per Knopfdruck, legte Jackett und Krawatte auf den Beifahrersitz und setzte sich hinters Steuer. Er versenkte den Autoschlüssel aus Saphirglas in dem dafür vorgesehenen Schlitz, drückte auf den Startknopf, und der Motor dröhnte zusammen mit den ersten Takten von *Carmina Burana* auf.

O Fortuna, velut luna, statu variabilis…

Die Räder knirschten über den Kies, das stattliche schwarze Tor öffnete sich langsam, die Straße tauchte vor seinen Augen auf. Er schaltete einen Gang hoch und beschleunigte…

Der Aston Martin DBS Coupé war seine letzte Spielerei und seine 307 Stundenkilometer Höchstgeschwindigkeit ein ausgezeichnetes Ventil für die angestaute Anspannung. Je nachdem, wie er das Gaspedal bediente, schnurrte der Motor mit der Sinnlichkeit einer weiblichen Katze, je nachdem, wie er die Kurven und den Asphalt verschlang, ohne wirklich wahrzunehmen, was sich zu seinen Seiten befand, konnte er seiner Aggressivität freien

Lauf lassen, ohne dass seine Hände etwas anderes strangulierten als das Leder des Lenkrads.

Vita detestabilis, nunc obdurat et tunc curat…

Verfluchte Sarah Bauer… Was für ein Scheißweib… Sogar tot hasste er sie noch, sogar tot war es ihr gelungen, ihm das Leben zu vermiesen. Verfluchte Jüdin… Von den Juden konnte man nichts Gutes erwarten, das hatte ihm schon seine Großmutter beigebracht, genauso, wie sie ihm beigebracht hatte, Sarah Bauer zu hassen.

Seine Großmutter war eine weise Frau gewesen, rechtschaffen, eine gute Deutsche, die von ihrem eigenen Ehemann betrogen wurde, einem Wolf im Schafspelz. Ohne Sarah Bauer wären die Schmach und die Schande niemals über seine Familie gekommen.

Von null auf hundert in 4,3 Sekunden. In weniger als fünf Sekunden war er bei 170 Stundenkilometern, fast ohne es zu merken. Und er hatte das Gaspedal noch nicht ganz durchgedrückt.

Sors immanis et inanis, rota tu volubilis…

Dieses Scheißweib… Es hatte ihr so gefallen, mit ihm zu spielen. »Du bist die letzte Person auf der Welt, der ich den *Astrologen* übergeben würde«, hatte Sarah Bauer geurteilt, dieses Scheißweib. »Gib dir keine Mühe, die Wahrheit vor mir zu verbergen, deine Augen verraten dich. Das sind die Augen deines Großvaters, dunkel vor Gier. Ich kenne dich gut, Konrad Köller. Ich weiß sehr wohl, wer du bist, genauso, wie ich weiß, dass man dich im Hass, in der Bitterkeit und zur Herrschsucht erzogen hat. In dir steckt nichts mehr von von Bergheim, nur noch das Echo des Nachnamens…« Diese alte Hexe… Sollte das eine Kränkung sein? Er selbst hatte die Spur des Nachnamens von Bergheim getilgt, diesen Fleck des Verrats in seiner arischen Vergangenheit…

Plötzlich kamen all seine Gedanken zum Erliegen, und all

seine Sinne waren in Alarmbereitschaft. Er hatte bei der letzten Kurve zu spät gebremst und die Kontrolle über die Hinterräder verloren … Als er wieder in der Spur war, verminderte er die Geschwindigkeit etwas.

Obumbrata et velata, michi quoque niteris …

Er musste den *Astrologen* beschaffen! Dieses Gemälde war sein Schlüssel zu PosenGeist. Der Orden des Geistes von Posen war eine heimliche Vereinigung, Nachfolgerin der Leitlinien von Himmlers Reden über den Holocaust. Konrad war überzeugt – das hatte er von klein auf gelernt –, dass seine Nazi-Vorfahren recht gehabt hatten: Adolf Hitler, der Führer, war ein Messias, seiner Zeit voraus, der zum Opfer von Unverständnis und Neid geworden war. Verächtlich betrachtete Konrad die dekadente Gesellschaft, dem drohenden islamischen Terrorismus unterworfen, dominiert von der jüdisch-freimaurerischen Verschwörung, geschwächt durch die als Demokratie, Fortschrittlichkeit und Toleranz getarnte Feigheit. Das war eine kränkliche, zum Sterben verurteilte Gesellschaft, die einer gründlichen ethnischen und religiösen Säuberung unterzogen werden musste, die eine Erneuerung aller Werte und Strukturen benötigte. Nur PosenGeist verfügte über die notwendigen Geldmittel und die Macht, um ein solches Unterfangen bewerkstelligen zu können. Doch Konrad begnügte sich nicht damit aufzusteigen, er wollte die Zügel von PosenGeist und die Zukunft von Europa selbst in die Hand nehmen … *»Niemals werde ich den* Astrologen *in die Hände eines Mitglieds von PosenGeist geben!«* Diese alte Hexe! Woher wusste sie das?

Er spürte, wie die Automatikschaltung in den sechsten Gang wechselte. Er drückte das Gaspedal noch etwas weiter durch. Auf der Geraden konnte er problemlos über 200 fahren.

Er musste den *Astrologen* bekommen! Die letzten vier Monate hatte er damit zugebracht seiner Spur zu folgen, doch alles war vergeblich gewesen. Er war wie vom Erdboden verschluckt.

Er hatte das Haus auf Mallorca überwacht, hatte dieses Arschloch Doktor Arnoux überwacht, hatte Ana überwacht … diese Nutte … Vielleicht hatte er etwas voreilig gehandelt, als er sie fallen ließ … Nur sie konnte der Spur des Gemäldes folgen …

Die Gerade war lang. Er drückte das Gaspedal noch weiter durch.

Sors salutis et virtutis, michi nunc contraria …

Ana … Er bekam noch immer einen Steifen, wenn er an ihren sanften, glänzenden Körper dachte, wie er sich über seinen bog, um ihn zu befriedigen. Es gab immer Frauen, viele Frauen, manche waren umsonst, andere nicht. Sex konnte ein sehr teures Laster sein, wenn er zur Sucht wurde. Aber keine Frau war wie sie … Sie war nichtssagend, eine verklemmte Künstlernatur, ein Opfer ihrer Engstirnigkeit und ihrer Moralvorstellungen, typisch für den Mittelstand, aber sie zu ficken war ganz besonders geil … Er musste zugeben, dass er sie geliebt hatte … ganz am Anfang. Er erinnerte sich daran, sich wie ein Jugendlicher in sie verliebt zu haben, daran, sich sogar verletzlich gefühlt zu haben. Eine flüchtige und vergängliche Verletzlichkeit, eine geistige Unpässlichkeit, seiner nicht würdig, eine erschreckende und abscheuliche Schwäche. Ab diesem Zeitpunkt war es für ihn zu einer Herausforderung geworden, Ana zu besitzen, zu dominieren, zu unterwerfen, zu manipulieren und sich gefügig zu machen; das war ein Bedürfnis, eine neue Art, sie zu lieben, ohne sich bedroht zu fühlen … Und vielleicht liebte er sie sogar noch immer, auf seine Weise … Sie konnte ihm das nicht antun. Sie konnte ihn nicht verraten und dann einfach links liegen lassen. Das konnte niemand! Er war Konrad Köller! Seit vier Monaten hatte er über seine Rache nachgegrübelt, hatte sie erkalten lassen und wie ein gutes Schwert geschliffen. So konnten die Dinge nicht bleiben. *Der Astrologe* und Ana. Ana und *Der Astrologe*. Sie würden ihm gehören oder niemandem …

210 Stundenkilometer vor der Bergkuppe …

Er fuhr darüber hinweg, Scheinwerfer kamen ihm entgegen. Er trat heftig auf die Bremse. Es war zu spät. Er riss das Steuer herum, um einen Zusammenstoß zu vermeiden, und verlor die Kontrolle über das Fahrzeug.

Der Aston Martin prallte gegen die Leitplanke, flog zwischen herumschwirrenden Karosserieteilen durch die Luft und überschlug sich mehrmals, bevor er als ein Haufen Aluminium, Magnesium und Carbonfasern auf den Asphalt knallte.

Hac in hora
sine mora
corde pulsum tangite;
quod per sortem
sternit fortem,
mecum omnes plangite!

Alain musste sich schließlich eingestehen, dass er sich in sie verliebt hatte. Zunächst hatte er gedacht, sie sei nur jemand, mit dem man gut arbeiten konnte, eine attraktive und sympathische Frau. Und er konnte sich doch nicht in alle attraktiven und sympathischen Frauen verlieben, auf die er traf!

Mehrfach hatte er das Verlangen verspürt, sie zu küssen, und einige Male hätte er ihr gerne die Kleider ausgezogen, um ihren Körper darunter zu erkunden. Doch das war nichts Außergewöhnliches, sondern einfach nur die typischen Triebe eines Mannes, der seit Monaten nicht mehr mit einer Frau im Bett gewesen war.

Doch nachdem sie Fontvieille verlassen hatte, wurde ihm klar, dass er sie tagelang nicht für eine Sekunde aus dem Kopf bekam. Und dann gestand er sich ein, dass er ihre Stimme und ihr Lächeln vermisste, ihren Blick, wenn sie ihn über die Brille hinweg musterte, die Art, wie sie sich die Haare hinter das Ohr strich oder sich mit der Zunge über die Lippen fuhr, nachdem sie etwas getrunken hatte. Ihm fehlte ihr Tick, die Ringe an ihren Fingern zu drehen, wenn sie redete, oder ihr falsches Singen, wenn sie die Kopfhörer des iPod aufhatte … *»Stell dich nicht so an, Alain, hör auf, Geistern nachzujagen, geh sie suchen. Mit ziemlicher Wahrscheinlichkeit ist Ana das Beste, was dir in deinem Leben passiert ist.«* Judith hatten zwei Tage gereicht, um herauszufinden, was er sich seit Wochen nicht eingestehen wollte.

Er hörte auf seine Schwester. Er richtete den Blick auf die Zukunft. Doch genau dann stolperte er über die Vergangenheit, eine Vergangenheit, die ihn mit sich riss und ihn zwang, wieder zurückzuschauen. Er stolperte über Sarah Bauer und den *Astrologen.*

Verfluchter *Astrologe* … Auf diesem Gemälde lastete wohl wirklich ein Fluch. Er hatte es nur ein einziges Mal betrachtet, und schon war es zu einer blutenden Wunde in seinem Bewusstsein geworden. Durch seine Großmutter war er regelrecht in eine Zwickmühle geraten, weil sie ihn gefragt hatte, ob er den *Astrologen* haben wolle. Und ohne darüber nachzudenken, hatte er abgelehnt, weil diese Situation ihn überwältigt und die Verantwortung ihn wie aus heiterem Himmel getroffen hatte. Alle Angehörigen der Familie Bauer waren mit dem Makel des *Astrologen* geboren worden, wie mit einem Geburtsmal auf der Haut. Er nicht, er gehörte ja nicht einmal zur Familie Bauer, zumindest bis vor Kurzem nicht, und seine Großmutter war zu früh gestorben, hatte nur die Zeit gehabt, ihm ein Gemälde zu hinterlassen, aber kein emotionales Vermächtnis, kein Gefühl, keine Anteilnahme, keinen Eindruck der Verwurzelung oder der Zugehörigkeit …

Er war nach Mallorca gereist, um Ana zu treffen, nicht um sich mit einer unwillkommenen und fordernden Vergangenheit auseinanderzusetzen. Geblendet, verloren, verwirrt und leichtfertig hatte er das Gemälde abgelehnt. Er wollte den *Astrologen* nicht ohne Ana. Er wollte gar nichts ohne Ana …

Doch es hatte nicht lange gedauert, bis ihm klar geworden war, dass alles ohne Ana sein würde. Kaum dass er sich Konrad Köller entgegengestellt hatte. Man konnte sich nicht mit dem Herrn anlegen, der Kampf war verloren, ehe er überhaupt begonnen hatte. Nachdem er mit Sarah Bauer und ihrem ungelegenen Angebot gekämpft hatte, nachdem er die Verantwortung seiner Sippe zurückgewiesen hatte, konnte er sich nur noch um sein eigenes Schicksal kümmern. Was sollte er tun, nachdem er sich eingestanden hatte, sich in die Frau eines anderen – und nicht irgendeines anderen – verliebt zu haben … Er flüchtete sich in die Bar seines Freundes in Palma de Mallorca. Umgeben von dem neokonzeptualistischen Werk eines jungen australischen Künstlers, der auf Ibiza lebte, einem gefälligen Bluesrhythmus und zwei Gin Tonic beschloss er, sich zurückzuziehen, ehe er verletzt würde … noch mehr verletzt, als er ohnehin schon war. Doch diese Entscheidung fiel spät, und der Rückzug war erniedrigend. Der Faustschlag gegen den Kiefer seines Kontrahenten war ihn teuer zu stehen gekommen: zu sehen, wie sie Konrad Köller küsste, hatte ihn schmerzhafter getroffen als alle Schläge, die der Deutsche ihm hätte verabreichen können. Dieser Kuss hatte ihn an seinen Platz verwiesen, einen Platz ohne Ana.

Doch wenn er geglaubt hatte, dass dieser Vorfall schmerzvoll war, so hatte er sich dabei nicht klargemacht, was es erst bedeuten würde, die Konsequenzen davon aushalten zu müssen.

Der erste Monat war eine einzige Tortur. Es gelang ihm nicht, sich mit der Vorstellung abzufinden, dass ihr Name nie wieder auf seinem Handydisplay angezeigt würde, wenn es klingelte, oder dass er sich nie wieder nach dem Unterricht mit ihr zum Arbeiten treffen würde. Die Wochenenden waren endlos lang ohne den Anreiz, mit ihr durch die Straßen von Paris zu spazieren und über Kunst zu sprechen. Und da ihm nichts Besseres einfiel, verbrachte er die Wochenenden damit, sich mit selbstzerstörerischem Vergnügen der Melancholie und der Sehnsucht hinzugeben, während er eine Schallplatte nach der anderen auflegte, die er sich zusammen mit Ana auf dem Sofa angehört hatte. Oft starrte er wie ein Idiot in die Ecke des Wohnzimmers, wo sie seine Zeichnungen durchgeblättert hatte, oder auf den leeren Stuhl im Esszimmer, auf dem sie immer gesessen hatte. Von einem Pappbecher von Starbucks bis zu dem Sponge-Bob-Kuli, mit dem sie immer geschrieben hatte und der in seiner Stiftdose im Büro stand, erinnerte ihn alles, jedes noch so unbedeutende Detail, an sie. Es war zum Verrücktwerden …

Er hatte darauf vertraut, dass die Aufgabe nachzuweisen, dass er Sarah Bauers Enkel war, ihn auf andere Gedanken bringen würde: DNA-Proben, juristische Forderungen, Anwälte, Steuern, ein Nachlass und eine Kunstsammlung, die inzwischen einen anderen Besitzer hatte. Nichts half, um Ana aus seinen Gedanken zu verbannen. Eher im Gegenteil. Wo Sarah Bauer war, tauchte immer auch Ana auf, denn seine Großmutter war durch sie aufgetaucht.

Im zweiten Monat beschloss er, sein Selbstmitleid und seine selbstzerstörerische Art endgültig aufzugeben. Er wollte einen Schlussstrich ziehen und neu anfangen. Er ließ sich die Haare schneiden und rasierte sich, ging mit der Bekannten eines Freundes aus, einer Zwanzigjährigen mit tollem Körper und gewöhnlichem Gesicht, die am Empfang einer Tierklinik arbeitete. Sie gingen ein paarmal miteinander ins Bett, was genial und absolut notwendig war, um das Feuer, das schon viel zu lange in ihm brannte, zu löschen; der Rest war einfach nur schrecklich. Jedes Mal, wenn sie zusammen waren, konnte er die Vergleiche nicht vermeiden: Ana hätte niemals dieses Gericht bestellt; Ana hätte sich niemals so angezogen; Ana hätte lieber einen anderen Film gesehen; Ana hatte nicht so große Brüste, war aber schöner … Ana hätte eine Gänsehaut bekommen …

Am Ende des dritten Monats beendete er die Geschichte mit der Zwanzigjährigen mit einer erbärmlichen Ausrede, für die er sich noch immer schämte, wenn er an diese lächerliche Episode dachte: »Wenn ich mit dir zusammen bin, bekomme ich am ganzen Körper Pusteln. Ich glaube, ich bin allergisch gegen Tierhaare, und die sind wohl in deiner Kleidung …« Danach befürchtete er, dass die einzigen möglichen Auswege aus seiner fürchterlichen Situation Drogen, Mönchtum oder Kastration wären.

Eines Tages, nach seinem Unterrichtsmarathon – nur wenn er unterrichtete, war sein Gehirn auf eine einzige Sache konzentriert, weshalb er nicht nur seinen Unterricht, sondern zusätzlich jeden, den er für einen anderen Professor übernehmen konnte, abhielt –, begab er sich in sein Büro, um seine Mails durchzusehen, ehe er nach Hause ging. Unter anderem hatte er den monatlichen Newsletter des Louvre-Museums erhalten. Er begann mit dem Foto des Gemäldes *Kaiser Karl V. bei Mühlberg*, das die Ankündigung einer Ausstellung mit dem Titel *Tizian, der Maler der Habsburger* illustrierte, die in Zusammenarbeit mit dem Prado-Museum realisiert wurde. Zusammen mit der Ausstellung würde ein Konferenzzyklus abgehalten, der dem venezianischen Maler gewidmet war. Er überflog das Programm der Veranstaltungen, bis seine Augen plötzlich an etwas hängen blieben und er noch einmal las, was er zu lesen geglaubt hatte. Seine Augen wurden tellergroß, und sein Herz machte einen Satz.

»Venezianische Renaissanceporträts: Von Bellinis und Giorgiones Poetik zu Tizians Realismus«, 26. April, 19.00 Uhr, Ana García-Brest. Konservatorin der Abteilung italienische Malerei, Museo Nacional del Prado.

Er blendete alles Unwichtige aus, sodass nur noch drei Worte auf dem Computerbildschirm zurückblieben, die ihm wie eine Leuchtreklame entgegenstrahlten: Ana García-Brest.

Sie würde in Paris sein! Seine erste Reaktion war, sich noch tiefer in den Graben zurückzuziehen, in dem er sich befand, seit er es aufgegeben hatte, sich mit Konrad Köller anzulegen. Doch als ihm daraufhin klar wurde, wie erbärmlich sein körperlicher und geistiger Zustand durch die unerwiderte Liebe war, kam er zu dem Schluss, dass es bescheuert und feige wäre, kampflos aufzugeben. Und wenn für ihn nach dem Rückzug nur noch Drogen, Mönchtum oder Kastration als mögliche Auswege infrage kämen, dann wäre es allemal besser, mit Konrad Köller um Ana zu kämpfen, denn der Schmerz, den Kampf um sie verloren zu haben, konnte nicht schlimmer sein, als ohne sie leben zu müssen, weil er sich gar nicht erst auf einen Kampf eingelassen hatte.

Ungeduldig wartete Doktor Alain Arnoux auf den 26. April, hatte ihn rot im Kalender markiert und lächelte wieder hoffnungsvoll.

Ana fühlte sich nicht wohl bei der Vorstellung, nach Paris zurückzukehren. Zu viele Erinnerungen, an jeder Ecke, auf jeder Straße, in jedem japanischen Restaurant, in jedem Starbucks, bei jedem Motorrad, in jedem vietnamesischen Obst- und Gemüseladen … selbst bei dem verdammten Eiffelturm, der in dieser verfluchten Stadt allgegenwärtig war.

Sie hatte überlegt, Alain anzurufen. Es waren schon mehrere Monate vergangen, seit ihre Beziehung mit Konrad beendet war, also könnte man Alain nicht als Notnagel betrachten. *»Was soll denn das Gefasel von wegen Notnagel? Du bist ja nicht ganz dicht, Schätzchen! Gib einfach zu, dass du dich in Doktor Jones verknallt hast, als du ihn zum ersten Mal gesehen hast und er mit diesem leicht nachlässigen Look vor dir stand. Du hättest ihn schon längst vernaschen sollen, das habe ich dir doch gesagt. Manchmal machst du mich ganz wahnsinnig mit deiner Unentschlossenheit.«* Teo hatte versucht, sie zu überzeugen, doch es war ihm nicht gelungen.

Alain hatte eindeutig klargestellt, dass sie eine ausschließlich berufliche Beziehung hatten, die mit dem Ende der Arbeit ebenfalls beendet war. Außerdem war sie noch immer nicht ganz geheilt von den Jahren, die sie mit Konrad verbracht hatte. Er hinterließ tiefe Spuren, Spuren, die bisweilen regelrechten Wunden ähnelten, die erst mit der Zeit verheilen würden.

Im November und Dezember hatte sie diesem Wechsel begeistert, nahezu euphorisch entgegengesehen. Sie legte ihre Arbeit in der Presseabteilung des Museums nieder und bat darum, wieder als Konservatorin eingegliedert zu werden. Sie verkaufte den Mercedes und bestückte ihre Garderobe mit Jeans und flachen Schuhen. Ehe sie sich's versah, war Weihnachten. Überrascht stellte sie fest, dass diese Tage wirklich angenehm sein konnten, wenn man eine gesunde, liebevolle Beziehung zur Familie unterhielt, wenn es keine unharmonischen oder störenden Faktoren gab. Überrascht stellte sie fest, dass die Familie immer ein Zufluchtsort war, an den man sich in schwierigen Zeiten wenden konnte, dass ihre Familie ihr immer bedingungslose Unterstützung bot.

Im Januar, als dann die Verbitterung, die Entrüstung, die Aufregung, die Euphorie und die rein praktischen Dinge geklärt waren, die beinhalteten, dass sie ihr Leben wie die Trottel in der IKEA-Werbung neu dekorierte, kam die schwierigste Etappe: sich daran zu gewöhnen, dieses Leben allein zu leben. Januar ist für gewöhnlich ein Katermonat: Er ist kalt und traurig, voller Routine und Langeweile. Der Januar ist kein guter Monat, um allein zu sein. Ihr einziger Lichtblick in diesem ersten Monat des Jahres bestand darin, auf den Abend zu hoffen, um sich Teo in die Arme zu werfen und zu jammern. Doch jeden Abend laut jammernd in den Armen ihres besten schwulen Freundes zu verbringen konnte nicht der Plan für ein erfülltes Leben sein. *»Du weißt es doch, Schätzchen. Es ist nicht wirklich Konrad, den du vermisst…«*

Im Februar erfuhr sie, dass sie Tante werden würde… Eine

etwas außergewöhnliche Tante. Teo und Toni hatten beschlossen, ein Kind zu adoptieren. *»Früher oder später kommt bei allen der mütterliche Instinkt durch. Und wir freuen uns darauf, eine kleine Chinesin bei uns aufzunehmen.«* Der Februar ist ein kurzer Monat, und mit dieser Nachricht verging er wie im Flug.

Im März war Anas existenzielle Krise auf ihrem Höhepunkt angelangt. Sie kam zu dem Schluss, dass ihr Leben leer und sinnlos war. Sie redete sich ein, dass sie eine 180-Grad-Wendung benötigte. Sie erwog mehrere Optionen: eine Weltreise als Rucksacktouristin, als Freiwillige in irgendein unterentwickeltes und wenn möglich im Kriegszustand befindliches Land gehen, sich bei Meetic einschreiben, eine Brustvergrößerung oder einen Hund. *»Wozu das Ganze, Schätzchen? Ob als Rucksacktouristin, Freiwillige oder bei Meetic, überall wirst du einen Typen kennenlernen, und dann bekommst du es mit der Angst zu tun. Am besten ist, du kaufst dir einen Hund. Okay, das mit den Brüsten ist vielleicht keine schlechte Idee …«* Zum Schluss machte sie wieder einen Rückzieher und traf einfach keine Entscheidung.

Anfang April wurde ihr dann bewusst, dass sie eine Konferenz in Paris hatte. Das reichte ihr schon völlig als Gefühlsabenteuer …

Ana beendete die Fragerunde nach dem Vortrag. Sie nahm die Glückwünsche des Beauftragten der Ausstellung – in diesem Fall ihres Chefs – und die ihrer französischen Kollegen entgegen. Die Zuschauer standen auf und unterhielten sich, begaben sich zum Ausgang, und ihre Stimmen erfüllten die Aula wie das Summen eines Bienenstocks.

»Ich muss mal raus, einen Ort zum Rauchen finden, ehe ich noch verrückt werde«, murmelte ihr Chef.

»Alles klar. Wir sehen uns später.«

Sie musste noch ihre Unterlagen zusammensammeln, die PowerPoint-Präsentation schließen, den Computer herunterfahren, den

Beamer ausschalten … Sie sah nicht mehr in die Aula, aber sie spürte, dass diese sich leerte, denn die Stimmen und Geräusche wurden immer leiser, waren bald fast ganz verschwunden, sodass sie den Ventilator des Computers wieder hören konnte.

»Entschuldigen Sie, Frau Doktor García-Brest, aber ich hätte da eine Frage an Sie.«

Erschrocken hob Ana den Kopf. Sie hatte doch gedacht, sie sei allein.

»Man munkelt, es gäbe ein rätselhaftes Gemälde, das Giorgione zugeschrieben wird und das einige *Der Astrologe* nennen. Ist da etwas Wahres dran?«

Sie brauchte einen Augenblick, bis sie sicher war, wer da vom Ende der Aula mit seinen langen Beinen und großen Schritten auf sie zukam. Sie kniff sogar die Augen etwas zusammen, weil sie meinte, es könnte eine Täuschung ihrer kurzsichtigen Augen sein. Doch das war nicht möglich, sie trug heute Kontaktlinsen. Sie wurde ganz nervös, war so aufgeregt wie eine Fünfzehnjährige, bei der die Hormone verrücktspielen. Sie richtete sich auf und versuchte, Haltung zu bewahren, ehe sie in festem akademischem Tonfall antwortete: »Es ist nicht ratsam, diesen Gerüchten Gehör zu schenken, es gibt keine Beweise, dass dieses Gemälde tatsächlich existiert … Doch auch ich habe gehört, dass viele seine Fährte verfolgten, während es von anderen offenbar einfach … ausgeschlagen wurde …«

Alain kam am Ende des Ganges an, trat auf das Podium und hinter den Tisch, um ihr ganz nahe zu sein. »Bist du deshalb sauer auf mich? Weil ich den *Astrologen* ausgeschlagen habe?«

»Ich bin nicht sauer auf dich.«

Alain bemerkte erleichtert, dass sie das mit einem Lächeln gesagt hatte.

»Ich glaube vielmehr, dass du das Richtige getan hast. Ich glaube, dass etwas Dunkles dieses Gemälde beschützt. Es ist wohl besser, sich davon fernzuhalten.«

»Genau das habe ich auch gedacht. Ich habe geglaubt, er wäre verflucht, denn kaum dass ich ihn vor der Nase hatte, hat er mir das weggenommen, was er mich nicht einmal richtig mit den Fingerspitzen hatte berühren lassen. Aber ich bin mir da nicht mehr so sicher … In der Zwischenzeit bin ich der Meinung, dass jeder sein Schicksal selbst schmiedet … Jetzt glaube ich, ich sollte mich meiner Verantwortung stellen und erneut nach dem *Astrologen* suchen, aber das will ich nicht allein machen …«

Nach seiner geschwollenen Rede lehnte sich Alain an den Tisch, noch ein Stück näher bei ihr, betrachtete sie so zufrieden, wie man die Morgendämmerung betrachtet, nachdem man die ganze Nacht zur Bergspitze aufgestiegen ist. »Hallo«, sagte er, wagte aber nicht, noch mehr zu sagen.

»Hallo …« Ana bekam kaum Luft. Nervös drehte sie die Ringe an ihren Fingern.

»Glaub bloß nicht, dass ich nur hierhergekommen bin, um einer hervorragenden Konferenz zu lauschen und dir anschließend ein paar Fragen zu stellen.«

»Ach nein?« Ihr Herz pochte wie wild.

»Mm…m.« Er schüttelte den Kopf. »Eigentlich bin ich gekommen, um dich zum Essen einzuladen. Und wenn du Lust hast, können wir danach die Handys ausschalten, uns auf einen gelben Roller setzen und in die Provence fahren. Ich habe vor, mir dort, mitten in einem Lavendelfeld, ein Haus zu kaufen. Einen ruhigen Ort, an dem wir in der Sonne liegen, die Sterne betrachten, alte Schallplatten hören und über Kunst sprechen können. Von dort aus können wir dann gemeinsam nach dem *Astrologen* suchen … Nur du und ich.«

»*Der Astrologe* …?« Ana hob den Blick, als würde sie ihn über ihren Brillenrand betrachten, obwohl sie gar keine Brille trug. Alain hatte einen regelrechten Adrenalinschub. »Ich weiß, wo er ist. Sarah Bauer hat es angedeutet: Den *Astrologen* haben *sie* …«

Alains Anspannung wuchs noch weiter, während sich seine Atmung und sein Herzschlag beschleunigten. »Ist das ein Ja?«

»Nein …« Ana machte einen Schritt auf ihn zu, drängte sich zwischen ihn und den Tisch und stellte sich auf die Zehenspitzen. »Das ist ein Ja …«

Und sie hatte keinen Zweifel, dass das der richtige Moment war, um ihrem Verlangen nachzugeben und ihn zu küssen.

Danksagung

Auch wenn die Arbeit eines Schriftstellers eine einsame ist, konnte ich doch auf die Gesellschaft, Liebe und Unterstützung vieler Leute zählen, bevor, während und nachdem ich diesen Roman geschrieben habe.

Zunächst einmal möchte ich mich bei Luis, meinem Mann, für so unglaublich viele Dinge bedanken, dass ich es gar nicht wage, sie aufzuzählen, weil ich Gefahr laufen würde, sentimental zu wirken. Dennoch möchte ich mich ausdrücklich für die ganzen Samstagnachmittage bedanken, an denen er mit den Kindern unterwegs war, damit ich in ungewohnter Ruhe schreiben konnte.

Ich danke meinem Vater und meiner Freundin Gracia für ihre kritische Lektüre des Manuskripts zu einem Zeitpunkt, als noch so viel getan werden musste. Und ganz besonders meinem Bruder Luis, der ebenfalls Schriftsteller ist – und ein so viel besserer als ich – und die Aufregung eines jeden Arbeitsabschnitts so perfekt nachvollziehen kann. Ihre Blickwinkel, Ratschläge und Anmerkungen waren unglaublich nützlich für mich, um aus meinem Versunkensein als Autorin aufzutauchen und meine Arbeit zu verbessern. Ebenfalls danke ich meiner Mutter, einfach dafür, meine Mutter zu sein.

Auf technischer Ebene hatte ich das große Glück, hinsichtlich der Neurologie auf die unschätzbare Beratung von Doktor José Carlos Bustos zählen zu können, einem hervorragenden Neurochirurgen – und noch dazu einem Freund –, der mir außerordentlich nützliche Berichte über den durch Drogen induzierten kataleptischen Zustand besorgt hat.

Auf der literarischen Ebene danke ich David Trías dafür, Vertrauen in mich und mein Werk gehabt und mir die großartige Gelegenheit verschafft zu haben, Teil der Familie Plaza & Janes zu werden. Und Emilia Lope, meiner Lektorin, die Hand in Hand mit mir gearbeitet hat, um diese Geschichte in Form zu bringen. Emilia, du bist ein wunderbarer Mensch, mit dem man gerne arbeitet, und, wie Humphrey Bogart in der Schlussszene von *Casablanca* sagt: Ich glaube, dies ist der Beginn einer wunderbaren Freundschaft.

Natürlich darf ich auch Cristina Castro nicht vergessen. Liebe Cristina, du bist meine Psychotherapeutin in Momenten der Selbstzweifel, meine Ratgeberin und literarische Führerin, und mehr noch als die Patin, bist du die gute Fee meiner Bücher. Wir kennen uns nun schon seit drei Jahren, und du bist viel mehr für mich als nur die Lektorin des Círculo de Lectores.

Und euch Lesern: Danke, danke, danke.